天隐庐诗集

上

刘善泽 著

向铁生 整理

湖南大学出版社 · 长沙

内 容 简 介

刘善泽乃"同光十子"之一，晚清民国时期诗歌创作的代表人物。其诗主要收录于《天隐庐诗集》和《沅湘遗民咏》。《天隐庐诗集》二十卷，收诗三千余首，创作时间自1898年迄于1948年，是激荡巨变时代的生动记录，有"诗史"之称。内容宏富，题材多样，表现出取法汉、魏、唐、宋多源而宗唐学宋最为突出的特点，其诗取法杜甫，好用典，多写实，又多以组诗记事抒怀，体现出日常性、生活化的特征。《沅湘遗民咏》共咏明末湖湘遗民59人，其中合咏者三，诗共56首。每首诗之前系以所咏之人的小传，传、诗合一，凸显了湖湘忠义之士的高贵气节，寄托了诗人期待借此裨补世道人心的理想。

图书在版编目（CIP）数据

天隐庐诗集：上、下/刘善泽著；向铁生整理.—长沙：湖南大学出版社，2020.12

（千年学府文库）

ISBN 978-7-5667-2058-0

Ⅰ.①天…　Ⅱ.①刘…②向…　Ⅲ.①诗集—中国—民国　Ⅳ.①I226

中国版本图书馆CIP数据核字（2020）第221930号

天隐庐诗集（上、下）
TIANYINLU SHIJI (SHANG，XIA)

著　　者：刘善泽
整　　理：向铁生
责任编辑：王桂贞
特约编辑：王增明　张志鹏
印　　装：长沙超峰印刷有限公司
开　　本：787 mm×1092 mm　1/16　印张：30.5　字数：644千
版　　次：2020年12月第1版　　印次：2020年12月第1次印刷
书　　号：ISBN 978-7-5667-2058-0
定　　价：182.00元（上、下）

出 版 人：李文邦
出版发行：湖南大学出版社
社　　址：湖南·长沙·岳麓山　　邮　编：410082
电　　话：0731-88822559(营销部)，88821594(编辑室)，88821006(出版部)
传　　真：0731-88822264(总编室)
网　　址：http://www.hnupress.com
电子邮箱：wanguia@126.com

ISBN 978-7-5667-2058-0

9787566720580

《千年学府文库》编辑出版领导小组

组　长：邓　卫　段献忠
成　员：曹升元　陈　伟　谢　赤
　　　　于祥成　谭蔚泓　徐国正
　　　　李树涛　蒋健晖　汪卫斌

出版说明

　　湖南大学历史上承岳麓书院，书院肇建于公元九七六年，为我国古代四大书院之一，历经宋、元、明、清，朝代更迭，学脉绵延，弦歌不绝。一九〇三年，书院改制为湖南高等学堂。清末民初，学制迭经变迁，黉宫数度更易。一九二六年定名为湖南大学，一九三七年改归国立。一九五三年全国高校院系调整，学校更名为中南土木建筑学院，一九五九年恢复湖南大学校名。享有千年学府之盛誉，承载着我国教育的发展历程和厚重的文化积淀，是中国教育史、学术史、思想史、文化史的一个缩影。

　　惟楚有材，于斯为盛。从岳麓书院到湖南大学，一批批学者先贤在此教书育人、著书立说，人才之盛、达成之功，史有明征，班班可考。为表彰前贤之述作，昭示后生以轨节，开启学海津梁，沟通中西文明，弘扬大学之道，传承中华文化，值此岳麓书院创建一千零四十周年暨湖南大学定名九十周年华诞之际，中共湖南大学委员会、湖南大学决定编纂出版"千年学府文库"。兹谨述编纂原则如次：

　　一、以"成就人才，传道济民"为主线，以全面呈现千年学府发展历程、办学模式、师生成就、学术贡献为目标，收录反映千年学府学制变迁与文化传承的学术著述。

　　二、选录人物系湖南大学及前岳麓书院、时务学堂、湖南高等学堂、高等实业学堂、优级师范学堂、高等师范学校、公立工业专门学校、法政专门学校、商业专门学校、国立商学院、国立师范学院、省立克强学院、私立民国大学、省立音乐专科学校、中南土木建筑学院、湖南工学院、湖南财经学院之卓有成效并具有重要影响之师生员工。已刊者选印，未刻者征求，切忌贪多，惟期有用。

　　三、收录文献，上起九七六年，下讫一九七六年，既合千年之数，更以人事皆需论定。

四、收录文献，以学术著述、校史文献、诗文日记为主，旁及其他，力求精当，不务恢张。

五、收录文献，有原刻者求原刻影印，无原刻者求善本精印，无善本者由本校校印。排版形式根据著述年代而定，古代著作采用繁体竖排；一九一九年至中华人民共和国成立前，原则上简体横排，根据版本情况，亦可用繁体竖排，规范标点；中华人民共和国成立后的著作，用简体横排。

六、文献整理，只根据底本与参校本、参校资料等进行校勘标点，对底本文字之讹、夺、衍、倒作正、补、删、乙，有需要说明的问题，则作出校记，一般不作注释。

七、收录文献，均由整理者撰写前言一篇，简述作者生平、是书主旨、学术价值、版本源流及所用底本等。

八、"千年学府文库"图书，尚待征求选定，征求所得，拟随时付印，故暂无总目。

"千年学府文库"卷帙浩繁，上下千载，疏漏缺失，在所难免，尚祈社会各界批评指正。

"千年学府文库"编辑出版委员会谨识

二〇一六年十月

前　言

一、刘善泽生平

刘善泽先生为晚清、民国间著名诗人，"同光十子"之一，湖南大学文学院教授。杨树达、王啸苏均撰有《刘善泽传》，概言先生生平较详细。今据两先生所记并当时其他人的杂记列述如次。

刘善泽（1885—1949），字腴深，晚号天隐。湖南浏阳人。先世自江西宜丰迁入湖南浏阳，至刘善泽辈已历十九世。刘善泽父亲刘焕琼，少时从何绍基学，补县学生。光绪时诏举贤良方正，县里人推荐，坚辞不去。著有《四书章句补义》《学庸章句补义》。刘善泽叔父因儿子早逝，遂过继刘善泽为嗣。

刘善泽少年聪慧，十岁能文，十四岁已熟读经史要籍，兼喜读古近体诗。曾刻印"余事作诗人"自勉。学诗尤勤，自汉魏六朝到唐宋元明清诗，无所不读，抄录吟诵，体会学习。创作不倦，影响日大。当时东南名宿常熟孙师郑编纂《道咸同光四朝诗史》，收录刘善泽诗，推许其诗"雄横兀傲，不可一世"。后又编选《同光十子诗选》，选入樊增祥、文廷式、陈三立、黄遵宪、袁昶、郑孝胥、范当世、陈锐、何家琪及刘善泽诗。十人中，刘善泽年龄最小。十八岁（1903年）补为县学生，援例入成均，授训导职。娶湘中名宿李雨亭女李行芳。

1912年，中华民国成立，湖南成立议会。刘善泽当选为议员。听闻有议员以贿赂当选，旋即退出。后任省官书局编纂，主编《湖南公报》。辛亥革命后，湖南诗人名流续结碧湖诗社，公推王闿运为领袖，主要参与者为刘善泽、程颂万及海印上人等。1921年，吴佩孚再三聘请刘善泽担任秘书长，刘善泽坚辞不就。1925 年，国民政府中央教育总长彭允彝电报召刘善泽北上任职，亦不赴。《天隐庐诗集》卷十一中《书怀二首》有云："那羡侏儒用世工，肯将一饱易初衷。试看窃食仓中鼠，何以佣春庑下鸿""故人厚禄招寻急，剩欲移家避麓西"，自注"时彭允彝任教育总长招余北上"，所述即为此事。后任湖南国学馆教务长兼主讲教授、湖南大学教授、清华大学教授。又创办湖南佛教居士林并任林长，前后达二十年之久。

1944 年，日寇进犯湖南，侵陷长沙。刘善泽携家避居长沙西乡云盖寺僧舍。日寇准备以省"维持会"会长的名义罗致先生，四处搜寻，刘善泽只得变装改名，由学生帮助转移藏匿。其第七子刘思济被抓，因未透露刘善泽藏身之处而被杀。

1945 年抗战胜利后，刘善泽仍执教湖南大学，《天隐庐诗集》卷十五有《就麓山讲席》诗："弟子可曾亲有道，先生原是遣无惊。诗书万劫伤人世，人物千秋郁古胸。"1946 年，迁归岳麓山刘庄。刘庄位于岳麓山牌楼口侧，前临天马山，后倚凤凰山，占地十二亩，楼房两层，房屋二十余间。刘庄为刘善泽 1936 年自长沙城内玉皇坪移居岳麓山而营建。此时刘善泽亦兼任湖南省文献委员会委员，主编《湖南文物志》。与同辈学人、诗人倡议成立"麓山诗社"，参与者有王啸苏、马宗霍、李肖聃、杨树达、谭戒甫等，公推刘善泽为诗社社长，并以刘庄为社址。刘善泽撰《麓山诗社发刊词》。

1949 年农历正月初五日，刘善泽因高血压加剧病逝于岳麓山刘庄，享年六十四岁。葬长沙河西莲花山。

刘善泽著述宏富，有《三礼注汉制疏证》十六卷、《孝经讲疏》二卷、《论语郑注疏》十二卷、《毛诗郑笺释例》十六卷、《毛诗便笺》一卷、《孟子正义》一卷、《天隐庐札记》四卷、《天隐庐文存》二卷、《天隐庐诗集》二十卷、《沅湘遗民咏》一卷、《说文补遗》一卷、《心经讲义》二卷、《楞严经讲义》二卷、《清儒未刊遗著目录》二卷等。现存仅《沅湘遗民咏》《天隐庐诗集》《三礼注汉制疏证》等数种，其余皆因多遭战乱而散佚。

二、《天隐庐诗集》的内容特色

《天隐庐诗集》二十卷，创作时间起于 1898 年，止于 1949 年，共三千余首。其内容上表现出如下几个明显的特点：

首先是"诗史性"表现突出。1898 年到 1949 年恰恰是中国近现代史上一个跌宕起伏、变化激烈的阶段，洋务运动、维新变法、辛亥革命、袁世凯复辟、军阀混战、抗日战争接连不断，直到新中国成立才获太平。这么坎坷激变的时代，刘善泽均有诗歌反映。比如《德宗皇帝挽诗》云："励治多新法，惊闻辍万机！悚憪天不语，黯淡日无晖。总为垂帘数，翻教驭政稀。紫宫应有恨，血迹染龙衣。"诗题自注作于"光绪三十四年戊申十月"。光绪帝执政期间，维新变法运动失败，康有为、梁启超分别逃往法国、日本，谭嗣同等"戊戌六君子"被杀，光绪帝被囚禁。此时，光绪亦暴毙。这首挽诗首先肯定了康、梁维新变法的初衷，并分析了变法失败的原因，指出慈禧太后的垂帘听政是变法失败的主要因素。这种分析带有一定的理性思考，并不是单纯的对光绪帝的哀悼。1916 年，袁世凯阴谋复辟，许多社会名流和清朝遗老组织"筹安会"，上表"劝"袁世凯即皇帝位，上演了一出荒诞的闹剧。刘善泽作《见洪宪劝进表有作二首》：

> 妄欲分余闰，奸雄事可嗟。描头翻类犬，添足不成蛇。君背何尝贵，人心已自邪。遗民空怫郁，天下属谁家？
>
> 签名降表夥，南面尔谁人？代德诚何有，颓纲遂莫振。遭时犹典午，生世不逢辰。眼看牵丝戏，郎当一聚尘。

诗歌首先指出袁世凯乃奸雄，复辟一事是开历史的倒车，必然失败，并讽刺这一行为是"邪心"所为。在第二首诗中，诗人谴责了那些上劝进表的人，指出国势衰颓正是拜这些人所赐。诗人也感慨自己同这些人生活在同一时代，被迫看他们上演这出丑剧而倍感焦心。在《丙辰九月书事四首》中，诗人同样讽刺了袁世凯及其追随者。诗歌自注云"袁氏僭号洪宪"，第一首诗言袁氏窃国后的生活"舆服金珠卤簿齐，新宫歌舞玉绳低"，指出其同清室遗老"最怜同号长生党，床共东头梦辄西"，注定分道扬镳而失败的结局。第二、三两首中"金銮秘记烦牢锁，西郁乌烟起远蛮""皇王大纪休重述，子弟长沙又一回"，即指蔡锷自云南起兵讨袁之事。第四首再用"沐猴而冠"讽刺了袁氏。笔法老辣，意蕴深刻。

抗日战争爆发后，刘善泽诗笔尤为急切，"杀气连南朔，家山近战场"（《杀气》）、"从今命比鸿毛重，生是枪唇剑舌余"（《甲申夏挈眷止村民家值倭寇至经宵始出险》）、"有家陷氛祲，亡命走山泽"（《甲申仲夏倭寇陷长沙》）、"酷比长平坑赵卒，战场今在碧湘湄"（《日寇进窥长沙混战中作》）、"数万岛夷降后卒，几千湘郭劫余家"（《倭寇受降后入郡郭》）等诗是客观记录，也是诗人痛心存照。尤其值得我们注意的是，诗人在一些诗歌中详尽地记录了日寇的罪行和人们的苦难。如《题胡氏二烈女事略后》序云："甲申闰四月，倭寇陷长沙，妇女惧为强暴所污，死者甚众。"《倭机》一诗序云："飞行机之装，创自美国莱特兄弟，其初但作航空之用，今乃为投掷炸弹杀人利器。中倭战祸相持数年，予家岳麓山畔，濒危者屡矣！"《陈翁相舫遇倭寇赴水死》一诗则记录了好友为日寇所逼自杀之事。这一系列诗歌构成了史诗般的宏大叙事，也表现出如同杜甫诗歌一样的"诗史"性。

其次是"人民性"表现突出。同历史上伟大的现实主义诗人一样，刘善泽也在诗歌中集中体现了对民生疾苦的关注和思考。刘善泽关注各类贫苦民众的生活，并且在诗歌中反复述及，如关心农民的《伤农》："伤农缘谷贱，丰稔亦成灾。税重民难赋，供繁吏又来。阴风村鬼哭，寒雨社公哀。复念西畴长，逃亡且未回。"指出农民生存艰难的原因在于税重以及各级官吏的压榨。诗歌不光表现了农民的疾苦，还对疾苦的原因作了分析。类似的还有《嫠孤惨别行》：

家徒四壁穷村嫠，依依膝下惟孤儿。牒至征兵迫如火，点名不得须臾迟。上堂别嫠抱嫠哭，旗卒速催用鞭扑。孤儿前去嫠尾随，悲泪盈眶痛刺腹。听说此儿殊可怜，弱枝五代皆单传。力农三十贫未娶，愿报所生终余年。嫠也追儿远难及，车开望见头簇立。唤儿不闻轮转急，怀刀自刎死道旁，道旁送行人尽泣。兵车辚辚隔坡陀，孤儿心中念阿婆。呜呼世间孤儿知尚多，可奈当事滥征何！

此诗创作取法杜甫、白居易的新乐府诗，描写寡妇和孤儿相依为命、务农为生，孤儿却被征兵入伍，寡妇自杀于征兵道上之事。既表现了对孤儿寡母的同情，同时对征兵制度进行了批判反思，指出这种野蛮不近人情的征兵做法是造成这一悲剧的主要原因。诗人的批判思考颇具见地。

抗日战争爆发后，人民更是生活在水深火热之中，饱受战争的荼毒。刘善泽有许多诗歌表现了战争对人民生活的摧残。如《蒿目》：

蒿目皆灾眚，忧来讵更加。农村新鬼冢，民屋旧官衙。几载艰谋粟，三春罕见花。荒郊驰犷骑，时事益纷拏！

战争对农村的摧毁，对人民生命的剥夺，读来令人触目惊心。类似的还有："敌酋纵兵夺民屋，农夫十九受鞭扑。米盐羊豕禁出门，宁独鸡犬充兵腹。居民畏寇如畏仇，子身奔逃万家哭"（《率家仓卒避难暂止蔺家湾》）；"胔腐血腥全是垒，骨撑骸拒兀成丘"（《经战地》）；等等。

抗日战争爆发后，中原各地相继沦陷，日寇步步进逼，为了阻挡日寇侵略的步伐，国民党当局在 1938 年 6 月决定"以水代兵"，炸毁郑州以北的花园口堤坝，造成黄河改道、河南等地四十多个县被淹没、数十万人死亡、数千万人流离失所的巨大悲剧。刘善泽在《决河》中写道："万族黄河一决奸，水头初比剑锋铦。原知剧盗心先死，肯信冤魂口尚箝。堤溃不缘群蚁漏，陆沉徒便众鱼餍。秋风瓠子横流急，闻道诸山只露尖。"表达了对这一事件中受难民众的深切同情，起句"万族黄河一决奸"在揭露事实的同时也把批判的矛头指向国民党当局，进一步指出这一主导者如同"剧盗"，使人民活成了"冤魂"，诗人的愤慨之情溢于言表。

再次是诗歌内容的丰富性。《天隐庐诗集》中各种诗体兼具，各种题材创作均富。诗体有绝句、律诗、古诗、歌行等。题材举凡咏史、咏物、记事、记游、送别、亲情等比比可见。山川风物，史实人文，莫不收诸笔底；历代兴亡，百年忧患，见于字里行间。诗集中山川风物诗良多，细按题目中提及"麓山"的，近五十首之多，尚不算诸如《山行》《山居》《山中》《入山》之篇可能述及者。岳麓山乃风景佳胜之地，历代题咏本多，刘善泽又久居山下，执教于湖南大学，日夜面对，感兴自多。咏史兴感者亦不少，如"如何遍觅长生药，不问桃源避乱人"（《秦始皇》）；又如"一局揪枰一局师，棋逢终局耐寻思"（《读史》），此感历代兴亡之迹，其中也有诗人思考在内。《杞梁妻》一诗云："征夫战长城，白骨化城土。贞妇哭长城，红泪崩城堵。呜呼征夫忠，贞妇义。白骨斑斑噀红泪，浩气长存亘天地。至今淄水涟且清，鲢鱼一双比目行。"诗人借咏"杞梁妻"高度颂扬了爱情之美，有慷慨古直之气，深得乐府古诗之美。诗集中多有吟咏晚清中兴湘军将领之诗，如："中兴豪杰共功名，一代安危系重轻"（《题曾文正左文襄二公遗像》）；"赏不逾时司马法，功能迈古卧龙才"（《伏龙山谒曾文正公墓二首》）；"燕许文章推大手，范韩功绩称高牙"（《过湘乡曾文正公故宅》）；"湖山佳胜占临安，功炳寰区退却难"（《彭刚直公退省庵》）等。一方面，曾、左、彭、胡为湘军领袖，乡贤中杰出人物；另一方面，刘善泽借吟咏中兴将帅寄寓了期待国家中兴有将、创建太平的愿望。杨树达在《刘天隐先生传》中言"悲悯之心既切，渡救之愿益弘"，指出的不仅是刘善泽的信奉佛法，也有其救世之愿在内。

《天隐庐诗集》中亦多唱和怀送之作。唱和怀送者，多为文友、诗友、亲人。如溥心畬、杨树达、程颂万、李肖聃、陈天倪、海印上人等。尤其与溥心畬唱和最多，《天隐庐诗集》中有几十首诗是写给溥心畬的。溥心畬乃晚清王孙、著名画家，多有画作请刘善泽题端。溥心畬对刘善泽赞誉有加，其在《处士刘君墓志铭》中言刘善泽："乐道人之善，循循有儒者风。"刘善泽《忆旧王孙心畬居士》也有言："曾说项斯不容口，谬谓颇有儒者风。赠画贻诗动盈轴，书法运腕兼能工。襟度想君最闲逸，宝玦映带珊珊红。"这是两人友情的细致刻画。此外，同杨树达唱和也较多。如："自与杨伦别，新诗料更多"（《寄杨遇夫教授》）；"萍梗人千里，蒹葭水一方。自从分履舄，不复共壶觞"（《杨二积微曾约曾四枣园与予卜邻》）。杨树达晚号积微，1937 年回湘即执教于湖南大学文学院。又同为麓山诗社同人，两人唱和日多。"湖外诗人第一刘"即杨树达赠刘善泽语。刘善泽共有儿子五人、女儿七人，诗集中寄赠、怀念儿女的诗篇也非常多。

刘善泽少年起即读书不辍，遍览内藏，精通内经，持斋戒，信佛。故《天隐庐诗集》中又多有言"佛""寺""隐居"者。如："他时同贱灵山约，我亦悬崖撒手来"（《岳游赠豹岩头陀》）；"乞天饶我身无事，一片青山住到头"（《麓山隐居夏日三首》）。也有信奉佛法持斋戒的记录，如"寓形先应外形骸，漫缩虚空一窖埋。我亦众生除肉食，非关痴学太平斋"（《客有怪予断荤腥者二首》）等。还有《山寺冬日》《灵隐寺》《寺寓》《山寺寄居》《山寺写怀》《待僧》等篇，或记游或寄思，表现出佛、道思想对他的影响。

《沅湘遗民咏》一卷，共咏明末湖湘遗民 59 人，其中合咏者三，故诗共 56 首。每首诗之前系以所咏之人的小传，传、诗合一，表现出诗人内心深处的史观和情志。专门吟咏一朝一代的遗民，从而结集，前人不多见。诗集首咏王夫之，"气节允侔衡岳峻，丈澜应比洞庭多""仰止高风敦薄俗，魂兮归来此山河"，除了述说王船山的影响之外，还有诗人对湖湘文脉思考的深意。正如黎先程序言所称："腴深之志，船山诸先生之志也"，刘善泽的吟咏是怀着"吾楚人杰，嘉乃孤谊，表厥奇节"（张正蘅跋语）的宗旨在的。

三、刘善泽的诗学思想

刘善泽诗歌取法多源，杨树达在《刘天隐先生传》中说刘善泽"尤喜诗歌，自汉魏以迄唐宋元明清人所作，手录口吟，撷其精要，自为风体"。一方面指出刘善泽诗学渊源的丰富性，另一方面也指出了他创作的勤快与自出机杼。诸多渊源中，刘善泽诗歌取法唐宋最为突出。

刘善泽诗学宗唐主要体现在对杜甫的取法上。刘善泽在《读〈杜工部集〉》中深情地礼赞了杜甫的"诗圣"精神："笔是忠驱更老苍，感时哀愤剧悲凉。千秋字挟风霜气，一代诗争日月光。圣手要为穷所造，天心终使塞而昌。"指出"诗圣"重在感时，重在体现人民性。如前所述，刘善泽的诗歌具有"诗史性"与"人民性"，这正是取法杜甫的具体体现。刘善泽在湖南大学授课时也多讲唐诗，据刘善泽的学生夏国权所记，"腴师重点讲唐诗，甚至专讲杜甫"（夏国权《人品诗品冠冕时流》，见私印本《刘腴深教授纪念集》，第58页）。这也间接反映了刘善泽对唐诗的重视。

刘善泽诗学宗唐还体现在对司空图诗学思想的推崇上。刘善泽在《与人论诗》中写道："日暖蓝田玉蕴烟，欲将何法向人传？希音最好笛无孔，绝调宁须琴有弦。表圣雅言分廿四，孙搴精骑诃三千。从来妙悟臻超诣，第一功深在自然。"特别强调了司空图《二十四诗品》在诗歌创作上的指导作用，尤其指出了"自然"在"二十四诗品"中的重要地位。在《麓山诗社发刊词》中，刘善泽也指出了这一点："昔表圣论诗，品区廿四。然则别裁伪体，明厥趋向，为尤要已。略摘品目，能者择焉。"（私印本《刘腴深教授纪念集》，第98页）刘善泽借诗社发刊词将司空图《二十四诗品》简约列纲，作为"麓山诗社"的创作指引，于中可见一斑。

刘善泽诗学取法宋诗也比较突出，早在少年时期他便以诗歌创作入选晚清宋诗派诗歌选集《同光十子诗选》。刘善泽对宋诗的学习主要体现在这几点上。一方面是诗歌好用典，甚至在部分诗歌中句句用典，如《借米》一诗的后几句，"计口忍教银鹿馁，谋身痴羡土牛安。几时南岳蹲鸥熟，芋火还思就懒残"，连用四个典故，暗含作者的深沉用意。典故的密集也造成了诗歌的偶尔生僻与隔膜。另一方面，刘善泽诗歌的"日常性"非常突出。刘善泽日常吟咏不倦，其诗充当了日常记录的工具，无论是家国大事还是些微小事，均可在诗歌中得到体现。就是从诗题也可以看出，刘善泽诗歌记录了许多日常小事，如《看春耕》《夜坐》《答友人借书》等。整本诗集诗题的记事性十分突出。此外，刘善泽喜用组诗来记事抒情，如《麓山新居偶题十首》《遣兴十首》《六十自述十首》《寓感三首》《览镜见髭须加白二首》等。

刘善泽诗学思想中还有一重突出的为湖南诗歌创作鼓舞张目甚至立宗开派的宗旨。这一点突出地表现在诗歌创作中屡屡提到"张楚"一词上。如《酬王二疏庵》:"张楚期群雅,平居慰所思。"《重宿开福寺忆碧湖诗社旧游》:"留我独吟风张楚,与谁相对月来寮。"刘善泽重视培养学生,往往以诗相赠,鼓舞学生。如:《麓居赠过从诸彦》:"时无颜阖能尊士,世有张华定识君";《学院成业生乞诗为别二首》:"鹏翮培风由此远,济时聊复望群英";《〈九生诗钞〉题词二首》:"楚凤何人调最高,相期群彦补风骚";等等。刘善泽在《麓山诗社发刊词》中也强调:"楚风可补,庶张吾军。""或正始之音,得乎永嘉之末。晚唐韩致尧流寓岳麓,有'最多吟兴是潇湘'之句,三湘七泽间,有闻而兴起者乎!"他还为诗社作品报请当时《大公报》社长张平子同意在大公报上开辟专栏,命名《张楚诗刊》,并抱以期待:"泱泱楚风,可以张矣。"诸此种种,均可见出刘善泽诗学思想中振兴湖湘诗学的深沉用意。

此次再版刘善泽先生《天隐庐诗集》,因刘先生乃晚清、民国诗歌创作的代表性人物,程颂万评其诗"坚光切响,时露怪玮。良以蕴蓄既博,发挥有资,此学人诗也";湘中耆宿陈天倪教授则尊先生"余事尤堪雄一代,诗才如海纳群川";杨树达推许其为"湖外诗人第一流",均赞誉有加。刘善泽又系湖南大学文学院知名教授,著述宏富,桃李天下,故收入"千年学府文库"中乃应有之义。此次整理遵照"千年学府文库"体例,囿于学识,过程中可能有所遗漏错误,尚祈读者教正。

向铁生

2020 年 10 月

整理说明

一、除《沅湘遗民咏》之外，刘善泽诗一直以手稿存世。民国时期王闿运得意门生蔡渔春向刘善泽提议出版其诗集，被刘善泽婉拒。其后幸赖刘善泽长女刘寿彤担心手稿散佚遗失，乃据手稿抄录副本收藏，躲过重重劫难。二十世纪七十年代末，刘寿彤同其弟刘孚永、弟媳谌莹、七妹刘怡静及刘善泽学生陶晋圭、彭星垤、邱石如通力合作，陆续整理完成，一九八九年交由湖南大学出版社出版，名为《天隐庐诗集》。本书为刘善泽《天隐庐诗集》新校本，底本即为湖南大学出版社一九八九年版《天隐庐诗集》，无其他参校本。另附录刘善泽《沅湘遗民咏》一卷、杨树达《刘天隐先生传》、溥儒《处士刘君墓志铭》以及刘善泽《倡立麓山诗社启》《麓山诗社发刊词》《〈张楚诗刊〉小引》等几篇与湖南大学有关的诗学文献。《沅湘遗民咏》为1913年长沙楚益图书社石印本，无其他版本。本书据湖南图书馆藏本整理录入。

二、根据"千年学府文库"编纂体例，此次整理由原繁体竖排改为简体横排。

三、底本目录与诗集正文有不完全符合的，如卷八目录中有《乙卯寄黄蚗庵太史》诗，正文无，因无手稿，也无参校本，故无从增补，今目录中删去。部分目录和正文不符，则加以查证，如卷一"五绝"部分，目录为一九四九年戊子，正文为一九四八年戊子，经查，一九四八年为戊子年，一九四九年为己丑年，刘善泽逝于一九四九年正月，故此处应为一九四八年戊子。部分正文诗题与目录诗题不符的，如目录页准确而正文有误者，则以目录页为准，如卷二《听村叟唱〈愚鼓词〉》，《愚鼓词》为王夫之所撰乐歌，正文诗题脱去"词"字，误，现依目录页补充完整。正文诗题准确而目录页错误的，则依正文改，如卷四《人境二首》，目录页为《入境二首》，诗写隐居，用陶渊明"结庐在人境"典，明显应为"人境"。无其他文献证明目录页准确的，则以正文为准。另有部分诗歌正文顺序与目录顺序不符，现均以正文顺序为准。

四、底本明显的讹误，径加改正，不出校记。常见情况如下：

1. 人名错误："曹子建"误为"曹子健"、"俞曲园"误为"俞曲国"、"扬雄"误作"杨雄"、"赵瀞园"误为"赵静园"等。

2. 地名错误："扬子江"误作"杨子江"。

3. 部分因形近而误："烈妇"误作"烈归"、"白璧"误为"白壁"、"苦热"误为"苦熟"等。

4. 时间错误："甲戌"误作"甲戊"、"上巳"误作"上已"等。

5. 另根据诗歌押韵可推测出底本用字之误，如卷十九《题孙师郑〈翰林诗史阁图〉》"或与天禄堪颉颃"，诗押"七阳"韵，知"颃"字乃"颃"字之误；卷十八《过亡妹静贞殡所》"膝下乏童帅"，全诗押"十五翰"韵，知"帅"字乃"卝"字之误。皆因形近致误。

6. 根据格律可校部分讹误，如卷八《逃暑山舍》"溽暑疑难到，林垧少路通"，"垧"字处当用平声，故"垧"字误，应为"垌"字，因形近致误。

五、避讳字改回本字，如"鱼元机"改回"鱼玄机"。

六、根据国家语言文字规范，对部分异体字作了统一更改，如"刦"改为"劫"、"欵"改为"款"、"虵"改为"蛇"、"厈"改为"厄"等。

七、底本中部分词语两用者，如"濛濛""蒙蒙"，参照当今规范，统一改为"蒙蒙"；"燮""爕"均用于人名，统一改为"燮"；"烂漫""烂熳""烂缦"，统一改为"烂漫"。"仓庚""鸧鹒"，统一改为"仓庚"。

八、为尊重作者语言习惯，部分词语底本用词统一的，与当今规范用语相通的，均不改。如"惟"与"唯"、"那"与"哪"、"匪"与"非"、"销磨"与"消磨"、"徂谢"与"殂谢"、"词赋"与"辞赋"、"作客"与"做客"、"展转"与"辗转"等，按当时语言习惯，均可通用，作者并没有两用，则一仍其旧。

　　九、用于人名的繁体字不改。如"刘蕡""邓埜""陈贰尹"等。

　　十、底本诗句断句有误的，尤其是古体诗部分，今重新标点，无需一一说明。诗题中明确提及专书或画卷名称者，则加上书名号；未确指的，则不加。

向铁生

2020 年 10 月

目　次

上

卷　一 ……………………………………………………………………（001）

　五　绝（公元一八九八年戊戌至一九四八年戊子）……………………（001）

　　看春耕 …………………………………………………………………（001）

　　家大人命赋木兰 ………………………………………………………（001）

　　白云谣 …………………………………………………………………（001）

　　山　夕 …………………………………………………………………（001）

　　读　画 …………………………………………………………………（001）

　　楚文塔 并序 ……………………………………………………………（001）

　　采莲词 …………………………………………………………………（001）

　　月夜偶成 ………………………………………………………………（002）

　　春　晓 …………………………………………………………………（002）

　　闺　思 …………………………………………………………………（002）

　　七　夕 …………………………………………………………………（002）

　　秋江小景 ………………………………………………………………（002）

　　闻　歌 …………………………………………………………………（002）

　　登　舟 …………………………………………………………………（002）

　　舟　兴 …………………………………………………………………（002）

　　公安县 …………………………………………………………………（002）

　　夜次涿州 ………………………………………………………………（002）

　　过曲阜 …………………………………………………………………（003）

　　汉　将 …………………………………………………………………（003）

　　舟行早霁二首 …………………………………………………………（003）

　　西湖月夜 ………………………………………………………………（003）

　　西湖听渔人话故事 ……………………………………………………（003）

　　客　舟 …………………………………………………………………（003）

　　剡　溪 …………………………………………………………………（003）

　　苏州戒幢律寺西园 ……………………………………………………（003）

　　徐州酒肆 ………………………………………………………………（003）

　　潜园追怀何廉访 ………………………………………………………（004）

　　题姜贞毅《荷戈图》图有贞毅自题集唐人句七律四首 …………………（004）

对　镜 ……………………………………………………（004）

木棉谣 ……………………………………………………（004）

乱后登岳阳楼 ……………………………………………（004）

壮士行 ……………………………………………………（004）

古　意 ……………………………………………………（004）

古坟二首 …………………………………………………（004）

丙寅生日 …………………………………………………（004）

江上夜归 …………………………………………………（005）

闺　意 ……………………………………………………（005）

洪廉五太史属题山水册二首 ……………………………（005）

心畬居士取余游麓山诗画扇见贻 ………………………（005）

予性恶博骰赋此自嘲 ……………………………………（005）

偶有感 ……………………………………………………（005）

答友人借书 ………………………………………………（005）

舟　晓 ……………………………………………………（005）

钱塘狗墓村旧传秦桧瘗处 ………………………………（005）

钱塘口号 …………………………………………………（006）

韬光寺 ……………………………………………………（006）

灵隐后山 …………………………………………………（006）

西湖石屋洞 ………………………………………………（006）

懒云窝 ……………………………………………………（006）

雨花台怀古 ………………………………………………（006）

瓜洲渡 ……………………………………………………（006）

芜湖江行 …………………………………………………（006）

抵安庆 ……………………………………………………（006）

忆庐山 ……………………………………………………（006）

秋　心 ……………………………………………………（007）

访　友 ……………………………………………………（007）

江上小景 …………………………………………………（007）

山斋独坐 …………………………………………………（007）

过陈军门 …………………………………………………（007）

客　至 ……………………………………………………（007）

山　行 ……………………………………………………（007）

橘洲感怀 …………………………………………………（007）

夜闻络丝虫 ………………………………………………（007）

为粟生惕庄题旧画 ………………………………………（007）

黄芳久太守见过 …………………………………………（008）

邻家获一雁劝勿杀 ………………………………………（008）

与陈二道恂道故二首 ················ （008）

心畬写《楚山清晓》小帧见贻 ········· （008）

立春后三日行次见梅 ··············· （008）

百　卉 ························· （008）

山　行 ························· （008）

少年行 ························· （008）

入市有感 ······················ （008）

西村值雨 ······················ （009）

园　池 ························· （009）

谷　口 ························· （009）

少　妇 ························· （009）

江上雨歇 ······················ （009）

答禅客 ························· （009）

月下露坐 ······················ （009）

夏　夕 ························· （009）

晚　眺 ························· （009）

访山中人 ······················ （009）

晓　行 ························· （010）

闻　雁 ························· （010）

拟塞下曲 ······················ （010）

题　画 ························· （010）

湘　江 ························· （010）

山　月 ························· （010）

山斋暝坐 ······················ （010）

夜　坐 ························· （010）

寻　梅 ························· （010）

雪中念黎大心巨 ·················· （010）

秋日岳麓山馆 ···················· （011）

山　行 ························· （011）

五女希惠归自海上 ················· （011）

待宾解元楷南不至 ················· （011）

闻　镝 ························· （011）

登回雁峰六女璠质侍 ··············· （011）

移竹岳麓飞凤山仅活一竿 ············ （011）

山中春日 ······················ （011）

折杨柳歌词 ····················· （011）

孤　艇 ························· （011）

雨中自饮马塘归 ·················· （012）

乍 霁 ………………………………………………………… （012）

寄 妹 ………………………………………………………… （012）

题《美人对镜图》 ………………………………………… （012）

夏 眠 ………………………………………………………… （012）

池 上 ………………………………………………………… （012）

江 墅 ………………………………………………………… （012）

杂 树 ………………………………………………………… （012）

题画卷 ………………………………………………………… （012）

题《边人射猎图》 ………………………………………… （012）

掘冢叹 ………………………………………………………… （013）

散 步 ………………………………………………………… （013）

沿涧鱼窘命童子放之 ……………………………………… （013）

征 兵 ………………………………………………………… （013）

农谣二首 ……………………………………………………… （013）

秋 分 ………………………………………………………… （013）

菊 …………………………………………………………… （013）

虚 阁 ………………………………………………………… （013）

山 房 ………………………………………………………… （013）

闲 居 ………………………………………………………… （013）

山 行 ………………………………………………………… （014）

黔兵过 并序 ………………………………………………… （014）

冬日山居六女璠质以汤壶温被 …………………………… （014）

天冻风竹有声 ………………………………………………… （014）

云盖山中石室 ………………………………………………… （014）

送别郭试阶之南阳二首 …………………………………… （014）

漫 成 ………………………………………………………… （014）

客来命儿子出应 …………………………………………… （014）

儿通有沅江之行因勖 ……………………………………… （014）

春日怀麓山 …………………………………………………… （015）

上冢值雨止 …………………………………………………… （015）

客舍春暮忆麓庄 …………………………………………… （015）

见新月有作 …………………………………………………… （015）

西 岩 ………………………………………………………… （015）

彭赐生居士由黔中惠松子 ………………………………… （015）

伊 人 ………………………………………………………… （015）

乱中取随身旧籍反复观之口占 …………………………… （015）

何 往 ………………………………………………………… （015）

雪夜铜泉别业二首 ………………………………………… （015）

卷　二 ·· （016）

七　绝（公元一八九八年戊戌至一九二三年癸亥）········ （016）

春游词三首 ··· （016）

偶　兴 ··· （016）

农　忙 ··· （016）

山行遇雨 ··· （016）

雨后步眺 ··· （016）

春闺思 ··· （016）

赠法华僧 ··· （016）

初夏草堂新霁二首 ··· （017）

睡起即目 ··· （017）

秋闱对月口占 ··· （017）

读《汉高祖本纪》 ··· （017）

题《梦游仙诗卷》二首 ····································· （017）

恭展太高祖尊六公遗像 ····································· （017）

和友人巫山舟次之作 ·· （017）

山村秋晚 ··· （017）

为人戏题女装小像 ··· （017）

立冬后黎筱骚画史饷菊 ····································· （018）

检先外舅行箧得陈兰浦京卿手简 ························ （018）

阅先外舅与李勤恪公谭敬甫中丞赠答之作 ············ （018）

春日自邑垣返南村 ··· （018）

田　燎 ··· （018）

闻赵芷苏侍御解职归田 ····································· （018）

村居小景 ··· （018）

涉　园 ··· （018）

听村叟唱《愚鼓词》 ·· （018）

园圃杂兴二首 ··· （018）

咏金丝海棠 ·· （019）

田间漫兴 ··· （019）

春尽日早起 ·· （019）

嘲　客 ··· （019）

钓　翁 ··· （019）

再咏钓翁 ··· （019）

武昌重过南皮相国抱冰堂三首 ··························· （019）

题宫柳旧画 ·· （019）

樱　桃 ··· （019）

农　村 …………………………………………………（020）

饭农家 …………………………………………………（020）

望　雨 …………………………………………………（020）

题　画 …………………………………………………（020）

归　渡 …………………………………………………（020）

偶　兴 …………………………………………………（020）

湘潭夜月 ………………………………………………（020）

暮　景 …………………………………………………（020）

村　庄 …………………………………………………（020）

层　峦 …………………………………………………（020）

水仙花 …………………………………………………（021）

题画松 …………………………………………………（021）

立春日张大蘅溪见访 …………………………………（021）

听早莺 …………………………………………………（021）

初春遣意 ………………………………………………（021）

纪　梦 …………………………………………………（021）

梅花为风所残 …………………………………………（021）

上冢归途即目 …………………………………………（021）

秦始皇 …………………………………………………（021）

村居春日 ………………………………………………（021）

双星谣 …………………………………………………（022）

题《白桃牡丹燕蝶小卷》 ……………………………（022）

看　山 …………………………………………………（022）

咏墨牡丹二首 …………………………………………（022）

朝　霁 …………………………………………………（022）

感　秋 …………………………………………………（022）

中秋夜咏 ………………………………………………（022）

《兰菊小幅》 …………………………………………（022）

水陆洲晚归 ……………………………………………（022）

武昌夜泊寄书金陵故旧 ………………………………（023）

定州早发 ………………………………………………（023）

芦沟桥 …………………………………………………（023）

京　郊 …………………………………………………（023）

陶然亭 …………………………………………………（023）

丰　台 …………………………………………………（023）

天　津 …………………………………………………（023）

津门送人之辽东 ………………………………………（023）

泰安道中食秋桃甚甘 …………………………………（023）

望岱偕友人 …………………………………………………（023）

济南杂诗四首 ………………………………………………（024）

黄　河 ………………………………………………………（024）

过开封 ………………………………………………………（024）

自京之江左 …………………………………………………（024）

归　舟 ………………………………………………………（024）

旅　夜 ………………………………………………………（024）

孙师郑吏部录予诗入《同光十子诗选》三首 并序 …………（024）

湘　南 ………………………………………………………（024）

记　梦 ………………………………………………………（025）

萧安民明府命诸郎执贽门下 ………………………………（025）

冬日郊外 ……………………………………………………（025）

约友人寻梅 …………………………………………………（025）

早雪见横枝 …………………………………………………（025）

庚戌小除后和静斋见怀 ……………………………………（025）

诣龙泉精舍海印上人画兰见赠 ……………………………（025）

寄王主事季芗 ………………………………………………（025）

赴友人溪涨不得渡 …………………………………………（025）

田间写望 ……………………………………………………（025）

春　暖 ………………………………………………………（026）

观织绫锦有作 ………………………………………………（026）

江上即目 ……………………………………………………（026）

归　舟 ………………………………………………………（026）

校误书 ………………………………………………………（026）

题《湖北水师夜巡图》 ……………………………………（026）

夜　泛 ………………………………………………………（026）

南溪月下 ……………………………………………………（026）

秋轩小坐 ……………………………………………………（026）

待家人归舟 …………………………………………………（026）

谢人送蜀姜 …………………………………………………（027）

园圃杂题 ……………………………………………………（027）

庭　院 ………………………………………………………（027）

早行写望 ……………………………………………………（027）

题《洞庭秋泛图》 …………………………………………（027）

书岩栖头陀壁 ………………………………………………（027）

舟　行 ………………………………………………………（027）

郭　外 ………………………………………………………（027）

池上木芙蓉 …………………………………………………（027）

山斋秋夕 …………………………………………………（027）

江　上 ……………………………………………………（028）

赠黄芳久太守 ……………………………………………（028）

江上至送别友人处 ………………………………………（028）

谢刘聚卿参议赠所刻书 …………………………………（028）

题《田家乐》旧画 ………………………………………（028）

题尹山人和白画梅 ………………………………………（028）

自题《谷梁稗钞》 ………………………………………（028）

自题镌刻玻璃之作 并序 …………………………………（028）

江亭别苍石 ………………………………………………（028）

双枫浦展墓 ………………………………………………（029）

快　雨 ……………………………………………………（029）

返南村草堂 ………………………………………………（029）

杨花湾故里有怀家松山骑尉 ……………………………（029）

落花有感 …………………………………………………（029）

闲　门 ……………………………………………………（029）

幽　居 ……………………………………………………（029）

题　画 ……………………………………………………（029）

渔村散步 …………………………………………………（029）

为危五慕檀题画 …………………………………………（029）

寄山左友人 ………………………………………………（030）

道过江宁 …………………………………………………（030）

杭州道上二首 ……………………………………………（030）

西湖竹枝词 ………………………………………………（030）

孤山读林和靖诗 …………………………………………（030）

访灵隐寺 …………………………………………………（030）

冷泉亭 ……………………………………………………（030）

南屏山张忠烈公墓二首 并序 ……………………………（030）

彭刚直公退省庵 …………………………………………（031）

西湖归兴 …………………………………………………（031）

洞庭归兴 …………………………………………………（031）

题云阳门石额二首 并序 …………………………………（031）

浏水棹歌 …………………………………………………（031）

病酒内人以解酲药进 ……………………………………（031）

粟灵骞为杨节母画竹索题 ………………………………（031）

空　村 ……………………………………………………（031）

春　宵 ……………………………………………………（031）

游岳麓山遇雨云麓宫小憩 ………………………………（032）

山茶过时不开漫赋 …………………………………………………………（032）
江　村 …………………………………………………………………………（032）
暮春杂兴 ………………………………………………………………………（032）
春尽见山花嫣然漫作 …………………………………………………………（032）
城居夏日 ………………………………………………………………………（032）
郊甸小景 ………………………………………………………………………（032）
黄芳老过访有赠 ………………………………………………………………（032）
赠别黎雨民刺史丹之甘肃 ……………………………………………………（032）
王梦湘垂访不值留题却寄 ……………………………………………………（032）
清明展祖墓 ……………………………………………………………………（033）
放　雀 …………………………………………………………………………（033）
戏赠罗庶丹孝廉二首 …………………………………………………………（033）
丧　乱 …………………………………………………………………………（033）
堪儿扇头书予近作 ……………………………………………………………（033）
得罗四子经沪上书 ……………………………………………………………（033）
怀魏二高邮 ……………………………………………………………………（033）
谢郡人饷蕈菰 …………………………………………………………………（033）
咏秦吉了 ………………………………………………………………………（033）
谢生默斋乞题所作画 …………………………………………………………（034）
泊城陵矶 ………………………………………………………………………（034）
三闾祠 …………………………………………………………………………（034）
黄陵庙 …………………………………………………………………………（034）
君　山 …………………………………………………………………………（034）
洞庭舟中 ………………………………………………………………………（034）
黄鹤楼 …………………………………………………………………………（034）
东　游 …………………………………………………………………………（034）
彭城道中寄妹二首 ……………………………………………………………（034）
江北送人归江南 ………………………………………………………………（035）
舟次南通州 ……………………………………………………………………（035）
秦淮水阁 ………………………………………………………………………（035）
京口驿 …………………………………………………………………………（035）
丹阳二首 ………………………………………………………………………（035）
丹徒怀古 ………………………………………………………………………（035）
半淞园 …………………………………………………………………………（035）
入　山 …………………………………………………………………………（035）
汉上送别周郢生太守之沪 ……………………………………………………（035）
过隐者家 ………………………………………………………………………（036）
游山归晚 ………………………………………………………………………（036）

咏　松 ………………………………………………………（036）

客出《扬州风怀诗卷》乞书绝句 ……………………（036）

石霜僧乞撰《重修寺碑》未报二首 …………………（036）

山居秋夕 ………………………………………………（036）

薄暮登定王台 …………………………………………（036）

夜江即目 ………………………………………………（036）

寒　食 …………………………………………………（036）

春　霁 …………………………………………………（037）

蚕　词 …………………………………………………（037）

荷叶饭 …………………………………………………（037）

谷山偕憨公 ……………………………………………（037）

重阳前日 ………………………………………………（037）

游山归示海公 …………………………………………（037）

寄怀徐四实宾蚌埠二首 ………………………………（037）

书女儿寿彤哭丁婿惠和诗卷 …………………………（037）

吾　愧 …………………………………………………（037）

卷　三 …………………………………………………（038）

七　绝（公元一九二四年甲子至一九三五年乙亥）……（038）

海公示寂后追念昔游怃然成咏十首 …………………（038）

题洛阳新出土欧阳通书《泉南生墓志》二首 ………（038）

沅江景星寺过海公墓 …………………………………（038）

展兄墓 …………………………………………………（038）

得王聘三太守消息 ……………………………………（039）

沅江舟次 ………………………………………………（039）

酌酒梅花下 ……………………………………………（039）

检心畬王孙诗翰哀然成帙敬题二首 …………………（039）

黄二学博饫勤言种菜之乐 ……………………………（039）

近日盛行小说家言有叹 ………………………………（039）

遇五台僧 ………………………………………………（039）

黎凫衣太史失砚复得　并序 …………………………（039）

城南白沙泉清冽而甘 …………………………………（039）

题明季殷伯岩画像二首 ………………………………（040）

题　画 …………………………………………………（040）

旧王孙寄惠玉版笺 ……………………………………（040）

汉江待渡 ………………………………………………（040）

金陵解缆 ………………………………………………（040）

金　陵 ……………………………………………………（040）

金陵觅新亭故址 …………………………………………（040）

雨花台 ……………………………………………………（040）

扫叶楼 ……………………………………………………（040）

拜方孝孺先生墓 …………………………………………（041）

将至苏州 …………………………………………………（041）

苏州沧浪亭二首 …………………………………………（041）

胥门夜泊 …………………………………………………（041）

阊门舟中 …………………………………………………（041）

阊　门 ……………………………………………………（041）

饮金阊酒楼 ………………………………………………（041）

席上闻歌 …………………………………………………（041）

杭州清涟寺观鱼 …………………………………………（041）

采莲泾 ……………………………………………………（042）

苏州归兴 …………………………………………………（042）

泊舟无锡县郭外 …………………………………………（042）

游吴越归 …………………………………………………（042）

西湖石坞洞示僧万休 ……………………………………（042）

常州夜泊 …………………………………………………（042）

青阳道中望九华山 ………………………………………（042）

次滁州境 …………………………………………………（042）

江州月夜 …………………………………………………（042）

客中漫作 …………………………………………………（043）

江行遇雨 …………………………………………………（043）

初　归 ……………………………………………………（043）

览镜见髭须加白二首 ……………………………………（043）

感　旧 ……………………………………………………（043）

道上见群羊 ………………………………………………（043）

园菊过时未开 ……………………………………………（043）

郭六复斋自湘阴至 ………………………………………（043）

与履初诒重夜话 …………………………………………（043）

夜　渔 ……………………………………………………（044）

和周渭斋刺史秋夜见投之作 ……………………………（044）

睡眠为鼠所搅二首 ………………………………………（044）

哭郭复初侍读二首 ………………………………………（044）

井　上 ……………………………………………………（044）

晚　途 ……………………………………………………（044）

挽黄木父孝廉 ……………………………………………（044）

郑斋索寄近稿 …………………………………………………… (044)

江上即目 ………………………………………………………… (044)

裕陵为盗所发二首 ……………………………………………… (045)

戊辰岁暮 ………………………………………………………… (045)

为人题《扬州昔游图卷》 ……………………………………… (045)

红豆词 …………………………………………………………… (045)

酬杭州友人见寄 ………………………………………………… (045)

题徐二《扬州行卷》 …………………………………………… (045)

归燕词 …………………………………………………………… (045)

定王台 …………………………………………………………… (045)

题书架 …………………………………………………………… (045)

寒夜即事 ………………………………………………………… (046)

哭曾履初廉访二首 ……………………………………………… (046)

雪霁 ……………………………………………………………… (046)

己巳岁暮奇寒二首 ……………………………………………… (046)

闭门 ……………………………………………………………… (046)

岁晏题茅茨 ……………………………………………………… (046)

入市见难民麕集伤之 …………………………………………… (046)

秋晚园亭寓兴 …………………………………………………… (046)

闻雁书似怀沩居士 ……………………………………………… (046)

月下作 …………………………………………………………… (047)

恭题御笔画帧 …………………………………………………… (047)

赠益阳曾四教授 ………………………………………………… (047)

雪意 ……………………………………………………………… (047)

赠日本桥川子雍 ………………………………………………… (047)

奉迁先考妣改葬长沙伴柩信宿泣志 …………………………… (047)

入夏苦雨 ………………………………………………………… (047)

心畬王孙属题画册二首 ………………………………………… (047)

黄牡丹 …………………………………………………………… (047)

秋江送别 ………………………………………………………… (047)

夜坐检黎六凫衣遗札 …………………………………………… (048)

秋日童氏园林 …………………………………………………… (048)

梦中得句醒后足成之 …………………………………………… (048)

方晓之文学乞题《海山风水图》 ……………………………… (048)

南岳二首 ………………………………………………………… (048)

岳游赠豹岩头陀 ………………………………………………… (048)

城南晚眺 ………………………………………………………… (048)

山寺访僧 ………………………………………………………… (048)

题《陈抟睡像》 …………………………………………（048）

诸儿女学书喜赋 …………………………………………（049）

与客话苏杭诸胜 …………………………………………（049）

送长儿伯任葬哭之二首 …………………………………（049）

自题天隐庐五首 …………………………………………（049）

龚贞女《清闺夜坐图》 …………………………………（049）

午　枕 ……………………………………………………（049）

晚　眺 ……………………………………………………（049）

友人言《续东华录》载有诸故旧疏稿 …………………（049）

得罗四蟫隐书 ……………………………………………（050）

暮云市 ……………………………………………………（050）

见村童于鸦巢探毂止之 …………………………………（050）

游仙次杨三哲甫韵四首 …………………………………（050）

山斋月夜 …………………………………………………（050）

冬日闲题 …………………………………………………（050）

岁暮编近诗成帙 …………………………………………（050）

书　感 ……………………………………………………（050）

岁暮留郡舍 ………………………………………………（050）

检亡儿伯任所著《异语考证》及诗文遗稿 ……………（051）

壬戌除夕哭任儿 …………………………………………（051）

堤　边 ……………………………………………………（051）

江干散步 …………………………………………………（051）

喜　晴 ……………………………………………………（051）

适　兴 ……………………………………………………（051）

为人题《吴江倚棹小景》 ………………………………（051）

发　冢 并序 ………………………………………………（051）

乡村小景 …………………………………………………（051）

秋　夜 ……………………………………………………（052）

阅内典 ……………………………………………………（052）

次和郭三涵斋小茅庵避暑二首 …………………………（052）

秋晚写望 …………………………………………………（052）

题先兄旧画 ………………………………………………（052）

题《苍虬阁集》 …………………………………………（052）

听杨山人时百弹琴 ………………………………………（052）

观五代石晋画佛 并序 ……………………………………（052）

癸酉重阳 …………………………………………………（052）

望湘亭晚眺 ………………………………………………（053）

留酌黄二铁勤 ……………………………………………（053）

杂　兴 ·· （053）

寄塞上书 ·· （053）

避迹村舍自遣 ··· （053）

题《盛孝子维元小像》二首 ································ （053）

吊叶郎园吏部 ··· （053）

墨竹扇面 ·· （053）

喜闻麓山禁游猎 ·· （053）

题吴石明表兄《秋山无尽图》二首 ····················· （054）

客　来 ·· （054）

甲戌岁暮偶成 ··· （054）

新岁偕内人渡江 ·· （054）

陶生晋圭周生祝封丐为文情不可却 ····················· （054）

题五代吴越王钱俶所造经二首 并序 ···················· （054）

敦儿侍予返里门访黎静斋翁二首 并序 ················· （054）

里门劫后 ·· （054）

奉题旧王孙手绘《梁文忠公种树图》二首 ············· （055）

书西山逸士秋景小帧 ·· （055）

赵芷苏学使之丧为七律哭之复成一绝 ·················· （055）

晚　归 ·· （055）

《天隐庐榴瑞图》四首 并序 ······························· （055）

所　思 ·· （055）

冬日忆心畬居士 ·· （055）

寒夜薄醉闻梅香 ·· （055）

卷　四 ·· （056）

七　绝（公元一九三六年丙子至一九三八年戊寅） ········ （056）

丙子元日雪 ·· （056）

题　画 ·· （056）

朝鲜人金铁城惠人蒤 ·· （056）

酬旧友馈酒 ·· （056）

题孙季虞明经《老屋图卷》二首 ·························· （056）

初营麓山 ·· （056）

喜黄翰林蜕庵过二首 ·· （056）

清　明 ·· （057）

圆瑛法师出诗稿属题 ·· （057）

入　山 ·· （057）

儿辈报海棠花开 ·· （057）

题龚圣与画钟馗 …………………………………………………………（057）

江　上 ……………………………………………………………………（057）

小　睡 ……………………………………………………………………（057）

九月十五日夜作 …………………………………………………………（057）

题《松壑画卷》 …………………………………………………………（057）

湘绮先生遗像及诗翰二首 ………………………………………………（058）

剧圃得铜镜一古钱数枚 …………………………………………………（058）

山中忆诸儿女 ……………………………………………………………（058）

江头二首 …………………………………………………………………（058）

居士林放生鸡 ……………………………………………………………（058）

遇旧友 ……………………………………………………………………（058）

心畬王孙写真见贶二首 并序 …………………………………………（058）

得心畬王孙手札 …………………………………………………………（058）

麓山隋文帝仁寿二年佛舍利塔重建落成 ………………………………（059）

麓山新居偶题十首 ………………………………………………………（059）

客来相访初觅吾庐不得 …………………………………………………（059）

成大剑农过予新居 ………………………………………………………（059）

村墅漫作二首 ……………………………………………………………（059）

春日偶兴 …………………………………………………………………（059）

睡　余 ……………………………………………………………………（059）

宿五轮塔院 ………………………………………………………………（060）

有　感 ……………………………………………………………………（060）

漫成二首 …………………………………………………………………（060）

初晴晓行田间 ……………………………………………………………（060）

山　阁 ……………………………………………………………………（060）

暮春江上 …………………………………………………………………（060）

麓山春晓 …………………………………………………………………（060）

上巳前日简成大剑农 ……………………………………………………（060）

雨后棹舟入漭湾港 ………………………………………………………（060）

春晚至苍筤谷 ……………………………………………………………（061）

淫　雨 ……………………………………………………………………（061）

新居多松 …………………………………………………………………（061）

江　涨 ……………………………………………………………………（061）

江涨至门前 ………………………………………………………………（061）

池　上 ……………………………………………………………………（061）

食荔枝 并序 ……………………………………………………………（061）

哭五妹静贞二首 …………………………………………………………（061）

松　坞 ……………………………………………………………………（061）

避暑村舍 …………………………………………………（062）

感　秋 ……………………………………………………（062）

郑从耘太史北行话别 ……………………………………（062）

野　客 ……………………………………………………（062）

乱中六女璠质由香港绕道归久不至 ……………………（062）

即事有作二首 ……………………………………………（062）

旧本山水画轴 ……………………………………………（062）

山居见白兔 ………………………………………………（062）

危生克安周生祝封入山候近状 …………………………（062）

雨后闲坐 …………………………………………………（063）

偶然作 ……………………………………………………（063）

四妹阻兵吴淞 ……………………………………………（063）

示诸女 ……………………………………………………（063）

人境二首 …………………………………………………（063）

北　国 ……………………………………………………（063）

楼　望 ……………………………………………………（063）

返里过静斋饮 ……………………………………………（063）

袖手二首 …………………………………………………（063）

山中偶书 …………………………………………………（064）

偶　兴 ……………………………………………………（064）

秋日乡村 …………………………………………………（064）

重过云盖寺 ………………………………………………（064）

题《盐城程氏谱》并序 …………………………………（064）

衡山道中望岳 ……………………………………………（064）

见豪家筑室所弃枯骨 ……………………………………（064）

过村舍二首 ………………………………………………（064）

野　兰 ……………………………………………………（064）

忆苏杭旧游二首 …………………………………………（065）

麓墅夜望湘郭 ……………………………………………（065）

渡　江 ……………………………………………………（065）

望西山逸士书不至 ………………………………………（065）

湘　江 ……………………………………………………（065）

题徐纶本书画遗册二首 …………………………………（065）

客有怪予断荤腥者二首 …………………………………（065）

暮雪江上归 ………………………………………………（065）

雪中麓山游眺携七女怡静 ………………………………（065）

腊尽大雪 …………………………………………………（066）

雪　晴 ……………………………………………………（066）

德人李华德博士数从予问佛学 ……………………………………（066）

陈雅篁通判乱中自韶州至 …………………………………………（066）

山庄偶题二首 ………………………………………………………（066）

藤　树 ………………………………………………………………（066）

近人掘地多得前代庐墓愀然赋之 …………………………………（066）

杨遇夫教授赠所著书数种 …………………………………………（066）

示儿辈二首 …………………………………………………………（066）

咏　刀 ………………………………………………………………（067）

酬欧阳姻母难中见贻 ………………………………………………（067）

湘潭经赵提学瀞园故里 ……………………………………………（067）

题《曾文正曾忠襄金陵行营图卷》三首 …………………………（067）

旧王孙寄示手编《灵光集》姓氏目录 ……………………………（067）

晏坐二首 ……………………………………………………………（067）

左台生主事遣人送诗简至 …………………………………………（067）

过故阁学朱翁雨田余园 ……………………………………………（067）

题欧阳之钧孝廉垂钓小景 …………………………………………（068）

试　茶 ………………………………………………………………（068）

题《唐女郎鱼玄机集》 ……………………………………………（068）

题龚生《重游洛阳行卷》 …………………………………………（068）

春　晴 ………………………………………………………………（068）

重过碧湖与王湘绮丈海印上人修禊处 ……………………………（068）

麓山隐居夏日三首 …………………………………………………（068）

愁　退 ………………………………………………………………（068）

山斋夏日 ……………………………………………………………（068）

夏日醉题 ……………………………………………………………（069）

江上早秋 ……………………………………………………………（069）

戊寅闰七月 …………………………………………………………（069）

月　夜 ………………………………………………………………（069）

夜归待渡 ……………………………………………………………（069）

居士林看经二首 ……………………………………………………（069）

先人坟墓去麓山十里许晨起望尘有感二首 ………………………（069）

初徙云盖 ……………………………………………………………（069）

依　崖 ………………………………………………………………（069）

山　上 ………………………………………………………………（070）

深林二首 ……………………………………………………………（070）

霜　信 ………………………………………………………………（070）

冬日山行 ……………………………………………………………（070）

放　麑 ………………………………………………………………（070）

大乱二首 ……………………………………………………（070）

怀罗四子经沪上 …………………………………………（070）

乱中避地云盖古刹夜闻狼嗥 ……………………………（070）

劫后过郡墟 ………………………………………………（070）

过五峰庵途中 ……………………………………………（071）

乱罥欲返故居不得 ………………………………………（071）

示儿敦 ……………………………………………………（071）

题画梅 ……………………………………………………（071）

梅　花 ……………………………………………………（071）

卷　五 ………………………………………………………（072）

七　绝（公元一九三九年己卯至一九四八年戊子）…………（072）

徙居后偶作二首 …………………………………………（072）

入山访友遇雪 ……………………………………………（072）

春晴三首 …………………………………………………（072）

山寺雨后 …………………………………………………（072）

己卯春社 …………………………………………………（072）

念麓庄蔷薇 ………………………………………………（072）

落　花 ……………………………………………………（073）

自　断 ……………………………………………………（073）

山　岊 ……………………………………………………（073）

书《杞忧生文稿》…………………………………………（073）

寄曾四星笠杨二遇夫辰阳 ………………………………（073）

清　明 ……………………………………………………（073）

晒　菜 ……………………………………………………（073）

春归又苦阴雨 ……………………………………………（073）

僧　房 ……………………………………………………（073）

蛙　声 ……………………………………………………（073）

喜闻儿女吟诵声 …………………………………………（074）

暮春二首 …………………………………………………（074）

述感二首 …………………………………………………（074）

徐六宝权自冷道写寄近诗 ………………………………（074）

林居夏日二首 ……………………………………………（074）

简族子秉姜秀才 …………………………………………（074）

怀心畬居士 ………………………………………………（074）

五女往滇三儿尚留黔中 …………………………………（074）

林间即景 …………………………………………………（074）

岁暮忆北 ……………………………………………………（075）

闻易鹤雏隐君老屋遭毁伤之 ……………………………（075）

得舒五恺斋书 ……………………………………………（075）

寄儿女滇蜀手书 …………………………………………（075）

郑从耘太史归自旧京 ……………………………………（075）

春日简静斋二首 …………………………………………（075）

闲　居 ……………………………………………………（075）

故纸中得麓泉翘生叔舆哲甫诸老遗笺二首 ……………（075）

寒食日过莲花桥生圹 ……………………………………（075）

将抵曲江二首 ……………………………………………（076）

粤西赠黄君养晖 …………………………………………（076）

漓江一曲 …………………………………………………（076）

龙隐岩观《元祐党籍碑》二首 并序 ……………………（076）

广西遇旧友 ………………………………………………（076）

耒阳访蔡伦墓 ……………………………………………（076）

归　来 ……………………………………………………（076）

新　鬼 ……………………………………………………（076）

展心畬王孙旧札 …………………………………………（077）

立秋后念黔蜀两儿 ………………………………………（077）

与陈雪翁夜话 ……………………………………………（077）

晓　望 ……………………………………………………（077）

答沩山密印寺宝生上人 …………………………………（077）

藕塘晓望 …………………………………………………（077）

见归燕叹滇蜀流人 ………………………………………（077）

庚辰中秋念旅居诸女 ……………………………………（077）

观稚女诚巽甥女张延祺剪秋叶 …………………………（077）

渡　江 ……………………………………………………（077）

怀衡山邓拔贡墍 …………………………………………（078）

岁阑有述二首 ……………………………………………（078）

辛巳开岁简理诗卷二首 …………………………………（078）

杂事上心吟以自遣 ………………………………………（078）

老　鸦 ……………………………………………………（078）

拟巴江竹枝词 ……………………………………………（078）

米价腾踊感赋 ……………………………………………（078）

独　酌 ……………………………………………………（078）

内人为制短褐索句 ………………………………………（078）

近传衡阳群鼠渡江二首 …………………………………（079）

旱象将成得大雨 …………………………………………（079）

夜兴二首 ……………………………………………………（079）

偶 书 …………………………………………………………（079）

赠陈云章世讲 ………………………………………………（079）

铜泉坡 ………………………………………………………（079）

寻北郭故居遗址 ……………………………………………（079）

湘上遣志 ……………………………………………………（079）

春 思 …………………………………………………………（079）

园 居 …………………………………………………………（080）

余生正华来谒询之为门下边振荣弟子 …………………（080）

春闺怨 ………………………………………………………（080）

纷 纭 …………………………………………………………（080）

书三儿妇曾宝莎所藏曾祖父文正公手定妇女功课单 …（080）

寒 食 …………………………………………………………（080）

雨 霁 …………………………………………………………（080）

晚立江浒 ……………………………………………………（080）

咏盆松 ………………………………………………………（080）

新 浴 …………………………………………………………（080）

露 坐 …………………………………………………………（081）

怀西山逸士 …………………………………………………（081）

山 园 …………………………………………………………（081）

村 暝 …………………………………………………………（081）

霜 晓 …………………………………………………………（081）

书龚文学曼甫夕阳诗后 ……………………………………（081）

雪中渡江 ……………………………………………………（081）

友人约往南华宝林寺 ………………………………………（081）

夜雨不寐 ……………………………………………………（081）

题宗人室瑜瑗女郎遗画 ……………………………………（081）

望敦儿重庆书不至 …………………………………………（082）

儿辈生长郡治不能操邑里语 ………………………………（082）

谢君新撰《岳麓小志》 ……………………………………（082）

寄敦儿川东书题牍尾 ………………………………………（082）

戏答方坦翁 并序 ……………………………………………（082）

赵十二寿人嗜茶予颇嗜酒 …………………………………（082）

秋凉念六女璠质巴东 ………………………………………（082）

读《元遗山集》 ……………………………………………（082）

题易氏义亭二首 并序 ………………………………………（082）

有 感 …………………………………………………………（083）

手书促敦儿归 ………………………………………………（083）

春　残 ································· （083）

念心畲王孙二首 ····················· （083）

第三孙贤锐八岁能作豪语 ············· （083）

鄞人王天民以良家子随儿辈同依止 ····· （083）

惠女远归省亲 ······················· （083）

枕上书怀 ··························· （083）

甲申夏挈眷止村民家值倭寇至经宵始出险 ··· （083）

逋　播 ····························· （084）

寺　夕 ····························· （084）

幼女诚巽侍予读书 ··················· （084）

立冬后闻雷 ························· （084）

阅居士参禅录 ······················· （084）

石上听流泉 ························· （084）

铜泉坡旧居被掠古琴尚在 ············· （084）

三女雪芬经岁无消息 ················· （084）

叹　乱 ····························· （084）

小寒节次日雪 ······················· （084）

寺居听雪因忆南村玉屏山庄 ··········· （085）

寺中见蜡梅 ························· （085）

雪后山寺杂兴二首 ··················· （085）

初春寓目 ··························· （085）

偶触感怀 ··························· （085）

静斋隐君题句见讯仅半月遽闻殂逝泫然伤怀 ··· （085）

客　窗 ····························· （085）

饥　岁 ····························· （085）

灌　园 ····························· （085）

忧　旱 ····························· （086）

予避乱每止佛寺 ····················· （086）

霜晓闻雁 ··························· （086）

一　病 ····························· （086）

初归铜泉茅屋 ······················· （086）

由海会寺迁回铜泉别墅 ··············· （086）

乱定三女雪芬归宁 ··················· （086）

寇降连得蜀中女儿书禀 ··············· （086）

听锐孙诵《论语》 ··················· （086）

溪行岸上桃花盛开 ··················· （086）

雨　歇 ····························· （087）

忆旧王孙二首 ······················· （087）

夜　斋 ……………………………………………………（087）

山　庐 ……………………………………………………（087）

中秋月下念诸儿女二首 …………………………………（087）

山庄秋晚 …………………………………………………（087）

书所见 ……………………………………………………（087）

闻将有事于文献 …………………………………………（087）

闺　怨 ……………………………………………………（087）

连得五儿迪化邮寄 ………………………………………（088）

晓　望 ……………………………………………………（088）

柳蜃庵秀才出《家传》属题四首 ………………………（088）

患咯血口占 ………………………………………………（088）

过　江 ……………………………………………………（088）

梧　桐 ……………………………………………………（088）

杂　感 ……………………………………………………（088）

四妹生日书牍尾寄海上 …………………………………（088）

山中写兴 …………………………………………………（088）

雪　中 ……………………………………………………（089）

清明展先墓 ………………………………………………（089）

长　夏 ……………………………………………………（089）

新　沐 ……………………………………………………（089）

杨遇夫教授岭表讲学之行约逾月余 ……………………（089）

客　过 ……………………………………………………（089）

卷　六 ………………………………………………………（090）

五　律（公元一八九八年戊戌至一九二一年辛酉）………（090）

书　癖 ……………………………………………………（090）

春日玉屏山庄二首 ………………………………………（090）

南村杂兴 …………………………………………………（090）

季春县郭外 ………………………………………………（090）

西郭外散步值熊伯威秀才 ………………………………（090）

侍大人西郊散步 …………………………………………（091）

步至近村 …………………………………………………（091）

南村晚行 …………………………………………………（091）

访　客 ……………………………………………………（091）

石霜寺 ……………………………………………………（091）

山寺留别 …………………………………………………（091）

重游道吾山 ………………………………………………（091）

哭适宋氏姊 …………………………………………（091）

入 林 …………………………………………………（092）

山 郭 …………………………………………………（092）

秋 墅 …………………………………………………（092）

孤 村 …………………………………………………（092）

清 游 …………………………………………………（092）

春 芳 …………………………………………………（092）

村墅书兴 ……………………………………………（092）

闲 题 …………………………………………………（092）

中秋饮白龙古刹 …………………………………（093）

春夜观笙宗叟宅对酒 ……………………………（093）

卜镜秋广文留饮 …………………………………（093）

园 居 …………………………………………………（093）

碧 山 …………………………………………………（093）

寄怀里人张大蘅溪 ………………………………（093）

观 涨 …………………………………………………（093）

江 城 …………………………………………………（093）

过野人居 ……………………………………………（094）

键 户 …………………………………………………（094）

池上纳凉 ……………………………………………（094）

濠梁晚眺忆宋五秀才 ……………………………（094）

幽 意 …………………………………………………（094）

江上暝归 ……………………………………………（094）

讯塞外友人 …………………………………………（094）

官 堠 …………………………………………………（094）

舟 游 …………………………………………………（095）

月夜萍乡道上 ……………………………………（095）

遇敕归迁客书赠 …………………………………（095）

放 情 …………………………………………………（095）

城东访孙真人遗迹 ………………………………（095）

县 楼 …………………………………………………（095）

送别陈少修进士 …………………………………（095）

西郊晚步 ……………………………………………（095）

重 阳 …………………………………………………（096）

德宗皇帝挽诗 光绪三十四年戊申十月 …………（096）

雪后经山寺 …………………………………………（096）

诣杨孝子庙 并序 …………………………………（096）

梦殇儿楚良 …………………………………………（096）

屈子祠 …………………………………………………（096）

贾太傅故宅 ……………………………………………（096）

春日郊外人家 …………………………………………（097）

报春女 …………………………………………………（097）

芳　辰 …………………………………………………（097）

春　兴 …………………………………………………（097）

湘妃祠 …………………………………………………（097）

江　堰 …………………………………………………（097）

汀　路 …………………………………………………（097）

芦林潭 …………………………………………………（097）

憨公禅室 ………………………………………………（098）

楚　水 …………………………………………………（098）

程氏武昌鹿山阁 ………………………………………（098）

登晴川阁 ………………………………………………（098）

首夏村墅即兴 …………………………………………（098）

衡　山 …………………………………………………（098）

衡山登祝融峰 …………………………………………（098）

赠南岳头陀 ……………………………………………（098）

衡山访所知不遇 ………………………………………（099）

江夜和车伯夔明府 ……………………………………（099）

清　湘 …………………………………………………（099）

渌江舟次 ………………………………………………（099）

访　寺 …………………………………………………（099）

衡　阳 …………………………………………………（099）

白沙洲 …………………………………………………（099）

江上晚归 ………………………………………………（099）

旅　泊 …………………………………………………（100）

月中城楼写望 …………………………………………（100）

过张苍岩四丈松龄山居 ………………………………（100）

戏呈舅氏 并序 …………………………………………（100）

赠　别 …………………………………………………（100）

荒　村 …………………………………………………（100）

书　懑 …………………………………………………（100）

陈梅生太守招饮京寓 …………………………………（101）

吴江夜泊 ………………………………………………（101）

浦子口 …………………………………………………（101）

浦口早发 ………………………………………………（101）

徐州道上大水 …………………………………………（101）

客　途 …………………………………………………………（101）

江　潭 …………………………………………………………（101）

法源寺与憨公同宿 ……………………………………………（101）

心　境 …………………………………………………………（102）

见《洪宪劝进表》有作二首 …………………………………（102）

北　游 …………………………………………………………（102）

旅　泊 …………………………………………………………（102）

缓　辔 …………………………………………………………（102）

远　客 …………………………………………………………（102）

保定道中 ………………………………………………………（102）

良　乡 …………………………………………………………（103）

开　封 …………………………………………………………（103）

淇　县 …………………………………………………………（103）

送俞绥丞观察还浙 ……………………………………………（103）

郊　兴 …………………………………………………………（103）

答海印上人 ……………………………………………………（103）

江　干 …………………………………………………………（103）

访道者不遇 ……………………………………………………（103）

次韵海印上人 …………………………………………………（104）

谒宋丞相赵忠定公庙 …………………………………………（104）

陪祀李忠烈公祠 并序 …………………………………………（104）

夜江待客 ………………………………………………………（104）

蔡忠烈公祠墓 并序 ……………………………………………（104）

白鹿寺 …………………………………………………………（105）

暮江同海印上人 ………………………………………………（105）

八月既望重游道吾山四首 ……………………………………（105）

江　上 …………………………………………………………（105）

大江舟次值秋分 ………………………………………………（105）

傍晚江岸步眺 …………………………………………………（105）

潭　上 …………………………………………………………（105）

送海印还长沙 …………………………………………………（106）

凭　高 …………………………………………………………（106）

罗顺循提学以所著《船山师友记》见贻 ……………………（106）

夜起闻琴值月上 ………………………………………………（106）

游山憩石上 ……………………………………………………（106）

偶题古刹 ………………………………………………………（106）

悄　坐 …………………………………………………………（106）

左文襄祠 ………………………………………………………（106）

野　望 ……………………………………………………………（107）

古　渡 ……………………………………………………………（107）

溪坞二首 …………………………………………………………（107）

麓山访道林寺遗址 ………………………………………………（107）

忆黎山人 …………………………………………………………（107）

梅殿乡明经新撰《胡文忠公年谱》………………………………（107）

幽　居 ……………………………………………………………（107）

雨后郊外 …………………………………………………………（108）

新　晴 ……………………………………………………………（108）

山　行 ……………………………………………………………（108）

沔　阳 ……………………………………………………………（108）

春　游 ……………………………………………………………（108）

赠杜翘老 …………………………………………………………（108）

雨中憨公过因留共饮 ……………………………………………（108）

楼居秋夕二首 ……………………………………………………（108）

辛酉春东游女婿丁惠和女儿寿彤随行 …………………………（109）

梦中得草深花老句醒后足之 ……………………………………（109）

巴陵夜泊 …………………………………………………………（109）

舟　晓 ……………………………………………………………（109）

岳阳楼望洞庭湖 …………………………………………………（109）

巴陵送人北征 ……………………………………………………（109）

同陈亭子贰尹汉上赋别 …………………………………………（109）

客　途 ……………………………………………………………（110）

旅　夜 ……………………………………………………………（110）

客　路 ……………………………………………………………（110）

初夏宁乡道中 ……………………………………………………（110）

偕海印上人曾二履初游岳麓 ……………………………………（110）

冬耕望雨 …………………………………………………………（110）

龙绛州留饮话旧 …………………………………………………（110）

避　乱 ……………………………………………………………（110）

谒王希虞四舅 ……………………………………………………（111）

偕友人饮潜园 ……………………………………………………（111）

遇刘石仙九丈 ……………………………………………………（111）

敬题何绍基太夫子遗像 …………………………………………（111）

秋斋夕兴 …………………………………………………………（111）

内人为制新衣 ……………………………………………………（111）

独　恨 ……………………………………………………………（111）

卷　七 ·· （112）

五　律（公元一九二二年壬戌至一九三六年丙子） ·········· （112）

壬戌初春 ·· （112）

渔　梁 ·· （112）

哭族老昆公二首 并序 ·· （112）

哀黄恕夫记室 ·· （112）

乱后府学释奠 ·· （112）

次韵海印夜自栗庵过访 ·· （113）

衡　门 ·· （113）

陪王湘绮丈过碧湖诗社 ·· （113）

赠黄芳老 ·· （113）

春　晴 ·· （113）

清　明 ·· （113）

宴郭葆生观察别业即席次韵 ···································· （113）

天　灾 ·· （114）

谢人馈鲜果 ·· （114）

吾　道 ·· （114）

南村旧庐感赋 ·· （114）

赠钱次郇刺史 ·· （114）

村　居 ·· （114）

还浏阳 ·· （114）

回　首 ·· （114）

喜海师过访 ·· （115）

夜游偕海师 ·· （115）

过憨公房 ·· （115）

送程六石巢不及 ·· （115）

怀陈二宜诚 ·· （115）

碧　云 ·· （115）

黄马题画 ·· （115）

舟　夜 ·· （115）

寄陈二石船 ·· （116）

喜得孙师郑太史京邸书 ·· （116）

哭海印上人二首 ·· （116）

闻胡漱唐侍御讣 ·· （116）

题姑苏游草 ·· （116）

奉赠心畲王孙三首 ·· （116）

寄答心畲居士见忆 ·· （116）

秋晚有怀西山逸士 …………………………………………（117）

赠刘石莼统领 ………………………………………………（117）

答　某 ………………………………………………………（117）

示儿堪 并序 …………………………………………………（117）

夏日黎翰林书斋 ……………………………………………（117）

山楼晓起 ……………………………………………………（117）

过桐溪寺 ……………………………………………………（117）

闻　鸟 ………………………………………………………（118）

漭湾市 ………………………………………………………（118）

谒明印长老 …………………………………………………（118）

丙寅除夕 ……………………………………………………（118）

赠宗人阿辂 …………………………………………………（118）

避难投友人 …………………………………………………（118）

怀杜荍生曾履初两先生二首 ………………………………（118）

夷　儿 ………………………………………………………（119）

五妹静贞遣价探近状 ………………………………………（119）

黎薇生庶常招饮爨楼 ………………………………………（119）

别陈彝重参议 ………………………………………………（119）

小　院 ………………………………………………………（119）

自西湖南高峰至北高峰 ……………………………………（119）

小孤山 ………………………………………………………（119）

大孤山 ………………………………………………………（119）

灵隐寺 ………………………………………………………（120）

海上饮谭五瓶斋泽闿宅 ……………………………………（120）

童子谅兵部招饮海上即以留别 ……………………………（120）

海上过别陈伯严三立先生 …………………………………（120）

过沪敏斋十发俶安诸公先后招饮 …………………………（120）

过明故宫 ……………………………………………………（120）

江南道中 ……………………………………………………（120）

芜湖晓发 ……………………………………………………（120）

焦　山 ………………………………………………………（121）

镇　江 ………………………………………………………（121）

真州城外 ……………………………………………………（121）

常州别友 ……………………………………………………（121）

过昆山县怀甫里 ……………………………………………（121）

吴门过刘班侯太令 …………………………………………（121）

寒山寺 ………………………………………………………（121）

报恩寺 ………………………………………………………（121）

剑　池 ……………………………………………………………（122）

出钱塘门 …………………………………………………………（122）

钱塘道上 …………………………………………………………（122）

登安庆郡楼 ………………………………………………………（122）

安庆迎江寺 ………………………………………………………（122）

忆旧隐 ……………………………………………………………（122）

舟中有忆 …………………………………………………………（122）

舟中秋晓 …………………………………………………………（122）

示寿彤 并序 ………………………………………………………（123）

客舍夜坐 …………………………………………………………（123）

客中秋尽纵目 ……………………………………………………（123）

挽黄鹿泉太守 ……………………………………………………（123）

徐隐居行可见访不值 ……………………………………………（123）

立　夏 ……………………………………………………………（123）

步至北渚 …………………………………………………………（123）

急　雨 ……………………………………………………………（124）

村坞人家拟傲屋 …………………………………………………（124）

龙泉精舍示古憨上人 ……………………………………………（124）

次韵郭二尺崖招饮二首 …………………………………………（124）

心畬王孙为画《松阴觅句图》……………………………………（124）

冯梦华中丞挽诗 …………………………………………………（124）

经王益生贡士故居 ………………………………………………（124）

哭徐直庵中翰 ……………………………………………………（125）

成剑农孝廉得茅台酒招饮 ………………………………………（125）

升吉甫制府讣至 …………………………………………………（125）

寄南岳海光上人二首 ……………………………………………（125）

心畬居士寄赠海公《碧湖集》……………………………………（125）

内人李行芳有入山偕隐之约因赋 ………………………………（125）

心畬居士远贻古铜印文曰“佛法僧宝”…………………………（125）

雨　夜 ……………………………………………………………（126）

腊雪寒甚 …………………………………………………………（126）

壬申除夕怀心畬王孙 ……………………………………………（126）

伤　农 ……………………………………………………………（126）

王二疏庵出示《五十自述诗》答赠二首 ………………………（126）

夏五彝郑淑进两太史索寄《赵㼆园集》…………………………（126）

雪蕉亭怀海公 ……………………………………………………（126）

闻黎凫衣太史遭乱无定居 ………………………………………（127）

送陈天倪曾星笠两教授之粤 ……………………………………（127）

李子豪解元过 ································ （127）

孤　村 ···································· （127）

简陈大天倪曾四星笠 ······················ （127）

寓斋除夕 ································· （127）

汪颂年方伯过访 ·························· （127）

鞍子塘追怀童三子谅 ······················ （127）

唐太仓尚书寄赠所撰《诸经大义》 ·········· （128）

赠陈松汀文学 ···························· （128）

山西广济寺僧招游清凉山二首 ·············· （128）

再答广济寺僧之招并言五台瑞应 ············ （128）

吾生二首 ································· （128）

读赵提学《瀞园集》 ······················ （128）

示门下士 ································· （128）

行　遁 ··································· （129）

过山家 ··································· （129）

春　归 ··································· （129）

江村闲憩 ································· （129）

闻　道 ··································· （129）

伤蔡渔春文学 ···························· （129）

僻　巷 ··································· （129）

酬王二疏庵 并序 ··························· （129）

麓庄落成携家渡江 ························ （130）

课　花 ··································· （130）

月夜独酌 ································· （130）

夏日园庐 ································· （130）

乡　间 ··································· （130）

麓山即景 ································· （130）

先妣忌日 ································· （130）

哭师郑吏部 ······························ （131）

心畬居士寄示《灵光集》目录并采拙制 ········ （131）

卷　八 ······································· （132）

五　律（公元一九三七年丁丑至一九三九年己卯） ········· （132）

林　泉 ··································· （132）

赠答黎茶山隐居 ·························· （132）

麓居偶兴 ································· （132）

题宾弥善居士禅室 ························ （132）

雨中过渔湾 …………………………………………………………（132）

过碧浪湖怀亡友许九季纯 …………………………………………（132）

旋　里 ………………………………………………………………（133）

蜉　蝣 ………………………………………………………………（133）

访双溪隐居 …………………………………………………………（133）

中　夜 ………………………………………………………………（133）

铜官渚 ………………………………………………………………（133）

得三儿燮书 …………………………………………………………（133）

喜李赵刘诸生入山相候 ……………………………………………（133）

内人携稚子居铜泉坡茅屋 …………………………………………（134）

晚　蝉 ………………………………………………………………（134）

世　乱 ………………………………………………………………（134）

叙　怀 ………………………………………………………………（134）

山寺投宿 ……………………………………………………………（134）

卜　隐 ………………………………………………………………（134）

湘潭经秦子质提军故宅 ……………………………………………（134）

哭曹四提学梅访 ……………………………………………………（134）

残　年 ………………………………………………………………（135）

丁丑除夕五女希惠乞诗 ……………………………………………（135）

寄黎隐居心巨 ………………………………………………………（135）

枕上闻蛙 ……………………………………………………………（135）

橘洲待渡 ……………………………………………………………（135）

候成大过 ……………………………………………………………（135）

山　雨 ………………………………………………………………（135）

蒿　目 ………………………………………………………………（136）

暮春麓山偶作 ………………………………………………………（136）

麓居初夏 ……………………………………………………………（136）

山寺端阳 ……………………………………………………………（136）

乡报至家庙被毁 ……………………………………………………（136）

季夏不雨 ……………………………………………………………（136）

成大剑农见访山居 …………………………………………………（136）

逃暑山舍 ……………………………………………………………（136）

赠别顾惕生教授 ……………………………………………………（137）

江上夜送客 …………………………………………………………（137）

山居闻警 ……………………………………………………………（137）

开　门 ………………………………………………………………（137）

焦　土 ………………………………………………………………（137）

闻战祸又急 …………………………………………………………（137）

有　客 ……………………………………………（137）

自题《孝经讲疏》 …………………………………（137）

游　兵 ……………………………………………（138）

乱中得万笋庄居士书 ………………………………（138）

杀　气 ……………………………………………（138）

远　害 ……………………………………………（138）

避乱就山寺食 ………………………………………（138）

讯兄子怡 ……………………………………………（138）

感　述 ……………………………………………（138）

林　泉 ……………………………………………（138）

喜何申甫文学至 ……………………………………（139）

寂　坐 ……………………………………………（139）

秋　雁 ……………………………………………（139）

骆绍宾教授赠所著《文选学》 ……………………（139）

次花石戍 ……………………………………………（139）

暮投永丰程銕琛孝廉家一宿 ………………………（139）

运　移 ……………………………………………（139）

过徐四实宾故居 ……………………………………（139）

楼　望 ……………………………………………（140）

唐蔚芝尚书避乱过湘 ………………………………（140）

秋　夜 ……………………………………………（140）

夜出步月 ……………………………………………（140）

与鲍生传简 …………………………………………（140）

三女雪芬偕其婿入山 ………………………………（140）

第三孙贤锐善解人意 ………………………………（140）

寄杨遇夫教授 ………………………………………（140）

戊寅九月二十一夜长沙火 …………………………（141）

奔　窜 ……………………………………………（141）

凌士宜世侄为织绳帽 ………………………………（141）

冬日走谒莲花先茔五女随侍 ………………………（141）

伤乱二首 ……………………………………………（141）

避　难 ……………………………………………（141）

奉寄唐蔚芝尚书 ……………………………………（141）

寺居偶兴 ……………………………………………（142）

避乱云盖禅林值内人五十初度二首 ………………（142）

日闻飞机聒耳二首 …………………………………（142）

山　气 ……………………………………………（142）

赠采药翁 ……………………………………………（142）

五儿敦及冠书勉 …………………………………………………（142）

宗人顺慈挈妇依予避乱云盖 …………………………………（142）

长沙被焚得彭星坻边振荣两生书 ……………………………（143）

偶书所感二首 …………………………………………………（143）

读内典有会二首 ………………………………………………（143）

戊寅海会寺除夕 ………………………………………………（143）

己卯开岁苦雨 …………………………………………………（143）

乱　世 …………………………………………………………（143）

春渐深羁居山寺颇有归意 ……………………………………（143）

怀心畬叔明两王孙二首 ………………………………………（144）

山中感时变有作 ………………………………………………（144）

春山游眺偶作 …………………………………………………（144）

送五妹葬 ………………………………………………………（144）

追怀陈石巢 ……………………………………………………（144）

感　赋 …………………………………………………………（144）

入山后不复讲学 ………………………………………………（144）

羁　思 …………………………………………………………（145）

身　计 …………………………………………………………（145）

寓僧院 …………………………………………………………（145）

宿左氏庄赠曼仲 ………………………………………………（145）

月下作 …………………………………………………………（145）

禅　宫 …………………………………………………………（145）

野　翁 …………………………………………………………（145）

信　步 …………………………………………………………（145）

四女芷祥滇中书至兼示严甥咏卿 ……………………………（146）

海会寺牡丹花时忆三四两女 …………………………………（146）

山　行 …………………………………………………………（146）

山中即事 ………………………………………………………（146）

杨二积微曾约曾四枣园与予卜邻 ……………………………（146）

怀徐六绍周徐七季含昆仲 ……………………………………（146）

愁叹二首 ………………………………………………………（146）

夏日乡居 ………………………………………………………（147）

林馆仲夏 ………………………………………………………（147）

见林野遍掘壕垒有叹 …………………………………………（147）

立秋后作 ………………………………………………………（147）

得杨二积微辰阳书却寄 ………………………………………（147）

怀赵寿人教授曾俌蜀中 ………………………………………（147）

古寺写怀二首 …………………………………………………（147）

自　遣 ……………………………………………………… （148）

海会寺寓 …………………………………………………… （148）

山　房 ……………………………………………………… （148）

简杨遇夫曾星笠教授二首 ………………………………… （148）

寄侄女豫璇时遭母丧 ……………………………………… （148）

上　山 ……………………………………………………… （148）

林　园 ……………………………………………………… （148）

秋　山 ……………………………………………………… （149）

寓觉公院怀王大青垞 ……………………………………… （149）

屏迹自遣二首 ……………………………………………… （149）

所闻有感二首 ……………………………………………… （149）

放　鱼 ……………………………………………………… （149）

题所寓僧院 ………………………………………………… （149）

僧房夜坐 …………………………………………………… （149）

雪 …………………………………………………………… （150）

雪朝有作 …………………………………………………… （150）

己卯腊月二十八日立春作 ………………………………… （150）

下

卷　九 ……………………………………………………… （151）

五　律（公元一九四〇年庚辰至一九四八年戊子）……… （151）

早　春 ……………………………………………………… （151）

郊行欲雨 …………………………………………………… （151）

出　世 ……………………………………………………… （151）

闲　步 ……………………………………………………… （151）

西　坞 ……………………………………………………… （151）

春日兰若 …………………………………………………… （151）

羁居写怀 …………………………………………………… （152）

兰若寄居重见燕 …………………………………………… （152）

春暮微疾感怀 ……………………………………………… （152）

兵　来 ……………………………………………………… （152）

山居巴壶天张楚珩两君见访 ……………………………… （152）

山中僧舍 …………………………………………………… （152）

山馆春暮 …………………………………………………… （152）

适性二首 …………………………………………………… （152）

全州途次 …………………………………………………… （153）

桂　郡 ……………………………………………………… （153）

旅桂闻警 ……………………………………………………（153）

远　归 ………………………………………………………（153）

山中喜内侄李良翰至 ………………………………………（153）

闻宾弥善居士示寂 …………………………………………（153）

寄唐劭华明经 ………………………………………………（153）

夏　服 ………………………………………………………（154）

夙　兴 ………………………………………………………（154）

寄天倪益阳 …………………………………………………（154）

深　居 ………………………………………………………（154）

谷山保宁寺 …………………………………………………（154）

怀　归 ………………………………………………………（154）

命寿女寄书燮敦两儿 ………………………………………（154）

岩　屋 ………………………………………………………（154）

乍归别墅 ……………………………………………………（155）

示禅客 ………………………………………………………（155）

庚辰冬至寄示燮敦两儿蜀中 ………………………………（155）

挽张二明吾 …………………………………………………（155）

冬夜遣怀 ……………………………………………………（155）

长沙烬后晤郑从耘太史 ……………………………………（155）

冬日野步书田舍 ……………………………………………（155）

郊墅杂赋 ……………………………………………………（155）

女贞树 ………………………………………………………（156）

庚辰岁尽二首 ………………………………………………（156）

庚辰除夕对酒 ………………………………………………（156）

守　分 ………………………………………………………（156）

念四女芷祥云南 ……………………………………………（156）

寄邱逸渔秀才 ………………………………………………（156）

得　句 ………………………………………………………（156）

乡　村 ………………………………………………………（157）

示　客 ………………………………………………………（157）

贻汤勺亭文学 ………………………………………………（157）

穷　栖 ………………………………………………………（157）

幽　情 ………………………………………………………（157）

茅　庐 ………………………………………………………（157）

晓　旭 ………………………………………………………（157）

长沙火后得罗四子经之书 …………………………………（157）

念　旧 ………………………………………………………（158）

自　儆 ………………………………………………………（158）

入夏忧旱 …………………………………………………………… （158）

梦游西蜀 …………………………………………………………… （158）

息　心 ……………………………………………………………… （158）

山　居 ……………………………………………………………… （158）

答旅蜀旧友 ………………………………………………………… （158）

凉　信 ……………………………………………………………… （158）

山　客 ……………………………………………………………… （159）

块　坐 ……………………………………………………………… （159）

闻唐蔚老健在喜作 ………………………………………………… （159）

县人王君应韩书来过推不佞 ……………………………………… （159）

秋夜思 ……………………………………………………………… （159）

过麓庄 ……………………………………………………………… （159）

残　黎 ……………………………………………………………… （159）

辛巳冬至前夕 ……………………………………………………… （159）

寄茶山隐居 ………………………………………………………… （160）

再徙蔺家湾避乱二首 ……………………………………………… （160）

仲冬既望避地同内人对月有感 …………………………………… （160）

顽　敌 ……………………………………………………………… （160）

田　舍 ……………………………………………………………… （160）

辛巳小除夕 ………………………………………………………… （160）

春日山馆写怀 ……………………………………………………… （160）

闻内侄孙李性宽宜昌战殁 ………………………………………… （161）

雨后步眺 …………………………………………………………… （161）

蹙　额 ……………………………………………………………… （161）

酬旧友入山有赠 …………………………………………………… （161）

水　灾 并序 ………………………………………………………… （161）

物　外 ……………………………………………………………… （161）

壬午重阳 …………………………………………………………… （161）

两年中六女遣嫁安徽袁梓平七女遣嫁福建林乐义 ……………… （161）

徂　令 ……………………………………………………………… （162）

学　道 ……………………………………………………………… （162）

物　色 ……………………………………………………………… （162）

杨吟秋杨又穆两文学数年不相闻有忆 …………………………… （162）

癸未元旦是日立春 ………………………………………………… （162）

一　丘 ……………………………………………………………… （162）

课幼女诚巽 ………………………………………………………… （162）

春分渡江 …………………………………………………………… （162）

步至南涧 …………………………………………………………… （163）

癸未上巳雪 ·· （163）

溁湾市渡江 ·· （163）

敦儿客重庆久 ··· （163）

过居士林作 ·· （163）

骤　暑 ··· （163）

夏杪寄遇夫星笠辰溪 ··· （163）

湘　西 ··· （163）

即　景 ··· （164）

山　屋 ··· （164）

征兵急目睹里民惶遽状而伤之 ·· （164）

伤　妹 并序 ··· （164）

癸未除夕 ·· （164）

多　年 ··· （164）

兵火中念旧王孙 ··· （164）

予六十生日敦儿夫妇客重庆适于是时举一男 ····························· （165）

晚春山庄 ·· （165）

变　局 ··· （165）

山园夏日 ·· （165）

巷　哭 ··· （165）

甲申夏再留云盖二首 ··· （165）

危难中贻刘海楼明府 ··· （165）

寺　夕 ··· （166）

传闻四女七女避寇入黔因念四妹 ·· （166）

杀　运 ··· （166）

五女适梁学干阻乱愆期取道巴东于归 ······································ （166）

度五女长孙女已过巴东入蜀 ·· （166）

寿彤诗思大进勉之 ··· （166）

冬至寓舍述感 ··· （166）

雍孙负笈沅陵阻寇念甚 ··· （166）

暮寒二首 ·· （167）

冬　草 ··· （167）

怀　抱 ··· （167）

世　浊 ··· （167）

客过书所感 ·· （167）

近　游 ··· （167）

夕　飧 ··· （167）

朱二长松惠赀存问 ··· （168）

倭寇退思归别业 ··· （168）

杨二遇夫辰溪将归喜作 …………………………………………（168）

客过郊居 ………………………………………………………（168）

安 适 …………………………………………………………（168）

晚 步 …………………………………………………………（168）

百 感 …………………………………………………………（168）

月夜述怀 ………………………………………………………（168）

白 露 …………………………………………………………（169）

饥 民 …………………………………………………………（169）

北 阜 …………………………………………………………（169）

丙戌除夕 ………………………………………………………（169）

喜得心畬寄怀之作次韵奉答 …………………………………（169）

春社后漫题 ……………………………………………………（169）

长孙贤拥二十生日兼示次孙贤恭 ……………………………（169）

答 客 …………………………………………………………（169）

麓山诗社示诸生兼呈同人二首 ………………………………（170）

新秋记异 ………………………………………………………（170）

荒 湾 …………………………………………………………（170）

凉 至 …………………………………………………………（170）

丁亥九月九日 …………………………………………………（170）

遣嫁孙女孟庄 …………………………………………………（170）

挽大兴冯翁公度 ………………………………………………（170）

蹇 劣 …………………………………………………………（171）

次韵宗人廉秋文学 ……………………………………………（171）

神 识 …………………………………………………………（171）

身 闲 …………………………………………………………（171）

麓山寺讲佛遗教经 ……………………………………………（171）

追怀心巨 ………………………………………………………（171）

过方大叔章 ……………………………………………………（171）

卷 十 …………………………………………………………（172）

七 律（公元一八九八年戊戌至一九二四年甲子）……………（172）

南村春日 ………………………………………………………（172）

春 晴 …………………………………………………………（172）

入 山 …………………………………………………………（172）

湘江月夜怀远 …………………………………………………（172）

清明前游山写兴 ………………………………………………（172）

湘江晚眺 ………………………………………………………（172）

春郊信步至定王台 ……………………………………（173）

江亭小憩 ………………………………………………（173）

经林塘遇雨 ……………………………………………（173）

报李养瑜秀才 …………………………………………（173）

舟中春暮 ………………………………………………（173）

青枫浦 …………………………………………………（173）

入　山 …………………………………………………（173）

郊外和张大蘅溪 ………………………………………（173）

秋　墅 …………………………………………………（174）

秋日野兴 ………………………………………………（174）

秋江晚眺 ………………………………………………（174）

次韵蘅溪闻樨庵秋禊 …………………………………（174）

冬至后三日作 …………………………………………（174）

舟行值骤雨 ……………………………………………（174）

春晴与张大蘅溪散步 …………………………………（174）

途中值晴 ………………………………………………（174）

待　僧 …………………………………………………（175）

送易进士由甫之官江右 ………………………………（175）

赠龙部郎毅夫 …………………………………………（175）

徐苍石孝廉过浩园联句 ………………………………（175）

赠黄琴苔拔贡 …………………………………………（175）

孙师郑太史寄示所著骈体文 …………………………（175）

题船山旧藏《通鉴》残帙 并序 ……………………（175）

即事简黄五松琴五首 …………………………………（176）

寄孙季虞明经 …………………………………………（176）

岳麓和袁进士慢亭 ……………………………………（176）

山　行 …………………………………………………（176）

闲　趣 …………………………………………………（176）

夜行寄兴 ………………………………………………（176）

江　浒 …………………………………………………（177）

潇　湘 …………………………………………………（177）

涉雪闲眺 ………………………………………………（177）

春　游 …………………………………………………（177）

九日同黄笥腴御史端麒登高 …………………………（177）

新堤谒郭分巡留宿兵舰夜起 …………………………（177）

自长沙返里女儿寿彤随侍 ……………………………（177）

旧　病 …………………………………………………（177）

醉后登定王台 …………………………………………（178）

湘潭途次 …………………………………………………………（178）

赠苍石 徐孝廉实宾晚号"苍石" …………………………………（178）

与黄芳久太守夜话 ………………………………………………（178）

出京留别诸友 ……………………………………………………（178）

江亭夕兴 …………………………………………………………（178）

读 史 ……………………………………………………………（178）

寄答陈贻重参议二首 ……………………………………………（178）

伏龙山谒曾文正公墓二首 ………………………………………（179）

次韵海印上人招游麓山 …………………………………………（179）

四月江村晚霁 ……………………………………………………（179）

张季直殿撰为书联僭成一律 ……………………………………（179）

湘上晚晴逢憨长老 ………………………………………………（179）

示内人 ……………………………………………………………（179）

壬子秋日过武昌 …………………………………………………（179）

赠神鼎山常静长老 ………………………………………………（180）

撰《三礼注汉制疏证》十六卷成 ………………………………（180）

鹿泉翘生诸老同集海公禅室 ……………………………………（180）

咏 鹰 ……………………………………………………………（180）

徐四实宾割赠家藏善本旧籍 ……………………………………（180）

许九将北行过谈送别 ……………………………………………（180）

江行有怀 …………………………………………………………（180）

长江舟中 …………………………………………………………（180）

暮渡江 ……………………………………………………………（181）

河南道士漫述 ……………………………………………………（181）

不寐题旅舍壁 ……………………………………………………（181）

北 驿 ……………………………………………………………（181）

河朔旅情 …………………………………………………………（181）

自天津入京 ………………………………………………………（181）

都门法源寺与海公夜话 …………………………………………（181）

初到家 ……………………………………………………………（181）

丙辰人日程子大洪味丹两词人见过 ……………………………（182）

郊居寄徐四实宾 …………………………………………………（182）

东 郊 ……………………………………………………………（182）

曾编修重伯约陪湘绮翁登高以病不及践 ………………………（182）

丙辰九月书事四首 袁氏僭号"洪宪" ……………………………（182）

秋夜宴俞伯琴明府宅 ……………………………………………（182）

丙辰十月望夕与诸文士饮江上 …………………………………（183）

哭袁户部叔瑜 ……………………………………………………（183）

岁暮怀兄永州妹沪上 ································ （183）

丁巳除夕简徐四实宾 ································ （183）

赠刘竺根明府 ···································· （183）

戊午除夕 ·· （183）

次韵静斋《四十初度》二首 ·························· （183）

送海公之京 ······································ （184）

浮　荣 ·· （184）

庚申元日和杜翘翁 ································ （184）

新春人事稍简 ···································· （184）

岳麓与长女婿丁惠和 ································ （184）

乡　村 ·· （184）

答潘侠忱孝廉书问 ································ （184）

久离邑里初归 ···································· （184）

简秦冠叟镇军 ···································· （185）

奉简昆山族老 ···································· （185）

宿天竺寺 ·· （185）

岳鄂王墓二首 ···································· （185）

孤山吊林处士二首 ································ （185）

钱塘江 ·· （185）

嘉　兴 ·· （185）

真娘墓 并序 ······································ （186）

江东逢故人德清张四 ································ （186）

客怀和韵 ·· （186）

自吴下至徐淮 ···································· （186）

水　程 ·· （186）

壬戌上巳过故居 ·································· （186）

烽　火 ·· （186）

丁以坚文学于坊间得予《沅湘遗民咏》旧稿 ·········· （187）

周笠樵舍人挽诗 ·································· （187）

雨　夕 ·· （187）

过龙泉精舍 ······································ （187）

憨公携诗至走笔和之 ································ （187）

影　堂 ·· （187）

春日黄仲长学博过访 ································ （187）

江　湾 ·· （187）

客　来 ·· （188）

杨锡侯观察招饮 ·································· （188）

吉莲青明府挽诗 ·································· （188）

次韵海印上人璃湖见忆 ……………………………………（188）

补祝粟谷青户部生日 …………………………………………（188）

答汤勋阶上舍和韵 ……………………………………………（188）

甲子病中杂题三首 ……………………………………………（188）

三月三日 ………………………………………………………（189）

感　昔 …………………………………………………………（189）

病目二首 ………………………………………………………（189）

鸥庄桃花盛开主人不在感而赋之 主人姓刘 ……………………（189）

江涨二首 并序 …………………………………………………（189）

行经村舍遂止宿 ………………………………………………（189）

程六子大返湘留饮 ……………………………………………（190）

海公禅房 ………………………………………………………（190）

师郑吏部都门书至 ……………………………………………（190）

与海公湖亭小憩 ………………………………………………（190）

甲子九月忆两妹 ………………………………………………（190）

卷十一 …………………………………………………………（191）

七　律（公元一九二五年乙丑至一九二八年戊辰）……………（191）

哭杨进士锡侯 …………………………………………………（191）

乙丑四十一岁生日 ……………………………………………（191）

宴坐怀寄禅海印两上人 ………………………………………（191）

潜园禊集 ………………………………………………………（191）

上　冢 …………………………………………………………（191）

怀程六武昌 ……………………………………………………（191）

夏夕寓园留酌黄二仲长 ………………………………………（192）

初夏过何少仙廉访园居 ………………………………………（192）

望　雨 …………………………………………………………（192）

喜　雨 …………………………………………………………（192）

江　阁 …………………………………………………………（192）

消夏和韵 ………………………………………………………（192）

书怀二首 ………………………………………………………（192）

家兄雨人寄《史记》及笔帖以诗报之 ………………………（193）

兵　过 …………………………………………………………（193）

中秋值徐无党 …………………………………………………（193）

乱后返湘 ………………………………………………………（193）

罗叔蕴学金得内府刻画笺抚汉碑见贻 ………………………（193）

偶题简郭六编修复斋 …………………………………………（193）

乙丑岁暮独酌遣怀 ………………………………………………（193）

答萧处州叔衡 ……………………………………………………（193）

怀南煦初文学蕲水 ………………………………………………（194）

蜕园同萧漱云杜翘生吴雁舟曾重伯诸翰林宴集 ………………（194）

舟次汉江听人谈陕西形胜 ………………………………………（194）

秋日野外 …………………………………………………………（194）

方坦伯孝廉过谈近事 ……………………………………………（194）

尘　居 ……………………………………………………………（194）

马王疑冢 并序 …………………………………………………（194）

丙寅醉司命日偶赋二首 …………………………………………（195）

四十三岁生日二首 ………………………………………………（195）

初至杭州与四妹同游西湖 ………………………………………（195）

余杭晤吴绹斋提学道旧 …………………………………………（195）

净慈寺 ……………………………………………………………（195）

去杭州七年复过西湖 ……………………………………………（195）

西泠印社题壁 ……………………………………………………（195）

西湖得陈大天倪书 ………………………………………………（196）

遣兴十首 丁卯四月作 …………………………………………（196）

西　兴 ……………………………………………………………（196）

白　门 ……………………………………………………………（196）

道出江宁陈伯弢大令锐以诗集见示 ……………………………（197）

吴淞酒楼与四妹夫妇夜话 ………………………………………（197）

次韵程子大分巡海上招饮 ………………………………………（197）

海上次韵曾重伯太守 ……………………………………………（197）

江州道士 …………………………………………………………（197）

夜　泊 ……………………………………………………………（197）

寓馆写怀四首 ……………………………………………………（197）

安　庆 ……………………………………………………………（198）

安庆西郊谒余忠宣公墓 …………………………………………（198）

安庆大观亭与王罴庵对酒 ………………………………………（198）

舒州道中 …………………………………………………………（198）

皖　江 ……………………………………………………………（198）

客途晓发 …………………………………………………………（198）

旅途杂感 …………………………………………………………（198）

江南客感四首 ……………………………………………………（199）

归途早发 …………………………………………………………（199）

归　舟 ……………………………………………………………（199）

洞庭舟中 …………………………………………………………（199）

湘　浦 …………………………………………………………（199）

江干步月 ………………………………………………………（199）

睡　起 …………………………………………………………（199）

数月不省心畬居士消息 …………………………………………（200）

丁卯中秋偕五妹寓楼对月二首 …………………………………（200）

与五妹中秋对月忆四妹申江 ……………………………………（200）

怀徐四实宾江右 …………………………………………………（200）

黎太史薇生六十初度二首 ………………………………………（200）

丁卯重阳 ………………………………………………………（200）

兵隙中送陈大天倪曾四星笠赴辽沈讲席二首 …………………（200）

书李亦元太史《雁影斋遗稿》后 ………………………………（201）

丁卯除夕湖南北有战争 …………………………………………（201）

人　事 …………………………………………………………（201）

黄饫勤广文七十生日二首 ………………………………………（201）

饮黎逎翁荷池二首 ………………………………………………（201）

屏　迹 …………………………………………………………（201）

感怀次黎六清逎过饮寓斋五首 并序 ……………………………（202）

逎翁复叠前韵见和次酬 …………………………………………（202）

答逎翁《无题》三叠前韵五首 …………………………………（202）

逎翁复示《后无题五章》四叠前韵五首 ………………………（202）

次韵黎凫衣太史过饮 ……………………………………………（203）

湘阴过郭筠仙侍郎读书处 ………………………………………（203）

山行写兴 ………………………………………………………（203）

兵燹后过南村故居 ………………………………………………（203）

题《觉道禅人行脚图》 …………………………………………（203）

读《杜工部集》 …………………………………………………（203）

避乱投山村 ……………………………………………………（204）

白沙梵舍吊明印禅师 ……………………………………………（204）

过旧藩属 ………………………………………………………（204）

夜坐忆罗四子经 …………………………………………………（204）

秋怀二首 ………………………………………………………（204）

戊辰九日寄黎六薇生 ……………………………………………（204）

赵芷孙侍御七十生日 ……………………………………………（204）

吴自修学使哀挽 …………………………………………………（205）

和蘅溪秋社 ……………………………………………………（205）

落叶次幔亭韵二首 ………………………………………………（205）

徐勤轩孝廉挽诗 …………………………………………………（205）

忧　患 …………………………………………………………（205）

黄籽舆太守出示守天津时政书 ……………………………………（205）

卷十二 …………………………………………………………（206）

七 律（公元一九二九年己巳至一九三六年丙子）……………（206）

潜园春宴 …………………………………………………………（206）

春社后一日潜园小集 ……………………………………………（206）

徐四实宾之丧既为古诗哭之复成一律 …………………………（206）

村 庄 ……………………………………………………………（206）

春日闲咏 …………………………………………………………（206）

清明不得归 ………………………………………………………（206）

南岳福严寺留别 …………………………………………………（207）

得福严寺僧书 ……………………………………………………（207）

漫 兴 ……………………………………………………………（207）

楼 居 ……………………………………………………………（207）

有怀张秀才邹文学 ………………………………………………（207）

送人归省 …………………………………………………………（207）

海印招饮龙祠 ……………………………………………………（207）

黄蜕庵太史作《新万古愁曲》 …………………………………（207）

赠黄太守芳舟 ……………………………………………………（208）

村墅秋日 …………………………………………………………（208）

感 怀 ……………………………………………………………（208）

闻黄琴苔隐君讣 …………………………………………………（208）

得郑斋太史蓟门书 ………………………………………………（208）

秋 兴 ……………………………………………………………（208）

喜童子谅兵部自衡山脱险归 ……………………………………（208）

得曾太史伋庵抵汉消息 …………………………………………（208）

曾重伯太守卒于湘阴旅次二首 …………………………………（209）

岁暮怀兄永州妹沪上 ……………………………………………（209）

己巳除夕二首 ……………………………………………………（209）

春夜宴客 …………………………………………………………（209）

次韵陈诒重侍郎浦口渡江南发 …………………………………（209）

春夜何氏园林 ……………………………………………………（209）

即事简友二首 ……………………………………………………（209）

夏日山馆作 ………………………………………………………（210）

消暑同樊樊山方伯韵 ……………………………………………（210）

闲 愁 ……………………………………………………………（210）

题《梅山归养图》 ………………………………………………（210）

有感次韵 ……………………………………………………（210）

月夜怀徐健实内翰黎承寿选贡 ………………………………（210）

报彭菽原诗翁 …………………………………………………（210）

偶有感 …………………………………………………………（211）

次韵邹际生上舍学宫释奠二首 ………………………………（211）

次韵杜太史翘翁见赠 …………………………………………（211）

赫曦台闲憩 ……………………………………………………（211）

村野秋日 ………………………………………………………（211）

暮　归 …………………………………………………………（211）

料　理 …………………………………………………………（211）

次答瀣园诗老投赠 ……………………………………………（212）

题守先学舍兼示郭二赤崖二首 ………………………………（212）

哭杜翘生先生二首 并序 ………………………………………（212）

苦雨拨闷 ………………………………………………………（212）

寄答方坦伯广文 ………………………………………………（212）

中秋次韵 ………………………………………………………（212）

过西村人家 ……………………………………………………（213）

秋夜喜雨 ………………………………………………………（213）

访西村隐居 ……………………………………………………（213）

江　楼 …………………………………………………………（213）

物　我 …………………………………………………………（213）

衡　岳 …………………………………………………………（213）

题雷怡甫文学昆仲合作画卷 …………………………………（213）

读徐四实宾《苍石斋遗稿》君客死天津 ……………………（213）

金陵归客言故人王恺琴见讯 …………………………………（214）

朱节妇诗 并序 …………………………………………………（214）

寄汤瀑秋暨家秉姜两秀才 ……………………………………（214）

辛未除夕二首 …………………………………………………（214）

过紫薇禅寺追怀湘绮鹿泉翘生诸老 …………………………（214）

书　怀 …………………………………………………………（214）

郊墅夕兴 ………………………………………………………（214）

哭长儿堪二首 并序 ……………………………………………（215）

余尧衢廉访以新诗题扇见赠 …………………………………（215）

晚晴江上 ………………………………………………………（215）

赠　客 …………………………………………………………（215）

壬申八月十五夜怀四妹广州 …………………………………（215）

次韵赵瀣园学使见怀 …………………………………………（215）

再寄瀣园学使 …………………………………………………（215）

长女寿彤三十生日 ……………………………………………（216）

陈大尊闻愤于萤语以诗解之 …………………………………（216）

湘浦春夕 ………………………………………………………（216）

黄梅岑秀才归述其师探询之雅 ………………………………（216）

自题《明季沅湘遗民咏》旧稿 并序 …………………………（216）

葵园公祭诗 并序 ………………………………………………（217）

秋夕追怀海公 …………………………………………………（217）

闲　居 …………………………………………………………（217）

暮投山村 ………………………………………………………（217）

秋霁登麓山 ……………………………………………………（217）

岳麓书院老桂和徐六绍周 ……………………………………（217）

周子干进士挽词 ………………………………………………（217）

癸酉除夕 ………………………………………………………（218）

潜园会饮饯程十发 ……………………………………………（218）

闲　意 …………………………………………………………（218）

甲戌五十初度五首 ……………………………………………（218）

转　境 …………………………………………………………（218）

初夏荷池小集吊王益吾祭酒 …………………………………（218）

和人见赠二首 …………………………………………………（219）

访马王湖故址 …………………………………………………（219）

伊蒲精舍同宾楷南解元夜坐 …………………………………（219）

拟居乡未果 ……………………………………………………（219）

石船屡贻诗简因以酬寄 ………………………………………（219）

闻　警 …………………………………………………………（219）

山　园 …………………………………………………………（219）

睡　起 …………………………………………………………（220）

江楼晚眺 ………………………………………………………（220）

奉祝心畬叔明王孙母寿二首 …………………………………（220）

示长女寿彤 ……………………………………………………（220）

追怀萧太史立炎 ………………………………………………（220）

过学舍作 ………………………………………………………（220）

答海月禅人 ……………………………………………………（220）

学馆主讲示诸生 ………………………………………………（221）

留别学馆诸生四首 ……………………………………………（221）

偶返里门偕友访茶山黎隐居二首 ……………………………（221）

山斋夕兴 ………………………………………………………（221）

哭赵芷荪学使 …………………………………………………（221）

岁暮村庄枕上作 ………………………………………………（221）

麓山觅栖隐处 ……………………………………………………（222）

丙子岁初葺麓山居二首 …………………………………………（222）

五十三岁生日作 …………………………………………………（222）

偶　成 ……………………………………………………………（222）

西　阁 ……………………………………………………………（222）

谋　生 ……………………………………………………………（222）

访陆广文山庄 ……………………………………………………（222）

题唐韵琴女史《秋丝阁诗草》 …………………………………（222）

乡村闲步偶忆罗涵原文学 ………………………………………（223）

西　墅 ……………………………………………………………（223）

夕阳坐亭子上 ……………………………………………………（223）

孙季翁跌车伤足 …………………………………………………（223）

山居岁暮 …………………………………………………………（223）

卷十三 ………………………………………………………………（224）

七　律（公元一九三七年丁丑至一九三九年己卯）………………（224）

春　游 ……………………………………………………………（224）

西山逸士写《移居图》见寄 ……………………………………（224）

闲　窗 ……………………………………………………………（224）

清明展仲兄墓 ……………………………………………………（224）

遣　意 ……………………………………………………………（224）

闲　兴 ……………………………………………………………（224）

麓庄偶兴 …………………………………………………………（225）

春　晴 ……………………………………………………………（225）

春日山庄偶题 ……………………………………………………（225）

晚眺值所期客 ……………………………………………………（225）

雨中田舍写望 ……………………………………………………（225）

麓庄杂兴 …………………………………………………………（225）

近年杜余郭曾黎程曹诸公相继徂谢 ……………………………（225）

杨二曾四将于麓庄近处卜宅 ……………………………………（225）

晚春书感 …………………………………………………………（226）

闻陈散原先生讣 …………………………………………………（226）

澄园遇李长者 ……………………………………………………（226）

夏日山庄 …………………………………………………………（226）

山馆夜兴 …………………………………………………………（226）

客来述近事 ………………………………………………………（226）

与周楚风夜坐联句 ………………………………………………（226）

夜宿西楼 ……………………………………………………………（226）

念西山逸士 …………………………………………………………（227）

向夕过西村人家 ……………………………………………………（227）

仲秋麓山别业忆旧 …………………………………………………（227）

寇机飞弹或劝予凿室避之漫答二首 ………………………………（227）

惊定偶作 ……………………………………………………………（227）

将返乡园止宿逆旅 …………………………………………………（227）

击　缶 ………………………………………………………………（227）

西坞秋夕 ……………………………………………………………（228）

江　村 ………………………………………………………………（228）

撰《〈论语〉郑注疏》遭乱旋辍 并序 ………………………………（228）

虚　阁 ………………………………………………………………（228）

江　畔 ………………………………………………………………（228）

送　客 ………………………………………………………………（228）

答友二首 ……………………………………………………………（228）

麓庄梦亡友程六子大 ………………………………………………（229）

《九生诗钞》题词二首 ……………………………………………（229）

冬早郊居游眺 ………………………………………………………（229）

苦　忆 ………………………………………………………………（229）

丁丑冬至 ……………………………………………………………（229）

莳松竹 ………………………………………………………………（229）

丁丑岁阑漫述 ………………………………………………………（229）

戊寅元日 ……………………………………………………………（230）

铜泉坡茅屋 …………………………………………………………（230）

农　节 ………………………………………………………………（230）

丛刊中见周生名晖撰予事述 ………………………………………（230）

郊墅春望 ……………………………………………………………（230）

麓山劫后偶作二首 …………………………………………………（230）

曾四星笠邀同杨二遇夫小饮麓山酒楼 ……………………………（230）

新晴江上纵目 ………………………………………………………（231）

残　年 ………………………………………………………………（231）

山　家 ………………………………………………………………（231）

春　深 ………………………………………………………………（231）

戊寅先大夫百岁诞日 ………………………………………………（231）

春晚村墅雨中游眺 …………………………………………………（231）

张十三子羽见访山庄 ………………………………………………（231）

麓居赠过从诸彦 ……………………………………………………（231）

泛　舟 ………………………………………………………………（232）

得四妹吴中书云将迁桂 …………………………………… （232）

草　庵 ……………………………………………………… （232）

蔬　水 ……………………………………………………… （232）

学院成业生乞诗为别二首 ………………………………… （232）

赠人新婚 …………………………………………………… （232）

示外孙丁启佑 ……………………………………………… （232）

秋　夕 ……………………………………………………… （233）

中秋玩月和石巢 …………………………………………… （233）

重宿开福寺忆碧湖诗社旧游 ……………………………… （233）

友人问近状 ………………………………………………… （233）

过湘乡曾文正公故宅 ……………………………………… （233）

山中怀杨遇夫曾星笠两教授 ……………………………… （233）

决　河 ……………………………………………………… （233）

漫　作 ……………………………………………………… （234）

书　斋 ……………………………………………………… （234）

江　村 ……………………………………………………… （234）

次酬星笠辰溪见寄并答遇夫疏庵四首 …………………… （234）

题《三游洞行卷》 ………………………………………… （234）

郡城焚离麓山避地云盖 …………………………………… （234）

云盖寺 ……………………………………………………… （234）

云盖山中 …………………………………………………… （235）

忧国和敏斋翁 ……………………………………………… （235）

山中即事 …………………………………………………… （235）

避　地 ……………………………………………………… （235）

寄居海会禅刹 ……………………………………………… （235）

曾浴云秀才蜀中书至 ……………………………………… （235）

静斋以《六十杂述》见示 ………………………………… （235）

冬夜海会禅寺 ……………………………………………… （235）

戊寅岁暮 …………………………………………………… （236）

向　夕 ……………………………………………………… （236）

寺居答亲旧 ………………………………………………… （236）

河西新得生圹 ……………………………………………… （236）

寄候唐茹经尚书 …………………………………………… （236）

晓　起 ……………………………………………………… （236）

五妹之殇忽经两春因寄四妹海上 ………………………… （236）

寺居睡起散步 ……………………………………………… （236）

橘洲渡 ……………………………………………………… （237）

山寺寄居 …………………………………………………… （237）

羁寓中忆岳麓别业 ……………………………………………（237）

兰若题壁 …………………………………………………………（237）

与陈雪轩赞府话旧 ………………………………………………（237）

寄所知 ……………………………………………………………（237）

旧业经乱凋耗殆尽感赋 …………………………………………（237）

礼六祖真相 ………………………………………………………（238）

华严寺赠佛航头陀 ………………………………………………（238）

山寺遇旧 …………………………………………………………（238）

赠　妇 ……………………………………………………………（238）

山栖闻时事 ………………………………………………………（238）

山寺端午 …………………………………………………………（238）

怀老友陈天倪 ……………………………………………………（238）

至自营生圹处二首 ………………………………………………（238）

山寺旦夕 …………………………………………………………（239）

忆《沅湘耆旧集续编》并序 ……………………………………（239）

宿山家 ……………………………………………………………（239）

周生籍汉入山迎予避乱 …………………………………………（239）

病　风 ……………………………………………………………（239）

病风少愈 …………………………………………………………（239）

可　叹 ……………………………………………………………（239）

陶君鼎勋过山舍 …………………………………………………（240）

寄徐六绍周道州二首 ……………………………………………（240）

赠吴万谷文学 ……………………………………………………（240）

海会禅林夜坐 ……………………………………………………（240）

严甥咏卿四女芷祥由安南入滇 …………………………………（240）

七女怡静将之桂林四妹寓 ………………………………………（240）

己卯山寺中秋 ……………………………………………………（240）

秋分后一夕作 ……………………………………………………（241）

渔　湾 ……………………………………………………………（241）

寒　溪 ……………………………………………………………（241）

羁　栖 ……………………………………………………………（241）

己卯重九 …………………………………………………………（241）

次韵疏庵寄怀 ……………………………………………………（241）

过府学宫遗址 ……………………………………………………（241）

寄舒姜箴居士 ……………………………………………………（241）

窟　室 ……………………………………………………………（242）

挽曾敬贻太守 ……………………………………………………（242）

山　房 ……………………………………………………………（242）

寒夜杂咏 ……………………………………………………………（242）

山夕怀盅园 …………………………………………………………（242）

岁暮有怀恭邸 ………………………………………………………（242）

己卯除夕仍留海会寺 ………………………………………………（242）

卷十四 ………………………………………………………………（243）

七 律（公元一九四〇年庚辰至一九四三年癸未）……………（243）

庚辰新岁自咏 ………………………………………………………（243）

李肖聃教授辰溪见怀 ………………………………………………（243）

观 心 ………………………………………………………………（243）

寓馆偶兴 ……………………………………………………………（243）

思江南旧游 …………………………………………………………（243）

独行堤上有怀枣园积微 ……………………………………………（243）

题《春闺夜思图》……………………………………………………（244）

春暮再过生圹 ………………………………………………………（244）

残春别业 ……………………………………………………………（244）

客 过 ………………………………………………………………（244）

书寺壁 ………………………………………………………………（244）

山 塘 ………………………………………………………………（244）

次渌口 ………………………………………………………………（244）

桂林道中 ……………………………………………………………（244）

桂林喜晤予倩四妹夫妇 ……………………………………………（245）

留别四妹 ……………………………………………………………（245）

粤西归途书感 ………………………………………………………（245）

耒阳吊杜工部衣冠墓 ………………………………………………（245）

卑 湿 ………………………………………………………………（245）

林 栖 ………………………………………………………………（245）

得友人札询近著 ……………………………………………………（245）

徐七季含五十赠言 …………………………………………………（245）

题杨蕙卿女史《泉清阁诗草》………………………………………（246）

念 儿 ………………………………………………………………（246）

飞 梦 ………………………………………………………………（246）

长 林 ………………………………………………………………（246）

寥落二首 ……………………………………………………………（246）

楚 眺 ………………………………………………………………（246）

夜行写兴 ……………………………………………………………（246）

重阳前寄燮敦两儿渝州 ……………………………………………（247）

何适园老友寄示近诗 ……………………………………（247）

挽左军年通侯 ……………………………………………（247）

书　感 ……………………………………………………（247）

寺居写怀 …………………………………………………（247）

痛定书事四首 并序 ………………………………………（247）

别云盖作 …………………………………………………（248）

周生籀汉请刊所著书漫答 ………………………………（248）

和寄杞忧生 ………………………………………………（248）

赠张宗骞文学 ……………………………………………（248）

追怀湖社诸老 ……………………………………………（248）

冬　夜 ……………………………………………………（248）

辛巳岁首立春试笔 ………………………………………（248）

五十七岁生日自述五首 …………………………………（249）

溪山即景 …………………………………………………（249）

过城北怀雷劭青秀才 ……………………………………（249）

过郡庐废址 ………………………………………………（249）

念故居 ……………………………………………………（249）

吊印光法师 ………………………………………………（249）

怀罗四上虞 ………………………………………………（250）

西坨夕兴 …………………………………………………（250）

怀子羽蜀中 ………………………………………………（250）

勉幼子作锡并示诸儿孙 …………………………………（250）

四月八日居士林礼佛作 …………………………………（250）

借米二首 …………………………………………………（250）

不得旧王孙消息 …………………………………………（250）

草　屋 ……………………………………………………（251）

立秋后作 …………………………………………………（251）

感　秋 ……………………………………………………（251）

赵曾俦教授过访失值 ……………………………………（251）

哭蒋六吉秀才 ……………………………………………（251）

忆　书 ……………………………………………………（251）

叹　书 并序 ………………………………………………（251）

村舍夕兴 …………………………………………………（252）

秋野有忆 …………………………………………………（252）

陈仲威文学偕叶君来候 …………………………………（252）

次韵心巨 …………………………………………………（252）

寄　友 ……………………………………………………（252）

流　祸 ……………………………………………………（252）

竖 子 …………………………………………………… (252)

日寇进窥长沙混战中作 ……………………………… (252)

蔺家湾中秋月下 ……………………………………… (253)

逃 难 …………………………………………………… (253)

日寇退长沙二首 ……………………………………… (253)

经战地 ………………………………………………… (253)

长沙战后远道亲旧书问 ……………………………… (253)

辛巳除夕五女希惠自沪间道归 ……………………… (253)

壬午元旦 ……………………………………………… (253)

梦亡友徐实宾孝廉见访 ……………………………… (254)

晏 起 …………………………………………………… (254)

和赵十二寿人居士林见投之作 ……………………… (254)

近人谬以经学词章相推许赋此自嘲 ………………… (254)

长女寿彤四十生日二首 ……………………………… (254)

翟画士翊写真见赠 …………………………………… (254)

挽聂母崇德老人 并序 ………………………………… (254)

题诗简 并序 …………………………………………… (255)

岁暮杂怀 ……………………………………………… (255)

岁暮自郭门返铜泉别业 ……………………………… (255)

新岁至居士林 ………………………………………… (255)

真 境 …………………………………………………… (255)

癸未生日危克安何申甫及李魏范诸生公宴 ………… (255)

生日赵十二寿人补诗为祝 …………………………… (255)

生日次和万谷 ………………………………………… (256)

春日题别墅 …………………………………………… (256)

园墅杂赋 ……………………………………………… (256)

三月杪微雨中写意 …………………………………… (256)

春 归 …………………………………………………… (256)

花时已过偶作 ………………………………………… (256)

幽 趣 …………………………………………………… (256)

自题诗稿 ……………………………………………… (256)

龚曼甫文学以梁文忠鼎芬遗墨见贻 ………………… (257)

春夏间病腹泄 ………………………………………… (257)

番 茄 …………………………………………………… (257)

今 病 …………………………………………………… (257)

示族孙爱晖俊荣 ……………………………………… (257)

观园丁艺植 …………………………………………… (257)

平居杂怀三首 ………………………………………… (257)

斋　居 …………………………………………………………（258）

尊闻盅园余习约同拙篱宴集 ……………………………（258）

陈大天倪赵十二寿人过访 ………………………………（258）

静斋从里中寄诗次韵 ……………………………………（258）

秋夜偶兴 …………………………………………………（258）

所闻有感 …………………………………………………（258）

学　风 ……………………………………………………（258）

得山东王赵二生书问 ……………………………………（258）

俭先兄手札有感 …………………………………………（259）

题所居壁二首 ……………………………………………（259）

茶山枉书见讯 ……………………………………………（259）

怀亡友曾履初易由甫杨锡侯及门下诸子 ………………（259）

题曾文正左文襄二公遗像 ………………………………（259）

居士林偶成二首 …………………………………………（259）

暮雨适霁见月有怀 ………………………………………（259）

次韵赵十二见赠 …………………………………………（260）

得敦儿渝州书安慰备至 …………………………………（260）

寄敦儿 ……………………………………………………（260）

王二疏庵六十初度索句 …………………………………（260）

吊道吾长老 并序 …………………………………………（260）

龙八黄溪暨其令人七十 …………………………………（260）

见老友黎心巨女公子《蕉云阁诗》 ……………………（260）

忆故园 ……………………………………………………（261）

冬日展拜先茔 ……………………………………………（261）

冬深夜望 …………………………………………………（261）

卷十五 ……………………………………………………（262）

七　律（公元一九四四年甲申至一九四八年戊子）………（262）

甲申元旦二首 ……………………………………………（262）

新　年 ……………………………………………………（262）

岁日寻览黎大心巨客腊赠诗及书却寄 …………………（262）

寄太仓尚书唐蔚芝先生 …………………………………（262）

六十自述十首 予生于光绪十一年乙酉二月，甲申六十初度，明年乙酉实六十一岁 …（262）

崦　西 ……………………………………………………（263）

山斋晓起 …………………………………………………（263）

无　妨 ……………………………………………………（263）

赠答杨二遇夫时讲学辰阳 ………………………………（263）

寄黎大心巨兼答所赠 ……………………………………………（264）

闰四月 …………………………………………………………（264）

杀 机 …………………………………………………………（264）

兵祸骤亟念诸儿女二首 …………………………………………（264）

喜女儿脱险 并序 ………………………………………………（264）

甲申夏携眷避寇湘潭乡陬值端午二首 …………………………（264）

野 愤 …………………………………………………………（265）

避寇三徙复至云盖 ………………………………………………（265）

题胡氏二烈女事略后 并序 ……………………………………（265）

月夜怀旧 ………………………………………………………（265）

伤郑从耘编修家溉 ………………………………………………（265）

偶 遣 …………………………………………………………（265）

觉 衰 …………………………………………………………（265）

山寺夜兴 ………………………………………………………（266）

寺 寓 …………………………………………………………（266）

避地中秋 ………………………………………………………（266）

崖楼秋夜书兴 …………………………………………………（266）

寺夕偶成 ………………………………………………………（266）

与寺僧夜话 ……………………………………………………（266）

赠施伯刚进士 …………………………………………………（266）

山寺晓起 ………………………………………………………（266）

山寺闲眺 ………………………………………………………（267）

林 庐 …………………………………………………………（267）

岩 扉 …………………………………………………………（267）

哀赵慎之文学 …………………………………………………（267）

哭黎隐君心巨二首 并序 ………………………………………（267）

兵祸二首 ………………………………………………………（267）

冬夜自省 ………………………………………………………（268）

甲申除夕二首 …………………………………………………（268）

乙酉岁旦遣怀 …………………………………………………（268）

与心畬王孙闻问隔绝岁日怀之 …………………………………（268）

乙酉二月六十一岁生日 …………………………………………（268）

春渐深仍阻乱 …………………………………………………（268）

牡丹盛开寺僧乞诗 ………………………………………………（268）

农月有感 ………………………………………………………（269）

难中龚何危李诸子迭相存济二首 ………………………………（269）

申甫来候去后简寄 ………………………………………………（269）

避地何文学申甫山庄 ……………………………………………（269）

芷祥怡静两女儿闻由桂赴筑 ………………………………………（269）

答客问禅旨 …………………………………………………………（269）

予家有曾文正公紫檀木榻经乱失去 公之女曾孙是予三儿妇，榻媵嫁物也 …（269）

故郡沦陷瞬届期年二首 ……………………………………………（270）

哭通儿 并序 …………………………………………………………（270）

晕绝仆地旋起戏作示家人 …………………………………………（270）

匡　坐 ………………………………………………………………（270）

难中喜晤赵十二寿人二首 …………………………………………（270）

乙酉书事二首 并序 …………………………………………………（270）

倭寇受降后入郡郭 …………………………………………………（271）

言归铜泉别墅 ………………………………………………………（271）

战息别贮山厂书籍太半幸存 ………………………………………（271）

四妹夫妇挈女转徙驰书讯问 妹婿欧阳予倩精研戏剧 ………………（271）

兵后答浙友见寄 ……………………………………………………（271）

邀施进士伯刚至自营生圹处 ………………………………………（271）

有访不遇 ……………………………………………………………（271）

梁君焕九述其节母袁孺人行实求诗 ………………………………（271）

园墅闲兴 ……………………………………………………………（272）

感示儿辈 ……………………………………………………………（272）

就麓山讲席 …………………………………………………………（272）

乙酉除夕 ……………………………………………………………（272）

丙戌元旦试作 ………………………………………………………（272）

早春麓山讲舍 ………………………………………………………（272）

丙戌生日二首 ………………………………………………………（272）

寒　食 ………………………………………………………………（273）

早　行 ………………………………………………………………（273）

书遣二首 ……………………………………………………………（273）

得敦儿兰州书将赴迪化 ……………………………………………（273）

寄敦儿时在迪化 ……………………………………………………（273）

寄敦儿乌鲁木齐 ……………………………………………………（273）

铜泉坡过夏 …………………………………………………………（273）

闻成孝廉剑农客死贵阳 ……………………………………………（274）

案头水晶莹洁可爱取笔咏之 ………………………………………（274）

始归麓庄 ……………………………………………………………（274）

喜旧友过 ……………………………………………………………（274）

次韵蒋生济轩兼示王生毅 …………………………………………（274）

萧生聿斋自海上抵湘偕其兄过候 …………………………………（274）

端居忆北 ……………………………………………………………（274）

麓山讲舍示诸生 …………………………………………………（274）

杪秋江馆杂赋 ……………………………………………………（275）

念　女 并序 ………………………………………………………（275）

夜斋闲述 …………………………………………………………（275）

雪中见梅 …………………………………………………………（275）

丁亥元旦 …………………………………………………………（275）

立春前日雪 ………………………………………………………（275）

闰二月 ……………………………………………………………（275）

村　居 ……………………………………………………………（275）

《潇湘雅集图卷》 …………………………………………………（276）

午寝示客 …………………………………………………………（276）

酬友人见访 ………………………………………………………（276）

遇夫教授旧有结邻之约至今未遂 ………………………………（276）

麓山社集 …………………………………………………………（276）

与人论诗 …………………………………………………………（276）

送　春 ……………………………………………………………（276）

夏日园墅 …………………………………………………………（276）

伤晚近风俗二首 …………………………………………………（277）

肖聘教授招同杨王谭刘诸君子会饮李园 ………………………（277）

徐余习居士新筑落成 ……………………………………………（277）

一　夕 ……………………………………………………………（277）

倭寇万人冢筑成二首 ……………………………………………（277）

旧王孙心畲居士书来 ……………………………………………（277）

秋日忆旧 …………………………………………………………（277）

晴　望 ……………………………………………………………（278）

离郭门西渡 ………………………………………………………（278）

夜起书寄五儿新疆 ………………………………………………（278）

敦儿三十初度乞诗 ………………………………………………（278）

诸儿女各有甘旨之奉因而写怀 …………………………………（278）

丁亥除夕 …………………………………………………………（278）

戊子元旦 …………………………………………………………（278）

春日述兴 …………………………………………………………（278）

雨　中 ……………………………………………………………（279）

雨晴村墅 …………………………………………………………（279）

追怀凤逸庵文学 …………………………………………………（279）

湘　山 ……………………………………………………………（279）

访贾太傅故宅 ……………………………………………………（279）

赠潘硈基教授 ……………………………………………………（279）

麓山怀古 ……………………………………………………（279）

隔江望郡郭自喜庄居小有丘壑之胜 ………………………（279）

卿生石麟过候投诗答之 ……………………………………（280）

喜儿敦自新疆归省 …………………………………………（280）

皮鹿门先生百岁公祭 戊子十一月十四日 ……………………（280）

腊月十五夜玩月 ……………………………………………（280）

岁暮怀杨遇夫教授岭南 ……………………………………（280）

佩珩先生八十自写《纪游图卷》 …………………………（280）

卷十六 …………………………………………………（281）

五　古（公元一八九八年戊戌至一九〇八年戊申）………（281）

南村草堂 ……………………………………………………（281）

侍　亲 ………………………………………………………（281）

古意二首 ……………………………………………………（281）

田园杂诗三首 ………………………………………………（281）

家淞芙兄招宴白鹤庄 ………………………………………（282）

得适欧阳氏四妹问秋抵梧州书 ……………………………（282）

书示邻人兄弟 ………………………………………………（282）

山鸟篇 并序 …………………………………………………（282）

杂　诗 ………………………………………………………（283）

村墅春日 ……………………………………………………（283）

春日偕亲友登旧传孙真人炼丹处 …………………………（283）

闲　述 ………………………………………………………（283）

游　山 ………………………………………………………（283）

寻西山隐者不遇 ……………………………………………（284）

田　庐 ………………………………………………………（284）

升　高 ………………………………………………………（284）

徂　夏 ………………………………………………………（284）

山村暮归 ……………………………………………………（284）

暮　景 ………………………………………………………（285）

次黄厘叔韵 …………………………………………………（285）

大　雪 ………………………………………………………（285）

访欧阳蔼丞先生 ……………………………………………（285）

酒星行赠族楚钦 ……………………………………………（285）

杂兴十五首 …………………………………………………（285）

朝出县郭门 …………………………………………………（286）

涉江即目 ……………………………………………………（287）

山　行 …………………………………………………………………（287）

闺　情 …………………………………………………………………（287）

山　家 …………………………………………………………………（287）

南村道上遇黎心巨秀才先程 …………………………………………（287）

夏日城南草堂 …………………………………………………………（287）

山行愆甚 ………………………………………………………………（288）

晚步县郭外 ……………………………………………………………（288）

江浒散步 ………………………………………………………………（288）

游山杂兴四首 …………………………………………………………（288）

次韵张蘅溪明府秋怀 …………………………………………………（289）

过　滩 …………………………………………………………………（289）

答宗老 …………………………………………………………………（289）

游山同张大蘅溪即次其韵 ……………………………………………（289）

冬日田家杂兴 …………………………………………………………（289）

月下作 …………………………………………………………………（290）

月夜怀彭山人蕙堂 ……………………………………………………（290）

道吾山 …………………………………………………………………（290）

咏韩烈女 并序 …………………………………………………………（290）

题书斋 …………………………………………………………………（290）

岁暮篁冈将返山居话别 ………………………………………………（291）

游望偶作 ………………………………………………………………（291）

晨起酌梅花下 …………………………………………………………（291）

答梁辟园孝廉 …………………………………………………………（291）

始春偶题 ………………………………………………………………（291）

村　农 …………………………………………………………………（291）

晓起寻田翁闲话 ………………………………………………………（291）

心巨病中索诗却寄 ……………………………………………………（292）

晨　兴 …………………………………………………………………（292）

山行止宿古寺 …………………………………………………………（292）

追怀李惕仁孝廉 ………………………………………………………（292）

食松菌 …………………………………………………………………（292）

郊　行 …………………………………………………………………（292）

剧　笋 …………………………………………………………………（293）

西溪暮归 ………………………………………………………………（293）

怨　情 …………………………………………………………………（293）

旅　泊 …………………………………………………………………（293）

理箧得名宿陈兰甫先生与先外舅李公雨亭手简 ……………………（293）

采莲曲 …………………………………………………………………（294）

秋夕山斋 ……………………………………………… （294）

赠涂质初学博 ………………………………………… （294）

秋霁与汪绍安贰尹兆梅淮川临泛 …………………… （294）

晨　坐 ………………………………………………… （294）

出　郭 ………………………………………………… （295）

闲　意 ………………………………………………… （295）

秋胡行 ………………………………………………… （295）

自　嘲 时选训导职 …………………………………… （295）

卷十七 ……………………………………………… （296）

五　古（公元一九〇九年己酉至一九二七年丁卯）… （296）

登巨湖山 ……………………………………………… （296）

衡州过船山书院 ……………………………………… （296）

夏日池馆 ……………………………………………… （296）

叹邻妇 ………………………………………………… （296）

早起郊外 ……………………………………………… （296）

饭道人家 ……………………………………………… （297）

山中作 ………………………………………………… （297）

山中秋至 ……………………………………………… （297）

寄　兴 ………………………………………………… （297）

秋闺咏 ………………………………………………… （297）

九月九日和陶靖节韵 ………………………………… （297）

题顾宁人王而农黄太冲三先生遗像 ………………… （298）

人日东池宴集 并序 …………………………………… （298）

感怀九首 ……………………………………………… （298）

与陈芷青大令偶谈名理 ……………………………… （299）

读《后汉逸民传》 …………………………………… （299）

酬刘廉生广文秋夕见投 ……………………………… （299）

湘江夜泛 ……………………………………………… （299）

上巳碧浪湖禊集 ……………………………………… （299）

寄四妹问秋海上 ……………………………………… （300）

林　塘 ………………………………………………… （300）

晓　行 ………………………………………………… （300）

寄怀张明吾秀才 ……………………………………… （300）

客　途 ………………………………………………… （301）

洞庭遇风 ……………………………………………… （301）

过鹦鹉洲 ……………………………………………… （301）

大明湖 ……………………………………………………… （301）

夜渡黄河 …………………………………………………… （301）

丙辰九月王船山先生生日释菜礼成 ……………………… （301）

秋　禊 并序 ………………………………………………… （302）

看菊同胡少卿明府 ………………………………………… （302）

曾咏周观察约游九嶷 ……………………………………… （302）

南楼寄怀胡漱唐侍御 ……………………………………… （302）

秋夜简胡定臣参议 ………………………………………… （302）

周笠樵舍人留饮 …………………………………………… （303）

庚申人日饮何少仙廉访潜园 ……………………………… （303）

夜梦刘愚公别驾 …………………………………………… （303）

饮何少仙廉访池馆 ………………………………………… （303）

赠曾履初廉访 ……………………………………………… （303）

怀黎太史薇生 ……………………………………………… （304）

怀易隐君鹤雏 ……………………………………………… （304）

答黄本父孝廉 ……………………………………………… （304）

《寒灯风树图》 为王啸苏文学题 ………………………… （304）

偶作示家人 ………………………………………………… （304）

贞雁篇 并序 ………………………………………………… （304）

崇兰篇 并序 ………………………………………………… （305）

泛秦淮 ……………………………………………………… （305）

夕次镇江 …………………………………………………… （305）

重至西湖遍历湖上诸山洞 ………………………………… （305）

扬子江晚泊 ………………………………………………… （306）

与童员外子谅秋早写望 …………………………………… （306）

夜座怀程六子大 …………………………………………… （306）

古　意 ……………………………………………………… （306）

俯　仰 ……………………………………………………… （306）

江　夜 ……………………………………………………… （306）

秒秋简李小石部郎 ………………………………………… （307）

哭长女婿丁惠和 …………………………………………… （307）

屋漏和余尧衢廉访 ………………………………………… （307）

楚国两贤妇 ………………………………………………… （307）

韭园古冢诗 并序 …………………………………………… （307）

补韭园古冢诗 并序 ………………………………………… （308）

甲子除夕吊海公 …………………………………………… （309）

喜长儿堪归自广州 ………………………………………… （309）

曹蔚庐提学暨夫人六十初度 ……………………………… （309）

孙贤雍生 ……………………………………………………… （310）

苦　热 ………………………………………………………… （310）

经汉阳蒋妙适居士邀游月湖 ………………………………… （310）

皖境大通阻兵二首 …………………………………………… （310）

金陵夜发二首 ………………………………………………… （311）

姑苏阊门外寻要离梁鸿墓不得 ……………………………… （311）

枫桥夜泛 ……………………………………………………… （311）

浔阳江望庐山怀宋进士刘凝之 ……………………………… （311）

郭复初编修自湘阴来访不值 ………………………………… （311）

奉题余尧叟沈方伯唱酬之作 ………………………………… （312）

得四妹问秋淞江书却寄 ……………………………………… （312）

逃　卒 ………………………………………………………… （312）

王忠悫国维挽诗 ……………………………………………… （312）

卷十八 …………………………………………………………… （313）

五　古（公元一九二八年戊辰至一九四八年戊子） ………… （313）

奉先考妣由浏阳迁葬长沙 …………………………………… （313）

秋日索居寄答心畲王孙 ……………………………………… （313）

辛未仲冬王湘绮丈百岁生日同人公祭 ……………………… （313）

闻　蝉 ………………………………………………………… （313）

孝子湾纪事 并序 ……………………………………………… （314）

读经二首 ……………………………………………………… （314）

寓感三首 ……………………………………………………… （315）

题高泳安文学《沅滨幽隐卷》 ……………………………… （315）

寓形二首 ……………………………………………………… （315）

初入麓山庄作二首 …………………………………………… （315）

出　门 ………………………………………………………… （316）

杂　感 ………………………………………………………… （316）

过曹提学蔚庐 ………………………………………………… （316）

经杜太史宅追怀翘老 ………………………………………… （316）

赠唐蔚芝尚书 ………………………………………………… （316）

杂兴二首 ……………………………………………………… （317）

人　生 ………………………………………………………… （317）

云盖甗巇峰 …………………………………………………… （317）

闲　遣 ………………………………………………………… （317）

山村即事 ……………………………………………………… （317）

偶书座隅 ……………………………………………………… （317）

寄心畬王孙 ……………………………………………… （318）

麓山卜筑 …………………………………………………… （318）

乱未定有感昔游二首 ……………………………………… （318）

席五鲁思出《明遗老黄梨洲画像》属题 ………………… （318）

山寺冬日 …………………………………………………… （318）

雪中自云盖步还麓山 ……………………………………… （319）

岩栖寄成剑农孝廉衡山 …………………………………… （319）

田园偶兴 …………………………………………………… （319）

春暮郊外 …………………………………………………… （319）

过亡妹静贞殡所 并序 ……………………………………… （319）

展心畬居士旧贻手简 ……………………………………… （320）

乱亟将徙鹿苑寺 …………………………………………… （320）

书感示邻叟 ………………………………………………… （320）

寻隐者不遇 ………………………………………………… （320）

山　夕 ……………………………………………………… （320）

念　故 ……………………………………………………… （321）

岁　暮 ……………………………………………………… （321）

庚辰元日寓馆漫书 ………………………………………… （321）

雪中西溪步眺 ……………………………………………… （321）

游桂林七星岩洞 …………………………………………… （321）

岩居夏日 …………………………………………………… （321）

幼女诚巽索诗与之 ………………………………………… （322）

始秋月夕 …………………………………………………… （322）

感　秋 ……………………………………………………… （322）

夜梦凭母柩恸哭 …………………………………………… （322）

答客问佛旨 ………………………………………………… （322）

自勖并勉诸禅侣 …………………………………………… （322）

书勉长女寿彤 ……………………………………………… （323）

医　间 ……………………………………………………… （323）

田间写怀 …………………………………………………… （323）

倭　机 并序 ………………………………………………… （323）

闻布谷 ……………………………………………………… （323）

淫　雨 ……………………………………………………… （324）

忆北友 ……………………………………………………… （324）

忆　远 ……………………………………………………… （324）

江上感忆 …………………………………………………… （324）

警　急 ……………………………………………………… （324）

避乱蔺家湾秋夕 …………………………………………… （324）

初冬日夕遣意 ···················· （324）

偶　题 ························ （325）

林间晓坐率尔成兴 ················· （325）

阻乱念北友 ····················· （325）

示所亲 ························ （325）

幻躯二首 ······················ （325）

寓　怀 ························ （325）

赠虚云大师 ····················· （326）

园庐宾至 ······················ （326）

赠黄翁睨堂 ····················· （326）

与黎隐君静斋 ···················· （326）

家居偶兴 ······················ （326）

书　感 ························ （327）

予年六十复得第五孙 ················ （327）

甲申仲夏倭寇陷长沙 ················ （327）

寺居苦雨 ······················ （327）

彼　美 ························ （327）

苦寒书感 ······················ （327）

寄示三儿爕安乡 ··················· （327）

残腊连日大雪 ···················· （328）

流寓感述 ······················ （328）

惊闻曾星笠教授客腊于辰溪逝世 ··········· （328）

治　宅 ························ （328）

牖　下 ························ （328）

春日偶作 ······················ （328）

偶遣二首 ······················ （329）

过旧冢 ························ （329）

止　诗 ························ （329）

自　儆 ························ （329）

卷十九 ······················· （330）

七　古（公元一八九八年戊戌至一九二七年丁卯） ··········· （330）

别鹤操为邻人作 并序 ················ （330）

美人词 ························ （330）

饲蚕词 ························ （330）

刺绣词 ························ （330）

梁大同石佛歌 并序 ················· （330）

织布谣 ……………………………………………………… （331）

春　词 ……………………………………………………… （331）

三月三日洗药桥泛舟禊饮 ………………………………… （331）

潇湘曲 ……………………………………………………… （332）

菊花石歌 并序 …………………………………………… （332）

道吾山引路松歌 …………………………………………… （332）

九溪洞 并序 ……………………………………………… （332）

同张大蘅溪游眺至猿啼山 ………………………………… （333）

读毛大可《打虎儿行》漫书其后 并序 ………………… （333）

秋闺怨 ……………………………………………………… （333）

发　船 ……………………………………………………… （333）

古铜镜歌 并序 …………………………………………… （334）

江上待兄归舟不至 ………………………………………… （334）

题孙师郑《翰林诗史阁图》 ……………………………… （334）

田间行 ……………………………………………………… （335）

庚戌三月初四日纪事 并序 ……………………………… （335）

《葵葛》一章侍疾作 ……………………………………… （335）

张大蘅溪约赏菊不果往 …………………………………… （335）

势家行 ……………………………………………………… （335）

夏云歌 ……………………………………………………… （336）

暑夜清泛 …………………………………………………… （336）

黎大心巨书来 ……………………………………………… （336）

送别诗人王麑庵如鄂 ……………………………………… （336）

兄渊默手拓永州石刻见寄 ………………………………… （337）

饮酒和李佛翼观察 ………………………………………… （337）

姜贞毅遗砚歌 并序 ……………………………………… （337）

《春梦图》何少仙廉访属题 ……………………………… （338）

题浩园听香阁 ……………………………………………… （338）

送春词 ……………………………………………………… （338）

将东游古憨长老诸公招集上林寺赋别 …………………… （338）

饮黎司马黔灵山馆 ………………………………………… （338）

夜坐谣 ……………………………………………………… （339）

醉　歌 ……………………………………………………… （339）

长歌行送蒋六皆庵赴日本考察 …………………………… （339）

秋江词 ……………………………………………………… （340）

秋夜吟 ……………………………………………………… （340）

秋风上冢行 ………………………………………………… （340）

题赵孟頫画《东坡像》 …………………………………… （340）

杞梁妻 并序 ·················· （340）

短歌赠友 ·················· （341）

簟 ·················· （341）

天上谣 ·················· （341）

鲤鱼词 ·················· （341）

络纬曲 ·················· （341）

中秋对月同徐孝廉实宾 ·················· （342）

乌啼曲 ·················· （342）

行役叹 ·················· （342）

冬桃歌 ·················· （342）

巫觋行 并序 ·················· （343）

春游曲 ·················· （343）

春愁曲 ·················· （343）

送别梁辟园孝廉赴庐山 ·················· （343）

乡村晓发 ·················· （343）

捕雀词 ·················· （344）

郑亿翁画《兰》 ·················· （344）

赵松雪画《马》 ·················· （344）

任亨泰《古松画障》 ·················· （344）

程孟阳《关山冻雪图》 ·················· （344）

仇实父《山水画帧》 ·················· （345）

王烟客《山水卷》 ·················· （345）

金冬心《洗马图》 ·················· （345）

蓝田叔画《风牡丹》 ·················· （345）

题郑板桥《墨竹》 ·················· （345）

题庄竹坡将军画《马》 ·················· （346）

织锦词 ·················· （346）

《带剑牧牛图》 ·················· （346）

宝刀歌为李参将味源作 ·················· （346）

古剑歌 ·················· （346）

野狐行 ·················· （346）

题九龙山寺 并序 ·················· （347）

春夜曲 ·················· （347）

汉皋曲 ·················· （347）

西湖清涟寺饭鱼行 ·················· （347）

金山妙高台放歌 ·················· （347）

松江舟夜 ·················· （348）

喜 雪 ·················· （348）

喻庶三方伯挽诗 ·· （348）

《碧湖诗社图》 ·· （349）

《潜园感旧图》 歌 并序 ·························· （349）

诗意一首贻清遄太史 ·································· （349）

甲子四十生日述哀 ···································· （350）

天津孝子行 并序 ·· （350）

故宫叹 ·· （350）

孙师郑诠部六十自京贻书索诗 ·················· （351）

得黎薇生太史山中诗翰 ···························· （351）

鬻书行 并序 ·· （351）

大水行 岁在丙寅 ·· （352）

杜翘生先生七十初度于天隐庐举觞称祝 ····· （352）

汤味梅观察属题《咽雪轩诗集》 ············· （352）

哭徐四实宾 ·· （353）

吴门感兴 ·· （353）

留园偶见 ·· （353）

虎　丘 ·· （354）

阊门与送者别 ·· （354）

春日客途晓发 ·· （354）

夏江初涨 ·· （354）

卷二十 ·· （355）

七　古（公元一九二八年戊辰至一九四八年戊子） ··· （355）

谢孝子歌 并序 ·· （355）

戏赠塾师陈松汀 ·· （355）

费莫烈妇诗 并序 ·· （355）

为蒲凡生贡士题其大父诗境图 ·················· （356）

牵船夫行 ·· （356）

心畬王孙以予尝游麓山写图见赠 ············· （356）

哀我生 ·· （357）

愁霖行 岁在癸酉 ·· （357）

题空也法师《楞严经讲义》 ···················· （357）

大理石歌 并序 ·· （358）

春日感怀 ·· （358）

天隐居士歌 ·· （358）

闻吴梦兰纂《续诗人征略》 成 并序 ········· （359）

文信国公遗琴歌 并序 ································ （359）

陈杏骢祖母姚《松贞竹孝图》 ························· （359）

凤珠曲 并序 ······································· （360）

早春曲 ··· （360）

清　湘 ··· （360）

种　竹 ··· （361）

哀遗黎二首 并序 ··································· （361）

示儿敦 并序 ······································· （361）

山　居 ··· （361）

江上书所见 ··· （362）

田　家 ··· （362）

奈何行 ··· （362）

闻长江流域次第失陷 ······························· （362）

仲春村舍赏雪 ······································· （363）

山中偶兴 ··· （363）

暑中田园居 ··· （363）

木屏歌 并序 ······································· （363）

自定历年所作诗都为一集漫题 时年五十岁 ············· （363）

老至书感 ··· （364）

岁晏行三首 ··· （364）

哀魏文学骐 并序 ··································· （364）

久居云盖有怀麓山 ··································· （364）

望　晴 ··· （365）

观　耕 ··· （365）

题《南塘馌耕图》并序 ······························· （365）

逃暑吟 ··· （365）

招凉词 ··· （365）

僧院雨后 ··· （366）

兵　祸 ··· （366）

嫠孤惨别行 ··· （366）

书　警 ··· （366）

卧　起 ··· （366）

江　月 ··· （367）

梁山歌 并序 ······································· （367）

鹰 ··· （367）

东村耄翁行 ··· （367）

徐六绍周以蕉滓画山水见寄 ························· （367）

连夕闻盗警 ··· （368）

蛰居海会院春日偶出 ······························· （368）

得张公子子羽蜀中书 …………………………………… （368）

月夜白杜鹃花下小饮 …………………………………… （368）

桂　林 …………………………………………………… （368）

观近世分省舆地图 ……………………………………… （369）

白日三首 ………………………………………………… （369）

悲歌二首 ………………………………………………… （369）

吊黄籽老 ………………………………………………… （370）

山家观采茶 ……………………………………………… （370）

思江南 …………………………………………………… （370）

战后过郡墟 ……………………………………………… （370）

久　晴 …………………………………………………… （370）

我所思行怀西山逸士 …………………………………… （370）

示儿辈 …………………………………………………… （371）

苦雨叹 …………………………………………………… （371）

贫家行二首 ……………………………………………… （371）

乡　村 …………………………………………………… （371）

暑夜吟 …………………………………………………… （371）

饱　暖 …………………………………………………… （371）

癸未夏日雨雹 …………………………………………… （371）

赠邹子俊孝廉 …………………………………………… （372）

忆旧王孙心畲居士 ……………………………………… （372）

阁　夜 …………………………………………………… （372）

伤乱行 …………………………………………………… （372）

乱中书所闻 ……………………………………………… （372）

率家仓卒避难暂止蔺家湾 ……………………………… （373）

闻麓庄经乱毁去数椽 …………………………………… （373）

旱象将成大雨达旦 ……………………………………… （373）

陈翁相舫遇倭寇赴水死 ………………………………… （373）

屠牛叹 …………………………………………………… （373）

闻心畲王孙南下又北归 ………………………………… （374）

薪尽叹 …………………………………………………… （374）

征车别 …………………………………………………… （374）

蛙　声 …………………………………………………… （374）

附录一　沅湘遗民咏 …………………………………… （375）

附录二　刘善泽先生佚诗 ……………………………… （387）

附录三　《天隐庐诗集》题跋 ………………………… （388）

附录四　刘善泽先生传记 ……………………………… （389）

附录五　刘善泽先生遗文三篇 ………………………… （391）

卷 一

五 绝

（公元一八九八年戊戌至一九四八年戊子）

看春耕

阳和日以催，芳草芊芊长。牛腹果如瓜，人耕古原上。

家大人命赋木兰

木有名兰者，将毋众树同？不为舟楫用，那见济川功。

白云谣

朝送白云去，暮招白云还。苍山云所舍，朝暮对屏颜。

山 夕

山堂暮掩扉，萤火时流照。破寂爱微喧，声生蚯蚓窍。

读 画

小斋生昼寒，残暑减秋烈。却展画图看，数峰明积雪。

楚文塔 并序

塔在县郭外，县人元欧阳圭斋先生登延祐进士，累官翰林学士承旨，赠大司徒楚国公，谥曰文，因以名之。

异代崇先生，高山仰止同。塔铃风自语，如说楚文公。

采莲词

采莲莲有薏，的的出深浦。欢不剖心尝，那知心内苦？

月夜偶成

皓月满虚廊，凉飔生杂籁。萧骚不是声，声在无闻外。

春　晓

晨光切太虚，烟景倏明灭。庭院阒无喧，闲阶扫春雪。

闺　思

苿苜生阶壁，凉萤露下飞。惯施膏沐睡，梦里待郎归。

七　夕

牛女无长别，分离仅隔年。我知飞鹊镜，用不到神仙。

秋江小景

浅渚烂银沙，泳鳞清可数。浮鸥一两双，惊散秋江橹。

闻　歌

清歌楼外起，新月入罗帏。莫唱回风曲，庭前叶正飞。

登　舟

方春水正生，帆挂江风急。回顾送行人，沙头犹伫立。

舟　兴

买得梭头艇，看山卧枕肱。湘江春浪急，一日下巴陵。

公安县

井邑多迁改，江山几废兴。吕蒙名尚在，斜日下屚陵。

夜次涿州

沙碛明残堞，心知古范阳。依稀兵气在，寒月白于霜。

过曲阜

鲁甸素王居，奎娄划远墟。尼山遥在望，不敢驾奔车。

汉 将

汉将如虓虎，匈奴孰敢当。引弓风猎猎，射杀左贤王。

舟行早霁二首

昨夜孤篷雨，朝来偶放晴。近滩闻虢虢，犹带宿雷声。
一叶已知秋，挂帆风色冷。澄江涵霁晖，倒聚众山影。

西湖月夜

西子湖头月，飞乌夜有痕。柳条秋色老，映带涌金门。

西湖听渔人话故事

南渡江山改，西湖水月寒。渔人同吊古，向客说临安？

客 舟

野烧带寒星，烟江度冷萤。客舟无伴侣，随雁宿芦汀。

剡 溪

一舸剡溪水，春阴雾未开。同行无阮姓，不合入天台。

苏州戒幢律寺西园

西园水石多，静赏声闻绝。无语坐前轩，闲风卷秋叶。

徐州酒肆

买醉彭城客，狂浇块垒胸。时非无李爕，敢薄酒家佣。

潜园追怀何廉访

闲园吊寓公，物在伤今昨。一架紫藤花，无人自开落。

题姜贞毅《荷戈图》图有贞毅自题集唐人句七律四首

宣州一老兵，泪墨留余沈。荒戍荷戈人，夜来戈作枕。

对　镜

衰容当面见。岁月苦相侵。此镜犹皮相，庸知不老心。

木棉谣

旱暵木棉稀，纱成不满机。官家征敛急，无分作寒衣。

乱后登岳阳楼

湖水浮流阔，楼阑接杳冥。君山无恙在，留我吊湘灵。

壮士行

漏下羽书催，悲歌首更回。六钧弓在手，夜射白龙堆。

古　意

宿鸟惊幽梦，帘前恰恰啼。弹珠轻脱手，不料是双栖。

古坟二首

道旁何代坟，下马读残碣。碑石不生金，年深文字灭。
翁仲犹袍笏，相询石不言。一丘斜照里，白草遍寒原。

丙寅生日

四十方强仕，吾今过二年。闲愁疑有色，潜点鬓丝鲜。

江上夜归

江昏不见月，凉吹起高原。星火两三点，夜渔争渡喧。

闺　意

窗影三竿日，菱花罢晓妆。双蛾留不理，低语唤檀郎。

洪廉五太史属题山水册二首

鹤径螺亭外，人稀境自闲。松云连树束，勒住欲飞山。
清溪横路彴，一磴抱冈斜。欲问支筇叟，前村更几家？

心畬居士取余游麓山诗画扇见贻

摘句成图画，苍山落木初。秋风容易发，纨扇不教疏。

予性恶博骰赋此自嘲

眼前论得失，谷也等亡羊。博骰非吾事，宁为挟策臧。

偶有感

蔽芾野多樗，婚姻就尔居。河鲂须自慎，知否弃前鱼？

答友人借书

还借瓻频费，多劳补辑功。懒来编帙坏，只借陆龟蒙。

舟　晓

人语烟江晓，亭亭片月孤。张帆风力满，直向岳阳湖。

钱塘狗堘村旧传秦桧瘗处

坏土犹余秽，经春草不薰。青鞋休便踏，好上岳家坟。

钱塘口号

暮出候潮门，潮来逢日昃。游人空道归，潮信不差忒。

韬光寺

结构起虚空，云山俯百重。晋人遗迹在，还访葛仙翁。

灵隐后山

活水听涓涓，诗瓢尚在肩。古松吾旧识，来乞茯苓泉。

西湖石屋洞

石屋叩硿礚，但闻仙蝠语。迟回却复行，洞口青萝雨。

懒云窝

地极湖山胜，虬松翳茑萝。只缘人太懒，特爱懒云窝。

雨花台怀古

江表台空在，高僧世已稀。遥知花散处，不上七条衣。

瓜洲渡

瓜洲隔暮烟，蓦近瓜洲渡。远火两三星，孤篷江驿路。

芜湖江行

客棹乘流下，吴船接楚舠。橹声如雁唳，摇过鲁明江。

抵安庆

日暮大江流，江空塔影浮。客闻鲟鲑美，邀我宿舒州。

忆庐山

自别浔阳郭，匡庐入梦青。山中占处士，不止伍乔星。

秋　心

塞外烟尘满，天山未解围。秋心如病叶，只逐北风飞。

访　友

良宵访隐居，近在江干住。秋露湿渔竿，月明刺船去。

江上小景

鹧鹧掠水飞，小艇时三五。日瞑苍烟深，渔歌出远浦。

山斋独坐

飞徐野鸟归，语涩秋蛩蛰。云气入帘来，不知巾屦湿。

过陈军门

陈翁原宿将，曾领白袍军。时事呼儿问，诸郎不遣闻。

客　至

客至瓮初开，蝉鸣村未暝。微醺敞小轩，同立梧桐影。

山　行

斜日度悬崖，秋清风物冷。忽逢扫叶僧，松根立孤影。

橘洲感怀

朱实熟霜晨，垂枝颗颗匀。孤儿空摘取，无路更遗亲！

夜闻络丝虫

岂感无衣苦，禁寒络不辞。终宵怜恤纬，未得一绚丝。

为粟生惕庄题旧画

急雨乱空蒙，危崖悬倒树。苍茫一棹归，刺入烟深处。

黄芳久太守见过

黄公犹老健，陋巷屈高轩。二十年来事，含悲不忍言。

邻家获一雁劝勿杀

微命江湖活，休令竖子烹。衔芦瘝已惯，非是不能鸣。

与陈二道恂道故二首

近年欢会少，为别五经春。试检题襟集，于今剩几人？
乱世论风谊，新贫益自惭。故交妻子在，不止一张堪。

心畬写《楚山清晓》小帧见贻

楚岫连云白，噤寒马不嘶。披图情味在，欲赋晓行词。

立春后三日行次见梅

小径耐幽寻，梅香动远林。春风前夜至，满眼故园心。

百　卉

百卉乐无知，岁华俄已改。春风草自生，原有冬心在。

山　行

春阴众木交，踟蹰循樵径。村远不逢人，幽禽生寂听。

少年行

闲乘白鼻騧，绮陌逐飞花。身上鹔裘在，空囊入酒家。

入市有感

肩摩毂击徒，日出各劳鹜。堪叹市廛中，急趋无喜步。

西村值雨

墟落路威迟，归人行未已。东风挟雨来，身入蒙蒙里。

园 池

园池久未窥，春暮呼僮问。听说落花多，鱼苗长一寸。

谷 口

谷口值归樵，欢言憩道左。山寒雨欲来，俱被松云裹。

少 妇

少妇春多感，花时不下楼。最怜双蛱蝶，飞上玉搔头。

江上雨歇

寒云落渡头，新涨淹远渚。偶值打鱼人，蓑衣荷残雨。

答禅客

弥纶一寸心，能纳三千界。色相悟真空，方知性不坏。

月下露坐

一片中峰月，清宵露坐时。寸心孤迥处，那有别人知！

夏 夕

片瓦堕颓檐，蜘蛛惊补网。黄昏蝙蝠飞，误触风帘响。

晚 眺

斜阳焰焰红，蔀屋炊烟接。鸦翅远林翻，误疑霜后叶。

访山中人

言访山中人，云深不见屋。野兰花自开，香远出幽谷。

晓　行

草叶栖微霜，寒烟上溪树。山棱冻月高，不见鸡鸣处。

闻　雁

倦羽楼头过，寒宵月正中。闻声心窃慰，知不是孤鸿。

拟塞下曲

边角冻声哀，旌旗展不开。乡关回首望，同上李陵台。

题　画

山果连枝熟，幽禽个个肥。白头无恙在，不向上林飞。

湘　江

何处吊湘灵，兰荃递暗馨。山随人欲渡，映水一螺青。

山　月

秋思在谁家？愁心一倍赊。抱琴松下坐，满地落霜华。

山斋暝坐

暮色苍然至，尘心物外空。山斋寒信早，拥褐听松风。

夜　坐

宵长巷柝稀，窗外鸣凄溧。悄坐掩残书，烧灯寒抱膝。

寻　梅

玉尘刚近腊，鹤氅共飘萧。竹外相逢处，疲驴隔断桥。

雪中念黎大心巨

君亦王陶亚，家贫隐奉亲。隆冬深雪里，应有解装人。

秋日岳麓山馆

山居不在深，但觉山居好。落叶满虚廊，霜晨风自扫。

山 行

飒飒疑风雨，林端尚晓晴。路回逢涧瀑，方悟是泉声。

五女希惠归自海上

闻汝逢佳节，天涯倍忆亲。归来应自慰，兼慰倚闾人。

待宾解元楷南不至

人抱琴不来，月华上东壁。秋声响碎虫，坐爱藤萝夕。

闻 镝

鹰隼击长空，秋霜劲角弓。镝声掠耳过，身在战尘中。

登回雁峰六女璠质侍

蹊跷喜儿来，城南眼暂开。衡阳同作客，休让雁先回。

移竹岳麓飞凤山仅活一竿

山上稚松齐，常来野鸟啼。竹根孤自好，犹待凤凰栖。

山中春日

荟蔚庐边树，繁阴覆小池。寄言樵采者，莫砍带巢枝。

折杨柳歌词

杨柳何青青，长条不忍折。恐郎归梦迷，留挂江头月。

孤 艇

春潮带雨生，孤艇乘潮去。柔橹一声空，微茫辨江树。

雨中自饮马塘归

顾影独无群，倚禽相与返。纤纤细雨中，悄悄林塘晚。

乍霁

乍霁日无姿，断云含宿雨。阶前竹数竿，两两幽禽语。

寄妹

大地兵尘满，音书阻未通。哥哥行不得，休怨鼻亭公。

题《美人对镜图》

妆罢若无欢，春归花似霰。如何揽镜人，不照欢时面。

夏眠

桃笙稳昼眠，当暑减炎燠。山气适侵人，凉风时动竹。

池上

心光如满月，寂照在灵台。池上风清候，莲花特地开。

江墅

浦远明微火，村昏合暝烟。鸣榔闻仿佛，知有渡江船。

杂树

杂树辞斤斧，凭予占一丘。繁枝留不剪，为使暝禽投。

题画卷

微岚带远山，冉冉淡将夕。秋意入梧桐，如闻疏雨滴。

题《边人射猎图》

边塞草萧萧，蛮儿羽插腰。臂弓初上马，一箭落胡雕。

掘冢叹

累累附郭坟，架屋群争铲。死者任人欺，髑髅泥满眼。

散　步

散步过西庄，日归俄已夕。村纡萝径幽，萤火度深碧。

浍涸鱼窘命童子放之

水浅鱼瀺灂，惊跳尾有莘。抉泥收细碎，勿使损纤鳞。

征　兵

征调兵车急，编氓弃耒行。谁为民食虑，稍复恤农耕。

农谣二首

螣只食苗叶，蝎只食苗心。不比催租吏，鞭人入骨深。
日日男耕田，夜夜女织布。常愁积岁功，难了今年赋。

秋　分

村翁邀散步，告我是秋分。忽漫逢疏雨，晴天遇断云。

菊

百卉阑珊候，秋高白露寒。偶然篱下值，如见晋衣冠。

虚　阁

虚阁梦初回，俄闻幽籁起。阶前落叶深，尽日无行屐。

山　房

山房秋气寒，炉火失温煦。风叶夜敲门，一灯茅屋雨。

闲　居

闲居与世疏，息影在山谷。展卷夜灯昏，不知云入屋。

山 行

壮年丁世变，天故放人闲。无事劳筋骨，携筇入乱山。

黔兵过 并序

贵州兵过长沙市，领兵者董姓，谒予执礼甚恭，询之乃书生也。号令颇肃，如得其时亦自可用。于其行也送之以诗。

笳鼓带边声，蛮儿夜拔营。令严头不举，寒月照双旌。

冬日山居六女璠质以汤壶温被

破屋雪风尖，重衾愁独宿。一壶终夕温，暖老胜燕玉。

天冻风竹有声

快雪厌屠苏，飘风时动竹。娟娟翠筱冰，清响鸣哀玉。

云盖山中石室

硌砑开洞石，疑有怪灵居。独不逢王烈，无因取素书。

送别郭试阶之南阳二首

君行经宛叶，山好近黄城。傥复逢沮溺，能毋羡偶耕？
诸葛真名士，隆中旧有庐。试思龙卧日，韬略未曾疏。

漫 成

万物惬予情，不存遗世想。地窄恃心宽，何处婴尘网。

客来命儿子出应

时务吾宁识？佯聋百不谙。偶逢生客访，呼与阿戎谈。

儿通有沅江之行因勖

鷇鷇成毛羽，雏乌绕我庐。看渠能反哺，心在试飞初。

春日怀麓山

我辞江上宅，别徙避鲸鲵。轮汝春风燕，年年返旧栖。

上冢值雨止

春雨逼清明，屡阳始诈晴。走禽纷自语，相应不同声。

客舍春暮忆麓庄

园花应有恨，不见主人回。春事今年了，酴醾料尽开。

见新月有作

欲寻飞羽箭，弯上太阳弓。立使妖氛尽，天边射白虹。

西　岩

野屋闭林扃，柴门无剥啄。西岩缓步归，斜日随行跷。

彭赐生居士由黔中惠松子

懒学地行仙，茹芝求不死。故交情独真，万里饷松子。

伊　人

伊人不可怀，摄念归无想。冷翠入虚棂，窗前风叶响。

乱中取随身旧籍反复观之口占

嚼字闲过日，忘饥岂觉寒。随身书籍少，旧帙又重看。

何　往

何往容安住，深山寇入时。翔禽多夜警，偏宿向风枝。

雪夜铜泉别业二首

房栊不蓄温，飘瞥宵眠少。快雪落如莅，风鸣山阁晓。
我亦同江革，情惟卷帙亲。敞庐风雪里，那有割毡人。

卷　二

七　绝
（公元一八九八年戊戌至一九二三年癸亥）

春游词三首

暄风回绿苗陈根，牛过荒原见啮痕。跨涧小桥才数武，自扶残醉出前村。
芋亩瓜畴竹插篱，篱疏蔬甲饱邻鸡。东郊晴划分龙雨，山崦人家布谷啼。
杏日桃时渐昼长，黄莺三请客行觞。花南水北频携榼，一顷春波蘸柳塘。

偶　兴

昨夜微鸣枕畔雷，今朝见晛阴云开。曳筇不解看天色，刚欲出门山雨来。

农　忙

农忙村落暇人稀，半日晴明不可祈。宿雨乍收风正暖，绿杨枝上挂蓑衣。

山行遇雨

三月枯晴宿麦稀，及时逢雨比珠玑。停舆权就山家灶，借得黄茅燎湿衣。

雨后步眺

山豆花残雨乍过，涧边鱼翠宿悬萝。牛羊原湿榆阴里，社散田翁醉枕蓑。

春闺思

金微无信悄登楼，杨柳青青满陌头。院里秋千停不转，侍儿偷打背花球。

赠法华僧

法华常转万千回，可有听经貉子来。不踏院门三十载，庭前人报牡丹开。

初夏草堂新霁二首

彻宵寒雨息鸣蛙，朝日曈曈霁有华。谁信草堂春已去，客来留赏佛桑花。
阁畔清池浴寇凫，桑黄含椹鸟相呼。不知屋后穿篱笋，可比墙高过也无？

睡起即目

干鹊声喧午梦残，酿花天气悄然寒。碧云刚自檐端过，一片轻阴上药栏。

秋闱对月口占

槐老秋花已自黄，短檐鸡栅接蜂房。一丸明远楼头月，流照文场似战场。

贡院有明远楼。

读《汉高祖本纪》

谁教鸟散叹藏弓，记否还乡唱大风？若早杯羹分俎上，君王无俟起新丰。

题《梦游仙诗卷》二首

弄玉琼箫子晋笙，皂罗橱畔闪残檠。十洲三岛游仙梦，尽向龟兹枕上成。
遍历阳明几洞天，山中瑶草不知年。君名疑入虚皇简，遇着洪崖便拍肩。

恭展太高祖尊六公遗像

忾展遗容世有涯，我今余服尽缌麻。本来先德原堪述，深愧韦家与谢家。

和友人巫山舟次之作

峡峭舟孤客忆家，猿声何待听三巴？暮云无事蓬蓬乱，挽遍巫娥十二鬟。

山村秋晚

斜日一轮云乱烘，南村社鼓北村同。年丰剩有酒如水，醉倒北邻桑苎翁。

为人戏题女装小像

俨然端丽扫眉娘，迁史徒知赞子房。不必更贻巾帼饰，何郎原好妇人装。

立冬后黎筱骚画史饷菊

未及东篱载酒游，霜枝惊喜过时留。何如为写鹅溪绢，长借黄花作晚秋。

检先外舅行箧得陈兰浦京卿手简

风度冰清忆醉哦，哦松人往奈愁何！惟余蠹粉芸烟在，箧里陈遵尺牍多。

阅先外舅与李勤恪公谭敬甫中丞赠答之作

玄中耆献推谭李，扬历三朝各老苍。独喜妇翁风谊挚，不曾新咏削山王。

春日自邑垣返南村

如酥细雨湿春泥，叠叠冈峦曲曲溪。五十里余芳草路，一肩舆坐听莺啼。

田燎

田燎西郊野炬红，晚山相对悄然中。儿童那解沧桑苦，说与前年战火同。

闻赵芷荪侍御解职归田

补衮何由再犯颜，暂辞朝谒谢仙班。君恩深比唐天子，鹦鹉思乡便放还。

村居小景

晴暄吠蛤满柴关，柳市渔庄水一湾。忆是滕君图里见，茴香花下睡鹅闲。

涉园

不损青莎着短篱，草沟流水走蜻蜓。池边添构亭如笠，分付园丁盖木皮。

听村叟唱《愚鼓词》

衡山斜日可怜红，松粉飘花略有风。凄绝弹词听不得，村庄愚鼓唱盲翁。

园圃杂兴二首

六枳篱边竹破胎，崇朝穿土出墙隈。芋坡瓜陇安排定，先种新蔬杂芥台。

菜根晴苗紫云芽，灌韭浇菘趁日斜。加植蒺藜围麂眼，防黄乳牯越篱笆。

咏金丝海棠

黄绖偷学道人装，巧样春妍绽海棠。睡向东风吹不醒，生成娇质是金相。

田间漫兴

柳枝风袅曲尘丝，新霁芳塍草碧滋。半豆豚肩人挈酒，神鸦张口社公祠。

春尽日早起

竹梢垂露向檐低，野鸟喧喧绿满畦。门巷花残红不扫，落红仍作葬花泥。

嘲　客

几人西笑向长安，见蝎依然不得官。何似野夫耕凿暇，豆花棚下说金銮。

钓　翁

箬笠棕梭鹤发翁，鱼竿斜曳一丝风。石矶新涨随潮没，移向桥南下钓筒。

再咏钓翁

怕人行迹认羊裘，万事无心付水流。一片芦花飞不起，淡烟凉雨满汀洲。

武昌重过南皮相国抱冰堂三首

广谈虞笔世纷然，文翰枢机各自妍。宾客南皮今日尽，抱冰堂畔草如烟。
俨然元老裕奇猷，冠盖当年类沐猴。力赞维新朝政改，惜公初不效杨彪。
公是前朝变法人，即论诗句亦尖新。九原谁报王夷甫，赤县神州莽战尘。

相国有《广雅堂诗集》。

题宫柳旧画

风拂柔条蹴地时，才人曾与斗腰肢。宫莺同向图中见，绿满春波太液池。

樱　桃

荐寝颁朝记汉宫，轻匀雅称赤瑛盘。如今专作山家供，野鸟衔残露未干。

农　村

高坡水少种红棉，低垄水多栽白籼。女织男耕各尽力，家家饱暖无闲田。

饭农家

爨金炊玉总寻常，未抵农家稻饭香。三日南风禾合颖，一年行见谷登场。

望　雨

蛤港螺田减水痕，塘干不饱桔槔吞。老农延颈茅檐下，指点油云过别村。

题　画

娟娟修竹带茅茨，翠袖佳人玉雪姿。寒碧一堆云树里，幽泉玑石写冰丝。

归　渡

趁昏舟子放轻舠，月涌清江欲上潮。秋渚白云先我渡，里河横过石阑桥。

偶　兴

楼角残晖倚晚晴，朔云宾雁共南征。神魂予亦同飘逸，夜梦飞身贴月行。

湘潭夜月

舳舻人语聚清湘，雾竹风芦特地长。午夜雁声催梦醒，江潭明月起微霜。

暮　景

暮景园林雪下初，梅寒犹爱韵疏疏。隔篱侵入邻家竹，常恐伤根不许锄。

村　庄

绕垣斑剥补新泥，野蔓牵条上竹篱。回首饭牛人去远，紫烟深处午鸡啼。

层　峦

峭茜层峦叠复重，正疑无路一僧逢。双眸忽落云开处，得见前岩数本松。

水仙花

亭亭罗袜剪冰纨，水佩风裳立晓寒。神韵嫣然残雪外，香闺留共玉人看。

题画松

枝柯樛屈欲成龙，讶是空山野寺逢。若许清风吹送去，萧萧应带度烟钟。

立春日张大蘅溪见访

药垄花畦带雨锄，林间幽迹与人疏。青筇山峤寻梅客，恰共春风到敝庐。

听早莺

春寒初减早莺娇，巧舌如簧略欠调。柳暗桑浓微雨歇，百花时序立溪桥。

初春遣意

犹记东皇太薄情，年年虚赚百花生。下帘莫放春风入，省得闺中费送迎。

纪　梦

五岳携来两袖云，蓬莱顶上曳霞行。前身可是霓龙谪，梦谒苍溟北海君。

梅花为风所残

姑射仙人五宝车，乱飞红片丽朝霞。尽随衣袂飘然去，各有天香满袖花。

上冢归途即目

山村云树首频回，寒食清明几度来。荒冢无烟人祭少，年年风雨野棠开。

秦始皇

万世金汤梦未真，阿房三月作烧薪。如何遍觅长生药，不问桃源避乱人？

村居春日

东郊新绿渐西郊，燕子归来识旧巢。亭午湘帘闲卷处，纸鸢飞落海棠梢。

双星谣

二曜齐辉斗转杓，八琅仙乐彻层霄。双成请搦云和管，为奏珑湄海浦谣。

题《白桃牡丹燕蝶小卷》

懒摹俗艳斗元都，认取深潭送别图。添出宣和新粉本，乌衣伴约玉腰奴。

看　山

随着泉声更入山，泉声幽绝鸟声闲。忽然风剪岩岚断，现出黄茅屋几间。

咏墨牡丹二首

才开便足十分春，守黑居然别样新。若读洛阳旧花谱，好将淡墨写丰神。
谷雨天晴露未干，日光扶影上阑干。浅深正与花容称，权作兰亭拓本看。

朝　霁

昨夜芭蕉飐雨声，朝来蝃蝀绚新晴。欲知宵涨添多少，看取池荷没几茎。

感　秋

天半浮云不得高，沉阴罩罦翳空廖。梧桐叶落杨枝瘦，一半秋声雨里销。

中秋夜咏

露洗晴蟾出乱松，娟娟凉晕散诸峰。中宵分外清光好，误触山僧打晓钟。

《兰菊小幅》

垂老秋光与共扶，凌霜标格一尘无。柴桑高士陶彭泽，合配三闾楚大夫。

水陆洲晚归

极浦渔歌断续闻，湘皋雁雨九秋分。日斜水陆洲边过，风送轻帆半入云。

武昌夜泊寄书金陵故旧

烛暗扁舟宿武阳，汉江东下水天长。遥怀吴士投鱼素，直趁春潮达建康。

定州早发

关河冻合客程长，两界萧森接混茫。倦骑骖骒行得得，马头残月马蹄霜。

芦沟桥

水咽桑干绕涿州，一鞭残照过芦沟。昭王如或台犹在，只乞黄金络马头。

京　郊

蹇卫难骑脊似刀，萧萧易水朔风号。即看几甸雄三辅，自古朝廷北极高。

陶然亭

白酒扶魂我又来，燕京文藻一亭开。蜷枝葱倩张龙爪，阅尽侯王是此槐。

亭畔有龙爪槐。

丰　台

停车芳驿首重回，芍药春寒酿未开。便托南鸿报消息，行人三月过丰台。

天　津

春前客路欲销魂，溟渤潮连海气昏。负手直沽人小立，一天风雪黯津门。

津门送人之辽东

车前挥手剑横腰，朔气方严客度辽。为念居庸关外路，雪花如掌压盘雕。

泰安道中食秋桃甚甘

八月驱车过岱东，累累桃实熟秋风。却疑身在康居国，饱啖霜林过雁红。

望岱偕友人

岩岩名岳岱为宗，表里河山十二重。阳鲁阴齐青未了，晚晴驴背话东封。

济南杂诗四首

鹊华秋色净无尘，鬶画湖光着眼新。偶取遗山诗句读，故应长作济南人。
趵突霜华试冽泉，齐都文献渺荒烟。传书博士无寻处，且抱遗经自醉眠。
北海芳踪叹杳冥，南山蛾黛压城青。诗人边李名空在，怀古愁过历下亭。
兹游浑未十分酣，草草才能了二三。同是乾坤名胜地，山东风物异江南。

黄　河

太行山色属谁家，九曲黄河白日斜。为有天涯沦落感，新词愁谱浪淘沙。

过开封

魏国名都说大梁，尘沙迷目古城荒。侯嬴朱亥人千载，公子英风与共长。

自京之江左

蓟门为客过花辰，及到江南已暮春。野服何尝缁易化，自将吴水洗燕尘。

归　舟

两岸云山翠黛连，鮧鱼吹雪一江烟。岁云暮矣归来晚，急趁滩头上水船。

旅　夜

黄绸衾暖梦模糊，策策惊寒起曙乌。对榻忽闻人絮语，不知鸳瓦有霜无？

孙师郑吏部录予诗入《同光十子诗选》三首 并序

　　吏部眉韵楼诗话所举同光十子，盖桐庐袁太常昶、通州范明经当世、萍乡文侍读廷式、恩施樊方伯增祥、嘉应黄廉访遵宪、义宁陈考功三立、闽县郑京卿孝胥、封丘何广文家琪、武陵陈太令锐及予也。
　　眼前人物转蓬柯，朝士贞元剩几何？铁网珊瑚收略尽，居然才比建安多。
　　如此盟坛讵可齐，捧盘曹郐敢轻跻？惭从大历诗人后，更共钱卢入品题。
　　选政词场审择严，凭君刻画到无盐。请援梁代萧楼例，何逊生前莫便添。

《昭明文选》以何逊见在不录。

湘　南

怨深瑶瑟若为听，北渚谁悲帝子灵？我到湘南倍惆怅，万山都似九嶷青。

记　梦

梦里何由有羽翰，一飞横览海天宽。行空谁假摩霄翮？不驾苍麟驾彩鸾！

萧安民明府命诸郎执贽门下

似我门墙未足依，定成佳器谢宏微。点睛何待先生笔，会见苟龙破壁飞！

冬日郊外

断垄横冈雪未消，野梅孤韵发溪桥。原知酒债寻常有，隔岸青帘又见招。

约友人寻梅

冰泮新生一尺泥，伊人家在板桥西。天晴休信鸡头鹘，明日寻梅可杖藜。

早雪见横枝

漫天风雪送诗来，得韵篇章信手裁。眯目玉尘飘瞥处，江梅初见一枝开。

庚戌小除后和静斋见怀

故人情重有谁如？雪后风前独寄书。我对梅花频忆远，雁飞难到岁将除。

诣龙泉精舍海印上人画兰见赠

客来呼茗紫茸香，气合椒兰趣正长。呿墨未拈斑管笔，风姿婀娜写潇湘。

寄王主事季芗

一别三年两寄书，萧萧华发近何如？同过沧海横流日，不及王尼有露车。

赴友人溪涨不得渡

煦煦春阳罨画溪，梨花门巷晚莺啼。到来宵涨棕桥没，不及扶筇过水西。

田间写望

茭浦菱陂碧水流，春寒云重压山头。平田雨足耕犁便，亭午东皋十具牛。

春　暖

春暖潜行物竞华，路因桥断转溪斜。黄泥墙破知谁屋？一树辛夷满着花。

观织绫锦有作

丝软车轻女手缫，绻罗新样价尤高。劝君多仿奇花果，莫织宣和遍地桃。

江上即目

杨柳东风淡宕天，临江飞絮白如绵。渔娃摇艇穿梭去，网得槎头缩项鳊。

归　舟

远岸垂杨望若缪，晚山添黛日西衔。风微舟缓归心急，自脱春袍衬破帆。

校误书

误书浑似解连环，窒处求通运想艰。我与子才同一适，别寻忙事过清闲。

题《湖北水师夜巡图》

弋船江汉接沱潜，角奏艨艟号令严。一片吕蒙营畔月，寒光宵为铁衣添。

夜　泛

夜泛澄江鸭嘴船，月中杨柳惯留烟。渔人收网摇轻棹，腰上青丝挂酒钱。

南溪月下

疏柳桥南暑夕凉，蓼矶枫渚月如霜。渔翁稳坐钓丝动，连得鳊鱼三尺长。

秋轩小坐

蛀叶青虫下古槐，海棠攒槛艳秋堆。一轩凉雨初晴候，正喜看花有客来。

待家人归舟

春晴佳日为人长，草满蘅皋藿荫香。天气困人风困麦，半江残照候归艎。

谢人送蜀姜

虫草蝉花出已陈，紫芽如指亩姜新。蜀中方物君能致，不藉盲骑竹杖人。

园圃杂题

寒翠成丛竹一窠，牵牛花伴剪秋萝。宵来引蔓盆松上，露朵疏疏不满柯。

庭　院

梧桐庭院叶飞黄，银汉垂檐月入廊。清极更无尘在眼，玉兰枝上水晶霜。

早行写望

一缕烟霜起水渍，晨光村远未全分。田间行啄躞躞暇，白鹭风标自不群。

题《洞庭秋泛图》

小艇波心片叶同，正当摇落又西风。秋湖清景吾能记，十二年前系短篷。

书岩栖头陀壁

石咽幽泉韵亦寒，岩僧栖处谷如盘。世人休问安心法，心到无时不待安。

舟　行

樯上长绳百丈悬，船夫辛苦逆风牵。吾方饭饱无余事，缩脚孤篷稳昼眠。

郭　外

水神祠畔噪神鸦，一树蝉声日近斜。山郭酒旗风色里，疏疏炎雨落槐花。

池上木芙蓉

白露为霜九月时，嫣然丛朵媚清池。无人得似滕昌祐，状取风神写卧枝。

山斋秋夕

檐角冰轮驻望舒，夜凉樨露滴方诸。墙阴老树饿鸱叫，落叶半床人读书。

江　上

潮落烟江断雁啼，芦花萧瑟蓼花稀。竭来水阔云多处，日落秋风冷袷衣。

赠黄芳久太守

削简名高御史台，岂徒谏猎长卿才？一麾暂出归牵犊，曾自金鳌退食来。

太史居台谏时，权奸用事首劾之。

江上至送别友人处

既望明蟾缺一分，澄江波净绿生纹。故人前夜孤舟别，月苦风凄倍忆君。

谢刘聚卿参议赠所刻书

书好还须读百回，拜嘉珍重卷常开。怪君雠校无纤憾，亲见星精款阁来。

题《田家乐》旧画

田舍年丰出酒徒，画工描写不嫌粗。朱颜白发前朝叟，办作尧民野醉图。

题尹山人和白画梅

八十湖湘老画师，水边晴雪写寒枝。垂垂瘦干疏疏影，绝似孤山月上时。

自题《谷梁稗钞》

谷梁师受出西河，鲁学微言近圣多。我为孤经存稗说，驹光还付墨销磨。

自题镌刻玻璃之作 并序

舒大重甫仁取予诗，命工镌玻璃数方，为美利坚巴拿马赛会之用，刻镂綦精。因有作。

镜纹如水漾涟漪，巧匠良刀刻画奇。蛮布弓衣无织处，诗成镜上碧玻璃。

江亭别苍石

绿酒红亭袂暂分，只愁别后益思君。不言无物相持赠，是处青山有白云。

双枫浦展墓

红老山花踯躅开，冷然溪水荐余哀。浦云枫影浑如旧，苦恨孤儿隔岁来。

快　雨

快雨苏枯藓上阶，云霓今日望无乖。赤沙湖畔披台笠，渡口看人放竹排。

返南村草堂

客久时怀旧草堂，十年兵后剩荒庄。菜花老作鹅儿色，数亩黄云拥夕阳。

杨花湾故里有怀家松山骑尉

职业无心混狗屠，杨花飘尽雨声粗。停车呼共三驺饮，怆忆高阳旧酒徒。

骑尉善饮。

落花有感

三春休怨落花风，来岁开仍满旧丛。独叹韶年人有几，只销开落数番中。

闲　门

园中初放木瓜花，墙上垣衣长昔邪。不是隐夫耽寂寞，闲门原少客停车。

幽　居

襟山带水称幽居，日影旗亭霁色虚。软雨初晴三月暮，桃花浪起上河鱼。

题　画

薄黛轻岚拨抹匀，阳岩烟壑笔尖分。孤峰陡起高千丈，大半封留在白云。

渔村散步

村舍烟笼柳岸东，乱藤墙角绿蒙茸。渔翁每到闻钟后，明月西溪下钓筒。

为危五慕檀题画

盘空霜磴滑如油，剩木疏林不受秋。望岫息心肱可枕，名山留待卧时游。

寄山左友人

忆昨经过少皋墟，雪泥回首渺愁予。当时失共东蒙客，得便同寻范隐居。

道过江宁

信美江山得少留，金陵从古帝王都。箧中庾信伤心赋，未忍重开上酒楼。

杭州道上二首

是处青溪似若耶，冶风融日媚莺花。绮罗成俗轻绨纻，但种柔桑不种麻。

缫车轧轧茧成丝，作计村姬岁不赀。香火神丛诸布冷，两行红烛赛蚕祠。

西湖竹枝词

里湖外湖春水平，南峰北峰乱云生。夕阳烟柳断桥渡，时有野莺相对鸣。

孤山读林和靖诗

放鹤亭闲面里湖，孤山千古一林逋。先生诗思清如许，曾吃梅花数斗无？

访灵隐寺

精蓝何处寻灵隐，径出松篁始见天。日午风吹山带断，青岩寒玉漱鸣泉。

冷泉亭

云林春拥佛头青，记续香山我再经。明月清风一樽酒，沁人寒碧冷香亭。

南屏山张忠烈公墓二首 并序

公就义在康熙三年九月，客罗子本、仆杨冠玉从死。僧超直等共收瘗于杭州南屏山荍子峰下、昌化伯邵林坟西。胡渭以端砚刻公姓名旁及罗杨姓名，纳圹以志。乾隆四十一年追录胜国殉难诸臣，公以原官得谥忠烈。公讳煌言字苍水，浙之鄞县人，明兵部尚书。

翁仲巾裙仗马齐，南屏山畔邵坟西。何年黄土埋忠骨，泪洒丰碑认旧题。

相依义魄得罗杨，设祭时闻麦饭香。应有端溪贞石在，幽铭深勒字三行。

彭刚直公退省庵

湖山佳胜占临安，功炳寰区退却难。身后那知荆棘满，刺花开近石阑干。

西湖归兴

去日辞亲上客舲，萱堂临别嘱咛叮。应猜此际风帆影，知在西湖在洞庭？

洞庭归兴

泝逆风回楚客舲，湖烟笼水撇波清。君山木叶萧萧下，满载秋声过洞庭。

题云阳门石额二首 并序

丁巳秋长沙毁城，于东城根得隶书云阳门石额，款署景定庚申向士璧立井书。按士璧尝官湖南安抚使，是年官湖南制置副使，为贾似道所劾罢。见宋史本传。

曾记嘉名遁甲收，云阳门认向潭州。擘窠三字依然在，零落人间七百秋。
头衔不见题安抚，微眚当年被问来。独有部民能报德，长沙义士一丁开。

浏水棹歌

源头路远夹清溪，河底沙明净浊泥。江海狂澜尽东倒，却输浏水尚能西。

浏阳水源东出大围山，西流入湘三百余里。

病酒内人以解醒药进

深杯贪饮玉浮梁，何用朝醒析柘浆？我自疗醒君疗醉，不知人说意谁长？

粟灵骞为杨节母画竹索题

想见松煤蘸笔迟，亭亭先写受风枝。楚江泪点斑斑在，看取霜筠粉落时。

空　村

空村木落景阑珊，袅袅寒香水一湾。几日西风残雪里，老梅枝上见春还。

春　宵

春宵淅沥树当楼，花影稀微乱客愁。不道棠梨花是雨，开门满地月如秋。

游岳麓山遇雨云麓宫小憩

谷风吹雨势回斜，云麓宫前蹴落霞。坐定道人忘款客，石坛忙扫碧桃花。

山茶过时不开漫赋

春在愁红黯绿间，山茶寒勒试花艰。酒边诗代催花鼓，看映丹砂绛雪颜。

江　村

睡稳舒凫绿并头，蒲芽芦笋满春洲。东风吹过霏霏雨，夹岸垂杨唤栗留。

暮春杂兴

茸城春柳想毵毵，历历前游路尚谙。红雨一帘人未起，落花时节梦江南。

春尽见山花嫣然漫作

啼到春归百舌知，飘零红雨泪胭脂。却从桃李成阴后，得见山花独笑时。

城居夏日

城居风味抵山栖，庭树清阴入夏低。键户经旬无剥啄，桑郎满地竹鸡啼。

郊甸小景

陂田高下埭西东，雨后山南曳霁虹。独木小桥行蹩躠，晚香吹过稻花风。

黄芳老过访有赠

冠剑当年早据鞍，敝袍狂脱数刀瘢。前朝进士无人识，只作幽燕老将看。

赠别黎雨民刺史丹之甘肃

竹林曾共籍咸游，文肃诸孙子最优。更尽一杯青海去，有人横笛按甘州。

王梦湘垂访不值留题却寄

如玉何人抵国琛，劳君铭壁一沉吟。小诗追寄浔阳守，报以莲花不染心。

君官九江府。

清明展祖墓

日和风软纸旛轻，饱听村村布谷声。乱后十年三谒墓，再来知过几清明？

放 雀

放雀情如放白鹇，静中物我动相关。天机爱汝飞鸣趣，不为黄衣报玉环。

戏赠罗庶丹孝廉二首

日饮无裘典鹔鹴，如何入市就阳昌？酒家直笔传南董，让汝人间作癖王。
已自浇书酌客无，偶然瓶罄亦须沽。醉乡赢得身安稳，天地原来在一壶。

丧 乱

丧乱频逢忽二毛，螳螂举斧若为豪。痴儿贪舐刀头蜜，见蜜原来未见刀。

堪儿扇头书予近作

事不干卿也作愁，肚皮何苦贮阳秋！仑郎雅有耽诗趣，写上泥金小扇头。

得罗四子经沪上书

沪渎书来辱见招，绿窗灯炉雨潇潇。吴云楚雨三更梦，蓦逐淞江上下潮。

怀魏二高邮

江淮频岁未安波，甓社湖边近若何？三十六陂春水阔，教人无处见烟蓑。

谢郡人饷蕈菰

郡人为客筑滇郊，木蕈花菰远致庖。知我山厨风味减，蕨拳开叶笋抽梢。

咏秦吉了

异产来从杜箔州，雕笼休遣伴鹰鹯。慧心巧舌同鹦鹉，只为能言不自由。

谢生默斋乞题所作画

云树萧疏一水环，晴峦秋老玉屏颜。临流烦嘱巢居子，为管清泉莫出山。

泊城陵矶

望里城楼月落迟，临江高树啸愁鸥。矶头全露磷磷石，刚是巴蛇出骨时。

三闾祠

一席松阴鸟梦凉，沼毛留荐楚人乡。独醒亭畔闲延伫，山鬼无言空夕阳。

黄陵庙

往迹能寻帝子无？暝烟拖碧上寒芜。黄陵庙外野花落，苦竹乱啼山鹧鸪。

君　山

翠羽金支已杳然，君山迎睇淡孤烟。湘娥环珮犹疑响，听取西风木叶前。

洞庭舟中

极目长天入渺冥，浪回春水带龙腥。江湖三月孤舟客，细雨双帆渡洞庭。

黄鹤楼

世路谁言着脚难，却从方寸得平宽。仙人应羡楼头客，江水东流独倚栏。

东　游

使船如马迅追风，击水三千马首东。夜半何人寒月里，铜弦高唱满江红。

彭城道中寄妹二首

瑟瑟鸥波泗水流，鲤鱼风起荻花秋。人间有弟输坡老，阿妹吾还当子由。
风尘南北困舟车，客路关河倦览余。岂独鲍家兄念妹，八行驰寄大雷书。

江北送人归江南

别筵贪语酒频温，不耐骊驹早在门。今夜江南投宿处，只同明月共黄昏。

舟次南通州

帆向通州郭外回，飘风飞雨碧鳞开。客心惟羡依樯燕，岁岁江南一度来。

秦淮水阁

水阁微吟答暮潮，妮人明月共清宵。和烟和雾秦淮柳，罨映青溪旧板桥。

京口驿

京口维舟水碧流，西风甘露寺前秋。断云残雨初晴候，第一江山北固楼。

丹阳二首

维舟重过古云阳，浅水粼粼净练塘。独是兰陵多美酒，囊空为客在他乡。
一曲吴愉动客愁，丹阳城外柳风柔。江山胜迹知何限，梅雨初晴出润州。

丹徒怀古

伐荻先通受命符，英雄耕稼起丹徒。自从晋室东迁后，一代江山属寄奴。

半淞园

勾留尘海叹无悰，芳序莺花悄不逢。何意别开清旷境，一园春水剪吴淞。

入　山

涧复峦回入渐深，泞泞清露滴衣襟。暂时流恋不归去，秋意一天风满林。

汉上送别周郓生太守之沪

古木斜阳更着秋，风前频藉酒扶头。客中送客真无奈，同上江清月冷舟。

过隐者家

插棘编篱隐者家，襟山带水傍桑麻。寒梅一树老无力，疏影伶仃三四花。

游山归晚

叠叠青山不放回，寥空一鸟下崔嵬。者番游屐归来晚，畲火村田只黑灰。

咏　松

云嶅萧然已自高，孤生何碍涧蓬蒿？不知幽愤胡由积，时向空山作怒涛。

客出《扬州风怀诗卷》乞书绝句

风怀深隽孰如君，一缕柔情欲化云。谁道二分明月夜，扬州惟有杜司勋！

石霜僧乞撰《重修寺碑》未报二首

漫共胡僧话劫灰，名山依旧道场开。惭予搦管难轻下，曾见韩陵片石来。
宗风初阐大唐年，地以人灵自可传。立就总输皇甫笔，搜肠还有字三千。

山居秋夕

慵将世变置眉头，事到闲人便合休。门外蓬蒿浑不剪，一庭黄叶庇虫啾。

薄暮登定王台

乱来踪迹少人知，负手伶仃独咏诗。帝子台空虫吊月，满城秋影上灯时。

夜江即目

空江人语夜生潮，策策西风送雨毛。忽漫风平秋雨歇，断云疏树月方高。

寒　食

禁烟时节雨如麻，宿麦抽芒谷吐芽。风里纸钱飞不起，杜鹃啼落野棠花。

春　霁

社火焙茶春霁天，晚山相对笼青烟。夕阳高柳渡头立，人挂峭帆风满船。

蚕　词

桑田匀蘸绿阴酣，日永时添上箔蚕，赛罢马头春社晚，半晴天气泥江南。

荷叶饭

风味淘槐不较长，饭蒸荷叶透包香。饱餐精粲人无事，身向莲花世界藏。

谷山偕憨公

悬崖秋树老霜颜，云起层层没骨山。尘外一僧同踯躅，斜阳双笠访碑还。

重阳前日

快乘诗兴怕催租，字任横斜效雁奴。露菊霜茱纷满眼，溪山秋晚郭熙图。

游山归示海公

鸡犬仙家半住云，石根飞雨细泉分。琼琤幽韵清人耳，只惜诗僧不共闻。

寄怀徐四实宾蚌埠二首

一雨将秋岁又成，史云依旧甑尘生。佣书深念淮南客，辛苦中年负米情。
南州风采近何如？转恃交深不寄书。昨夜灯昏微醉候，洞庭波起梦双鱼。

书女儿寿彤哭丁婿惠和诗卷

独茧哀缫寡女丝，诗成冰雪泪盈眦！莫教地下丁郎见，正恐伤心幼妇词。

吾　愧

自比黄中远不如，趋庭常课等身书。于今吾愧为人父，架上遗经饱蛀鱼。

卷　三

七　绝

海公示寂后追念昔游怃然成咏十首

佛阁钟沉榻枻残，禅房同借一枝安。悯忠寺里青磷屑，风雨簷灯话夜阑。

襄同宿京师法源寺，即唐代悯忠观也。

琴剑飘萧滞蓟门，访书携手海王村。诵君白鹿黄花句，归思秋来役梦魂。

公少作益阳白鹿寺诗有"白鹿不来秋又老，黄花应笑我归迟"之句。

粼粼汉水蜀江流，客路兼葭赋溯游。冷雁断猿黄竹外，一僧相伴洞庭舟。

丞相芳园称逸姿，良辰温茗拈吟髭。不堪回首莺花节，浅水陂塘万柳丝。

予寓曾文正公祠浩园，公过从最数。

巾瓢游兴未阑珊，百里行縢约往还。览遍蕉溪又枫浦，夕阳观瀑道吾山。

泪落秋风上冢行，乡园随我拜先茔。黑甜逆旅依苦榻，恋母枯禅有哭声。

予展墓毕，口占秋风上冢一章，公首读之为之泪下。是日投宿旅舍，夜将半闻怮哭声，予惊而呼之，则曰：无他，适牵老母衣啼耳。

胜日鞭丝指浙西，多情犹自惜分携。上林春草黏天碧，为领清樽驻马蹄。

予东游，公饯于上林禅寺。

弥勒龛开濯锦坊，居邻贾傅故祠荒。荒厨香积招呼切，每共寒山觅句忙。

买屋匡庐愿已乖，更烦灵麓赁茅斋。揭来爱晚亭前路，雾迹烟踪几度偕。

社事年时盛碧湖，定中双足自跏趺。远公去后凋零甚，被褉池边白鹭孤。

题洛阳新出土欧阳通书《泉南生墓志》二首

笔画锥沙铁不如，知君庭诰薄奴书。麦光温润精神饱，筋骨何人得似渠？
贤母承闻号老银，率更遒劲有传薪。洛阳纸贵碑新拓，何限姜芽敛手人。

沅江景星寺过海公墓

霜打新碑石有棱，旧游如梦蓦謩腾。寒香细细琼湖塔，来拜梅花树下僧。

展兄墓

墓田宿草苗新芽，行断西风一雁斜。旧洒鹡鸰原上泪，春来红遍杜鹃花。

038

得王聘三太守消息

寥天南雁去无痕，海上流人半不存。我亦江潭怅摇落，凭君传语讯王尊。

沅江舟次

渔唱遥闻隔浦归，篷篊风急渚烟微。霜清月苦芦陂浅，云水苍茫一雁飞。

酌酒梅花下

遣闷微吟即事诗，残年风物慰衰迟。携樽独对梅花酌，月魄霜魂冷未知。

检心畬王孙诗翰哀然成帙敬题二首

风雨思君数锦笺，琳琅金薤一篇篇。不愁百岁人将半，更读君诗五十年。
为爱唐音击节迟，王孙佳句胜微之。乐天韵事何妨续，一幅屏风百首诗。

黄二学博饫勤言种菜之乐

韭亩菘畦币地宽，时新菜把荐辛盘。折腰予亦浇蔬惯，愿乞闲园暂补官。

近日盛行小说家言有叹

压破黄衣使者车，虞初九百托奇书。拜经愁杀臧夫子，留得些些劫火余。

遇五台僧

一瓶一钵一枝藤，南北尝参秀与能。带得清凉山气重，相逢知是五台僧。

黎凫衣太史失砚复得 并序

　　凫衣蓄砚甚伙，就中有归州大沱江石为佳品，尝手自镌铭。癸亥之乱，溃兵过其家，被掠去。逾年，其令子偶于长沙肆中见之，以六金购归。书来，并贻拓本索句。
　　沱江一片割盘陀，铭识亲镌费琢磨。盗惜主人无长物，不成空过砚材多。

城南白沙泉清冽而甘

俭啜悭烹润吻枯，甘泉如醴亦须沽。取时容仿坡公法，破竹先成调水符。

题明季殷伯岩画像二首

曾有文章吐凤凰，畿南三子并申张。逆知车畔鸣驹乐，未抵青山片石长。

殷，鸡泽人，尝两出为令。

广额丰颐磊落姿，画图移世一追思。流传兀傲平生句，却胜寻常月露词。

殷有"不自意无尘到眼，如相期有月来楼"之句，为时所诵。

题　画

半是山村半水村，寒鸦飞尽柳条髡。分明秋后江南景，红树人家白下门。

旧王孙寄惠玉版笺

槲叶畸零不可裁，芭蕉憔悴卷难开。玉笺新出王门赐，寄我三千里外来。

汉江待渡

尚有凫鹥逐浪来，帆因风急转难开。阿侬惯作双飞燕，摇艇江心独往回。

湖北女子荡船，以双手挟两桨，谓之双飞燕。

金陵解缆

芦管吹烟野水流，倦游人上秣陵舟。情如过社秋江燕，心系春风十四楼。

金　陵

金陵依旧枕江流，疏树栖鸦水上头。胜迹销沉佳气尽，不堪回首帝王州！

金陵觅新亭故址

河山休作楚囚哀，暇日登高眼倦开。独有新亭堪洒泪，赚他名士过江来。

雨花台

古寺荒台访雨花，梅冈文石杂丹砂。冢砖新掘尸黎密，高座无人讲法华。

扫叶楼

扫叶楼边木叶枯，愁人空对莫愁湖。古今迁嬗如朝暮，又见钟山落日孤。

拜方孝孺先生墓

先生崇祯朝追谥"文正"。
木末亭前木尽凋，金川门外水如潮。抠衣来拜先生墓，石子冈头碧未销。

将至苏州

姑苏知隔几程遥，适见村翁手一招。为指吴城孤塔影，前行三里即枫桥。

苏州沧浪亭二首

宋苏舜卿故宅，其自记云："以钱四万得之。"
林泉何似辟疆园，叶走风廊起众喧。胜地至今传子美，秋山如梦水潺湲。
潮州长史去何之，如此沧浪好咏诗。四万青铜风月价，赚予亭畔立多时。

胥门夜泊

云高无碍月行空，霜冷青娥咽断鸿。泊向苕花荇叶畔，不知身在五湖东。

阊门舟中

老树萧疏带古城，枫桥前畔放舟行。午钟送出西园寺，也似寒山夜半声。

阊　门

九天阊阖入荒芜，朱雀曾闻谶应吴。正苦古愁无处写，门楼啼杀白头乌。

饮金阊酒楼

秫酒微糁杏酪香，秦淮酣醉又金阊。江南红袖寻常有，不用吴姬劝始尝。

席上闻歌

泼乳香浮玉练槌，每逢欢乐易生悲。董娇娆是东都曲，座上何人不泪垂。

杭州清涟寺观鱼

古刹亭前水一渠，榜存犹是董公书。我来携得胡麻饼，饱饲方池五色鱼。
池上有董文敏公其昌书"鱼乐国"三字横圃。

采莲泾

在苏州城西，相传吴王使美人采莲于此。
东西南北叶田田，多恐君王不见莲。得见莲时输越女，美人颜色比花鲜。

苏州归兴

枕上还家梦乍醒，岳阳无数楚峰青。倦游留滞姑苏客，最爱山名号洞庭。

泊舟无锡县郭外

烟棹漾回水一湾，船头交语野禽闲。晴峦特地呈蛾绿，觌面相逢是惠山。

游吴越归

越舌吴喉学未工，湘舟稽趁峭帆风。闻鹃旬日思归急，不待长江送客风。

西湖石坞洞示僧万休

野衲相逢半黠痴，知名言早见言迟。无因句落山僧口，为我烹茶诵旧诗。

休尚诵予旧句。

常州夜泊

行箧抛残更展开，柳梢月上乱虫催。秋风孤棹毗陵客，亟写家书待雁来。

青阳道中望九华山

朵朵芙蓉浪里赊，苏家诗老不嫌夸。如何一片仇池石，强蠹壶中配九华。

次滁州境

边淮砧杵捣衣秋，野戍苍烟合暮流。海岱遥连云树远，好山多处是滁州。

江州月夜

良夜清风不费招，月华江上涌如潮。却无红袖琵琶语，绿树人家柳外箫。

客中漫作

金已辞腰客渐稀，木棉秋老赋无衣。雨芦风竹潇湘岸，夜梦鸥陂守钓矶。

江行遇雨

风急卷来鱼市腥，黑云四塞天冥冥。挂起峭帆破空去，飞雨打船江气青。

初　归

初归春到草堂前，几日芭蕉转绿天。还似客中灯烬夕，雨窗人悄不成眠。

览镜见髭须加白二首

往日青青鬓比丝，如今旋白二分髭。中年人比秋林木，暗点霜华不自知。
未拟黄金买药方，几人额下见秋霜。原无侧室何劳媚，此事差应胜陆郎。

感　旧

甲子迁讹忆旧京，五云如梦不分明。却思往事疑前劫，鲍井羊环况隔生。

道上见群羊

三百为群有几家，西湾丰草一陂斜。羊肥羊瘦凭人牧，休近春山踯躅花。

园菊过时未开

曲曲园池短短篱，菊花开惯不如期。岂惟人事今非古，草木都随世运移。

郭六复斋自湘阴至

别来人事不堪论，渴慰相思过荜门。为问三闾歌哭地，乱离时节几家存？

与履初诒重夜话

栉栉银云水不如，月华寒逼木棉襦。炉香初烬秋河晓，一夜清谈即史书。

夜　渔

舟放芦陂浅处行，夜渔无事一身轻。碧天过雨云初散，不脱蓑衣卧月明。

和周渭斋刺史秋夜见投之作

一夜西风木叶愁，中年心绪畏逢秋。青枫江上携樽地，月白霜清忆旧游。

睡眠为鼠所搅二首

撼幔穿墉夜驿骚，先生囊橐患屯膏。千钧弩不因鼷发，愿借东坡却鼠刀。

薰窒愁难尽扫除，投妨忌器欲何如？漫言决事今无比，箧有张汤论磔书。

哭郭复初侍读二首

当世今无薛伯宗，不逢神技徒顽痈。景陵偕谒成虚约，徒念胡髯断后龙。

廿年吾道委榛芜，皎皎遗民心不污。绝类建炎臣节苦，过河垂死尚三呼。

井　上

井上霜晨采旅葵，梧桐风叶届秋萎。情知隔岁阳春至，会有清阴特地垂。

晚　途

茅茨临水聚烟村，灯火柴扉犬吠昏。雨露软泥行不稳，扶筇停叩酒家门。

挽黄木父孝廉

城郭人民已尽非，何年华表一来归？盖棺殊有伤情事，家祭无儿荐蕨薇。

郑斋索寄近稿

从人求索似诗佣，十手分钞苦不供。老至寄君删后稿，应怜才尽笑龙钟。

江上即目

水裔提壶命小舠，烟江无浪独游遨。村西孤雨悬虹外，斜日犹争一丈高。

裕陵为盗所发二首

龙驭当年早上升，幽宫谁遣启鱼灯？遗民闲话髡胡事，何止伤心宋穆陵！
金蚕银茧委尘埃，云黯苍梧郁不开。闻道丹州闲鸟雀，衔珠犹垒帝丘来。

戊辰岁暮

东海青童信杳然，略无人事更相牵。乱离不敢从头说，一往沧桑十七年。

为人题《扬州昔游图卷》

竹西歌吹玉人箫，徙倚红栏第几桥？如此江山留滞久，有谁禁得不魂销？

红豆词

时有人自桂林寄红豆两双。
美人南国怨情深，红豆双双采桂林。愿许阿侬分一颗，待侬持去换郎心。

酬杭州友人见寄

前年东越怅分襟，胜事湖山忆武林。记得画船同载酒，春烟杨柳六桥深。

题徐二《扬州行卷》

芜城难辨古邗沟，绿柳红桥记旧游。月夜凭君翻水调，还如杜牧在扬州。

归燕词

紫颔红襟瘦胜肥，社前双觅旧巢归。情知小屋栖身稳，不向高门大厦飞。

定王台

地小难容舞袖长，故宫寥落蓼园荒。独怜望母台犹在，苹藻年年祭定王。

题书架

一瓻相借意常悭，架上牙签得亦艰。犹记海王村畔过，瘦骡车重载书还。

寒夜即事

少日单裘挟纩同，重裘中岁不禁风。荆妻念我孤眠惯，暖脚频催用火笼。

哭曾履初廉访二首

亲朋投分日期过，同住飙林少静柯。屈指故人还有几？曙星今又减银河。

君殁于仲秋月。

祖翁名相本醇儒，绳武如君亦自殊。直入寝门惟一哭，交情崔李谊陈朱。

君为湘乡太傅文正公仲孙，其季女许字三儿。

雪霁

瓦解冰销室不温，虚谋爽垲近朝暾。懒无快雪时晴帖，四壁天然屋漏痕。

己巳岁暮奇寒二首

别是冰凄雪紧天，屏绡九九罢题笺。欲招仙鹤私相问，可似尧年似晋年？
寒棱砭骨沁心魂，夜拥重衾梦不温。况有流亡归未得，只今谁是郑监门。

"监"平声。

闭门

闭门烟市似山家，雪意阑珊岁景斜。一树寒香清彻骨，暂无租税到梅花。

岁晏题茅茨

人家稿秸高于屋，吾室图书拥若城。煮字不堪谋一饱，为农终觉胜儒生。

入市见难民麇集伤之

苦雨凄风惨地来，饥魂吊骨万鸿哀。动人悲涕无收处，悄上城东帝子台。

秋晚园亭寓兴

十月穷阴万木哀，凋零黄菊伴残杯。化机迁徙谁能测，露白霜清试早梅。

闻雁书似怀沩居士

旅雁宵征未有程，稻粱图活可怜生。何如卸却凡毛羽，不向虚空窄处行。

月下作

明镜何曾更有台，前身谁是漫相猜！不知万古寻常月，照我人间几度来？

恭题御笔画帧

琼树珠藤内苑春，彩禽同是上林珍。画图无预兴亡事，着放奎光照野人。

赠益阳曾四教授

清门何限客相过，只惜康成婢不多。岂独杨家红拂妓，解寻乔木讬丝罗？

雪 意

雪意霜情酿早寒，折巢风急鸢巢安。储粮欲作残冬计，却念饥民一饭难。

赠日本桥川子雍

万卷归装岛客槎，古邦文物访中华。如今四海无门户，不特神州是一家。

奉迁先考妣改葬长沙伴柩信宿泣志

山草山花不是春，连宵犹贴老亲身。廿年重下麻衣泪，泣伴双棺白发人！

入夏苦雨

夏令翻春律不调，雨愁刘迅对无聊。绿天贪爱晴明好，悔补窗前数本蕉。

心畬王孙属题画册二首

朔气秋高境转深，夕阳红树带疏林。幽人闲扫云根坐，何限青山独往心。
地老天荒石骨寒，此中真着一尘难！凭君放眼乾坤外，不作残山剩水看。

黄牡丹

姚家名卉播词场，旧谱流传出洛阳。正是春风无主日，孤丛惊见御衣黄。

秋江送别

瑟瑟芦花入眼明，芙蓉尤动楚江情。霜晨愁作孤舟别，送客秋潮一夜生。

夜坐检黎六凫衣遗札

凫翁华藻擅词场，犹是前朝老庶常。怆恻夜台音问杳，一帘凉月吊吟螀。

秋日童氏园林

前度春光泛酒卮，此来秋色正酣时。教人不敢轻题菊，为恐梅花索欠诗。

梦中得句醒后足成之

野旷天低驿路遥，纵横狐兔草萧萧。黑云忽被风吹断，片雨随人过板桥。

方晓之文学乞题《海山风水图》

海山其尊人鹤山翁读书处也。
风水图成俀忾通，情如孙绰表哀同。孤儿多少思亲泪，只在缣绡数尺中。

南岳二首

望日峰高矗火台，登临无雨密云开。不知南岳祠前石，可有遗臣拜哭来？
访胜探幽迹复淹，前朝松老脱苍髯。山深无事容高卧，苦忆当年率子廉。

岳游赠豹岩头陀

七二衡峰访辨才，与君相值信无猜。他时同践灵山约，我亦悬岩撒手来。

城南晚眺

柳边残照下疏篱，霜到亭皋叶未知。我欲寻诗何处好？城南风色落帆时。

山寺访僧

荦确山途入翠微，情如幽鸟爱孤飞。冷然万籁此俱寂，黄叶满林僧未归。

题《陈抟睡像》

巾履萧然出世踪，白云无意乞三峰。卢生私借邯郸枕，争及希夷味浓睡。

诸儿女学书喜赋

旧石毡堆不失真，褚妍欧怪迹犹新。庭前痴绝诸儿女，都作持金换帖人。

与客话苏杭诸胜

旧游风月佐清谈，越水吴山思不堪。读尽殷家三十首，更无新句写江南。

送长儿伯任葬哭之二首

我生如幻苦为因，二十年来两葬亲。锸在尚稽身化土，扶哀翻作瘗儿人！
长吉年华不较长，汝形终古一棺藏。人间父子情难割，怪底寒郊哭杏殇！

儿年二十有七。

自题天隐庐五首

不碍名符沈氏楼，未嫌庐小比瓜牛。主人心量无垠际，隐括环瀛大九州。
结虚成有乐吾天，左右图书恣取便。史沥经糟渔猎遍，更将何物送华颠？
隐处孤云日日回，冥观万象手承颏。却输中论河汾叟，分说天人两界来。
道人名字许同称，蔬饭藜床我亦能。西抹东涂皆语录，先生原是在家僧。
十年养气欠功深，安定门墙未可寻。生不逢时谁隐我，楞伽持印出尘心。

龚贞女《清闺夜坐图》

初夜璇闺冷欲冰，姽婳谁匹露霄澄。北宫垂老谁相伴，鹊尾炉边凤胫灯。

午 枕

帘额黄蜂报午衙，绳床幽梦到京华。却怜旧作京华客，望斗瞻牛总忆家。

晚 眺

白鹭孤拳旧钓矶，荷塘经雨褪红衣。晚来怪底山岚薄，篛屋厨烟乱后稀。

友人言《续东华录》载有诸故旧疏稿

遗录东华剩典型，槐厅载笔未飘零。故人多是词林彦，各有文章照汗青。

得罗四蟫隐书

重重春树碧云滋，日暮江东系我思。雁足书来频展读，自烹鹰爪瀹花瓷。

暮云市

疏疏墟落暮云村，江岸人归日近昏。萧瑟平林鸦数点，西风残照是秋痕。

见村童于鸦巢探彀止之

探彀人谁悯老鸦，放麑吾却取西巴。平居心自关胞与，只许儿童捉柳花。

游仙次杨三哲甫韵四首

罘罳宫阙会鸣珂，凤诏颁时海有波。宠雨恩云谁最渥？烂羊官府上清多。

瑶台仙鸟信曾通，绛蜡传书到玉童。无数淮南旧鸡犬，尽登仙篆在云中。

榆叶新凋一夜霜，铺平天路尽康庄。鸡翘卅六车尘起，都向咸池浴太阳。

八极翱翔驾白云，飞琼联袂入氤氲。宫袍绰约新装束，不着麻姑蛱蝶裙。

山斋月夜

应是吾家月最多，林坰新辟夜舒波。昵人无睡鸡三唱，曙后疏星未没河。

冬日闲题

岁觉穷寒兴便颓，隔年春色上寒梅。家人品字柴头坐，共说南枝昨夜开。

岁暮编近诗成帙

白日腾腾兀兀过，乘闲端不废吟哦。诗成那更求声律，乱后篇章变征多。

书　感

云散飞龙搁浅沙，江湖波浪涌鱼虾。于今偶梗同漂泊，岂但东南百万家？

岁暮留郡舍

马牙冰解冻初融，岁尽寒销酒盏中。薜屋柴扉掩残雪，住城还与住山同。

检亡儿伯任所著《异语考证》及诗文遗稿

遗着能传望尚赊，有涯赢得换无涯。只伤司命恩情薄，不许非熊恋顾家。

壬戌除夕哭任儿

永念难消泪似冰，如斯天道竟无凭！去年光景分明在，儿女寒宵聚一灯。

堤 边

堤边烟柳听流莺，樵径无人草自生。一晌断筇支睡起，春云分雨半江晴。

江干散步

新涨浮江接岸平，远峰重叠夏云生。葛衣轻爽风微拂，正值潇湘雨半晴。

喜 晴

困雨江村霁色初，山如新沐整妆梳。清游天与闲腰脚，不向东家借蹇驴。

适 兴

水敛荒洲曲抱沙，背城西崦是吾家。渡江旬日不归去，落尽门前山桂花。

为人题《吴江倚棹小景》

几年游迹息征篷，梦冷吴江感落枫。读画顿教吾意远，水边霜影度霜鸿。

发 冢 并序

顷岁当道尽发附郭冢墓，开拓市区。徐六绍周为予言，新出土有籀文郑左君戈、篆文长沙祝长及都候诸印。

人祸深时鬼亦灾，地无完椁髑髅哀。金戈铜印伤心绿，都自官家发冢来。

乡村小景

略转平冈涧路斜，孤村流水几人家。黄鸡咯咯引雏出，争啄野田荞麦花。

秋　夜

蟋蟀寒随月近床，枫桐庭院杂风篁。拨书清夜眠难稳，一片秋声尽是商。

阅内典

贝帙频翻意辄愉，何曾心法隔禅儒。如今胸有摩尼宝，不羡骊龙颔下珠。

次和郭三涵斋小茅庵避暑二首

闭门何处不深山，莫遣黄尘到此间。禅座逸眠君且住，百年曾见几人闲。
云卧知君有故山，君家茅屋万峰间。非因避暑来僧舍，谁信诗人比衲闲。

秋晚写望

翩翩鸦翅接神林，秃树支藤薄有阴。疏雨着山云不起，万山寒碧夕阳深。

题先兄旧画

画里溪山不用租，伯时亲为写屠苏。人间兄弟今难再，此是公寅旧隐图。

题《苍虬阁集》

授简梁园老唅名，马枚词赋汉西京。新诗千首苍虬阁，几许清冰啄得成？

听杨山人时百弹琴

初疑三峡听流泉，羊体嵇心应七弦。静极一身皆外物，冷丝枯木落花前。

观五代石晋画佛 并序

佛像用粗绢粉绘着色，长及丈，从衡三列，不署画者姓名，仅题天福十年。光绪间出甘肃敦煌石室。

丹青毫相动人天，笔妙何如展子虔？不审当时长乐老，可曾瞻礼到金仙。

癸酉重阳

少日登高忆石霜，回头三十五重阳。登高空道家山好，几度重阳在故乡。

望湘亭晚眺

城北城南秋满林，江潭寒信迥萧林。惟应风物湘门好，水陆洲前急晚砧。

留酌黄二饫勤

花映园亭影入池，故人樽酒得同持。芙蓉开老疏篱畔，宿水停烟见一枝。

杂　兴

米贵青蚨到手飞，炊余巧妇叹中闺。逋悬一向无人问，黄叶林间昼掩扉。

寄塞上书

寒塞芦笳想更哀，别来生死两情猜。已愁烽火书难寄，归雁何时到紫台。

避迹村舍自遣

柳陌清风起曲尘，稻畦春水燕泥新。等闲消受田园乐，得老田园有几人？

题《盛孝子维元小像》二首

色养亲承敢告劳，原无婢使炙蛴螬。编氓非藉诗书教，应比渠家盛彦高。
不失民彝自有真，莫疑芒屦草冠身。妙从吴带曹衣外，写出皋鱼一辈人。

吊叶郎园吏部

招尤乱世头皮险，免祸危邦口颊难。君本文坛挝鼓手，疏狂宜作正平看。

吏部有鹦鹉洲吊祢衡诗云："乱世才人刀俎物，不因挝鼓误平生。"谈者以为诗谶。

墨竹扇面

竹萌容易吐新篁，解箨竿竿削玉长。引得薰风来笔底，和烟和雨写潇湘。

喜闻麓山禁游猎

无事胸怀与物关，眼前飞走切疴瘝。要凭禽鸟添风景，猎手从今赦麓山。

题吴石明表兄《秋山无尽图》二首

竹园经乱叹安归，不遣饥来倚蕨薇。今日眼明图画里，秋山无尽已神飞。
寒意尖新透笔端，疏林鸦路得秋宽。烦君蔓壑枝峰外，着我眠云枕石看。

客　来

卒岁箪瓢强自支，门前犬吠客来时。儿童问讯趋相告，不是催租是索诗。

甲戌岁暮偶成

已坐诗穷不自怜，年荒多少突无烟。睡酣频累家僮唤，亲友分来度岁钱。

新岁偕内人渡江

又得雏年健在身，买山偕隐尚无因。湘春门外春如海，小艇清江坐两人。

陶生晋圭周生祝封丐为文情不可却

不鬻文章不织帘，篇成遑论字三缣。先生政恐时人笑，未抵差山隐士廉。

题五代吴越王钱俶所造经二首 并序

　　西湖雷峰塔圮，予得《一切如来心秘密全身舍利宝箧印陀罗尼经》一卷。卷首有"天下兵马大元帅吴越王钱俶造此经八万四千卷，舍入西关砖塔，永充供养。乙亥八月日纪"三十六字。

霸业相传十四州，俶王名位袭婆留。塔经真有天龙护，宝箧今从烬后收。
风火西关失相轮，浮屠难遣镇千春。分明忠懿王家物，片纸依然出劫尘。

敦儿侍予返里门访黎静斋翁二首

阿符难比衮师高，犀角何当较凤毛。酒戒偶除还痛饮，清谈差胜读离骚。
十载相逢九死余，应疑别后更无书。只今过雁将秋急，尺素犹烦寄鲤鱼。

里门劫后

穷闾生气剥余蕉，飞燕亭空草尽凋。政虑长年忧不细，懒寻丹灶就王乔。

奉题旧王孙手绘《梁文忠公种树图》二首

明楼凝望尚嵯峨，种树人非郭橐驼。毕竟冬青柯不改，木天雨露受恩多。
待补松云十亩阴，岁寒看取气森森。孤臣偏爱苍髯叟，为有横霜贯日心。

书西山逸士秋景小帧

木脱霜飞万籁干，疏林秋迥夕阳宽。风亭坐倚盘陀石，人比苍松骨格寒。

赵芷荪学使之丧为七律哭之复成一绝

哭到先生泪已殚，晚年心迹夺冰寒。湖湘遗老垂垂尽，最怕疏星曙后看。

晚 归

淡沱轻风暑气微，梧桐庭院绿阴肥。晚晴为趁僧房约，人比昏鸦更后归。

《天隐庐榴瑞图》四首 并序

予家长沙城北，颜所居曰天隐庐。庭前安石榴岁有花实。今岁榴实并蒂而七。其状以六宫一若钉盘者然。榴刘谐音，或以为瑞。因倩西山逸士张之图画，并系以诗。

雅称皮郎七字诗，闲庭嘉果熟多时。胆瓶留取连珠果，为乞王孙写折枝。
并蒂丛攒雨露柯，累累七宝巧骈罗。骤贫愁检添丁谱，却怕榴房子太多。
摽梅南国想王风，欲学潘尼赋未工。一自陵沉持献后，义熙人物有谁同？
王母仙桃数恰符，笑如龋齿破霞肤。容予追借嵇含笔，补状南方草木无？

所 思

岂无孤旷出尘心，月苦风凄恻恻吟。一片青山鸿去外，所思迢递大江深。

冬日忆心盦居士

猿鹤西山得所依，尚留朱邸在京畿。遥知驴背诗情好，几度归来雪满衣。

寒夜薄醉闻梅香

流年端合醉腾腾，倦后春醪力不胜。寒夜梅香飘卧内，戎戎花影一窗灯。

卷 四

七 绝

（公元一九三六年丙子至一九三八年戊寅）

丙子元日雪

元日占年雪是灾，瑞霙先腊不曾来。探梅拨取花枝看，一半春寒勒未开。

元日雪，俗谚以为旱年之兆。

题　画

何处容人老一丘，燕云而外不多州。残山剩水偏安物，别有云烟过眼愁。

朝鲜人金铁城惠人参

海腴亲剧枉相存，贻自胥余旧子孙。偶审图经知品妙，三桠从古重医门。

酬旧友馈酒

霭霭停云忆所亲，饷予浮蚁冻醪新。能诗差喜颜光禄，犹记陶潜是故人。

题孙季虞明经《老屋图卷》二首

压屋春阴养涧阿，绝无尘到袅烟萝。先生可是陶元亮，惟有门前柳较多。
深柳书堂入画新，最宜屋与树相因。贞元朝士今无几，更共何人访隐沦。

初营麓山

滑笋湘流碧玉环，最多薇蕨是西山。朱张渡口斜阳冷，烟驾云装独往还。

喜黄翰林蜕庵过二首

左符宁复忆前尘，九九年华健在身。今日篮舆重见访，开颜如对义熙人。

三传欣闻脱稿初，抱经方笑玉川疏。先生黄籖楼中坐，便抵承明著作庐。

先生笺春秋三传异文将成书。

清　明

上冢年光欠一晴，雨丝风片又清明。自伤不及三春草，得傍慈亲墓道生。

圆瑛法师出诗稿属题

石门文字本通禅，读罢身心已脱然。谁会寂音尊者意，一天明月夜娟娟。

入　山

厌看黄尘涨碧空，入山初似鸟离笼。谁知山远尘犹到，才得吹开又改风。

儿辈报海棠花开

娅姹花枝媚曲廊，春浓才见睡时妆。风流犹羡遗山老，爱共儿曹赋海棠。

题龚圣与画钟馗

依稀绢素走青磷，画鬼如何不画人？却喜堂堂钟进士，略无村气上头巾。

江　上

水风吹面觉寒增，芦雪菰烟暮景澄。前浦忽经藏蛤地，半江斜日挂鱼罾。

小　睡

小睡移时枕簟清，夕阳高树带蝉声。分明见我平生友，可惜魂交梦未成。

九月十五日夜作

才过中秋月又圆，空庭如水露涓涓。晓河移向屋西角，孤雁一声人悄然。

题《松壑画卷》

山半晴霓雨乍分，湿云堆树尚氤氲。依稀松壑秋涛响，莫道城居便不闻。

湘绮先生遗像及诗翰二首

商洛衣冠夙所亲，又从缣素接丰神。不愁遗翰多零落，恰有挥金换墨人。
武库诗坛格律严，绝伦终愧不如髯。输公华藻犹崖蜜，啖取中边一样甜。

劚圃得铜镜一古钱数枚

昔人葬地玉鱼空，镜在难寻负局翁。晚近摸金多校尉，幽台遗物漏青铜。

山中忆诸儿女

五女希惠、六女璠质久客申江；三儿宏赞偕妇曾宝莎同客江宁；五儿孝聿
亦在汉皋。

鄂渚吴淞一水流，大江中转白门秋。予心老至关儿女，夜夜如丝系两头。

江头二首

白鹭孤拳失所依，江头鸧鹕尚群飞。怀人残腊无书至，立尽西风见雁稀。
湘流如线水归槽，云过江天意自高。骨冷神寒人不识，快逢初雪试鹅毛。

居士林放生鸡

省识含灵物性齐，等慈权复赦金鸡。长鸣何似销声好，末劫兵多莫乱啼。

遇旧友

面目都非认敝裘，江东分手几经秋。当年情景依稀记，门外垂杨系紫骝。

心畬王孙写真见贶二首 并序

王孙写予作古衣冠人。并系以诗云："有句寰中满，无衣天下寒。斯人不
可见，写作画图看。"
野夫心泰任身穷，冠服何妨与古同。已入王孙图画里，那烦人写作屏风。
枯槁山林鬓欲凋，一经题品便超超。腐儒难脱头巾气，博带袖衣过两朝。

得心畬王孙手札

书至家人吐梦回，缄牢笺重手亲开。朔云楚菊离忧集，故国霜前一雁来。

麓山隋文帝仁寿二年佛舍利塔重建落成

窣堵波中七宝装，石函犹锢六朝霜。新添塔影层阴蠹，留与残僧拜夕阳。

麓山新居偶题十首

背郭新成一亩宫，情知难与辋川同。寒梅大有嶙峋骨，多谢朝南暮北风。
偶因胜地便移家，涧水潺潺抱径斜。添植木奴三百树，宅边随意补篱笆。
世变方知小隐佳，从将心迹接无怀。书多痴类搬姜鼠，更辟林坰筑冷斋。
松云梧日养疏顽，黄土墙低满屋山。犬卧绿阴稀客至，柴门当路昼常关。
水意山情道不孤，诗慵拈笔积成通。卜居偶忆吴融句，阿对泉头得似无？
等是张融岸上舟，闲亭端合署休休。羯来选石临江坐，心付虚空不剩愁。
眼前丘壑便容安，屋角亲栽竹数竿。野景四时凭领取，长年不厌借山看。
稚木当阳易作春，晴光旖旎柳条新。岑岚深窅苍篁谷，可有墙东避世人！
我田何日督牛犁，手种芜菁已满畦。茶熟香温清睡醒，暄风初动鸟争啼。
市喧遥隔界湘川，别有醯鸡瓮里天。不是王孙工点缀，山庄谁与绘龙眠。

西山逸士近写《移居图》见赠。

客来相访初觅吾庐不得

清湘如带水如罗，客渡芳洲踏浅莎。独有野云知我屋，麓山山畔小坡陀。

成大剑农过予新居

不期衰俗适身遭，敢向鸡群避羽毛！隔岁君来直相访，门前藜藿比人高。

村墅漫作二首

引漫牵牛上井干，桐阴过午转雕栏。池清鹭瞰鱼难掩，洗砚从添墨沈宽。
酒旗微飐晚风轻，雾颉烟颃柳外莺。樱笋时光无限好，虹边飞雨一峰晴。

春日偶兴

云木氄氄唤鹁姑，幽禽将子昼相呼。西楼寒重凭栏立，一半春山入雨无。

睡　余

睡余摊卷阁边簃，山雀争枝啄竹篱。忽报苍头持札至，故人来约看花期。

宿五轮塔院

塔院三间膝可容，冻云寒木一重重。晚来心境方俱寂，半壁残灯野寺钟。

有 感

肯信情投漆与胶，秋云同薄漫相嘲。不因任昉无人恤，着论先成广绝交。

漫成二首

黄齑随分得安便，身外谁教更作缘？柳语山氤春欲晓，略无聊赖听啼鹃。
真幻于今劣可分，除心何用息纷纭。萧条我自成孤寄，岁月悠悠一片云。

初晴晓行田间

雾收朝旭渐曈曈，春水鸣蛙听不穷。越陌度阡人意好，试暄初拂柳塘风。

山 阁

活火枪旗试拣芽，水村山郭兴无涯。软风翻袂凭栏立，细雨新槐已过花。

暮春江上

紫衣亲水燕呢喃，风息江船半偃帆。正是烟羸花瘦候，一丸斜日岫双衔。

麓山春晓

比邻鹅鸭自知门，云絮烟绵水上村。不信春阴能作暝，隔江灯火破黄昏。

上巳前日简成大剑农

江畔幽栖半水云，又逢佳节到湔裙。君来昨遇晴天雨，今日天晴最忆君。

雨后棹舟入漤湾港

一雨春江涨白波，水云黏树聚渔蓑。小舟摇过横溪去，柳覆芦陂浴乳鹅。

春晚至苍筤谷

旷世真人杳不逢，盘桓林下抚孤松。竹坡斜入苍筤谷，寻丈霄腾迸箨龙。

淫 雨

淫雨如何不洗兵，禾头蒸耳虑虫生。村夫畎亩孤心在，愁听虚檐索索鸣。

新居多松

飞凤山头百本松，之而留待化髯龙。年年子落根徐引，来自南衡第几峰？

江 涨

湘江新涨阔于天，旧岸菱蒿不作边。我屋傍山翻傍水，扁舟蓦直到门前。

江涨至门前

浓春风物正菲芳，只惜门前少野航。千里潇湘连夜雨，直添沅水到山庄。

池 上

池上新荷饮碧筒，乱蛙声里雨蒙蒙。小儿偷纸摹蝌蚪，鱼子生时长活东。

食荔枝 并序

广州生荔枝湘中向不能得，近年始由空中航运。消夏饱啖，偶成小诗。
朱实离离露颗圆，折枝犹带岭南烟。只凭班孟飞行使，不藉红尘一骑传。

哭五妹静贞二首

垂老情怀强自宽，无多骨肉别离难。阿贞心事何容说，百念消沉付一棺。
亦有诗才亚左芬，刘家小妹颇能文。衰兄怜汝随春去，杜宇啼时哭夕曛。

松 坞

松坞菱塘枕石眠，日斜烟直暮蝉天。江津喧共归鸦杂，知是舟人索渡钱。

避暑村舍

数家鸡犬共村墟，一室无心更扫除。稍喜树阴能减夏，白香红净藕花居。

感　秋

卧闻风叶向秋林，起视寥天一片阴。忍话江南今日事，江南哀彻赋家心。

郑从耘太史北行话别

不见燕山近十年，闻君言迈意悠然。情知禾黍殷墟感，长在车尘马迹边。

野　客

纸阁芦帘野客居，阶前流水自成渠。山房昨夜留云宿，楼上刚悬一榻虚。

乱中六女璠质由香港绕道归久不至

朝朝望女倚荆扉，浩荡兵尘且未归。安乐已输檐外鹊，引雏时傍旧巢飞。

即事有作二首

人间何日劫轮销，先业都从乱后凋。已办腰镰生意满，余粮觅禹韭寻尧。
插翅朝天辄恨迟，麻鞋露肘梦回时。田园只着锄犁手，自拨松云采肉芝。

旧本山水画轴

老笔盘盘法董关，松根危石裂苍顽。当年胜地多游迹，是我平生脚底山。

山居见白兔

捣尽元霜性已驯，谪来犹是月中身。于今一窟先营就，合与山翁作近邻。

危生克安周生祝封入山候近状

西崦东皋荷锸行，篮舆端不藉门生。题庵慵取黄庭语，我自无心更太平。

雨后闲坐

野气阴森雨乍过，村田分水润枯河。风林飞鸟翩如叶，泽国秋深雁鹜多。

偶然作

人道桑榆尚可收，可能日出海西头。如今万事都翻覆，生恨黄河不倒流。

四妹阻兵吴淞

世乱如斯可久留？春申江上阻归舟。我心拌似并州剪，剪断吴淞忆远愁。

示诸女

妆似花蛮总逼真，长眉新学魏宫人。试看吴越当时女，不是东施不效颦。

人境二首

人境何曾碍结庐，乱鸦残照远林疏。青山一桁元晖宅，野迥秋光入荷锄。
杜陵蔬腹不充藜，仆婢犹存段与嵇。客至谈深班草坐，镂尘镕影辄分题。

北　国

北国阴森白雁来，海天阳气待昭回。寒梅破腊心空切，肃肃凄风万叶哀。

楼　望

谷静山空一角楼，麓云时会屋西头。予情尤爱湘江水，为是湘江水北流。

返里过静斋饮

正有愁怀又值秋，对君杯酒释烦忧。乐天应塞无厌意，今日尊前见老刘。

袖手二首

草木风腥战血多，刀兵劫末聚修罗。不辰我独生斯世，袖手观棋到烂柯。
疮痍谁为起凋残，侈说乾坤纳纳宽。楚老相逢惟太息，已伤元气从痌难。

山中偶书

乱竹如蓬露始泞，苍烟频见暮峰攒。眼中长有真山水，不用千金买范宽。

偶　兴

海螯江柱不登筵，藜藿三餐腹已便。人唤蛤蜊无意买，声声空自隔墙传。

秋日乡村

村村收稻向连枷，浦沿人归带断霞。独树临溪枝太少，争栖喧绕一群鸦。

重过云盖寺

老松枯剩挂猿枝，重到惟应老衲知。日午云来山寺暝，渐深秋气授衣时。

题《盐城程氏谱》并序

沙门青海盐城程氏子，有报本追远之思，于其家谱告成乞题。

瓜衍椒蕃玉牒收，谱存欧法典型留。宗彝祖笏分明在，衣钵无妨付贯休。

衡山道中望岳

云峦烟嶂一重重，山外看山黛转浓。默记昔年行脚处，极天寒色暝诸峰。

见豪家筑室所弃枯骨

骸然枕藉已无事，见梦南华似有情。版筑忍平埋骨垒，髑髅千载齿牙生。

过村舍二首

岁时邻里偶相存，绿树遥连谢豹村。竹里崖柴先吠影，刚逢黄犬护篱门。
燕子人家不掩扉，短檐长日纳晴晖。畦翁送客松冈外，才一回头隔翠微。

野　兰

悄无人处发幽妍，开向深岩浅谷边。怪底离骚风味好，最多香草与缠绵。

忆苏杭旧游二首

车马吴趋忆昔年，皋桥西畔每流连。辞腰那计黄金尽，明月清风不值钱。
两峰三竺四回游，八月西湖一叶舟。记得耳空心寂处，南屏钟动野烟流。

麓墅夜望湘郭

日暮湘流夜气澄，腰栏一角正堪凭。隔江烟霭冥濛里，隐隐楼台远见灯。

渡　江

一江如堑限西东，东往西来类转蓬。骇浪与人争出没，小船还使满帆风。

望西山逸士书不至

闲心偏与远情牵，残照空江度暝烟。我正怀人无雁至，渚莲香冷意凄然。

湘　江

橘洲残照乱鸦多，斜挂轻风艇似梭。谁信湘江清到底，风来犹有白头波。

题徐纶本书画遗册二首

才女徐家自不同，红笺都让绛仙工。名闺三绝兼评泊，道韫还应拜下风。
掌上明珠已化灰，零缣留与阿爷哀。如何慧业三生具，只作昙花一现来。

客有怪予断荤腥者二首

寓形先应外形骸，漫缩虚空一窖埋。我亦众生除肉食，非关痴学太平斋。
鱼脍豚羹不益身，山苗溪蕨味恒新。严龟食法吾无取，一片猪肝也累人。

暮雪江上归

水光凝碧浦风疏，云黯江天暮雪初。铺遍玉尘山色改，西头白屋是吾庐。

雪中麓山游眺携七女怡静

眼冷心空雾色微，一江寒雪白鸥飞。谢家风絮无人续，携女名山觅句归。

腊尽大雪

雪屋灯青变峭寒，寂无人处着袁安。穷来有味何须送，不用朱泥却鬼丸。

雪　晴

无衣江左万家寒，风景河山已厌看。乍接温暾如挟纩，雪干山净一凭栏。

德人李华德博士数从予问佛学

见说君家在柏林，偶来华夏肯相寻。清言嗫嗫通词缓，不失菩提寂照心。

陈雅篁通判乱中自韶州至

四禅君已脱三灾，风度祠堂拜铁胎。丹荔黄蕉秋水驿，独摇烟艇曲江来。

山庄偶题二首

十日郊游欠一晴，正缘腰健脚还轻。青山表里吾庐在，春草生时避路行。
如此丘园迹可沉，小添花树屋庐深。昼摊书就西窗读，窗外高梧作暝阴。

藤　树

古藤粘树得春荣，岥拥青萝似旅生。不审是藤还是树，万花红紫欠分明。

近人掘地多得前代庐墓悯然赋之

晋甓唐碑辄一逢，昔人庐墓认尘踪。遗墟始信昆仑下，尚有层城更九重。

杨遇夫教授赠所著书数种

学从西汉溯周秦，派接乾嘉更出新。当恕吾家刘季绪，尽如君制诋何人？

曹子建《与杨德祖书》："刘季绪才不远作者，而好诋诃文章。"

示儿辈二首

鸣谦贞吉验牺爻，影向彰时感应交。休重千钧轻一羽，要培风力举鸿毛。
莫道而翁料事迟，谈言微中似先知。凶由从速机当审，察取端倪未兆时。

咏　刀

照眼霜华上宝刀，铦锋新淬鹭鹚膏。幽并归后无人赠，取向灯前首自搔。

酬欧阳姻母难中见贻

半年火宅容安住，一卷金经耐诵持。欲识古今欧母异，只将画荻换杨枝。

老人信佛。

湘潭经赵提学瀫园故里

野老田园长子孙，俗淳犹有古风存。路人遥指邰卿宅，只在飞鸦近处村。

题《曾文正曾忠襄金陵行营图卷》三首

图为幕下张德坚所绘。
赵帜俄空汉帜更，牙中先兆验枭鸣。和门棨戟鸰原共，匕鬯穿庐夜不惊。
六代江山使者来，靴刀同上雨花台。只凭季虎昆龙刀，手夺龙蟠虎踞回。
毳帐谈兵伯仲贤，节旄双拥秣陵专。距公麟阁功成日，图画于今六十年。

旧王孙寄示手编《灵光集》姓氏目录

孰是坤乾得气清？人伦风鉴服君精。岿然一代灵光集，多愧鲰生有姓名。

晏坐二首

胸无尘汩自如如，史废经荒付蠹鱼。晏坐不知香篆灭，静中身世一时虚。
蒲团鹙子定初成，不见微云点太清。寂照境中空是色，九霄无滓月华明。

左台生主事遣人送诗简至

劫后湖湘半掩门，喜君投简一相存。苍头不解称名姓，道是前朝相国孙。

君为文襄公孙。

过故阁学朱翁雨田余园

世外余园尽莳花，沿篱木槿寄繁华。故侯亦有闲场圃，闻道青门只种瓜。

题欧阳之钧孝廉垂钓小景

十亩长竿获所依，西风欹帽守渔矶。游鳞知汝无心得，尽日寒江上钓稀。

试　茶

赤印封来顾渚春，军持凭取石泉新。蜀茶可是同风味，欲问香山酒渴人。

题《唐女郎鱼玄机集》

鹦鹉能言舌未调，黄绖中岁发飘萧。寻常抹月批风手，捧砚如闻唤绿翘。

题龚生《重游洛阳行卷》

名园开剩牡丹枝，前后观河只自知。南国朱鸾人不识，铜驼陌上少年时。

春　晴

佳晴天暖试春罗，晓日园林淑气和。闲里作忙妻课女，雨前新叶剪茶窠。

重过碧湖与王湘绮丈海印上人修禊处

兰渚风流怅惘然，羲之支遁渺如烟。而今依旧莺花在，回首前游廿二年。

麓山隐居夏日三首

归领云巢屋不深，柳榆新益半窗阴。轮蹄船腹吾无意，海燕原来是倦禽。
一襟幽思寄兰苕，水涨萍池鹭自翘。谁信主人豪气减，园花惟爱植凌霄。
爱枕青山不枕流，枕流思共水悠悠。乞天饶我身无事，一片青山住到头。

愁　退

愁退方知酒有功，碧帘凉度藕花风。客来休话人间世，人世炎尘十丈红。

山斋夏日

屋隐松云白鸟双，暑当轻处躁心降。野夫胸有清风扇，不待安排卧北窗。

夏日醉题

阴砌寒消叫蟋蛄，小厘花发石菖蒲。山人长昼醺然醉，尽缩乾坤入一壶。

江上早秋

岸上鸣虫忽换秋，柳边人语聚沙头。物情与我同闲逸，绿水晴江数点鸥。

戊寅闰七月

不管黄杨度厄年，月筒纪闰益秋妍。啼螯清切无多远，只在凉风豆架边。

月　夜

么风衔香夜沉寥，荧荧珠斗丽层霄。凭栏旋觉衣襦薄，月近明河欲上潮。

夜归待渡

秋影朦瞳月一钩，水边人语有停舟。渔翁沽酒归仍晚，同立西风古渡头。

居士林看经二首

看经且道眼图遮，心悟何人转法华。我忝维摩留丈室，优婆林是梵王家。
法海金鳞透网迟，刹竿倒却有谁知？澄空心月孤圆候，是我光吞万象时。

先人坟墓去麓山十里许晨起望尘有感二首

绛烛宵娱蜡凤凰，童年嬉戏侍高堂。如今空有思亲泪，一往人间四十霜。
灵麓当阶坐晏温，相依儿女伴朝昏。却瞻先垄重山隔，不及时时谒墓门。

初徙云盖

宵烽惊报郭门焚，造次何由避世氛？今日万山深处住，一重秋巘一重云。

依　扉

偶启岩扃一倚扉，邻人青箬裹盐归。款言移屦西风里，过雨秋林叶不飞。

山 上

山上松风暑气凉，偶寻眠石得顽苍。睡龙谧与希夷后，无复人知此味长。

深林二首

一入深林彻骨闲，栖身长喜傍禅关。昼眠无复经心事，苦被幽禽唤梦还。
已过新凉剥枣天，夕阳人立曲廊前。绿阴庭院随秋薄，略不闻喧叶满肩。

霜 信

霜信田园一夜还，草痕微点鹧鸪斑。可能无意频叉手，新景时添旧见山。

冬日山行

漫山风叶杂飞鸦，霜屡云襟石径斜。绕过僧庐墙转处，晚冬深翠是枇杷。

放 麂

树里双扉昼掩柴，穿林苍麂入山斋。呼僮驱向中峰去，补挂长生放鹿牌。

大乱二首

大乱编氓恫所遭，罪同怀璧捆脂膏。杜陵诗老生今日，更辨何村是石壕？
象齿焚身孰幸逃？黄金揪付绿林豪。不知上下交征日，积镪何如白骨高！

怀罗四子经沪上

良朋经乱动相关，浪迹三吴未拟还。此日想君归隐便，故乡原自有东山。

君籍上虞，晋谢安居东山即其地。

乱中避地云盖古刹夜闻狼嗥

萧寺云深夜掩关，佛堂僧懒木鱼闲。风林月黑嗥声急，犹有豺狼未出山。

劫后过郡墟

无端火种尚遗秦，劫后痕留楚炬新。三十万家巢尽毁，春归多恐燕嗔人。

过五峰庵途中

对面人来树影中，黄茅弥望野烟空。山鸡啼罢捎衣过，飞入西岑苦竹丛。

乱羁欲返故居不得

乱里形容倏瘦肥，将雏难共鸟高飞。量腰私取松身记，为恐归时带减围。

示儿敦

情知负米儿曹事，捧檄毛生劣为亲。若但素餐无补益，不如归作饭牛人。

题画梅

邓尉寻春驿路长，美人林下寿阳妆。如今图里依稀见，忆别江南又十霜。

梅　花

最耐冰凄雪苦天，孤根回暖发春妍。竹篱茅舍黄昏月，一半精神不在烟。

卷 五

七 绝

（公元一九三九年己卯至一九四八年戊子）

徙居后偶作二首

鲸呿蛟斗乱谁戡？万众衔枚度夕骖。尚倚云阳墟避世，战尘深入洞庭南。
没人蒿径绝经过，将奈搜林利斧何？湘上遗民知渐少，春山薇蕨比前多。

入山访友遇雪

乱壑寒猿嗷嗷哀，野梅才见数枝开。玉尘如糁山茨冷，正待青丝挈酒来。

春晴三首

春得佳晴算好天，天将何物表春妍？东皇真是司花手，红紫三旬已万千。
自叹衰慵玩赏迟，嫣然开尽小桃枝。一年春到花应好，不似人无再少时。
古春当复似今春，未必今人异古人。缊遍楚郊风日美，离骚香草媚灵均。

山寺雨后

钟动阇黎寝乍兴，雨中山好一层层。笕通庖湢新泉入，闲杀云堂汲水僧。

己卯春社

春社晴开燕子天，兵尘犹接兔儿年。杏梁多共朱门毁，莫更寻巢大道边。

念麓庄蔷薇

三径曾逢媚客开，好花亲遣绕庐栽。乱离都叹黄金尽，更有何人买笑来。

落　花

狼藉花飞半面妆，残红经雨湿泥香。燕归春社成巢近，犹待衔来上画梁。

自　断

自断吾生懒问天，不疑何待问筳篿。钻龟纵使无遗策，肯向君平卜百钱？

山　岊

山岊疏花发药丛，麦苗含穗雨蒙蒙。鸟巢危似将零叶，一树高楠侧北风。

书《杞忧生文稿》

文字何如涕泪真，读残掩卷益悲辛。洛阳年少千秋后，别有长沙痛哭人。

寄曾四星笠杨二遇夫辰阳

故人应复忆烟萝，客里支颐兴若何。偶欲相夸君羡否？得诗还是住山多。

清　明

春禽微带破匏声，节物催人感易生。雀李羊桃开欲遍，无风无雨过清明。

晒　菜

供馔张家止菜羹，龟肠蝉腹本来清。盐菹出盎金钗色，晒趁西风馈一晴。

春归又苦阴雨

一年春在雨中过，霁少方忧麦化蛾。燕影乌痕同寂寞。落花如霰草成窠。

僧　房

僧房人倦昼模糊，寒雨霏霏细欲无。午梦未圆春睡短，海棠枝上鸟相呼。

蛙　声

乡村春夜爱蛙声，日晚池塘恣汝鸣。鼓吹彻宵常两部，草莱天爵有谁争？

喜闻儿女吟诵声

闲窗儿女各咿唔，觅句终朝得句无？不是有儿能胜鹤，更将何事傲林逋。

暮春二首

岁时荆楚记芳辰，北斗南回欲暮春。几日飞花风片减，潇湘三月雨如尘。
泼乳槐阴嫩绿交，过墙三尺竹抽梢。幽禽栖处林衣密，深树云移出鹊巢。

述感二首

夕阳如梦柳飞绵，霞晕虚惊血射天。得失漫云弓在楚，鸡虫争斗已年年。
望断承平泪欲潸，盲人掷埴索途艰。何人敢问桥南卜，十户流亡九未还。

徐六宝权自冷道写寄近诗

岂惟三绝备君身，才艺犹堪了十人。更乞徐熙行芨画，归时谋报瓮头春。

林居夏日二首

崖木悬根有古苔，野花垂向屋头开。长疑炎暑三庚尽，特借农家日历来。
家在深林度两年，性如麋鹿爱幽偏。晚凉连日携筇出，松径斜阳树树蝉。

简族子秉姜秀才

徐陵宗族叹飘蓬，长日愁生画角中。身自流离何所念，江湖多有未归鸿。

怀心畬居士

经岁无书到雁群，离忧何自寄芳芬？幽燕南望潇湘远，应念苍梧隔战云。

五女往滇三儿尚留黔中

北马南船早倦游，如今儿女各分头。行程念汝舟车苦，瘴岭烟江去值秋。

林间即景

罨画云林脱兔投，森岑山气冷衣裘。若为图上鹅溪绢，四季皆春不换秋。

岁暮忆北

献芹思续蓟州游，欲俟河清恐白头。魂梦不知残历短，禁寒连夜过芦沟。

闻易鹤雏隐君老屋遭毁伤之

逃名谁识此君高，藏节浑如笋在苞。老鹤无家沧海变，松云何处觅安巢？

得舒五悱斋书

快雪时晴日影低，故人书札寄惆慨。徙家同是山深处，君在西村更向西。

寄儿女滇蜀手书

时三儿客重庆，四、五两女客昆明。
何年身事得粗酬，游子三春尚远游。封罢手书心万里，渝州才寄又梁州。

郑从耘太史归自旧京

鹤发人来绣岭宫，开元追话太平风。喟予身堕烽烟里，再过三年六十翁。

春日简静斋二首

伊人同隐不同山，腌霭云林百里间。毡敝砚寒扃户老，几时相对一樽间。
郭璃宁如鸟可笼，我思胡已雨还风。落花轻飔茶烟畔，剩忆春颜醉颊红。

闲　居

闲却车轮漫目怜，豨膏那得运方穿。栖身才有林泉分，岁月翻如放溜船。

故纸中得麓泉翘生叔舆哲甫诸老遗笺二首

诸老琼华蠹粉陈，交情生死不相亲。孤怀禁得无枨触，往日公荣共饮人。
旧游回首尽飘零，怆取遗诗贴翠屏。犹记当年招社早，碧湖相对数晨星。

寒食日过莲花桥生圹

他时坟上土谁浇，且自生前挈一瓢。人届暮年师友尽，可堪寒食是今朝！

将抵曲江二首

双阙曾闻石最奇，韶州延望愿车迟。客途频取图经看，情似昌黎入界时。
韶石灵钟旷世才，当时鹰隼故相猜。人从异代思风度，特向三枫五渡来。

粤西赠黄君养晖

颊上三毛不在添，旅颜矜为写鬖鬖。烦君多取山林气，莫使风尘染笔尖。

漓江一曲

石骨成峰玉笋班，神工随意削坚顽。果然桂管山川胜，会在漓江一曲间。

龙隐岩观《元祐党籍碑》二首 并序

桂林龙隐岩刻蔡京书"元祐党籍"四大字，列司马温公等凡三百九人为奸党。盖宋绍圣初章淳为相，以诸贤为元祐党，尽窜之岭外也。泊崇宁五年诏求直言，刘逵等请碎《元祐党人碑》，帝从之，毁端礼门碑，天下之刻石长吏厅者皆毁焉。事详《通鉴》，此独以摩崖而存。

忠奸从古判安危，网尽群贤却是谁？独有峥嵘荒徼石？劣存元祐党人碑。
留芳遗臭事俱传，即说安民亦足贤。三百九人名姓在，不知当日倩谁镌？

广西遇旧友

茅容曾记识林宗，同宿山家听夜春。今日语音余仿佛，不图西徼一相逢。

耒阳访蔡伦墓

伦也名从纸上留，树肤功用有千秋。园丁浇菜荒畦畔，指与游人说蔡侯。

墓隧已露，废为菜园。

归　来

出门田垄未分秧，千里归来稻叶长。记得客中前夜梦，淡云微雨在潇湘。

新　鬼

新鬼无家哭战场，闻之谁不泪沾裳。冤魂更有难平恨，身是虫沙是国殇？

展心畲王孙旧札

欲得音邮且乱难，篋中留取旧书翰。羌无聊赖怀人夜，每一思君辄展看。

立秋后念黔蜀两儿

忽然凉信到山头，蜀郡黔陬念远游。为感宵来衣被冷，天涯同是一般秋。

与陈雪翁夜话

灯火山斋一豆青，竹风松露酒初醒。座中黄发前朝叟，才说沧桑便泪零。

晓　望

远岫生云不满空，神闲贪立晓光中。耳边幽韵疑琴筑，却是清泉溜石丛。

答沩山密印寺宝生上人

莲社东林旧有刘，夜禅朝梵许同修。待予挥手辞猿鹤，来伴沩山水牯牛。

远公莲社有刘仲思。

藕塘晓望

蒙蒙村坞树笼烟，远近鸡声接晓天。竹巷柳门人未起，寒塘残月落红莲。

见归燕叹滇蜀流人

燕似流人尚得归，流人比燕意多违。西南多少无家客，空羡秋风燕燕飞。

庚辰中秋念旅居诸女

诸女仳离定忆亲，银河天末渺无津。老夫今夕添惆怅，拜月庭前少四人。

观稚女诚巽甥女张延祺剪秋叶

夕阳沉入半林枫，大造随机显化工。一味天真小儿女，摘来霜叶剪秋红。

渡　江

隔岸晴峦不待登，秋空山骨见高棱。平沙青浅舟如叶，恰共江头趁渡僧。

怀衡山邓拔贡堃

山北山南好避名，时贤还有法高卿。为询松壑幽沉客，几见崇朝木槿荣。

岁阑有述二首

日昃空堂岁复遒，欠申援笔记三休。未曾离颈仍归我，笑罢分明镜里头。

冬醪盈瓮再衔杯，生遇千摇万兀来。心事向人无可告，拨残炉火画寒灰。

辛巳开岁简理诗卷二首

六十流年只欠三，老来吟兴不常酣。恨无万首新诗句，厌倒山阴陆渭南。

才退搜肠得句迟，旧篇重玩辄移时。多存他日应多悔，删尽冬郎十岁诗。

杂事上心吟以自遣

心绪多于茧一盆，煮汤熄火岂能温。世人皆有无穷事，曾不相逢到墓门。

老 鸦

平时占鹤似无凭，岂识先机鸟果能？独是报凶还报吉，老鸦嘈噆使人憎。

拟巴江竹枝词

阆白相交水并头，折成巴字绕渝州。侬情刚似江回合，流到郎边更不流。

米价腾踊感赋

庚癸谁能止众呼，嗷嗷哀雁满江湖。日来对食尝三叹，敢问囷中米有无。

独 酌

溢瓮香醪独举杯，住山深处少人来。案头亲友书重叠，怕触离情不展开。

内人为制短褐索句

短褐亲身岁再过，老妻惊见破痕多。量裁丝段鸦青色，分制新衣共五纮。

近传衡阳群鼠渡江二首

欲取唐书补五行，乐郊安适叹鼯鼪。监门图绘吾曾见，一样流离琐尾情。
永熙三载事何如？试证朱明草木书。物自知机人不察，悠悠天地渺愁予。

旱象将成得大雨

垂枯潭水不盈车，荦确空怜脱骨蛇。骤得倾盆连日雨，平均分喜到农家。

夜兴二首

燐火乘时俨有光，汉津犹待扫搀枪。不知天使缘何事，但见流星夜夜忙。
晨乌将启晓鸡知，越石心孤可是痴。腐草光生萤自耀，夜阑争得几多时。

偶　书

胶胶扰扰匪思存，忽忽悠悠度晓昏。不解涉江亡剑者，如何犹记刻舟痕。

赠陈云章世讲

论交从古数刘陈，分属通家谊最亲。看汝飞腾吾已老，当年曾识小麒麟。

铜泉坡

杂木编园橘作庄，铜泉坡近藕花塘。隙无寻尺三间屋，人卧蓬蒿不姓张。

寻北郭故居遗址

烧冷荒基草尽芽，市尘弥望种蒉麻。东南兵火高甍尽，岂止长沙十万家。

湘上遣志

幽蓟无书见雁愁，欲随渔父弄扁舟。予情惟似湘江水，一往滔滔向北流。

春　思

大好春光币地宽，南园蝴蝶旋成团。衰颜难再装年少，镜里霜髭试镊看。

园 居

园扉虽设客来稀，小篆香清息内机。至后不知蚕月过，夏深犹未换春衣。

余生正华来谒询之为门下边振荣弟子

门下当年得孝先，客来询姓自称边。和凝衣钵更番付，弟子于今有再传。

春闺怨

莺晓蛙宵独掩门，春闺无处不销魂。可能郎似红心草，生长家园稳着根。

纷纭

云龙争拥上之回，九域纷纭异想开。万里幽州惊马客，竞传消息入关来。

书三儿妇曾宝莎所藏曾祖父文正公手定妇女功课单

严毅谁如魏弱翁？中兴人物首推公。治平原自修齐出，宰相家规重女红。

寒 食

禁烟时节值春晴，想有庞公上冢行。阻乱未归先垄隔，故园愁绝十清明。

雨 霁

积雨空山老蕨芽，穿林初见日光斜。窃红消砌春云湿，廿四番风过楝花。

晚立江浒

乱石矶头浪未生，暖风徐拂葛衣轻。神清原不关山水，幽意微茫立晚晴。

咏盆松

爪叶鳞条势勃然，支离容汝尚能全。盘拏空有千霄意，老向绳枢瓮牖边。

新 浴

除恼旃檀不待涂，快同蠲疾得皋苏。明灯池馆湘帘夕，日煮兰汤倩阿奴。

露　坐

露坐中宵夜气清，无尘心与月空明。貂蝉应羡山楼客，仙骨非从蜕后轻。

怀西山逸士

无书兵火五经秋，楚月燕霜不尽愁。欲托塞鸿将片纸，北归为达古澶州。

山　园

山园丹橘熟新霜，人识西湾处士庄。节过授衣风物换，败荷残苇冷东塘。

村　暝

村暝残阳敛驿亭，秋原苍鹘刷霜翎。如今满野皆车骑，愁见王良策马星。

霜　晓

霜筛呖呖角呜呜，沉梦惊回晓月孤。北斗危悬天一握，此身依旧在江湖。

书龚文学曼甫夕阳诗后

襟抱萧闲趣复长，乱山相对暮苍苍。知君不管黄昏近，独倚圭峰看夕阳。

君居圭峰下。

雪中渡江

直冲飞雪渡江湍，岁腊将残朔气寒。我幸就衰能耐冷，众山还待白头看。

友人约往南华宝林寺

法留东土有光辉，敢道花开六叶稀。我与子瞻同意旨，南华香火是真依。

夜雨不寐

乡居无客酒为朋，挑尽怀人夜雨灯。尚忆前宵春睡早，薄寒云起月藏棱。

题宗人室瑜瑷女郎遗画

展画炉香爇宝熏，剧怜鸳侣死生分。只今山色如眉黛，留与檀郎梦楚云。

望敦儿重庆书不至

游子辞亲客路长，五年留滞在他乡。寄书应恐家添忆，岂是书稀便合忘？

儿辈生长郡治不能操邑里语

诸儿年长换名呼，怪汝乡音已尽无。我去祖居三十载，移巢今作白头乌。

谢君新撰《岳麓小志》

蹑雨何人访橘庄，潦深君复诣文房。凭持新撰名山志，来就山翁一度商。

志中记予山居在飞凤山下。

寄敦儿川东书题牍尾

蜀山迢递莽千重，冒暑题书墨未浓。不是誉儿同蔡廓，颇期吾子似兴宗。

戏答方坦翁 并序

坦伯孝廉行年八十，自道州寓书谓耳已全聋，净叶则有进益。口占寄之。
未须清梵爱婆和，老谢闻根益更多。莫使人知无耳听，错将翁比跋难陀。

赵十二寿人嗜茶予颇嗜酒

赵钱茶会趣原长，茗饮何能胜酪浆？宝谱陆经从所好，不须君恕次公狂。

秋凉念六女璠质巴东

汉巫凉信塞猿知，望断荆门意倍痴。念汝有家身是客，秋风亭上忆乡时。

读《元遗山集》

文献完颜系此身，笔端元气吐清新。天公位置非无意，遗作金源末造人。

题易氏义亭二首 并序

岳阳易凤梧文学述其考理丞翁年二十九断弦，更不复娶，鳏居二十年乃卒。文学筑亭墓侧，其乡曾觉夏题曰"义亭"。
镜奁人杳未同归，王骏终身义不违。一奏寡凫单鹄曲，半生鳏绪雉朝飞。

追述遗芬有后贤，幽亭添筑墓堂边。旁人私比丁公着，丧偶差先二十年。

有　感

真是真非日谬悠，群将娼丑讼闾娵。侧身天地张平子，南北东西赋四愁。

手书促敦儿归

手书封罢寄儿敦，待汝归来慰倚门。还羡丛生慈竹笋，年年相聚不离根。

春　残

不意春残昨夜风，十枝花忽九枝空。宵眠惊怪如舟屋，恍卧沧江听雪篷。

念心畬王孙二首

隐去西山听暮猿，皇州莺尽恼鸠喧。遥知朱邸春风入，依旧花开萃锦园。

园多桃花，在京师地安门外恭王府，经乱无恙。

野人林壑静扃扉，尘迹冥冥与世违。魂梦不知京阙远，清宵常向九逵飞。

第三孙贤锐八岁能作豪语

童年夸作栋梁谋，豹未成文气食牛。广厦未能天下庇，祖翁方切杜陵忧。

鄞人王天民以良家子随儿辈同依止

老人胞与及螟蛉，义燕仁鸠忽在庭。垂迈山妻相戏语，健儿添得膝前丁。

惠女远归省亲

春巢身似暂归鸦，夏别亲闱去路赊。知汝蜀程行到日，巴江秋尽正思家。

枕上书怀

往事三更搅梦思，何如衰楚乐无知？凄凉家国兴亡感，多在灯昏酒醒时。

甲申夏挈眷止村民家值倭寇至经宵始出险

幕燕颠危化釜鱼，家人同困网周怯。从今命比鸿毛重，生是枪唇剑舌余。

逋播

摒挡行厨在竹间，始从逋播想宽闲。销声尤恐人知处，前面云开一半山。

寺夕

秋霖旬日困僧房，里饭何人访子桑？我懒不曾勤诵习，有谁中夜致书粮。

幼女诚巽侍予读书

我已行年六十翁，汝龄十六俨孩童。老人原有欢娱事，爱听琅琅诵国风。

立冬后闻雷

岂是天公怒未平，不然雷鼓久收声。杜陵窃虑关兵气，记听荆南十月鸣。

阅居士参禅录

净琉璃地印空明，宝月珠光体自莹。寂照定中三昧观，本来无灭亦无生。

石上听流泉

暇枕流泉就石萝，一瓢身外尚嫌多。高空应是飞仙过，朵朵行云白似鹅。

铜泉坡旧居被掠古琴尚在

贼无空过过吾门，掠尽家余绿绮存。蔡女欲弹弹不得，钿蝉零落古桐孙。

三女雪芬经岁无消息

儿女分张各一天，兵尘奄冉届残年。乡园百里无消息，何况巴渝路几千！

时六女在巴东，五女在渝州。

叹乱

湘水无风本自澄，一回风起一波兴。蛟宫翻倒鱼虾乱，谁说中流砥柱能？

小寒节次日雪

雨余寒气夜来加，檐际冰条结马牙。今日冻云初作雪，狂风吹得不成花。

寺居听雪因忆南村玉屏山庄

竹屋萧骚听雪眠，丛篁移附院西偏。此情追忆南村宅，一别南村四十年。

寺中见蜡梅

我来初过牡丹时，及赏荷花夏日迟。山桂飘残冬又暮，蜡梅开尽雪中枝。

雪后山寺杂兴二首

积雪才消百草枯，寒炉添火了朝铺。孙男曳屐侵晨出，拾得岩前冻死狐。

次孙贤恭得小狐归，然已僵矣。

短枪长槊猎人便，鹿命悬疱绝可怜。昨夜钟残麋唤子，声声哀彻枕函边。

初春寓目

万物凋伤孰使令？天公初似太无情。罢民不及田园草，披拂春风却尽生。

偶触感怀

去年初夏窜山中，又见春花烂漫红。栗主无龛时享缺，借人香火寄斋宫。

静斋隐君题句见讯仅半月遽闻殂逝泫然伤怀

乱深频见换蟾蜍，老友题笺独讯予。今日交期泉路隔，不堪重答秣陵书。

客　窗

鳏鳏羁绪客窗深，法喜为妻记自今。丈室一灯花六出，却看栀子是同心。

时以栀子花供案头。

饥　岁

饥岁原无独疗方，借炊人致米盈筐。倘凭张率家童载，只作中途雀鼠粮。

灌　园

蔬畦提瓮趁晨兴，泉眼涓涓石井澄。买菜原无求益意，灌园吾自学于陵。

忧 旱

晓望云霓到日晡，暮霞层叠雨根无。乱离倘复逢饥馑，岂特西山有饿夫。

予避乱每止佛寺

尘刹逢僧尽哑羊，佛眉停放白毫光。何人能悟无生法，剑树刀山是道场。

霜晓闻雁

雁声霜晓睡初醒，起视斜河淡带星。记得君王残月夜，松间楼阁竹间亭。

一 病

一病秋林鹤骨癯，不因劳损掩书橱。谁知精力新痊减，拨置残篇满座隅。

初归铜泉茅屋

风杨霜槲叶初飞，向夕苍山接翠微。茅屋尚存丹灶废，恍如王甫梦中归。

由海会寺迁回铜泉别墅

寒灯无焰度长宵，香雾菲菲熄更烧。夜半酒醒扶梦起，尚疑身在道宣寮。

乱定三女雪芬归宁

连年逃乱感化离，先是疑无见汝期。我笑情长输往哲，元家三女有书贻。

元好问《遗山集》有贻第三女珍诗。

寇降连得蜀中女儿书禀

笺因离阻远难裁，幸喜氛销道路开。积岁忧虞今尽释，巴江儿女尺书来。

听锐孙诵《论语》

旧业云礽世守存，乱离谁课第三孙？阿翁痴望传弓冶，十岁才教读鲁论。

溪行岸上桃花盛开

不必仙源境始幽，桃花犹似识前刘。如何当日秦人洞，但为渔郎引钓舟。

雨　歇

雨歇林柯堕湿阴，交交桑扈语前岑。瘦藤扶我青鞋滑，村路春泥一尺深。

忆旧王孙二首

乱离南朔隔知闻，不但花时最忆君。念否湘江江上客，狎鸥仍与白鸥群。
北极星辰暗帝畿，箕分音息九年违。砚凹成臼怀难写，欲往西山化鸟飞。

王孙原隐西山。

夜　斋

檐外宵明见白河，一行新雁度云罗。嫩凉池馆流萤乱，误是阴燐战后多。

山　庐

啄木丁丁俨叩门，山庐疑是客相存。昼闲喧寂时兼有，高树风蝉响一村。

中秋月下念诸儿女二首

思亲知忆故园扉，游子离家旷未归。秋月一轮天万里，殊方今夕共清辉。
雏乌南北各分飞，如此良宵聚首稀。好是明蟾浑不隔，寒光都上女儿衣。

山庄秋晚

繁蝉争响避风柯，静躁相兼略未知。正值酒悲微醉候，胸中秋比晚林多。

书所见

血海骸山旧幅员，外讧才息内讧传。春光无主遗黎老，泪洒西山拜杜鹃！

闻将有事于文献

媚世文章喻镂冰，骂人椽笔欲生棱。殆非断代难言史，自郐无讥不足征。

闺　怨

舟南车北路西东，夫婿年年逐转蓬。未必江湖漂泊惯，江湖多雨又多风。

连得五儿迪化邮寄

边疆时念远游人，身似投荒更忆亲。万里暂无烽火隔，塞鸿今得寄书频。

晓　望

岚霭依山翠作堆，独延西爽晓窗开。曈曈花影光犹湿，乍见金乌浴海来。

柳厬庵秀才出《家传》属题四首

风木乾坤永感人，鲤庭追念百年身。因君桫触孤儿泪，地厚天高一怆神。

逃亡同过乱离年，手泽销沉逮简编。能读父书吾已愧，况兼书法妙诚悬。

唐柳公权字诚悬，以善书得名。

箧敝穷留老蠹鱼，笔干枯涸瘦蟾蜍。而今各有终天憾，痛忆当年左袂书。

昔贤为善畏人知，闻道尊公亦有之。殁后乡间应祀社，罗江千载继罗池。

君家近泪罗江。

患咯血口占

阅世鬓眉忽老夫，正愁无血润焦枯。饱过龙战元黄日，赚得猩红满唾壶。

过　江

家傍岑冈近水浔，出门槐柳路多阴。风江帆峭先云渡，秋到潇湘绿已深。

梧　桐

造物于人似有心，梧桐炎夏绿森森。凉天徐减秋风叶，恰借山窗两月阴。

杂　感

阴惨阳消风不鸣，高梧枝断旧巢倾。山人未必听能惯，一片啁啾野鸟声。

四妹生日书牍尾寄海上

遥斟卮酒祝长庚，刚早中秋一月生。阿妹海滨今六十，人间还有白头兄。

山中写兴

洗耳泠泠转蜜泉，新凉才过葛衣天。丛林清梵声初歇，古木斜阳又乱蝉。

雪　中

压尽冈头偃盖松，雪深疑过汉元封。岂无高士空山卧，知在前峦第几重？

清明展先墓

花发春山锦绣丛，天阴原野纸钱风。孤儿难逭通天罪，墓道苍碑阙未砻。

遭乱墓域失修。

长　夏

长夏山庄众绿敷，墙隈藤蔓自相扶。桐花更比桐荫密，两日南风满地铺。

新　沐

去发如僧顶似髡，温泉清照洗头盆。新来沐更多于浴，依旧秋霜出鬓根。

杨遇夫教授岭表讲学之行约逾月余

花时才别值春分，坐忆终朝望夏云。好谢岭南诸学子，三湘群俊正思君。

客　过

短衣时有客经过，相见夷装揭突何。不比崔家难入室，署门歧叔本来苛。

卷　六

五　律

（公元一八九八年戊戌至一九二一年辛酉）

书　癖

岁月成书癖，翻如叔夜慵。窗留金盏草，案列瓦盆松。却病闲情淡，舒疲小睡浓。不知兰若近，时听隔林钟。

春日玉屏山庄二首

一簇林塘屋，春莺晚更啼。饧天才谷雨，鬼节又棠梨。柳陌清阴满，秧田绿刬齐。游心超象外，酒榼正堪携。

深杯留客酌，沾醉泥陈遵。目论凭时辈，心期且古人。主宽成仆懒，俗俭得风淳。野老皆沮溺，忘言意自亲。

"泥"去声。

南村杂兴

院静鸟喈喈，无尘累泊怀。锄苗开药圃，斧木葺茅斋。胜引吾能接，幽期客未乖。罄觞逢岁稔，那厌酒如淮。

季春县郭外

连夜雨生蛙，梧桐始欲华。市声离郭巷，春色暖田家。山嘴平开垄，河身曲抱沙。近村骑背叟，出驾独输车。

西郭外散步值熊伯威秀才

崖前青桂老，香远逆风闻。飞雨山城断，流泉石涧分。眼明悬落日，心淡入浮云。幽契凭谁会？能闲复有君。

侍大人西郊散步

草屋隐春丛，鸡鸣曲港东。樱珠红琲瓃，柳线碧玲珑。俗畏铜章吏，人尊竹杖翁。村氓犹近古，觳素见遗风。

步至近村

嶻嶭层层出，人家水一湾。阴苔经雨碧，秋叶得霜斑。憩石留萧寺，听泉入晚山。老僧勤款接，为客设膏环。

南村晚行

日落犹红晕，山昏忽紫烟。孤村南北路，千亩上中田。吠犬嗔人后，归鸦趁客先。风榆初落荚，满地沈郎钱。

访　客

客有山居者，经年始一寻。蛇蟠空树腹，蝶恋晚花心。取径缘溪曲，穿篱入屋深。仆言携酒出，应在最高岑。

石霜寺

无限樠椮气，琳宫日欲冥。农贫过卖笠，衲老坐谈经。殿罨春云白，山环古佛青。歇如枯木去，何虑不惺惺？

寺有枯木堂。

山寺留别

万壑深藏寺，风泉断续闻。僧盂分病马，樵斧走眼麏。窖酒松花酿，炉香柏子薰。再来当信宿，重与谢殷勤。

重游道吾山

十年始一见，好山如故人。展眉疑欲笑，仰面复相亲。地有新添冢，村无旧识邻。逃生当赖佛，试办坐禅身。

哭适宋氏姊

谁料寻常别，终无见姊时。掩泉伤去早，煮粥憾来迟。树已成新冢，花还发旧枝。最怜双弱息，失母意如痴！

姊有二女。

入　林

凉云含雨意，片影度西岑。古寺肃秋爽，空山生昼阴。髓餐岩下石，沙拾涧中金。信有烟霞癖，探幽一入林。

山　郭

山郭烟笼树，归鸦趁暝投。人情皆重晚，予意独悲秋。选石迟明月，循溪听远流。有怀诸弟妹，容易长离忧。

秋　墅

秋墅棋声静，村幽少客来。涩蝉嘶赭木，饥鸟啄苍苔。画手谁摹写，诗心自剪裁。山衣连水带，半亩夕阳开。

孤　村

孤村忽已夕，乔木苍然深。无限眼前景，得之尘外心。归迟风物绊，坐久水云侵。不是吟情健，黄鹂送好音。

清　游

为有清游兴，闲乘觳觫车。苹风翻白燕，草色染青蛙。烂漫春三月，涟漪水一涯。似无人迹处，断港响鱼叉。

春　芳

蓊匊春芳满，情知霢霂功。草香开径入，花气卷帘通。粉蝶迎初旭，灵禽话晚风。陌头人渐密，油壁与青骢。

村墅书兴

春岂私吾堂，阳和布四郊。藤敷遮架叶，竹放出檐梢。涎湿蜗书壁，泥新燕补巢。牙签空满屋，勤业愧刘苞。

闲　题

山雨湿庭莎，窗芸翠作窠。花融蜂扇蜜，树朽蚁移柯。旧画装巴锦，新词写越罗。时还凭燕几，清脆听莺歌。

中秋饮白龙古刹

佳节仍为客，羁怀悄不开。言过黄叶寺，同醉碧筒杯。骨肉伤飘梗，河山换劫灰。高楼凭眺处，更鼓若为催。

春夜观笙宗叟宅对酒

漫作投簪计，官尊愈抱关。年衰能作健，政冗却如闲。冬酿欢今夕，春灯聚故山。明朝芳草路，挥手翠微间。

卜镜秋广文留饮

子美论交旧，平生郑广文。只因谈娓娓，不觉醉醺醺。肠渴三升酒，身轻一片云。狂言多谬误，恕我莫如君。

园　居

雀乳穿檐隙，春阴昼昝迟。篁孙开笋箨，椹子熟桑枝。宿雨初停候，轻雷乍动时。园林芳未歇，聊复一樽持。

碧　山

碧山无动意，静者自相依。木杪行人少，门前过客稀。天阴猿爱啸，日暮鸟知归。惟有清风至，时时一款扉。

寄怀里人张大蘅溪

故人隔岁别，时序客心惊。寒重雨连郭，春深花满城。闲愁孤影瘦，午梦片云轻。张野乡亲旧，难忘对酒情。

观　涨

水势惊泱漭，鱼龙气益骄。春江流树沙，野屋寄山椒。帆急风乌乱，槎横雨鹭翘。芳洲漂没处，可惜麦齐腰。

江　城

白酒江城酽，孤灯伴举杯。顽云霾野月，骤雨发春雷。炼炭将温茗，巡檐为索梅。寒毡吾故物，醉卧乱书堆。

过野人居

夏屋野人栖，香生种药畦。槛虚环水曲，墙迤抱山低。梁上双雏燕，篱边五母鸡。问渠居几载？七见火流西。

键　户

将迎无俗辖，键户避鸣珂。晚食炊菰米，新裳制芰荷。牢愁成旷达，羸病易蹉跎。已矣从吾好，云山入窹歌。

池上纳凉

荷叶暗香通，清醪饮碧筒。微凉风定后，薄醉月明中。鸟止如留宿，鱼行若在空。水萤池上度，却复入帘栊。

濠梁晚眺忆宋五秀才

镜奁江乍展，山远翠眉横。归牸烟中路，飞鸢水上城。荒年呈菜色，寒雨入松声。不共墙东宋，弥伤契阔情。

幽　意

酒罄卧空瓶，凉宵客扣扃。蜘蛛排露槛，蝙蝠入风棂。贴纸将呼月，钩帘正吐星。单跌同小坐，幽意惬沉冥。

江上暝归

岸纤行未极，暝色乍沉沉。风远雁声阔，露凉虫语深。清江烟蘸浪，疏树月笼阴。迟暮怜幽草，皋兰有本心。

讯塞外友人

闻道阴山雪，秋来没马鞍。飘蓬征戍苦，卷叶晓笳寒。汉将尊都护，番酋藐可汗。遥知歌楚引，长得酒杯干。

官　堠

官堠宵箛寂，征途与梦长。秋声虫窍雨，月色马啼霜。野寺松围塔，田家枳作墙。欲寻投宿处，孤影堕苍茫。

舟　游

风月野人舟，凉宵一雁秋。沿洄随岸舣，旷快与天游。鱼已先潮上，禽还后暝投。水边灯倒影，知是枕江流。

月夜萍乡道上

露白村疑晓，乌啼月一天。松阴明鬼火，树隙聚人烟。客路羊肠转，乡心马首悬。萧条游子意，如在大荒边。

遇敕归迁客书赠

画角久边城，身经万里行。年深苍马老，天远皂雕平。得罪蒙恩遣，客归赖圣明。刀头今已慰，不必叹残生。

放　情

放情云水地，轩豁意相宜。山黛岚横抹，川黄日倒悬。津人喧古渡，野鸟乱昏烟。尚想乘余兴，随流一泝沿。

城东访孙真人遗迹

白鹤不知处，搴来秋满林。仙踪行药杳，灵斧入岩深。蹙蹙尘中驾，怦怦物外心。未应无啸父，近市一相寻。

县　楼

谯楼宜远眺，山县得秋清。风急云奔壑，天寒雨入城。荒祠投鬼魅，古瓦窜鼯鼪。自我离乡邑，年饥数被兵。

送别陈少修进士

整驾严徒御，征车不可留。离筵刚近夕，别绪况逢秋。云暗迷津树，灯明见驿楼。眼看轮载转，已复隔山陬。

西郊晚步

萧萧闻落叶，高树掣风声。归辖烟中路，飞鸢水上城。洲荒人牧马，世乱鬼谈兵。予意将何托，心机触未平。

重 阳

少小重阳节，茱萸插满头。此情犹似昔，病骨不禁秋。有妹羁殊域，因亲罢远游。更无人送酒，为解索居愁。

德宗皇帝挽诗 光绪三十四年戊申十月

励治多新法，惊闻辍万机！悚懔天不语，黯淡日无晖。总为垂帘数，翻教驭政稀。紫宫应有恨，血迹染龙衣。

雪后经山寺

白昼云堂暗，山魈瞰佛灯。短椽栖怖鸽，枯树立饥鹰。寺僻难逢客，寮空少住僧。寒天初罢雪，心澈玉壶冰。

诣杨孝子庙 并序

吾邑负郭有杨孝仙庙。通志书："杨孝子俗称麻衣孝子。"按：孝子本姓麻，名声扬字耀庭，业岐黄。县东麻家湾是其故居。生于唐天宝五年，至贞元七年以殉母殁：盖麻医误为麻衣。声扬误为姓杨。故老传闻，要为可信。此邑志所当举正者。

像设严簪缕，精灵尚凛然。旧闻存志乘，遗庙署神仙。纯孝三千行，幽光九百年。奇方杯珓取，功以济人传。

梦殇儿楚良

娇魂来膝下，讶汝尚为人。及悟身原幻，翻疑梦是真。更谁相慰藉，而我益酸辛！空堕童乌泪，生如一聚尘。

屈子祠

旧是招魂地，空阶积古苔。三间犹有庙，六郡且无灰。被放难回主，遭谗始见才。拟为文更祭，未抵楚词哀。

贾太傅故宅

已坐能词赋，还来吊逐臣。才人同一慨，故宅独千春。井古寻遗甓，碑荒剔旧珉。泯然如草木，何限少年身！

逐臣谓屈子。

春日郊外人家

生涯浑烂漫，紫燕蹴花轻。野屋依岩密，春旗带郭清。新榆然社火，嫩蕨荐山羹。坦率田园叟，倾谈少世情。

报春女

报春村舍女，芳齿过垂髫。头上簪长脚，身边鼓细腰。来当青帝近，去比紫姑遥。门户慵装点，风情逐岁消。

芳　辰

幽赏及芳辰，提壶约近邻。小衙蜂报午，深树鸟啼春。迹以遵时晦，情缘赋物新。迩来常病酒，不敢乱无巡。

春　兴

草地堪承坐，重裀叠落花。画梁人护燕，诗壁客涂鸦。禅意参魁柏，尘心斩乱麻。远书欣午至，寄自海头槎。

湘妃祠

芳杜清江岸，湘妃旧有祠。藻苹无客荐，环佩使人思。春好花生色，风和竹弄姿。微波如可托，容我一通词。

江　堰

涤砚临江堰，游鲦唼墨痕。鸥浮春水渡，鸦噪暮烟村。酒市帘当路，渔家艇到门。黄梅时节近，候已异寒温。

汀　路

路曲觉汀远，孤蒋入暮潮。聊舻成水市，搭树作山桥。阴浦枫犹叶，秋田黍尚苗。已闻寒露过，霜降是明朝。

芦林潭

芦矶看渐近，回岸聚人烟。海燕常随柁，江豚不避船。汨罗春树外，枉渚暮云边。急谱家山好，清歌一扣舷。

憨公禅室

禅房春昼暗，香雾积难分。倦爱云孤懒，愁憎雨独勤。松醪辞小酌，花气得微醺。却喜僧能静，时艰未遣闻。

楚　水

楚水春三月，临流一放歌。雨中归棹独，云里乱山多。小隐迟丛桂，幽期梦薜萝。怀人量别恨，深浅问江波。

程氏武昌鹿山阁

客来原不速，恰趁汉江潮。羁绪俱无俚，元言各自超。兵尘如再世，尊酒又今朝。忆昔分襟处，秦淮旧板桥。

登晴川阁

汉女供神遇，秋江冷白苹。龟蛇全不动，鱼鸟最相亲。多悼惟荆俗，能狂是楚人。客怀无藉在，谁与话酸辛。

首夏村墅即兴

春色过条枚，柴门近水开。猫头齐出笋，兔目已装槐。种菜疏渠灌，移花选土栽。故交书问至，题记自苏台。

衡　山

侵晨登绝顶，炎日看霜烟。崖仄马奔注，树疏蛇倒悬。孤踪高出世，险磴细盘天。矫首一长啸，诸峰尽肃然。

衡山登祝融峰

祝融初上日，身在最高峰。偶纵游山目，方思出世踪。石华蹲荔虎，土肉长泥龙。暂企巉岏外，诸天发午钟。

赠南岳头陀

穴居人所厌，野衲乃相宜。崖佛分狮座，山神借虎骑。定中三卯正，境外八风离。乞火无隣舍，黄精自疗饥。

衡山访所知不遇

一径出藤阴，澄予物表襟。地幽因市远，溪折觉林深。末俗何能淑，高人不可寻。眭夸如可遇，相与结遐心。

江夜和车伯夔明府

一心萦万绪，劳者自成歌。帆软吞风饱，江空受月多。扁舟轻似燕，天地小于螺。去去青山在，相期卧薜萝。

清　湘

煮茗清湘夜，铜瓶汲带星。孤舟随汗漫，一水入空冥。龙过云尤湿，鱼来浪总腥。数峰青不远，人语响江亭。

渌江舟次

纸鸢高不落，掠燕午风轻。短棹移湘水，长桥跨醴城。云分孤渡雨，日占半江晴。船尾冥心坐，初无一念生。

访　寺

言访云中寺，秋高兴可寻。风吹松霭断，忽见入林僧。问路无三里，攀岩复几层。石头看作虎，履处益兢兢。

衡　阳

帆转望衡阳，青天接碧湘。晴云开雁路，秋水落鱼梁。苦絮芦茎吐，疏花蓼叶藏。小船如使马，暂可息游缰。

白沙洲

人烟江畔驿，问是白沙洲。雁影寒芦晚，蝉声古木秋。远行终日恖，野坐片时留。风便湘城近，张帆就去舟。

江上晚归

秋水平沙地，垂鞭稳策驴。草痕霜下淡，桂影月中疏。过雁惊寒候，栖鸦避暝初。澄江凉雨霁，一棹入菰芦。

旅　泊

秋入蓼花汀，江天接窈冥。水涯生薄雾，云罅漏疏星。旅泊贪迟睡，渔歌爱远听。潮来舟稍动，移近驿边亭。

月中城楼写望

皓月上城楼，光寒柳欲愁。未忘江左逸，如见汉南秋。水调谁家怨，风帆极浦收。会寻三亩宅，还作五湖游。

过张苍岩四丈松龄山居

丰草长林外，山楼得旷观。古墙青草脱，寒木碧烟团。画拂蛛丝读，昼抽蠹本看。丈人能爱客，温酒尽余欢。

戏呈舅氏 并序

何四舅冕堂先生、六舅鲁山先生吐词滑稽有趣，戏作俳诣体呈之。

小时原了了，得使渭阳惊。似舅应无忌，于予最有情。颜欢如见母，口给不呵甥。剩欲荣亲戚，何由宅相成。

赠　别

嗟君何所诣，四顾但茫茫。尘土征衣重，关山别路长。旅程欺瘦马，人语杂寒螀。莫漫轻弹铗，今谁是孟尝？

荒　村

髡柳荒村路，人行落叶前。数峰寒送日，一鸟暝投烟。云起失山寺，水流屯野田。蒹葭形岁老，白露试霜天。

书　潢

情知天地闭，何以豁烦悁。广武空长叹，新亭镇自怜。感时恒默尔，度日益颓然。归卧青萝屋，从今学范宣。

陈梅生太守招饮京寓

风流贤太守，伉爽性情真。客满常投辖，人闲只垫巾。哦诗消吏暇，卖字补官贫。燕市多滕郑，屠沽未可亲。

吴江夜泊

月夜停船处，吴江绿始波。年光春去尽，风物晚来多。以我青莲偈，酬渠白苎罗。华星明煜煜，小坐石根莎。

浦子口

地势分南北，江流阅古今。舟来黄浦近，山聚白门深。倦客能吴语，愁人敢楚吟。计程淮泗去，感不绝予心！

浦口早发

客馆寒呼酒，宵兴急束装。天从鸡口曙，路向马蹄长。画角生残垒，游心入大荒。南中何日靖，蕃息复耕桑。

徐州道上大水

手把黄楼赋，牵舟戏马台。忧劳无暂息，昏垫有余哀！山抱彭城出，河隤泗水来。过淮人不识，狂啸挟风雷！

客　途

戒途夜向尽，为客茕然孤。星斗乍明灭，景光时有无。犬狂影自吠，鸟警声相呼。独有梨花雪，春愁满地铺。

江　潭

白鸟过空潭，云光上下涵。交芦侵岸密，眠柳护堤酣。渔者抛春网，征人度晓骖。塞鸿将北矗，不共鹧鸪南。

法源寺与憨公同宿

梵阁香消夜，空阶霰集时。警眠依醒板，耽寂寄禅枝。树古鸦栖早，檠长鼠上迟。义山初地忆，惟许彻师知。

心　境

境忘心泯候，心境忽双融。草阁红尘外，蒲团白露中。一时诸籁寂，孤月片云空。旛动何须问，原来不属风。

见《洪宪劝进表》有作二首

洪宪为袁世凯僭窃新号，旋即败灭。

妄欲分余闰，奸雄事可嗟。描头翻类犬，添足不成蛇。君背何尝贵，人心已自邪。遗民空怫郁，天下属谁家？

签名降表夥，南面尔谁人？代德诚何有，颓纲遂莫振。遭时犹典午，生世不逢辰。眼看牵丝戏，郎当一聚尘。

北　游

野旷人稀处，萧萧代马过。途穷安用哭，碣断不堪摩。落日临边尽，寒云出塞多。风沙羊角转，前驿近滹沱。

旅　泊

江上月痕虚，滩声小梦余。寒风欺病客，远火散秋渔。序晚犹行役，时艰未卜居。亲朋多契阔，相念久无书。

缓　辔

缓辔高秋际，游心入远天。日斜低马首，风劲健鹰拳。谋隐三间屋，怀归二顷田。此情殊未遂，暝色正苍然。

远　客

西风长日厉，老气得秋先。远客秋逢雁，新凉骤入蝉。曰归愁岁暮，且住感时迁。作苦惭腰膂，非忘旧蛤田。

保定道中

暝色生哀角，荒城带落晖。流亡民易散，澶漫客思归。地瘠春难到，天寒日不肥。平原莽千里，心逐雁南飞。

良 乡

云里瞻双阙，良乡近日边。乱山围碣石，荒驿入秦天。栗熟人沽酒，芜平鸟下烟。望诸遗冢在，功烈想当年。

开 封

驿路雨初收，蝉声过汴州。丛林才解夏，古木已迎秋。梁苑依残堞，隋堤束滥流。吹台何处问，楚奏客应休。

淇 县

闻说朝歌邑，曾回墨翟车。竹仍淇奥旧，粟是巨桥余。古帝轩辕墓，仙翁秦极居。摘星楼畔望，遗迹叹殷墟！

送俞绥丞观察还浙

离樽相饯罢，落日下长河。送客暮帆远，怀人春水多。蛮乡淹岁月，宦海惯风波。归访严陵濑，毋为薄钓蓑。

郊 兴

涧边青草地，羊过有余羶。妃竹惟含粉，姑榆正落钱。野人相问讯，乡叟与周旋。暂得离坌浊，神明觉焕然。

答海印上人

不识终南迳，谁猜遁世心。雨苗收野菜，霜果摘林檎。地利原难尽，天机故自深。况逢方外友，更下顶门针。

江 干

风静市声哗，江干钓者家。雨深苔篆蚓，霜重叶飞鸦。竹里烟疑活，林间日欲斜。孤怀难遣处，秋色上芦花。

访道者不遇

窥室余尘案，山人去几时？亭惟留鹤守，榻尚用龟支。树暗云依屋，荷喧雨过池。嶙嶙岩石畔，五色长神芝。

次韵海印上人

园林足游眺，物我各天机。池水堕人影，野云生客衣。逸惊尘外惬，妙悟定中微。并坐寒松畔，昏鸦已自归。

谒宋丞相赵忠定公庙

公名汝愚字希直，《宋史》有传。

遣谪非君意，皇天血雨腥。衡湘沦毅魄，河岳飒精灵。庙在仍香火，人亡尚典型。平生忠义事，留照简编青。

陪祀李忠烈公祠 并序

忠烈死事，李东阳《忠烈祠记》载钱澍奏疏纪本末甚详，特录之。疏云："成化五年春正月，长沙府知府事臣钱澍言：臣所守潭州，当元兵至时，宋知州李芾画地而守，士卒皆殊死战。城且陷，芾召帐下沈忠遗之金曰：'吾力竭当死，吾家人不可辱于俘，汝尽杀之而后杀我。'忠辞不获命。乃醉其家人偏刃之。芾亦引颈受刃。忠焚芾居还，自杀其妻子，复至火所自杀。是时先芾死者知衡州尹谷死于火，参议杨震死于池；后芾死者幕僚陈忆、孙颜、应焱。湘民多举家自杀，城无虚井，缢于林者相望。其事昭晰在史传，布扬在天下，浃洽在郡人耳目，而郡之祀事不立，其为阙典不细。臣已立祀于芾所居故地，以尹等配，着诸祀典仪物，使有司永有所遵式。事下礼部，具春秋祭芾，用豕一羊一粢盛备，余各羊一。制可。"

桑海稽遗录，乾坤正气多。羞偷元岁月，誓死宋山河。忠烈长如在，英灵久不磨。鬼雄同庙食，恍惚响刀靴。

夜江待客

渔火乱春星，苹洲一径冥。半江迎月白，群岫插烟青。信已离溆浦，舟应过洞庭。晚钟萧寺起，倚棹不同听。

蔡忠烈公祠墓 并序

公名道宪字元白，号江门，晋江人。崇祯丁丑进士，官长沙推官。癸未八月，张献忠犯境城陷，被执不屈，为所磔。事闻，赠太仆少卿，谥忠烈。湘人祀之，祠墓今存。

炎运将终日，蜂喧乱列屯。孤生罹惨劫，一死显忠魂。墓木依祠宇，江篱荐酒樽。至今湘父老，犹说蔡江门。

白鹿寺

路尽始通寺，唤门山忽膺。健藤扶倦客，病叶拥闲僧。泉过岩穿罅，云开塔露层。何年来白鹿，为仰溯传灯。

暮江同海印上人

秋渡暮江潮，名僧共一舠。水消鱼国蹙，云净雁程高。淡月开明镜，凉风袭芰袍。盈盈湘上女，兰桨学亲操。

八月既望重游道吾山四首

不到兴华寺，于今十五年。偶诣莲社约，同契竹庵禅。乱壑积残照，疏钟沉夕烟。招提幽境迥，平楚望苍然。

更觅前游迹，秋清气郁盘。岩云高不落，石磴险犹安。花雨诸天肃，藤阴特地寒。冷泓澄见底，时有赤虬蟠。

僧厨饭香积，齐鼓净尘心。落叶一灯雨，流云三径阴。砌凉虫窈咽，树古鸟巢深。斗室维摩榻，空王笑苦吟。

去年蜡游屐，今夕在余杭。鞭影三秋月，鸡声万瓦霜。乍归仍作客，小住又离乡。明日灵山路，松风谡谡长。

江　上

钓客独垂缗，秋光满白苹。浅潮投渚雁，斜日渡江人。扶路时携杖，临流一整巾。霜枫红似锦，疑复艳阳辰。

大江舟次值秋分

初阳开晓色，天地减氤氲。浪迹孤舟出，秋光一叶分。江长流蜀水，山远入吴云。旷快谁同领，闲鸥似可群。

傍晚江岸步眺

水天涵淡碧，斜日渐西倾。风景残秋变，烟霏薄暮生。鱼沉江底暗，鹭过岫边明。自与渔翁识，知予爱晚晴。

潭　上

斜日挂江树，一天秋色余。潭清不见水，石烂多藏鱼。乐矣物机忘，窅然怀抱虚。持竿者谁子，罢钓意何如？

送海印还长沙

十里篮舆路，侵晨入翠微。云山双屐倦，风雨一僧归。世乱身将隐，秋深貌不肥。石梯行荦确，游目送鸿飞。

凭　高

凭高一洒泪，吾欲诉苍苍。故国犹戎马，中原尚虎狼。猿啼巫峡雨，雁叫洞庭霜。帝子来何暮，南云际渺茫。

罗顺循提学以所著《船山师友记》见贻

天壤仍吾道，而君所托尊。乡贤怀胜国，师友记儒门。未忍斯文丧，能令薄俗敦。补遗他日事，杯酒待重论。

夜起闻琴值月上

秋眸耿不寐，起坐闻瑶琴。流水杳然去，夜凉如此深。泠泠风入座，潋潋月窥襟。莫是成连子，移予远世心？

游山憩石上

坐久一身叶，冷石藓髯鬖。白鸟啭寒木，苍鹰悬倒藤。松凉初落子，云厚忽埋僧。萧斧微闻响，山樵见未曾？

偶题古刹

衲衣和虱着，僧老性常灵。咒钵痴龙怯，敲钟宿鸟醒。山皴原古画，秋到即骚经。伏瓮闻泉响，心期亘窈冥。

悄　坐

悄坐影为伴，相思人不来。罂瓶惟白醥，庭院自苍苔。古石瘦逾劲，秋花寒更开。劳歌难独写，谁与共樽罍？

左文襄祠

曾胡差伯仲，琬琰大名同。遗像宗臣肃，明烟上国崇。康侯邀宠锡，奕世想肤功。蟊贼公知否？于今又内讧。

野　望

远巘如初沐，烟螺媚髻鬟。正逢新雨后，况值夕阳间。花坞才通屐，柴门不上关。流连贪暝色，清爽散襟颜。

古　渡

古渡胥垂杨，渔庄露半藏。春风人意懒，斜日马蹄忙。水涨洲徐窄，溪回路忽长。暝烟迷咫尺，清吹起菰蒋。

溪坞二首

溪坞连长薄，犹闻四月莺。潮消沙溆阔，雨过石潭清。扶手藤筇健，笼头箬笠轻。人家庐橘熟，信步看新晴。

近处山犹浅，丛篁叫画眉。堤崩承倒树，桥断补残碑。野户多孤婺，时贤乏四夔。春芳零落尽，胜景不堪追。

麓山访道林寺遗址

不见道林寺，但闻山鹧鸪。竹泉初听细，松霭近看无。杯渡僧踪杳，陵迁客意孤。欠随崔侍御，同过赤沙湖。

忆黎山人

风雨中洲畔，同谁过相台？新诗稽一读，旧札耐重开。酒量吞江猛，词源倒峡哀。知应思彦度，何日造君来。

梅殿乡明经新撰《胡文忠公年谱》

管萧谁亚匹？为数中兴年。借箸思前哲，恭桑仰后贤。大勋安定集，遗事宛陵编。论世详如此，应同汗简传。

幽　居

幽居尘堨少，真趣共谁论？柳密漏莺语，花香醮蝶魂。炊烟藏一谷，流水抱孤村。泉石容吾啸，何须觅鹿门。

雨后郊外

稻绿连阡陌，川原迤逦通。蓑堆牛背雨，花趁马蹄风。佳气蒸天泽，膏腴发土功。野人觇节物，课量识年丰。

新　晴

寒雨淹韶律，新晴助物华。屋隅凭竹占，亭罅倚藤遮。曲沼鱼吹絮，空阶鸟啄花。酒钱吾已办，不向近村赊。

山　行

举头霄路近，天入断崖间。岝崿樵踪险，钩辀鸟语蛮。泉声雷转壑，霞晕日沉山。向暝忘归去，孤云已自还。

沔　阳

汉沔分流去，鳟鳞息怒涛。山移船不觉，江动水方高。暝雾埋鱼市。寒风缩猬毛。茫然心魄荡，噫气若为号！

春　游

侧笠过危桥，藏莺又柳条。㩦携筇杖往，来赴酒帘招。细路承青草，春烟湿翠苕。野翁因告我：明日是花朝。

赠杜翘老

杜老悬车后，年时过我勤。家同熊绎住，源共豕韦分。古貌清于玉，冲襟淡似云。辈行公肯折，末契托刘蕡。

雨中憨公过因留共饮

对僧心更静，频至爱参寥。淅米蒸荷叶，分羹煮豆苗。人间尘墙墉，帘外雨萧萧。冷话扉双掩，诗情已自饶。

楼居秋夕二首

楼居殊寂寂，向夕露虫号。水近月先得，云开天更高。芙蓉撩别思，香草梦离骚。夙有希贤志，陶然醉浊醪。

独坐笺天问，苍山万木园。时穷甘鬼叶，道在任人非。诗骨耽吟瘦，禅心入悟微。寒宵秋一雁，只带片云飞。

辛酉春东游女婿丁惠和女儿寿彤随行

一枕江声里，晴蟾解恋人。去乘三月水，及访五湖春。娇女诗能续，贤郎字不贫。山川多胜概，待汝写清新。

梦中得草深花老句醒后足之

大国泱泱里，长吟补楚风。草深蝴蝶绿，花老杜鹃红。物我同蚯蚓，乾坤互蠛蠓。春归人未觉，枕上梦惺忪。

巴陵夜泊

渚烟收不起，江月照还无。上下涵澄练，阴晴变画图。中流河汉转，遥夜梦魂孤。隔岸闻巴曲，归心乱碧芜。

舟　晓

橹声摇梦醒，侵晓入空蒙。寒艇孤篷雨，危帆一叶风。水平流不急，江远去无穷。蕨菜忘归客，沧浪逐钓翁。

岳阳楼望洞庭湖

湖迥楼全摄，千秋气象存。君山浮巨浸，巴郡入平吞。恍听湘灵瑟，愁招楚客魂。欲随渔父去，人事不堪论。

巴陵送人北征

菰蒲多俊士，勿用叹才希。君赴黄龙戍，吾留白马矶。艰危思武略，慷慨赴戎衣。返日仍三舍，长戈试一挥。

同陈亭子贰尹汉上赋别

郡城相见后，复此得同游。楼迥辞黄鹤，江清汛白鸥。凉飙羁客况，落日故乡愁。适自多愁绪，非关候届秋。

客　途

客途星迈惯，警旦辄先鸡。一仆惟行李，千山不杖藜。人情悲远适，予意喜轻齎。正尔多游兴，斑鸠莫苦啼。

旅　夜

小市与山邻，宵分影吊身。出门频破月，归路不逢春。古道人间少，寒灯客里亲。本无弹铗意，迥未谢风尘。

客　路

萧寺成邻并，闻钟感宿生。昨回京口棹，今次石头城。客路逢新雁，春堤听早莺。文无谁寄我，徒有故园情。

初夏宁乡道中

春去雨仟眠，流渐响稻田。残莺犹恋树，倦马不惊鞭。驿路迢迢远，村阴漠漠天。穷乡丁户减，念乱一凄然。

偕海印上人曾二履初游岳麓

苍山成冢后，佳节乱离逢。物换追余恋，碑残访旧踪。初霜试寒木，斜日下高松。爱晚亭前路，秋云深几重。

冬耕望雨

雨小不滂沛，崇朝难湿衣。土膏停润泽，天橐滞阴机。运去畴能斡，时穷孰与归。一年寒向尽，无客叩山扉。

龙绛州留饮话旧

积怀如刺鲠，畅极得徐倾。仕隐同忧乐，交游异死生。浮云沧海事，醴酒故人情。可是官声好，长留晋水清。

避　乱

避乱野人居，寒泉漱屋除。爱闲常傍榻，防漏别移书。室暗猫窥鼠，池腥獭祭鱼。世疑东户近，门外久无车。

谒王希虞四舅

丈人多静契，扫地复垂帘。隐处常依震，平生最好谦。清谈神奕奕，小饮夜厌厌。独念君公老，生涯困米盐。

偕友人饮潜园

园林多逸趣，应似习家池。病柳扶瓜蔓，疏桐亚竹枝。兴高宁在酒，韵险却宜诗。坐到明河晚，潮随月上时。

过刘石仙九丈

先友今余几，公登八十强。青眸双镜水，白发一梳霜。别久询方悟，言多记或忘。孤花知更惜，家菊抱秋香。

敬题何绍基太夫子遗像

撰杖怜吾晚，无由见老成。画能传道貌，书欲掩诗名。金石新镌记，文章旧主盟。瞽宗宜可祭，予亦小门生。

秋斋夕兴

空庭凉露下，稍减候虫哗。暗水包篱曲，明河尚屋斜。瑟安金雁柱，帘卷玉鸦叉。藤榻抛书坐，焚香自煮茶。

内人为制新衣

一匹双丝绢，卿卿为我裁。衣裳俱已就，刀尺不须催。栀子同心结，莲花并蒂开。浑家新样好，织自锦机来。

独　恨

独恨生危季，虚怀宰物情。不辞千日酒，已苦十年兵。民困家忧赋，农稀亩辍耕。逆知时命舛，早未凿山楹。

卷　七

五　律

（公元一九二二年壬戌至一九三六年丙子）

壬戌初春

转暝星移纪，惊看斗柄东。百营兴岁事，三务起晨功。小卉俱萌坼，微生独困蒙。孤怀原自别，不敢怨春风。

渔　梁

野火散星星，渔梁一径冥。草连春水绿，山接暮云青。谷雨花前路，旸萧柳外亭。鹭飞飘白絮，和影落前汀。

哭族老昆公二首 并序

公讳宗球字昆山，善货殖，俶傥有远略。素器予，弱冠时即厚辱期许。尝语先君曰："此子吾家特出，非泯然人也。"于其卒也，遄返县门为诗哭之。

夫百难为特，尝惭旧阿蒙。受知当没齿，谋隐岂初衷。风鉴言犹在，天荒事不同。服公经济略，非但计然工。

"阿"去声。

入门瞻素帘，渍酒只声吞。宽镜今埋照，瑶笺昨告存。再难叨眄睐，空复忆谦尊。奔救稽匍匐，凡民敢并论。

哀黄恕夫记室

归魂渡湘水，应识皖公山。已自遗形去，何由负骨还。依人心最苦，念子鬓堪斑。草殡原吾事，凭谁托令娴。

恕夫本籍安徽，妻存无子。

乱后府学释奠

圣道原难譬，中衢喻设尊。鼓钟犹故郡，冠带复黉门。旧壁琴丝出，穹碑礼器存。饩羊余告朔，休问鲁齐论。

次韵海印夜自栗庵过访

故人郊外至，杖策一相过。月上闲门静，云开远岫多。野裳裁薜荔，幽梦结藤萝。近郭谋充隐，青山奈浅何。

衡　门

衡门无一事，吾爱碧萝庄。任性安孤僻，斋心止吉祥。去人原不远，与世渐相忘。为恐尘污素，新裁皂荚囊。

陪王湘绮丈过碧湖诗社

社在长沙北郊开福寺侧，即五代楚王马殷故宫遗址。今湖已就湮，为儿时旧游处。

村路散微雨，披衣当此来。我来偕老宿，行处忆儿童。诗味孤情在，尘缘六凿空。苦吟堪送日，闲学顾逋翁。

赠黄芳老

听说翁年少，曾多国士风。书生黄鹄子，剑客白猿公。去越孤吟外，逃秦一笑中。迩来惊抚髀，兵气遍成虹。

芳老善剑术，第四句故云。

春　晴

最难山雨霁，旬日得春晴。浅草凉浮蛤，垂杨晚带莺。心空犹有念，身隐不须名。闲却金鸦嘴，西畴看偶耕。

清　明

改火逢新节，无言泪暗零。云瞻天宇白，草想墓田青。梓木牵离梦，庭萱萎旧灵。乡园先垄隔，夜起礼虚星。

宴郭葆生观察别业即席次韵

柳边清宴罢，飞絮扑帘旌。蜂闹树阴午，鸟啼山雨晴。世臣仍阀阅，吾子复声名。厚禄逾三釜，休言五鼎烹。

席间述主父偃"生不五鼎食，死当五鼎烹"之语。

天　灾

天灾频岁见，生计付长嗟。产薄租粮重，年饥饭量加。鸡凫艰水米，鱼鳖困泥沙。垂熟蝉鸣黍，晴田欠吐花。

谢人馈鲜果

时物劳相赠，擎来夏令新。绿房莲菂脆，丹壳荔枝匀。颗颗包嘉实，绵绵寄远人。原知情不浅，啖罢口生津。

吾　道

吾道潜悲悯，艰难况百忧。饭文过歉岁，赍酒上危楼。独醒仍疑梦，孤怀先入秋。频年桑海泪，洒向楚江头。

南村旧庐感赋

片月如蟆食，重来岁七周。稻香初过雨，虫语忽生秋。税重先畴削，年深老屋留。乱余怀祖德，萧瑟拜松楸。

赠钱次郇刺史

抽簪如脱屣，吾甚少阳翁。世已丁衰运，人谁尚古风？畸怀星拱北，往事水流东。早晚霜苞坼，深杯订菊丛。

村　居

村居无所诣，偶至货浆家。云麓深藏寺，清湘浅见沙。天凉初过雁，树古不离鸦。大乱当吾世，愁予又暮笳。

还浏阳

暝色合郊坰，停车憩野亭。露迎霜律白，山入故乡亲。远水寒承月，疏林净带星。不因闻犬吠，那便惑伶仃。

回　首

故乡逢报赛，回首十年前。薄酒黄鸡社，清霜白雁天。客愁随处起，人事逐时迁。不若寻山隐，东皋学种田。

喜海师过访

清风生竹径，微月冷烟萝。欹榻殊伤寂，扶筇忽见过。谈深禅味隽，吟苦鬓霜多。剪烛西窗夜，钟声奈若何？

夜游偕海师

携手城堙路，萧然一事无。江寒秋月瘦，木落楚山孤。物外寻诗客，风前病酒躯。故园消息杳，搔首久踟蹰。

过憨公房

独寻方外契，疏逸养天慵。酒量三蕉叶，诗情一竹筇。僧原高在腊，人更冷于冬。各有萧然意，山房满院蛩。

送程六石巢不及

往送趋郊甸，离亭折柳枝。适当人散后，已是客行时。北阁前霄酒，南楼后夜诗。车尘遥望合，始悔我来迟。

怀陈二宜诚

孟公惟好义，曾不载锱铢。游侠兼朱剧，声名次顾厨。黄金缘客散，赤胆向人输。世少如君者，贫来亦可虞。

碧　云

碧云极遥企，落日窈然深。淰淰自朝夕，悠悠无古今。一天鸦翅接，千里雁声沉。此境悄俱寂，萧条清道心。

黄马题画

金气房精摄，黄云堕地来。连钱夸骥子，尺绢写龙媒。神骏畴能测，舆台漫见猜。遭时嗟不偶，空有出群才。

舟　夜

维艄中夜起，格格水禽双。天阔云横汉，杓斜斗插江。崖栖深木鹳，岸吠短篱庞。击汰豪歌发，刘生侠未降。

寄陈二石船

之子尚为客，不如归去来。世缘逢老淡，人意入秋哀。小别又千里，悲歌能几回？重阳行且近，相待一衔杯。

喜得孙师郑太史京邸书

神交如隔世，十载亦相闻。四海谁知己？三秋独忆君。论诗稀旧齿，渍酒有新坟。日下劳翘首，湘天又夕曛。

哭海印上人二首

平生方外契，与子最相亲。不道今来去，弥伤老病贫。苦吟髭半断，小别迹俱陈。已矣前期邈，从谁问宿因？

木叶璃湖寺，凄凉泣暮鸦。蜕留双菲舄，骨葬万梅花。旧墨犹存社，空王未有家。欲寻遗草读，往事怆刘叉！

闻胡漱唐侍御讣

耆旧征江右，如君近已无。飞霜裁白简，恋日伏青蒲。身死名难没，时衰道不污。退庐遗刻在，展卷对冰壶。

侍御新昌人，著有《退庐丛稿》。

题姑苏游草

展君行卷读，起我昔游思。绿水长洲苑，青山短薄祠。风回花作态，雨过树生姿。雅咏全收拾，吟边几断髭。

奉赠心畲王孙三首

文藻东平富，王孙卓不群。瑶华频寄我，芳草独思君。李杜诗无敌，邹枚席许分。只愁宾客散，搔首怅停云。

三绝兼书画，南轩妙得闲。天才高邺下，风雅出河间。紫极终劳望，朱霞未可攀。宗盟知勿替，流誉溢人寰。

混混时浇钻，行吟镇自怜。肝肠游侠热，肺腑懿亲贤。羽盖心常逐，觚棱梦尚牵。日边黄气在，痴忆太平年。

寄答心畲居士见忆

羯来吟啸处，一角马王湖。郭店千门柳，江帆十里蒲。眼前秋水阔，头上暮云孤。况属添衣节，凉飙下井梧。

秋晚有怀西山逸士

美人隔天末，万里契遐心。晚节表孤植，秋霜赢众林。白云三径暝，黄叶一灯深。此际怀何极，风高雁影沉。

赠刘石蒇统领

识岂惟丁字，能书亦到家。才堪吟竞病，韵不斗尖叉。阅世人迟暮，弯弓气攫挐。但愁倾耳处，非是向时笳。

答　某

极知相劝意，一语不酬君。把袂临秋水，开樽对夕曛。且容藏蹇劣，烦为谢殷勤。若但谈名理，迂儒敢厌闻？

示儿堪 并序

长儿命名作堪，既冠，字之曰百任。书此勖之。

拟为名字说，训诂适相因。所望知难副，于言恐不伦。嗟予常念祖，喜汝已成人。表行须加勉，当知实与宾，

夏日黎翰林书斋

且歇蒲葵扇，初无暑气侵。澄怀冰雪净，挚契岁年深。芸阁摊诗卷，花阑转午阴。孤行同一意，谁识两人心？

山楼晓起

推枕鸡三唱，山楼薄雾中。残星当户牖，斜月在帘栊。暖散孤衾梦，凉生一扇风。野人贪早起，常与曙鸦同。

过桐溪寺

小憩桐溪寺，僧堂款饳锣。晚归疲马独，凉咽病蝉多。水退槎移岸，崖倾树入河。回头香刹近，有约再重过。

闻 鸟

凄凄霜露下，冉冉序时征。哀雁衔芦去，慈乌绕树鸣。颇伤闻者意，因得物之情。吾泪方难制，愀然恋所生！

潃湾市

潃市临江岸，潆环水缩迟。秋残虫篆叶，风飐鹊巢枝。逸兴通身豁，吟思入骨痴。日旁蜺抱珥，刚是雨晴时。

谒明印长老

法味醍醐隽，曹溪想复同。鼻端心自位，脑后目常通。说有何曾有，谈空不是空。诸方徒浩浩，那见古椎风？

丙寅除夕

终岁劳劳事，今宵尽一除。壁空疑鲁剩，人在宛秦余。债积愁看券，饥来坐读书。故园先业废，未拟付归欤。

赠宗人阿辂

吾宗君最秀，智颇烛先几。耳语频移屦，心传不在衣。高堂为客苦，衰世见人稀。而我怜同病，龙蛇正发机。

避难投友人

鼓枻江风急，情同脱网鱼。王成谁得似，李燮欲何如？实腹惟吞纸，安心且读书。欲投前路宿，压屋见篸嵳。

怀杜莜生曾履初两先生二首

杜公轻五马，无异一山翁。晚景居人下，长年在病中。澄怀谁得似，近讯若为通。但借书过日，生涯谅未穷。

比来曾子固，冠履日周旋。丧乱真休矣，分携亦偶然。念深离索后，思切缔交前。幸自悬车早，归时尚有田。

夷　儿

夷儿方聚啸，华夏尽输蹄。利世惊摩顶，伤人剧噬脐。地穷幽蔀北，天入大荒西。何限匈奴种，吾忧左谷蠡。

五妹静贞遣价探近状

乱里千山隔，音尘苦未知。当予思妹候，是汝忆兄时。家破行厨俭，伻来度驿迟。心如棠棣叶，春发故园枝。

黎薇生庶常招饮矗楼

兵火重相见，人从劫后完。清风追皂帽，道号讶黄冠。对席谈锋隽，当杯饮量宽。君应知我意，闷闷独无欢。

别陈彝重参议

与君初一面，意气颇相倾。阔步还高视，潜归更远行。只因逢季世，不必问残生。去住吾难定，门前翠麓横。

小　院

小院桐阴密，新陈瘿木床。砚磨蕉叶白，粱煮竹根黄。眼净添吟料，心闲得睡方。惟忧人病暍，不雨叹愆阳。

自西湖南高峰至北高峰

近面峰南北，晴雨嗳璭生。乱山寻鸟道，新酒载鸟程。仙境宜终隐，予怀得暂清。谁能尘堁曲，排日兀营营。

小孤山

小孤三十丈，拔地一奇峰。水上浮岚阔，云中积霭重。山形翘紫凤，江势束苍龙。神女留祠庙，霜天应晓钟。

大孤山

明月舟东下，青山看不穷。衣沾彭泽雨，帆借马当风。雾鬓明疏树，烟鬟逐短篷。大孤如道士，冠立碧波中。

结句用范成大吴船语录。

119

灵隐寺

地极临安邃，香林此再游。白云天薄暝，黄叶树深秋。梵仿鱼山静，峰移鹫岭幽。妙明心契处，门外冷泉流。

海上饮谭五瓶斋泽闿宅

四海尽琳腴，观瓶寄此居。案排乌玉块，家守紫泥书。炙锞高谈顷，添杯薄醉余。故人兵火后，异地得相于。

童子谅兵部招饮海上即以留别

海市红灯里，离情对酒筵。勤商先德传，悔赋远游篇。半醉酬今夕，重逢料隔年。思君如服匿，触处便醺然。

君曾贻予陈酒一罂。

海上过别陈伯严三立先生

散原今老至，道貌见诗心。和仲多仙气，涪翁有嗣音。沧江为客久，吴会避人深。明日观潮去，思君在武林。

过沪敏斋十发伋安诸公先后招饮

去来黄歇浦，诸老意难忘。置酒招清宴，投诗饰薄装。云龙空涕泪，雾豹尚文章。径欲淞江畔，相依辟草堂。

过明故宫

岂是行吟地，来游思转凄。衣沾钟阜雨，屐带孝陵泥。禾黍今俱尽，蘼芜宿复齐。惟余御沟水，汩汩向青溪。

江南道中

瘦马江南路，溪山静客魂。苍珂横碧落，白宿散黄昏。犬吠花间崦，人归柳外村。欲寻梅尉宅，鞭影指吴门。

芜湖晓发

一片鸠兹月，娟娟向晓明。蚝矶逢潦退，蟹舍待潮生。衣袖江云湿，襟怀皖水清。鹤儿山在望，挥手不胜情。

焦　山

昔贤栖隐处，胜地尚称焦。鹤冢铭犹着，狮峰景最饶。寺传枯木座，山压大江潮。对面窥浮玉，输青若见招。

镇　江

隋代延陵镇，雄依北固山。江流通一线，地险抵重关。樯畔风乌敛，船边水鸟闲。消沉今昔事，怀古有余潸。

真州城外

胜境何清淑，城南隔世氛。鸥眠分半渚，飞鸟带孤云。帆影山边落，钟声水上闻。白沙洲畔客，携酒立斜曛。

常州别友

醉向车前别，秋风过晋陵。回溪澄白鹤，秃木立苍鹰。失路人如鬼，离家客似僧。江南几千里，何处询行滕。

过昆山县怀甫里

我爱天随子，言寻甫里家。功名逃竹帛，事业付桑麻。钓罢鱼窥艇，耕余犊驾车。江湖怀放散，来已后荷花。

吴门过刘班侯太令

岸帻仍江左，颓然兴索时。金闾逢大隐，玉馔倒深卮。玩世惟宜酒，名家不以诗。如何梅尉后，君复此栖迟。

寒山寺

言访寒山寺，枫桥路向西。暝乌随月散，高雁与云齐。渔火霜天乱，宗风露地凄。唐贤留咏在，不敢和前题。

寺中石刻张继诗。

报恩寺

报恩原古寺，移建自支硎。莫复论沿革，曾经烬丙丁。霜晨灯火暗，风夕塔铃醒。正法标三要，何人主锡瓶。

剑 池

一鉴寒毛发，渊渟贮积阴。青铜秋水湛，苍铁断崖深。修绠勤朝暮，澄泓阅古今。老龙呼不起，剑气觉萧森。

出钱塘门

钱塘门外立，贪看浙江流。日落水云暝，潮来天地秋。英灵疑白马，险阻忆黄牛。行客纷多感，游心旷未收。

钱塘道上

潮信到钱塘，寒江入混茫。鸟边飞断雨，牛背下斜阳。苹叶风初劲，芦花露已瀼。濯缨仍夙昔，吾道寄沧浪。

登安庆郡楼

长江冲要地，绕郭水沄沄。屏蔽原淮服，干戈尚楚氛。往时经百战，前夜度三军。捍国思诸将，咸同此策勋。

安庆迎江寺

躏阁聆清梵，重来识旧僧。檞香浮佛塔，松雨暝秋灯。八皖双游屐，孤筇一古藤。灊山延望在，不待涉江登。

忆旧隐

林栖无俗虑，真得十年闲。泉曲因逢石，云多不碍山。秋藤虫络纬。春树鸟绵蛮。旧隐萦新忆，潇湘落木湾。

舟中有忆

重忆余杭胜，孤帆欲逐东。暮江虹插水，晴宇雁排空。岁月随征棹，风霜感断蓬。追温前夜梦，梦过洞霄宫。

《临安志》：洞霄宫在余杭西南十八里。

舟中秋晓

水流无止意，新涨散晴漪。江汉何曾住，津梁已自疲。片云孤雁过，短棹一帆欹。本是秋风客，单衫尚着绨。

示寿彤 并序

女儿寿彤侍予重游旅舍是女婿丁惠和昔年从游处，不寐有作。

昔年投宿处，怜汝又相从。早死惟伤婿，多生更懊侬！翻教萧颖士，频悼柳中庸。不用歌黄鹄，陶婴自可宗。

客舍夜坐

客游无好绪，秋籁最先闻。终悔人离伴，翻怜雁失群。杯干愁又起，烛烬夜将分。试唱关山曲，关山隔楚云。

客中秋尽纵目

众草歇华滋，秋霜太不慈。水蓬随梗泛，风叶与柯辞。颇得沧洲趣，能无故国思。日行虽近晚，犹未迫崦嵫。

挽黄鹿泉太守

公是旧朝官，铭旌忍泪看。化留金齿俗，洁对水晶盘。物在惟存砚，时移早挂冠。鲰生承默契，永叹失华髯。

公官云南知府有年，晚号华髯。藏有番泥砚颇爱重。

徐隐居行可见访不值

飘然徐孺子，得便访柴荆。买帖来湘浦，藏书冠鄂城。似闻车辘辘，空想鸟嘤嘤。仲举今谁是，何人扫榻迎？

立　夏

板屋渠渠掩，真如结夏僧。条桑蚕月老，芒麦雉秋登。细耳槐阴密，长腰米价增。市沽思小酌，兴可一杯胜。

步至北渚

流水绕荆岑，渔家隔碧浔。菰芦明夕照，藤树络秋阴。槐穴柯钻蚁，枫巢叶坠禽。物情良自得，幽兴亦弥襟。

急　雨

急雨穿秋至，乡亭歇犊车。寒虫栖病叶，饥鸟啄残花。困重民难起，供繁事可嗟。谁无宗国念，何忍诵苕华。

村坞人家拟傲屋

竹里隐茅茨，墙阴蔓兔丝。篱暄花甲坼，垄润麦苗滋。遁世方无闷，移家故有思。流连归步晚，鸦噪社公祠。

龙泉精舍示古憨上人

万念佛前尽，旷然成我闲。寺分临市屋，窗纳隔江山。僧与诗俱老，徒惟石不顽。末妨尘迹数，日日款禅关。

次韵郭二尺崖招饮二首

近来持净律，生事更萧然。感子多风谊，招予对雪天。寒眸延众妙，淡虑息诸缘。民瘵应差减，前占是稔年。

不作闲情赋，真同许散愁。兴酣随日永，神逸与天游。从乱居无定，关时话合休。待寻兵外地，沽酒疑山楼。

心畲王孙为画《松阴觅句图》

王孙饶逸兴，放笔写松萝。远道情无极，名山事若何？境随秋气老，诗带征声多。容我尘氛外，支离独寱歌。

冯梦华中丞挽诗

早忘开府贵，谈笑气俱春。待我挐舟日，濒公撤瑟辰。恩威留八皖，涕泪到孤贫。曾欲逃诸夏，萧然处海滨。

经王益生贡士故居

贤母知兴废，江山涕泪余。颇期明德永，那见壮怀舒。窥室惊尘案，登堂怅板舆。竹林循旧径，凄切子猷君。

哭徐直庵中翰

交素惟忠信，如君十室稀。静惟探道钥，动亦谢人轨。乱世成长往，清风付累欷。壶天余想象，感旧亦沾衣。

君自号壶天居士。

成剑农孝廉得茅台酒招饮

黔中名酒少，佳酿数茅台。戒律因君破，香醪为客开。罌瓶传远道，天地入深杯。应喜刘虚白，还能尽醉来。

升吉甫制府讣至

箕尾空劳仁，丹霄况晦暝。独怜天北极，不主斗南星。柱石思元老，衣冠恼旧型。终留青史在，勿复叹凋零。

公七十寿御赐"斗南一星"匾额。

寄南岳海光上人二首

昔闻钱抚部，祝发老衡山。胜国终难复，高风竟绝攀。容君追梵迹，待我访禅关。岩穴安丹稳，松云共衲闲。

一往同先德，尘心出世无。并时谁得及，异代偶相符。托钵犹为累，传灯幸不孤。祖师磨镜处，磐石认双趺。

海光俗姓陶，名忠靖，宁乡诸生，明遗民密庵先生之后。密庵号忍头陀。

心畲居士寄赠海公《碧湖集》

一卷碧湖集，憨师诗可传。故人谋枣木，开士配芸编。四海僧齐己，千秋释皎然。向来题咏句，妙欲掩先贤。

海印诗多唐音，居士属予为序刊行。

内人李行芳有入山偕隐之约因赋

百岁有时尽，胡为身不闲。息心如止水，把臂入深山。穷辙宜回驾，衡门且闭关。落花无意数，春事近阑珊。

心畲居士远贻古铜印文曰"佛法僧宝"

西来无尽意，一印抵兼珍。击肘夸三宝，安心净六尘。芰荷居士服，萝薜

125

野夫身。却愧南宗在，吾非了义人。

雨　夜

一灯深巷雨，独坐数残更。无欲意常足，少眠神益清。悠悠年齿长，寂寂道心生。唱晚黄鸡数，东方不肯明。

腊雪寒甚

寝觉酒无力，方知寒有棱。客来双屐雪，人渡一河冰。冻馁谁能哺，痌瘝我曷胜。观空防念起，不是道心澄。

壬申除夕怀心畬王孙

春近寒如此，沉阴黯不收。兵烽传瀚海，人事付沧洲。一岁尽今夕，三更生远愁。思君欲无睡，悲角起谯楼。

伤　农

伤农缘谷贱，丰稔亦成灾。税重民难赋，供繁吏又来。阴风村鬼哭，寒雨社公哀。复念西畴长，逃亡且未回。

王二疏庵出示《五十自述诗》答赠二首

百年才及半，尚与老无期。抱道安寥阒，摊书过乱离。襟怀同月朗，岁序任星移。但有青毡在，为儒更不疑。

我爱王仁裕，诗清继右丞。鸡鸣笺易砚，萤晃读书灯。负笈看儿长，持家让妇能。为歌将进酒，知可一杯胜。

夏五彝郑淑进两太史索寄《赵瀞园集》

一老如鸣凤，当年噪谏垣。文章高馆阁，骚雅近田园。下笔纲常重，开篇气象恒。为贻前太史，相与论渊源。

雪蕉亭怀海公

雪蕉题咏处，泥爪记前缘。古树昏鸦集，寒云朔雁连。岁枢回暖律，人事逼穷年。曾是湖亭侣，能无念皎然？

闻黎凫衣太史遭乱无定居

近来豺虎乱，知复念长沙。荡析兵争屋，高明鬼瞰家。惊魂悬草木，劫火逼桑麻。得便空舲岸，相从办钓槎。

送陈天倪曾星笠两教授之粤

客游归未久，念子复遐征。后会非无地，前期可有程。朱张新讲席，嵇吕旧交情。南粤春秋国，先予访古行。

李子豪解元过

渐老减春心，花时日日阴。书求新义益，酒爱故交临。陋室留宾浅，寒炉拨火深。只愁人换世，后会不如今。

孤　村

好山如累瓢，尘累洒然清。一水鹭双浴，孤村人独行。马蹄迷近远，牛背界阴晴。忽爱微风发，吹衣五两轻。

简陈大天倪曾四星笠

闭门三日雪，独坐忆良俦。小别有离思，长吟多古愁。梅寒生意勇，世变乱机遒。想复添新着，游心到索丘。

时两君合撰《古史叙例》。

寓斋除夕

岁阑殊未觉，腊鼓又迎年。尘事孤灯聚，乡心两地悬。深杯浮蚁夜，短剑听鸡天。春至梅花报，枝头忽发妍。

汪颂年方伯过访

海上七年别，重逢悲喜并。等无安顿地，徒有乱离情。磨蚁移今昔，原鸰隔死生。剩予连蹇质，相对眼犹明。

鞍子塘追怀童三子谅

怆忆童兵部，山邱独早归。到门芳草积，入院落花飞。不遇成长逝，还来作暂违。丰神愗可掬，想象泪潜挥。

唐太仓尚书寄赠所撰《诸经大义》

大义撷精畬，封贻伴索居。言中多有物，经外几无书。讲学参鹅鹿，循名析豕鱼。人间词赋手，不觉薄相如。

赠陈松汀文学

与尔周旋久，遭逢亦坎轲。心犹童子赤，发欲老夫幡。笔砚谋生拙，山林得气多。论文思夙昔，拍案口悬河。

山西广济寺僧招游清凉山二首

五台言欲狂，晋盗末奔秦。习懒难成性，知机亦自神。漫疑黄鹤杳，仍喜白牛亲。他日莲花座，同师愿转轮。

见说金刚窟，云深药草肥。固知筇可策，翻羡锡能飞。佛子频来约，魔军悦解围。法王如海纳，原任百川归。

再答广济寺僧之招并言五台瑞应

圆光明五髻，想象首频搔。世眼犹容见，尘心或许淘。不来山自远，难到境方高。却羡张无尽，先予礼白毫。

吾生二首

群类纷劳役，吾生亦不闲。禅河疑旧面，人海愧尘颜。陆氏东西屋，何家大小山。少年游钓处，卅载未知还。

亦有云生灭，澄观不碍空。光阴销简册，荣利付苓通。野鹤难随俗，私蛙却为公。万缘收拾后，合署嗫嚅翁。

读赵提学《瀞园集》

越石清刚气，高文具有之。思公如隔世，幸我与同时。立懦廉顽笔，怀忠抱义词。哀梨兼脆枣，味岂俗人知。

示门下士

古今承学士，几辈得升堂。但使书能读，何忧灶不炀。成材须器识，载道赖文章。吾已邻衰迈，天留骨董囊。

行　遁

西滏堪行遁，江头去路斜。春流翻白练，朔气下黄沙。倦隐菰芦叶，饥餐巨胜花。岂无穷士感，水栅几渔家？

过山家

乱柴堆屋角，修竹拂檐牙。循磴将千仞，依岩只数家。春烟青蒻笠，山雨碧桃花。暂借松风枕，泉边听煮茶。

春　归

春归何处所，芳树正飞花。旧历犹时令，闲居自物华。微风江浦燕，零雨郭门鸦。欲渡潾潾水，前村问酒家。

江村闲憩

坐看悠悠水，孤心万念灰。苍松真画本，红叶亦诗媒。潮退渔矶长，天晴雁路开。不堪倾耳听，老树荡秋哀。

闻　道

中年闻道后，法味试醍醐。瞖目花还起，安心药更无。五灯传古德，七尺愧今吾。文字生诸障，行当掇弄觚。

童居士子谅等重刊《五灯会元》属予跋尾。

伤蔡渔春文学

劬书惊晷促，忽漫叹膏销。壮齿俄伤鹏，雄心早赋雕。调高轻下里，交寡契中条。桐黍今谁惜，英魂欲大招。

君曾拟集资为予刊旧着。

僻　巷

不嫌居僻巷，暂远软尘哗。久雨蚁移穴，新晴蜂闹衙。闭门因种菜，缚架为扶花。添火风罏响，焚香自煮茶。

酬王二疏庵 并序

门下刘湜等二十余人续举湘社，一日请予莅讲，疏在坐，枉诗见投。

解颐匡鼎在，而我亦谈诗。白社逃名日，青溪罢讲时。最难诸体合，容易寸心知。张楚期群雅，平居慰所思。

麓庄落成携家渡江

久作丘中记，相从有细君。晴沙黄受日，远水碧连云。艇子呼三两，儿孙挈一群。迁莺心自喜，乔木与邻分。

课　花

柳暗桑秾候，山歌听采茶。世途望塞产，心迹寄幽遐。迸笋穿篱直，排松架壑斜。萧闲堪自适，余地课栽花。

月夜独酌

天静云无迹，清光更浩然。一壶酌箸下，三影醉花前。起辄随鸡后，眠还让燕先。明宵江上酌，不系柳阴船。

夏日园庐

欲驾柴车出，沉绵雨未休。垞迷邻失地，池涨圃添流。潦壤瓜根腐，风林树叶愁。颇增农节感，多难厌先畴。

乡　间

越乡三十载，今复一来归。我已嗟衰迈，人犹记瘦肥。阴功先世续，老泪故人挥。庭扁看还在，弥伤色笑违。

先大夫光绪庚子岁贡，是年乡之人献"正大光明"四字匾额，迄今故老话及先世，辄涔涔泪下，颈联并结句故云。

麓山即景

偶来松桧下，趺坐得秋阴。为学无生法，因持不住心。斜阳山叠叠，古木径沉沉。粥鼓空林暮，云寒塔影深。

先妣忌日

常挥无母泪，恩重念哀劳。日暮驷方驶，霜晨乌自号。墓田邻谷口，时物荐溪毛。尚缺冈阡表，穷通系所遭。

哭师郑吏部

强仕逢兵革，悲应起夜来。俸随官并弃，贫与老堪哀！京洛长为客，琴川惜此才。魂兮归故里，知傍读书台。

心畲居士寄示《灵光集》目录并采拙制

不耻居庐后，如予窃自怜。耆英湖海集，逸老谷音编。选比萧楼峻，名同鲁殿专。籍无袁淑在，真隐有谁传？

卷 八

五 律
（公元一九三七年丁丑至一九三九年己卯）

林 泉

林泉随处有，选胜恣跻攀。正以生为累，方因病得闲。几逢花匼匝，数爱树回环。却为舒筋力，移家更就山。

赠答黎茶山隐居

各有山投老，情如偃塞松。不成思旧赋，弥忆出尘踪。遁世六根逸，逢人双眼慵。向来知仲蔚，应只一刘龚。

麓居偶兴

客与云同暇，频来不待招。山边松隐隐，户外草萧萧。乡校牛鸣近，村墟犬吠遥。造门多俊秀，拔识愧郗超。

题宾弥善居士禅室

空虚修水观，定里自深清。道气香云重，禅心灏月明。宝林探故物，金粟省前生。多说圆通偈，烦君觉有情。

"观"去声。

雨中过渔湾

春雨屣生泥，桑鸠戛戛啼。水吞平野阔，云压远山低。逸侣时相见，编氓分可齐。径寻渔隐去，无事话苕溪。

过碧浪湖怀亡友许九季纯

合眼即遗世，独怜君遽归。秋风丹旐远，旧雨碧湖稀。月好仍随屦，云闲却上衣。琳琅诗稿在，夙诺忍相违。

君有《沧江集》属予点定。

旋　里

渐近瞻乡树，心孤念所亲。已成流寓久，况过乱离频。邑屋都非故，丘坟遍是新。不知乡里换，犹访旧时人。

蜉　蝣

聚族黄昏候，薨薨附末光。何曾知晦朔，旋复改衣裳。劫应虫沙苦，情如蚁子忙。有生真太薄，小智亦堪伤。

访双溪隐居

疏篁风过处，相值偶成喧。言访双溪隐，来寻半亩园。草香初染麝，花落更闻猿。地近秦人洞，孥舟一问源。

中　夜

情不怡中夜，网常系存心。穿棂风力健，窥帐月华深。有梦吞丹篆，无弦托素琴。闻鸡推枕起，独取索郎斟。

铜官渚

辍棹清湘岸，霜中柿叶丹。荒庵寻铁佛，旧渚问铜官。荞麦山田晚，蒹葭水驿寒。唐贤留咏地，闲取杜诗看。

得三儿燮书

近得兰州信，怜儿颇忆家。战时书辄阻，行处路偏赊。去便添军垒，归宜附客槎。西陲天万里，勿恃惯风沙。

喜李赵刘诸生入山相候

山左兵犹乱，河南喘未苏。有家成泛梗，无海可乘桴。之子情何限，伊予道不孤。款扉深翠里，奉手询潜夫。

宋刘克庄字"潜夫"。

内人携稚子居铜泉坡茅屋

得地不嫌僻，三家成一村。山中开橘圃，树里设柴门。儿解安贫乐，妻知养拙尊。还如杜陵老，茅屋在东屯。

晚 蝉

喈喈声将涩，秋深尔岂知？露凉斜抱树，风紧别移枝。野寺寻僧处，津亭送客时。疏槐催更落，我亦对吟诗。

世 乱

世乱何时治，因之想大庭。蒸民毋乃苦，天地可曾醒？序节移阴管，秋光冷画屏。无端兵气重，愁看畛旁星！

叙 怀

幅员非旧日，禹迹叹茫茫。世外成嵇懒，人前敛阮狂。道存宜用拙，枘凿不嫌方。物性谁能夺，葵心向太阳。

山寺投宿

今夕同弯勒，龛灯冷一檠。虫声寒更碎，蟾魄皓将盈。润硙秋云湿，安禅夜气清。相期明法要，藻练致无生。

卜 隐

卜隐偕莱妇，相依十亩间。编篱围旧圃，分树补秋山。菜茹厨常给，蓬茅户不关。同功看茧就，且复放心闲。

湘潭经秦子质提军故宅

我来空渍酒，华屋忽山丘。讲武思猿背，图形问虎头。青林浑欲脱，黄叶最知秋。门外瓜田在，停车忍少留。

提军以丙子年归道山，予于丁卯别于沪上。

哭曹四提学梅访

纵遂首丘愿，如公殊可怜！国亡常恋阙，身老莫回天。哀乐伤中岁，穷愁逼暮年。魂兮竟安在，知在白山边。

公曾任吉林提学使。

残　年

桂玉忧薪米，残年事可嗟。糊天云擘絮，扑地雪飞花。密筱藏寒雀，空槐守病鸦。却看松壑畔，晚翠只枇杷。

丁丑除夕五女希惠乞诗

儿女聚灯前，相看一辗然。添杯娱旧腊，饱饭过残年。债减如蠲病，心清似悟禅。家庆宜汝拜，聊赐永安钱。

希惠璠质姊妹离家已三阅除夕矣。

寄黎隐居心巨

山绿春云重，幽花撩乱开。怀人成苦本，厌世即慵媒。率尔新诗就，颓然好梦回。欲携萝径屐，相对一衔杯。

枕上闻蛙

春田喧永夜，蛙外别无声。聚族疑多类，知时若有情。和风寒里转，残日曙边明。农事西畴急，吾因念远征。

橘洲待渡

崎岸初消涨，濒来得自由。橘花香雾重，杨叶晚风柔。江势涵千里，灯光乱一洲。归人逢骤雨，争渡聚津头。

候成大过

水笑山矗处，莺花正满途。景光浓似染，土壤润于酥。雨后鱼分子，风前燕领雏。良朋纤辙至，地近酒家垆。

山　雨

山屋崇朝雨，东风肃肃寒。笋从初迸直，花向未开残。云液流松径，泉声激石湍。忘言禅意寂，心境得同宽。

蒿　目

蒿目皆灾眚，忧来迈更加。农村新鬼冢，民屋旧官衙。几载艰谋粟，三春罕见花。荒郊驰犷骑，时事益纷拏！

暮春麓山偶作

运移占剥复，龟筮一何稽？去住猿投槛，穷愁象溺泥。忽闻花簌簌，旋见草萋萋。家在西山麓，淹留不更西。

麓居初夏

门外多幽草，春风长马兰。物方群品静，吾亦一枝安。石笋初离箨，珠樱已上盘。阳光原自暖，云气冷相团。

山寺端阳

多难仍佳节，悲生酒再斟。壮丁添战骨，端午剧愁心。僧舍安家简，人寰筑垒深。楚骚重叠写，聊助短长吟。

乡报至家庙被毁

寝庙存时祭，趋跄敢告劳。明禋方待肃，惨劫遽相遭！旧典秦灰烬，新宫楚炬高。遥疑宗祐在，犹得荐樱桃。

季夏不雨

密云无雨意，野外桔槔鸣。润土枯三伏，生机断一晴。苞稽新稻吐，盖仰败荷擎。仍念征徭急，江淮未解兵。

成大剑农见访山居

日如三岁别，休待来年来。蔬食犹能饱，蓬门本自开。投情留缟纻，写意且樽罍。不久期重访，山田熟芋魁。

逃暑山舍

溽暑疑难到，林坰少路通。角觥松畔月，羽扇竹边风。欹屋支危石，幽岩响乱淙。人间多火宅，不在万山中。

赠别顾惕生教授

旧游零落后，衰晚忽逢君。地小留弥日，装轻束片云。华阳孤客去，井络万山分。落日夔巫暮，猿声不可闻。

江上夜送客

卮酒起相饯，离忧浑满襟。人余离别意，月有向圆心。天地风云急，江湖涕泪深。南飞念乌鹊，半是失巢禽。

山居闻警

懒作明朝计，前村酒易赊。兵凶人比草，世乱寇如麻。负郭频传警，偎山且避哗。稍耽林壑胜，不复欲移家。

开　门

开门延霁爽，山气瀚然清。欲访东篱叟，还招北郭生。菊含三径蕊，莲菱半池茎。无句夸侪辈，矜心已暂平。

焦　土

谁云烽燹重，焦土独吾乡。膏血涂千里，灾黎遍八方。马盘军戍垺，兵枕堠台枪。为念逋亡客，宵征已戒霜。

闻战祸又急

瘥重天方荐，东南战血腥。下民伤蠢蠢，前路叹冥冥。木石都成魅，山川不效灵。所之堪洒泪，何待上新亭。

有　客

隔篱闻犬吠，有客访云庄。识面经重省，留心恐再忘。乾坤烽火赤，江海鬓毛苍。意似怜幽寂，相寻话夕阳。

自题《孝经讲疏》

要道传曾子，终焉在立身。圣言疏已就，儿日行难醇。五等归无忝，三才示有亲。杜羔吾愧汝，不是读经人。

游　兵

前锋方备战，里社尽游兵。夺灶时曾见，敲门夕数惊。情憎身手恶，命惮羽毛轻。去此将安适，关山不可行。

乱中得万笋庄居士书

避地月重圆，书来值上弦。怀人青嶂外，依佛翠岩边。运剥占阳复，时穷望岁迁。只予冥寂意，无语向君传。

杀　气

杀气连南朔，家山近战场。流离衔尾鼠，跋扈借皮羊。国乱人衷甲，形残卒裹疮。蓬星独何意，夜夜见西方。

远　害

此身拼自晦，远害有良谋。骥伏虚千里，鸡栖混一丘。村凭蜂贼据，宅遣豹奴留。养气思珍木，吾将觅帝休。

避乱就山寺食

不作穷途恸，心孤暗自扪。朅来瞻彼屋，投止向谁门？杯底蛇难饮，菹中蛭易吞。孰云惟漂母，始解饭王孙。

讯兄子怡

阿宜年齿壮，奉母近何如？渐已谙人事，应能读父书。欲询宗悫志，未就阮咸居。手泽须珍惜，留心护劫余。

感　述

庭闻难罄述，岁久失从容。相鼠讥无礼，茅鸱刺不恭。旧家书作壁，古砚笔为农。独是伤先集，当年付夕烽。

先府君著有《四书朱注补义》，毁于兵燹。

林　泉

林泉成我暇，随分有圆池。命仆淘枯砚，呼儿和小诗。足音亲友密，心事老妻知。肯作黏黐鸟，胶胶到尽时。

喜何申甫文学至

一席团蕉地，群山卓户青。久空藏鹿梦，新注种鱼经。有句拌涂乙，多生悔识丁。侯芭来自好，休拟草元亭。

寂　坐

寂坐同雕佣，因之百念冥。雾霄过断雨，流火带飞星。石吐秋云白，山含夜气清。荣枯俱拨置，要可草堂灵。

秋　雁

长风送秋雁，万里渡南溟。云树江头驿，霜兼浦口亭。但能离患难，何用诉飘零。喋共清笳发，羁人不可听。

骆绍宾教授赠所著《文选学》

宾王安砚暇，文选理尤精。把读过三百，研摩耐一生。我犹操简怯，君已著书成。作赋存时变，还期赋两京。

萧选收《东西京赋》，今属国家多故，欲其补南北二京也。骆宾王有《帝京篇》。

次花石戍

杜公经宿处，花石旧名存。小市清江岸，疏篱古木村。车迟天未晚，岫远雾方昏。独有田园叟，终年不出门。

暮投永丰程餥琛孝廉家一宿

羌无投止处，幸托一宵安。斗酒成深醉，孤灯得暂安。今人交不易，古货卖应难。进道君宜猛，相期百尺竿。

运　移

运移天不管，从此国无雷。疆圉何由固，藩篱自轺摧。兵间民草芥，战后地蒿莱。鼎弃康瓠宝，谁为济变才？

过徐四实宾故居

偶经徐稚宅，如过斛斯庄。故老犹长喟，高贤已早亡。名传流寓志，诗记别离章。怆念分襟后，人天路渺茫。

楼　望

落日半楼阴，凭栏有远心。渔歌回极浦，鸦影乱空林。丘壑供人老，关河阻寇深。近村多隐逸，兼欲讯江浔。

唐蔚芝尚书避乱过湘

唐公闻海啸，去国俶装轻。家寄春申浦，书留泰伯城。赠言荣黼黻，谋隐弃簪缨。吊屈过湘水，油然古性情。

秋　夜

夜长生寂听，陋室枕江沱。月苦乌啼数，霖寒雁唳多。乍醒愁筦箦，不寐感蒿莪。徐展秋衾起，星残欲曙河。

夜出步月

白塔红亭畔，寒光忽破昏。短篱云抱屋，高树月悬村。水涨江添沫，烟收岫减痕。驯驴知护主，相伴返柴门。

与鲍生传简

遥遥稽世德，俊逸想参军。制行何妨独，言诗可以群。品争吴郡秀，词挹楚骚芬。知子奇能问，予还愧子云。

三女雪芬偕其婿入山

自我逃空谷，今朝喜汝归。稍欣群稚聚，方念两雏违。岩壑容安隐，榆枋窘奋飞。儿曹能省视，免复虑行帏。

第三孙贤锐善解人意

辟咡知人意，含饴绕膝前。乍离文褓日，初换锦棚天。童稚皆亲昵，家公颇爱怜。扶床能纳履，识字待明年。

寄杨遇夫教授

自与杨伦别，新诗料更多。逸情传简札，幽梦结藤萝。白社犹堪入，苍崖尚可磨。几时邻并接？物外理烟蓑。

君有与予结邻之约。

戊寅九月二十一夜长沙火

西风飞木叶，黯黮洞庭秋。故国沦神器，繁城聚鬼谋。三更魑魅遁，一烬祝融愁。连屋成灰后，长沙似汴州。

奔窜

奔窜宁无恨，徘徊更自嗟！旧檐留冻雀，疏树别慈鸦。国运黄图辱，岩扉白板斜。飘零无分定，着处即为家。

凌士宜世侄为织绳帽

织绳堪护首，似愈小乌巾。冠且抛前鶡，衣犹结旧鹑。眼边刚近腊，头上却先春。贤媛多能事，幽兰尚可纫。

冬日走谒莲花先茔五女随侍

飞鸦如落叶，向夕满平芜。携女情嫌独，思亲意转孤。狺狺田舍犬，策策墓门乌。再拜身犹健，翛然不用扶。

伤乱二首

井邑凋残后，穷乡户转增。飞来青士豹，掠过黑山鹰。浩劫人方苦，良知盗亦凭。苍生冤愤极，何处哭昭陵！

困瘵宁惟我，回眸事事非。眠餐行自减，去住欲何依？海鹘闻南上，宾鸿念北归。兵间家廿口，已似陷重围。

避难

投人因避难，与物应无猜。墙孔狸何往，门前虎自来。禅心长阒尔，天道信悠哉。莫骤提年事，生涯付债台。

奉寄唐蔚芝尚书

多时违几杖，未拟惠山游。烽尚传京口，家应滞海头。待携吴郡屐，同对贡湖秋。靖乱知何日，徒深忆远愁。

尚书太仓人，侨寓无锡，顷岁避乱海上。

寺居偶兴

白日过无痕，清斋度晓昏。索居逃浊世，通隐傍禅门。老树残留杌，灵藤远殖根。枯荣非有意，依倚得相存。

避乱云盖禅林值内人五十初度二首

何物扶君寿，清贫与乱离。喜予三兔窟，胜彼五羊皮。负耒能偕隐，添杯且祝厘。尽多闲岁月，倍此即期颐。

依依儿女在，劫外有今朝。闻梵心同寂，观生眼自超。厨香分佛火，屋老借僧寮。一事惭庞蕴，尘情兀未消。

日闻飞机聒耳二首

旋风高自转，都是解飞人。霄汉云鹏路，山河野马尘。将军真着翅，孺子不谋身。轧轧妨清啸，天空驶铁轮。

不假南溟翼，扶摇遂队过。机如雷撇烈，弹比雨滂沱。横海轻于鹢，轰城乱似鹅。斯须人鬼判，惨绝肉糜多。

山　气

山气何关道，能冥百虑心。泉飞孤壑雨，云起半岩阴。断路容樵入，扃扉避客寻。佛前香爇罢，磬语报圆音。

赠采药翁

欲寻无病药，大地恐难求。是艾能医病，惟萱可解忧。一茎分杀活，百草异薰莸。输尔山居叟，生涯在镢头。

五儿敦及冠书勉

陆机年二十，文赋已堪传。往哲犹能尔，今人岂不然？吾家原素族，父业只青毡。庭诰终须记，衰翁望汝贤。

予家于元至正间由赣徙湘，十九传至予，先世一脉皆习儒业。

宗人顺慈挈妇依予避乱云盖

宗贤吾所许，敦实似虞惇。暂下空林榻，同听古寺钟。乱离知更甚，伉俪得相从。颇类梁高士，皋家伴赁春。

长沙被焚得彭星坻边振荣两生书

门下论风谊，如今似汝稀。林深行独往，世变失相依。书问经时达，河山历劫非。保身明且哲，君子贵知几。

偶书所感二首

稍疲还焠掌，书卷最堪亲。我自安儒素，天教作隐沦。略储萤尾火，长避马头尘。独惜西川叟，文章累美新。

桑榆原易忍，身似再眠蚕。尚念情非一，难忘节在三。老妻拼茹苦，稚子索分甘。礼数贫来减，常时对客惭。

读内典有会二首

贝经谁结集，鹙子最多闻。佛受针锋众，魔降藕孔群。圣凡容易别，儒释若为分。性礼何能坏，真空映法云。

象牙花自发，珍重待雷声。穷子衣珠在，空王法印明。二边俱不落，一悟本无生。宝所趋宜决，胡为滞化城。

戊寅海会寺除夕

山寺逢除夕，情同粥饭僧。俗尘消一宿，残腊尽孤灯。愍乱宜缄口，支疲暂曲肱。屠苏香正好，洗盏兴堪乘。

己卯开岁苦雨

青阳稽布获，沉雨跨年深。旭日迟开泰，喧风失降临。拥寒山簇簇，积湿树森森。物类将何托？阶前下瞑禽。

乱　世

乱世无长算，飘蓬未有根。荒残伤邑里，清净学沙门。兵去犹留垒，农耕稍出村。天阴闻鬼哭，多少待招魂。

春渐深羁居山寺颇有归意

物外独柴荆，庭莎亦旅生。茶烟烘昼寝，花气养春晴。钵满猿双下，山幽鸟一鸣。归期犹未卜，直恐后朱樱。

怀心畲叔明两王孙二首

蓟门笺久断，伤乱盗如毛。徙宅西山远，凭栏北斗高。怀人怜二后，遗世想孤操。失计携筇屦，从君写郁陶。

淹卧空林雨，沉寒集翠裘。杜鹃闻最苦，鹦鹉念难休。冠带存华夏，烽烟隔楚州。只愁书数寄，不到雁池头。

山中感时变有作

万物供刍狗，冥然出入机。洪炉犹自扇，大造有何威？云活山疑动，风豪石欲飞。蘦离闻见外，方得道心微。

春山游眺偶作

森罗纷万象，心静入无倪。晓日森林远，春云草屋低。鸟飞悬嶂外，樵唱断峰西。行到泉流处，诗还拂石题。

送五妹葬

此别成终古，形藏暂见棺。巾箱留女守，试卷待兄刊。墓木愁成拱，山花簇作团。恸深行自念，近泪土难干！

追怀陈石巢

故交仍入梦，身托片云飞。海上家何在，人间事已非。去来三月暮，生死七年违。温序知无憾，乡山骨早归。

感　赋

不是真年迈，艰难鬓易皤。栖身安堵少，举足畏途多。搜索兵怀刃，椎埋客饮戈。万方同杌陧，累叹欲如何？

入山后不复讲学

网维横溃后，道已尽衣冠。讲授惭高座，优游乐考盘。山茨青窈窕，岩树碧巑岏。敢比崔儦室，无书答客难。

山中携书无多

羁　思

身等鹪鹩寄，遭时尚累蓬。刺藜排短镞，曲木引长弓。民困仍疮痏，吾生漫怨恫。有怀歌不得，豪士少扶风。

身　计

亦欲为身计，扶犁力不胜。赢金前日罄，谷价昨宵腾。匣砚存端歙，床毡剩毾㲪。有书难煮食，未敢向人矜。

寓僧院

柴关萧寺僻，谁造陆裘翁。三径豆花雨，一庭梧叶风。琴尊无客共，飘笠与僧同。画轴长时展，焚香对远公。

宿左氏庄赠曼仲

地主今谁是，文襄两叶孙。江山非故园，诗礼自清门。不住兵门屋，仍留逻外村。妇翁吾执友，杯酒话黄昏。

月下作

露槛科头坐，衔杯夜正中。天仙银作阙，月姊玉为宫。爽气澄虚虑，凉云薄太空。清风无畛域，流照万方同。

禅　宫

禅宫闭秋雨，有客卧云深。蛙出潦生地，虎来风满林。木樨通道髓，薜荔入骚心。漫讶筋骸懒，尘劳本不侵。

野　翁

野翁惟好静，一动即天机。身健游常数，心空虑渐稀。偶携临水榼，早备住山衣。不向人间去，人间有是非。

信　步

信步西溪夕，人家橘柚庄。群鸦归远岫，一雁下寒塘。柽柳仍留月，芙蓉已泫霜。独怜篱畔菊，随地寄遗芳。

四女芷祥滇中书至兼示严甥咏卿

几时河内去？一舸出炎州。喜得昆明信，知为越隽游。山川荒服国，风物大观楼。诸伥应无事，宽予望远愁。

海会寺牡丹花时忆三四两女

平居儿女子，最爱牡丹开。兰若吾犹寄，花时汝未来。浮生刚似梦，大地遍成灾。那复论姚魏，城中半草莱。

山　行

济胜愁无具，吾筋已惮劳。瀑奔泉脉壮，崖断石棱高。迈往身虽进，迟徊首且搔。只愁乘气跷，汗漫侣卢敖。

山中即事

露井灵泉莹，霜林古木寒。体虚风力大，性静水容安。应物归无往，调心在止观。经行兼晏坐，未拟出岩峦。

杨二积微曾约曾四枣园与予卜邻

萍梗人千里，蒹葭水一方。自从分履舄，不复共壶觞。去矣情何极，归欤计最长。也宜同卜宅，此地胜清漳。

怀徐六绍周徐七季含昆仲

楚金好兄弟，才地剧高华。兵火都无屋，妻孥各有家。愁深闻筚篥，乱久卜琵琶。税驾知何处，西山恃蕨芽。

愁叹二首

道路皆愁叹，辛酸不忍听。烽烟连泽薮，坤倪遍郊垧。乡大分诸甲，徭繁役半丁。饥寒吾暂免，勿用怨飘零。

远适虞艰棘，黄沙惨我颜。多兵成祸水，有累等囚山。酒罄瓶常卧，诗慵稿未删。比来儿见省，梅雨黦衣斑。

敦儿去冬客沅陵，返值初夏。

夏日乡居

战祸行看近，门前鸟啄疮。壮才逢国变，老未遇时康。似梦天方愦，如年日正长。北窗留一枕，吾自致义皇。

林馆仲夏

正近榴红节，愁云一片阴。莎鸡初动股，戎马复惊心。警信源源至，游氛步步侵。熏风如解愠，暂为豁幽沉。

见林野遍掘壕垒有叹

草靡波流日，纷纷突骑忙。兵连蝼蚁垤，土垒果蠃房。万落微闻苦，千山已被创。潢池宁久弄，残木咽哀伤。

立秋后作

金商初应节，伏尽有余炎。却望凉风至，能令暑气潜。墙低藤上屋，岩近树侵檐。北户开宜早，青山入卷帘。

得杨二积微辰阳书却寄

西望路迢迢，冥鸿去碧霄。感时秋一叶，怀友古三苗。风土知堪记，云笺辱见招。嵇生思命驾，千里未为遥。

怀赵寿人教授曾侜蜀中

文子潜山秀，才名浮倚楼。交同星晓聚，去比水东流。闻共巴人住，知怀楚客游。独吟行躞蹀，遥念锦江秋。

君籍太湖县，本皖潜地，刘宋始置县。见《南畿志》。

古寺写怀二首

迹湮成泊梗，古寺伴毗耶。止屋乌兼鹊，穿墉鼠共蛇。乱机犹亟亟，生事只些些。差幸逃亡日，团圞不失家。

名姓难全记，邻人识渐多。胸留春气味，心厌世风波。山僻兵仍至，云深客偶过。漫凭龟骨圣，前路问如何。

自　遣

心岂弹棋局，何为自不平？书当探小酉，酒每酹长庚。租屋非长计，看山有胜情。思从黄鹄举，那及片云轻？

海会寺寓

不僧亦不俗，数口系空门。昼永重开卷，宵寒一举樽。蔬肠盘逸气，蒜发显愁痕。所幸无机务，清钟送晓昏。

山　房

坐处云弥岫，眠时露满园。疏窗秋兔皎，虚枕夜虫喧。渺渺孤生事，悠悠万化原。自来修白业，端在伏心猿。

简杨遇夫曾星笠教授二首

与君相别后，青眼日高歌。交分深如此，秋怀近若何？心宽无局境，身隐有行窝。愿再同樽酒，衰容不避酡。

当代推儒硕，温邢世论高。道存知自信，名在欲安逃！日月同双翼，风尘各二毛。蹇予非不幸，天遣老蓬蒿。

寄侄女豫璇时遭母丧

奉母能终养，吾家得女贞。门来双鹤吊，庭感二鸠鸣。俶扰成流寓，艰难见性情。遥怜游子隔，指痛有宣卿。

其兄季韬远羁天津。

上　山

山雨药苗香，回峰转北冈。蛮藤穿兔穴，小草聚蛇床。嶕崒云中路，萧疏野外装。投笻属鸿鹄，寥廓羡轩翔。

林　园

泯泯窥元化，林园兴未阑。秋光初孕菊，夏火已移檀。水自从东去，星常向北看。惟愁穷节至，来日更艰难。

秋　山

寒日雁边晴，秋山蹀蹀行。眼前诸嶂合，脚底乱云生。四海犹多难，孤怀得少清。西风追落叶，卷地作商声。

寓觉公院怀王大青垞

索居时感旧，席帽忆王逢。汉水深难度，罗州远莫从。长年依绀宇，短梦阻青峰。欲撷芳华寄，湘皋遍鼠茸。

屏迹自遣二首

骨肉多分散，滇黔万里余。山中羁客榻，案上远人书。塾废儿逃学，家残妇析居。有时闻野哭，情急一踌躇。

素发添朝镜，艰虞易白头。藏身谋鬼谷，袖手看神州。子女无期别，人天不尽愁。赖凭书取睡，浮念付驹驹。

所闻有感二首

国柄何人窃，群嚣类沸汤。棋仍迷黑白，廪不接青黄。战斗连千里，征输遍八荒。舆台多炫耀，谁屑刺鹈梁。

溷溷今何世，斯民尽倒悬。黄炎庸有国，华夏若无天。日月更新历，星辰失故躔。真须烦野史，一为志夷坚。

放　鱼

岂是神鱼种，何多赤鲦公？放偕厮役往，防与校人同。去路江湖阔，归墟渤海通。绝须逃网罟，处处有渔翁。

题所寓僧院

心闲多放逸，浑似罢参僧。达道空生死，忘情减爱憎。往予甘自晦，来客漫相称。为近毗卢阁，香消气总澄。

僧房夜坐

寒月皎霜夕，山鸦同未眠。微醺生酒态，薄咏契诗禅。待腊梅初绽，经秋菊尚妍。僧窗风静后，稍听落阶泉。

雪

天地交虚白，云林没断青。色还空里见，声可静中听。斜洒鹅毛乱，低飞鹭羽冥。予非高卧者，外户不须扃。

雪朝有作

穷山重度腊，方见雪花飞。序讶三冬促，梅怜一夜肥。澄怀原自淡，生事未应微。抵作蓝田玉，餐余卧掩扉。

己卯腊月二十八日立春作

蛰居逢改岁，先迓腊前春。栗里犹存晋，桃源不属秦。案头书跋尾，缸面酒生鳞。薄取涓涓饮，长时蠹简亲。

天隐庐诗集

下

刘善泽 著

向铁生 整理

湖南大学出版社·长沙

卷　九

五　律

（公元一九四〇年庚辰至一九四八年戊子）

早　春

春气勾萌动，群生正发蒙。土膏新润长，石濑乱流通。古木高迎日，晴丝弱向风。力田吾未得，身复卧萧宫。

寄居山寺忽忽两春。

郊行欲雨

日晕晴难稳，东风忽飒然。稻田鸠殼殼，桑野蠋蜎蜎。流水常争地，飞云不贴天。西畴农事急，岁计望丰年。

出　世

不达无生旨，其如出世何？观心依白月，趺足就青莎。实相谁能悟，凡情佛可诃。只愁难把捉，鹞子过新罗。

闲　步

青萌随步有，行处草生宽。岸柳千条折，江梅一树残。云开呈远幛，水涨蚀前滩。衣带时添减，春晴尚薄寒。

西　坞

石楠门外绿，茅屋向阳开。谷暖莺将出，村深燕未来。稻畦连芋种，瓜地杂薯栽。一片随云雨，轻轻湿路埃。

春日兰若

绀扉长不掩，举足即幽深。花气飘香界，松云带晚林。青山成独往，白发漫相侵。谁信陶元亮，初无遁世心。

羁居写怀

羁怀猿束槛，心止放神行。病雁停南渚，疲驴想北征。一身非易了，孤掌已难鸣。海内诸亲故，无从访死生。

兰若寄居重见燕

旧燕重来熟，低飞掠短檐。家同精舍寄，泥就故巢添。主客安危共，雌雄出入兼。寓公贫更甚，独汝不为嫌。

春暮微疾感怀

岁月属流波，春光一刹那。儿如王浑少，女比戴良多。客有乘桴叹，民无击壤歌。病嫌吟是癖，句里琢阴何。

兵来

宿春方待办，迁地又兵来。身窘殊无策，心寒顿似灰。闲依书作伴，远借酒为媒。顾已惭名德，群儿幸不猜。

山居巴壶天张楚珩两君见访

出迎惟一笑，正念客来稀。地僻惟群嶂，门闲掩半扉。供厨蔬带甲，佐馈笋留衣。漫复言通介，人情自觉违。

山中僧舍

眼前何所有，三径没蓬蒿。古壁蜗书篆，阳柯鸟晒毛。身家随幻住，心境托虚逃。本具山林癖，非关蹈履高。

山馆春暮

才说春来好，芳春只暂来。家依嵌窟住，门向缺峰开。蠹粉书三箧，莺簧酒一杯。飘风殊不返，空望落花回。

适性二首

少有飞腾志，于今竟不然。头还凭我责，鼻更任人穿。略解圆通旨，行参次第禅。委形机虑息，适性自为天。

荡析原无碍，虚空是我家。骤难超十地，初莫问三车。捉拂看山色，携瓶漱井华。闻尘殊未净，蚁门尚嫌哗。

全州途次

山势趋西微，边州与楚邻。农田晴失水，客路渴生尘。耕垄收金镰，征车碾铁轮。落花频过眼，非不惜余春。

桂　郡

诸山环桂郡，美景不胜收。何日生斯境，真教快此游。洞疑瑶简闶，峰似玉簪抽。尚拟重携累，长年岭外留。

旅桂闻警

环桂时多警，南宁未解兵。路逢蛮卒逻，身杂蜒人行。战地遗铜鼓，歌场歇玉筝。千秋怀汉将，空见伏波营。

远　归

远归如病骥，风色惮征途。鬓影星霜在，车声日月徂。我行情已惫，民困势难苏。从税岩肩驾，无心说渡泸。

时有人劝游蜀。

山中喜内侄李良翰至

汝克振家声，当承祖德清。姑衰原在念，吾老亦堪惊。涉世仍羸马，来山正晚莺。扶摇他日事，幸养羽毛成。

闻宾弥善居士示寂

庞蕴公知凤，能探佛日精。行惟圆觉力，功已涅槃成。逝矣维摩诘，怀哉竺道生。岳云遥在望，犹幸法灯明。

行去声。

寄唐劭华明经

料复多题咏，山人纳旧瓢。道存捐剑佩，身隐谢弓招。避寇闻无恙，殃民慨有妖。音书三岁隔，百里亦何辽！

夏　服

轻绨夏服凉，野制近僧装。已自违时尚，毋宁袭故常。竹风揎袂爽，荷气入衣香。万念从收拾，新传却暑方。

夙　兴

夙兴闲骋望，弦月淡银钩。芡熟菱塘晚，槲香寺阁秋。言多邻杂处，乱久客淹留。未忍牵时事，人前一掉头。

寄天倪益阳

家近甘宁垒，思君拟一寻。自从离泽畔，不及访山阴。落落嗟云鹤，交交羡水禽。乱中朋旧谊，知比太平深。

深　居

深居门早闭，无客到蓬萝。我已安憔悴，谁能习婀娜。风云方递变，历数况迁讹。莫道山川险，人心险更多。

谷山保宁寺

邃谷开灵域，如闻笃耨熏。邻墙分竹色，寺塔隐松云。穴古鼬常聚，枝安鸟自群。夕阳枫晚醉，山气爱氤氲。

怀　归

白日觑觎过，怀归计未成。两年家转徙，六诊运流行。财尽箕频敛，棋残局屡更。通天空有表，愁绝沈初明。

命寿女寄书燮敦两儿

遥达蚕凫国，风霜紧雁程。猿声天共远，蜩翼命同轻。我老宽相忆，儿归缓未行。平阳书一纸，早晚达渝城。

岩　屋

自我栖岩屋，山茶再见花。杯盘同野客，井臼共邻家。燕室仍留雀，鱼池亦据蛙。晚来天北角，飞电掣金蛇。

乍归别墅

美寝夜初长，晨兴叶陨霜。制铭宜陋室，经乱剩荒庄。病妇同居止，邻人略丧亡。莫言丹桂老，满院发秋香。

示禅客

未除颠倒念，行密实成疏。得鹿还忘鹿，骑驴反觅驴。妙香朝课后，微火夜禅初。八识闲田地，时时草务锄。

庚辰冬至寄示燮敦两儿蜀中

日暑逢长至，炉香歇宿熏。南飞乌阵合，西去雁行分。余烬愁秦火，私占望楚云。儿曹蛮语熟，但勿羡参军。

挽张二明吾

又报故人逝，滔滔江水东。所亲惊有几，于子叹无穷。中垒交情早，横渠道脉同。蓬蒿门巷在，剩念旧家风。

冬夜遣怀

弭乱知无策，残杯对冷檠。不平心起岳，有守志如城。岁暮愁人事，时穷叹我生。青萍韬破匣，天黑夜深鸣。

长沙烬后晤郑从耘太史

同郡推耆宿，于今只有君。情惟嫌独醒，道不在多闻。人品清瑚块，书名白练裙。从知新法海，常养吉祥云。

冬日野步书田舍

处处皆宜屋，人家早结茅。垄平千亩坼，山尽两溪交。急水承鱼笱，疏林出鸟巢。野梅争气象，勇破腊前梢。

郊墅杂赋

如或遭时会，何能老此乡。孤生长仰屋，群丑久跳梁。日月随征迈，乾坤际闭藏。田间遗世叟，直拟是庚桑。

女贞树

女贞非散木，闻是少阴精。正以培根厚，加之得气清。遗民情独切，处子意相倾。林下防人识，全生最忌名。

庚辰岁尽二首

经冬无冷日，岁尽雪初飞。括树飙声厉，煎茶火力微。病乌依屋静，冻雀出檐稀。游子曾知否？围炉待汝归？

三、五两儿客重庆，四女留昆明，五女留沪，七女留桂林。

国破仍兵革，家飘更梗蓬。山川残甲满，畎亩壮丁空。变故情思外，生灵涕泪中。襄西投老客，感喟可曾同？

庚辰除夕对酒

灯恋将残岁，瓶留未尽醪。吟知才顿减，睡恐梦还劳。风雪春光近，关山战火高。纷纭今夕念，鸡已过三号。

守 分

守分忘机事，初非着态闲。气参蔬笋外，意在竹松间。大地无龙起，空村只鸟还。固知时未定，戎马满关山。

念四女芷祥云南

万里牂牁路，遥怜女有家。瘴深沉白日，风厉起黄沙。岂不伤羁旅，那堪感岁华。知儿归思切，春草又天涯。

寄邱逸渔秀才

自与邱为别，三年阻一杯。琴惟弹古调，书合抱残灰。人事思如痗，吾生兴若颓。黎逢烦问讯，素发倘相催。

得 句

得句寝还兴，长吟夜剪灯。翻书驱老蠹，穴纸放痴蝇。律细因常改，疵多每自惩。骊珠人已获，鳞爪讵堪矜？

乡　村

乡村风日暖，景丽试从探。泉涧生寒绿，云岑锁窈蓝。人家花隐隐，客路柳毵毵。田叟从时艺，相形只益惭。

示　客

已自藏枯朽，还劳故旧来。芸芸妨物累，汩汩畏尘埃。草盛蹊全掩，花深户半开。主人长不出，莫便引车回。

贻汤勺亭文学

阻乱艰相见，区区百里程。我曹濒九死，君莫问三生。为羡丘中隐，能藏物外名。无因对樽酒，积愫得重倾。

穷　栖

穷栖忘朴陋，意惬便成娱。草径留羊仲，茅茨适马枢。讳贫愁对客，涉难耻称儒。常赖盈樽酌，淳风太古俱。

幽　情

野趣无人领，幽情只自怡。履从东郭曳，文谢北山移。飞鹬占风信，鸣鸠告雨期。雉媒芳草绿，春意正熙熙。

茅　庐

莫讶茅庐隘，先生意故宽。会心宁在远，容膝已差安。世未销金甲，吾犹恋箨冠。圣人何日出？急待起凋残。

晓　旭

晓旭助岩姿，晴空袅断丝。山园明橘柚，野屋映茅茨。曝背饶余暇，驰心有远思。东升方杲杲，勿谓迫崦嵫。

长沙火后得罗四子经之书

我楚君吴越，分携十载余。厩焚休问马，笺断不通鱼。亲友关休戚，江湖念起居。自然声气感，忽枉海滨书。

念 旧

念我平生旧，音尘苦未通。但惊群盗起，那见九州同。楚塞云犹黑，秦关火正红。可能凭旅雁，一为讯辽东。

自 儆

肯以无穷事，投之径寸心。寄身愚若鲁，缄口默同瘖。人为多言失，机因少累深。祸枢终自远，百念付消沉。

入夏忧旱 时辛巳孟夏，是年闰六月

祠官云祭废，闷绝卜蛙声。甘树渊龙隔，晴云垤鹳鸣。旱偏逢夏闰，稔尚望秋成。安得滂沱雨，苏枯更洗兵。

梦游西蜀

蜀游吾未遂，夜梦故无端。白帝宁辞远，青天不较难。涛倾三峡险，雪拥二峨寒。忘乞勾龙爽，为图写大观。

息 心

猿贵能调服，心空净客尘。灵源明止水，觉路得通津。已悟生为幻，方知梦不真。佛天非旷远，容我谢时人。

山 居

野逸原吾性，山居得自然。每看云静坐，聊度日高眠。颓运忘沉陆，流年付逝川。任从风起灭，定似落帆船。

答旅蜀旧友

索居无所事，时艺事微勤。颇委一椽陋，稍离群物纷。草衣闲谢客，华贶远承君。正忆巴山夜，霜猿怯独闻。

凉 信

凉信从何至，飘然莅楚丘。浅霞虹外影，疏雨雁边秋。蓟北萦遥忆，江南感昔游。未堪闻落木，更泛洞庭舟。

山　客

山客宵眠晚，平居懒闭门。猿声行树杪，虫语聚莎根。口可三杯受，胸无一物存。萧然知止足，谁信起居尊？

块　坐

块坐风萝夕，虫声入户庭。韬锋霜剑白，吐焰雨灯青。四体投闲旷，孤心接窈冥。碧霄云暂翳，处士岂无星？

闻唐蔚老健在喜作

旧国元僚尽，高天白日遒。淮阳余一老，海上隔三秋。道自因文见，官先与病休。履声谁复识，行处得淹留。

县人王君应韩书来过推不佞

季世论人品，谁堪第一流？剥余今日我，雕尽旧时侔。月旦原难副，风尘早自休。向来沟壑念，养拙是无求。

秋夜思

不是衣沾露，谁知夜向阑？星悬珠斗密，月照玉杯干。夏令才离暑，秋光已近寒。所亲江汉阻，邈作晓河看。

过麓庄

乱久家频徙，何时始得还。草堂青嶂侧，萝坞翠微间。老态松同冷，吟情竹共闲。盘歌留一曲，迟我纵衰顽。

残　黎

残黎知有几，浑未脱兵戈。野旷人烟罕，城空鬼气多。中华无社稷，大陆尽风波。魏绛休筹策，天骄不肯和。

辛巳冬至前夕

明旦逢冬至，长宵一再醒。衾寒霜压屋，窗破月窥棂。笾实思时享，宗支颂德馨。乱机殊未息，何自妥先灵？

寄茶山隐居

更谁联汐社，俦侣日伤孤。卓行钦甄济，名言味夏扶。云扉双板闭，风壑万松呼。尘俗何由尽，君边一点无。

再徙蔺家湾避乱二首

前逢岩桂落，今见岭梅开。斗兽应知困，嗷鸿竟觉哀。窜山家数徙，卷土寇重来。为复忧人瘝，悲端不可裁。

怙乱天疑醉，阴多日少晶。条条缠杀气，戾戾起风声。牛粪农家火，鸡桴客舍羹。劫中棋一局，留眼看残枰。

仲冬既望避地同内人对月有感

月圆非独看，原不似鄜州。儿女多分散，夫妻共滞留。狼烟随处起，蛾贼几时休？安稳移巢鸟，清光照白头。

顽　敌

势力巳犄角，谁言敌不顽。阵严方背水，炮猛欲崩山。大地将安托，流人敢便还？幸余瓯脱处，身未在兵间。

田　舍

榻仍田舍旧，壁落散游尘。合睫鸡宵唤，回头鼠昼巡。行厨松叶湿，野馈菜根新。独怪唐虞世，逃尧古有人。

辛巳小除夕

忽忽岁遒尽，峭寒风伯骄。远悬书一纸，深坐烛三条。诚愫遥难达，新醅薄且浇。家如船未泊，原是可怜宵。

春日山馆写怀

不觉柳条新，东风着绿匀。林泉仍岁月，海宇更烽尘。一壑余今我，三湘少昔人。青阳空自转，非复太平春。

闻内侄孙李性宽宜昌战殁

自汝从军去，期年信未通。健儿传已殁，老子怆何穷！久乱人逾贱，新殇鬼亦雄。裹尸伤马革，遗在战尘中。

雨后步眺

野花最生态，随意自离披。雨后春村耜，风前酒市旗。柳晴莺出谷，莎暖犊眠陂。积霁胸同豁，兼旬始见曦。

蹙　额

见闻惟蹙额，头痛不因风。撇捝捎云隼，流失离侣鸿。残民皮骨尽，巨猾爪牙雄。谁料生今日，遭逢到薄躬。

酬旧友入山有赠

身事谁能了，桑榆岂待商。已看人换世，恒恐客迷方。君是藏斑豹，吾非挂角羊。此生凭造物，那复惜流光。

水　灾 并序

壬午仲夏淫雨，连月不止。郡人传浏阳蛟水为害。战祸未已，继以天灾。东望故园，怒焉心恻。

初听翻盆雨，惟忧水杀禾。壤卑先浩渺，云厚更滂沱。破地蛟腾浪，滔天豕涉波。其鱼哀近邑，奈此下民何！

物　外

萧然逃物外，净虑对炉熏。鹰虎人相食，鸾鸮世不分。运移思旧俗，宾过厌新闻。独怪黄头蚁，忘膻自引群。

壬午重阳

无风先脱帽，露顶发鬖鬖。酒量蕉三叶，诗情菊数花。也宜开蒋径，端不羡陶家。正有登高兴，前村雨似麻。

两年中六女遣嫁安徽袁梓平七女遣嫁福建林乐义

乱离难择婿，待字十年身。遣嫁联秦晋，于归判皖闽。淮垣传盛族，浃滦想芳邻。义合非无谓，诸甥分自亲。

徂 令

徂令移商律，金飙尚飒然。幽花承日少，侧树受霜偏。西讯传秦塞，南云接楚天。宾鸿如有意，清唳到窗前。

学 道

近可取诸身，何曾道远人。禅心西竺月，世腊北邙尘。命在由呼吸，机灵任屈伸。便须除五盖，全性返吾真。

物 色

物色知何限，诗篇足冶陶。尽教心旷放，勿遣语粗豪。正始音皆雅，黄初气不嚣。古人难到处，刻意首空搔。

杨吟秋杨又穆两文学数年不相闻有忆

老怀常念旧，颇忆两杨生。负笈从王劭，陈经就范平。干戈时复扰，裘葛岁频更。可待春芳绿，随予采杜衡。

癸未元旦是日立春

一岁始兹晨，流光动隙尘。貌随年并换，心与物俱春。喜有衰龄偶，忘为乱世人。会逢昌运至，重见版图新。

一 丘

一丘尘不到，何用羡三山。野墅忘荣辱，邻家少往还。云常来竹径，风自启松关。日日闲中过，无心更取闲。

课幼女诚巽

正以德华幼，千嬉惟一怜。少严防近薄，多爱反成偏。口慧诗差熟，心粗学未专。百篇书在笥，可待女儿传。

元好问《遗山集》有与小女德华诗。

春分渡江

独坐鱼舲尾，春光正届分。浴凫徐引队，归雁急呼群。水涨江流沫，天阴岫出云。平生幽旷意，遇物自欣欣。

步至南涧

农事初兴作，耕人出未齐。柳堤春社燕，茅屋午时鸡。涧塌桥眠水，溪干艇罥泥。近从新病后，筇杖始常携。

癸未上巳雪

良辰逢上巳，还见雪花飞。寒火俄无焰，斜风突有威。春深时变候，昼永日沉晖。人事如天水，澄观总觉违。

溁湾市渡江

揭来人络绎，小市叠溁湾。春水双江渡，斜阳两岸山。僧归青嶂侧，鸥戏碧波间。野爨渔吹火，银鳊换酒还。

敦儿客重庆久

气候东川异，尘沙瘴莫分。夏檐方见日，春树不开云。远适仍游子，平居独隐君。潇湘风物好，应悔去乡枌。

过居士林作

法性无宽陋，天机有浅深。未知离幻相，那得见真心。灯火才莹塔，钟声不出林。平生开济意，念念及幽沉。

近年以警报时至，林中停撞幽冥钟。

骤　暑

今朝槐雨歇，炎暑迫相催。日烈如烘火，风轻不动埃。乱蒿沙径没，深树竹房开。烦暍除难尽，无方乞外台。

夏杪寄遇夫星笠辰溪

思旧真无藉，频过岳麓西。柳阴交午道，兰契隔辰溪。走币吾尝却，归装子复稽。林间秋已近，独听晚莺啼。

湘　西

听说湘西地，城空血肉腥。刀光兵气白，烽火鬼磷青。难致藏身雾，偏愁附耳星。长沙戎马后，尘起日冥冥。

即 景

即景堪图画，丹青恨未能。杖扶秋社叟，船载夕阳僧。江道逢山曲，沙汀入水澄。诗心如发细，可似柳吴兴？

山 屋

林巷偶然出，独归还闭门。卧云磐石冷，听雨短檠昏。木榻书常乱，泥炉酒暂温。翻忘山屋外，兵甲满乾坤。

征兵急目睹里民惶遽状而伤之

征兵仍火急，令下不崇朝。蔀屋头须会，沙场骨未销。黎民牛马苦，寇盗虎狼骄。借问长沙郡，谁家是莫徭？

伤 妹 并序

适张氏妹静贞草葬，数更寒暑，屡欲移厝爽壤，坐妹婿愆约，乃复失期，岁暮伤怀，亦用自咎。

草葬缘何事，当时战祸临。荒山仍岁晚，浅土况年深。木椟疑风入，藤缄虑水侵。阿兄情绪苦，凄咽痛镌心。

癸未除夕

渐衰无气力，腊酒不胜酡。念念前人少，看看后辈多。俄惊三戍尽，又值一年过。懒更寻唐举，从询寿几何？

多 年

多年逢变革，依旧此山川。我耻从风靡，人疑禀气偏。闷开秋秫酿，饥进晚菘馓。孰若刘含度，偷安重目前？

兵火中念旧王孙

北风何自至，满地落黄沙。幽蓟燕山外，江潭楚水涯。生存如异世，转徙似无家。此日怀思切，知君不我遐。

予六十生日敦儿夫妇客重庆适于是时举一男

游子隔晨昏，飞笺自蜀门。悬弧予六秩，捧爵汝诸昆。急告闺中侣，新添乳下孙。堂前人辈出，忽觉老夫尊。

晚春山庄

兵满门难出，人如马系桩。花痕红雨地，蕉叶绿云窗。草没猧儿半，梁添燕子双。近将诗自较，瘦到贾长江。

变　局

变局如花信，风来又一番。徙家儿辈厌，移灶室人烦。菜好畦从废，泉甘井任智。骤遗书数帙，补取遣青猿。

山园夏日

夏阴槐柳重，净绿上人衣。观妙差无欲，离营自少机。学荒儿课缺，诗益客来稀。高尚前贤事，而予敢庶几。

巷　哭

两间尘作劫，巷哭更门嗟。战骨多于草，愁心乱似麻。龙蛇群起陆，燕雀半无家。憾耳惊轰辐，还来霹雳车。

甲申夏再留云盖二首

往岁栖留处，妻孥复此偕。寮幽僧让榻，饭熟客分斋。白塔堆欹石，青天倚断崖。人生桐叶落，何事不忘怀。

音书无远近，阻绝不通邮。存没还谁念，饥寒岂我愁？兵戈销旧业，儿女滞他州。悟是酰鸡瓮，浮生共一桴。

儿女在蜀滇桂者五人。

危难中贻刘海楼明府

谁料逢今日，吾侪并陆沉。填沟穷士志，分橐故人心。海宇方离析，乡关且滞淫。再无逃影地，寇盗漫相侵。

寺　夕

殿角鸡栖树，山鸦向暝投。禅扉初上月，霜谷乍惊秋。香篆萦虚寝，钟声出梵楼。襟间多妙契，兹地况清幽。

传闻四女七女避寇入黔因念四妹

有女仳离日，行踪远莫详。闻从桂林郡，窜徙竹王疆。寇警侵蛮楚，邮书断夜郎。因之怀弱妹，料亦遁遐方。

杀　运

杀运伊胡底，徂光逝水如。经时无故物，亘岁少安居。骨肉都难料，心颜且自舒。哉生旁死魄，屡见解蟾蜍。

已自遗生死，余年任运过。幻躯原不有，剧寇欲如何？插羽闻传箭，齐心祝止戈。知谁能拨乱，容我纵盘阿。

五女适梁学干阻乱愆期取道巴东于归

怜汝经长路，随行命女孙。巴东通蜀道，剑外绕夔门。婿好难违义，奴顽应以恩。但能循礼法，不在侍晨昏。

度五女长孙女已过巴东入蜀

儿曹同远迈，幸免影形单。日月走丸疾，风尘行路难。有书愁绝断，无语报平安。巴蜀程应近，冬山万点寒。

寿彤诗思大进勉之

喜汝耽佳句，诗多律渐精。慧思言下见，妙悟定中生。未觉心肠苦，原知骨格清。竿头期进步，是我誉儿情。

冬至寓舍述感

乱逢长至日，阴管一阳生。人少村村屋，兵多处处营。蒸尝宗庙废，锋镝道途惊。颇不愁荒寂，随身有蠹蠃。

雍孙负笈沅陵阻寇念甚

世乱予垂迈，门衰尔早孤。尘途千里隔，书信一年无。攻苦依良匠，分甘欠老夫。难中将念汝，奔窜要人扶。

暮寒二首

不知秋景逼，徒觉暮寒增。曀曀阴长结，戎戎霰始凝。空林人外寺，冷焰佛前灯。设欲遗家室，年来我已能。

候有炎凉异，休嗟世态非。小炉销火力，高树助风威。冻虑坚冰肇，衰惭壮志违。苍生要衣被，天意与谁归？

冬　草

雪虐犹生气，孤心不动摇。莲茎原自劲，根本未曾凋。岂合侪蒿艾，惟应侣芷茗。寒松同臭味，迟暮一相要。

怀　抱

怀抱如蕉叶，恒多未展心。感时重太息，忆远一沉吟。民命悬庖麂，吾生避缴禽。南方兵火后，无复北来音。

世　浊

世浊吾何预，淤泥去白莲。多情生是患，有想坐非禅。身妄招三业，心空寂万缘。要能超造化，自定不由天。

客过书所感

匪特群伦苦，忧生我亦艰。骱骸盈野外，膏血尽民间。苛敛军书急，讹言贼势孱。君应知虎窟，不定在深山。

近　游

不驾柴车出，前峰作近游。岩高阴溜滴，壑邃冷云投。松石随僧憩，茅庵耐客留。尘心吾自少，无意说休休。

夕　飧

白饭炊云子，园蔬佐夕飧。羹烹毛竹笋，脍切乳蕉根。案每逾三簋，时还尽一樽。清斋留食谱，原不列鸡豚。

朱二长松惠赍存问

不欲当人惠，相存出故欢。敢将亲友饷，分与市门餐。已得忘饥匮，真教愧隐安。荷君殷重意，聊用度艰难。

倭寇退思归别业

八年方罢战，寇退际高秋。岛国何由逞，兵车且自休。社催归海燕，巢待返林鸠。剩喜颠柯定，他山不久留。

杨二遇夫辰溪将归喜作

二西藏书穴，输君七载留。诂经多后定，成业密前修。寇退才通驿，人归漫过秋。只疑当近晤，因不寄轻邮。

客过郊居

倚树观园艺，郊居客偶过。闲翻嫌事少，躁每患辞多。予自耽高咏，君还发浩歌。耆交几人在？经乱遍山河。

安　适

去此将安适，乾坤滚滚尘。故家乔木尽，前代老梅春。风雨思君子，烟霞愧老人。仙源如可即，何止略知津。

晚　步

披爽循萝径，风萤定复飞。雨晴云解驳，霞晕月添围。邻叟交头立，山禽接翅归。夏虫昏自语，返步掩园扉。

百　感

百感初无绪，纷然赴寸心。秋怀虫代诉，春梦鸟同寻。风物归诗窖，乾坤纳学林。何能随跃冶，混彼不祥金？

月夜述怀

老怀眷儿女，暂撇又相缠。月苦分光入，衾寒压梦眠。睡尝当雁后，醒每在鸡先。衰晚情如此，何由绝妄缘。

白　露

白露初交节，惟怜蟋蟀知。愁惊秋序早，凉怪旱年迟。云掩星晔夜，天枯雨脚时。樽空人意恶，不赋咏怀诗。

饥　民

饥民方载道，吾亦罢加餐。重以三年歉，因之一饭难。世移天步蹙，秋入雨声寒。何况罹烽燧，闾阎枕未安。

北　阜

面山偎北阜，背郭负东圻。霖下秋花老，风前病叶稀。不嫌情落落，犹喜影依依。世有逃名者，微生似可几。

丙戌除夕

山翁今夕意，略不与人同。汉腊存家祭，周诗谱国风。孙枝看渐大，祖业斥全空。凄唳从何至，心知是朔鸿。

喜得心畬寄怀之作次韵奉答

自念沉冥久，人谁记蜀庄。北邮传远道，南雅落清湘。帝子思何极，王孙意故长。但愁青鬓改，早点蓟门霜。

春社后漫题

旧日堂前燕，春来又见寻。主难驯仆性，人易长禅心。云絮天阴重，烟无地色深。微喧因寂有，坐处响闲禽。

长孙贤雍二十生日兼示次孙贤恭

颁白成吾老，孙男届冠年。不随童稚戏，弥得祖翁怜。幼惜亲同背，今看弟并肩。谨身宜自勉，可有听彝编。

答　客

人生宜自择，君意欲如何？富贵蚕双茧，功名蚁一柯。谁非忙里老，我亦错中过。独有南山鸟，高飞避网罗。

麓山诗社示诸生兼呈同人二首

独惭推祭酒，赤帜让谁先。士自亲风雅，人将媲月泉。异才惊刮目，同调喜差肩。幸得山灵许，南飔为泬然。

勇作千秋想，人生固有涯。百年多胜集，一代几名家？攻玉须凭石，淘金合弃沙。碧湖寥落后，老我似孤花。

予曩厕身碧湖诗社（注：时佐王湘绮先生主持社务），三十年来，诸老凋谢殆尽。

新秋记异

区宇气萧森，新秋暝昼阴。怪风狂起石，炎火猛流金。杞国天将坠，虞渊日已沉。忧思胡可遏，如我亦钦钦。

荒　湾

荒湾闻落木，乘醉上鱼舠。竹叶青鸾尾，庐花白鹭毛。水光随境阔，诗思倚秋高。眉目纤纤见，江风袭纻袍。

凉　至

旋觉凉风至，方知大火流。无人惜残夏，有客盼新秋。薄酒潮红颊，繁忧换白头。朋来还共酌，休更话神州。

丁亥九月九日

乾坤愁放眼，佳节罢登高。薄日潜云脚，炎风飐雨毛。人谁来送酒，我自避题糕。独有东篱叟，倏然世可逃。

遣嫁孙女孟庄

家事纷如猬，妻孥合尽知。拮据犹此日，救断更何时？五岳寻真晚，三车问法迟。平生婚嫁债，忽又到孙枝。

挽大兴冯翁公度

蕴真全所守，好古复知几。名已传当世，家仍往近畿。俄伤新鬼大，更惜旧人稀。况忝葭莩戚，能无泪暗挥？

公以蕴真名堂，多藏历朝名贤手翰，有法帖行世。其令子与燮儿为僚婿。

蹇劣

蹇劣知谁似，吾今鬓已斑。词人双白石，诗客一青山。尚友尘埃外，怀贤斗室间。那能同汶汶，心不向宽闲。

次韵宗人廉秋文学

投笺迟作答，每苦病相侵。花气春寒重，梧阴昼暝深。才希憎俗骨，律细识诗心。况予吾宗秀，能为正始音。

神识

神议无拘缚，胡然囿一形？世缘徒扰扰，吾意自惺惺。寂照双眸月，流年两鬓星。只虞禅悟浅，依旧昧虚灵。

身闲

岁月坐飘忽，身闲成我慵。短桡湘水棹，深树麓山钟。薜荔衣堪着，棕榈笠可缝。种花多傍砌，稍稍破苔封。

麓山寺讲佛遗教经

名山多净侣，约我显圆音。次第诠真谛，支离拾碎金。胜缘居士集，遗教法王箴。独有维摩诘，无言是佛心。

追怀心巨

身后文谁定，如君品自高。死生伤契阔，魂梦接丰标。断绝红鱼简，枯余紫兔毫。遗书当径取，不待托江涛。

过方大叔章

故人归隐日，杖策一相过。世运真穷剥，吾生信坎坷。青山行处有，白发别来多。得暇寻君便，尧夫近置窝。

卷　十

七　律

（公元一八九八年戊戌至一九二四年甲子）

南村春日

葑田南亩正堪耘，春事三分过二分。晴雨异心鸠逐匹，雌雄交羽燕追群。
钵斋僧去香重爇，社饮人归酒半醺。一种治平熙皞象，农歌声好日相闻。

春　晴

春光晴老菜花天，衣卸羔裘换薄绵。暖助山厨烘药火，香传邻灶焙茶烟。
客来因犬逡巡去，人困如蚕潦倒眠。斑竹裹裲包渐解，滨渠妨损过篱鞭。

入　山

好山随处足徜徉，自喜闲踪不着忙。树隐榛坡莺送语，草霏松径麝留香。
卧云依石微嫌冷，曝日升丘最得阳。长啸一声岩谷应，振衣前去有高冈。

湘江月夜怀远

帆疲风息靖鸥波，雨霁江明凤尾罗。爱逐钓人湘水住，愁逢迁客楚城过。
湖连青草鱼龙寂，山接苍梧鹿豕多。满地月华频忆远，仙槎凝望渺星河。

清明前游山写兴

有礼方知拱鼠恭，偶于行处一相逢。翠销霞晕蒸边竹，青簇云衣敛后松。
荒冢迷离人挂纸，乱山层沓客支筇。莺花刚近清明节，游兴何能不倍浓。

湘江晚眺

密挂鱼罾四五家，茅茨依岸抱冈斜。山根北走云趋壑，江势南回水折沙。
浦树渐沉生暮霭，风帆初乱落残霞。短莎归趁牛羊路，一曲丛祠数点鸦。

春郊信步至定王台

北渚东城散屧来，蓼园凭吊不胜哀！萋萋芳草王孙路，郁郁高梧帝子台。尘壁有诗消翠墨，古碑无字蚀苍苔。当年炎汉藩封地，花减春丛寂寞开。

江亭小憩

玉律初回黍谷温，榜人歌里上河豚。莲峰日丽云分瓣，蓼岸潮消石露根。古渡疏风瓜蔓水，平汀细路豆花村。旗亭小醉鸡酥薄，栩栩身轻化蝶魂。

经林塘遇雨

平林藏雾泄氤氲，头上飞来过雨云。薜荔衣从山鬼借，荷蕖盖与水神分。菱穿翠藻疑生角，树串苍藤似束筋。人共春锄相对立，须臾峰罅漏斜曛。

报李养瑜秀才

栖迟吾爱远人村，微觉身尘未拔根。懒向少年场结客，欲从无佛处称尊。书签芝草香千帙，纸帐梅花月一痕。勉与曩贤争定力，破毡坚坐恋奇温。

舟中春暮

桃浪层层涨碧津，野渔相见便相亲。家浮水面萍朝客，风起江头柳拜人。芳草绿匀漓漓雨，落花红老杜鹃春。羯来离思烟波阔，付与乘潮六六鳞。

青枫浦

翠巘白波初霁天，春风浦口人呼船。残阳将暝散红晕，野火乍沉生紫烟。山带静容都见道，水涵虚象不离禅。倩谁为写芳郊景，添入骑驴魏仲先。

入　山

泉淙石砶韵丁东，水折山盘路几重。涧上碧缠羊肚菜，崖边青架鬼毛松。残阳未敛依霜老，浮霭方交助暝浓。樵唱多于猿引臂，放怀遥指最高峰。

郊外和张大蘅溪

几番游屐得相依，里开交亲似子稀。有志白云随我远，无聊黄叶趁人飞。烟岚近郭寻樵路，风雨遥天问钓矶。要共楚臣吟橘颂，不辞辛苦学妃豨。

秋墅

割尽黄云待播稑，连枷声息秸秸枯。窥粮晴宇翱翔雁，拾穗秋田唼喋凫。
败兴客过书再掩，赏心人至酒频沽。舂炊旧有西头屋，赁庑无烦远入吴。

秋日野兴

黄叶黄花一色秋，山乡处处尽堪留。蝉声忽杂泉声起，虹影徐兼川影收。
路串霜蒹溪畔远，村连烟树屋边稠。衣宽履软支吟策，着意停听牧竖讴。

秋江晚眺

倦眸揩看水天青，直送危波下洞庭。黄菊香残秋又晚，白苹风冷酒初醒。
归常近夜孤踪远，行自违时百念冥。少顷空江人语寂，芦洲渔火一星星。

次韵蘅溪闻樨庵秋禊

万顷晴光傍水开，木樨香裹共低徊。地乘远郭浮江出，天拥诸峰绕寺来。
入暮有云皆白絮，经秋无石不苍苔。风中霜履逡巡酒，愁去肠宽漫复哀。

冬至后三日作

闭门苔藓积阶墀，听雨愁风出步迟。堂背萱存当北草，岭头梅放向南枝。
阳回地底才三日，寒到山中又一时。葭管飞灰潜应律，天机幽邈被人知。

舟行值骤雨

停舟方欲问前津，身与闲鸥意最亲。急雨沉江云似墨，奔泉翻濑水如银。
杯宽举手招渔父，柁稳回头看榜人。波浪自摇吾自定，始知心力有千钧。

春晴与张大蘅溪散步

锦绣山川展艳阳，少年人合爱春光。惹蜂招蝶花无赖，度燕翻莺柳亦狂。
堤路笼阴衣带润，土膏流湿屐生香。襟怀真共天寥廓，翠竹冈头访草堂。

途中值晴

片云随我出山城，百里行程驿路平。朝过柳塘双燕雨，昼经茅店一鸠晴。
桥危沙岸行边断，野净冈峦霁后明。疾足劳薪输健仆，趣途翻比马蹄轻。

待　僧

待僧湘上盼归舸，江柳垂丝翠色浓。鸟度夕阳烟漠漠，鱼吹春浪水溶溶。
短檐民屋沙堤远，小市官桥石路重。回忆平生方外契，清游难记向时踪。

送易进士由甫之官江右

贡驿章邮几日程，离肠芒角酒筵生。三春杨柳催人别，一路莺花送客行。
马上诗囊风格老，鹤边装幞水云轻。丰城剑气冲霄起，可有龙蛇啸不平。

赠龙部郎毅夫

景昃频逢下直车，庙堂佳士聚璠玙。为郎已得杜荀鹤，交友初无华子鱼。
入侍待簪中禁笔，出游宜识左行书。看君飞趁摩天鹄，世德弓裘荫有余。

尊甫曾官侍郎，君有游历欧美之意，故第六句及之。

徐苍石孝廉过浩园联句

已是雄鸡第二鸣，奇思还逐晓光生。堂堂武库严诗律，阵阵文坛数墨兵。
槛外树烟笼牖暗，池边花气透帘清。陶陶永夕班同尹，更与时贤共此情。

赠黄琴苔拔贡

明经坚坐老衡门，襟上长时浣酒痕。九万里风鹏不举，五千年事虬堪扪。
几回离别欣还在，一代兴亡忍更论。始信人心似泾渭，原来天赋有清浑。

孙师郑太史寄示所著骈体文

郑齐骈体玉玲玑，健笔凌云鼎可扛。江左风华谁第一，汝南月旦子无双。
文谙广例精碑版，记述残经显石幢。手展瑶篇珍重读，为君香露浣兰茳。

题船山旧藏《通鉴》残帙 并序

偶于坊间得乡先哲而农先生夫之所藏明嘉靖本《资治通鉴》残帙，私印尚
存，古憨道人索赠，诗以纪之。
篆辨而农识印刊，鸿编相与护丛残。却欣涑水芝麻鉴，曾伴船山苜蓿盘。
异日疑容羲仲间，同时书付胜之观。须知半部如论语，不必斤斤较缺完。

即事简黄五松琴五首

艰艰谁谅匠心哀，铸错原从聚铁来。玉烛倏惊三翼过，宝山遑遣五丁开。青猿供役招还至，朱凤求曹去不回。尘事未抛机虑起，白杨何苦买愁栽。

随身竿木偶逢场，见首神龙贵善藏。福未可知先失马，牢虽当补已亡羊。侈言姹女砂千斛，肯信天孙锦七襄。一臂贸然无气力，若为车辙奋螳螂。

十年生聚夙心违，拯溺规行计总非。灶冷罢烧勾漏汞，瓮闲聊息汉阴机。钓鳌东海抛长线，射虎南山备短衣。扫尽葛藤容问法，如今西极化人稀。

沙中宁有草人金，无复鸱夷万里心。曲值误时休按板，绣逢难处且停针。苍天补石谈何易，碧海求珠望太深。排草披榛吾意怯，眼前空见棘如林。

豕方称异献辽东，良马微闻冀北空。由我高低稀有鸟，从人伸屈可怜虫。岂宜虚士居名下，赢得英雄入彀中。独自笺天成幻想，酒阑斫地剑光红。

寄孙季虞明经

穷愁为客顷何如，去赵虞卿只著书。卷里鱼虫自笺注，世闲牛马已襟裾。变风炽候应相习，清泪干时莫再储。高咏知君摇笔处，龙光潜蕴子云居。

岳麓和袁进士幔亭

水汀沙堰往来频，酒戒新除醉冻春。雅咏不期心应手，闲游惟辨脚随身。松风涧壑停芒屦，藻绘江山岸葛巾。可待读书半袁豹，留题重拂壁闲尘。

山　行

山行初夏坐安鞯，麦浪翻风欲接天。云过远峰留淡影，石堆穹壑咽幽泉。仙家鸡犬层岩上，阴洞龙蛇绝涧边。颇拟诛茅深结屋，他时先办一囊钱。

闲　趣

纨衫便体试纤罗，种放堪师在养和。青果味回牙细嚼，绿橙香重手轻搓。文难砭世嫌人乞，诗未名家避客哦。分付短僮长缚帚，玉兰枝上扫丝窠。

夜行寄兴

鱼梁欹水径穿沙，村舍三更响纬车。篱畔人声招吠犬，溪边渔火警栖鸦。荒亭扫石休尘鞅，野店敲门问酒家。深树月昏天寂寂，趣程还趁斗横斜。

江　浒

柳市新晴客趁墟，青枫临岸一停车。关关洲渚雌雄鸟，育育江沱婢妾鱼。
物寓化机心独赏，人逢清境虑全祛。回遭私与渔家约，从卜山荒水寂居。

潇　湘

向暮潇湘思悄然，况逢秋尽雁连天。船头接浪风方逆，江面成涡水自旋。
未息楚氛怀旧俗，已移商律惜流年。嗟予懰慓无穷意，只在烟芜落照边。

涉雪闲眺

黏树松云似我闲，从容筇屐出柴关。数家晚爨烟中屋，一路寒棱雪里山。
水结琉璃冰作骨，人离尘埃玉为颜。呼僮沽酒归犹未，知往溪村第几湾。

春　游

人上鱼鳞细篾船，澄和风物似斜川。销魂野草碧无赖，作态溪花红可怜。
烟聚石矶藏网罟，云移村市露秋千。推篷沽酒莺声里，呼取渔翁共泝沿。

九日同黄笥腴御史瑞麒登高

多难登高只益哀，霜晴黄菊灿成堆。读书何止五千卷，携酒莫辞重九杯。
白简望君三不朽，青山期我数能来。张纲未是埋轮日，言路风清柏府开。

新堤谒郭分巡留宿兵舰夜起

横昏参宿近船低，遥夜惊鸟未定栖。原不依人书肯辍，偶因为客剑还携。
寒潮万马回风鹬，冻角三军起水犀。东望武昌天渺渺，霜兼全没雾中堤。

自长沙返里女儿寿彤随侍

蓼䈬菱塘落涨痕，平田遗穗散鸡豚。云峦缭绕高低屋，烟树微芒远近村。
偶为消寒沽白醴，急谋投宿避黄昏。征途弱女依依在，兵后相随返里门。

旧　病

旧病乘秋又趁人，带长簪短鬓华新。扶脾饭佐鸡头芡，滑口羹渗雉尾莼。
偶办枯蓍占左腹，难求小草疗闲身。年时愁近黄花节，况更霜天雁唳频。

醉后登定王台

醉余酣睡糟丘畔，又作长鲸吸海来。枕上雁声回午梦，壁闲虫语诉秋哀。可堪天地犹榛莽，不是英雄且草莱。我忝贤王同姓末，斜阳悲角一登台。

湘潭途次

一段飞烟带雨过，依然晴日上渔蓑。经霜村坞添红树，傍水山庄系绿萝。南俗赛神乌鬼杂，北风吹客雁奴多。岸花亭近曾游地，记得江潭旧有沱。

赠苍石 徐孝廉实宾晚号"苍石"

学穷渊海浩漫漫，谈艺深时兴未殚。聪记服君如应奉，善忘惭我类师丹。每同烹茗消朝暇，尝与烧灯坐夜阑。往日缁庐游宴地，梅边寒玉两三竿。

曩尝偕苍石赁紫禅寺隙地茸吟社。

与黄芳久太守夜话

忍向恒河算劫沙，天公愦愦乱如麻。偏教人物尊番部，乍可威仪薄汉家。楚老剧谈风自古，蛮奴酣睡月初斜。夜窗旋放晨光白，鼓角城头欲起鸦。

出京留别诸友

相送离筵酒半酣，仆夫严驾引归骖。心如胡马常依北，身遂燕鸿又向南。久客喜添新赠什，急装慵觅旧遗簪。蓟门云树潇湘月，后夜怀人思不堪。

江亭夕兴

似有南鹏跨九霄，冥冥天外若相招。云归大壑山迴合，月涌清江水动摇。箕斗口张双宿哆，摄提眉闪众星描。座间疑是黄州客，可待闲情颂洞箫。

读　史

一局揪枰一局师，棋逢终局耐寻思。牝晨自古难妨雄，雄主何人愿得雌？刍狗陈陈沿革表，元龟历废废兴资。七分体说关天运，恐便庸奴作遁辞。

寄答陈贻重参议二首

白社何人识董京，又偷兵隙寄孤生。原知大乱从兹始，早悟危机自昔成。

妻子尽增家室累，渔樵徒结颖箕情。滔滔南纪多髦士，物色还应有顾荣。

蠹槁萤干兔册荒，本无才调罢游梁。方艰国事群思逞，难就人谋百不臧。
凄恻楚臣词九辨，销沉汉帝法三章。犹怜江左夷吾在，千里丸书意故长。

伏龙山谒曾文正公墓二首

翁仲无言酹酒来，白杨如柱一低徊。宗臣丰业三纲重，大将雄图八阵开。
赏不逾时司马法，功能迈古卧龙才。伤心六十年间事，殄瘁徒深故国哀。

神州今日遍腥臊，事往思公虎豹韬。半壁江山资柱石，十年精力急鞶刀。
学缘时会方能显，名与天齐不自高。湘岳未应灵秀尽，残阳荒垄吊人豪。

次韵海印上人招游麓山

古木春深绿未齐，老僧招我共攀跻。天包楚甸群峰肃，山压湘城万井低。
月倚断崖还入定，手扶危石更留题。可能小隐从韩偓，添筑茅斋岳麓西。

四月江村晚霁

西郊垂暝饮残虹，阁阁鸣蛙聒水东。畦叟照田松液火，舟人维岸柳丝风。
江村雨歇新泥滑，沙屿潮生旧路空。初月蚌珠光不吐，薄晖如雾尚瞳胧。

张季直殿撰为书联僭成一律

小技雕虫大雅嗤，鸡碑词丽少年时。达如阮籍真耽酒，闲仿钟嵘自品诗。
苦蓼性情成我乐，寒松肌骨畏人知。洋洋极诣何从得，斟酌深杯更一持。

湘上晚晴逢憨长老

江干疏柳点残鸦，水缩清湘半露沙。独往独来居士屏，同开同泊钓人槎。
黑龙归洞鳟含雨，朱鸟沉山翅展霞。瓶钵随缘真自在，始知僧味是无家。

示内人

早晚青山挽鹿草，刘纲有妇解持家。长吟尽日抽蕉叶，小病经旬负菊花。
淡月疏帘迷去燕，寒云古木拥归鸦。乌巾惟自储棕拂，不遣红尘涴鬓华。

壬子秋日过武昌

汉阳烟树枕荒洲，形胜依然踞上游。大地俄空王霸业，寸心难断古今愁。
蜀江水落龙归窟。鄂渚霜寒雁唳秋。我独矶头访黄鹤。暮云哀角一登楼。

赠神鼎山常静长老

寺门深闭万松寒，约与骊之话故欢。岁月打包双白足，云山卓锡一青峦。
高风梵荚禅心定，坏色条衣腊食安。自守炉中煨芋火，不曾拭涕俗人看。

撰《三礼注汉制疏证》十六卷成

礼堂写定费居诸，烛暗宵憎懒妇鱼。乱久渐愁无死所，闲多差喜有成书。
周官旧出秦焚外，汉制新疏郑注余。步亥未能穷学海，更从谁借指南车。

《述异记》：懒妇鱼其脂膏可燃。

鹿泉翘生诸老同集海公禅室

座中古古与闲闲，教外宗传语默间。旧酝不辞银凿落，新诗如缀玉连环。
人来心地清凉境，句透拳头触背关。更喜老僧针芥合，袖风巾雨憺忘还。

是日联句甚乐。

咏　鹰

毛血平芜惨击征，题肩何自锡嘉名。草枯夜眼秋逾疾，风劲霜拳饱益横。
毁室鸥鹑宁有卵，处堂燕雀故无声。年来物外观时变，不信春鸠化得成。

徐四实宾割赠家藏善本旧籍

颇疑人尽握灵珠，每想娜嬛梦石渠。枵腹未储乌鲗墨，壮颜徒媚白鱼书。
河东世已亡三箧，城北公犹致五车。独恐江郎文锦段，客还探去吝贻予。

许九将北行过谈送别

又从宗国吊丘墟，空谷跫然访隐居。寂寂人生胡自此，嗟嗟吾道果非欤？
眼中旧雨胶投漆，鬓上秋风笠语车。北去未应南雁尽，邮程先寄数行书。

江行有怀

露白烟青水一方，兼葭无际莽苍苍。大江晴泄鱼龙气，明月宵添蚌蛤光。
扬子东趋吴地尽，洞庭南去楚天长。秋风连夜砧声起，漂泊才知在异乡。

长江舟中

惊涛澎湃大江东，楚尾吴头任转蓬。囊罄且将诗补乏，剑闲犹有气摩空。

青山长往应何日，沧海横流更朔风。人物千秋淘不尽，夕阳如血浪花红。

暮渡江

渡江船比木杯轻，风色沙头暮更清。黑浦出渊行雨暗，白鸥浮浦入烟明。洲前蓼没潮痕长，棹畔花旋水晕平。蟏蛸东垂天忽霁，远林疏处月初生。

河南道士漫述

留滞天涯半点痴，肯从萍水觅相知。风过广汉盘雕劲，路转长河策马迟。十室九空兵过后，孤城重陷寇深时。漫言人命悬呼吸，补贴承平尚有诗。

不寐题旅舍壁

措大生涯托钵禅，韶华空怅隙驹遄。征途策马云崖路，驿馆闻鸡雨后天。霜柝迢迢浑欲倦，风帘习习不成眠。眉间千缕闲愁蘼，滞徙家庭到枕边。

北　驿

早秋霜信到滹沱，旧驿重经拥瘦羸。白雁晓随云入塞，黄狐宵共月临河。客途衣薄装棉少，墟里天宽落木多。独恨不逢燕赵士，相邀沽酒一悲歌。

河朔旅情

轮蹄犹自转蓬科，南走江淮北渡河。一百年中人世短，三千里外客愁多。树迷荒驿飞鸦鹊，草暝寒原散骆驼。远远市墟灯火出，晚程兵逻漫相诃。

自天津入京

客路官桥水一重，竭来难记向时踪。卒如疲马眠孤戍，山似明驼戴独峰。地接京畿三辅摄，天开滨渤九河从。长亭回首津门隔，蓦近黄昏日下舂。

都门法源寺与海公夜话

平生慷慨悲歌志，作客幽燕感不禁。三五年彩重小住，四千里外一长吟。烽烟遍地妖氛恶，花雨诸天佛境深。得伴憨山老诗衲，等闲吾欲隐墙阴。

初到家

稚子牵衣尽室哗，闺人刚拟卜灯花。行真有色尘犹重，归未如期信屡差。

曾过牛庄携北酒，适经龙井絜南茶。独伤甘旨无由奉，不似当年客到家。

丙辰人日程子大洪味丹两词人见过

岁朝来复值灵辰，初旭瞳瞳作好春。卷里鬼名慵点鬼，樽前人日喜逢人。
新年吟兴知尤健，乱世交情觉更真。画饼敢嘲君辈客，调饥相慰莫嫌频。

郊居寄徐四实宾

结习磨人苦未删，纵横书卷尚相关。帖模素醉张颠外，诗落元轻白俗闲。
茶灶有烟松叶爇，柴门无辙藓花斑。佳辰倘辱徐波过，始信顽庵不独顽。

东　郊

野含膏润草萋萋，散步东郊日向西。幽涧蟹奴藏乱石，平畴燕子啄晴泥。
农家架屋斜临垄，樵磴盘冈曲过溪。漫惜芳菲近衰歇，春归尤爱晚莺啼。

曾编修重伯约陪湘绮翁登高以病不及践

登高陪醉菊花厄，我欲追随已后时。自是大夫能作赋，断无名士不工诗。
色丝翠石题黄绢，眉字苍山对紫芝。若得来年天与健，也应相共愬杯迟。

丙辰九月书事四首 <small>袁氏僭号"洪宪"</small>

舆服金珠卤簿齐，新宫歌舞玉绳低。路人魏室知司马，竖子陈仓窃宝鸡。
三恪会盟矜歃血，两朝恩幸脱燃脐。最怜同号长生党，床共东头梦辄西。

舐鼎升天力已艰，修萝伸掌障人寰。夷羊见候仍黄屋，飞豹来时更黑山。
宁戚自歌牛角下，石生无事马蹄间。金銮秘记烦牢锁，西郁乌烟起远蛮。
<small>时云南兵起。</small>

传版方知逊位哀，竟陵当日独称才。皇王大纪休重述，子弟长沙又一回。
虾侮早惊龙穴露，鸠居行见鹊巢摧。尉佗可待持书说，谁遣轻装陆贾来。
<small>竟陵谓恭王，长沙子弟谓湘人蔡锷。</small>

懿算操谋事复同，未闻善识楚南公。猴当入市冠先备，狐为凭城计自工。
骂鬼有书腾鼠穴，避人无术幻鹅笼。闲披汉晋春秋读，结习徒惭蜎蠖虫。

秋夜宴俞伯琴明府宅

其人如菊淡相宜，月上萝轩席屡移。美酒葡萄香溢盏，寒羹莼菜滑流匙。
颇多高会年方稔，各有畸怀世不知。烛尽再更还再跋，茧抽泉决话深时。

丙辰十月望夕与诸文士饮江上

坐有车公好尽饮，酒船移动傍江干。枫当叶落知秋过，梅又花开感岁阑。
山月未沉人恋别，水风初厉客禁寒。古弦宜与时殊调，莫谓今人可共弹。

哭袁户部叔瑜

曲径闲庐冷夕阳，孝尼谁不惜凋伤。平生笔冢销千兔，往日文名动五羊。
两榜声华囊脱颖，一时词藻剑腾光。如何小别才三日，哭寝无端到草堂。

岁暮怀兄永州妹沪上

风雷冬穷腊尽天，荒寒仙鹤语尧年。连枝骨肉人三两，异地情怀路几千。
雁不成行空唳影，鱼能寄远待传笺。申江迢递芝城隔，久客遥知倍黯然。

丁巳除夕简徐四实宾

凋年急雪玉廉纤，四海干戈战伐淹。已见休粮流雁户，更闻溢税到鱼盐。
买书况味搬姜鼠，觅食生涯上竹鲇。痛饮待君揩病眼，寒梅索笑一巡檐。

赠刘竺根明府

梦持丹漆更何人，世事离奇尽转新。一日好怀因对酒，数年虚约未为邻。
轻装闽海传廉石，老屋湘山度劫尘。不是重逢情倍昔，乱中还得几相亲？

君以知县官闽中久，后由莆田卸事归。

戊午除夕

人间腊尽春回候，未靖干戈思悄然。明日再来非此夕，残宵易了又今年。
杯浮绿蚁灯无赖，祀废黄羊灶可怜。落寞生涯惭瘦岛，新诗祭罢不多篇。

次韵静斋《四十初度》二首

圆景羲娥任坐驰，懒从司命乞朱儿。书来白雁清霜候，生值红羊浩劫时。
造诣敢期千戴共，论文真感十年迟。山中遥想林君复，一树梅花酒一卮。
旧游山泽记羊何，著述平居料更多。湟畔定无窥梦鹿，席间宜有听经鹅。
门留宾客郊同岛，学究天人谷合坡。乱世良明高卧稳，独稽携酒款松萝。

送海公之京

访古西山载酒行，他时篋衍足平生。累轻始识逃禅意，聚久难为送别情。
旧社依稀秋燕散，新诗凄嗷夜猿清。何当碧海红尘外，同与闲鸥浩荡盟。

浮　荣

浮荣吾已笑蚖肝，与物无争梦亦安。食指渐繁生计拙，尘心将尽死灰寒。
百年何用谋三窟，七尺终当付一棺。且向瞑前休便得，剩怜人世有禅钻。

庚申元日和杜翘翁

破腊条风馈早春，东郊回辂忽逾旬。年光历落儳书眼，影事懵腾病酒身。
卖尽千痴犹有我，歌登五瑞恐无人。青阳左个知谁属，一赋明堂怆百辛。

新春人事稍简

茗碗香炉乐有余，华严楼阁闭门居。方新岁事椒花颂，不了姻缘贝叶书。
雪里梅开春色相，灰中豆爆佛真如。意通权杜毗耶口，坐看浮云过太虚。

岳麓与长女婿丁惠和

残春罨霭雨晴时，一水盈盈客到迟。块石为留无患枕，湍泉如写有声诗。
草亡木卒山仍在，谷变陵迁世不知。爱晚亭前莽回首，夕阳烟影燕差池。

乡　村

晴固为佳雨亦宜，乡村平远树离离。田家舂老茶双灶，江店花深酒一旗。
把耒念人长日苦，支筇休我暂时疲。太平今岁仍无象，兵气成虹向北移。

答潘侠忱孝廉书问

壮志销磨感不胜，青蛇三尺冷如冰。蠹饥让食书橱字，蛾老嫌争纸阁灯。
尽有贪夫迷赝鼎，断无良贾粥斜绫。劳君更讯沉冥意，请视寥天雁一绳。

久离邑里初归

篁畔人家绿玉湾，东塍西涧水潺潺。十年流寓初旋里，两日行程屡换山。
晚市早收憎盗剧，旅装先到喜身闲。邑中老旧来相讯，姓字多惭仿佛间。

简秦冠叟镇军

曾交马客到幽州，早领貔貅作粤游。雨露两朝双鬓雪，风云万里一襟秋。
旧留鸿爪诗情远，新淬鹈膏剑气遒。除却天山三箭定，桑榆何限待公收。

奉简昆山族老

夙龄期许负公深，父党乘车劣有心。远志旧随天共廓，壮怀今与陆俱沉。
草争劲殖藏幽谷，梅放寒香出晚林。昨梦清言隔坐久，一壶相对就松阴。

宿天竺寺

忍草应能护觉华，旃檀香火梵王家。安禅有铠宜妨马，除睡无钩不奈蛇。
如我鸟窠思问道，更谁鼠穴梦乘车。黄衣授牒吾争事，暂息劳生亦自嗟。

岳鄂王墓二首

六陵龙骨暴蒿莱，独剩精忠土一坏。末世英雄供斧锧，中原父老惜人才。
金源残穴行将扫，天水长城竟自摧。开辟以来无此恨，狱成三字古今哀！
像铸神奸列雁行，树枝南向挟风霜。十年铁骑功难没，一日金牌事可伤。
雪耻魂依勾践国，埋忧身瘗越人乡。更谁择地知穿冢，不傍要离傍鄂王。

孤山吊林处士二首

碧玉湖澄静不流，万梅花树兀成丘。是何奇福能终隐，正尔尘缘得早休。
暇日清谈延薛李，平生逸躅抗巢由。未逢丧乱如君少，想象咸平景德秋。

处士有"吾生已是太平民"之句。

斯人名未共身藏，北宋清风尔许长。世主岁时曾劳问，野夫林壑自徜徉。
息机有地成高士，封禅无书老故乡。独怪西泠多过客，寒泉惟荐水仙王。

钱塘江

渔歌何处曲初终，浅水芦崎泊短篷。舟去舟来罗刹险，潮生潮落霸图空。
一帆暝色人归雨，十里寒江燕掠风。他日会稽城外过，讨春还访卖花翁。

嘉　兴

翠木青烟望郁葱，秀州佳气盛江东。鱼盐郡邑沧波外，蟹稻人家大泽中。
星野早分吴地阔，霸图犹想越王雄。钱塘潮落舟无势，急趁嘉兴渡口风。

真娘墓 并序

墓在苏州虎邱寺西。据志，真娘姓胡，父某仕宦有清名，为奸徒陷害死。真娘虽流为妓，宛然闺秀。一日客请留宿，避而投环。自李唐白居易、张祜、沈亚之、李商隐以来，历代诗人多有题咏，无及其贞者，故作而附之。

芳冢香消露草残，虎丘凭吊一坏寒。心如锦瑟生悲易，身是明珠许字难。为想舞裙怜白蝶，犹疑歌管下红鸾。题花误尽江南客，错作章台柳絮看。

江东逢故人德清张四

立尽西风上古台，钓徒相遇一衔杯。竿携震泽黄鱼至，涛驾钱塘白马来。佣贾近时多客作，烟波何地少人才。休提楚汉当年事，父老如今更可哀。

客怀和韵

江北江南两点萍，身浮踪迹易飘零。帆开淮水张空碧，树接吴云入远青。眼界尽人穷宇宙，胸襟由我纳沧溟。严光不识刘文叔，当代谁知客是星。

自吴下至徐淮

戏马台前值夏初，记当春仲别姑婿。才从东楚趋西楚，又向南徐转北徐。新垒江淮离乱后，旧交湖海死生余。不如归去依乡里，款段惟乘下泽车。

水 程

水程输尔柁师知，前面危滩欲下迟。月色半篷孤客夜，江声一枕独眠时。人逢乱世轻生死，情届中年厌别离。始悟此身同聚沫，功名无梦有谁羁。

壬戌上巳过故居

轻烟青接远山岚，且复流连酒乍酣。先代宅如重到燕，中年人似再眠蚕。半身乱世刚居半，三月良辰适过三。思旧羯来多感怆，况闻邻笛意何堪。

烽 火

湘皋烽火镝宵鸣，有客坚眠答鼾声。尚趁残灯开卷帙，欲劳寒月候檐楹。乌鸢啄处频添垒，鸡狗空时又用兵。试看长沙星不小，等闲犹傍轸旁明。

丁以坚文学于坊间得予《沅湘遗民咏》旧稿

同是乾坤一僇民，品题矜为宠煤尘。那来元气行天壤，适与飘风落汉滨。收取己烦驱蠹客，赆归如遇脱骖人。过江彬彧君才雅，还欲相从哭富春。

丁籍浙江。

周笠樵舍人挽诗

酒不治聋正未妨，无烦避客录奇方。曾闻佛谛参摩诘，空望神医愈季梁。送老有诗勤订豕，养生多术倦鞭羊。前年八十翁犹健，几见捶钩失却芒。

雨 夕

家世桓荣重一经，十年风树怆空庭。读书终冀扶三正，挥笔还疑役百灵。瓦背雨声强似弩，楼头灯影小于星。竹林据砚真无藉，摘句添粘六曲屏。

过龙泉精舍

参道牛头意共倾，依稀羊祜省前生。浮香一阁栏边散，落日半江楼外明。强韵才分僧击钵，梵音初歇客调筝。乳蕉花畔钩帘坐，试茗清泉洗宿酲。

憨公携诗至走笔和之

诗债填还渐不多，宽心初若解微痾。斋中僧对清如鹄，门外兵来乱似鹅。向夕郭云偏洒雨，方春江水旋生波。略嫌说有谈空客，米价庐陵问几何。

“旋”去声。

影 堂

白发庭闱恸不存，影堂俎豆列儿孙。藐孤实抱终天憾，身百难酬罔极恩。十载有家罹丧乱，九原无路奉晨昏。故园宰木濡霜露，岁序迁移怆梦魂。

春日黄仲长学博过访

暂话香尘手便分，桃花亭阁袅炉熏。天晴过我冲红雨，日暮思君怅碧云。柳港啼莺方恨独，杏梁飞燕又呼群。山阴棐几书能妙，更待笼鹅就右军。

江 湾

江湾暄景缛春芜，我欲成图托隐夫。樵路缘山人似蚁，渔矶临水叟如凫。

林间森木年多少，岸上荽芦性有无。野老门间邻许结，尘嚣难到乐长通。

客　来

客来无意对残棋，闷藉清谈一解颐。已分泥中龟曳尾，敢望身后豹留皮。相从南亩时机熟，并坐西楼日影移。吾道不行何所怨，对心聊与古人期。

君书取法王羲之。

杨锡侯观察招饮

断饮年来废酒筹，剩香襟上旧痕留。黄花有约形秋老，白日无声送水流。味美霜螯才起簖，话深风蜡已明籤。碧云凉雁初弦月，不待言愁始欲愁。

吉莲青明府挽诗

仙骨倏然海鹤瘝，论交难得吉中孚。归来荒径商移竹，老去安车谢裹蒲。私奠未嫌纯鲫薄，辰斋还惜木鱼枯。官衔寂寞庐陵宰，劫后铭旌写入无？

君原官庐陵县知县。

次韵海印上人璃湖见忆

璃栖犹有旧池台，一领架裟了辨才。秋鬓渐随梧叶老，闲踪应为菊花来。怀人蓟北鸿初去，叹逝辽东鹤未回。亲切九龙歌舞地，如今湖社待重开。

补祝粟谷青户部生日

岁过龙蛇道未穷，嘉招仍醉蜡灯红。转杓已见牛移斗，辨命何尝蝎在宫。书里琅玕皆作实，唾余珠玉自随风。义熙甲子凭诗纪，预卜年年此会同。

君工于画竹。

答汤勋阶上舍和韵

云牙清漱意无厌，不管湘垣未解严。养病话逢生客减，偷慵诗为故人添。知君独处虫坏户，与我俱闲鸟下檐。接足松宾兼竹友，谁留愁思在人间！

甲子病中杂题三首

病剧拌身与鬼邻，吴绵轻暖度初春。无多梦影醒遗世，有限生机死逼人。眼底黑花徒自扰，胸中黄卷尚能神。孱躯潦倒随元化，辄倩妻孥为整巾。

病久方思一日安，身如秋药被风难。腰宽已减新围带，头弱才胜旧制冠。

鸡壅豕零辞药裹，鱼腥蝼臭厌蔬盘。不因口服多烹割，只辨黎祁备晚餐。

起废箴盲仗骨撑，堕颠华发一茎茎。长公自合名延寿，子政何妨号更生。病退酒嫌三雅少，瘦来衣爱六铢轻。从今不作呻吟语，曝背南檐向晓晴。

三月三日

浥浥轻香淡似云，风和苏合水沉熏。佩喧湘浦重三节，春艳园亭八九分。人面薄从花下见，莺吭娇爱柳边闻。儿家夫婿由来好，纵有芳情不属君。

感　昔

少壮忽忽老敢辞，清霜初点鬓成丝。新诗忆妹炎荒路，旧梦寻兄冷道祠。况对牛衣添鼠泣，未遑鸡黍遂乌私。宵昕桭触儿时事，索食憨嬉恃母慈。

病目二首

双瞳秋水蔽云光，欲括金篦且未遑。那更逢人加白眼，庸烦避谊托青盲。左邱传已成孤癖，班固书难下五行。不乞刀圭向张湛，谁知六物是奇方。

悬珠臣朔苦相干，希逸徒怜夜坐难。对客轮囷同胆赤，教人坎坷共心丹。瞠如防虎眦将裂，瞵若巢蚊睫未安。漫为惊虾嘲水母，静中物我等齐观。

鸥庄桃花盛开主人不在感而赋之 主人姓刘

灼灼红敧牡蛎墙，还从去后忆刘郎。有缘胜境通仙迹，无主春光烂艳阳。南部断魂流水曲，西风残照美人妆。灵云悟道知非晚，可待移根露井旁。

江涨二首 并序

甲子五月杪，江水大至，寓庐半湮，挈眷楼居，入夜雷电以风，悄然有作。

一夕家投巨浸中，城居泱漭大江通。望晴心比猿窥果，对雨情如鸟惮弓。坏壁试量深浅水，危楼翻受往来风。阶梯权作牂牁系，绝似烟波坐短篷。

镇日喧呼巷口船，龟蛙生灶冷炊烟。不堪泽雁哀鸣日，又值河鱼逆上年。万户流亡空有邑，三农漂泊已无田。盲飙夜卷蛟鼍吼，怒挟雷声到梦边。

行经村舍遂止宿

山转溪回兔径斜，板桥横隔野人家。平田雨洗瓢儿菜，断岸风摇鼓子花。俗俭丰年仍草具，农勤生计又桑麻。偶然宾至留餐宿，觅树同时有暮鸦。

程六子大返湘留饮

倒屣犹嫌出迓迟，交如元白算心知。倾谈急趁新归候，投契深于旧见时。
不死干戈真是幸，再同杯酒可无诗。石巢句好兼南雅，兴发休辞醉后卮。

君有《石巢集》。

海公禅房

禅榻茶烟接迹频，每于方外得情亲。远公招社留元亮，支遁论交善许询。
饷客宅边惟杞菊，碍人门外即荆榛。秋灯一壁青山影，半偈心持息亿尘。

师郑吏部都门书至

念君思上望京楼，忽枉传笺楚水头。知己每怀裴子野，济人当记许文休。
都中冠盖难为忆，江表烽烟自可愁。何似四明狂客勇，飘然归老鉴湖秋。

与海公湖亭小憩

圆亭如笠挹朝凉，主客无言意两忘。老干日摇升降影，新荷风送往来香。
人烟渔浦微闻响，佛火僧楼隐见光。尘色自缁衣未化，分明三易守归藏。

甲子九月忆两妹

四十头颅暗自惊，黄花秋老岁峥嵘。心情佳节同儿女，骨肉他乡有妹兄。
少壮可能禁久别，悲欢容易感平生。酒边过雁撩人意，偏向愁时一再鸣。

卷十一

七 律

（公元一九二五年乙丑至一九二八年戊辰）

哭杨进士锡侯

七十翁犹欠二年，尺书无计达穷泉。亲朋日少公休矣，耆献风微我慨然。
扪籥易探殷牖赜，倾囊诗夺楚骚妍。名山珍重留遗稿，伯起从知有后贤。

乙丑四十一岁生日

山妻举案劝倾卮，年过无闻四十时。六女不来肱箧盗，五儿差备应门痴。
须当旋白人将老，眼到难青客亦知。垂暮惟余风木感，此身深憾报恩迟。

宴坐怀寄禅海印两上人

内照常澄法海澜，日如悬鼓得初观。翻残贝叶经千帙，勘破杨花梦一团。
佛地门从三解脱，人间世耐几盘桓。头陀犹自耽余习，苦忆弥天释道安。

潜园禊集

久雨人如困宿疴，潜园禊饮一相过。遭逢丧乱谈天宝，点缀风流溯永和。
春色红渲花事急，烧痕青返草魂多。道林旧约袈裟地，千载湖光散碧波。

甲寅上巳海印上人招集碧湖禊集，今十年矣。

上 冢

浅草高阡冷白云，又来中野泣斜曛。百身已恸生难赎，一体何堪死便分。
樵采不侵移鸟道，涓埃未报愧鸦群。啼残萧放庐前树，惟有慈乌意倍殷。

怀程六武昌

不耐思君感索居，揭来时忆武昌鱼。湘中卖宅犹题帖，汉上移家只载书。

早啖诗名追邺下，晚丁尘劫算秦余。分襟三见樱桃熟，夕兔晨乌走板车。

夏夕寓园留酌黄二仲长

萤火宵明络纬篱，疏星依约见参旗。僮归携酒微醺颊，客至谈诗妙解颐。
正好添杯留阮籍，适因闻笛感桓伊。壁间徐上初弦月，憩寂偕君慰所期。

初夏过何少仙廉访园居

夏木阴交近市扉，园亭潇洒似公稀。软莎铺碧随藤杖，嫩竹输青上薜衣。
不识杯铛仍好客，才抛簪笏已忘机。避尘聊复承方曲，门外斜阳踏影归。

望　雨

湖湘千里火云烘，杼柚徒歌大小东。几处三旬人九食，一家八口日双弓。
燃眉莫办筹荒策，覆手难争造化功。可那原田龟拆兆，枯鱼饮泣渴乌穷。

喜　雨

秋成还转歉为丰，一霎炎威敛蕴隆。应侯雨兼珠玉粟，及时天备电雷风。
请依董相书仍验，喜过苏髯记未工。私幸滂沱从毕好，顿教中泽息哀鸿。

江　阁

烟村云树远依微，江阁凭栏候客归。稻获平田群雀下，帆开别浦一鸥飞。
紫苔僧送宽边笠，皂苧人贻短后衣。心事与谁商确定，世间安稳只渔矶。

消夏和韵

填胸霜气冷如冰，槐夏炎曦任郁蒸。历险幸逃三不吊，偷闲甘坐百无能。
有何才略居人上，得少功夫憩石层。世故莫矜樗里智，尚存吾舌益兢兢。

书怀二首

那羡侏儒用世工，肯将一饱易初衷。试看窃食仓中鼠，何以佣舂庑下鸿。
白足会须寻六祖，黑头宁望作三公？无缘更索长安米，时样梳妆早不同。
勤不如陶懒比嵇，优游随分得安栖。竹枯岂便惭桐润，麦仰何当笑黍低。
酿酒分田春种秫，陈书发箧夜吹藜。故人厚禄招寻急，剩欲移家避簏西。
时彭允彝任教育总长招余北上。

家兄雨人寄《史记》及笔帖以诗报之 兄名善渥晚号渊默精书法篆刻

风雨彭城始欲愁，别来弹指候三秋。当年手足蚤依麎，此日心情鹭忆鸥。
孤本龙门书百衲，一床兔管帖双钩。烦君试觅重华管，助我神思五凤楼。

兵　过

星悬残宿带斜河，没马黄尘晓骑过。盗发楚殷疑冢尽，贼来吴芮故城多。
三千世界悲沦劫，百八牟尼愿伏魔。安得洪钧回造化，再闻商颂鲁儒歌。

中秋值徐无党

星占俄动羽林军，凿海穷山更有群。六载故人欣再合，三秋今日恰平分。
清宵凉信随风至，旧瓮香醪伴月醺。拟聚鹔冠缘底事，刘宣犹待验天文。

乱后返湘

去亦迍邅总觉艰，风波微定客初还。长沙复见天心阁，商洛常怀地肺山。
红树有情明岳麓，黄茅无瘴接荆蛮。形骸今日从吾放，秋在斜阳淡远间。

罗叔蕴学金得内府刻画笺抚汉碑见贻

宫笺三尺隐双龙，二百年前刻画工。万里邮程传日下，八分书法妙江东。
乌丝汉隶池临鹄，龟甲殷墟籀释虫。失喜吉光贻片羽，微闻旧纸洛阳空。

学金研精殷墟龟甲文字。

偶题简郭六编修复斋

十年冷巷结行龛，市隐居临大道南。门不设罗宾是雀，书权当茧我如蚕。
匏思共济心原苦，荼倩谁知味本甘。近想灵均更憔悴，欲凭鱼素讯江潭。

乙丑岁暮独酌遣怀

阴阳乖戾滞鸿钧，叛换偏隅各有人。岁月半从兵里过，图书多向病中亲。
难寻桃茢驱强鬼，且约梅花谱喜神。今日樽疲吾亦醉，酡颜先借腊边春。

答萧处州叔衡

欲画虚空只自劳，君怀安用蹇骚骚。楚魂湘泪重披篋，孔意姬情一吮毫。

黄卷可曾亏伏挺，碧山原不负张褒。眼尘心垢同祛遣，任旷何当叹二毛。

怀南煦初文学蕲水

君家陆羽泉边住，宅近兰溪傍凤山。名郡黄州传赤壁，故人白发想苍颜。
相期曾许千秋下，一别俄惊十载间。闭户远承濂洛学，暮年知有著书闲。

蜕园同萧漱云杜翘生吴雁舟曾重伯诸翰林宴集

秋虫多处散幽襟，刘蜕园荒偶一寻。依树古藤低似屋，捎檐丛竹密如林。
玉堂风韵人联璧，瑶圃霜华客聚金。名节有谁描画得，支离天地酒同斟。

园为唐刘蜕故居。

舟次汉江听人谈陕西形胜

卅年如梦一尘寰，壮岁欢场迹早删。风雨一舟过夏口，烟霞万里慕商颜。
何来江汉相逢客，欲话崤函未见山。秦树陇云吾意远，迟君他日访潼关。

秋日野外

菱塘风过水生姿，树上秋虫对吐丝。冷火寒烟田父宅，斜阳疏雨社公祠。
村荒盗贼犹多警，国破山河故有思。前面幽峦堪卜筑，只无人送草堂赀。

方坦伯孝廉过谈近事

水旱相仍岁再荒，催科簿吏复登堂。漫劳都尉频搜粟，无奈村翁久缺粮。
头会敛箕穷聚括，心忧悬釜困输将。谁怜瘠弱沟中断，冻抚饥摩待路旁。

尘　居

廛居幽僻似乡村，只怨催租吏打门。国有流民兵未解，田无遗穗税犹存。
十年生聚兴王邈，万户凋残厉鬼尊。秋杀几余春泽在，帝青帝白不堪论！

马王疑冢 并序

长沙北郊去沙湖桥数十武小阜下，土人斸泥出古隧一，纵横八道，羡门潜
闼，环以甋砖。砖有花文无刻识，不复知为谁氏墓矣。或以为马王疑冢，退而
以诗纪之，时丙寅大暑后也。

列矩将身入窅冥，墓门深闼漆灯青。八条阴隧东西道，一亩幽宫内外扃。
白骨只伤人易化，黄肠应笑鬼无灵。马王五百传疑冢，陵谷推迁岁几经。

丙寅醉司命日偶赋二首

高飞黄鹄不思还，一曲铙歌雊子斑。道在未遑师苦县，寇多惟恐入深山。
比人异趣缘知足，与世同尘亦强颜。今日共传司命醉，宿愁如草肯容删？

耗磨遑复计升沉，任侠何人是季心？却聘早辞双白璧，收书曾散万黄金。
尽芟旧什埋诗冢，少茸新编补学林。贫至借粮支月给，乱中徂岁任骎骎。

四十三岁生日二首

鲜明身世抑何堪，三十年来又十三。力折春蚕犹怯葸，情怜秋燕尚呢喃。
眉愁鬓病多由拙，影膏衾愆独自惭。欲报劬劳伤罔极，乾坤终古一凉暗。

时还今昨叹俱非，暂谢交游静掩扉。老冉冉来无可却，欢垂垂尽不如归。
鹳鹅道梗榛仍塞，蚌蛤田荒草岂肥。遥想旧庐光景在，杂花生树乱莺飞。

初至杭州与四妹同游西湖

客中怜汝伴伶俜，买醉余杭酒半醒。千里游踪来北固，十年魂梦绕西泠。
春波一寸鸥边绿，烟岫双尖雁外青。欲与坡仙论宿世，此间吾亦似曾经。

余杭晤吴绷斋提学道旧

客中情味似冰蚕，萍水逢人口总喑。半面不忘征记力，两心相印洽倾谈。
贺循曾得张华许，谢朓真教孔阓惭。已近尊庭稽展谒，礼宜趋拜欠方三。

提学家钱塘，泽尝受知尊甫子修学文。

净慈寺

乱石崚崖踏落星，旋呼游舫过南屏。圣湖晴色分萧寺，梵阁疏香课竺经。
夙有净缘僧眼碧，尽多空相佛眸青。法幢全峙心灯照，转瞬雷峰塔影冥。

去杭州七年复过西湖

一别西湖岁七更，旧游端的似前生。山非有约来犹数，水为多姿画不成。
空院云闲黏石气，断桥烟暝度钟声。烦君莫击螭头舫，日放菱花镜里行。

西泠印社题壁

恨不移家就薜萝，竭来名士鲫鱼多。美专一壑湖为堑，幽傍孤山石作窠。
笑我填胸同块垒，输他入眼尽盘陀。林逋徐复如相访，早晚仙风引棹过。

西湖得陈大天倪书

东劳西燕渺愁予，乱世良朋少定居。柳陌春莺游客舫，杏山秋雁故人书。
烽传大地怀归侯，叶满空堂散讲余。买醉杭州酒初醒，展笺重读一唏歔。

遣兴十首 丁卯四月作

诐说纷呶聒耳哗，岂徒稷下一田巴。有狐是处皆离穴，如狗何人不丧家。
兄弟虽亲愁化虎，主宾相接畏留蛇。伤心荆楚疮痍满，输与诸酉饱嗜痂。

但饮狂泉不算狂，事魔冥诅更诪张。麝脐象齿都成罪，羊质狼皮也作伥。
如毁神州沦万劫，等闲新室绝三纲。许行亲授陈相学，况复滔滔墨与杨。

妖言重译衍毡裘，柄凿难容口暂休。一映直如吹剑首，三炊真比淅矛头。
险将主户抛孤注，巧藉农家领九流。叔季以还无党禁，北鹰南鹞尽辞韛。

舜梧尧柳几腥臊，郡国如今孰敢豪。书怪暗商青镂笔，忍雠私忏白阳刀。
频烦搜粟来都尉，取次分赃到贼曹。十口饿鸥声里坐，安排空腹贮离骚。

莫道斯文未丧斯，儒童菩萨亦招訾。青丝白马终胎祸，素壁苍蝇易点缁。
多垒妄图雌雄霸，无晨兼恃牝鸡司。春秋据乱知何世，颇讶传闻有异辞。

物论蒙庄乍可齐，泯然何肉与周妻。赚他疗妒鸧庚汁，累尔营巢燕子泥。
毁父谤书祧北海，逐夫方略引磻溪。横流溃尽闲蝼蚁，犹自襄阳唱大堤。

相鼠今宜刺续风，猩猩能语得毋同。早删夏正移长历，偏袭周官用考工。
人讳将军花剽掠，家题居士木神通。鹬生蚌死相持外，恼杀冥飞避弋鸿。

烈焰腾空火始燃。遁荒无地散烦悁。眼难暂合憎乌夜，唇莫轻摇遇兔年。
遑问五兴王命论，恰符三满霸言篇。蚕娘吊汝枯丝蜕，罗绮输人剧可怜。

腐儒贫减蛤盘餐，仙子痴藏蝠洞丹。敢信续凫须断鹤，争教猜凤便惊鸾。
依梅路怯吴门远，讽杜歌翻蜀道难。独羡渔翁蓑笠稳，钓矶谩税任垂竿。

萧朱京国念交亲，盼断双鱼白锦鳞。五客自娱禽画旧，群儿相贵兽符新。
马愁送处多张劭，龟笑疑时少许遵。他日不知装伯茂，墓旁设祭更何人？

西　兴

津亭凝望去程遥，渡口西风变柳条。朝霁出门鸡喔喔，暮寒投驿马萧萧。
湿云不动天垂雨，秋水初平岸落潮。历乱烟江帆影没，钱塘回首客魂销。

白　门

杨柳藏乌白下门，野桥沙路迫黄昏。鱼盐市冷疏疏屋，车马亭长远远村。
零叶碎虫秋有韵，断芦寒雁月无痕。南朝金粉伤心地，家国凄凉忍更论！

道出江宁陈伯弢大令锐以诗集见示

才兼温李擅风情，花月秦淮白发生。酒舫与君交臂失，诗坛由我抗颜行。
官曾一命非贪禄，士有千秋只殉名，领取天然声调谱，故山归去听春莺。

> 君善歌词，家武陵，为湖外同乡。近孙师郑吏部所订同光十子，君与予并列，故有抗颜行之句。

吴淞酒楼与四妹夫妇夜话

不禁离别各中年，子夜吴趋听悄然。七尺得全原意外，一樽相对又灯前。
未应更说虬髯客，可是能招鹤背仙。乐极当筵停箸想，故乡多少突无烟。

> 妹倩欧阳予倩与予同里。

次韵程子大分巡海上招饮

投老翻忘作客难，诗成精力尚弥漫。簪花格重书初课，瘿木瓢深酒未干。
不爱扣门从杜甫，非关键户学袁安。剩缘吴下他时续，拂壁同题芍药坛。

海上次韵曾重伯太守

不语笑人衔石阙，何如骃衍善谈天。等无茅屋安兵外，犹有松枝话客前。
赋少闲情知境老，诗多悲气得秋妍。家园各叹音书绝，斜睨晴空雁字连。

江州道士

客边霜信苣浔阳，一叶初飘冷葛裳。啸远得风丹幛远，鸟飞无迹碧天长。
山形西聚堆卢阜，江势东奔下建康。落日孤悬明野戍，只愁前路迫曛黄。

夜　泊

浩浩江流飒向东，荒湾遥夜泊孤篷。疏林红叶残鸡月，曲岸黄芦早雁风。
一丈竿输严濑叟，三间屋羡渭川翁。扁舟明日身何往，大半山河鼓角中。

寓馆写怀四首

杏花深巷度残春，贷粟监河手券新。晚食不嗟无肉馁，长饥惟怯有锥贫。
楚咻能否容齐傅，秦洞徒然纳晋人。去欲安之怀抱恶，故园消息苦难真。

线带愁添书晷长，厌从茗椀见旗枪。百年讵料逢斯世，一日都难住此乡。
人苦山棚期盗散，我留屋壁等书藏。分明门外悬鱼钥，剥啄无声径草芳。

泥下潜蛙许共跧，静中跌坐似安禅。忧无可遣庸埋地，塞纵难行欲上天。

厌世何妨为世厌，怜人犹恐受人怜。殷勤寄谢苏司业，落魄母烦送酒钱。

元和词客好讥时，罢诵卢仝月蚀诗。烦恼是魔随起灭，艰难成佛觉衰迟。境缘久历心方定，途岂终穷念转痴。狮座近来传密语，潮音徐证道林支。

茅庵明印禅师言未来事多验。

安 庆

雨歇菱塘碧有痕，客途秋尽似春温，青蠃白马城边驿，紫蟹黄鱼水上村。风月江湖增酒量，樊笼天地役诗魂。灊山遥瞩如高士，无意嶔崎已觉尊。

安庆西郊谒余忠宣公墓

至正衣冠事可嗟，江淮援绝寇吞沙。知人我服虞文靖，报国公侔泰不华。望里古丘堆宿草，愁边清泪落悲笳。易名两字疑传史，神道荒芜断碣斜。

安庆大观亭与王罊庵对酒

坐有王郎抑塞才，夕阳亭阁共徘徊。苍龙笑客余长剑，绿蚁醺人只浊杯。手按地图诸郡聚，眼横天堑大江开。夫君试与言轻侠，曾索车轮括颈来。

舒州道中

流萍踪迹去滔滔，白岳黄山结想劳。马上鞭丝征道远，鸿边秋影断云高。夕阳残堡兵吹角，古驿荒村客带刀。悄过荆舒清兴减，新霜初报蟹肥螯。

皖 江

白蘋风起雁行斜，浦溆潮平蟹聚沙。独树渡头悬落日，五花天末簇残霞。寒潭潦净深还见，远岫云归薄渐遮。愁绝皖江江上客，秋高何地不闻笳！

客途晓发

仆仆黄尘俶晓装，芦笳吹冷戍楼霜。壮怀我自输并侠，浪迹人谁笑楚狂。孤剑雄心随客减，一鞭秋意绕程长。朔云边雪浑无定，漭漭关河气郁苍。

旅途杂感

霜期归趁已凉天，徂辋骎骎度暝烟。数点栖鸦流水畔，一行征雁落晖前。荒寒道路兵初过，潦倒江关客未旋。遥想西楼明月夜，不知秋思在谁边？

江南客感四首

萍踪无定大江南，谁念行人卜布帆。家在穷山凭虎卫，独留冥国信龙衔。
从探李谷囊中物，不管洪乔箧底函。孙楚酒楼依旧在，青帝招我浣征衫。

莫便兴亡吊石城，寰区戎马尚纵横。史存我忆悠悠事，人往谁留屑屑名。
开府几闻袁粲死，中书犹惜褚渊生。猿狙裂尽周公服，局坏棋枯剩劫枰。

诗纵能工乞食难，读书无补腐儒餐。可容秦系成高士，毋强王晞作热官。
世乱岂烦商出处，途穷翻欲讳饥寒。朅来彳亍东山路，孤负苍生望谢安。

浩荡何缘侣白鸥，带围旋减不宽愁。地当转战开新垒，天与酣游展暮秋。
兵气经年缠大角，星芒昨夜堕营头。中流徙倚横江楫，壮烈空思祖豫州。

归途早发

才过山崖更水濆，徐徐平野晓光分。乱鸦辞树多于叶，丛雁横天淡似云。
人备趁墟开市早，客当旋里趣程勤。茶亭私共田翁语，不解尘劳只有君。

归　舟

一帆残照挂归舟，鸟入孤烟急暮流。山尽石根回抱水，江空云气断横秋。
戍楼芦管霜前怨，邻舫琵琶月下愁。苇地蘋天鱼雁迹，予怀渺渺思悠悠。

洞庭舟中

向夕鱼龙水气腥，疑闻瑶瑟鼓湘灵。三千世界身如粟，八百银湖迹似萍。
天只苍然行不到，山仍睡也梦难醒。晴霄一棹烟波里，径欲浮槎傍月停。

湘　浦

独行湘浦晚烟生，秋水为神不厌清。抱郭长堤双鹭下，临江高树一蝉鸣。
当风芦竹枝枝乱，住雨蒲帆叶叶轻。吟怨哀兰思北渚，赪鳞苍雁轸离情。

江干步月

隔洲云巘一层层，沿岸渔家乱撒罾。沙引寒潮生枉渚，沫随新涨下巴陵。
长堤明月江楼笛，远浦疏星水驿灯。好去乘流幨容与，兴来招取小舲能。

睡　起

睡便齁齁暇有余，本来无碍性涵虚。才谙嬉戏儿投雀，久谢贪馋客馈鱼。

沉水爇檀孤鼎火，飘风翻叶一床书。纷吾心起还收念，未必平生惑尽袪。

数月不省心畬居士消息

罘罳延望隔神京，忆远江湖白发生。北地关山秋雁断，南方烽火夜猿惊。
孤云翘首心同寂，五岳填胸气未平。曾记题书缄寄日，玉河烟柳正藏莺。

丁卯中秋偕五妹寓楼对月二首

人间佳节故依然，又见晴蟾一度圆。相与登楼榍露冷，不成避世藕丝缠。
玉栏瘦影凉偎月，银汉微云薄护天。绝拟童时瓜果会，于今儿女粲当筵。
才歇啼螀夜寂然，素娥扶魄向人圆。仙如可即申申祝，俗不胜排乙乙缠。
百戚几逢相聚夜，三秋半过未寒天。却憎上界霓裳曲，悭借尘寰侑绮筵。

与五妹中秋对月忆四妹申江

当头几见月莹然，难得今宵似饼圆。三五赏秋劳眼望，十千沽酒损腰缠。
无亲子舍同孤露，有妹申江各一天。正尔含情思远道，幔亭人在且开筵。

怀徐四实宾江右

情似孤花避独妍，别君幽卧向江边。春波南浦重怀想，明月西楼几望弦。
恻恻蛰虫吟古壁，翩翩飞鸟逝长天。书来凭报金焦胜，试茗中泠第一泉。

黎太史薇生六十初度二首

晚节黄花一寓公，三湘名士半秋蓬。人偕德曜悲欢共，官与泉明出处同。
鬓裹年华方暗转，眉间气岳已潜通。犹怜旧日柯亭客，落叶萧萧话故宫。

往岁同和孙诠部落叶诗。

重阳刚报展湘皋，献斝宜兼左手螯。两世科名仙掖贵，一家词赋楚风高。
雁行北海为龙尾，象德南陔有凤毛。荏苒百年今六十，未妨谋饮读离骚。

君与珂里秦子质提军、赵芷苏侍御齐名而年差少，故有雁行句。

丁卯重阳

不因断饮负重阳，直欲推愁豁酒肠。病对秋山同瘦骨，寒移早菊共清霜。
十年烽火容逃死，五亩家园忍就荒。翻羡杜陵天宝后，蓝田嘉会有崔庄。

兵隙中送陈大天倪曾四星笠赴辽沈讲席二首

江湖容有隙逃兵，讲学辽东壮此行。子赋允推秦博士，叔孙宜领鲁诸生。

滦河帆影秋风道，沓渚鞭丝晓日程。不是五经储腹笥，长途那得客装轻。

蕴藉儒衣自束修，贾长头更范长头。天围雁塞游麟凤，气作龙光彻斗牛。皂帽风流仍木榻，青灯书味各菟裘。义疑文剩知无隐，经说铿铿莫便休。

书李亦元太史《雁影斋遗稿》后

命骚哀怨托声诗，一往思君染翰时。金马才华身后惜，铜驼涕泪事先知。文章何处关风会，歌哭惟应倒酒卮。余烬待收兵燹满，故交甘任补遗迟。

丁卯除夕湖南北有战争

整躄风尘剩敝裘，归来无事不堪愁。百年将半几除夕，五鼓过三双倦眸。湘鄂犬牙原共错，触蛮蜗角可曾休？迎春还有梅花宴，斗酒权为饯岁谋。

人　事

人事荤膻未可亲，墨迷纸醉役心神。辈多后起嗟身老，书少新知觉腹贫。不自聊时惟饮酒，当难遣处又伤春。焚香静展金经读，祛梦降魔忏六尘。

黄饫勤广文七十生日二首

幸得归休十载前，广文坐老郑虔毡。杯中大户推欢伯，世外闲源署散仙。自与俗违非物忌，不逢人厄即天全。弧辰恰是花朝后，四序春多值闰年。

君官桃源训导垂二十年。

健笔犹能张楚军，只缘疏懒谢声闻。冷官何惜黄棉袄，妙墨应传白练裙。百宋珠玑归襞积，二苏才调许平分。如今手写坡公集，七十人间剩卯君。

君工书，得山阴棐几之妙，尝集宋人诗为联语，得若干卷。与其兄孟乐孝廉同负时名，孝廉遗诗，君手书待梓。

饮黎逋翁荷池二首

胜饮招邀小病余，奚僮催驾短辕车。堂题六客春开宴，宅傍三槐旧借居。经喜扣盘谈创获，诗惊刻烛句频书。知几君比谯元彦，人事多年付屏除。

历头悠忽记堪余，入市曾逢北海车。因避俗尘频障扇，但存家笋数移居。呕心锢井遗民句，扪腹藏山太史书。贲霍酪浆吾醉饱，却看饥雀上阶除。

屏　迹

蕙转兰熏雨忽晴，水边新燕柳边莺。浓春花烂猩猩色，浊世人安鹿鹿名。收脚方从天万里，埋头还就屋三楹。未嫌轻薄讥书簏，商略藜床了一生。

感怀次黎六清遄过饮寓斋五首

巷北墙东逼仄行，乱来深坐简将迎。城边啄肉飞鸢健，枕上支颐唳鹤清。
已叹孝经鸡退贼，频传军檄又麇兵。遭时元叔同穷鸟，戢翼初无作赋情。

可胜灾异问江都，谶纬家言各自殊。千里不关青是草，九天何必白皆榆。
世罹小劫随尘起，人抱新愁与病俱。几度雕胡分雁膳，避赠吾亦学衔芦。

越角吴根倦客归，更无飞梦刺天飞。鸡簪卜罢阴阳戾，蚁阵占余胜负违。
暇豫傥容歌袅袅，芳声还与袭菲菲。春萱偷曝量衣带，移背南檐就夕晖。

静卷双荷入定还，假装枯衲博萧闲。降龙钵是留僧设，罗雀门因谢客关。
不为买书稀过市，却缘题画数看山。景纯撒豆围应解，急待藩篱固外闲。

得酒孤怀转郁森，偶占三易补新林。黄金供赋忧悬杵，白石为粮虑夺鬵。
佛岂无家怜贾岛，仙如有分伴羊愔。平生河海期清晏，衔壁银缸夜夜心。

遄翁复叠前韵见和次酬

郗车真见载诗行，枕曲眠时起自迎。月胁险穿银汉迥，冰心寒贮玉壶清。
砚磨鹳鹆销坚石，笔借蚼蛉作短兵。日记水东无苦语，雨苗烟甲不胜情。

答遄翁《无题》三叠前韵五首 并序

昔韩致尧丁唐末造，申写离乱，托体香奁，起兴比物，要不失风人之旨。
今遄翁为无题诗，犹致尧意也。瑟居多感，泚笔和之。

珠帐琴声大蟹行，环肥燕瘦日相迎。眼中蛱蝶惊原惯，掌上蟏蛸数不清。
靥笑未成觇喜子，迷藏难捉设疑兵。双银约指殷勤致，惟有繁钦解定情。

繁钦有定情诗。

倾国倾城各丽都，织缣织素故新殊。啼停玉筋嗔莲薏，卜代金钱取笑榆。
事秘钗筹心画合，盟深印啮臂痕俱。前头莫是防鹦鹉，窀地重帘不卷芦。

碧桃春谱阮郎归，却怕杨花扑面飞。齐妾但愁今宠失，饼师方讶旧情违。
西陵松柏人何往，北里笙歌景乍非。若并眠时吟六忆，烛融珠凤减霄晖。

昵枕黄莺唤梦还，合离情事省来闲。蛾眉不死休名惜，燕子能留本姓关，
耽误韶光杨柳陌，生成冶态苎萝山。破瓜年过从颠倒，那管灵犀少检闲。

柘枝疲舞步摇森，疗妒无方补说林。弄杼莫嫌鸳变缯，当垆何碍蚁浮鬵。
犀株镇胆疑犹重，鹧汁充肠爱或愔。白璧五双珠十斛，娉婷羞杀嫁时心。

遄翁复示《后无题五章》四叠前韵五首

几多离别惜行行，何许佳期打桨迎。子夜新声三叠变，叮咚残漏六时清。
贾充女自窥香椽，宋玉人将唤老兵。已误鸩媒难可说，娇娆无奈少年情。

小家碧玉诩娴都，憎说青琴艳绝殊。谁任合欢依婢苟，竟传连理兆郎榆。

南窗北牖啼歌异，东舍西家食宿俱。欲学细腰嫌减饭，私挑蛛纲救蒲芦。

萧史工箫弄玉归，凤台应见凤凰飞。颦过那觉当心捧，色授争教转面违。
翠羽啾嘈勾夜梦，金衣睍睆闹春菲。自从掬得嫦娥泪，惯抱方诸向月晖。

闻道东家去妇还，销金帐底党姬闲。怨情密密藏衷曲，软语频频透舌关。
桃叶漫忘来处渡，蘼芜休讯下时山。侯门纵使深如海，了鸟于今不用闲。

采葛求桑绿意森，扶留牵蔓胥芳林。华年暗记弹边瑟，寒火偷温冷后鬶。
伤颊舐疮私爱渥，画眉匀面媚容憎。凭渠轻比沾泥絮，未尽芭蕉展转心。

次韵黎凫衣太史过饮

春融初泼瓮头醅，鸡黍闲招近局来。酒数且依金谷罚，诗逋还勒铁崖陪。
千人石记游边坐，六客堂从战后开。何以习池嘉会乐，须成一醉不空回。

湘阴过郭筠仙侍郎读书处

云岫相参簇画屏，黄鹂啼罢树青青。主人前代双持节，过客今朝一叩扃。
径草不情侵断壁，山花无语落空庭。读骚论世思公子，新补王洪旧注经。

<small>侍郎尝巡抚广东，并出使英国，故有双持节之句。公子耘桂居郡城，著《读骚论世》，未脱稿。</small>

山行写兴

蓬颗连山土骨堆，松根横插断崖开。云迷阴壑猿呼子，雾幂平林雉引媒。
雨态欲晴人意转，春光将老鸟声催。可容长拔风尘脚，草屦藤笻日日来。

兵燹后过南村故居

谁信刘根骨是仙，不愁人厄有天全。再来旧地难充隐，垂尽春光特放妍。
晴日雉鸣荞麦垄，晓风鸡下豆花田。南村彝训承清白，儒素家声守一编。

<small>先大人香恒公著有《南村素心野人集》。</small>

题《觉道禅人行脚图》

知师行脚是何峰，路断云横乱壑松。东去兵尘冲白虎，西来佛法问黄龙。
参方贫衲尝孤往，证道高僧偶一逢。我更披图心出世，如闻兰若应霜钟。

读《杜工部集》

笔是忠驱更老苍，感时哀愤剧悲凉。千秋字挟风霜气，一代诗争日月光。
圣手要为穷所造，天心终使塞而昌。许身稷契长镌了，落拓平生两草堂。

避乱投山村

刺桐花发叶初齐，渐喜山深隔战鼙。浅水陂塘晴放鸭，淡烟村落静闻鸡。
民贫暗识乡风俭，店小平沽酒价低。日午疏钟云外出，始知前路有招提。

白沙梵舍吊明印禅师

几番心法问黄梅，钟冷香残怆再来。禅榻尚存双屦杳，道场无尽一灯开。
输公舍利遗灵蜕，迟我菩提长圣胎。不是南宗传了义，谁知明镜亦非台。

过旧藩属

堂堂行省旬宣地，一角园池慨不胜。昔见芰荷翘白鹭，今来樊棘上青蝇。
世间正朔随人改，亭上斜阳待客登。密迩汉藩思帝子，荒台空剩最高层。

藩署近定王台。

夜坐忆罗四子经

无心更赋畔牢愁，病后胸怀怕受秋。四壁虫声风入户，一行新雁月当楼。
绵绵远道书仍断，滟滟深杯酒乍笟。苦忆海滨栖遁客，近来知白几分头。

秋怀二首

乾坤如许着身宽，危境常罹转自安。虫语一帘秋枕静，雁声千里曙光寒。
年将迟暮思投笔，气尚嶙峋梦据鞍。越石空怀河朔志，得时豺虎纵擒难。

星占何待问京房，孛气仍缠轸宿旁。人卧江湖忧象纬，灾流淮海失金汤。
芙蓉露重秋为国，竹叶杯深醉有乡。药鼎未干时事改，更无鸡犬认前王。

戊辰九日寄黎六薇生

如此风光饮亦宜，故园刚近菊花期。况逢佳节仍羁旅，频过新年又乱离。
傁渚眠鸥孤梦迥，背城飞雁一行欹。登高不少茱萸会，愁杀人间杜拾遗。

赵芷孙侍御七十生日

公与船山诞岁同，孤辰还共白沙翁。柯亭旧梦寒芜外，陶径清香晚菊中。
家具应留龟鹤在，世氛难使鹳鹅空。自从名落人间后，铛耳声华老更崇。

吴自修学使哀挽

绝弦宜碎伯牙琴，初日芙蓉愧赏音。伤乱每嫌相见少，感恩宁在受知深。
遗山亭废人留史，皋羽台荒客罢吟。我欲生刍躬一奠，钱塘迢递独沾襟。

和蘅溪秋社

蝉鸣高柳未残枝，士简犹能日一诗。秋老芙蓉三醉候，影凋桑柘独归时。
红莲稻熟筵初设，赤枣糕香酒共持。只惜鼓箫村社散，酕醄无我劝深卮。

落叶次幔亭韵二首

疏砧摇曳动清飙，带病心情益寂寥。野庙灵旗鸦闪闪，荒村歧路马萧萧。
斜阳影里留行客，流水声中响堕樵。颇欲柴门更重闭，悲秋魂恐不禁销。
亭皋钩幔绿阴空，迁徙天心本至公，秋士别离牵坠绪，美人迟暮感飘蓬。
梦回月夜孤灯雨，愁入霜天万木风。因革谁知真宰意，生机原在杀机中。

徐勤轩孝廉挽诗

老去佣书值岁饥，鲁公家法世应稀。廉隅不以贫而弃，忠厚翻为俗所讥。
吊客代偿租屋券，亲朋追备殓棺衣。乱中犹阙黔娄谥，城郭移时怆令威。

忧　患

适来天命拟难谌，忧患丁年早见侵。枥骥岂忘开道路，江鱼争遭陷蹄涔。
惟闻盗过狐鸣火，不信人言鸟噭金。蹇极特多豪迈气，一篇篇付短长吟。

黄籽舆太守出示守天津时政书

横流何自塞涓涓，懋绩惟凭治谱传。政事辽东龚渤海，文章江左谢临川。
归田早灭投人刺，作郡曾无坐客毡。从此身宜裘褐隐，风波难办载家船。

卷十二

七 律

（公元一九二九年己巳至一九三六年丙子）

潜园春宴

黍谷春阳已暗回，园林佳日共衔杯。为延胜赏亭留雪，略破沉阴地出雷。
风转曲廊诗草乱，火燃方鼎酒花开。座中八斗才名夙，新喜投闲入社来。

春社后一日潜园小集

园林雨后绝纤埃，才过兼旬启蛰雷。胜地簪裾欣复聚，芳辰樽酒喜相陪。
鸥方入梦人新浴，燕未成家社故催。记与仙曹重把臂，旧弹棋石长青苔。

徐四实宾之丧既为古诗哭之复成一律

衰惫宁支久病身，棘心难慰北堂人。抛才忧患魂安往，除却文章鬼亦贫。
投老禅参黄檗苦，补亡诗写白华新。春牛脱鼻尘劳外，荷锸谁怜剩伯伦。

村 庄

稍远村庄翠柳遮，淡烟轻霭几渔家。徐徐行屐常黏草，袅袅游丝不系花。
春水无多留浅渚，夕阳余半在平沙。前溪拦住横泥艇，急待潮生起柁牙。

春日闲咏

春阴分暝草如烟，倦甚东风嫁杏天。梁燕衔泥犹作客，衣鱼食字不成仙。
书能引睡呼黄奶，酒可浇愁借浊贤。无那田园莽寥落，乱山鼙鼓夕阳边。

清明不得归

故里松楸入望赊，身无健翼羡归鸦。野田历乱东风菜，荒冢迷离冷节花。
人未天涯非去国，客当兵后更思家。一盂麦饭空遥献，泪洒春衣日又斜。

南岳福严寺留别

临济宗风古道场，六朝名刹接齐梁。应教银杏嘲尘客，且对金莲礼法王。
桑下尚余三宿恋，橘中难得一枰藏。行行愿趁松飚便，多送钟声出上方。

得福严寺僧书

衡峰云衲暂相亲，归卧湘垣未浃辰。一笠乍干青箬雨，孤舟旋趁绿蘋春。
岳僧书带烟霞气，野客形同木石身。忆听晓钟沉百杵，遂教浮念息根尘。

漫　兴

脱略难为傀儡牵，草间活计胜焦先。萝云一径鸟晴唤，梧日半窗人午眠。
大悟当年曾吃棒，多生觉路只加鞭。摄心应学三无漏，不住非非想处天。

楼　居

楼居常得远山看，松露西窗对晓寒。旦旦人从鸡唤老，年年春向鸟啼阑。
韶光遇眼翻萧瑟，奇气横胸自郁盘。北地欲勤书札问，不逢归雁度桑干。

有怀张秀才邹文学

百万飞鸮换劫尘，乱离心系故山春。二生磊落同留鲁，一客仓皇独避秦。
只为嵇交方道我，正缘频嚏更怀人。五行志已无南史，杂事烦君记秘辛。

送人归省

与君分手送将归，履软衫轻立翠微。正歇雨时蝉乍噪，适当风候燕还飞。
人因久聚情难别，马为长征肉不肥。亲在可无乡土恋？从今温清莫相违。

海印招饮龙祠

幽情慵似抱香蜂，人正闲时报午钟。斋钵食分新饲鹤，禅关栖共旧降龙。
不多岁月频招社，无限风光独倚筇。闻道楚江秋信早，野裳今欲集芙蓉。

黄蜕庵太史作《新万古愁曲》

昼夜腾腾驶两轮，人间依旧有冬春。十朝遗恨江山泪，万古闲愁简册尘。
梁父吟犹输激壮，楚臣歌始敌悲辛。谁言老辈无机杼，铁板秋高也效颦。

赠黄太守芳舟

矍铄黄翁气洒然，风云驰骤一鞭先。未逢陈峤登科日，犹记梁台被甲年。功自永嘉兵火出，名因元祐党碑传。旧时游侠经过地，多在秦王酒瓮边。

芳老以进士久绾兵符，后乃出守。

村墅秋日

远岫排空列玦环，孤村鸦噪景阑珊。啼猿落木声兼下，去鸟流云意各闲。秋色黄酣霜后径，夕阳红老雨余山。寸阴虚惜如金贵，暗换浮生镜里颜。

感　怀

为儒为侠费踌躇，况是干戈稔乱余。亲背泪寒双墓碣，家贫身拥百城书。彩衣乐事虚乌鸟，黄卷流年送蠹鱼。划粥节虀犹汉腊，近来称疾学相如。

闻黄琴苔隐君讣

弈国阳秋自一天，客春相遇晚春前。别君岂料遂千古，长我方知非十年。兴就无时亦偶尔，老来有酒便陶然。楸枰打尽枯棋劫，勿讶初平已得仙。

君嗜弈，自号弈痴。

得郑斋太史蓟门书

遇雁关山意渺然，怀人刚近菊花天。良朋契阔三千里，故国分崩二十年。玉札远承金马客，绳床闲学木鸡禅。时贤论治谈经术，未抵庄生在宥篇。

秋　兴

一幅芦帘不上钩，乱山还有夕阳留。洞庭东下鱼龙暮，衡岳南回雁鹜秋。菊过义熙非旧赏，槐当天宝是新愁。耳边虚警风飔慓，特地浮云黯未收。

喜童子谅兵部自衡山脱险归

游岳求真乱未平，喜逢回雁得逃生。颜荛入庙伤身世，李燮离家变姓名。葭菼寒深烟漠漠，芙蓉秋老水盈盈。君从朱鸟峰头返，可怕人歌猛虎行。

得曾太史伋庵抵汉消息

为惩多患息荓蜂，一别休疑不再逢。鸠夺鹊巢犹掠影，鸿辞渔网且潜踪。

重湖幸有轻槎渡，四海非无广柳容。江汉莫贪交甫佩，微闻神女在巫峰。

曾重伯太守卒于湘阴旅次二首

翰林曾侍玉堂麻，噩梦俄伤岁在蛇。漂泊断蓬罗子国，凋零乔木故侯家。
杜诗韩笔传遗草，虞殡巫招荐晚花。萧瑟暮年词赋客，世惊神识誉童牙。

君髫龄时王湘绮丈称为神童。

先世功勋带砺留，文章君复动瀛洲。才多鬼亦惊长吉，道广人皆累太邱。
尚想琅函堆帐底，空余牙笏在床头。江天丹旐情何极，旨酒临风酹一瓯！

岁暮怀兄永州妹沪上

风雪冬穷腊尽天，荒寒仙鹤语尧年。连枝骨肉人三两，异地情怀路几千。
雁不成行空唳影，鱼能寄远待传笺。申江迢递芝城隔，久客遥知倍黯然。

己巳除夕二首

荆楚荒荒记岁时，地炉书事一裁诗。晓钟未动迎年早，宵柝频敲送腊迟。
道有子遗鸿待集，家无余羡鼠应知。却嗟鲁望能文笔，销尽铓锋偃墨池。

此心安处即菟裘，人事何如未死休。逆境最能扶傲骨，虚荣终不润枯髅。
羞言刺史阶前地，欠办中郎岸上舟。贫有滥觞吾亦得，谯元身世复奚求！

春夜宴客

古剑芒寒照胆青，春灯招客话闲厅。逢人不设方三拜，取友都如戴九灵。
花月欲沉琴轸寂，柳风初拂酒筵醒。烦将桃李芳园序，书上新罗四折屏。

次韵陈诒重侍郎浦口渡江南发

人间生意似焦芽，客路江南始见花。三舍未回黄道日，孤标犹映赤城霞。
悄行鱼浦移轻舸，欹坐鸥陂就软沙，一自五云深处别，知君连夜梦东华。

春夜何氏园林

倦倚阶前鹤膝桐，疏帘斜卷放鹍笼。一池水浸梨花月，三面楼当柳絮风。
已发杀机龙起陆，何关人事鸟翔空。回廊宵静传棋响，闲熬篝灯对弈翁。

即事简友二首

劫火横飞百丈高，积骸成莽遍腥臊。乱时烽堠连穷发，战地腴田变不毛。

除馑有方搜贝帙，疗贫无术谢钱刀。何人梦醒元驹国，东海扬尘罢钓鳌。

卦筮明夷道未通，草堂犹得着卢鸿。人当地老天荒后，家在山残水剩中。不累友朋贫亦乐，得全妻子计难工。凡材休为遗樗惜，墙角灯檠一笑同。

夏日山馆作

摇落春风孰护持，兔葵燕麦影离离。鹭如柳絮飘深树，鳖拟荷钱贴小池。稚子爱模青李帖，鲜民愁补白华诗。怀中剌减无人诣，输尔门前冷雀知。

消暑同樊樊山方伯韵

六根离染净炎蒸，心迹萧然冷似冰。午梦乍回黄竹簟，丁香犹结紫花藤。论诗读画辞残客，跂石眠云就懒僧。校罢误书聊自适，本来无得失何曾。

闲　愁

助我闲愁放不空，豆花篱上络丝虫。军书连夜传三北，民社频年赋二东。天宝干戈哀杜老，绍兴兵火困苏翁。祸鳞福羽推人事，始信穹苍泛爱同。

题《梅山归养图》

望中亲舍白云横，为恋乌私薄宦情。分得鹤粮三径在，弃同鸡肋一官轻。人多莱子生前福，世重陶公隐后名。想见北堂闲侍坐，辟纑灯畔有书声。

有感次韵

葛诞禾油恨已深，更闻沧海诉冤禽。金蟆东转无朝暮，玉马西归自古今。眼底黄尘生碧水，梦中黑塞失青林。人间如此堪愁思，寥落江湖忆远心。

月夜怀徐健实内翰黎承寿选贡

流离可但鲁无鸠，阴沴年年遍海陬。有此才华犹作客，不多感慨莫登楼。荆州何足留王粲，药市仍烦访伯休。两地清樽应共举，今宵同见月当头。

报彭菽原诗翁

早办三重屋上茅，半帘秋雨枕书巢。孤生我已参枯木，共济君犹念苦匏。道义漫谈游侠传，友朋难得性情交。一惭能忍非通脱，不必扬雄善解嘲。

偶有感

火老金寒序值秋，我辰焉在复何求。神州大乱沦千劫，人海微生发一沤。
觅句偶因存掌故，饭文从不疗穷愁。未能广厦分安饱，塞户储粮耻独谋。

次韵邹际生上舍学宫释奠二首

经天日月绝纤埃，霎瞑昏霾翳复开。乱后尚瞻双阙迥，梦中真奠两楹回。
旧仪炎汉牲常展，遗恨衰周凤不来。圣哲千秋垂象系，手携寒具独徘徊。
儒童何自答涓埃，屋壁遗经傥尽开。丝竹俄闻裡载肃，羹墙如见祀初回。
却看俎豆莘莘在，旋喜章逢济济来。情似史迁新适鲁，不因车服耐低徊。

次韵杜太史翘翁见赠

生涯近以诗过日，嘉贶荣于锡百朋。夔府倦游怜子美，苏门清啸慕孙登。
息机人似投林鸟，解组官如退院僧。京国旧名逃未得，头衔犹是一条冰。

赫曦台闲憩

笋屐寻幽憩野台，云宫寥落殿铃哀。天揩山色收云去，风挟江声卷雨来。
怪鸟引吭号古木，修蛇幡腹据空槐。珠囊儒雅今非昔，旧学消沉讲舍开。

村野秋日

不必秦青始善讴，牧童横笛倒骑牛。泉声穿涧水当户，云气入帘山满楼。
块垒未消犹滞酒，心情无赖更悲秋。乾枢坤络纷多触，愧说循天与道游。

暮　归

霜屦风襟向夕还，云衣襞积护秋山。雁投远渚斜阳外，蝉咽疏林淡霭间。
得得孤筇穿竹坞，嘻嘻群稚候柴关。宅边曾种陶家柳，瘦损腰肢似小蛮。

料　理

惩羹吾且罢吹齑，料理闲身学木鸡。难得忘情花着水，未能免俗絮沾泥。
颜矜白酒醺时好，头怕黄金尽候低。惟待病余腰脚健，一番春雨事耕犁。

次答瀞园诗老投赠

柴扉人外闭深深，手植松筠万叶森。台上可晞皋父发，井中难锢亿翁心。
朝空梦绩天门引，社散愁赓月洞吟。芳讯乍承饥渴慰，惯迟作答到而今。

题守先学舍兼示郭二赤崖二首

问孔讥儒异说哗，忧时无策继长沙。焦芽败似重烧草，硕果稀于再摘瓜。
雨晦鸡鸣新讲席，风微蝉老旧生涯。遗经独抱坑焚外，敢薄公羊卖饼家。

汲古深时便有余，丹铅摩研励居诸。精从一羽求全凤，细仗孤毫订半鱼。
篋里瑶华今雨集，枕中鸿宝昔贤书。至言和璧非难得，不是秕糠不扫除。

哭杜翘生先生二首 并序

先生讳本崇，光绪己丑进士第四人，授翰林院编修，迭掌文衡，历官台
谏，辛亥由四川绥定府知府投组归，尽取往时奏稿焚之。晚年深通佛典，春秋
七十有四，预告去期，辛未三月示微疾卒。

谏草偷焚不更留，饰巾尝以寿为忧。却输论定归青史，只欠时清到白头。
晚岁沉冥如翟叟，平生审谨类恬侯。儒林妙解西乾学，去往灵台得自由。

交托忘年契最真，各因遗世倍情亲。辎轩扬历三朝旧，骢马归来一味贫。
蜀道有魂追望帝，湘江无土葬累臣。试翻楚国先贤传，耆宿如公有几人。

苦雨拨闷

三伏寒威抵九秋，无天何待杞人忧。岳云垂地冥冥雨，江水连城渟渟流。
恨不屋如渔艇稳，幸犹门比雀罗幽。禾头蒸耳平田偃，闷欠宗邦赋黍油。

寄答方坦伯广文

故人鱼素阻龙荒，锦字遥传雁一行。定里禅心辽海月，吟边秋鬓玉关霜。
非因却病持僧律，只为耽游损宦囊。去住随缘原自好，莫图亲授愿公香。

广文好内典。

中秋次韵

三五凉蟾灏魄盈，秋云依约起庚庚。一吹输与王君玉，六笑拼同范茂明。
夜永银河忘露下，人间沧海看潮生。禅心真有空莹地，天路无多莫较程。

过西村人家

门对青山俯碧流，竹篱萝径白云幽。欹天峰影晴方见，暖地林霏午未收。
松灶嫩茶烹雀舌，菱塘鲜芡剥鸡头。最多诗意人微倦，梦入芦花一雁秋。

秋夜喜雨

茕烛自宜刘夜坐，芦帘窣地雨潇潇。可堪秋至逢摇落，幸与宵分破寂寥。
案上焦桐珠琐碎，窗前病叶玉刁骚。不逢和仲褰裳过，甘澍何人和快谣。

访西村隐居

野碓春云送晓昏，稻香菱熟水边村。流泉乱石容通屐，落叶荒藤与掩门。
浮鼻牸牛穿涧过，抱头鼯鼠负篱蹲。和光不涉山林事，古朴民风晚近存。

江　楼

小憩江楼倚翠微，涨痕新落蟹螯肥。余霞流绮艇初放，薄雾幂天山欲飞。
沽酒人乘凉月至，觅巢禽趁暝云归。芦花满地沙鸥静，蓼浦渔家水半扉。

物　我

物我无心合异同，野人怀抱海天空。门前流水鸭头绿，冈上断霞鱼尾红。
对岸牧樵归树杪，隔溪猿犴啸烟中。醉眠贪过佳风月，况有秋灯四壁虫。

衡　岳

阴晴如梦忽闻钟，知到天门第几重？幽壑乍沉云作海，乱山初霁雪为峰。
林衣薄护藏斑豹，岩石枯蟠蜕骨龙。一自真形图秘籍，眼明谁蹑出尘踪。

题雷怡甫文学昆仲合作画卷

油素分皴仿石涛，弟兄能事及风骚。新图合卷同题句，彩笔联床各吮毫。
已胜陆家称二俊，恰如何氏得三高。茅柴安稳山洼屋，似此溪村世可逃。

读徐四实宾《苍石斋遗稿》君客死天津

结隐城隅绝世氛，每因联句一思君。王维竟自留裴迪，何逊经年忆范云。
乱后几人犹故土，天涯孤客又新坟。研朱秃尽松针笔，怆读南州自定文！

金陵归客言故人王恺琴见讯

白发催人实可惊，王郎于我独为情。腰难暂折穷方极，骨未全销毁尚轻。
乍听姓名疑宿梦，相怜身世是余生。安禅近悟西来旨，结习惟应忏管城。

朱节妇诗 并序

节妇姓谭氏，宁乡人，世袭骑都尉、长江水师蓝翎把总朱孝宗之妻也。都
尉死，节妇奉姑守志，抚育诸孤，备极难苦，其子友谅乞诗。

寂寂菱花掩镜尘，嫦娥藏影度青春。偷全子息慈乌苦，勉报姑恩寡鹄贫。
事有难能资后福，心非可转省前因。只今庭树三珠秀，家庆还添一辈人。

寄汤瀑秋暨家秉姜两秀才

苦离经术求儒效，澜倒波随学海潮。孔雀多文纯是毒，雄鸡有帻亦为妖。
狂氛暂任风行地，圣道终如日在霄。雅范各存高世轨，孤妍遗世避无聊。

辛未除夕二首

死地投躯数得全，又逢残腊对残天。心雄偏在闻鸡夜，肉缓虚过跃马年。
干宝搜神从作记，王充订鬼未成篇。惟应长与宗雷约，静坐焚香绣佛前。

阳开正朔不关渠，弃置身如旧历书。筮易此生先遇革，祭诗今夕忍言除。
困知人事当亨候，复见天心是剥余。唤起梦婆春到否？梅花香雪竹窗虚。

是日立春。

过紫薇禅寺追怀湘绮鹿泉翘生诸老

琳宫曾别五秋萤，重访当年被褉亭。双屦草间生暗绿，一筇松下憩寒青。
伤春刚是残花落，感旧真如败叶零。独念碧湖诸老散，斋堂云板不同听。

书　怀

模棱于世倘相宜，四海论交意已疲。俗化人方思马牧，儿贤吾亦愧牛医。
犊从南涧双牵放，驴向东家一借骑。常恐好山当面失，酒罍诗篚趁晴曦。

郊墅夕兴

断桥疏树路三叉，日夕牛羊自识家。个个含风深径竹，枝枝凝露短篱花。
最宜人浴青溪畔，长有渔歌碧水涯。鸟迹印空无觅处，淡云笼月薄于纱。

哭长儿堪二首 并序

儿堪字百任，弱不好弄，束修如成人。颇嗜造诗，亦尝涉猎经史，著有《钱坫异语考证》，予友曹星笠教授为之序，许其精窍可传。又纂《经疏引史考》未竟。以壬申夏殁，时年二十有七。

往事盘肠日九回，三号难止五中摧。不多岁月销磨去，无复晨昏定省来。偶误呼名旋自失，强言安命可胜哀！吾衰翻类邢和叔，谁遣惇夫隔夜台。

未了家缘只蘗知，绝无人料是今时。楹书待守犹存录，衣钵能传不在诗。膝下五男惟汝长，眼中双泪信予痴。自怜为祖兼严父，失怙童孙要护持。

遗孤三人，一女二男。

余尧衢廉访以新诗题扇见赠

知公中道得黄离，犹幸须髯似昔时。刻鹄技逢诗老怯，雕虫心许壮夫为。已成流寓谙吴语，岂不怀归读楚辞。仆远推潭香在颊，海天长忆一樽持。

《汉书·西南夷传》：推潭仆远犹言香酒美肉。

晚晴江上

晚晴秋水灿金沙，潮退荒滩见卧槎。江外雾虹低抱日，山边归鸟远连霞。青旗酒店能招客，红树渔村可作家。古刹近前僧问路，寺门遮断木樨花。

赠客

湖海无家厉半村，鬓边霜色是愁痕。兰心自剪慵留草，薇耳能餐好护根。两界茫茫一尘垢，百年鼎鼎几朝昏。相期君作全归子，早晚松冈去掩门。

壬申八月十五夜怀四妹广州

见时偏暂别时长，有妹分携隔五羊。明月一天同此夜，秋风万里独他乡。故园兵后怀枫浦，陈事童年记草堂。素藕红菱盘饤美，可能无梦到潇湘。

次韵赵澥园学使见怀

缚魂埋梦逃残劫，秋水奇觚气不平。幸有郑乡全北海，可无姜里避东精。俞谈陈录丹心在，偓仕图休白发生。略透微阳知汉腊，寒梅窗外一枝横。

再寄澥园学使

愁在笳秋角晓中，几时还见九州同。可堪对客谈陈宝，莫复逢人问楚弓。

兴汉不闻铜马帝，避元甘作铁牛翁。咸阳洛邑皆衰草，徙倚江天看片鸿。

长女寿彤三十生日

未作舒王和女诗，汝今年已卅龄时。长犹羸弱常缠病，生便聪明略带痴。
庽臼情怀孤子在，柏舟心事两髦知。愿儿灵府同灵照，铁牡防魔好自持。

陈大尊闻愤于訾语以诗解之

流传著作已觥觥，才说君来一座惊。学以能通才欠敛，名之所至谤随生。
读书端合辞标榜，造物惟应好玉成。艺苑雌黄何用恚，文人从古例相轻。

湘浦春夕

绿杨低映白鸥汀，日暝渔歌出远垌。水涨寒潮移堠火，云收残雨漏春星。
感时枭兀胸难豁，中酒醒浓眼易醒。江上数峰连北渚，低回何处吊湘灵。

黄梅岑秀才归述其师探询之雅

叔世身名两不亲，剩怜遗世未遗身。田园日久多新语，湖海年深少故人。
顾我违时惭碌碌，劳君说士道津津。更烦风便传章粲，偷活依然一僇民。

自题《明季沅湘遗民咏》旧稿 并序

予年逾冠，搜辑明季沅湘遗民得数十人，各撰小传，并系七律一首，哀然
成帙。今垂垂老至，视前稿如隔世，以少作私心弗善弃之，爰将诸遗老姓名录
存于下，而复赘以诗焉。长沙江有溶，善化吴道行、吴愔、黄学谦，湘阴朱之
宣、黄致和、蒋之茉，浏阳胡应台，湘潭郭金台、黄周星、陈长瑞、罗玑、罗
熙，湘乡刘象贤、龙宏戴、邓天锡、龙孔然、易贞言，宁乡陶汝鼐、周堪赓，
益阳郭都贤，茶陵王二南、陈所闻、谭绍琬、谭雅，攸县陈五鼎、陈五聚、陈
五簋、文士昂，武冈邓祥麟、潘映斗、潘映星、刘春莱，邵阳车鼎黄、车以
遵、吴季芳，安化尹三聘，新化邓林材、张圣型、张圣域，平江李尝之，华容
文燠、严首升、孙双毂，衡阳王介之、王夫之、夏汝弼、唐端笏、邹统鲁、李
国相、郭履趾，衡山萧士熙，祁阳张纶、刘维赞，株洲袁伯璵、喻国人，武陵
唐谊、唐诚、季浑、杨山松、瞿龙跃、唐访、贺奇，桃源罗其鼎，澧州刘瑄，
沅陵唐九官、沈汝琳、陈之正、潘亮渊，辰溪余鲲翔、米助国、米肇灏、米元
個，黔阳邱式耔，醴陵笠庵和尚。
历年三百未云遥，我亦周京慨黍苗。旌鬼旧嫌毛颖拙，怆神今感鬓丝凋。
箧中故纸何须恋，石上精魂倘见要。早晚瘗归诗冢去，蹙眉无语一樽浇。

葵园公祭诗 并序

癸酉七月朔，为长沙王阁学益吾先生先谦九十有二生日，盖距先生之没十七年矣，是日举行公祭，纪之以诗。

俎豆还宜祀瞥宗，矧当弧旦想孤风。学如高密笺疏富，人似深宁仕隐同。四海门生惟少我，三湘耆旧独思公。只今经说纷纶在，异代毋徒号史通。

秋夕追怀海公

槲叶当风忽飒然，婆娑庭树老于前。一楼明月人孤倚，万里寒云雁独穿。本自违时情落落，可曾忘世意悁悁。瓦壶温茗思谁共，方外吟朋念瘦权。

闲 居

一刺投人已自悭，早无同调绝追攀。偎篱驯犬如供职，啄木幽禽似叩关。心斾恍飘云鹤外，命官疑在斗牛间。玉成何莫非天意，默谢苍穹厚我闲。

暮投山村

夕晖西敛暝郊原，丛苇风生起雁喧。狂犬吠声阛里哄，散萤流火度邻垣。村藏榆柳山重叠，路入桑麻水一源。约与野人分五亩，迟将衰朽付田园。

秋霁登麓山

松际微风度暝阴，风前清磬散疏林。树悬绝磴人家少，叶下寒岩佛屋深。登眺尽多黄落感，褐来何限白云心。携筇难趁麋鹿迹，红在山坳日尚沉。

岳麓书院老桂和徐六绍周

依旧花时白玉丛，禅心应契净名翁。得全灵植禁多劫，无碍清香放远空。世泽合侔诸窦永，庭闻疑说太丘同。高风君更承清德，幸不山成濯濯童。

周子干进士挽词

周密诗才最雅娴，迩年江上卧柴关。我犹索句疏花畔，君竟销声宿草间。千里欠移湖外棹，三秋空怅汉阳山。吟魂鹦鹉芳洲近，好与狂生作往还。

癸酉除夕

不成禅定厌尘嚣，心月身云却待招。最怕客来当此夕，惯催人老是今宵。
易阑年事真无奈，未了家缘且自聊。翻觉忍穷穷有味，黄金知我故辞腰。

潜园会饮饯程十发

冻春新熟瓦缸醅，如此良辰可一杯。不定阴晴鸠乍唤，既佳光景燕初来。
愁中砚北刘桢病，赋里江南庾信哀。云隔水分君便远，明年应载画船回。

闲　意

柔条重绿遇桑风，酒熟邻村醉社公。花里蜂粮储白蜜，树间蛛网罥青虫。
静为诗役游方外，闲作禅观住定中。燕岁莺年真浪掷，睡余空吐笔端虹。

甲戌五十初度五首

竹马鸠车记稚年，荷囊尝系买书钱。无肩岁龠频频换，不断尘根故故缠。
夜永辄随江泌月，时移遣问屈原天。吾生忧患知多少，验取须痕鬓影边。

劲脊撑腰得自持，琼田慱觅养神芝。一身检校惟余懒，万事芟除不废诗。
好客未妨滥南郭，赠人何必网西施。如今瞥过无闻岁，暮景飞腾更几时。

跋跋尘埃兀未安，岂宜重整远游冠。移家那得梅花屋，涉世如经竹节滩。
曲士声名蛙黾舌，宵人功利蛞蜣丸。痴翁襂襹颓巾帻，傀儡逢场壁上观。

传经休说鲁高堂，被发伊川礼早亡。百岁消沉风卷箨，半生幽滞石支床。
赘齐嫁卫知何世，哀郢怀沙在此乡。金尽漫为明日计，生柴堆灶煮松肪。

积损成衰且莫论，冬缸秋幔自朝昏。新书过目无心记，旧事经时有梦温。
早不知非怜伯玉，老犹伤乱叹王琨。兵间高枕真天幸，十字还题孝绰门。

转　境

转境情知力不任，避入无地觅深深。略持僧律抛何肉，长抱民彝护郑心。
坐有团蒲参半偈，家余敝帚享千金。几年面壁同徐积，山罅从教放日沉。

初夏荷池小集吊王益吾祭酒

柳际梅边已绿阴，俄惊春老变鸣禽。羌无风雨花仍落，小有池塘草又深。
东壁文章光北斗，西园宾客散南金。后堂丝竹多时歇，可但彭宣感不禁。

是日座中多葵园门下。

和人见赠二首

林惭涧愧误虚名，那更将心徇百营，才子不知铜柱毁，仙人应泣玉盘倾。
曾因僦屋频移宅，却为看山屡出城。海内亲朋书久断，习闲成懒学无生。

饱经多难速吾衰，或虑星占应戴逷。幸得天怜仍骨肉，不为人厌尚须眉。
故家吊庆因贫略，小品诗文入俗卑。饾饤光阴消册府，违时孤学有元龟。

访马王湖故址

何处楼台是马家，野人分占白鸥沙。冻云寒渚梳翎雁，斜日荒原接翅鸦。
五代君臣归宿莽，一畦子母熟新瓜。僧房小坐禅心寂，松火茶铛沸拣芽。

伊蒲精舍同宾楷南解元夜坐

十日阴云未划劙，晚来风雨益凄其。但瞻月面生禅悦，不镊霜髭任老欺。
野服影邀公若共，枯琴情赖子春移。六时听彻莲花漏，案上楞严夜夜披。

拟居乡未果

风杳麟藏廿载余，穷庐停驾六龙车。非因广武方多感，岂特长安不易居。
陆庆园林无治乱，廉颇门馆有盈虚。何如水腻山浓处，老屋三间自扫除。

石船屡贻诗简因以酬寄

结习缠人苦未休，六根齐作钓诗钩。差因无事如犀首，岂是多痴类虎头。
蛮俗尚依盘瓠聚，吟朋频累木瓜投，惟怜湖社流风尽，羽寂官沉倏十秋。

闻　警

风前不是饿鸥声，听彻呜呜箭镝鸣。事楚事齐唇齿国，争城争地爪牙兵。
终宵狼彗占灾眚，旧运鸿钧忆治平。高枕乱余亲木册，惟应经卷了残生。

山　园

日昃山园树影移，小池清水漾晴漪。菜排莴苣初开甲，茶采香茸未展旗。
宿墨涤残荷叶砚，微风吹过枳花篱。谁言农圃吾无分，新学锄畲拓旧陂。

睡 起

兀兀颓檐睡有魔，小儿声杂厌喝唆。亲朋徐谢欢情少，旧属频来冗食多。
未定草堂人去住，惟留花径客经过。门庭饥鸟相投惯，不遣家僮更设罗。

江楼晚眺

高高江阁倚危楼，浩浩天风袭敝裘。树带晚霞沙岸尾，潮添新水石矶头。
角声兵驿亭双堠，罾影渔村屋一洲。垂暝景光原自好，野禽归尽我还留。

奉祝心奋叔明王孙母寿二首

轻轩遥隔五云深，北极迢迢入远心。小劫三千龙起陆，中孚九二鹤鸣阴。
风遗彤管诗还续，雨过黄梅酒载斟。群望宾连生户日，海桑新录又如今。

花萼楼前集俊髦，棣华相并铁峰高。陇南春草留晖永，堂北秋灯课读劳。
教出慈闱欧继柳，才分英胄乘贻皋。湘山深隐惭吾拙，乐府私赓墨布袍。

示长女寿彤

膝前姊妹惟儿长，弱女非男却胜男。意在亲心先便领，身兼子职久犹堪。
含荼念汝情弥苦，啖蔗祈予境渐甘。檐际乌尼频送喜，如闻吉语报呫喃。

女自署所居室曰"昧荼阁"。

追怀萧太史立炎

一别谁怜廿载赊，当年同客忆京华。霜街泥浅寒连骑，雨泽尘空湿并车。
梁苑旧游伤过鸟，汉宫遗事恼啼鸦。江城曾话滕王阁，憾未相从看落霞。

君籍江西。

过学舍作

遑惜分阴与寸阴，隙驹辞影去骎骎。席前兰芷名山在，壁上藤萝老屋深。
校士略分头腹尾，雠书先辨肾肠心。陶唐合让秦恭说，欲折儒枭力不任。

答海月禅人

非风幡动更铃鸣，诸境纷然本妄生。色识想阴腥秽界，声闻缘觉圣贤程。
土枭万劫心颠倒，玉兔千江体妙明。莫惜频伽瓶碎却，饷空何苦远相擎。

学馆主讲示诸生

一堂亲炙暮还朝，转眼春丛变夏条。讲学岂求唐肆马，怀音宜感泮林鸮。
霜晨展卷炉香爇，雨夜衡文烛烬销。为与诸生期互勉，如何犹去古贤遥？

留别学馆诸生四首

物外投心廿载余，光阴盘渐误居诸。漫劳后学尊公是，徒累先生赋子虚。
文字有灵潜箧蠹，利名无分脱钓鱼。遗音危苦孤桐在，面壁惟应效仲车。

蟫老萤干不自怜，我于天下得忧先。执经敢望三千士，名世当思五百年。
欠拟众材从隐括，频烦群彦致缠绵。就中宜有员余庆，无俟多师亦已贤。

生徒百九十人，颇多俊秀。

不因言别欲沾襟，吾道非欤负此心。眼底江河红日晚，胸中丘壑白云深。
胜筹谁更操三马，杂戏予还薄五禽。身是祖龙坑外物，章逢犹忝又如今。

烂嚼虚空尔许奇，却嫌言语涉支离。吾衰自念行将隐，人热难因更不疑。
束似牛腰千卷帙，弃同鸡肋一皋比。修绳履墨儒生事，珍重名山是后期。

学馆初系郡人私创，后当道收办，故有人热难因之语。

偶返里门偕友访茶山黎隐居二首

同访幽坰一径蒿，绝无尘埂溷吾曹。壶中日月逃三劫，瓮外乾坤侍二豪。
铁汉自赓新乐府，钱郎偏赞反离骚。沉冥不独庄遵在，却幸当时有俊髦。

遗民箔屋风犹古，破甗山河气不春。天下疮痍皆赤子，日边符瑞少黄人。
羞交狗盗三千客，爱伴龙宾十二神。避世未成茅舍计，萧闲吾羡颍阳真。

山斋夕兴

露重庭莎贴湿萤，因风飞上皂罗屏。乱书常枕松根榻，名酒还斟竹叶亭。
秋冷水云如俗薄，夜长山月比人醒。先生自逸家僮懒，忘却柴扉外不扃。

哭赵芷荪学使

运移何暇论哀荣，谏草犹传白马生。气节直侔梁两到，声华原过汉三明。
朝中在昔容遗直，海内于今失老成。贞石手题堪堕泪，山丘零落赵邠卿。

岁暮村庄枕上作

自叹吾生如系匏，岁云暮矣无安巢。孤衾被体木棉薄，万事上心瓜蔓抄。
梦警穷途九折坂，风欺破屋三重茅。济时一念太迂阔，痴欲浊河投寸胶。

麓山觅栖隐处

身外悠悠事漫论，栖迟吾却老衡门。一篙春水风前渡，半树斜阳雨外村。士得青山方算隐，人非白屋不能尊。剩寻眼净尘空处，众壑围天聚碧痕。

丙子岁初葺麓山居二首

不嫌多雨地生蛙，飞凤冈头竹正花。旧袭门风推士族，新添田器混农家。冷云时起山当户，幽濑常澄水带沙。吾爱吾庐堪啸傲，呼儿同护护巢鸦。

长日身心似放参，可容余习忏瞿昙。唱随犹得夫偕妇，婚嫁还稽女与男。小凿山坳规作圃，横开岩壁拓为龛。何当抛撒闲家具，五内虚空寂照含。

五十三岁生日作

筋弩空老乱离间，五十三年付等闲。少拟掣鲸从碧海，晚思骑鹿向青山。陈编对我有真意，古镜照人非昔颜。虞寄早裁居士服，诗留百一不全删。

偶　成

但安孤介不争多，入世难工唯与阿。劫外避嚣如避债，闲中防病似防魔。泼残窖瓮三升蚁，费尽钞书十斛螺。慵记牛羊新日历，檐前梅雨夜初过。

西　阁

楼阁晴明敞碧虚，槐阴亭午夏蝉初。聊持白羽清风扇，每忆红鳞远道书。屈贾祠前迁客路，朱张渡外野人居。年饥草木仍无数，试检山经觅祝余。

谋　生

已叹谋生似磨驴，又逢荒岁吏催租。新贫怯检添丁谱，久乱慵披遁甲图。兵象历年疑草木，人才何日出菰芦。观书卓荦饥肠吼，可但穷黎病未苏。

访陆广文山庄

莎径斜穿碧涧陬，陆倕茅屋傍山幽。廊边残局棋飞角，井上疏梧叶打头。语带蛮音尝远宦，心通圣谛尚潜修。终南仙客如相待，便共呼鸾访十洲。

题唐韵琴女史《秋丝阁诗草》

乙乙秋丝理不清，空帏香烬句初成。冰霜惨淡争千古，风雨飘摇过一生。

南国舍人酬藻翰，西川太守许诗名。潇湘我怕闻瑶瑟，黄绢题词是征声。

集中有读长女寿彤哭外子丁君诗感赋之作。

乡村闲步偶忆罗涵原文学

溪桥危卧水分流，霭霭萝阴片雨收。旅客轻装随去马，村童短笛送归牛。
苔花照眼谁同采，筇竹扶腰我独游。为念故人江海别，几年尘土滞升州。

西　墅

岳麓山环翡翠屏，紫烟仙观接青冥。鸦边樵唱传深谷，雁外渔歌度远汀。
夕照入楼栏乍倚，凉风侵袂酒才醒。游人拥路簪红叶，料是归从爱晚亭。

夕阳坐亭子上

笛里风亭坐夕阳，不因思旧亦凄凉。照人肝胆犹怜赤，阅世须眉渐欲苍。
数点残山娱马远，一篇秋水抚蒙庄。瓮头新热黄柑酿，欲发春容试取尝。

孙季翁跌车伤足

依然膑脚称孙子，见说迷阳痛剥肤。虞石竟传夔一足，蒲团难效佛双趺。
蹇犹胜躃应差慰，步不能趋亦藉扶。楼上美人如欲笑，君门休请杀无辜。

山居岁暮

韶华虚度少年身，老至风花别属人。野格自高梅映水，生机初转柳逢春。
冻蓑寒笠添装便，辣玉甜冰入馔新。魑魅争光中散耻，未妨鬼笑伯龙贫。

卷十三

七　律

（公元一九三七年丁丑至一九三九年己卯）

春　游

何人楼上弄参差，一树绯桃竹外家。檐亚低昂迷旧燕，路盘曲折入修蛇。
暗泉穿涧玎玎玉，芳蔓攒篱璀璀花。百舌唤晴晴不展，淡烟和草极天涯。

西山逸士写《移居图》见寄

稳住山头占绿阴，定巢双燕许相寻。久怀倦鸟投林意，差慰穷猿得木心。
禅版经房尘事少，旃檀帘阁佛香深。门当灵麓峰盘处，独对西山赋采苓。

闲　窗

窗外云来昼亦昏，客稀驯犬卧墙根。三年桐木绿当户，二月菜花黄满村。
风暖短篱喧燕雀，日高平陇散鸡豚。隐夫饶有观书暇，数卷残编一酒樽。

清明展仲兄墓

同是清明上冢人，盛年超朗见机神。只耽王绩杯中物，便送刘伶锸畔身。
坟上土还浇绿蚁，墓前松欲起苍鳞。有谁更作池塘梦，病草鸰原不复春。

遣　意

风火双轮演不停，忽瞿诸妄即惺惺。六尘非有身原幻，一物都无性始灵。
云里树添人鬓绿，雨中山拥佛头青。春池吹皱干何事，蔼轴能沉只自冥。

闲　兴

篱角森森竹笋斑，药栏花径不常关。曲虹三色雨天霁，幽鸟一声春昼闲。
沙浦潮生渔艇活，村塍路滑犊车还。儿童趋报嘉宾至，舟放芦崎浅水湾。

麓庄偶兴

野花无主发幽妍，云薄霜晴玛瑙天。芳草半陂留犊外，夕阳千里敛鸦边。江风送客重分袂，山月依人六上弦。自琢春词歌捉搦，有谁相对写中悁。

春　晴

骀荡春心得自持，暖风晴日乍喧时。鹊因巢露深移树，蝶为花残别过枝。枫峡旧山添罨画，柳塘新水漾涟漪。游人更有流连处，一角红楼卓酒旗。

春日山庄偶题

不待先生枕曲眠，但闻花气即醺然。抛除马事兼牛事，管领莺年与燕年。檐角最宜添翠筱，历头容易尽丹铅。帘衣宵卷延新月，杨柳楼台绿带烟。

晚眺值所期客

莺啼花发思缤纷，有客相逢揖水濆。山麓临江开晚照，塔尖穿树入春云。双峦斜抱孤村出，两渡遥从一水分。不速自来非意外，涧芹岩蕨可留君。

雨中田舍写望

扗衣生壁敞松关，爱看南宫泼墨山。读画尚容三日坐，寻诗聊放一春闲。樱桃戢戢黄蜂瘦，杨柳阴阴白鹭顽。拟与齐民商要术，此身难得在田间。

麓庄杂兴

小楼前面碧梧桐，双翠飞来嘴爪红。一院梨花三月雨，半窗蕉叶廿番风。山边土宇安粗奠，海内邮程阻远通。独是园扉关不住，先教芳信泄春丛。

近年杜余郭曾黎程曹诸公相继徂谢

寒门投老故欢空，风雨山楼怯断鸿。年齿已除兵役外，病身犹在盗氛中。一春辞酒今情异，五夜寻诗旧梦同。后死安仁慵作诔，人生离合只匆匆。

杨二曾四将于麓庄近处卜宅

陌上春回草又薰，过从能数孰如君。垒山犹待兴风雨，筑屋先宜占水云。周北张南应便合，王前卢后若为分。西江洗胃思清梦，沙石晴添篆籀文。

占去声。

225

晚春书感

恨未盟鸥学海翁，沅湘回首旧游空。门前梅柳霏霏雨，涧上菰蒲猎猎风。
几辈故人深草里，一年春事落花中。黄公垆畔经过再，百感凄然岁不同。

闻陈散原先生讣

历尽沧桑尚客中，闭门觅句自黄农。名传湖海桃双井，身老匡庐占一峰。
元气已如频剥笋，修龄犹是后凋松。早知晏郡成长别，悔不年年笠屐从。

澄园遇李长者

朱樱初夏烂枝繁，兴发从人赋小园。树底笙歌凭鸟送，草间鼓吹任蛙喧。
道心落寞神充实，山骨开张气豁轩。江左兴亡如转毂，苍生空望起深源。

夏日山庄

土屋青山一角居，日长花气散芙蕖。空廊支策朝行药，净室篝灯夜读书。
谷待啧莺人起早，庭容旋马客来疏。南烹风味猫头笋，登馔庚庚玉不如。

山馆夜兴

破睡莎鸡近枕号，夏凉惊起着春袍。映窗萝月三更曙，度壑松风万顷涛。
不夜江山形地阔，渐低河汉觉楼高。明蟾偷瞰澄泥砚，知有吟情付兔毫。

客来述近事

棋局旋翻覆旧枰，人间青鹤几时鸣？但闻牛李分恩怨，不见羊桃共死生。
兔窟总关心计密，鲛绡遑恤泪珠盈。湘江清化沧浪水，我自无尘懒濯缨。

与周楚风夜坐联句

苦茗浓煎芍药芽，各牵孤兴吐天葩。灯窗有味还披卷，诗壁无尘不护纱。
世外旧游余我辈，域中今日属谁家？骚哀弦涩怀难写，邻笛多时怆日斜。

碧湖同社凋零殆尽。

夜宿西楼

清光徐上素罗屏，杂佩声遥静可听。凉月入楼山寂寂，暗泉穿涧石泠泠。

南来云气连衡岳，北去江波下洞庭。忽有归人争晚渡，沙鸥眠稳起前汀。

念西山逸士

玉杯繁露觉无奇，一卷黄书暇自披。木脱秋林龙出骨，苔黏枯石豹留皮。
苎巾藤带身堪隐，苋口藜肠分所宜。遥怵平台宾客散，晤言长此浩前期。

向夕过西村人家

铺翠当阶叠绿苔，柴门临水向山开。流萤草际倏明灭，鸣鸟树间时往来。
宿酿去沽松叶酒，深谈留尽竹根杯。西村雨后如弓月，冷照渔湾送客回。

仲秋麓山别业忆旧

燕南赵北比如何？避地时还忆隐居。雁唳宵萦辽海梦，狼烽秋断蓟门书。
有涯身世危巢燕，无限风波逆水鱼。松杏山河天万里，每瞻辰极失依于。

寇机飞弹或劝予凿室避之漫答二首

飞炮雷轰霹雳红，铁轮真见转虚空。江长水阔鱼逃网，地厚天高雀在笼。
定里身云依指月，世间血雨并毛风。从今剑映安心度，纵浪余生大化中。
龙拏虎掷战云屯，只恐凡亡楚不存。骋目四游头尚戴，逃身三劫发曾髡。
舟藏久虑无安壑，穴凿先疑是覆盆。试就元苞稽运命，春秋残纬待重温。

惊定偶作

闲门锤破薜萝幽，炮石霆砰似火流。亲友相询惊暂定，家人仍在语难休。
境过妻子都疑梦，世乱儿童讵解愁？孰遣河山分玉斧，不留声教暨湘州。

将返乡园止宿逆旅

榻悬村店近牛宫，才熟新秔听夜舂。客邸光阴烧蜡短，儿时情味泼醅浓。
旧庐可有鸦栖树，先墓应无鹿犯松。乡近更深丘垄念，扶腰先办一枝筇。

击　缶

击缶呜呜漫不休，丁年走马忆长楸。心孤惟恨山难徙，口众原知石可浮。
八咏沈郎秋士瘦，九歌屈子楚臣忧。镜中华发添人老，更趁斜阳一倚楼。

西坞秋夕

长坐孤斋薛道衡，偶开三径蒋元卿。芦碕潮落雁初下，萝坞月来虫乍鸣。
词曲听人翻旧谱，书灯知我赋秋声。微吟无意诗先就，不是刘侯要取名。

江　村

霁色初开隐断虹，江村黄叶漫西风。渔歌斜日常孤起，我意闲云与偶同。
细浪不惊鸥戏水，长天无尽雁横空。如何词客多萧瑟，独让兰成赋最工。

撰《〈论语〉郑注疏》遭乱旋辍 并序

《论语》郑注，宋南渡已亡，因取孔氏广森诸辑本，及敦煌鸣沙山石室出
土唐人手写"学而"至"乡党"十篇残卷，益以日本所存《子路》篇，补加
番采为之疏。

孔门精义向谁求？后郑业残亟待绅。梦里不逢皇侃唾，壁中端赖鲁恭留。
注搜金屑惭窥豹，疏漏珠玑葸汗牛。聊与五经尊錧辖，为山功半浩难收。

虚　阁

江天虚阁曲吞肱，目极秋空水共澄。世外神仙陶淡鹿，人间官吏郅都鹰。
五芝鲜嫩颜堪驻，三葛粗疏体尚胜。蓬荻荒丘扉静掩，丽霄乌兔任环绲。

江　畔

不成遗世更何云，江畔离居复有群。秋水马牛浑莫辨，远天鸿燕总难分。
麓山明灭衔斜照，湘郭参差锁暮云。返景楼台金碧里，画师惟少李将军。

送　客

门前残照忽西悬，送客沿溪不度阡。人去荒茅斜谷外，僧归疏树断桥边。
曾充市隐常移宅，自茸山居又换年。季重旧游皆异物，怆怀今昔一潸然！

答友二首

非关索靖识机先，陵谷由来有变迁。结足已参无住谛，游心真到不还天。
数椽静寄山崖屋，一壑寒生石窍泉。青社白茅君莫问，出尘从拊觉王肩。
石床移枕就松风，乞米无书傲鲁公。在见闻间艰幻相，从生死外悟真空。
冤亲平等悠悠过，夭寿齐观翳翳同。我与远师缘最夙，逝寻莲界叩花宫。

麓庄梦亡友程六子大

空谷声回出应忙，伊人何自访幽庄。陶潜遁世惟知晋，江总还家不是梁。
量浅取杯添野水，兴高移席就山冈。梦酬斯境余孤枕，始叹交期尔许长。

《九生诗钞》题词二首 闵牧天、汤国万、陈起凤、杨武绳等皆岳麓受业生。

九子如闻说易堂，麓山坛坫未曾荒。草生草死风离合，花落花开日短长。
朋笾盍簪年并少，诗成刻烛句应忙。曦台我亦行窝近，数拈吟髭半是霜。
楚凤何人调最高，相期群彦补风骚。龙头自昔留佳话，牛耳于今属俊髦。
妙语庚庚盘走汞，清思乙乙茧抽缲。不辞凿落倾重碧，把卷还宜左手螯。

冬早郊居游眺

朝暾将上瘴岚收，山鹊知晴噪屋头。雪霁莎堤松便屐，水消芦港浅宜舟。
隔冈僧寺传清梵，对岸人家枕碧流。高鸟一双飞自远，跦跦吾独取闲鸥。

苦 忆

苦忆辽东管幼安，举杯孤酌不成欢。采薇人少风流邈，分粥僧多日食难。
敢向山林称领袖，漫从荆楚问衣冠。征鼙嘈杂连鳌极，迁地何之迫岁残。

丁丑冬至

闲收芋栗凑冬粮，忽漫长晖在骏狼。家祭只循先代例，瓮醅犹作去年香。
人归郭北蒙蒙雨，秋尽江南簌簌霜。节序惨舒潜转易，青天无绊白驹忙。

莳松竹

补松添竹敢辞勤，伫看吾庐拥绿云。不必两间知有我，何尝一日可无君。
妻孥相属消杯杓，童子都教赦斧斤。待到岁寒应更好，雪枝霜叶定殊群。

丁丑岁阑漫述

买得湖田似石田，重罹多难又凶年。平生才略惟添债，乱世文章不值钱。
人到贫来疑偶尔，境从历过想当然。北风图里冬缸冻，雪被冰床九九天。

戊寅元日

瓦炉松火隔宵明，苾勃温馨泪泪生。心净乍澄离垢地，身闲还倚贮书楹。
汉家昨夜犹存腊，鲁史何人更纪正。舜日几时歌复旦，新年悭放一朝晴。

铜泉坡茅屋

年光何限属流尘，为爱山茨小住频。茅屋骤添三尺雪，柳条才泄一分春。
天寒翠被悭留梦，运否黄金巧避人。蕙转兰熏知有日，移时花发思俱新。

农　节

溪北溪南野水生，雨旸农节到仓庚。机心方歇鸥群下，幽意相关鸟一鸣。
俦侣凋残成我老，田园寥落让人耕。门前亲切王恭柳，夭袅长条最有情。

丛刊中见周生名晖撰予事述

动色相看迹已陈，草窗描画逮闲身。无多故实成予拙，有几亲知似汝真。
十载乱离伤气类，半生忧患长精神。儒林文苑惭非分，青史聊期备逸民。

"长"上声。

郊墅春望

看山人暇发春缸，山亦窥人尽入窗。每以静缘能体会，时于佳景得心降。
和风柳陌藜黄独，浅水芦汀翡翠双。身似虚舟稽放闸，槎艕长系不通江。

麓山劫后偶作二首

人外初无迹可逃，劣营崖屋背江皋。四时扫叶余黄卷，两度开花到碧桃。
蓦地风轮空自转，飞天劫火漫相遭。情知淮海金汤险，未抵山栖结构牢。

予移家麓山已阅两稔。

狼头随处起烽烟，牝谷投虚幸得全。变色客来谈虎市，忘机吾过放鸢天。
心空能捍阴阳寇，耳寂何忧霹雳弦。稍喜园林春尚在，东风翻作海棠颠。

戊寅春日机二十七架轰炸岳麓，吾庐差幸无恙。

曾四星笠邀同杨二遇夫小饮麓山酒楼

春灯微醉影欹斜，道左疏香吐楝花。长聚名山风有主，暂离浑舍月无家。
输君早定千秋业，老我初添两鬓华。回绝世机闻见外，公田专夜任私蛙。

两君讲学麓山，皆未携眷属，颔联戏及之。

新晴江上纵目

久雨清江半带浑，一重云树一重村。三旬朝旭初登岫，十日春寒未出门。
健鹘摩空盘远势，轻鸥拍涨上新痕。何人危坐梭头艇，鼓棹中流浪欲吞。

残　年

残年腰鼓又春来，忆远笺凭雁足裁。十有九家经乱散，百无一是遣愁开。
狂氛青犊屯军密，浩劫红羊战鬼哀。提剑尝思书暂辍，芥舟终愧济川材。

山　家

嶔崖幽回夹心颜，设色霞明过雨山。厨引石泉添竹笕，墙分邻树带柴关。
其人所欲熊鱼外，与物无猜鹿豕间。谷背莺寒声未老，春归有客不知还。

春　深

晓日门前白项乌，春深剩看雪峰孤。旗亭暖嫩初青柳，沙淑寒坚未绿芜。
和气在躬胸益益，恶声盈耳角呜呜。年时望杏瞻蒲外，赢得畦翁一事无。

戊寅先大夫百岁诞日

吾父弧辰今百岁，哀哀不返邈终天。伤心陟岵三春后，回首趋庭二纪前。
滕下更无为子日，人间长是忆亲年。中原未定还家祭，悄向空山一泫然！

春晚村墅雨中游眺

蛮鸠声里雨霏霏，似有还无望去微。趁地柳条春不起，随风花片湿犹飞。
清江水鹬窥鱼出，远陇田鸦附犊归。曾听尧民歌击壤，卅年回首意多违。

张十三子羽见访山庄

身与云亲不见山，偶逢佳客款柴关。相怜肮脏宁违俗，自信支离最得闲。
逃过罡风三劫外，别来流水十年间。翮翮浊世如君少，幸慰神思一解颜。

麓居赠过从诸彦

每共渔樵话夕曛，频劳诸彦访江濆。时无颜阖能尊士，世有张华定识君。
我懒但图消白日，人贤何待附青云。芸香休放书签冷，期与名山一席分。

泛　舟

舟在烟波吐纳间，清江初过雨斑斑。残霞枫叶捞虾渚，浅水芦花浴鸬湾。日夕夷犹双桨缓，秋高寥廓一襟闲。夜归家犬迎人吠，渔火孤村叩竹关。

得四妹吴中书云将迁桂

多时姊妹不成行，爱汝书来启简忙。分手十年同患难，离怀两地各悲伤。兵尘顿洞吴江险，瘴气凄迷粤峤长。倘赴桂林须转棹，便乘漓水达潇湘。

草　庵

又向村西结草庵，稍栽松竹杂楩楠。根都不用龟藏六，窟本难谋兔得三。晓约冷云回远岫，宵留明月印澄潭。而今事事皆通脱，惟有看山意尚贪。

蔬　水

敢辞蔬水违吾道，瓢足箪余敌万钟。废壤莳除深结蚓，清泉烹试小团龙。丁繁度地添新筑，赋重售田减旧供。闻道斯民多菜色，自揩尘镜照姿容。

学院成业生乞诗为别二首

莘莘学子俨东胶，朝听刘巘晚听苞。坐拥虎皮参笔授，囊明萤尾助书钞。抠趋次第人俱俊，答问更番叟不聱。早便千秋同一室，儒林何限是神交。

谁言麟角学难成，各有姝姝暖暖情。我比幽燕饶老气，人从齐鲁聚诸生。披沙尝喜精粗见，饮海还期大小盈。鹏翮培风由此远，济时聊复望群英。

诸生多河北山东籍，故有第四句。

赠人新婚

内外青庐点缀齐，合欢花放洞房西。玉台镜便临床对，银管诗因却扇题。三叠紫箫鸾并舞，一条红绶凤双栖。石麟来日从天降，英物予还待试啼。

示外孙丁启佑

少孤如汝亦堪嗟，却胜王符有外家。勿任直根成曲干，原知苦蒂出甘瓜。高曾矩矱风犹古，门第诗书望最赊。我女能贤同络秀，此情私向阿奴夸。

秋　夕

彗星南指炯昏眸，猬起蜂屯几度秋。白露为霜边雁苦，青磷如火野猿愁。三年人卧苍筤谷，半夜渔歌杜若洲。未伴卢敖周四极，神行吾自与天游。

麓山有苍筤谷。

中秋玩月和石巢

向夕斋心学太常，兔明乌晦愿宵长。山河不碍蟾蜍影，沧海还添蚌蛤光。珠到圆时秋有泪，斧当修处净无芒。题襟坐忆南楼客，落雁风高数举觞。

重宿开福寺忆碧湖诗社旧游

一灯怀旧坐清宵，人似冬林尽已凋。留我独吟风张楚，与谁相对月来寮。情疑华表重归鹤，兴比寒柯半咽蜩。逝者俱先灵运去，瓣香私向佛前烧。

"张"去声。

友人问近状

一纸书来副素期，楚江哀怨入江篱。山深正朔犹存夏，世丧华风尽变夷。宛尔成翁添鹤发，偶然支睡隐乌皮。惟将经史销闲晷，事不萦心邈若遗。

过湘乡曾文正公故宅

丞相优贤作计赊，楚兰无复后栽花。天开绿野犹存墅，地埒平泉早置家。燕许文章推大手，范韩功绩称高牙。四方予欲观奇士，东阁思公迹已遐。

"称"去声。

山中怀杨遇夫曾星笠两教授

近来朋旧各柴关，我亦生涯笔砚间。壮日颇同黄犊健，衰年浑似白鸥闲。水边双桨空相忆，云际孤峰宛可攀。独惜离群频念乱，未偕何谢隐东山。

决　河

万族黄河一决歼，水头初比剑锋铦。原知剧盗心先死，肯信冤魂口尚箝。堤溃不缘群蚁漏，陆沉徒便众鱼噞。秋风瓠子横流急，闻道诸山只露尖。

漫 作

蒲团棕拂伴幽窗，南岳宗风付老庞。霜后园林丹橘半，雨中庭馆碧梧双。
坐禅身值疴初愈，悟道心如敌乍降。顽石满山皆法侣，好镌文字作经幢。

书 斋

囊底余光不借萤，书斋灯火一星星。饥随白雁分菰米，梦就苍松乞茯苓。
旧债未偿花市券，新题容勒草堂铭。履綦近接田家叟，商补龟蒙末耜经。

江 村

霜林红老带斜晖，江入遥村尽处微。树里人家黄叶瓦，藤间神社绿萝扉。
牛羊识路晴俱放，鹅鸭知门晚自归。赢得畦翁甘落寞，息机无意羡轻肥。

次酬星笠辰溪见寄并答遇夫疏庵四首

夙兴频见昂参斜，乱久阴阳失岁差。老至故人秋后叶，倦来残帙雾中花。
颓檐坐雨仍岩罅，丑石眠云或水涯。跕跕飞鸢风色冷，五溪迢递寓公家。
辄唤奈何人事改，非因闻笛怯登楼。暂分便抵三秋别，相忆长萦五夜愁。
天帝不情秦法峻，湘君无语楚江流。神倾试想重逢日，兄鹭倏然更弟鸥。
书至孤云贴雁斜，乌尼传喜信无差。空斋砚涩晴添藓，古壁灯寒夜吐花。
役我梦魂迷水驿，怀人离思极天涯。年时记得名山聚，一角春旗卖酒家。
却看城郭今非昔，如此江山漫倚楼。伤乱不堪明念乱，欲愁何必讳言愁。
峰当邃处多佳境，水到深时少急流。青箬绿蓑归去也，厕身天地一闲鸥。

题《三游洞行卷》

夷陵咫尺三游洞，胜事微之与乐天。一往尚传长庆集，重来应忆太平年。
留题坡老多新咏，继迹涪翁有后贤。我更披图寄遐想，心神飞越两崖巅。

郡城焚离麓山避地云盖

私制青词手自熏，通天台远有谁闻。家非合浦珠全去，市比昆冈玉亦焚。
万劫独伤湘郭火，几时重隐麓山云。区区一往痌瘝念，量臂经宵瘦半分。

云盖寺

山寒云气惯成堆，古树愁鸱日作陪。塘水白连双涧合，寺门青向数峰开。

僧来岳麓时还去，雁过衡阳近却回。我亦寄居逾十口，忘忧思采鹿葱栽。

云盖山中

云林樵斧远登丁，日午山麖引子行。翠竹乱依岩脚长，青苔多上屋头生。
民情未凿思巢燧，世累全蠲让庆平。换骨有方吟药转，禅堂疏磬使人清。

忧国和敏斋翁

忧国庸劳赋载驰，刺讥何忍续氓诗。书空那有图成日，吹网终无气满时。
泪尽铜驼人独往，怨深金雁柱频移。乾坤一掷犹争睹，着着残枰是死棋。

山中即事

水恋山留世可逃，我如天地一鸿毛。拈题有景皆成画，刻句无愁不类骚。
黄叶林间人独往，白云岩际客相遭。竹筇随手疲还曳，雨貌风颜兴故豪。

避　地

扫天无彗且深潜，六合烟尘杀气严。心为养娴丹不减，鬓因吟苦白频添。
夜郎远在滇池外，秋隼高于华岳尖。客馆红梅仍旧腊，幢幢花影岁将淹。

寄居海会禅刹

拟学僧衣制水田，禅房权得静中便。霜威初试日先冷，雨意未成风更颠。
泥龟炊粱朝乞火，瓦壶烹茗夜分泉。纵然人世尘如海，不到岩扉岫幌边。

曾浴云秀才蜀中书至

绮岁情亲齿略齐，衰年经乱惜暌携（存疑）。山中野鹤惊烽火，剑外冥鸿踏雪泥。
君去快如迁木鸟，我留艰比触藩羝。报书斟酌诗难就，为涉哀时不忍题。

静斋以《六十杂述》见示

却因身健畏人衰，别辄寻思见复悲。卅载交君宁貌合，五年长我得肩随。
功深文字醲醲厚，老至时光息息亏。顾绛能闲青主暇，各藏头角减忧危。

冬夜海会禅寺

为家吾已惯招提，戢翼林间得所栖。灯烬吟情孤枕健，梦阑归路万峰低。

门前虎挟狂风啸，窗外鸡争落月啼。逃死尚留唐代寺，积思成痗转增凄。

戊寅岁暮

与世乖违自率真，迂疏吾自不谋身。读书万卷有今日，饮酒三觥无古人。几次卖田缘避税，多时卜宅愿求邻。支分门内妻还健，敕断家常未了因。

向　夕

向夕云归远岫昏，泠泠寒濑漱篱根。轻烟杨柳山边市，细雨梅花水上村。目与景谋耽境寂，心无尘汩得春温。姓名怕挂时人口，晦迹丘园掩荜门。

寺居答亲旧

红鱼清磬息诸缘，云水寮深借榻眠。离垢若僧真出世，偷闲由我岂关天。饭糁香稷椿芽嫩，羹芼芳菰豆叶鲜。箸匕不膻风味美，斋盂差胜大烹筵。

河西新得生圹

到头黄土最相亲，委化应无独免人。死去便埋青草地，生存犹见白杨春。潜知爽垲堪藏骨，勇悟浮名不贴身。旷达吾还师表圣，墓碑从早伐贞珉。

寄候唐茹经尚书

鹤唳吴田怨有余，永怀红杏老尚书。感时空忆承平日，退省宁忘履道居。湖外乱山人寂寞，江南春水梦萦纡。渊源伊洛惟公在，门下高材独起予。

宝应鲍生传简出公门下，尝请业于予。

晓　起

晓起喈喈鸟哢晴，琐窗当树网虫生。诗书半望娇儿读，家室全凭巧妇营。大陆平沉何碍我，春池吹皱底干卿。遣愁那得愁如许，信有人间庾义城。

五妹之殇忽经两春因寄四妹海上

悯逝伤离一念间，春容难复少年颜。抑知远别强于死，尚想长眠胜似闲。过客隙驹光不住，昵人花鸟意相关。海垣书札犹多阻，痴望泉台信得还。

寺居睡起散步

春唤枝头唤梦回，猧儿依榻静相偎。松寮云过龙鳞润，竹院风生凤尾�隤。

细草邻家分路入，杂花僧寺并篱开。野人占察知时序，青子微黄未熟梅。

橘洲渡

橘洲分隔岸东西，过雨银沙不作泥。双燕翻风头并举，群鸥拍水翅同低。布帆婀娜扁舟乱，云岫崚嶒古木齐。世事生疏吾自喜，不然谁向碧山栖。

山寺寄居

冷湫湫地与僧同，禅味初谙薄致功。击竹见桃机最活，扫藤除葛法原空。缘留练若三生外，道在寒灰一念中。堂下不须鸲鹆舞，娇儿差似小安丰。

五儿敦随侍入山，学业大进。

羁寓中忆岳麓别业

极知天地本来宽，烽火无归进退难。别业只供萍聚散，离人惟冀竹平安。情如红豆长相忆，心似青梅总带酸。雨铎风铃宵自语，僧房清对一灯寒。

兰若题壁

老雨顽苔绿上阶，逃虚聊此息筋骸。禅林邃宇栖身稳，人世危机动足乖。三炷佛香朝设供，一盂僧粥午分斋。谁知尘劫氛埃里，根已无多蚁聚槐。

与陈雪轩赞府话旧

固知专壑胜专城，垂老相逢意气倾。许迈游山今日事，刘湛宰世弱年情。输君药饵千金值，笑我藜羹五鼠轻。风土爱谈欧冶地，佛香微火爇松明。

君福州籍，善医。

寄所知

岂惟山泽可怜生，乌弋黄支汉朔更。海燕但知怀旧主，江鸥聊与订新盟。茫茫上古而还意，落落中年以后情。濯足欲随渔父去，沧浪之水不曾清。

旧业经乱凋耗殆尽感赋

风雨高歌问鬼神，不知谁欲子桑贫。拈髭妻怪清吟数，吐胆儿知苦语真。七尺本无寒乞相，半生浑作乱离人。纵然温饱非吾志，大患原来在有身。

礼六祖真相

幻相真身任世猜，宝珠原借蚌为胎。六朝灵蜕香云老，八部天龙法乳恢。
乍见仪形犹眼净，不酬言语直心开。坛经三读重瞻礼，亲领曹溪一滴来。

华严寺赠佛航头陀

相逢才在两年前，又较相逢老十年。云谷不曾留杂记，雪山犹得绍真传。
更名药地怜无姓，继迹桐峰算有缘。带水拖泥吾独愧，禅堂同听磬声圆。

山寺遇旧

客不相期偶合并，斋堂驯犬下阶迎。同经离乱非前貌，各辨言谈是旧声。
借馔留宾缁锡俭，拈香供佛磬铃清。多罗妙义深难阐，慧解吾惭眼未明。

赠　妇

春花容易歇红芳，四十年前窈窕娘。儿女只今多长大，夫妻从昔少分张。
推甘助我埋头读，忍苦偕君破胆尝。私比孝标差自慰，画眉朝镜忆新妆。

计自结褵至今阅四十载。

山栖闻时事

一枕羲皇傲几篯，人间如此尚堪居。歌喉毳帐红牙板，战骨沙场白羽书。
膏血多时供寇盗，烽烟无地着樵渔。出门便是迷方客，龟策逡巡肯告予。

山寺端午

幸免红裙妒若榴，眼明萧寺万花稠。徒令夏节伤羁旅，不待秋瓜忆故丘。
熊绎烽烟连下隽，龙舟铙鼓断中流。汨罗惟合投诗赠，莫遣离人唱石州。

怀老友陈天倪

多君能以学名家，机辨无穷似卞华。碑读道旁辞尽记，文成枕上点难加。
旧时谈屑滔滔水，经岁离愁冉冉赊。一度别来书札断，出门相失即天涯。

至自营生圹处二首

偷生不葬楚江鱼，茧室先营比卜居。劫末孰知陵是谷，火头亲见郡为墟。

心超造化牢笼外，身历坑焚宿烬余。臃肿获全符散木，任人轻薄笑庄樗。

林峦如画骨堪藏，死后何须定首阳。规地作茔真息壤，界山为域假封疆。克家痴望儿孙辈，谀墓羞凭弟子行。泡幻本来生是寄，漫劳羲嫠趣归装。

山寺旱夕

赤云推日下前峰，转盼浮阴暧黯浓。月晕逆知风欲起，星乾私虑雨难逢。僧厨泉断闲双枧，佛阁山连应一钟。为念下方人最苦，多时无首战群龙。

忆《沅湘耆旧集续编》并序

廿年前尝辑《沅湘耆旧集》二百卷，依原例以诗存人，搜访专著外，余多从故家子姓钞录，顷岁兵燹散失，怆深于怀。

陌卷钞成蠹不侵，沅湘耆旧萃南金。常怀敬梓恭桑意，未副登梨寿枣心。人死本期名可续，书亡宁有篋能寻。当年分写曾亲校，灯火山窗落叶深。

宿山家

晴峦攒簇聚墙头，芳草成蹊步屧留。与我周旋松浩浩，共君缱绻竹修修。樵峰夕照霞边路，僧寺疏钟木杪楼。遮客山翁频指看，月娥高上一弦秋。

周生籀汉入山迎予避乱

似汝真堪托死生，崎岖寻我入山行。灾缘人造愁何益，事听天排梦不惊。铅水未干铜狄泪，金飙犹作铁蹄声。白云青嶂随跟有，为谢拳拳系虑情。

病　风

风摇浑似欲残灯，定里回光幸尚能。略少俗缘机早息，颇多衰相病先乘。暮年可是知归客，丈室频来问疾僧。强进些些磁石水，妻孥防我步伶僜。

病风少愈

霍然灵药乞医门，病已摊衾恋晓温。半体渐苏旁死魄，两旬才返再生魂。若非勃勃风旋减，何得绵绵气尚存。正好持螯烦左手，昨来朋旧约开尊。

先是中风左臂偏废。

可　叹

可叹三光不肯明，杀机连发似潮生。繁城瓦砾家家火，故国戈铤处处兵。

失窟蛟龙非浅水，乘时鹰鹞与云平。眼中何限兴亡泪，欲向西台共一倾。

陶君鼎勋过山舍

阴阴岑壑趁樵踪，筛雨云低半入松。水净爱随僧洗钵，林幽忻伴客携筇。
泉奔岩下千珠碎，人在山中万事慵。寓此经年悠忽甚，当前难辨是何峰。

寄徐六绍周道州二首

岂是移家葛稚川，久无音息递巴笺。君应明月思千里，我又秋风老一年。
知饱乱离神更定，欲摅怀抱意难宣。慵夫枯似蜗黏壁，长伴松云枕石眠。

转徙闻君又一回，濂溪犹及渚莲开。情如旅雁衔芦苦，句比穷猿啸木哀。
家得天全诚是幸，世非人祸不为灾。州城当有遗民在，闻话春陵旧事来。

赠吴万谷文学

吴均今喜属通家，句好儿曹往往夸。将谓天生非学力，最教人爱是才华。
一头地已看君出，两鬓霜应叹我加。蛾术深时凡骨换，丹成知不藉灵砂。

海会禅林夜坐

梵宇檐低列宿陈，多时狮子不嚬呻。两楹古殿双趺佛，一穗寒灯独坐人。
谁解定门探秘钥，我惭禅海起穷尘。法空无证谈何易，鼻竖眉横患有身。

严甥咏卿四女芷祥由安南入滇

道出南交向日南，昆明知复结行庵。天长信每稽双雁，气暖绵应熟八蚕。
人杂方言音岂识，宅经和仲迹宜探。书来惟用平安字，余待归时琐细谈。

七女怡静将之桂林四妹寓

诸儿滇蜀各分衿，汝亦脂车入桂林。予季可依殊任侠，我怀难释尚氛祲。
山抽苞笋峦烟密，村暗桄榔蜒雨深。知否风霜寒暑里，行边都有阿爷心。

己卯山寺中秋

月华凉涌万山重，佳节伽蓝乱里逢。但见广庭如积水，不知浮世尚传烽。
斗杓插地星光弱，河汉横天露气浓。今夕何年君莫问，桂香斟酒遣无悰。

秋分后一夕作

听唱黄鸡思悄然，空庭凉露夜涓涓。秋多又被平分去，榻窄惟宜曲尺眠。
大块无尘当□地，初禅有想是风天。观生真叹身如幻，度过兵戈近卅年。

渔 湾

人烟疏冷旧渔湾，风去无妨更雨还。水际蓼苹花绰约，霜中枫柏叶斓斑。
未忘忧乐仍为累，能废吟哦始是闲。一片钓矶堪坐卧，我来箕踞看秋山。

寒 溪

白石寒溪齿齿深，渔舟攒插柳堤阴。穿云片雨先予到，趁渡孤僧后客临。
山得宛丘身可隐，世当衰季口如瘖。自余皮里阳秋在，不必占家问六壬。

羁 栖

人闲无路乱方深，恼我羁栖尺鹦林。松引宿云停树尾，菊溥清露折花心。
非甘寂坐抛诗钵，那敢狂歌叩剑镡。奇气向来能跋扈，颇伤寥落叹如今。

己卯重九

岂有闲心著广骚，刘郎今日敢题糕。人情变似虎双翼，身命轻如鸿一毛。
秋浩荡中风物冷，尘蓬勃外阵云高。登山更感流亡苦，载酒悲歌抚孟劳。

次韵疏庵寄怀

气机消长静方知，木脱霜飞一卷帷。槁蠹干萤穷士轴，哀猿劳雁故人诗。
近年欢少吟常苦，远道书多答每迟。惆怅蛮溪心素隔，麓云何限别来思。

过府学宫遗址

牧马黉宫乱已深，参军今不护儒林。礼崩端让鼯鼪揖，乐废惟余蟋蟀吟。
庚子日斜秋瑟瑟，丙丁灰冷昼阴阴。卷葹枯剩龙墀草，怜有霜前未死心。

寄舒姜箴居士

风叶寒林诵贝多，经房月上伴维摩。胸中道气常离染，鬓里年光只益皤。
早契珍池皈练若，曾趋金刹就只陀。近时兵革成暌阻，相忆犹稽跋履过。

窟室

窟室潜身俨土囊，戴盆何以望苍苍？天从变后风云急，人坐愁边日月长。未绝声闻山落木，又传消息海生桑。活埋僭拟姜斋叟，门榜还思署夕堂。

挽曾敬贻太守

往时文正有诸孙，先后山邱只泪痕。君似晚花犹在树，客如秋叶不归根。三湘鹤警羁归椽，百粤乌啼吊旅魂。谁料天涯成永别，别筵空惜酒盈樽。

令子约农随侍，故有乌啼句。

山房

月出松岗雪未消，山房当夕得云饶。诗如看画勤经眼，带抵添衣紧束腰。露楔净排三两帙，风榻寒颤一重绡。影形酬赠兼神释，推枕黄虞梦境遥。

寒夜杂咏

频然孤影岁寒灯，故纸頵攒类冻蝇。久对寒梅如老宿，初疑秃柏是高僧。哦诗夜夜疲叉手，读史时时痛抚膺。不管吟多毫易腐，书生赢得气峻嶒。

山夕怀蛊园

阔别胡由一寄声，每于清夜轸离情。随时岩壑有云出，何处溪山无月明。欲讯行縢书数误，不闻消息岁重更。乡关愁绝犹兵火，紧接巴丘鲁肃城。

岁暮有怀恭邸

王门无意曳长裾，容膝茅茨觉有余。最羡湘东三品笔，弥怀冀北一行书。楚书荆月天垂暮，朔雪燕霜岁逼除。倚是相知心不隔，感时山海愤难摅。

己卯除夕仍留海会寺

岁龠明朝启历头，炉添商陆酒亲筈。百年容易尽今日，孤愤最难销古愁。夜数丙丁残漏短，债权子母宿逋遒。无端两度僧厨腊，闵乱浑如病未瘳。

卷十四

七 律

(公元一九四〇年庚辰至一九四三年癸未)

庚辰新岁自咏

濩落依然一幸人，惟余书卷昵相亲。年衰颇似日过午，气壮还如杓转寅。
口户渐稀缘乱久，身家才稳赖逃频。冥行尚作无尘客，深遁穷山两见春。

李肖聃教授辰溪见怀

岩栖谁念白云踪，双笔贻笺恍梦中。文士风流兵里歇，亲朋星散座隅空。
当春烟景欣还在，隔岁音书喜乍通。始省东川才力健，武溪深处豁阴蒙。

观 心

团蒲承坐即莲台，蓦尔心花特地开。野鸭可曾飞过去，山牛还是拽将来。
东风吹耳根随灭，北斗藏身意任猜。一物迥超空色表，教从何处触尘埃。

寓馆偶兴

但得青山在眼前，未妨随寓过年年。有书胡取廛三百，无病常沽酒十千。
庭院客稀花寂寞，林塘人去草芊绵。小炉香尽添龙脑，更展毛诗释郑笺。

予旧撰《毛诗郑笺释例》未竟，稿旋散失。

思江南旧游

群贤江左记连镳，一片青山话六朝。渔舫月明瓜步笛，宾筵春暖秣陵箫。
怀人昨夜乘黄鹤，作客当年敝黑貂。耆旧于今谁健在，梦回芳草碧天遥。

独行堤上有怀枣园积微

绿杨多与酒楼齐，阪路崎斜出大堤。春色向阑莺百啭，旧巢垂毁燕双栖。
江河长逝滔滔水，浦溆徐行滑滑泥。独惜良朋三岁别，不同参语隔蛮溪。

题《春闺夜思图》

窗畔幽花未破丛，寒灯无焰扑飞虫。信沉雁碛龙沙外，春在莺闺燕阁中。
暗卜金钱情转怯，疲支玉臂梦难通。阿鬟睡熟凭琴荐，似启朱唇唤小红。

春暮再过生圹

一回凝望一伤神，终结荒山寂寞邻。浅草又堆曾窆土，贞松还待未归人。
预题圆石衔频乙，辄饰方巾命不辰。垂暮光阴余有几，况兼花落迫残春。

残春别业

留春无计遣啼鹃，不那春归在眼前。茅屋数间人卧雨，秫田三顷犊犁烟。
富原可畏抛长算，闲却能偷付短椽。反舌未应声便涩，过时犹有晚芳妍。

客 过

远客归因阻乱迟，故交原自胜新知。重逢貌已非前日，一见情尤愈往时。
城郭早墟家并毁，壶觞犹在酒同持。坐来莎石成深暝，江月初圆挂柳枝。

书寺壁

闲时有兴直须乘，题句先搴蔽壁藤。春尽榆槐阴乍重，节过樱笋暖初增。
林泉且住宾犹主，云水原来我亦僧。颇惜太常斋禁密，不闻宗说契南能。

山 塘

山塘春尽水潆潆，菰荻芽深积潦消。菱叶浅承翘雨鹭，柳枝高曳唱风蜩。
眼前伤独无群屐，身外嫌多只一瓢。且乐长闲人在野，云装烟驾暮还朝。

次渌口

岂特衡阳雁避弦，万方兵气起山川。村墟灯火数家市，浦溆烟波双桨船。
不尽客愁前路外，差宜人意晚程边。今宵喜见初晴月，江上青枫望渺然。

桂林道中

客程回首瘴云空，南纪朱陵挂断虹。漓水东流三楚合，桂林西上百蛮通。
人从伶僚分岩峒，俗混傜僮杂土风。山景信为天下美，已看身在画图中。

桂林喜晤予倩四妹夫妇

百年能复几团圞，面目依稀忍泪看。别久那知身已老，病多差免骨先寒。
人间歧路难常聚，客里深杯得暂欢。往事凄凉如梦幻，恍然尘世一槐安。

留别四妹

十年不见钟离妹，同谷歌伤杜少陵。自汝分携将廿载，与兄相对复孤灯。
欢娱每为思家减，感喟都从阅世增。各届衰龄能几会，惟应今后得频仍。

粤西归途书感

稍喜烟墟静不喧，绿榕阴里一停轩。旧家燕雀投新主，荒冢牛羊卧古原。
已过兵间三十载，空思柱下五千言。故乡曾办杉皮屋，归去从容赋小园。

耒阳吊杜工部衣冠墓

杜陵饥客一抔存，遗事开天忍再论。世遇乱离名士贱，人怀忠义薄夫敦。
堆书万卷诗方圣，瞑目千秋道始尊。我亦途穷身且老，拈须来吊浣花魂！

卑　湿

长沙卑湿胡由避，苙篋衣生玳瑁斑。曾是有书勤晒腹，偶因无雨辄开颜。
基谋爽垲高离水，屋结阳坡近傍山。更苦野云能作润，朝朝朝去暮仍还。

林　栖

林栖尘上不层堪，故峡分粮活白蟫。梅润入衣收缔绤，松涛侵枕破沉酣。
空山日月随来去，窈壑云烟任吐含。天际真人吾岂想，凤鸾虽稳若为骖。

得友人札询近著

不管文章镞镞新，耻投时尚率吾真。散诗且葺许丁卯，杂识容编周癸辛。
小叩小鸣何与我，大惭大好总由人。登高能赋空怀笔，闻说青山待逸民。

徐七季含五十赠言

珠玉成渊好弟兄，更看群从凤雏清。序如北斗刚为殿，人比南州故有名。
读罢灵枢通妙管，翻残贝典悟浮生。百年方半知无极，海晏相期见太平。

题杨蕙卿女史《泉清阁诗草》

想见霜毫写韵余，签题多是读残书。绛笺妙语珠难并，彤管清才锦不如。
月旦闺中闻夙昔，风期林下缅居诸。兴酣无俟贤郎促，看赋冰天跃沼鱼。

念 儿 并序

积月不得爕敦两儿蜀中黔中书，女寿彤相依羁寓，复有陈王诸姓寄居于
此，夜座写怀。

儿曹知复忆亲无？差喜穷栖德不孤。游子影分千里雁，羁人队合数家凫。
料量生事凭娇女，抛掷流光剩故居。敛翼同寻安土避，绕枝三匝惕惊乌。

飞 梦

飞梦无端绕旧京，醒来推枕始愁生。天边群雁唉秋急，楼外一星侵晓明。
岂畏人非行落落，姑从我是守硁硁。五云多处空劳结，何限伤心赋不成。

长 林

夜夜云留宿处深，爱随麋鹿息长林。岩泉暗谱参差玉，野卉寒开琐碎金。
镜里新霜秋士发，松间明月古人心。采薇旧侣俱零落，悄共山僧话碧岑。

寥落二首

坠惊寥落壮怀孤，卅载交亲太半无。乱世头颅刀底活，平生心血笔端枯。
微嫌作直难揉枉，政恐为圜便破觚。同是飘零人更苦，中原群盗尚枝梧。

散尽朱门曲与游，黎民憔悴欲安投？犬羊蹢突三千界，蛇豕凭陵百二州。
自古以来真仅见，如今而后总堪愁。含艰履戚逢斯世，合学痴翁署铁牛。

楚 眺

几家红树近相连，枳棘篱笆户户编。蓼港水深何用井，芦洲沙重不堪田。
马骄风色思归代，鸿带霜华惯别燕。吾土预愁成战地，空轮时度肉飞仙。

代北出名马，第五句用之。

夜行写兴

朦瞳村舍带平皋，切切阴虫聚野蒿。农作乃乘河射角，人劳宜应地生毛。
芦汀起雁霜初重，草路横蛇月不高。荒埭潮回沙嘴失，转从山谷度前嶀。

重阳前寄燮敦两儿渝州

秋满关河木叶哀，遥怜儿辈未归来。愁中白发多时长，去后黄花几度开。
泥爪漫留巴子国，乡心应傍定王台。思亲可待逢佳节，莫使书稀远道猜。

何适园老友寄示近诗

不觉诗心入变风，江湖萧瑟各成翁。幽期合在尘埃外，近讯常传道路中。
吟鬓晓侵霜色白，醉颜宵映烛光红。性情陶写知多适，肯让君家水部工。

挽左军年通侯

浮生光景水东流，三十年前识旧游。绮岁世臣居散秩，当时天子号无愁。
荣华瞥过升平季，恩泽虚承恪靖侯。犹忆捉襟询佛旨，禅龛凉雨一灯秋。

文襄公君曾祖也，封恪靖侯，君承袭，光绪间曾官散秩大臣。

书　感

肯信金人口便缄，括囊重取易爻参。山中漫录题随隐，席上新编纪腐谈。
盗过岂分门五女，民逃奚翅户三男。剩怜垂白丁余劫，一榻支羸那复堪。

寺居写怀

天路谁能拔宅升，昨宵清梦太无凭。老为西土知归客，闲学东林入定僧。
眷属百年云易散，心灵一点水难澄。牵丝冷觑人间世，却有冥鸿解避矰。

痛定书事四首 并序

避乱云盖寺，寒暑两易，顷岁朋好复寄寓数家，一夕初鼓，牵率被掠，同
居负伤者有六人。先是予亲属皆分散，仅适丁氏长女寿彤母子相依，劫贼于予
父女无加害意，外孙丁启佑时在别室，走避未及，惨膏贼刃，中要害，女奋身
救子，左腕被戕，不获脱孤于厄，或以为误杀也。痛深创巨，以诗纪之，时庚
辰九月。

交亲相聚解惆勤，更得身藏万壑云。亘岁平安依佛火，霎时隳突噪魔军。
逃生徒自营三窟，去死刚才较一分。雨泣风号天惨黩，乱刀狂啸夜深闻。

是夕大风雨。

时危忧患信无涯，命若丝悬刃待加。虎口余生惟束手，牛头罗刹故磨牙。
原知邻犬难防户，始羡岩鸠不置家。判与天龙同闵默，冤亲平等学毗耶。

劫匪由同居陈姓后户入，故有邻犬句。

痛定扪胸一泫然，身非博士盗犹怜。我抛长物成孤注，女护衰亲获两全。
寺古鬼神窥贼惯，山深魑魅伺人便。伤心杨恽遭殃及，外祖情难遣马迁。

寺中廿二年前被匪蹂躏，颈联故云。

古谚虚标五女门，孤儿随母侍黄昏。衰龄吾忝称中士，奇祸谁教集外孙。
严宪早薤冰琢骨，郑藏横死血漂魂。断肠奚待猿啼数，兀坐寒灯照泪痕！

吾女十九抚孤，外孙年二十有一。

别云盖作

自决无劳卜挺专，卧云眠石就身便。人情不及虎心善，世味真如羊肉膻。
百岁往来春碓杵，一家行止搁滩船。可能容易偷残息，恰借僧房过两年。

周生籀汉请刊所著书漫答

头白无心待汗青，内机徐息契黄庭。枕中鸿宝珠囊卷，函底蟫灰玉帐经。
多难人家当此日，少微天上是何星。谁知迟暮才情减，笔下犹堪役百灵。

和寄杞忧生

铸就阴阳造化炉，物情争忍狗皆刍。风雷囊钥机方紧，水火人民病未苏。
死友难为磨镜客，生灵全付鼓刀屠。草茅谁有回天力，扫尽欃枪落雁都。

赠张宗骞文学

敝庐晴带麓山岚，颇似徐家落水庵。暂歇尘劳君且住，迟申杯酌我仍惭。
衰年怀抱垂垂索，大雅谈锋娓娓酣。不虑天河兵未洗，法星方近太微南。

追怀湖社诸老

香在从教麝作尘，昔贤谁有百年身？名能传世何关己，学不阿时始算人。
几辈相过思李赵，一朝俱逝痛徐陈。于今诸老无由见，除是衣冠梦里亲。

冬 夜

废屋凄风骨耐砭，破窗阴霙夜尤严。家如传舍无安堵，岁似浮图届合尖。
身得酒扶神稍王，心缘物役病相兼。书帷惭对冬釭影，圣少狂多转自嫌。

辛巳岁首立春试笔

冻消融日展暄晴，兵气犹缠略少晶。岁律又新宜可贺，春阳自苂不须迎。

更闻军垒重兴筑，行虑农田半废耕。起视八荒时尚早，身闲谁遣意纵横。

五十七岁生日自述五首

悬弧初幸际昌辰，二月莺花作好春。诗且仿陶题甲子，骚因笺屈记庚寅。榛苓山隰频思旧，蒿蔚庭闱倍恸亲。不惠不夷增恓恼，草间偷活是陈人。

墨露香浮白玉卮，眼前红紫绚花枝。可能海水群飞日，及见乾坤再奠时。死籍要烦司命削，生经庸取洞玄治。长明灯畔皈心久，赞佛香林别有诗。

百年逾半悚然惊，地厚天高愧我生。少日狂名鹦鹉赋，暮年悲绪杜鹃行。寰区已倦徐霞客，山屋仍藏许月卿。穷烂五经闻道晚，敢言辛苦著书成。

天留顽健备残黎，笑谢丹房六一泥。自信身如离缴鸟，人疑心有辟尘犀。悠悠岁月销书卷，莽莽河山叠鼓鼙。偕隐细君谙织锦，相从犹胜窦家妻。

世外颓唐一懒夫，投闲惟不辍伊吾。临邛颇复轻司马，广武何为恶令狐。气夺梧桐千尺迥，质侔蒲柳七分枯。恃娇儿女牵衣问，肯说承平故事无？

溪山即景

燕燕茅檐在处家，绿杨堤堰接汀沙。溪边钓叟移鱼籧，垅上耕夫走犊车。云自作衣山气静，烟难成缕渚风斜。写为图画留横素，定有人疑是若耶。

过城北怀雷劭青秀才

次宗于我久为邻，怀葛尝亲太古民。过去口能谈逸史，别来身恐属轻尘。妖狐凭穴群鸣火，旅燕离巢七换春。湖外老成凋谢尽，芰焚荷裂念冠巾。

过郡庐废址

蓬麻弥望土新淤，废址湘滨认故居。重见鹪鹩非旧巷，几经戎马是荒墟。榱崩栋折家沦落，阙毁陵烟国革除。一事寸衷差自慰，别藏还剩未焚书。

念故居

一辞云麓四经春，幽草幽花入梦频。才报兵车驰岭外，又惊烽炬照江滨。羽飘鳞蛰居氓减，肉薄膏涂战血新。我自吁天祈偃革，毁伤何暇计松筠。

吊印光法师

翘迹东吴启祖庭，穹窿环侍众峰青。躬承慧远宗风正，性佩如来密印灵。垂泪诸天春细雨，交光层汉夜明星。横超三界安详去，剩与儒流想典型。

法师皈依弟子多儒家。

怀罗四上虞

闻道江东处处笳，卫旌难守广陵瓜。巢林人自同惊燕，列戍兵犹似乱鸦。不少良朋归地下，竟无安土遍天涯。可能亲朋重相觌，燹后遗书访故家。

西坨夕兴

独寻眠石藉莓苔，香瓷良宵待月开。真味每从无味得，至情原自寡情来。自然肺腑流元气，何必胸襟抱死灰。未与孔门狂简列，恐逢千圣不知裁。

怀子羽蜀中

征骓西去欲何从，往事乡园记再逢。蠹简客亲崔慰祖，凤毛人誉谢超宗。月明湘渚宵三五，云黯巫山岫万重。每念故家冠带族，九州愁说旧提封。

勉幼子作锡并示诸儿孙

诸王子弟慕安丰，后郑门庭羡小同。文字本饶驱鳄力，诗书难少聚萤功。弱怜群稚年将盛，老叹孤怀德不充。负笈汝曹生较晚，阿兄先为述家风。

四月八日居士林礼佛作

蜕茧飞蛾肯再缠，法如甜蜜彻中边。当机立断云门棒，息念行参雪窦禅。幻想少离冰化水，真心无际月临天。未须身换莲花服，虔取香檀熟梵筵。

借米二首

米借邻家倚续炊，伤躬何碍钝如椎。若人岂少夏畦病，而我徒多秋士悲。富纵可求嫌踸踔，老之将至叹垂垂。胸中犹欲吞云梦，百尺楼头气未衰。

脱粟如珠佐菜盘，齿强粗粝劣能餐。况当危季逃兵苦，为是荒年遣仆难。计口忍教银鹿馁，谋身痴羡土牛安。几时南岳蹲鸥熟，芋火还思就懒残。

不得旧王孙消息

音书难达雁池头，那得飞笺到楚丘。迅节又逢南至日，惊烽仍阻北行邮。多艰家国频迁地，无尽关山独倚楼。华发暗循忧未已，几时亲见二京收。

草　屋

草屋微憎豹脚蚊，心闲方欲断知闻。黄精苗盛云常护，白葛花开雾不分。
瓦罐汲泉朝煮术，瑶签燃烛夜编芸。茶经香谱留余习，林下相随有细君。

立秋后作

草木无端倏变衰，化机迁遭果何为？云来高树昼垂暝，风入疏桐秋转悲。
种芋作粮荒岁食，采芝如肉晚厨炊。向阳原有贞心在，不遣儿童折露葵。

感　秋

雾塞飙回劫未终，五年南北信难通。楚江浪涌蛟鼍窟，蜀国风生虎豹丛。
独我感秋悲白帝，共谁沽酒过黄公。如何枭凤情相反，并在乾坤覆载中。

赵曾俦教授过访失值

珠林信宿月波寒，人作沙门老衲看。法海心随行处乐，禅河面向皱时观。
桥边客去留三笑，笔下神来妙五官。剪烛重吟一惆怅，伊蒲微恨不同餐。

哭蒋六吉秀才

少壮交亲岁月多，前期今已邈山河。井梧刚下凋秋叶，冢树犹虚挂剑柯。
吟吻平生关性籁，禅心终古定情波。往时江汉留宾驿，扫榻年年候我过。

忆　书

不教刘峻作书淫，人事俦张屡见侵。故纸一堆千圣血，新签重叠百年心。
连遭郡国烽烟险，久置山崖屋壁深。比似良朋时复忆，可能身化羽衣蟫。

予藏书尚数万卷，置西村农家又四年矣。

叹　书 并序

自英人斯坦因、法人伯希和于光绪季年倡收我国旧籍，彼都人士知中土艺
文之可贵，一时向风承响，京沪坊贾利其值，乃得源源船载而归。变乱已还，
日本兵车所至，搜获尤夥，古邦珍本，十不存一，予书之在海上者，殆荡然
矣，愁而叹之。

偃文修武日寻戈，壁贮山藏委逝波。圣学未穷星宿海，孔书先过斡难河。
四夷能守流传远，七录无归放佚多。赢得选楼余烬在，牙签零落恼维摩。

村舍夕兴

北斗谁能挹酒浆，威弧天上若为张。才看湿重云归岫，不觉宵深月转廊。
萝稍得风生静籁，桂还披露吐幽香。夜眠休待乌啼曙，只恐乌啼万木霜。

秋野有忆

霜树斑斑绚晚晴，荻花风起薄寒生。山边人立夕阳尽，江上鹭飞秋水明。
雁阵行分军后殿，驴鞭影瘦客前征。只愁良友燕云隔，我已三年不寄声。

陈仲威文学偕叶君来候

素心交旧凋零尽，末契于今托少年。每月新知求识面，无妨小友许随肩。
山中逋客非张俭，天下何人是鲁连。寝阁定回惊坐起，为君甘破祖师禅。

次韵心巨

巢林长似鸟惊弓，摊饭浇书一病翁。权息形神蜗贴壁，最牵情绪雁连空。
逃禅我比周颙异，埋照君犹阮籍同。不信岁星饥欲死，老夫留尔滑稽雄。

寄 友

那得吾民一旦安，哀哉长夜尚漫漫。科条密过拦江网，风俗颓如走阪丸。
千百劫中弹指度，十三经外纵心观。人间从苦无斯局，读史方知比例难。

流 祸

流祸中原未有垠，恼闻凶丑尚摇唇。兵戈扰扰成何世，天地悠悠任此身。
射虎不生扶汉将，饭牛难遇相齐人。吾今心向宽间遣，故老还来话苦辛。

竖 子

竖子无谋遇敌穷，猖狂人狗尚言功。当时似耻盟城下，今日何堪问域中。
一国尽销龙虎气，两军相较马牛风。漫援前史轻关白，三百年来事不同。

日寇进窥长沙混战中作

偶占羲卦恰逢随，心自安时境不危。一室正当枪口住，三餐频向剑头炊。
风云强敌供驰骤，水火奇兵任指麾。酷比长平坑赵卒，战场今在碧湘湄。

蔺家湾中秋月下

秋光如水月如潮，银汉飞星夜沉寥。城郭重燔鸡犬尽，江山孤注虎狼骄。
闭关乱世还今日，避地荒村又此宵。私念一家人九处，吴云绵邈蜀天遥。

逃 难

一半秋光已过分，霜晴孤隼下寒云。江边芦荻余穷士，郊外筘铙尽溃军。
萧氏旧佣存杜亮，鲁男亲友隔陈群。避兵容觅猗肝洞，黯惨湘天日近曛。

日寇退长沙二首

瞎马盲人孰指挥，尽多旗鼓壮兵威。鹳鹅千队遥分阵，狼狈孤军暂合围。
乍骇云屯还雾匝，俄看烟灭复灰飞。最怜鸟攫空城肉，湘水长流送落晖。
一从流徙避妖氛，革鼓金铙早厌闻。突厥又如唐寇盗，嫖姚无复汉将军。
几年祸起蜻蜓国，万里磷飞蚂蚁坟。横览中原眼生棘，背人搔首立斜曛。

经战地

天阴疑听鬼啾啾，京观冤魂哭髑髅。胔腐血腥全是垒，骨撑骸拒兀成丘。
九州神器敪鞎后，三岛军麾跋扈秋。不动身心过小劫，却伤人事泪潜流！

长沙战后远道亲旧书问

曾是流亡甫得归，忽承书问抵柴扉。余民愁见戎增垒，远客欣闻战解围。
喘息少苏烽迭举，风飙多厉霰初飞。敝庐无恙栖差定，独念灾黎未授衣。

辛巳除夕五女希惠自沪间道归

传说归程近贵池，仳离无信远难知。围炉灯火将残岁，对垒烽尘未息时。
已过磨牛陈迹杳，不逢回雁老怀痴。眼前儿女分甘罢，挑尽寒缸睡独迟。

时内人在沅江度岁未归。

壬午元旦

起就晨光一欠伸，儒衣犹是旧时人。诗陈四始王风熄，律应三元岁令新。
小草得年仍蔓衍，寒梅争格自嶙峋。颂花微念颓龄侣，不共椒盘曲米春。

梦亡友徐实宾孝廉见访

玉楼人去绝经过，去后修文事若何？天上来因怜别久，梦中见亦慰情多。三更关塞霄无月，万里蓬瀛海有波。寒楚深深千聚落，输君容易认烟萝。

晏　起

昨宵灯畔雨廉纤，晏起闲门日半檐。长是有怀惟默默，本来无病亦厌厌。选钞旧史旁参注，抽署新书别着签。开眼含眸俱梦境，较量端让黑甜甜。

和赵十二寿人居士林见投之作

百万人天付坐忘，贝多除恼是奇方。毫端宝刹拈仍在，刀末泥洹取未妨。心地寂光莲蕊白，胆瓶幽致菊花黄。郢中高唱牵余习，惭愧身尸选佛场。

近人谬以经学词章相推许赋此自嘲

经术文章谢未能，阿蒙何自得虚称。我惭邺下刘公干，谁嗣关东鲁叔陵。虫本可怜何待说，胆非希有漫相矜。滥吹多恐乖名实，声价嫌凭众口腾。

长女寿彤四十生日二首

诞时冬月上弦微，过隙芳华转眼非。怜女婿同曹世叔，誉予人比鲍君徽。尽教罹厄途多舛，未肯承欢色有违。苦恨雏成鹰攫去，廿年黄鹄失双飞。

往事回头一爽然，五铢犹剩浴儿钱。妆台玉镜辞繁饰，诗法金针与别传。眉际我应臻上寿，膝前人已届中年。阿严能使遗山乐，随侍从参教外禅。

翟画士翙写真见赠

野貌山颜暗自猜，面容殷薜别为开。沉冥如我原孤僻，描画由人又一回。毫发尽形名手见，笔头难状壮心灰。幽居悬向松窗畔，猿鸟惊窥不下来。

往年客桂林，黄君养晖曾为绘像，第四句因云。

挽聂母崇德老人 并序

聂母为曾文正公季女，仲芳中承室，三儿妇之祖姑也。幼承家学，德范为时所称，哲嗣云台以避乱迎养海上，年九十一卒。

宣文当代女中师，屡拟登堂欠摄齐。生值名门全盛日，长经宗国中兴时。帡轩岂少离乡感，翟茀能无易世思。若举孝乌风薄俗，也应留像武梁祠。

题诗简 并序

坊贾以时贤诗简装潢求售，率皆旧识，然生存者鲜矣！就中一册乃予昔年酬赠亲友之作，劫余遇此，惘然留题。

稿草犹能易一金，只无声价播鸡林。词坛世有韩苏手，骚国人多屈宋心。谁遣梧台连石取，不教桑海共珠沉。悲来追忆山阳会，思旧因之怆独深。

岁暮杂怀

岁阳颓止对寒檠，香篆金炉一缕生。诗隽集披唐大历，砚粗砖斫汉元平。那因身老休儒服，未碍神全被腊醒。稳盼东郊回木帝，不多时日是新正。

时以汉元平砖为砚，校大历十子诗，故有颔联。

岁暮自郭门返铜泉别业

顽健今难比往年，蹢冰徐上郭门船。雨篷烟棹江头渡，雪帽风裘腊尾天。一燎万家同烬后，半昏群岫独归前。不因嘉约多幽事，山屐如何入市廛。

新岁至居士林

婆和清梵启心扃，宿虑全捐意已冥。宝鼎爇香僧礼忏，铜壶温茗客谈经。法须仗境非孤起，人自违时且独醒。欲忆庞家老居士，神珠无类早通灵。

真　境

真境何关寂与喧，伊蒲林比给孤园。展开法眼如来藏，坐断风心不动幡。漏数莲花弥觉静，经翻贝叶勇辞烦。佛云离幻应知勉，日礼金容矢勿谖。

癸未生日危克安何申甫及李魏范诸生公宴

当时中垒愧传经，散后尘踪一聚萍。桃李信人延美誉，芝兰留我惜微馨。闲联杯酒聊相对，闿诵歌诗宛可听。吾党斐然心窃喜，引年何待进稀苓。

席间争背诵予旧作，故有第六句。

生日赵十二寿人补诗为祝

炳烛余明猥见称，捞光逃影齿徒增。眼安眉下何能易，心入毫端未可凭。名业不彰羞短绠，日车难系惜长绳。遗山原挟幽并气，自抱寒灰解郁蒸。

生日次和万谷

已叹珠遗学海珍，谁教穷镂大千尘。史橱经笥蹉跎老，日箭年梭聊聏新。虫自为天宜可异，牛何与斗不能神。同时若有邢和璞，试一烦君问往因。

春日题别墅

植楥围屋入门深，面囿开轩豁郁沉。笋候花时春益益，柳风莎雨昼阴阴。尘机自脱人遗世，幽意相投鸟在林。造物未容兼齿角，除安粗粝更何心。

园墅杂赋

园橘香浓风子酣，芳辰今忽过重三。卑居赭壁黄泥屋，剩忆青山白石龛。寇盗浸滋多成垒，亲朋垂尽少书函。蠹鱼粮外搜尘帙，几卷蒙庄杂老聃。

三月杪微雨中写意

雨似清埃散却连，草侵樵路蕨伸拳。水离幽涧终归海，云恋春山不上天。桁曝悬衣添湿润，花飘飞絮减芳妍。鹁姑鸦舅声嫌浊，莺舌如匏好自宣。

春 归

才报春归日日阴，屐间高齿罢登临。衣宽痴为花添瘦，径浅勤将树补深。棕栗助风鸣屋角，槐榆摇露滴阶心。当年山气朝炊釜，暖睫无由辨远岑。

花时已过偶作

已过花期廿四风，雨苔烟草近帘枕。流尘兀兀颓檐下，去日腾腾浩劫中。社后春深来紫燕，人间年少让黄骢。龙渊挂壁嗟何用，赢得长时气吐虹。

幽 趣

最多幽趣野人居，枕带林泉意廓如。浅酒贮罂朝洗盏，破毡留案昼摊书。麦田雉雊春归后，草阁鸡声午睡余。已过落花门静掩，不愁经月出无车。

自题诗稿

心如军府策中权，偶拾风花托自妍。奇思天人归部勒，逸情山水入雕镌。曾虚破浪掔云志，漫取撑霆裂月篇。纵有微名何与我，百无聊赖以诗传。

龚曼甫文学以梁文忠鼎芬遗墨见贻

锦笺纨扇出家珍，厚枉龚郎割赠频。座主声华贤太守，门生书翰旧词臣。
庭闱君自传先业，国故吾犹怵劫尘。可惜番禺天下士，飞花难挽玉京春。

其尊公省吾太守为梁门下士。

春夏间病腹泄

腹疾河鱼得少休，我空粗证体新寥。幸缘心悟无生法，遂得膏余未尽油。
谷比神仙容易辟，药凭方士断难求。祭先聊准家常例，起趁含桃一荐馐。

番 茄

手莳嘉蔬蚓壤宽，荷花时节入盘餐。春畦丽比蘋婆绿，夏实垂如柿子丹，
味较楚瓜风稍胜，性非淮橘韵尤寒。紫茄名重吴兴守，异种思贻送菜官。

今 病

抑知今病古无方，任尔睢盱乱纪纲。鹡本不双才见鹙，犬因为独故容狂。
九州那得归周鼎，三户何曾问楚疆。虾岛相持人亦苦，游魂犹共沸蜩螗。

示族孙爱晖俊荣

失喜邢峦有族孙，崭然头角见诸昆。释奴龙子俱千里，法护僧弥共一门。
后起欲佳吾意切，先芬宜绍祖风存。蛰庐人往传贻厥，剩忆城南负郭村。

爱晖祖父松芙孝廉有宅一区，自署蛰庐。

观园丁艺植

池水无源汲便浑，灌畦宜晚避晴暾。老翁移韭轻除叶，稚子耘瓜误断根。
野草蔓生蔬外土，时花开傍树间门。闲观园艺娱清夏，每唤山妻共酒樽。

平居杂怀三首

七圣迷途孰使然，惊看蝼蚁制鲸鳣。国维敤似筝全解，民命危于藤倒悬。
鲛眼泣珠纯是泪，龟毛刮壳岂成毡。固知代谢非人事，萍只随潮绝可怜。
鹄黔乌白讼嚣嚣，始信羹难众口调。为避揶揄憎路鬼，因耽吟咏畏诗妖。
正时先圣思行夏，移俗何人解奏韶。笔墨殆无驱使地，自非边腹不嫌枵。
曾是停愁滞梦身，耻为焚芰裂荷人。百年图史残灰散，一国夷风旧俗沦。

文士敢轻曹子建，水仙空吊屈灵均。忠良今日无遗庙，谁向湘垣荐渚蘋。

斋 居

远离嚣俗厌嘤嘤，不为西华亦绝交。洗过砚池磨墨润，借来经卷研朱抄。身原如幻萍浮梗，境有何甘蔗届梢。老我略余囊底智，阙疑无事决羲爻。

尊闻盅园余习约同拙篱宴集

不图今日共壶觞，情话因之一倍长。人似五星东井聚，时当七月北风凉。为经离乱同相慰，已坐销沉各自伤。犹喜神明皆律吕，并传芬籁在文章。

陈大天倪赵十二寿人过访

故人联袂访林丘，一叶风前始见秋。世外风波龙漫衍，山中云木鸟钩辀。交因能淡原如水，诗不难工岂在愁。四簋留宾芹蕨老，清谈滋味胜常馐。

静斋从里中寄诗次韵

博得身闲病是因，炉边多识药君臣。乱深衰历欢逾少，书断良朋忆倍真。小梦未成禽昼唤，幽吟才罢鼠宵巡。二三游旧能相待，更与穷源讨学津。

秋夜偶兴

蜡穗光寒夜向分，香残沉水霭微熏。轻风送爽初零露，凉月行空不贴云。户外吟虫疑合乐，窗前过雁惜离群。情亲为语猗猗竹，冷淡相依只有君。

所闻有感

已自高飞避网罗，阅人成世泪痕多。奇愁聊藉酒驱遣，暇暑强凭书耗磨。海上鸟蛇都是阵，山南乌鹊几无窠。观生谁具摩醯眼，慈氏争如坏劫何？

学 风

四维横决极滔滔，郡国宫墙没野蒿。媚俗学风鸣木铎，误人文字泣兰膏。齐东俚语皆为用，稷下游谈故自嚣。大道经天如日月，浮云曾见损秋毫？

得山东王赵二生书问

滇渤褽连日月昏，爰居闻说止东门。凭谁阙里征文献，累我尼山役梦魂。

齐国旧传三士死，鲁邦今喜两生存。世污师道衰微候，自得诸贤稍觉尊。

检先兄手札有感

相期緜岱振衰宗，虚拟长涂御二龙。兄殒陟冈悲宿草，我留藏壑啸寒松。
书缄旧剩文千字，缇缛新添锦十重。干尽子瞻遗墨泪，卯君垂老怯开封。

题所居壁二首

树影泉声碧涧陬，三层犹欠筑飞楼。浊醪微暖存神理，尘鞅轻捐减客愁。
吐雾吐云峰万马，啼晴啼雨屋双鸠。未嫌门径多硗确，谷处相过有故俦。
雨打莓墙没旧题，如今声价草庐低。好龙当辨真非假，相马何干牝与骊。
不见高人返辽左，徒言大将出关西。松阴藤榻还孤卧，看尔沧溟跋浪鲵。

茶山枉书见讯

渔竿樵斧属吾曹，秀泽单椒亦自高。世事不关双马耳，人情相去九牛毛。
芦花霜老缝新枕，薜荔天寒补旧袍。赞罢鸥夷量腹尺，脱巾亲漉洒床糟。

怀亡友曾履初易由甫杨锡侯及门下诸子

故宫闻道黍离离，季叶躬逢亦数奇。弟子顷年稀北面，宾朋当日盛南皮。
徒增紫玉声中感，谁启丹铅卷里疑。微叹儒生今已误，黄农无梦入支颐。

题曾文正左文襄二公遗像

中兴豪杰共功名，一代安危系重轻。魄力斗枢精降与，形神河岳气钟成。
冯吴本自因时出，管葛胡为不世生。太息九原如可作，老苍留我见升平。

居士林偶成二首

才见疏星落晓河，旋闻清梵起摩诃。野狐休信参禅易，林鸟犹贪念佛多。
七处征心窥密妙，百年回首戒蹉跎。毗尼严净除情想，可待同消业海波。
素衣殊玷导师尊，粥鼓斋钟历晓昏。七佛灯明装梵塔，三生石在证空门。
竖拳伸指风斯替，瞬目扬眉道自存。气质总期同变化，大鹏原是北溟鲲。

暮雨适霁见月有怀

暮雨如鬃雨霏微，供使青猿去未归。心入沈寥虫共语，兴遄高逸鹤同飞。
世情惟佛真能了，时态于人总觉违。霁月出林支肘看，此时谁是谢元晖？

次韵赵十二见赠

药转丹成待九还，长吟遑惜鬓毛斑。初疑除我无同癖，剩喜交君得并闲。
乐事公孙朝穆外，诗名皇甫冉曾间。潜知挥洒神为笔，万卷心通造化关。

君博闻强记。

得敦儿渝州书安慰备至

鼍鼓呜呜咽断笳，哀猿何待听渝巴。鸟辞巢去桐初叶，雁带书来菊正花。
三釜养亲期日后，五年为客在天涯。世衰赢得狂儿好，却愿刘宗似鲁家。

寄敦儿 并序

故友刘副贡国逸尝有句云："谁知远道思亲泪，不及高堂念子心。"予赏其
语。五儿敦于役蜀中五年，枕上足成之写寄。

幽梦通宵里布衾，犁星将没晓寒侵。谁知远道思亲泪，不及高堂念子心。
老树有枝风渐定，残灯无焰月应沉。如何五载梁州路，忍听霜猿夜夜吟。

王二疏庵六十初度索句

耆年初届斗回杓，头白书林趣更饶。养体讵烦餐枸杞，观身休信喻芭蕉。
学传文度常依膝，品抗渊明不折腰。尘尾本为王谢物，好从何点注逍遥。

吊道吾长老 并序

吾邑道吾山，李唐以还，祖师辈出，具详《五灯会元》。邑人叶居士普荣
来言，山下草庵近有高僧，童贞出家，年七十八，慧眼早开，悬记未来事，有
足令人安慰者。去岁壬午九月示寂，预知时至。爰以诗吊之。

禅僧全悟幻沤身，略设机关是木人。应有别传离世谛，更无余物扰天真。
悬留末劫安心印，坐脱高秋奏角晨。几度道吾山下过，因缘悭欠一相亲。

龙八荑溪暨其令人七十

壮齿鹏骞傍九宵，暮年偕隐向山椒。克家令子卢千里，阅世仙翁郭四朝。
士数贞元名辈尽，时如天宝羯奴骄。鹿车才识田园乐，从此荆衡岁月遥。

见老友黎心巨女公子《蕉云阁诗》

蕉云颜阁傍乔林，兰质生来具蕙心。佩结灵犀尘垢净，诗追老凤性情深。

过庭词赋传师法，出类才华习女箴。何用远夸风絮句，黎家闺秀擅能吟。

忆故园

故园川复又山重，四十年前记旧踪。使我久抛三径菊，让谁长啸一林松。石龟怀海艰多阻，金虎腾天乱迭逢。闻道徭繁乡户减，残黎膏血早难供。

冬日展拜先茔

策策悲风起白杨，卅年哀感动回肠。庭前苴杖三春泪，垄上芒鞋十月霜。仙语不归华表鹤，蛩声犹咽墓门螀。为儿早是无亲日，此恨人间特地长。

冬深夜望

雪干沙净一筇持，北雁南来不失时。报腊疏梅晴有萼，号空寒木老无枝。鹈鹕沉水潜鱼险，乌鹊归山倦马迟。痛痒独嗟名利客，道旁回驾暮何之。

卷十五

七　律

（公元一九四四年甲申至一九四八年戊子）

甲申元旦二首

还应能见日重光，酒进椒盘数举觞。元旦放鸠思简子，晚年调象学空王。
下生慈氏当持世，投老潜夫且杖乡。万事何人咨伯始，野翁容有一分长。

可无菩萨意生身，枢极凭谁斡大钧。博士散同秦逐客，逸民顽比宋遗臣。
天收风雨初开霁，气换山河要待春。过去销归尘影赋，伫看兜率再来人。

新　年

闲辞村客多吟什，老爱家人有笑声。身比井蛙随幻住，心如天马任空行。
欣传碧汉孤星灿，略记黄河一日清。瓦狗泥车嬉稚子，新年风物类升平。

岁日寻览黎大心巨客腊赠诗及书却寄

华笺重展去年书，人事差闲值岁初。常辱赠投皆语挚，偶稽裁答岂情疏。
学传南阁清吟外，陂守东冈大乱余。取醉共谁斟柏酒，开春先讯卜田居。

寄太仓尚书唐蔚芝先生

忆接光风四座春，禁廷簪笔旧朝臣。衣冠南省曾司舌，尘土东华早乞身。
末契世间留我在，耆儒江左服公醇。羽仪谁解尊名德，雪竹霜毫替写真。

六十自述十首 予生于光绪十一年乙酉二月，甲申六十初度，明年乙酉实六十一岁

当年湖海颇能豪，结客名都赋反骚。陌上寻春青叱拨，筵间听曲紫檀槽。
天瞻阙迥栖双凤，地遇维倾折十鳌。肯信步光甘钝置，锋棱销铄比铅刀。

吾降分明次孟陬，三星疑值斗箕牛。酒泉戏谢新封郡，刀劫危过旧梦州。
日历为谁添马齿，功名无我烂羊头。春韶那属衰龄管，老气横胸一片秋。

已是余生要脱然，人间何物可勾牵。纵多桓郁陈经日，况信张充学易年。

健倚谈锋词款款，劣存著述意戈戈。里阎无俟矜门地，占毕家声十九传。

吾家始迁祖元至正间自新昌徙浏阳，至予十九世，一脉皆承儒业。

记饫庭闻齿尚孩，盘樽何忍祝筵开。我辰安在三灵息，人事胡为百舛赅。
门雀驯依荒径宅，壁鱼干恋故书堆。儿孙谁有充间望，自笑家公本不才。

先明经君夙以称寿为戒，故首句及之。

烟篁云木湛清华，岳麓山前近着家。岁月晚年流水叶，精神寒节傲霜花。
哀深瞻望穷三陟，闷剧吟哦馨八义。却喜莺簧新出谷，脆逾歌板按红牙。

缥囊细帙寄幽慵，声阒空严等废钟。嬉爱儿童骑竹马，诞嫌仙客驾茅龙。
变机人海观诸幻，禅旨天台契一宗。惭愧崔瑗传父业，六经粗解厕章逢。

妄心消尽佛前香，宁向天公拜绿章。处士不尊星纬乱，闲人无藉日车忙。
广轮瓯缺难收拾，圜矩权微孰主张？独是斯文衰谢感，鲁湮邹坠念冠裳。

再见时清可有期？瓮头春酿浅斟宜。干戈来去家无定，身世悲欢境屡移。
往事蓬蓬频入脑，劳生草草几轩眉。如今平格分年寿，一半销磨在乱离。

丘中麋鹿可同群，藿食茅栖意自欣。阅史拟增前定录，注经思毕内篇文。
心交屈指无多辈，革带围腰减几分。簦笈从游诸子散，倘能功业显河汾。

第四句谓斠补王氏《庄子南华注》未竟。

州闾干请不通名，一任毛从刺上生。已办锸随何所冀，但逢时至即当行。
风孤林下歌偕隐，水满田间看偶耕。只恐燕齐迂怪士，向人犹讯旧东平。

崦西

崦西阴霁异凉温，十月郊居一出门。鸬鹚雨中寒食路，鹡鸰风外夕阳村。
长堤柳絮添烟景，浅渚蒲芽缩水痕。已自忘情荒草地，敢云吾道彻天根。

山斋晓起

松梢清露滴余潜，雾屋晴开一角山。棕笋解苞鱼子白，苔茵敷晕鹿胎斑。
胸抛机累空城府，鼻厌尘腥远市阛。赖有莱妻成我懒，断除家事勿相关。

无妨

无妨公自号逍遥，牛角山河让歗骄。采柑又看薇满眼，佩兰胡取艾盈腰。
曲高白雪从歌郢，色浅黄衫备度辽。洗砚湘江人不识，时逢渔父一相招。

赠答杨二遇夫时讲学辰阳

耆齿谁能鬈不斑？皋比弥羡著书闲。学津远溯周秦上，风度平居魏晋间。
六艺口传三楚士，七年身滞五溪蛮。乱余犹胜君家客，岛绝田横路更艰。

寄黎大心巨兼答所赠

朋旧飘零一笛风，乡园人隔乱山丛。形骸自放白云里，鬓发初凋青镜中。业企千秋孤诣密，诗规群雅百篇工。假年窗下韦编在，待我相询未济翁。

闰四月

六旬槐夏麦秋兼，昼晷加长日渐炎。葶苈得时苗再秀，梧桐知闰叶初添。重邀胜友莺留树，双引新雏燕入帘。余月续开弦望匣，天赊人老不妨淹。

杀　机

何物驱风吸电行，杀机疑欲尽群氓。残枰禁得棋常败，乱象争如草又生。万里扶摇天有路，九州崩溃国无城。可堪鏖战皆奇器，不袭蚩尤用五兵。

"滞"平声。

兵祸骤亟念诸儿女二首

中怀难自写劳歌，霜镜朝窥发益皤。四海亲朋同道尽，十年儿女异乡多。诗书门第荒弦诵，烽火关山密网罗。心系巴渝兼象郡，老夫伤乱厌奔波。

亘岁魂惊战斗威，如何游子不言归。频斟醴白吾顽健，久犯尘红汝瘦肥？鱼信合愁三处断，雁程分作几行飞。偏当遥夜人长醒，乌鸟声凄月入闱。

喜女儿脱险 并序

甲申闰四月初四傍晚，省治日机掷弹，女儿寿彤适在居士林，弹雨中向长明灯前为众祈祷，同得安然，市人死伤者二三百人。时予先归山庄，以女儿忧患饱经，能持定力于颠沛，信笔纪之。

风幡虽动未成灰，佛座尝容怖鸽来。七宝塔前过一劫，四禅天上脱三灾。女儿缘重随摩诘，童子参多学善财。闻报平安心始慰，池莲无恙待花开。

甲申夏携眷避寇湘潭乡陬值端午二首

一家残息付悠悠，困苦颠连到尽头。令节更无人吊屈，穷途犹有客依刘。身经万马千军险，目极三湘七泽愁。蒲醑未斟行帑尽，乱深何许筑糟丘。

同属生灵不自聊，饱罹忧患又今朝。中原板荡天难问，故郡荒残火未消。俗坏似推悬坂石，兵来如涌大江潮。横流无界滔滔是，任化萍蓬远近飘。

野 愤

坏尽屏藩更撤篱，瀛垣无界限华夷。原知法令沿唐律，空想冠裳复汉仪。
西塞祯符淹赤伏，东吴谣喙诳黄旗。国亡谁及青门客，尚有瓜畴艺旧陂。

避寇三徙复至云盖

记得明玕手自栽，七年三度避兵来。山坡几转开青嶂，石坂重经破碧苔。
古寺少僧庭柏老，荒坟无主野棠开。乡关烽火熉熉近，草泽谁为弭乱才。

题胡氏二烈女事略后 并序

甲申闰四月，倭寇陷长沙，妇女惧为强暴所污，死者甚众。东乡胡氏祖贞祖顺相率赴水，贞年二十，顺少其姊三岁。乡人传其事略，题而存之。

戎马生郊处处烽，穷村人哭乱山重。非因岛国多强寇，那识闺门有礼宗。
寒水一泓沉菡苕，贞姿双槥瘗芙蓉。也应清气为河岳，得并嵩高二女峰。

月夜怀旧

游氛还阻远书通，过雁遗声响在空。星冷白榆天北斗，月明乌桕夜西风。
山河寥落悲歌里，道路清夷梦想中。京国旧人如隔世，情知怀抱一般同。

伤郑从耘编修家溉

忍死词臣鬓有霜，谁知逃隐已无乡！劫从血路刀途度，身向荆天棘地藏。
忽讶鲁公兵解脱，俄惊倭国寇披猖。剧愁三尺新封土，渴葬涟滨堠火旁。

编修避地湘乡，寇至不屈遇难。

偶 遣

肉食中年绝老馋，菜根妨共草根芟。米如珠贵餐难健，盐以沙多味不咸。
病体有时须药物，樣材何处少松杉。观心聊息桑榆景，一念平沉圣与凡。

觉 衰

岂期芳岁一投梭，养病清闲较健多。心寸寸灰花烬烛，鬓丝丝脱叶辞柯。
筋骸老似彤霜树，意态衰同过雨荷。无俟枚生传七发，幻躯初不忌微疴。

山寺夜兴

涓涓清露浸中庭，静夜风摇佛阁铃。暗蚓窍如吟舌涩，明蟾光比睡眸醒。
神思槌险招仙白，鬼律搜奇试女青。山下战尘销万骨，错疑磷碧是流萤。

寺　寓

置身茶版粥鱼间，好梦将圆鸟唤还。往事伤心移赤社，多年埋骨卜青山。
死期宽我衰宁免，生计劳人老未闲。壁上旧题看仿佛，碧苔新绣粉墙斑。

避地中秋

尽室流亡月四圆，沅湘千里惨烽烟。遗风我自思三代，旧俗谁能返百年。
说饼光阴愁度日，戴盆情味梦瞻天。遥知儿女逢佳节，各有乡心在雁边。

崖楼秋夜书兴

阴崖隈隩树周遭，嘹唳星河一雁高。猎猎林间风似箭，弯弯天上月如刀。
钝蝇痴扑灯花落，悲蟀寒蒙木叶号。日饮亡何聊复尔，室人先为贳村醪。

寺夕偶成

楚乌栖树暝烟生，月上风徐客倚楹。眼破见根空即色，耳存闻性寂皆声。
木樨香界花如霰，柽柏琳宫叶有晶。直纳须弥归芥子，让予心海迥孤明。

与寺僧夜话

古寺乌啼桂树寮，残僧相对话前朝。汉滨老父今何往？江表遗民已尽凋。
才说授衣冬又近，却观悬斗夜偏遥。嗟予未解占天象，空指参旗丽碧霄。

赠施伯刚进士

与君萧寺共萧辰，物候重阳又一新。白发喜陪前进士，黄花愁对老遗民。
酸心金雁霜天唳，眯眼沙虫劫海尘。要学五龙甘卧法，山中留取堕驴身。

山寺晓起

昨夜初飞杀菽霜，山头霞晕蔚苍苍。晨兴樵已来沙径，晏起僧犹掩竹房。
风磴行边松子落，云庄别后橘奴荒。秋残不意归期阻，叶烂红菱满石塘。

山寺闲眺

连峰回抱路西东，山上平开地百弓。薄霭翠浮庭院竹，新霜红染寺门枫。
松留秃枿疑枯衲，菊过残秋似病翁。一席精蓝容客借，缚茅无俟辟榛丛。

林　庐

避地人谁识姓名，林庐幽阒得孤清。藜床日晏随眠坐，荜户云封简送迎。
借米邻僧供夕爨，分葵山客佐晨烹。逡巡饥鼠窥空橐，身困徒余悯物情。

岩　扉

幽废何人造薜萝，岩扉尘驾绝经过。新诗屡改篇嫌漫，旧帙频翻字欲磨。
书案对山晴见鹿，砚池渟水涸分螺。痴顽窃比龟堂老，消受云泉隐趣多。

哀赵慎之文学

死如蝉蜕有何哀，逝者伤心惜此才。趋跄旅途飞热铁，飘零蛮徼化寒灰。
人因迁地埋魂去，寇似排山压卵来。嘉植早成名父子，梗楠殊未避风栽。

文学为赵芷苏提学嗣子，死于日机轰炸。

哭黎隐君心巨二首 并序

君与予生同县，长同志趣，绩学淹雅，冠年缔交。辛亥后屏迹不出里闾，
予则流寓郡国。乡党齿牙余论，每辱并称。天不憗遗，丧我伦好。颠播中凶问
传至，以诗哭之。

晋贤风度接柴桑，我恶南金陆并张。伏挺无归侯景乱，戴逵犹在谢敷亡。
人天一瞑留遗憾，心迹双清抱古伤。今日望云思隐士，独持樽酒泪沾裳。

半载无书讯死生，故交奄忽隔幽明。已嗟衰世难为士，翻羡穷泉好避兵。
四十三年文学契，百千万劫乱离情。素车稽驾途方梗，多愧山阳范巨卿。

兵祸二首

熊湘兵祸万家残，黔首周慞举未安。我自胆刚能胜怯，人皆股栗不因寒。
家居摇兀流离易，旅食艰虞进退难。为国驱除防鼠辈，太平留待老夫看。

茫茫前顾漫踟蹰，拚此残生度劫余。上下四方宁有路，东南千邑尽为墟。
海田多变遭时难，烽火无归逼岁除。苦忆款冬花底坐，满山松栝麓云居。

冬夜自省

重省劳生梦里身，心如犀尘扫游尘。世缘犹重诗兼酒，岁事方残腊带春。
暮鼓晨钟依佛阁，阳崖阴洞结仙邻。区区得丧吾何省，不待神人唤孔宾。

甲申除夕二首

雪深三尺压屠苏，闲话更端拥地炉。碑砚胸中千古在，峥嵘眼底一年徂。
家如红药翻风乱，人似黄杨度厄苏。愁想蠲除消业境，宗雷莲社是吾徒。
地坼山摧获苟全，盏推篮尾一醺然。世当劫末人留种，灶值炊时户断烟。
鸿雁适啼壬子夜，鱼羊才脱甲申年。黄星曾说依稀见，盼绝痴蛙井底天。

今岁腊月三十壬子。

乙酉岁旦遣怀

斗杓刚又换星躔，烽燧犹屯去岁烟。已自艰难过往劫，可能容易到今年。
稚松云谷重思返，深槭风巢几欲颠。阻乱雏乌多远隔，两三儿女拜堂前。

与心畲王孙闻问隔绝岁日怀之

望断蒲城斗极边，暗移星历岁华迁。中山有酒难千日，北邸无书已八年。
溟渤波腾龙去后，湖湘春到雁归前。似袍芳草萋萋绿，惘怅王孙倍惘然。

乙酉二月六十一岁生日

徒记悬弧是此朝，终天余憾未能消。生知萱背难重见，老觉桐心已半凋。
膝下水萍人聚散，眼前风絮客飘飘。法筵谁召巫阳语，好在羁魂不待招。

春渐深仍阻乱

阻乱言归计未成，园林花事动初莺。家人饥匮吟犹健，世局艰危念已轻。
春在诗添新稿本，国衰棋厌旧楸枰。田庐湮替吾何惜，只虑囊空绝曲生。

牡丹盛开寺僧乞诗

淑景三春只暗移，僧房今届牡丹期。看花未觉人迟暮，对酒都忘世乱离。
是幻是真浑似梦，非空非色不须疑。金铃兼作催诗钵，吟就凭栏尽一瓻。

农月有感

乡村三月起农功，长日胼胝愧壤翁。牛曳困蹄耕柳汊，犬衔遗骨出莎丛。春芜栖亩当兵后，梵刹迁家尚客中。缚藁时无杨大眼，田园何限未归鸿。

难中龚何危李诸子迭相存济二首 诸子谓龚曼甫、何申甫、危克安、李觉斯四君

重罹颠沛困行滕，坐看江山似裂缯。本料少时沦饿殍，翻伤多难累亲朋。有生拌作逃禅客，不死惭为托钵僧。离乱人存真苟活，又延残息梦觚棱。

盗泉羞饮且坚持，圣馁贤饥夙所知。乞食陶公思晋日，绝粮尼父在陈时。荷君高谊关心早，赊我穷途瞑目迟。古道何期今复见，感怀聊反谷风诗。

申甫来候去后简寄

访予君复造穷山，乍见应惊换旧颜。谊重雅能通缓急，道孚宜可慰衰顽。元成文彩蜚腾上，叔则风神燕对间。并念师门杨与李，寇深仍隔五溪蛮。

杨积微、李星庐两老友君皆尝从问业。

避地何文学申甫山庄

何家弥爱小山清，世乱逋逃叹我生。不待交州依士燮，宁烦卜肆问王成。人怜夫子哀时命，谁遣夷酋识姓名。已是东瀛三变候，翻愁刀剑换弓旌。

时倭人据湘，指名招延，侦者罗致甚急。

芷祥怡静两女儿闻由桂赴筑

闻汝逃生向鬼方，水邮山驿惫关梁。杜陵忧重凭谁解，王粲情多窃自伤。眷属如分天八柱，兵尘犹接地三湘。蛮陬宁少无归客，华夏腥膻族犬羊。

答客问禅旨

寂空真照广无边，皓魄宵澄月印天。待我面前伸一指，从谁肋下筑三拳。冥冥圣谛穷幽独，炯炯灵光彻大千。豆爆冷灰姑且置，火中原自有青莲。

予家有曾文正公紫檀木榻经乱失去 公之女曾孙是予三儿妇，榻滕嫁物也

诸葛难齐宇宙名，如公方不愧儒生。文章腕底三千牍，武库胸中百万兵。卧榻岂容人鼾睡，骑箕应恨盗贪横。静思求阙宜私淑，一夕藜床梦未成。

文正自署求阙斋。

故郡沦陷瞬届期年二首

流离人事日摧颓，阴始阳衰夏又来。身似丝缠难脱茧，心如蜡烬易成灰。
落花风里芳春去，啼鸟声中噩梦回。隐几嗒然情绪劣，提壶相劝一衔杯。

圭景徐移晷昼添，饥肠充取菜新腌。皇皇逃死图离患，切切忧生恐挫廉。
壤劫危机仍炮石，残龄琐计尚齑盐。吾今自断分明甚，不待墙东季主占。

哭通儿 并序

七儿通，字思济。弱冠授室，甫及期，长沙沦陷。次年乙酉，为倭寇所
执，不屈，惨遭凌迟，骂不绝口。

泰山持较死宁轻，寇至家家有哭声。骂贼自非豚犬子，杀人长恨虎狼兵。
余生幕燕妻随母，急难原鸰弟与兄。我愧顾侯真旷达，散哀能豁暮年情！

晕绝仆地旋起戏作示家人

身如幽梦堕苍茫，一蹶居然得再张。不是头风何用檄，既非心病漫求方。
玉山自倒人无与，丹灶难寻我未遑。蚕腹有丝庸遽尽，小眠旋起莫疑僵。

匡　坐

破毡匡坐麇宾觚，点勘残编取自娱。已近归奇输顾怪，不同李短似辛迂。
谁调玉历还三统，客报金瓯复一隅。独是汉庭疏表饵，只愁无术系单于。

难中喜晤赵十二寿人二首

相见欢然慰所思，犹存妍雅旧丰姿。氛烟物外容胡叟，傀儡人间厌偃师。
行囊稿还添故实，走盘珠又泻新词。如今幸睹平安火，吟榻推敲一拈髭。

别饶襟韵眼尘空，鸾凤难教窘鹤笼。宾礼有人尊杜袭，师资多士附王通。
李桃瑶玖情相似，橘柚栌梨味不同。缠缠昕宵重抵掌，与君谈笑碧梧风。

乙酉书事二首 并序

日寇侵华有年，顷岁盟国联合反攻，强寇一旦摧为降虏，杞人之忧，犹未
谊也。秋窗吮笔，情见乎词。

吊民何幸剪凶残，指顾虾夷胆已寒。为是异军驱甚易，不然狂寇荡应难，
恒沙世界陶轮小，变相泥犁地狱宽。转比毘岚风迅猛，雷硠电爇弹如丸。

受降兵甲与山齐，遂听庭间半扫犁。兽困衡虞功逞狗，鼠凭涂木技穷鼷。
群飞乍戢强邻焰，独漉还愁浊水泥。痴望英贤乘运出，手持金镜拯颠跻。

倭寇受降后入郡郭

枯颅狼藉兔头瓜，街巷全非步屟差。数万岛夷降后卒，几千湘郭劫余家。
忧端兵里销皮肉，快事人前畅齿牙。战鬼无归魂吊骨，风搏羊角起飞沙。

言归铜泉别墅

故老晨星已不多，吾民才得脱兵戈。军中甲胄生虮虱，海外烽烟敛鹳鹅。
几载华夷初罢战，频年滇渤未安波。从今应免流亡苦，归去山庄补绿萝。

战息别贮山厂书籍太半幸存

签腾纷舛旧藏储，天遣曹仓尚属予。兵火纵焖虞氏业，巾箱仍剩葛翁书。
羽残教子虫驱蠹，鳞次从人獭祭鱼。急待移归亲理董，百家分载瘦骡车。

四妹夫妇挈女转徙驰书讯问 妹婿欧阳予倩精研戏剧

别来兄妹谊逾亲，同产于今剩两人。愁汝无赀逢世乱，喜郎多艺补家贫。
龙吟快婿肩前侣，不栉娇儿掌上珍。只长数龄成我老，顷年须鬓半如银。

兵后答浙友见寄

君欲相从湘水深，一丘幽寂正如今。山园果树标丹橘，郊野萑苻警绿林。
墙角残枪流寇迹，案头芳札故交心。此时怀远成孤绝，赖有秋云伴旧岑。

邀施进士伯刚至自营生圹处

刚眠牛处浅莎平，如此青山故有情。何待千年来表柱，只余一死欠浮生。
重阳招客驹徐秣，百岁催人鸟疾征。腐朽异时同草木，焉知藏骨是谁茔？

有访不遇

玉美明瑶遇亦艰，蘼衣藤带想宽闲。含章襟度枯荣外，中酒情怀醉醒间。
一路见人皆错认，几回寻友又空还。蒹葭满地江湖阔，或有高贤似李湾。

梁君焕九述其节母袁孺人行实求诗

云护旐檀一穗烟，萱堂禅诵乐高年。清芬彤管由来懿，劲节苍筠到老坚。
客过茅容人叹罕，儿方韦逞世称贤。乌头宜表慈晖水，还得笙诗补逸篇。

园墅闲兴

短筇扶醉宅边行，邻曲无烦识姓名。未碍七松称处士，何妨五柳号先生。多经摇兀伤人事，少得萧闲契物情。霜菊一丛幽韵绝，问谁襟抱与同清。

感示儿辈

儿曹知我立身端，当信辛毗降意难。介不能和夷太隘，通仍有守惠差宽。菊同晚节心情淡，梅共精魂骨韵寒。异日青蝇为吊客，苍山留待汉衣冠。

夷，伯夷；惠，柳下惠也。日寇据湘经年，主者欲以官位相待，绝之。

就麓山讲席

文林衰季少儒宗，高坐谁为伏曼容。弟子可曾亲有道，先生原是遣无惊。诗书万劫伤人世，人物千秋郁古胸。魏玉孔金时在目，名山妆点要章逢。

乙酉除夕

且向寒炉拨冷灰，逆知阳气已潜回。暝烟上屋三椽草，生意横枝一树梅。白日不停方腊尽，青山能媚又春来。分星身在长沙次，更展舆图数九垓。

丙戌元旦试作

勘尽穷尘忝士流，如浮身世一虚舟。泥涂依旧添年齿，岁月从新启历头。人事俗缘聊尔应，天机清籁偶然收。岂无转绿回黄力，急唤东风与运筹。

初三立春。

早春麓山讲舍

时鸟雏年送好音，可无六十二翁吟。青毡绛帐谈经席，翠巘丹崖结隐浔。岳麓待谁传道脉，湘垣容我寄骚心。沉冥真作遗人想，静听钟声出梵林。

陆游《剑南集》有六十二翁吟，予别业距讲舍咫尺，故第四句云然。

丙戌生日二首

腹丝殊未尽春蚕，默计明年六十三。冷节过分花币匼，芳时逢社燕呢喃。坐忘合眼旃檀室，住幻观心水月庵。揽揆孤生痛离属，报恩无自礼瞿昙。

今年二月十八春分，廿二春社，廿一为予生辰，故有过分逢社之句。

随顺诸缘且待时，晚年多哭友朋诗。难除旧癖书应笑，欲掩衰容镜已知。

佳士岂惟期一褚，高僧当更访三支。天涯游子闻予健，归拜家庆故故迟。

"庆"平声。

寒　食

百五风光未觉遥，楚乡寒食又今朝。冢随庞叟家中上，酒向刘宗土畔浇。山寺去年闻粥鼓，江村明日听饧箫。自从经乱烟无禁，烽火侵寻鬓已凋。

早　行

曙景熹微未起鸦，傍山临水一家家。西冈兵去堆残垒，南涧人来蹋软沙。色净于霜溪上鹭，声繁似鼓坎中蛙。纤阿徐堕疏星灭，俄顷晴云忽变霞。

书遣二首

暗惜余年短烛光，旧衣常着避时装。鬓沾霜薄须先白，颜带秋屏骨更苍。欲话前朝无故老，能通宿命只空王。原知道不谋身外，何用求冰向暖汤。

眼前人事不堪言，伐本成焦更竭原。无论官私蛙给廪，有何功业鹤乘轩。一群酣梦巢槐蚁，万众哀劳失木猿。忧忿未忘胡自遣，呼儿添树满庭萱。

得敦儿兰州书将赴迪化

关山无际梦魂低，枕上醒先报晓鸡。行役念儿秦陇左，思家为客玉门西。地宽汝自留鸿爪，道妙吾还悟马蹄。金甲火轮时暂息，起看残月堕前溪。

寄敦儿时在迪化

风土殊方杂夏夷，虑儿言语变侏离。乱余旅况秋边忖，梦里车声醒后疑。紫塞即今非往昔，白云何日是归期？惟忧葱岭妖风接，西北由来寇未绥。

儿曾遇翻车之险，第四句故云。

寄敦儿乌鲁木齐

出门三步路多歧，念汝天涯数寄诗。烽火八年行道远，音书万里到家迟。庭前乌哺春归候，枕上鸡声梦觉时。当此心情最无奈，境过聊报我儿知。

铜泉坡过夏

冷门荒径错柴菅，绝少人过等闲关。佛性自离生死外，禅心宁在有无间。园官菜把常陈供，村叟花租不责还。精舍炷香开梵册，身同弥勒一龛闲。

273

闻成孝廉剑农客死贵阳

山舍临江过访便，曩时尝舣孝廉船。回思把酒论文日，却念移家避乱年。
良友只知犹远道，故人何意已新阡。黔中丹旐魂归未？片石宁辞志墓田。

君家衡山，其邑人乞予铭墓。

案头水晶莹洁可爱取笔咏之

峭洁莹然彻雪霜，色空俄证得清凉。琅函重迭陈秋水，宝镜分明皎夜光。
心贮玉壶冰一片，眼明银烛泪双行。席珍似此真无价，那更琼瑶羡报章。

始归麓庄

久憎燕室雀喧啁，井臼山楹八载抛。长物岂能还故主，旧居何异定新巢。
悟心即佛慵开偈，行脚非僧倦打包，风景不殊仍有我，更添青驳守衡茅。

喜旧友过

吾生遭际信多艰，半世身家寇盗间。镜里流年青鬓改，山中故友白衣还。
国倾良木蒿为柱，人恋田园竹作关。叹老颇增衰飒感，留君同酌换春颜。

次韵蒋生济轩兼示王生毅

珠玉莹磨各绮年，师非刘杳愧称贤。机忘盆沼鱼千里，烽息关河雁一天。
尘得少离人不俗，字能多食蠹应仙。解吟无俟传衣钵，妙悟从心即是禅。

萧生聿斋自海上抵湘偕其兄过候

星离云散旧交空，稍喜门徒有古风。诗草固宜旌武谔，笔花无奈退文通。
闲庐松雾游尘外，午榻茶烟倦梦中。卅载师生十年别，白头还作蠹书虫。

端居忆北

直北宵昏向斗看，几年情事异悲欢。沉吟独旁湘君竹，杂佩兼纫楚客兰。
名士旧闻留日下，美人芳讯隔云端。路隅疑有王孙泣，忍念西华葛帔寒。

麓山讲舍示诸生

高论诸儒白虎通，只今谁是马扶风。文心要契雕龙飔，学识当如辨鼠终。

水纵多沙金可拣，山非无石玉须攻。春华正好期秋实，岂但麻中重直蓬。

杪秋江馆杂赋

江渚晴岚薄薄遮，寒潮新退搁孤槎。残葵向日秋留办，瘦菊禁霜晚着花。
小隐是闲诗卷益，昔游如梦驿程赊。红藤扶步人微倦，贪卧松风听煮茶。

念　女 并序

丙戌冬寿彤往浏阳未归，十一月初三是其四十三岁生日。是日风雨，辄以
为念。

长时随侍暂相违，风雨凄其念未归。四十三年弹指届，百千万事转头非。
范珣女作遗家想，庞蕴儿争出世机。知汝因循两无意，缘深依旧恋庭闱。

夜斋闲述

绛蜡观书眼屡揩，壁虫依我蛰山斋。穷添牢落颓年感，暗减飞腾壮岁怀。
藕孔灵心丝未断，梅花寒骨韵难谐。室人曾劝和光好，但道卿言亦自佳。

雪中见梅

簌簌飞霙正满空，深村篱落见芳丛。新吟略在推敲下，旧赏多存记忆中。
桥畔淡烟期挈榼，江干微月夜掀蓬。向来疏影横斜句，艳说孤山处士工。

丁亥元旦

历尽艰危百炼身，况逢新岁是陈人。案头柏叶杯中酒，屋角梅花劫外春。
飒沓年光今昨雨，瞪瞢时事去来尘。家家仍见桃符换，苦乐闾阎恐未均。

立春前日雪

似识春来着地消，洒空斜撒影翛翛。何人倚竹留茅舌，有客寻梅过板桥。
闺秀口赓才女絮，画家心赏右丞蕉。香残炉烬山房冷，尚忆前年听雪寮。

闰二月

磨牛陈迹践无差，岁闰潜知藕节加。社后暖风初到燕，池中新水已鸣蛙。
长晖添驻三春草，淑景延留一月花。愧我蹉跎成老大，宽将余晷补年华。

村　居

芳村云木簇春丛，不剪蓬蒿一亩宫。午灶湿薪烧笋釜，夜灯微火焙茶笼。

迁儒读礼安儒素，弱女哦诗旷女红。耕作问人吾自适，西畴闻已起农功。

《潇湘雅集图卷》

坐有前朝白发翁，绮寮相对鬓丝风。百年高咏能长继，一日清尊得暂同。
逸话海桑尘劫外，幽欢文藻画图中。潇湘雨过春云湿，徙倚危栏看去鸿。

午寝示客

日长梯兀意先慵，雀啅鸠喧午睡重。化蝶窗前花戢戢，产蛙池畔草茸茸。
空山昼静无猿狖，旧国春生有鹎鵊。腹笥已荒书懒读，免教思道愧刘松。

酬友人见访

已自观生积妄空，知心除是看云翁。轻阴护惜添藤架，小病支持谢药笼。
道不希荣何有辱，诗惟求拙若为工。蹇予难比清霄鹤，恐立鸡群也许同。

遇夫教授旧有结邻之约至今未遂

虚拟扬雄共一尘，芳邻添筑墅西偏。三重想象江边阁，千万踌躇宅外钱。
风月谈心客抵掌，乡邦论齿许齐肩。耄期同有荣公乐，可待连墙二十年。

君与予同乙酉生。

麓山社集

勇张诗垒压屠颜，大好前贤屐底山。啸傲不同猿嗷嗷，嘤鸣惟共鸟关关。
犀心天地通灵贶，蜗角烽烟厌触蛮。今日战鼙声已远，风襟云屐万松间。

与人论诗

日暖蓝田玉蕴烟，欲将何法向人传？希音最好笛无孔，绝调宁须琴有弦。
表圣雅言分廿四，孙搴精骑诩三千。从来妙悟臻超诣，第一功深在自然。

送　春

容易今年又送春，送春原是去年人。强追逝景双吟睐，拼斗流光一病身。
蝴蝶梦中花似霰，子规声里雨如尘。不应更道芳时好，迨遇芳时只损神。

夏日园墅

绿阴门巷小坡陀，日比年长少客过。高树一蝉三径柳，夕阳双鹭半池荷。

茅亭雨后炎威减，竹屋风前爽籁多。凉簟桃笙新浴罢，清无尘梦向关河。

伤晚近风俗二首

龟酬何处不浇漓，索朽空忧马脱羁。月纬日缠行度旧，天经人纪变端奇。
止樊嫌丑蝇还扇，巢幕忘危燕自嬉。病入膏肓医束手，方平无策独支颐。

圆颅谁与赋形骸，斁尽彝伦举俗皆。巨浸稽天非是水，阴氛蚀日总如霾。
枭张獍突心肝丧，羊狠狼贪骨肉乖。纤纩塞聪吾已老，剩留孤枕梦无怀。

肖聃教授招同杨王谭刘诸君子会饮李园

李园亲署榜门书，幽致邻家尽不如。清境早营高士宅，胜流常引故人车。
醺醺情话三巡酒，苾苾香厨一剪蔬。饶有龙眠泉石意，四时风月满闲庐。

徐余习居士新筑落成

旧垒新泥燹后添，先生今有负暄檐。图书作壁谁还忌，天地为庐自不嫌。
三谢声华康乐最，二徐文字楚金兼。褐来城北高人第，隔断嚣尘十丈炎。

一　夕

一夕凉生得北风，豆花棚上歇鸣虫。时当月夜晴尤旷，序未霜秋气已通。
清酒半酣茶在手，旧疴重发药扶躬。回看云廓烟开处，树罅人家出远丛。

倭寇万人冢筑成二首

青山成冢忽经冬，鸦噪移时也兆凶。东国长蛇原荐食，南塘布马复勋庸。
一丘狐貉留京观，万灶貔貅夺峻峰。当日誓师频克敌，式蛙先已壮军容。

那见扶桑日影明，不祥谁遣此佳兵。新阡草殡人除棘，旧里花期鬼赏樱。
尚想读诗笺北垩，愿言投笔策东征。一抔遥忆通州郭，兴至如谈海客赢。

南通有明代倭人冢。

旧王孙心畬居士书来

南北无从讯索居，忻传音问蓟门书。风期各在千秋后，视息同为九死余。
已叹旧人朝露尽，犹传耆老曙星疏。逊朝何限流亡史，卅六年深付革除。

秋日忆旧

辈流多似得霜鹰，忆旧痴如被冻蝇。略涉学郛从我懒，初谙文献向谁矜。

堆花瓮熟朝持盏，落叶窗深夜剪灯。默数往时诸老宿，空留遗墨秘缄縢。

晴　望

山蠹晴空万笏云，画成除是顾将军。路旁村堠依微见，郊外川原迤逦分。
戎马兵间销战骨，人牛农隙息劳筋。余粮栖亩秋禾熟，鼚鼓年来远不闻。

离郭门西渡

自从添署散人衔，一出尘扃便隔凡。寒浦潮迎秋水棹，暮江风送夕阳帆。
鸥余盟在何庸约，雁带书来不用缄。西望炊烟微起处，崇冈云树蔼松杉。

夜起书寄五儿新疆

谅汝天涯客泪多，极知闺梦满关河。寒云绝塞苍雕度，淡月清湘白雁过。
一自时危频寇盗，几曾年少惯风波。边邦纵有回旋地，可惜家山负薜萝。

敦儿三十初度乞诗

骥子骎骎骋逸蹄，鞭丝遥度大荒西。几年为客边霜冷，五夜思家塞月低。
才落人间三十载，敢跻天上百重梯。连宵频感衰亲梦，犹似髫龄佩觿韘。

诸儿女各有甘旨之奉因而写怀

饥鼠迁居过近邻，主翁无廪叹空囷。客从门户衰边减，家自山河劫后贫。
衔橛马羁千里足，握铅人负百年身。强支筋力供妻子，幸及群乌反哺辰。

丁亥除夕

寒宵红蜡借余光，肘后初无却老方。学海生涯疲七略，艺林文字辍三仓。
佛传宗要心如日，天与颓龄鬓有霜。历尾未嫌残岁尽，围炉清话五更长。

戊子元旦

领受韶光六四春，名山无恙且为邻。薄云遮日天含雪，大劫经时世化尘。
已自身心输贝笈，更何情绪论钱神。人家妆点承平景，郁垒符黏户户新。

春日述兴

日暖风和百舌娇，门前烟柳絮飘萧。山衣乍减寒仍重，村酒频沽醉未消。

久雨苔生鸳瓦脊，新晴笋过蛎墙腰。昼眠刚梦罗含鸟，藻思冥冥亘廓寥。

雨 中

锦鸠相唤雨连村，卧阁萧然懒闭门。啼断杜鹃春有泪，醒来庄蝶梦无痕。柳堤风摆三眠起，松壑云归半吐吞。差幸丘园能寝迹，多时陵谷不堪论。

雨晴村墅

山花如锦草如茵，一雨郊原众绿匀。牧陇暖风牛背午，渔陂新水鸭头春。芳兰修禊过三巳，牟麦登场待十辛。若复不闻沧海变，尚疑身是葛天民。

追怀凤逸庵文学

辛苦劬书赴焰蛾，五噫愁绝伯鸾歌。留心早备贤良策，赍志终虚茂异科。无主田荒青犊雨，多年盟冷白鸥波。可知凿齿当时传，耆旧于今待补多。

湘 山

湘山娱我泼浓蓝，丧乱多经久渐堪。遭世定哀犹不及，摄生庄老合相参。幽窗读画摹云鹤，茧纸题诗擘雪蚕。可有亲交闲过访，听鹂还与一携柑。

访贾太傅故宅

穹碑无字蚀苍苔，凭吊长沙痛苦才。此日代湮炎汉邈，当时年少洛阳来。凄凉迁客招魂地，寥落贤王望母台。犹想石欹床一足，坐隅栖鵩赋心哀。

赠潘硌基教授

原知潘阆不同尘，千万牛毛独角麟。未识羊裘翻着客，何如驴背倒骑人。氛埃拔脚天机活，风雅潜心卷帙亲。剩喜名山移宅近，款门长得送诗频。

麓山怀古

无复高明旧日亭，麓云长映碧湘青。峰峦数迭啼猿寂，人物千秋过鸟冥。多士道南传正脉，有谁砚北究遗经。偶寻枫峡瞻隋塔，不见前贤为勒铭。

青枫峡有隋文帝仁寿二年舍利塔。

隔江望郡郭自喜庄居小有丘壑之胜

病药飞来落茗瓯，云泉于我意相投。一围青嶂江边屋，百尺红尘市上楼。

高树转阴初过午，薄棉忘暖顿知秋。野夫门馆潇湘色，检历多时大火流。

卿生石麟过候投诗答之

穷恋山栖与世疏，何人来叩寂寥居。清霜篱落花能晚，小病房栊药未除。夷隘伊通吾敢比，谷非藏是子奚如。耽吟况复多才思，惨绿华年好读书。

喜儿敦自新疆归省

初讶儿回属误传，到家人果自穷边。归如丁令无千岁，去比苏卿少九年。丧乱再逢惊意外，悲欢相聚慰生前。何当戢翼蓬蒿下，莫羡群飞尽刺天。

皮鹿门先生百岁公祭 戊子十一月十四日

经师当世数湖湘，博士松陵迈二王。昔日渊源怜我少，今文家法见公长。济南异代留衣钵，高密平生奉瓣香。祭罢独伤人事改，百年回首意茫茫。

先生著述甚富。二王谓湘绮、葵园。

腊月十五夜玩月

绛河秋后不通潮，灏魄娟娟坐寂寥。万户寒光临旧腊，一年圆月尽今宵。蝇头书卷微能辨，鹤背仙人昵可招。荒翠老青山墅夕，碧天夐绝雁声遥。

岁暮怀杨遇夫教授岭南

良朋日罕谊逾亲，苦忆频年度岭人。腐橘看争棋里劫，寒梅闻破腊边春。鹏搴君刷寥天翼，鲋困吾淹涸辙鳞。夫子共推杨伯起，生徒随处慰莘莘。

佩珩先生八十自写《纪游图卷》

老莲工画更留题，十幅生绡记爪泥。试剑丁年频跃马，观书午夜惯闻鸡。鲤庭旋喜双双拜，鹤算初逢九九齐。南极光辉云叶展，聚星堂畔玉绳低。

卷十六

五 古
（公元一八九八年戊戌至一九○八年戊申）

南村草堂

色秀山可餐，水清溪可啜。结庐山溪间，襟抱得妍悦。草木无俗韵，披风
复骚屑。栖迟独余情，抗怀在先哲。惺惺眼前事，万幻随起灭。妄念一弗戢，
纷乘遂千百。身心造彭殇，肝胆迭楚越。惟静能驭动，养生讵有诀？纳晴入胸
臆，鉴理自然彻。樗以不材全，吾匪蒙叟说。

侍 亲

朝朝侍亲旁，暮暮在亲侧。朝暮依膝前，此日难可得。亲年往不返，千金
重一刻。何以承亲欢，惟应慎容色。我亲如古人，起居必有节。向来口体养，
未尝较丰啬。膳馐免儿谋，服畴食旧德。恩勤曷由报，默念心恻恻。

古意二首

历历白榆光，盈盈华月明。迢迢银汉路，札札机杼声。昄彼参与商，斗杓
东西横。徘徊叹流辉，景物空复清。绸缪结衷愫，怅焉怀平生。欢会当有期，
愿言崇令名。

暧暧远烟婵，恨恨望辽左；辽左万余里，无因见行子。寱寐思音容，有梦
何曾通。君来妾或醒，胡越隔形影。彼此相差池，妾来君岂知？槿华灿朝露，
韶颜能几时？

田园杂诗三首

初阳暖大块，天气交轻清。南檐有余暄，群乌多雏声。万类此胎胚，静观
得其情。时至理不违，所希何必营。一雨步池上，忽然春草生。

野人寡所营，肆勤把耰锄。动作心无机，抱瓮浇畦蔬。生事仰粟麦，燕雀
皆吾徒。颇有胞与怀，独惭爱物疏。沦灵太古胸，如还天地初。流目送去鸟，
日入归蓬庐。

事物理至赜，涉想皆空虚。临轩徙浮目，形适间有余。外华何足云，道充斯内腴。取心得所安，叔世皆黄虞。白云养湛寂，动息随卷舒。旷仰天苍然，荷笠还踟蹰。

家淞芙兄招宴白鹤庄

居诸不自适，怃然怵微躬。抗尘走俗状，龌龊难为容。歆也吁所亲，矫矫云鹤同。命俦写芳游，置酒联幽悰。山庄展嘉宴，逸跂忻相从。离多会每少，泥爪西复东。藉无人外招，情愫胡由通。咏歌恍以怡，何必丝与桐。木脱霜始飞，豁我高秋胸。道运际交丧，一剥将安穷？悲欢如连环，辗转宁有终。暝色促分襟，刹那成陈踪。

得适欧阳氏四妹问秋抵梧州书

忆妹初别时，临去仍迟留。长跪慰老亲，喜色回悲眸。心貌知不同，内外分鸿沟。老亲重叮咛，愿女行无尤。出门从夫婿，珍重叶好逑。昨得平安书，云已抵梧州。中附七字诗，但写山与丘。家山日以远，谓与家山侔。琐琐询阿兄，果是家山不？字字酸心脾，如镞皆穿喉。读罢动眉睫，性情何温柔！阿妹年二九，兄齿逾三秋。天籁非人为，坐此不相酬。宛转百余言，无一及离愁。非不及离愁，高堂双白头。

书示邻人兄弟

劝君莫剪爪，剪爪嫌侵肌；劝君莫伐毛，伐毛妨损皮。手足切痛痒，谅君当知之。宁厚勿为薄，此语宜深思。葛藟岂异本，紫荆况连枝。尺布曾有谣，豆萁亦有诗。吁嗟棠棣花，偏其开反而。

山鸟篇 并序

邻媪有三子，媪老无告，子不为之养，刘子伤媪孤苦而作是诗也。

桓山有一鸟，上巢干霄枝。匪为好居高，意防有人知。人知当奈何？矰缴行见施。巢成岂不工，日夕还孜孜。未几生四卵，四卵孵三儿。儿雏见母喜，母喜更不支。会当毛羽丰，但勿使儿饥。儿饥索母哺，呀呀彻旦啼。母忧觅食艰，将去仍迟迟。迟迟总难决，一虑滋百疑。悯此儿小弱，不任狂飙吹。乔林多鸱鸢，幽壑有狐狸。世途艾而张，转侧皆危机。进退正维谷，何以抵御之？恍然意自失，忽焉心内怡。外患求不侵，母若固樊篱。啄木持当关，取叶覆四围。留窦慎出入，疏密殊适宜。令儿匿其中，异类无由窥。母去儿不释，儿憨母益啼。母心勤护儿，儿当知母慈。暂去莫复恋，勿用过骄痴。良久就慰帖，群雏相娱嬉。欣然鼓翅出，须臾天际岂。出从山木巅，归自江水湄。畎巢幸无恙，衔食绕树飞。朝见衔食飞，暮见衔食飞。衔食不入腹，留作哺儿资。自从哺儿来，遑计千万回。因又恐儿寒，更以翼为衣。劬劳重劬劳，此意宜深思。日月曾几何，雏者丰而肥，修翮凌清风，渐教母难追。方图儿长成，疾病相扶持。讵知群儿心，弃母俱如遗。已去不复顾，各各分枝栖。骨肉如参商，动隔山与陂。儿弱有母怜，母老谁复哀。㲉壳良苦辛，羽毛徒益衰。有翼不能举，欲举力已疲。唤儿儿不应，母患终身罹。地角天之涯，相依杳无期。母饥啄腐蘽，儿饱餐甘蓤。荷母顾复恩，一旦忍相违。母寒伏敝巢，巢敝愁难治。昼为烈日烘，夜为朔风摧；日烘热入脑，风摧寒侵肌。上有疾眼鹰，下有怒目豺。念此噭然哭，哭罢长歔欷。哀鸣不成声，生命如悬丝。长共故雄分，夜夜悲羁雌。畴昔伤无子，有子竟无依。无依更何说，伊戚只自贻；自贻弗可道，应悔姑息时。

杂　诗

鸳鸯不独宿，伯劳只单栖；鸠当雨时唤，鹊以晴朝啼。山禽并寄木，海燕惟巢泥。下水乃冻鸭，上树皆寒鸡。鹧鸪乐南飞，鸿雁甘北稽。物性有如此，人情何能齐？

村墅春日

春山无定容，阴阳变白昼。不知峰是云，参差列成岫。细泉下幽濑，泠泠发雅奏。

春日偕亲友登旧传孙真人炼丹处

二月春服成，命俦展游兴。东皋近可陟，拾级取微径。尘嚣不到处，乃以幽邃胜。烟禽振逸翮，亦自适其性。光影嵳峨间，阴晴恍莫定。聿兹朝雨霁，新蕤绿逾净。乍惊枫叶丹，孰疑初阳映。洞底细泉出，下注莹石镜。薄言寻炼师，从而叩铨证。微风药苗香，松籁生寂听。

闲　述

淰淰孤云徂，徐徐飞鸟偕。寓目属清旷，于焉开素怀。莽眷天惟澄，跋履临空阶。谷莺解予意，声求良克谐。门外有尘鞅，顾瞻非同侪。安得为欢颜，不与时俗乖。须叟感迁化，落卉盈深崖。至人心肯无，所以遗形骸。

游　山

泉与客争路，磴峭石碍面。芳树缠古藤，仄径通一线。大块如文章，起伏境屡变。遂阻游山人，深造使难便。岩腹天半涵，阴涧走匹练。饥无美可茹，攫取冷云咽。

寻西山隐者不遇

揽衣朝出门，晴昊晃初旭。好山森角圭，缦缦媚云族。循途入梀橬，映我襟带绿。蛰羽乐俦侣，下上更追逐。所历忽已高，登陟得远瞩。非藉人外游，孰是爱蔿轴。闻有冥寂士，松龛耐幽独。黄冠换乌巾，早谢轩盖束。丘中多杂粮，蕨老黄精续。疑服阴马丹，抑或采南烛。逌然迹自旷，固知道机熟。结愿展凤慕，执手申（款）曲。伊人不可见，繁忧镇相属。邈如思古人，耿光企明淑。惟从白云游，永怀褚伯玉。

田　庐

暮投田中庐，残照收远畛。喧声乱蛙蝈，幽韵出蚯蚓。四肢不能勤，鸣虫似嘲哂。暖节际初夏，农事俄已紧。恐违耕种期，物候有依准。趁时诚劳劳，望岁尤闵闵。乐固吾所羡，苦亦吾所悯。将欲为农夫，可待问詹尹。

升　高

升高命予驾，纵睐写予戚。车马鸣征镳，往来总络绎。修衢辇尘轨，后辙蹑前迹。眼看悠悠人，乃为形所役。萍蓬失根蒂，流转有终毕。含念古贤达，复乎信难及。鹿门蹑遐踔，严濑恣永适。缅兹谢诸营，心境眷虚寂。萧条百年事，昨日已成昔。目送鸿鹄飞，双骞矫云翼。

徂　夏

颓景促徂夏，赫曦厉残暑。晴云自孤起，一握天倚杵。执热不以濯，幽忧亦云瘝。窘如裹茧蚕，掣向沸汤煮。置身火宅中，谁能慎所处。凉燠验静躁，得失征默语。徇俗贤者嗤，息机达人许。根尘引诸妄，要在绝其绪。一枕北窗北，清风入絺绤。尚友无古今，千载相尔汝。企彼天人师，熄我初禅炬。闲适难久得，造物或靳予。蓬蒿仲蔚室，水木摩诘墅。亦有田舍翁，头衔署桑苎。天既恣我好，岂真不我与。飘飘六铢衣，冥冥逝骞举。

山村暮归

鸟飞旋旧林，予亦归田庐。室人候柴荆，堂上篝灯初。草虫语断续，爨烟聚阶除。晚饭炊松花，一饱心靡余。耽静不嫌动，验实先遗虚。颓然寤寐间，久与尘梦疏。

暮 景

暮景促归客，山影遮去路。片月上松林，青中一痕素。风枝堕惊鸟，露草窜奔兔。村静行鬼磷，起灭纷无数。微钟发萧寺，徐徐涧边度。

次黄厘叔韵

秋阴澄夕楼，凉飔生叵罗。羁禽啭嘉木，零露寒枝柯。起视江月斜，清晖流素波。誉彼山中人，微云敛岩阿。愿言结素心，素心近若何？

大 雪

璀璀飞雪轻，奕奕纷自举。眼中浩以洁，万象静空宇。无树不梅花，花多欲无树。贫女剧可怜，寒来思往暑。敢夸十指巧，不得弄机杼。悬知恩难长，翻羡金屋贮。伶俜抱孤影，含情向谁语？愿天收残雪，留待足春雨。

访欧阳蔼丞先生

岁首属多暇，散屦纡游行。一径入繁翳，飘飘天香生。幽草动暖根，嘉木怀初荣。春气应候来，飒然午风清。去郭未半里，而无尘市声。眷言寻凤期，剥啄敲柴荆。既见隐君子，弥惬闲者情。端居淡万虑，心与元化并。征实道弗隔，析虚理难名。所以古达人，不为尘土婴。洁身虽小节，吾宁守微贞。

酒星行赠族楚嵚

黄金铸太白，酒星谪沧州。模糊了一醉，神与青冥游。鹿戏人鸟巅，鹤跨猴山头。峨峨玉京迥，巍巍瑶阙修。碧桃三万年，蔚然无春秋。枝上清晖盈，晶轮停其辀。天帝云为衣，星斗缀冕旒。殷勤赐御宴，宴设昆仑邱。巨鳌戴太极，吐气成飞楼。珠帘十二重，尽挂珊瑚钩。联翩万绛节，蚴蟉双花虬。列坐多仙人，戛击琳琅球。口衔金叵罗，酪酊相献酬。侍香斟流霞，引满青玉瓯。一饮已忘饥，再饮浑忘忧。行厨进胡麻，海居添新筹。羽幢何烑烑，扬尘观九州。眉寿醉不死，永与南极侔。

杂兴十五首

人生欲何为？百年凋尘颜。大江向东流，一逝宁复还。携琴听鸣泉，蹑屩游远山。北风毋我欺，傲骨殊珊珊。物化有时及，未及胡不闲。怀安愧形骸，藐焉天地间。

痴蝇钻故纸，疲劳复何益；飞蛾扑华膏，殉命不自惜。君子羞虚生，憬然切忧惕。所务一以正，寸阴埒尺璧。试看史册上，率多圣贤迹。念兹结中肠，旷览天宇碧。遐慕尚可秉，研朱点周易。

真境本虚寂，群动自为声。早秋凉气发，我思纡且萦。飞蓬忽离根，乃驾盲飙鸣。阴宇颓阳光，仰视南云征。淫哇夏参差，幽律成合并。悲吒独永叹，有耳谁当倾。愿因列仙人，肃辂凌太清。天阍隔呼吸，何以通我情？

治道贵清净，祈与民情通。实非有异术，黄老言俱同。曹参法无为，避堂舍盖公。贤哉朱桃椎，默悟长史衷。不然丝益棼，天下徒匈匈。

牵牛过堂下，幸遇齐宣王。弃马委道边，得逢田子方。即此不忍心，可致斯民康。爱物虽区区，仁德于以彰。古贤胞与怀，救死亦扶伤。胡为今之人，甘如豺与狼。

深山有嘉树，抱露藏其华。上枝挂日月，下枝巢云霞。中枝缀星辰，绚烂成奇葩。生小性孤直，撼之终不斜。

良驹骛长路，跛鳖拘浅湫。仙鹤上冲霄，下笑抢榆传。遥遥望虞坂，盐车困骅骝。奈何渔网设，飞鸿偏误投。岂伊拙胜巧，慨叹未能休。时命不自安，智勇难为谋。龙蛇悟易理，蛰身诚无忧。

阜螽夏动股，蟋蟀秋振翅。应候自翕张，夫岂云物智。鸿纤列万类，要各待时至。人处三才中，风云有其志。鹏骞抟九霄，高取扶摇势。中有化机存，微徉难可致。荣瘁寓天数，四运揭相示。

覆载高且厚，万物无不容。微生自工愁，岂曰吾道穷。际运如或塞，何违复何从？严节霜霰厉，兰荃化茅蓬。青阳非有私，翘首俟春风。

瑶树施朱蕤，有鸟巢其端。高举明所趋，一枝聊自安。云液供渴饮，竹实充饥餐。风羽安得知，知之良亦难。螳螂捕元蝉，黄雀犹相干。嗟嗟蜉蝣羽，旦夕志忧患。矫然此何禽，独免韩嫣弹！

凤集青梧枝，身绮耀文藻。偃仰宇宙宽，游乐出尘表。引颈思一鸣，凡鸟籍其脑。嘻尔啁啾辈，何由更闻道。

世人有苦乐，岂在富与贫。世人有贵贱，岂在通与屯。昧者无所知，而忽灾及身。目自不见睫，营营愚智均。向长识损益，知几其如神。我欲谈达旨，会须寻崔骃。

门临尘市喧，往来车马多。灿烂少年子，玉骢金盘陀。顾盼有奇气，宝剑时摩挲。解衣上酒楼，仇头为巨罗。十千亦不醉，岸巾但狂歌。未曾通姓名，去矣知谁何？

伊予憎多言，憾不友瘖士。炎炎非所好，詹詹亦自鄙。因羡王无功，得交仲长子。有口只饮酒，乃与衔橛似。无咎占括囊，守默自兹始。

知音良不易，知心应更难。谁能一相遇，邂逅成交欢。无故弃忠孝，人类行相残。士宁蹈海死，吾思房叔安。逸情托素丝，聊用抒胸肝。俗耳悦筝琶，古调空复弹。此意畴与陈？咄喏惟长叹！

朝出县郭门

凉雨归西峰，朝气益澄澈。港折风逆吹，流响激清樾。湿烟出茅屋，纤徐向空灭。霏霏雾承盖，霭霭云散缬。穷源历江湑，细泉听幽咽。树欹颠鸟巢，花残烂猩血。平生山水情，偃仰取妍悦。

涉江即目

朝日涵空烟，山水知浅深。弥弥樟树潭，青青乌柏林。游泳耽潜鱼，飞翔眷冥禽。今者不为乐，常恐尘事侵。一作断蓬逐，我怀将安任？浅川得近眺，崇阿宜远临。旷哉适化机，虚契弥渊襟。闲憩自成逸，愉戚离我心。

山　行

春云上青山，阴岩蓄深黛。风过涧壁喧，乱石激寒濑。微闻啄木声，适与泉响会。应有遗世士，只在此山内。远引神自超，无闷亦无悔。若辈未可期，敛襟寄遥慨。

闺　情

冉冉夏将及，奄奄春已残。轻衫缝越罗，团扇制齐纨。机丝三丈长，手爪不言难。缕缕心上情，宛转千万端。闻君在辽阳，又闻在长安。浮云西北驰，欲附无羽翰。草虫先秋鸣，抚时伤肺肝。团扇复弃置，轻衫亦嫌单。锦带织连理，绣被裁合欢。常恐朔风至，征人惊早寒。

山　家

栖鸟忽胶嘎，山家起晓汲。门前曲腰桑，宛如向人揖。一僧行树间，松雨满棕笠。

南村道上遇黎心巨秀才先程

曩赴亲故招，整驾南山隅。素心数晨夕，雅好敦诗书。忽忽时几何，岁月奄已逾。暧阻隔光采，孤怀郁难舒。久与良朋期，迹乖情有余。愿言谅多端，末由申区区。冥合天所要，邂逅中路衢。村路莽南北，积捆交萦纡。倾盖转成默，人事潜欷歔。伫立发悲愫，执手捪子袪。舆夫迫前骛，欢会才须臾。慨念山中人，悢怆方茕居。哀哉陟岵心，徒然望丘墟。风木违阳晖，寸草将焉如。幽忧能伤人，慎子千金躯。

君丁外艰。

夏日城南草堂

数椽安覆盂，一隅寄孤僻。夏云峰上峰，峭堆檐端碧。庭柯森绿阴，夺此午曦赤。炎暑势方赫，苦见歊尘积。慨念农事艰，荷锄且未释。我心无哀乐，偶然因所激。同托大造中，境何有顺逆。伯鸾五噫歌，贾生六太息。古人天下忧，出处皆惨戚。斯民久涂炭，谁与登祍席？愿为南风熏，深衷慰平昔。

山行惫甚

无风木叶脱，秋尽山骨高。徒御惫登顿，喘汗凌青霄。作力更前骎，巽坎随所遭。陟行息彼肩，为恤舁者劳。十月丰景沦，林鸟呼其曹。日斜趁归路，苍烟带平皋。

晚步县郭外

枯山抱寒郭，重重暮云裹，江小风力轻，时见帆影堕。丛苇冒蜗舍，深竹帖萤火。颇惭机未忘，鸥鸟肯亲我。柳叶灭夏条，苹花散秋朵。树疏不藏村，微有碧烟锁。初月来水涘，夕飔生道左。孤情默夕警，身名约渔舸。

江浒散步

残阳下冈背，江浒立山影。游鳞群复潜，归翼类相引。一散尘表襟，名利俱齿冷。惠子难与期，濠濮意先骋。静躁情不同，好恶从所秉。远客鞭倦马，欲渡借渔艇。苹花秀未歇，枫叶黄欲陨。野菊寒吐姿，堤树老生瘿。景光离合间，踟蹰得妙领。我已能外物，无俟慕张邴。

游山杂兴四首

山名置不问，境邃心已快。奇石压踵至，辄下米颠拜。嶙岩危无根，日睨飞雨外。斜狭行且憩，悲噫戛幽籁。靸履披蒙茸，曳裾弄沆瀣。蛰羽罕见人，格磔语惊怪。穿谷眩虚牝，流云鲜常态。瞻前更顾后，闪烁淆眼界。怳惝如有遇，风飘女萝带。冒棘急防头，芒刺纷在背。始悟天地间，直躬动多碍。恍然振尘襟，豪歌揖雄概。

见云不见山，山在云里度。一气浩无垠，青螺间微露。阴壑蓄雷雨，荒榛宅狐兔。勇猛欲仰登，战兢复俯注。疑堕虚渺中，四肢夺所措。攀跻叠甗甀，起伏未知数。神闲意自定，志锐力能助。奔泉与石斗，飞鸟被猿妒。履险视若夷，涉世行我素。回首眺山云，历历来时路。

律兀直到峰，合沓马奔注。自持恐未稳，牵萝试微步。嵬岌千盘回，崎嶬不容屦。后怯心所羞，前赴迹犹遽。雾霭失山脊，变换总非故。清昼昏以冥，取途入松雾。冈断虬柯承，磴裂袅藤互。骑危身余几，穷猱愕相顾。石室开平窝，仄崖挂倒树。凿穴留一龛，或疑栖仙处。不逢列仙人，终古白云住。邈焉增惆怅，人去云不去。

我前一山迎，我后一山送。阑入乱山中，群峭碧无缝。初如莲须串，继如莲瓣拥。陡顶趾已高，举头气先纵。深箐停密阴，异禽发闲哢。溟淖黏屦滑，林霏罥衣重。暂取神情舒，那管毛发冻。吾将徇吾适，莽苍驾飞鞚。凛念垂堂戒，境过忽如梦。

次韵张蘅溪明府秋怀

木叶下城阙，秋怀动多触。谁与共游衍，故人喜见属。沿洄流水涯，踟蹰断山麓。丛莽泫残露，繁林承初旭。何以悦我情，白云欣在瞩。犬静烟火稀，雀肥秔秫熟。日午豆饭香，溪童饲黄犊，悠哉出尘心，脱然赴蒿轴。

过　滩

落帆风力遒，挂帆风力软。何如合篙撑，舍长用其短。顺溜下滩急，逆溜上滩缓。一上复一下，人心不能满。舟子笑我顽，顺逆俱不管。

答宗老

温峤绝衣裾，丁兰刻木像。曾元常缺餐，伯俞屡泣杖。古人事不同，二者将孰仿。人生而遗亲，何以立天壤。明王昔有国，旌孝设宏奖。赖此敦伦彝，譬彼纲挈网。爱敬先一家，推之乃逾广。汉祚四百年，孝治洵不爽。成周尊三老，法美从可想。要道行非难，桴鼓应如响。

游山同张大蘅溪即次其韵

山深莫便厌，我行趣弥深。鼯跳株木巅，鸥鸣松树阴。幽羽良可怀，远近遗好音。冷云藏不出，有时还为霖。濯发石上泉，增予冲淡心。瘦筇试仄磴，杂花开层岑。游情爱旷放，纵步忘岖嵚。胜侣自轻趫，振袂偕登临。非子同襟期，谁能投所钦。人世有兴废，青山无古今。

冬日田家杂兴

蟋蛄鸣寒阴，白帝权久卸。田家百顷稻，囷满收穑稼。近墟豁远眺，干叶脱桑柘。野鸟拾遗粒，场圃毕禾稼。颇喜收获丰，秋作已云罢。驱鸡上丘陇，放鸭出港汊。耕耰敢言苦，三冬得休暇。各有犊鼻裈，负暄南檐下。修竹数竿弹，早梅一枝亚。村翁走相告，新谷腾市价。儿女俱长成，次第议婚嫁。举止悉真率，语言少机诈。阡陌复密迩，有无便通借。卜吉约亲串，先期葺庐舍。即日花烛筵，巾车遂早驾。人影暝交乱，竹篱灯光射。喧呶闻四邻，琐琐尽姻娅。但念天泽渥，宁知有王化。

月下作

鸡鸣一村月，万瓦莹清霜。更深鹤警夜，天宇何寥梁。遥汉恒星稀，树阴转东墙。西家有思妇，当户织流黄。岂无成匹时，叹息悲徂光！爱非妍夺衰，君子胡我忘？相隔在远道，乖旷情自伤。即弃妾憔悴，君颜庸能常。尘镜宵更开，月华鉴回肠。理君紫绮襦，卷我云锦裳。箧中五色线，绣为双鸳鸯。鸳鸯本一心，羽翼参翱翔。封以连环笺，欲寄无由将。丈夫志四海，安肯守旧疆。嗟嗟其如何！迢迢关陇长。

月夜怀彭山人蕙堂

婉晚岁向晏，秋先忽将别。荒烟聚寒莎，黄昏叫蜻蜥。孤灯暗虚牗，帘栊入斜月。有怀谢希逸，缄愁企清绝。

道吾山

我本烟霞人，名山辄神往。随时散轻策，任敝屐几两。遨游性所惬，汗漫出埃块。骛远每忽近，道吾稽一访。举头无数峰，连脊若胜蟒。良辰快攀陟，跷似儿脱襁。晴空下飞瀑，十丈挂云幌。飒飒松风寒，英英石气爽。适逢打包僧，相接不嫌傥。山上复有山，畦田拓平敞。唐时古兰若，于焉资豢养。灵湫产潜虬，取可玩之掌。纵情迫前造，止念留后赏。猛虎嵚岩号，寒日堕苍莽。

咏韩烈女 并序

明季博罗韩氏女，城陷，游兵见犯，不从，触刃死。越三百年，其乡人请为诗，追赋其事。

可碎不可玷，玉乃知其良；可折不可卷，金乃成其刚。烈哉韩家女，生长桃榔乡。弟兄俱出门，亲没居无郎。城陷游兵来，仆妇鼾在床。彼狡胁女从，挟刃三尺强。女甘触刃死，血溅污衣裳。愤血创口飞，黯惨含风霜。身上何所有？丹縠绣祎裆；头上何所有？宝簪箍凤凰。女血如珊瑚，女质同圭璋。化作明月魄，晚晚生辉光。

题书斋

晏安等鸩毒，端居怵微躬。摩挲古人书，欣然惬幽悰。甘苦心自谙，只在咀嚼中。暴秦火旧籍，计左嗤祖龙。两都拾坠绪，邹鲁崇儒宗。我生恨已晚，讲席亲靡从。诸经本一贯，触类当旁通。斯道今榛芜，永言究始终。呜呼生有涯，渊旨谁能穷？请看耕田夫，力耘获乃丰。

岁暮篁冈将返山居话别

年事逼穷腊，予情自休暇。俦侣肯频过，酒杯暂相借。心迹俱已超，人群何必谢。闲襟抱醇粹，清吟入元化。洒落得吾子，摛藻殊酝藉。豪饮不辞醉，分曹各雄霸。气凄嗟岁徂，景晏感时乍。寒雨欲成雪，尽敛云脚下。登楼眺林麓，深靓若图画。君家万山中，言旋竹冈舍。但恐别君后，思君不能罢。更忆里中彦，延睇一凭榭。严城飞霰天，虚馆烧灯夜。此时最怀人，念旧辄悲咤。何当语猿鹤，迟迟税归驾。

游望偶作

涤览无外婴，薄吹泠然善。凉燠判空界，微云近旋远。归鸟与俱迟，送睐寄孤撰。芥蒂复何有，物我同缱绻。

晨起酌梅花下

予怀自怡悦，即景遂所安。晨光动鸦羽，山风凄以寒。老梅有芳柄，条干横檐端。傲骨何嶙峋，清香殊浩漫。开花历冰雪，不联桃李欢。酌酒恣幽赏，杈枒当胸盘。

答梁辟园孝廉

我诗岂悦耳，谅为时辈捐。君复弹古调，清于朱丝弦。吾道在昏默，所贵中不迁。屈曲以谐俗，而我何有焉？短章报嘉贶，幽意凭君宣。

始春偶题

春风入枯树，炜炜敷时荣。妍华换败叶，新条抽故茎。生者谁使落，落者谁使生。气数有固然，夫岂物之情。以此察常变，得失无劳争。万族同胚胎，委心随大钧。

村　农

村农夜灌田，破梦揽衣起。携锄赴原隰，桔槔鸣未已。凌晨知已归，犬吠烟萝里。

晓起寻田翁闲话

麦田雉朝雊，零霜犹未晞。东皋初上日，凉风飘我衣。野人有良俦，款言倚荆扉。分手复长啸，天籁发清机。予亦倚声和，冷然琴无徽。丈夫不偶世，何惜知音稀。

心巨病中索诗却寄

天地孕元气，得之常浩浩。知君忧患余，学道非不早。身在病与俱，寒暑使颠倒。况君耽著述，终岁虫集蓼。上下五千年，奇愁郁怀抱。繄维一切苦，毋乃心所造。形役奚独悲，达旨待搜讨。霜柯出古干，雪卉无弱草。蹇予惯呻吟，相怜实同调。举头望秋山，旦暮迹如扫。

晨　兴

曙交鸟初散，旭日开重阴。撷蔬露忽漾，披褐寒仍深。凯风自南来，伏响回层岑。老屋带荣木，薄云生远林。释室爰居斯，于焉清道心。

山行止宿古寺

既雨山色佳，清吹散林麓。蹑跷不知远，逦迤循径曲。晴光共一翠，春目得众绿。灵草垂华滋，红紫聚成簇。石硬琤潨淙，烟顽幕乱竹。萧寺斋鼓沉，诸峰转苍肃。云衲孰磨出，层层渐相束。思制水田衣，学道伴金粟。山风严暮寒，缁锡慰幽独。

追怀李惕仁孝廉

韶年文字交，阳冰心所亲。横经抱琬琰，乃忽随煨尘。有生本如幻，顾自韬其真。晓露晞阳条，残芳零晚春。啼鹃唤曹侣，予亦思故人。空斋蹋壁卧，悲愫胡由申。

食松菌

紫芝似菌属，服之能益身。松菌别为类，可以馐嘉宾。安得山谷腴，饰我庖厨贫。溉逢寒雨滋，孳衍疑敷茵。见者思朵颐，撷趁幽岩春。浥露采已多，盈筐珠颗匀。蒸气惜有限，难使如车轮。买柴尽束湿，松黄聊作薪。久煮试饮汤，胜咽元和津。入口脆更滑，溜匙同香莼。风味果无比，允足齐八珍。猴头且不数，猴头菌出滇中何况猩猩唇。食罢笑扪腹，美荐夸鲜新。菌既可供馔，兰亦可充纫。赵瞿茹柏脂，饷贻自仙真。我持松乔粮，傲彼餐霞人。

郊　行

乍晴啼鹨鹌，南风散远甸。灌木密密阴，夏云重重变。缘畛无险步，陟冈有高见。振鹭皓然洁，群飞雪一片。喟予庆时尚，人外永孤恋，心逸从所适，足遽忘却倦。独怆河上歌，同忧不相援！

劚笋

朝日开层阴，竹梢繁露喧。紫笋并头出，觼觼盈东园。当路尽锄去，间与春泥翻。不省留余地，安能保孤根。

西溪暮归

堕樵响风林，寒烟散沙路。行人往来少，鸦争溪上树。暝色苍然深，乱水野渔渡。

怨情

好鸟鸣相求，双栖庭树枝。良夜值三五，搴帷步前墀。前墀桃李花，又得春风披。空阶绝履迹，绮疏交网丝。临沼鉴孤影，沼水清沦漪。愁怀遂无寐，顾瞻触所思。所思计偕客，恩爱平生移。君昨传语来，云娶酒家姬：韶岁颇夭冶，十五二十时。明眸最善睐，婉娈如凝脂。我齿较稍增，十龄或有奇。贱妾私忖量，应比东西施。转语遥寄君，君其谅我痴：取貌当取心，勿徒悦妍姿。回忆初嫁君，颜华冰玉肌。两身同一身，比翼无差池。投妾交股钗，报君合欢卮。彼此卮与钗，朝暮长相持。结念偕白首，不辞炊爨劳。信言申旦旦，奈何中道违？自君远行游，只约三秋期。荏苒年复年，始悔轻别离。别离两行泪，不得上君衣。手裁一匹素，才下鸳鸯机。更虑羁客苦，寂寞形影随。愿托翔雁风，送君以南归。闻君今有妇，失喜翻成悲。恃爱防多恣，忧令容色衰。飞龙骨已出，卧宿头常垂。持荷作镜照，荷暗颜同萎。威姑日倚闾，怕告威姑知。威姑不恕君，会骂轻薄儿。妾心原如初，愿君不相疑。绤绤凄以寒，请歌绿衣诗。归君交股钗，索妾合欢卮。钗卮镂深盟，彼此情难为。君且怜阿娇，妾当避蛾眉。新人胜旧人，何必终是谁！君怀如皎月，自然有盈亏；盈时回清光，庶几垂末辉。

旅泊

水宿见月早，假寐犹未安。聊起濯予缨，夜深江波寒。江底月影碎，江外月光干。沿洄更泛览，感叹情无端。俯视石皬皬，仰睇云漫漫。天汉不可航，浩歌行路难。

理箧得名宿陈兰甫先生与先外舅李公雨亭手简

衮衮耆宿多，迢迢岭表大。渺渺旷难见，悠悠飞鸟过。岂然同甫翁，道可风云播。岂无狂者流，对翁神已懦。一炉冶汉宋，通儒出寒饿。东塾百世师，当时早惊坐。觥觥李谪仙，奇气老未挫。县小官自闲，书右琴在左。吏隐三十年，宦味等糠秕。足迹半湖海，群伦入搜逻。纷纷少年场，余子公所唾。神契孚嘤鸣，犹及交一个。衙斋日多暇，元白迭酬和。郘笺重缇缃，常恐五云破。手翰从容观，未许寒具涴。旦暮哲人逝，亡何歌楚些。望哭西州门，语短意无那。

京卿赠先外舅诗有"才华湘上无双士，慷慨天涯更几人"之句。

采莲曲

横塘好采莲，采莲只用艓。鸳鸯戏莲花，鲤鱼戏莲叶。莲叶分东南，艓子乘潮探。圆景漾斜照，瞥见人两三。横塘塘几曲，双桨荡轻绿。借问女为谁？阿侬字碧玉。塘水入江流，流到古渡头。将心寄流水，即便达西洲。西洲异乡县，望郎郎不见。教侬若为怀，莲花似郎面。

秋夕山斋

天意如中酒，酗醄常不醒。秋气戕万物，利如新发硎。大钧孰操纵，迁徙无时宁。空斋思超忽，书灯寒更青。病叶飘我帷，悲风叩我扃。有声凄以怆，使予悚然听。破屋带女萝，山鬼窥窗棂，衡泌足清尚，庶几安沉冥。

"中"去声。

赠涂质初学博

古人旷不见，何以开我怀？纵目千载上，绵恨徒为哀。所幸音响存，形离神未乖。疢然眺山河，天道良悠哉！海蜃幻妖气，奄忽从西来。木册摧作薪，载籍霾秦灰。孰是服古节，章甫还复裁。鲁连去东海，逸驾畴能追？喜君富庭闻，愔愔明堂材。情绪吐结蕾，欣觇心已谐。凄霜陨时妍，抚景同徘徊。秋菊厉孤殖，槿华终何猜。

秋霁与汪绍安贰尹兆梅淮川临泛

疏疏两三点，晴天片云雨。川路谐远寻，逍遥淡容与。豁朗目无碍，夷旷心所许。秋风忽焉至，阳乌泊沙渚。一丛芦荻花，萧瑟伴鹢羽。鸣榔傍隈隩，深烟度人语。

晨　坐

寂坐心无营，神与太古遇。阴阴湛露下，月华移庭树。鹁鸪鸟刚啼，啼罢天向曙。忽然市声多，呶呶杂翁妪。

出　郭

步出郭北门，累累郭北墓。指点问过客，白杨无主树。轻尘收不起，弱草偃零露。狐内杂兔远，适穴埋骨处。泉下人岂知，叹息未能去。非无古时坟，于今平作路。有生同翳如，涩然独何虑。

闲　意

涧水无浊流，洗心不洗耳。饮牛涧之滨，牧牛涧之沚。悠哉吾何思，闲卧看云起。

秋胡行

秋胡有令妻，乃是良家子。燕婉不及旬，宦游遂千里。千里驾言迈，赵北燕南陲。心虽念行役，形影已乖违。乖违欲云何？空房言独守。夫婿重荣名，不计别离久。别久复何怨，屈指逾三春。织纴不敢怠，十指供慈亲。慈亲今白头，倚闾望儿返。桃红柳舒荑，苒苒又春晚。春晚蚕事急，携筥求柔桑。徘徊陌上路，车马如龙骧。龙骧知为谁？客装耀华饰。君子倦仕归，咫尺不相识。不识亦徒然，踌躇未敢前。窈窕争一盼，弭节停道边。道边下斜晖，邂逅此粲者。游子何多情，于彼桑之下。桑下致殷勤，诱以千黄金。黄金讵足重，贱妾磐石心。妇心等磐石，白圭终不渝。厉辞谢行客，去去无踟蹰。秋胡闻妇言，速驾意悢怅。度阡便抵家，奉金北堂上。母喜呼妇出，与夫解征骖。乃即道旁子，相顾各怀惭。惭彼行露诗，负心大轻薄。萧艾别薰莸，泾渭异清浊。清浊既已判，投身赴河流。妇愿从此毕，河水至今愁。

自　嘲 时选训导职

为学不厌博，为官不厌冷。学博意难足，官冷趣宜领。本是山泽癯，仕路耻干请。娱亲觊薄养，汲古愧修绠。儒冠适自误，充饥等画饼。初无躁进渴，漫复指梅岭。将从圣人居，洒扫亲帚柄。得陇那望蜀，在楚岂忘郢。何处饭颗山？行装缓待整。

卷十七

五 古
（公元一九〇九年己酉至一九二七年丁卯）

登巨湖山

山骨隆屃屭，岩腹深窈窕，却挟飞动意，势去复回绕。枝节森开张，龙象郁相缭，野人缚蓬茅，小屋架树杪。孰谓堕尘壒，不能出其表，灵湫丰泓澄，檀栾映幽宆。尚疑行未远，一步首一矫，冷风翦松云，斜阳挂高鸟。

衡州过船山书院

春风不择地，平芜扇新绿。枯荣无异施，于物亦云笃。如何吹嘘力，未能转浇俗。斯文道将丧，阿世学逾曲。侧闻治乱机，危微系庠塾。暴秦起伏生，周衰产苌叔。火尽薪则传，天心有攸属。宏儒数明季，船山实老宿。湘南抱遗经，沉冥志藏轴。至今矩矱垂，多士得私淑。岳峻洞庭深，谁欤继前躅！

夏日池馆

嫩荷浮远香，高槐添凉阴。偃卧北窗下，轻飔吹我襟。蝉腹饱风露，高洁遗清音。物籁本有常，予情自不任。烈日如酷吏，炎炎方自今。白云合丹霄，肤寸宁成霖？依然倾太阳，猗嗟葵藿心！葵藿勿复道，西风杀百草。

叹邻妇

鹤背露华寒，琼宇肃以清。白月临疏寮，流晖满前楹。璀虫自私语，容易婴予情。可怜邻家妇，幽怀与之并。何由诉衷肠，良人方远征。抱取绿绮弹，再弹不成声。罗帏掩寂寞，翘首东方明。

早起郊外

平明气萧森，浩浩朔风起。野塘芦荻秋，凉月堕水底。白云聚团团，碧流丰弥弥。圆影蔚初展，赪霞渐舒绮。寒楚旷无垠，游心未能徙。

饭道人家

寒林蓄阴气，白昼罕行迹。道人踞上方，一龛俯危壁。款客无宿储，汲泉煮白石。

山中作

山人日无事，山头坐清晖。谡谡松下风，飘飘吹我衣。疏磬一声响，高峰连翠微。

山中秋至

山中气先寒，秋露零草根。勤业课有常，及时散鸡豚。苍苍接平楚，暖暖瞻前村。冷云聚成堆，呼吸相吐吞。学农遂初志，敛性安衡门。腰镰事耘艺，燕雀鸣东园。安得鸾凤声，息此凡鸟喧。微阳湛虚华，蔬甲仍复繁。就湿移密殖，挹滋采芳荪。牵萝樊圃场，蔓弱不可扪。石礧负绠汲，汲多井水浑。泥灶烧生柴，岩芹给朝飧。田父略礼仪，随时相过存。桑落开新笤，斟酌盈洼樽。食力我何有，要知天地恩。但听劳者歌，稼穑情弥敦。

寄　兴

寄兴有攸属，遑问山浅深。徂序零芳菲，幽厀谐近寻。霜螽号路隅，杂类一不安，凄感归予心。贞松保孤根，樛枝擢高岑。岂无远世士，于兹眷冲襟。佳觌仁徽迹，流连空谷音。

秋闺咏

闲房宵更清，青琐闭虚白。垂鬟自私语，灭烛得残月。因之惜朱颜，伤此半轮缺，破镜一为照，夕夕减光泽。理机织纨素，凄响并庭樾，流黄不成匹，怅远情脉脉。

九月九日和陶靖节韵

把盏对篱菊，淡如君子交。霜晓寒已凄，不随群卉凋。小坐帽檐侧，寝觉秋风高。斗柄正西指，昨夜瞻穿霄。四运少停轨，大化良亦劳。生世皆有终，胡独形神焦？吾身且自寿，谁能空郁陶。呼朋磬相欢，过鸟同一朝。

题顾宁人王而农黄太冲三先生遗像

昔读公等书，枕葄获灵贶。允为经国用，规模大可王。浩气橐二仪，坤挈并乾藏。植节秉忠孝，磊磊互相抗。易代怀徽操，私淑得宗匠。虽则不能至，景行心所向。颇恨我生晚，未获亲几杖。人间复何世，耆旧半凋丧。今瞻公等貌，奕奕神采壮。三峰矗太华，顿惬斗山望。天行适蒙昧，构难逢板荡。蛊上全艰贞，各自表风尚。公等凛不孤，道谋行何让。肃然凛须眉，展拜一吁怅。

人日东池宴集 并序

乙卯人日，宴传九观察谧庵东池草堂，杜翘生太守、曾履初廉访、李佛翼观察、苏康侯明府、粟谷青农部、王靖宣太令、郭耘桂同转、许季纯别驾、吴梦舟骑尉，黄鹿泉、吴雁舟、袁叔舆、杨吉甫、程子大、徐实宾诸先生均至。广筵逸爵，兴发题诗，心切时疚，见之咏叹。

和风轩然来，春气弥乾坤。开岁始七日，端居息营魂。东池展嘉招，令辰命芳樽。胜引集飞盖，骈席盘罗餐。诸老河汾俦，情话相与敦。人生离合间，亦有神运存。藻翰富裁制，琼想穷天根。花前思争发，乱后头俱髡。振奇杂群彦，贱子难俱论。时艰心不夷，俗污道逾尊。侧闻东海隅，氛祲千里昏。贤达各自卷，谁能康世屯。拥怀恋幽期，颓曦忽西奔。即事已为逸，何必思鹿门。

感怀九首

人生贵万物，所恃惟一心。参身天地间，得气无浅深。舜跖各分鹜，同听胶胶禽。慎独终非难，洙泗垂良箴。噫嘻方寸间，岂容纤尘侵。幽室灭明烛，将毋惭影衾。下士忘操持，放失恫在今。世运际穷剥，惨毒霾群阴。潜移系吾道，揆予非敢任。揽涕歌匪风，吾其溉釜甑。

妙莲产污泥，香洁未曾失。灵芝本瑞物，却从朽蘖出。圣贤履浊世，自有殊众质。下此庸品多，操守欠充实。迁流在所化，逾淮枳非橘。试问鲍鱼肆，何如芝兰室？

白圭易受玷，素衣易成缁。世途信可畏，举足多险巇。跬步苟失检，安得复悔之。大抵终身羞，只缘一行亏。子舆尝有言，人禽界几希。墨翟悲丝染，杨朱泣路歧。秉彝罔不良，慎哉风俗移。

才智实天授，舍学曷能济？群经出先圣，明同日月丽。叔孙起绵蕞，士风亦稍替。所以鲁两生，耻共诸生诣。岂无贤达人，抱冲艰危际。道高善自卷，洁身甘菢系。叔季廉隅堕，谁复知砥砺。虚荣等朝菌，瞥眼即沦翳。奈何占毕士，鲜为远大计。

花不拘何色，悦人即为妍。士不拘何类，拔俗即为贤。世风日靡靡，所持畴能坚？私爱夺真实，美恶从之迁。箪瓢赞颜回，谁谓宣尼偏。众中试择取，髦士多少年。猥云木芙蓉，未如槿华鲜。何限幽谷兰，埋没萧艾前。

贤哲不偶世，碌碌如庸愚。神飞在泥蟠，宁与鳅鳝殊。浑璞羞自见，中实藏珣玗。当前未磨琢，众人终忽诸。岂惟众人忽，望古成长吁！

六龙一失驭，日曜迷青苍。谁能鞭牵牛，强之使服箱。接舆歌凤衰，举国称楚狂。麒麟胡不灵，竟为鲁人伤。南山有元豹，雾处韬文章。与世苟寡合，安用多栖皇。郁陶徒尔为，浩歌无何乡。

俗流眛淄渑，谁复判清浊。古人出处间，即以觇所学。义在有不从，方柄忌圆凿。我闻李巨游，销声匿孤躅。金虎乘秋权，弓旌逮岩壑。大节难强夺，一死谢征擢。同时任与冯，青盲各有托。鸣呼翘车招，乃持鸩人药！

人生迫旦暮，飘忽如蜉蝣。彤帛世所贵，颜阖宁可求。栗里有征士，孤怀邈难俦。环堵安萧然，介焉崇真修。嶷嶷大兕角，孰能屈其觭。凝神企黄虞，抗志希黔娄。拳拳思晋心，愧彼延之流。随俗载浮沉，毋乃君子羞。

与陈芷青大令偶谈名理

濠鱼蒙叟耽，山雉尼父悦。一体备万物，和煦应时节。静中会渊旨，顿忽除内热。惟斯妙明性，八垠了然彻。身是大海沤，纷纭有生灭。逐秽人不知，请君视蜣蜋。诸妄何以息，其端赖自绝。我闻净名翁，至道断言说。

读《后汉逸民传》

鸡鸣判舜跖，义利人禽关。先圣设郛郭，于世为大闲。汉有贤达士，芳躅难追攀。各持清白身，嶷然天地间。危邦多苦怀，亮节无惭颜。周党与王霸，令闻俱班班。此境不亲历，谁信行之艰。

酬刘廉生广文秋夕见投

玉绳隐层汉，顽坐幽忧生。候虫鸣我前，胡为多不平。予亦倚声和，闲谣矢天成。疏华枉嘉贶，远远相应赓。气谊非有殊，娓娓通其情。孤虚趣已旷，淡泊志渐明。诵以笃久要，怀哉嗣希声。

湘江夜泛

偶作清夜游，遂乘清江棹。苍烟白鸟堕，怡颜信孤眺。纤云避明河，下上相映照。翩然水风中，群籁戛然造。流急先勇退，夷犹顺回溯。茫茫眼前事，得失难自料。舟子广我兴，打桨更前导。亦有涉江人，长谣水仙操。

上巳碧浪湖禊集

海印上人于上巳日招集碧浪湖修禊，五代时楚王马殷与十八学士禊集之所也。是日预禊事者王任父检讨、曾重伯编修、袁叔舆户部、程子大分巡、易由甫太令暨徐实宾、姚寿慈、王佩初三孝廉，陈天倪、曾星笠两博学。饮罢为诗纪之。

忽忽怀良辰，悠悠悲徂年。浅悟愧通识，尘缀生缠牵。远俗难处情，予神非不全，暮春时雨敷，局步多阻愆。艳阳霁朝景，似为君子妍。诗僧爱将迎，静者得其便。出郭三里遥，地胜差喜偏，楚王去已远，古木空寒烟。闲亭敞众妙，近局招群贤。道心于以清，梵呗闻诸天。湖在开福寺旁禊事今永和，裙屦何蹁跹。就中有老苍，不死成神仙。净齐饭伊蒲，深语超玄筌。有生宁自知，飞跃侪鱼鸢。藉无天机存，谁能使之然？趺息与时俱，形骸凭化迁。我心自冥冥，我思殊绵绵。愁来复无绪，沉寂难具宣。励德非聿兹，何由保贞坚。缁流重殷勤，意乃探客先。留取雅集图，貌合神为传。此会更千载，形影长周旋。安知百代后，不如千载前！俯仰遂陈迹，感怆兰亭篇。

寄四妹问秋海上

前宵梦汝肥，昨宵梦汝瘠。所梦胡然歧，滋我心不怿。推枕方夜阑，强去揽巾帻。玉绳向檐低，蜻蚓叫阶隙。月露明空庭，蕉影上窗碧。何以解离思，笑言念在昔。自从分携来，裘葛嗟屡易。况乃数千里，兵烽梗重驿。会面比梦疏，坐使衷愫积。愿言慎汝躯，摄持重圭璧。流年岂相待，此身足可惜。阿兄须鬓间，渐多秋霜迹。

林　塘

林塘荷气清，脱巾生潇洒。抱琴写幽弄，指声行大蟹。愁绪剧乱丝，固结不能解。村墟见丘墓，弥望如累块。荒山一瓢酒，浩然思千载。人寿且莫论，金石岂长在。少当崇明德，毋俟颜鬓改。亦有后来者，而我不相待。怀古情自深，仰天索真宰。

晓　行

晓行城南村，雾重径旋失。凉月堕茅屋，鸡声涧中出。本无避世意，白云相与适。

寄怀张明吾秀才

畴昔避寇乱，徙宅城南隅，只以率真故，遂与人群疏。俯仰天地间，交道成嗟吁。四海岂不广，永叹气类孤。趣向谅难同，闭门仍索居。悠悠思古人，慊慊怀友于。尚论谐幽期，投好通诗书。而子亦殷勤，道义敦在余。丽泽固所资，践履终妨虚。何时促燕膝，愿言明区区。

客　途

晨征戒严霜，秣马脂吾车。涉世知少合，焉能谐所如？修途驾言迈，遥指齐鲁墟。在昔秦汉间，传经多师儒。邈隔数千载，望古心不愉。鸿雁从北来，狎与浮云俱。我今无良俦，顾瞻中路衢。逝复返尘轨，聿暮还山居。

洞庭遇风

洞庭水有程，客行尚迢递。巨浸纳万派，苍然森无际。捩舵澜已翻，挂帆风乍厉。一天炮车云，全湖入昏翳。但闻骇浪喧，眼前望难谛。澎湃浩呼汹，疑有万灵聚。似逢妖龙门，孤舟任摇曳。命比鸿毛轻，身几鱼腹瘗。死仍重泰山，三闾孰敢例。迁逶失所据，错愕漫为计。自救殊未遑，矧欲谋共济！安心涉波涛，忠信托孤诣。移时众响歇，残旭豁微霁。扣枻徐沿洄，天高雁声细。

过鹦鹉洲

智士乐深渺，遗世非不臧。甘井当中途，汲尽穷泥浆。苦李难适口，故得留道旁。何况木本直，宁逃斤斧戕。恃才祸所集，吾为祢生伤。揽笔赋鹦鹉，不惜文彩彰。解人腹中语，身乃罹其殃。黄祖独何责，一鹗亏高翔。孔融尔汝交，并以刀锯亡。吊古临前洲，江汉流汤汤。

大明湖

天光浸秋水，水澄不掩鳞。讵料灵旷区，得之历城堙。菱荷尚扶疏，七桥多游人。琳宇壮丹腾，枕此明湖滨。烟岫远近间，鹊华尤出尘。意境忽轩豁，适我闲闲身。眷兹文物邦，往迹俱已陈。恋赏符凤期，万岁来相因。白日易流迈，暝色生衣巾。憩足未知晚，水天清且沦。

夜渡黄河

野烟散成缕，客程戒将夕。太行何蜿蜒，如龙时见脊。冀梁疆域分，巩洛山势擘。黄河漾微月，娟娟寒无迹。夜水苍茫流，有声写荒寂。源出昆仑墟，地腹开自昔。千里始一曲，东奔挟沙石。谁能澄之清，念此心不怿。风起尘作天，人影落空碛。

丙辰九月王船山先生生日释菜礼成

峨峨衡岳高，渟渟洞庭静。至道无端倪，元灵于焉孕。鼎立惟船山，湖外允辉映。浩然气与参，大钧不能舂。岁寒见松贞，风疾知草劲。中原昔板荡，炎精歇明运。芳躅岩壑悠，一往成独行。心抱越石孤，学希横渠正。探钥得邹鲁，发蒙补贾郑。六经开生面，百家辟蹊径。汲深缘绠修，道肥乃义胜。时变嗟靡常，网维赖公振。旷哉末世师，不死天所慭。像设严衣冠，果熟荐盘饤。流风激顽懦，瓣香矢恭敬。载拜将吐词，中怀郁难罄。乾坤清淑多，得者要云仅。岂伊天赋偏，独于吾侪靳。殇寿自人为，畴能司其柄。始知忠与孝，只是全本性。呜呼此心同，贵以精诚印！思公读遗书，光耀惊照乘。今予去公世，忾闻接遐听。钟欲寸莛撞，振聋破虺虺。悠悠三百年，亮节待谁并。

丙辰船山年三百岁。

秋禊 并序

丙辰九月开福寺秋禊，同集者杜翘生、吴雁舟、曾重伯、杨吉甫、程子大、徐实宾、易由甫诸君子，常静、海印二长老暨仲兄雨人。

凉秋天气清，云闲心与俱。晴原荡微风，远远闻钟鱼。紫薇古禅寺，碧湖留胜区。入门趾已幽，况多列仙儒。空庭木樨香，风来袭我裾。眷此瓶钵契，湔祓相依于。萧瑟物外游，不觉风景殊。昨归自江南，感时恋穷居。群生方苦悲，无为独欢娱。载肉倘能飞，吾其凌太虚。百年几重阳，不乐当何如。

看菊同胡少卿明府

菊花擅秋色，与物已殊趣。叠蕊堆繁枝，含霜耿幽媚。顿怡禅悦心，弥永栖隐意。神对淡忘言，送酒白衣至。千载陶元亮，醉吟布金地。雏诵南山诗，悠然共遐企。

曾咏周观察约游九嶷

君夸九嶷胜，书来语刺刺。谓果名山游，动足即容易。千里未为远，可由积步至。九嶷不在天，犹是南楚地。乡邦佳境多，遍探本予志。颇欲理行箧，蜡屐一尝试。中心已痒痒，十才决三四。常恐人事乖，此约仍恝置。

南楼寄怀胡漱唐侍御

凌晨上南楼，独雁遗凄音。物感不在多，自然入人心。人心有厚薄，感物随浅深。曜灵欲腾光，冥雾生层阴。翻覆各天意，兹端信难谌。喟焉眷我友，异处伤离襟。三逸夙所怀，远隔浔阳浔。迅景良易逝，旷晬辰与参。

秋夜简胡定臣参议

蟋蟀寒无声，微虫知凛秋。嗟尔喋永夜，何以宣幽忧。卷帘思美人，明月挂帘钩。但恐明月光，照白美人头。凉风送金雁，恍惚闻箜篌。手涩音转凄，乍弹还复休。积愫结衷曲，谁为传其由？

周笠樵舍人留饮

舍人久京阙，薇省贤且劳。浩歌归去来，僦屋濒江郊。雅怀付博古，逸翰凭挥毫。何以了众喧，耳寂心已超。岁芳感凋歇，留客斟醇醪。开轩乐清旷，对酒离烦嚣。乔松无附枝，修桐多远条。欢尽情未毕，后期还相要。

庚申人日饮何少仙廉访潜园

野梅寒有姿，鸟鸣初及春。岁首事方始，扰扰区中民。彩胜荆俗遗，览时风光新。眷言草堂招，逸爵洽灵辰。西园逐飞盖，入门整冠巾。中情昵所好，宿意于以申。主人雅爱客，广坐罗嘉宾。謇予愧陋质，余辉得依因。美酒盈玉卮，肴核纷杂陈。心迹俱已闲，笑言皆天真。神理难独晓，接席承清尘。如彼惠风和，感物无不均。自忖夷旷怀，庶几达者伦。抚今信绸缪，缅曩潜悲辛。此会犹当年，非尽当年人。来日岂今日，今晨同昔晨。况兹构时变，吾道终隐沦。世外托元契，落寞平生亲。愿言长相将，莫惜欢宴频。眷焉思后期，触绪伤我神。

夜梦刘愚公别驾

故人胡然来，二更荒鸡鸣。揽衣望河汉，霄霁何凄清。足音不可觅，空庭阒无声。梦醒隔天涯，共此春月明。我家古潭州，君家古宣城。忆昨接游宴，十旬留燕京。津门执手别，遂趋万里程。萍梗随风飘，旷隔辽与荆。颜色一以睽，精诚乃交并。落落平生交，悠悠畴昔情。

饮何少仙廉访池馆

园主池馆静，佳日恒相招。宾朋各暇逸，情味清以饶。临水厉澄影，凭轩离烦嚣。高梧白鸟集，碎藻红鳞跳。燕谈展戏谑，班坐兴闲谣。虑淡神已怡，理深言自超。倾曦暝邃宇，霁月生琼霄。明朝约重来，胜景时方韶。

赠曾履初廉访

出山少清泉，在泥无白沙。惟君不淄磷，皓然离纤瑕。盛年跻宪司，羽盖张高车。名节顾自峻，恫愊韬其华。密契托胶漆，重以葛与瓜。君性本放旷，知已疲朝衙。谁信丞相门，只如常人家。哲兄词林彦，摛藻纷天葩。昔过武昌郭，联句题柳花。隽词唾成珠，奇气舒为霞。乃今伤道穷，投绂同咨嗟。过从倘可数，勿令相见赊。

怀黎太史薇生

昼长掩关卧，蝉噪赫当暑。穆然思良朋，心曲乱我绪。披襟对风牖，荷香满池墅。逸禽相绸缪，嗝嗝树阴语。

怀易隐君鹤雏

淡淡江色净，涟漪漾轻縠。水宽不可渡，好山森在目。奄奄暖残晖，竦竦见寒木。彼美难与期，歌声出空谷。

答黄本父孝廉

春秋递相代，四帝无常司。鼎鼎百年人，遥遥千载思。阳穷构寒节，谁为松柏姿。卧疴偃乔林，悲至宁自持。序徂物易谢，运往情难移。大化炉孤植，疾风须劲枝。霜清草翕萩，寂历萎前墀。兰苕延余芳，心存幽谷期。

《寒灯风树图》为王啸苏文学题

短檠冷残焰，繁柯厉虚响。虫咽霜乍凄，乌啼月初上。时有幽忧人，抱衾入罗幌。此境我曾历，披图似佛仿。怆恻明发怀，欲抑孰能强。王哀赋至性，念昔深一往。养亲不逮今，思亲俄成曩。恩勤缅儿时，徒然结哀想。默诵皋鱼言，感物凄以惘。风树无静夜，寒灯有余晃。百念萦坐眠，五夜迭消长。古木鸣鸱枭，虚棂瞰魑魉。未夕心已悲，及晨意仍怏。知君守庭诰，涉世背群枉。众浊难可涸，孤芳谅自赏。补亡伤白华，衔恤恻黄壤。孝子终身慕，岂以存殁爽。喟予亦鲜民，对此增惝恍。密室思母慈，厥爱固无两。抱憾泪沾臆，负疚泚在颡。剪烛不成寐，狞飙起丛莽。

偶作示家人

夙龄避尘网，耻逐世缘兢。中岁伤所遭，孤介况天性。邱园帛戋戋，礼亡乃有聘。欲之不为报，多惭识名姓。寸枉将尺悔，十招敢一应。微波偶摇人，小立待其定。片云还远山，悠悠心与并。相从箕帚妻，负戴发幽咏。为谐偶耕愿，言寻谷口郑。颇闻南郡生，得官比闾庆。

贞雁篇 并序

中表兄邱光表言：近村人得双雁，一雌一雄，久饲樊笼，不相仇匹，疑莫能释。予谓虽双实孤，非其本偶也。因赋以美之，作《贞雁篇》。

鹍弦惟恐断，弦断难再连。鸾镜惟恐破，镜破难再圆。缀以麟角胶，安得仍联绵。四雁翩南翔，半落虞人弦。其一一雄丧，其一一雌捐。生者各雌雄，惊弓犹获全。熟视非本匹，作伴时孤骞。哀哀相对鸣，残命岂自怜。前路张网罗，适栖罗者田。罗者掩得之，爱此羽毛妍。东家轻朱提，议值酬五千。窃喜是双雁，贷死宽庖筵。一雌复一雄，樊笼安置便。尔雁从何来，想是越与燕。虽怀主人惠，意似多烦煎。时欲返寥廓，振翼还回遭。身同笼中羁，心各天外悬。春秋倏过社，漠不相周旋。漠不相周旋，珠斗移星躔。饲粒或共啄，结巢常单眠。转侧羞并头，分立嫌比肩。神睽耻为偶，百疑知胡然。疑团孰能明，籍籍邻里传。人言双雁愚，我叹双雁贤。因思虞人弦，各殪雌雄偏。离之已两伤，合之乃两愆。自有雄与雌，死别明贞坚。亦如卫家燕，形双志益专。微禽不忘故，隐情莫由宣。那肯分谊乖，食宿取目前。新俪欢未谐，衔悲终长年。所猜信非谬，中心加敬虔。世人有夫妇，多为颠沛迁。奈何鸟不如，仰愧昭昭天。纳采古重雁，请读昏义篇。

崇兰篇 并序

　　高翁志愚名汝璞，明忠宪公攀龙之后，无锡隐君子也。翁殁后五年，其孤仲钧、涵叔兄弟以状乞诗，词意恳至，为赋是篇。

　　崇兰秀空谷，婉娈垂华滋。芬素不自歇，似彼幽人姿。高翁独行士，暗修谢文辞。龙山隐芳踪，忘机淡栖迟。孝友信能兼，门内无参差。炼性如精镠，圭璧终身持。庸行人所难，孤清众乃奇。翁去日以远，吾道安可知。怀哉君子风，使我有余思。思翁热中肠，坐慨今何时。四海惊横流，谁从辨渑淄。酹翁湘中醨，荐翁江上篱。叹翁有令子，克绍裘与箕。忠宪蜚家声，将与先世期。眷言勖明德，荣名贻来兹。

泛秦淮

　　偶寻朱雀桥，言访桃叶渡。向夕悦情泛，游人不知数。水天同蔚蓝，烟淡柳丝路。岂无顿与杨，邈焉各情愫。箜篌应纤指，清歌宛转度。久客愁旅颜，倾耳若为诉。急回青溪棹，莫遣小姑妒。月照汝南湾，冰轮皎玉兔。嘻我胡不归，式微戒中露。

夕次镇江

　　落日京口黄，维舟景方夕。暂离江中棹，去循江上驿。鸟入断云远，好山混空碧。

重至西湖遍历湖上诸山洞

　　杭州山水窟，傍郭灵镜辟。眷言湖上游，为蜡阮孚屐。一丛菡萏苞，取途入深碧。颠川不可见，葛坞古苔积。石仄泉溜危，峰转鸟飞逆。泠泠紫云根，寒髓涌琼液。古洞纷硞砑，何年巨灵擘。旧疑龙所都，节节印龙脊。一洞一结构，奇态探愈赜。宝相森然罗，千佛刜在昔。黯黝生沉阴，肌粟起肘腋。揽此丘壑胜，餍我烟霞癖。颇闻幽岩间，时留仙人鞋。钟梵响诸寺，云林淡将夕。因忆前度来，坐觉寒暑易。足遽未及遍，境过方自惜。缅怀嵇留峰，旷哉许由迹！

扬子江晚泊

朝发扬子津，暮宿彭郎矶。瞥见小姑山，小姑霞为衣。水光淡生白，暝色来甚微。初月未满江，仰看星斗稀。凉风起蘋末，沙鸟东西飞。忽闻捣练声，客游胡不归。

与童员外子谅秋早写望

晓风卷落叶，开径翳人迹。初阳闪鸦翅，湛露疑可挹。时妍一以谢，蓁芜委寒碧。荣枯看随属，反复理难析。忧乐本不穷，古人谁尽历。代运知何辽，来日递相积。邈矣芳序迈，将贻达者戚。

夜座怀程六子大

芳蕤淹零露，草根语虫冷。予怀属有念，闲襟默多警。良友睽天末，闻适荆与郢。携琴上西楼，邅徊候归轸。杯酒自孤酌，中霄隔光景。一醉接篱倒，尘机不待屏。鸡鸣境逾寂，月写绿萝影。

古　意

皎皎天上月，看看缺仍满。粲粲客游子，悠悠行迈远。自与君别离，清宵不复短。寒鸡窗外啼，空闺独凄惋。曳绚起中夜，忧端末由遣。忆昔出门时，相对陈燕婉。香囊系我肘，条脱绕我腕。临行问归期，未闻归期缓。要终义所著，兴物情已绻。秉心言不渝，旦旦申中款。

俯　仰

俯仰坐成趣，邅复知其然。仰首看行云，俯首叹逝川。水声入夜流，明河初在天。林峦蓄深黛，倒景中霄悬。月印澄潭空，靡靡成浮烟。扣舷不知谁，但闻人刺船。岂是博望侯，乘槎天汉边。

江　夜

行云逐流水，水流云有声。伫听一移棹，勾起悠悠情。奔波无回澜，去日已远征。凫鹥它自飞，皋兰凋繁荣。慷慨忽不怿，恻然念同生。天地化为烟，孤月胡由明。安得世界海，揭此蟾蜍精。

钞秋简李小石部郎

凄商叩林木，槭槭声正悲。造物非不劳，荣悴徒尔为。我心感不绝，仂怛重徘徊。燕雀有安居，鸿鹄独无归。其志在遥役，影响畴能追。遗音虽可寻，闻之知者稀。莫莫蜉蝣羽，旦夕犹翩飞。

哭长女婿丁惠和

阿甥似孙晷，神用殊常童。而我忝虞预，情亲为妇翁。甥也早实孤，双荫韶龄空。读书感明发，追孝怀尤恫。相随湖社游，见人能敬恭。社集多老苍，款语恒雍容。诗律叶角征，时复旋为宫。事事解翁意，志存心已通。冰清翁则惭，玉润甥所同。譬如艳阳花，翩然开春风。伤哉先朝露，奄忽元化中。遗雏尚襁褓，毛羽宁易丰。天胡啬其年，使我悲无穷。生灭岂不悟，涕泗知何从！设词慰我女，百年当有终。

屋漏和余尧衢廉访

闭户如蚌螺，息虑凭化往。老屋三四间，积雨失轩爽。闲阶潦半寸，空穴风五两。坐卧不遑适，局若驹病颡。一握天低垂，层阴幕旷莽。牵萝补蓬茅，尘事复鞅掌。絮溜仍贯檐，苔痕已侵磉。锦机生铜铺，闺人罢织纺。移床避沮洳，举足愁漫漭。大阴行次金，或能致岁稼。雾霾难可开，日月曷由朗。穷巷淹栖迟，流光付惝恍。湿壁蜗书涎，颓垣鸠咻吭。炼石传女希，史文讶虚罔。高明鬼敢瞰，咄哉夔魍魉。痕在称陋室，模书换斋榜。公心切恫瘝，浩歌临风悦。雨旸愿时若，古抱何俶傥。济世平生怀，诗成慨以慷。观物志自得，阿时道难枉。鱼烂忧在今，燕安惕犹曩。箭点闻丁东，舟居叹佛仿。濡迹涸龟蛙，芬绪增悒怏。问天天不言，恢恢诧疏网。

楚国两贤妇

楚国两贤妇，食力忘贱贫。接舆与老莱，夫婿俱隐沦。不慕万钟养，戴衽随负薪。门前车马喧，门内金璧陈。妇人因致辞，利禄多丧身；况此山水崖，胜彼要路津。妇夫听妇言，亦知妇言真。投畚却厚聘，飘然仍绝尘。鸡鹜因笼筊，啄臭群踆踆。世外双白鸥，浩荡谁能驯？

韭园古冢诗 并序

长沙东郊韭园新出古冢二，相去仅数武，掘时得隧道而止，下不及泉，砖刻无年代，莫能详也，以诗纪之，用诒来者。时癸亥秋月。

乱后无好怀，蛰居苦寂寞。霜晴风物佳，驾言出东郭。韭园敞新构，菊期践宿诺。箕距去拘检，解衣共盘礴。两亭对翼然，双眼忽轩廊。下有遗世人，茧室于焉托。寰野开硈砑，黄壤一抔凿。隧道岊相望，天光透微矙。白日不照处，气冷似幽朔。上如铁瓮园，椭平泯硗埌。东西复微美，地占十弓各。穿中不百步，墓门已先削。藉有群燕来，衔土应且却。彼此朝代殊，甋砖异制作。运甓奚翅千，乍见神为愕。长将一尺奇，厚可三寸弱。广视长半之，端重质坚垎。凸文妙陶埴，大吉杂长乐。又曰宜子孙，好语不嫌约。恍多贵寿字，差能辨崖略。邃篆挐蛟螭，刚健含浑噩。别出货布形，纵横带缨络。自余难尽识，土华半斑剥。竭来挟毡椎，未妨好事拓。隧中何所有？明器纷以错。壶壶敦灶罂，式古并泥垩。雅宜温醴浆，亦堪贮羹臛。镜铜余残铭，剑锋毁铦锷，惨绿皴瓜皮，花纹犹历落。鸡犬皆飞升，豚存损其髈。累累五铢钱，不比榆策薄。岂无刍灵殉？形骸与俱邈。颇疑入土深，珠襦锢玉椁。两汉迄五代，孰是待商榷。卯金分汉藩，马氏膺楚爵。呜呼诸侯王，茫茫等邱貉。虎豹空无文，岂异犬羊鞟。窀穸非久安，终胜转沟壑。太古葬衣薪，风俗无乃驳。我闻成周法，丰碑挽棺绰。徐下不用隧，造穴但方斫。有隧始春秋，秦后袭用数。邱垄封造崇，官俨小山确。四门达四通，皇览墓记确。此墓稽往制，年湮末由度。蒿里寻遗文，抉薜遍扪摸。方中泥丸塞，深深惮遽索。或同二酉藏，珍秘庋潜阁。主人防盗憎，当时扃重钥。或同峋嵝碑，放失早无着。樵采况靡禁，摧折牛砺角。幸不犁为田，农夫事铫镈。志铭创东京，蔡邕笔称卓。夷考东京前，家万宁一遘。谁忍三泉探，兹事贵斟酌。幽堂永沦翳，知成蝼蚁郭。有客欲穷搜，劝客君且莫。人生俱有涯，两间一虚橐。问古天不言，欲行复敛脚。夕阳离远山，暝烟起寒屝。莽苍入凭吊，渺矣华表鹤。灵风时往来，樽酒酹冥漠。

补韭园古冢诗 并序

癸亥秋韭园拓地，得古冢隧道二，予已为诗纪之。明年，复得隧道一，较前二隧入土深，中有古印，文曰"大司马王根之章"。园主不自意，为流佣攘去，莫由追矣。按根字稚卿，魏郡元城人，汉孝元皇后异母弟也，事迹见班书元后传。元帝崩，成帝立，河平二年，帝悉封诸舅，根为曲阳侯。兄弟五人，同日封，世谓之五侯。复又以曲阳侯为大司马、骠骑将军，一门贵盛。故《外戚传》称王氏十侯，五大司马。哀帝元寿元年，根薨，国除。先是司隶解光奏劾根大不敬不道，诏遣就国。据《地理志》，曲阳侯国在九江郡，湖以南境壤辽隔。无缘葬骨长沙，然此印章当即其人。或谓后来好事者得根章袭而怀之，殁则用以为殉。顾历世绵邈，疑不能明也。又晋有王根，附见《晋书·王祥传》。根为祥孙嗣爵，官散骑郎，无大司马官位。因补赋此诗，俟世之览者考焉。

野坟啼老鸦，寒楚郁平望。时还郊外游，知费屡几纳。坠叶犹自飞，亭午轻飐扬。古冢存二三，鼎足得幽藏。便房闷磷青，搜奇记吾向。却宜邀客宴，佳日先摒挡。划渎祛尘污，差免隘而妨。想见穿筑初，势难寻丈量。黄土屹成邱，白杨森列仗。后来埋豁人，高垄夷作圹。遂使封树失，无从识形状。斯隧近始露，窃与邻隧抗。去西稍迤东，首北趾南向。瓴甓满坎嵌，埏除入深闶。独有汉时印，不随遗骼丧。龟纽铸以银，重未较铢两。印文刓七字，篆刻劳意匠。方寸王根章，疑出天府贶。窃尝征汉法，五字时所尚。此印胡不然，得母翻新样。倘征官印存，谓汉谁则谅。左验岂在多，坐是神为王。余物安足贵，慵数瓶罍益。读史考轶事，笔之备遗忘。根跻五侯列，伯仲互依傍。绶佩大司马，军领骠骑将。益户逾二万，厚稛极荣养。奄忽元寿间，离魂绝属纩。侯国分九江，湘垣阻重障。汉沔纡且辽，洞庭剧奔浪。未闻如左徒，生前被逐放。瘗骨熊绎墟，揆理笑无当。矧兹卑湿地，卜厝非爽亢。或整边游冠，浮湘信客漾。莫偿首邱志，旅殡就行帐。我今穷钩稽，客故好责让。答言口嗫嚅，吃如鲠留吭。痴欲究端委，世邈难晓畅。只惜冢墓记，散失覆瓿酱。魏缪袭有《冢墓记》今佚。讵知侯国侯，抑或王国相？九原不可作，沉疑曷由亮。汉令列侯薨，国为发民葬。律崇四丈封，规模已云壮。贵戚每违制，起冢埒林嶂。王符浮侈论，目击似非诳。根也实贪邪，骄奢辄僭上。当年百姓歌，早腾曲阳谤。劾详解光奏，闲逾检尤荡。赤墀恣造作，青琐盛供张。荐莽徇恩私，乱机乃潜酿。赫奕曾几时？豪气消跌宕。子涉膏贼刃，天亲殚腑脏。第宅更安在，抔土又何况。有生徒凭陵，蔑然殉诸妄。偻指溯西京，代礼亦殊旷。阴坎蚀残蜕，吊古增怛怅。譬若弓早亡，空衣仅余帐。地底长冥冥，何用浇清醴。迁哉临漳令，陈祭劳灌鬯。寿考畴百年，元化相摩荡。城郭俱已非，云山故无恙。宿草霜下枯，荒垄樵牧唱。

甲子除夕吊海公

叹逝岁云晏，一灯耿虚壁。把臂逢名山，论交忆畴昔。泛泛梗值萍，拳拳胶投漆。琳宫放参暇，谈艺接讲席。有时尘外游，邂逅下车揖。乍见情已敦，久要契逾密。惠洪文字禅，摩诘诗画癖。匪惟同沉瀣，兼能恃缓急。一领水田衣，空门更谁匹。开春我卧病，属纩候残息。公意良殷勤，就榻泪沾臆。腧胍占动静，略凭三指析。我病殊霍然，忽闻公寝疾。乃在江之沅，欲去无双翼。而我不相视，涅槃遽归寂。生死离合间，意料非所及。蝉蜕出尘壒，鸿冥远荆棘。旧欢坠茫茫，前游缅历历。弥天释道安，何处寻行迹？慨念去年事，剪烛促吟膝。墨庄夜留宾，东厢挂瓢笠。奠公陈椒浆，人间又今夕。

喜长儿堪归自广州

我儿粤游归，饮我椰子浆。即此奉甘旨，味淡弥觉长。明珠产南海，炫目生辉光。儿云不足贵，粟帛安其常。何以娱亲心，守身乃为宝。年少颇更事，喜儿可承老。未撷六艺英，自悔出门早。天伦多欣欢，孰若在家好。

曹蔚庐提学暨夫人六十初度

岁寒松有姿，梅格争清标。蔚翁神仙骨，嶙峋同其高。平头始六十，凤誉蜚词曹。德俪相与偕，敬礼无昏期。于戏鸾凤俦，天阙双翔邀。觚棱昔同梦，携手凌丹霄。夫子趋承明，戒旦应亦劳。再出掌文衡，北山随车轺。烨烨长沙星，宝婺祥光交。士林仰泰斗，企瞻复以辽。亡何际丧乱，中原沸蠦蜩。桓荣老未归，投迹江淮郊。戴纴约细君，遂坚灌园要。儿孙列成行，簪巾散萧寥。运剥几自微，识深理则超。颍滨况有兄，硕望俱耆髦。友于吁复喁，唱随歌且谣。九二幽人占，素履严贞操。不共弱草萎，劲哉霜中条。即事悟盈虚，纵化探长消。眼底纷万类，孰是能后凋！独此寒梅枝，固结依松乔。闻翁语寒梅，斗酒谋松醪。

孙贤雍生

庭梧岁月深，老干抽新枝。园竹初茁笋，亦有移根时。我年四十余，龙钟已非少。多病如半人，信此即为耄。檐鹊喳喳鸣，二月春尽晴。忽报儿得子，呱呱闻啼声。昔我辞井邑，儿生床上泣。今我留江皋，孙在襁中号。回首廿余载，览镜颜面改。一事伤人心，衰亲不相待。

苦　热

赤曦烧火云，弥月断雨脚。科跣当北窗，解衣坐盘礴。尘土纷吾前，清风不近郭。忧旱愿夏徂，而况苦熏灼。抖擞俟秋驾，乃与百虫约，旦暮凉信来，悠然启帘幕。

经汉阳蒋妙适居士邀游月湖

晴霞散余绮，月湖浅无波。苹末微风来，戛然鸣残荷。移舟琴台下，近见梅山阿。千顷淳渊沦，天光相荡摩。欣共尘外契，照影同婆娑。境历方识佳，闻名知谓何。长年渡襄汉，斯地才经过。愿此娟静水，终不生蛟鼍。伊人蠲世缘，导我情已多。禅旨味妙觉，净业降修罗。沿洄结迟心，虑澄还自歌。近廛迹可寄，吾思办烟蓑。

皖境大通阻兵二首

客行原有程，阻兵坐成妨。弃舟窜芦岸，敲石炊无粮。旅人信多艰，孑身如投荒。梦境喜超越，及醒愁羁装。忧患如生来，动定常相将。曲木疑作弓，目触心为恇。凛凛朔风号，嗷嗷南雁翔。鹖鴡先候鸣，百卉蘦芬芳。兹地皖中瘠，问俗殊未遑。野老向我言，云是鱼蟹乡。相询怪儒衣，叩我来何方？饥疲漫为答，家远江路长。

夜寒霜有棱，朝至阳无晖。初谓去乡里，健游胜穷归。舟车剧尘劳，予心吁已违。行行道且梗，猛虎当路迟。媚虎求见怜，愚者知其非。残骼遗纵横，所噬无瘠肥。畏影还却走，跬步皆危机。举袖代两翅，培风不能飞。是以古达人，雌伏甘庭闱。逝返霞外驾，言肩林下扉。

金陵夜发二首

登车别金陵，忽与亲友离。中宵适旷野，众星何莅莅！逻卒喝相告，世路非坦夷。谓客少傔从，夜行良不宜。卒意诚可嘉，遽尔停其绥。身外何所有，弃之当若遗。少留又转毂，谁能待晨曦。

晨曦那可待，下关鸡未鸣。广衢沾繁霜，滞我双车轮。不愁车轮迟，但期马足轻。甸甸复隐隐，惟闻车马声。江南望江北，斗斜天河倾。吾道已寥寂，胡为犹孤征。飞蓬过飘风，复此千里行。千里讵云远，废然客思返。

姑苏阊门外寻要离梁鸿墓不得

朝出破楚门，逦迤循途东。要离去已远，至今怀英风。永叹激肝胆，大勇成其忠。冢旁葬者谁? 相近惟梁鸿。高人媲烈士，品质将毋同。颇闻后十祀，酹酒来龟蒙。鸿也初适吴，贫依皋伯通。杵臼非贱业，何碍身为佣。遗令妻子归，未许持丧从。平陵终不还，于焉筑幽宫。嗟予累名迹，敢希超世踪。眷言谒芳茔，瞻拜豁尘胸。汉亭乃久废，对树沦葱茏。萎草失华滋，颓砌吟阴虫。杠梁跨深渠，阛阓连远空。悲哉五噫歌，陨涕哀无穷。旷适散烦懊，遥听云岩钟。

云岩寺在虎丘山上。

枫桥夜泛

昼辞短薄祠，夕行枫桥岸。江平净无风，明星烂云汉。理棹漫容与，近寻欣嘉玩。一丛水蒹花，枝叶自凌乱。偶逢纬萧翁，单裈不掩骭。前浦落渔蓑，潜鳞各惊窜。近作寒山游，昔人富词翰。钟动霜天空，月上远峰半。

浔阳江望庐山怀宋进士刘凝之

霭霭庐山云，起灭悟浮幻。初如雾中花，微露菡萏瓣。携筇不登跻，讵免匡君讪。吾宗有高士，解绶谢羁绊。卜居落星湾，身如脱弦雁。饥来餐云英，咄嗟自可办。万事从所好，黄犊驯易豢。会须卸江帆，骑牛访西涧。

郭复初编修自湘阴来访不值

穷居旷无俦，清昼常闭门。犹喜郭有道，时来相过存。近予构闵难，迁地苏惊魂。悄然去旧庐，在家只儿孙。君子远不遗，枉访情更敦。大儿解肃客，貌识髯翁尊。隐然告踪迹，且未还羌村。闻言似略慰，微笑髯徐掀。翁学追紫阳，知复注鲁论。但得笔砚暇，亦是黔雷恩。藉非圣人徒，谁康吾道屯。因树便为屋，慎莫愁盘飧。寄语须早归，世外风尘昏。

奉题余尧叟沈方伯唱酬之作

二老居海滨，道尊有所托。兴随海潮生，不随海潮落。物阔天茫茫，如闻啸鸾鹤。

得四妹问秋淞江书却寄

毛发不可拔，毛拔伤肌肤。血脉不可断，血断手足枯。本自同一身，患难期相扶。病树摇疾风，上有逋尾鸟。男子恋家衖，生愧悬桑弧。阿兄未去楚，阿妹仍留吴。何由插羽飞，化身为仆姑。乱离只书来，书来言模糊。惟其言模糊，所闻疑多诬。亦自有深意，妨我撄罥罟。我前有蜚蛇，我后有短狐。诚恐罗者拾，意外安得无。书中何所言，短语心不愉。惊魂待我招，隐衷须我摅。客游胜故乡，海上仙人居。书至心始宁，语兄兄如何？行间重加圈，密密如连珠。不忍草草读，一读三踟蹰。寄邮俄两旬，况又风景殊。川行忧无舟，陆行忧无车。非是无舟车，虎兕当路隅。阿兄志难决，阿妹情有余。转觉乱离际，畏见骨肉书。回头戒家人，莫剖双鲤鱼。鲤鱼剖犹可，磨刀愁杀我！

逃 卒

逃卒信阳来，衣腻多尘氛。里创述所历，战格高连云。点兵半髑髅，主将期策勋。昨夜羽书至，闻又覆前军。前军昨夜覆，主将军令酷。有弟因阵败，枭首不敢哭。那计死者恨，要强生者服。军令一再申，不服灾及身。被驱如犬鸡，去去无逡巡。宁受父母答，莫遭主将嗔。卒若续有言，止卒勿复陈。试移从役心，归事高堂亲。

王忠悫国维挽诗

昔我过海宁，适君鞅初弭。挟册京洛游，岛国舟再舣。纷纶五经笥，精研已得髓。心声发为诗，亦复见根柢。故藉日疏凿，士风挽波靡。敦煌搜奇文，汲冢非可拟。殷墟掘龟甲，卜辞散霞绮。并时束广微，谓罗叔言学金旧闻共董理。金石晚益新，耆讨逮符玺。观堂富著作（君自署观堂），志林准虞喜。异学方争鸣，大雅所窃鄙。空腹诸细儿，不敢矜爪嘴。浙儒盛乾嘉，君复乾嘉比。孤生丛感伤，幽贞谨素履。读书果何事，报国在人纪。入侍丁鼎迁，文章动宸扆。所观既多闵，忧端莫能徙。悄离西直门，玉泉流弥弥。惟此一方水，出山尚清泚。彭咸缅遗则，左徒值其否。君遇虽不同，致身良有以。长歌水仙操，遽骑琴高鲤。斯文蓦将丧，衰运谁与起。我惭十驾驽，莫追骥千里。卓荦天下士，借问今有几？君死奚足悲，呜呼学亡矣！

卷十八

五 古

（公元一九二八年戊辰至一九四八年戊子）

奉先考妣由浏阳迁葬长沙

亲亡辛亥后，渴葬依乡枌。于今十余年，问安亲不闻。日暮愁荒丘，狐兔嗥其群。梦中卜宅兆，憯腾宵至昕。及时芒茫屡，焉敢辞疲勤。买山岳麓西，瓠疑南衡分。心韙青乌言，最吉皆云云。奉迁妥窀穸，添纳铭幽文。旧冢知是谁，邻有幽独君。封穴一以更，负土成高坟。我亲神应安，佳气来氤氲。侻焉若有见，翘首长空云。

秋日索居寄答心畬王孙

悲风响霜籁，簌簌动寒竹。我心本自静，万喧不相属。凛秋忆幽燕，天高气已肃。君子谅有群，道孤岂嫌独。藻觌敢言报，明德以为勖。淑身良非难，终焉世可淑。遥眷欣长承，沉念结终曲。

辛未仲冬王湘绮丈百岁生日同人公祭

寒云颓以阴，冬山不停茜。天枢忽奄移，凄风掩远甸。索居意难申，徘徊怆时变。始复偕朋侪，因之话耆献。兴孤赖有寄，契同信多忭。缅怀湘绮翁，卓哉词林彦。翁少负神隽，华藻矜百炼。昌辰启文运，大雅得天眷。自足闲逸姿，肯烦狗监荐？海内尊斗山，湘中屹坛坫。晚年乃玩世，嗷名亦已餍。謇予奉手频，谈谐翁犹健。岁钥知几易，流光迅驰电。值翁百龄期，宾筵洁盟宴。身委归无形，像设宛如面。冥神谅非睽，薄悰聊复奠。今欢牵昔怆，旧情轸新念。眷焉睇来兹，绵渺永余恋。

闻 蝉

癯蝉抱古木，旦夕发其声。餐露腹易饱，遗蜕身为轻。一蝉声已高，众蝉声乃并。有谁使之然，意适聊自鸣。物类宁自知，大化劳尔生。叶落天始秋，井梧凉飙惊，芳序日以迈，群卉销华英。时或众蝉息，独吟还独赓。临风寄哀响，嘤嘤非不平。岂真无远期，而甘违霄程。所志在芳洁，因得全微贞。世人漫妄度，庸有金貂情。

孝子湾纪事 并序

湖北罗田县，有孝子湾，俗云戏子湾，县人王季茾学部博考李孝子鹏飞事，为正其名。鹏飞宋末池州贵池人，生母姚氏不为嫡母所容，改嫁为朱氏妻，鹏飞年十九始闻知，思慕哀痛，誓学医济人，以寻母，逾三岁，至蕲州罗田得焉，见《元史·孝友传》。学部寓书并附征诗状，予感其绝类《宋史》所纪朱寿昌事母事，因赋是篇。

雌鸡爱将雏，饮啄同栖塒。惊乌迁旧巢，偏遗巢中儿。一散难复聚，再见当何时。阿母本有子，子幼母即离。孝子本有母，母嫁子不知。阿母飘罗田，孝子居贵池。孝子年十九，颇尝业书诗。姓李名鹏飞，弱冠端容仪。突闻所生母，改结他家褵。讶母胡由然，乃为嫡母欺。殆如尹与邢，同居妒蛾眉。遍寻邻里亲，未详嫁阿谁。籍贯既莫审，生死尤可疑。孝子心恋母，哀痛神不怡。永叹白首人，将以黄泉期。自忖乏良策，誓习岐黄医。济人愿见母，报施理或宜。东西暨南朔，意逐浮云驰。寻母朝出门，怅怅无所之。虽则无所之，独恨寻母迟。朝朝又暮暮，结念长在兹。跋涉历艰阻，伤哉逢百罹。或跻山上峰，或经水中坻。日行忘问程，足茧敢告疲。踽踽春复秋，岁星三度移。不辞行路难，遑计中肠饥。袜底荆棘穿，衣上尘土缁。茫茫九域内，到处寻履綦。苦未识母面，肥瘦徒悬思。母年今几何，甲子昧干支。邂逅老媪妪，一一前致词。吐词半茹噎，闻者嫌侏儽。至诚格彼苍，消息通路歧。罗田隶蕲州，见母东河湄。子面类削瓜，母颊颇丰颐。母言子似父，无有肥肤肌。长跪牵母袂，母子双泪垂。子泪比母多，潸潸如缏縻。旁观得其情，感喟酸心脾。母为朱家妇，老作朱家嫠。子非朱家人，暂依朱家帷。如彼徙植树，亦有寄生枝。儿口母鞠育，儿身母抱持。不见反哺乌，乌解怀恩私。葛藟重本根，忍遽乖伦彝。孝子念离属，天性安得漓。庶几承老心，来日犹可追。自后时省觐，往返千山陲。养隆敬匪薄，内行终无亏。姓氏惇史留，称道当弗衰。至今孝子湾，言者为伤悲。

读经二首

读经固非易，舍经胡学为？吾闻卢景裕，妻子不相随。澄清养静默，觑理袪蔽亏。鲕生务涉猎，常恐精力衰。所造或未深，要义何从窥。蛾子贵时术，焠掌征良规。一炉冶汉宋，先儒宜可追。门户除拘墟，此意当告谁。

学非徒然夫，切磋乃有益。孔李迭师友，风雨同砚席。弱植塞无似，遑稽在坟籍。盛年俄已过，白日良足惜。显晦何必顾，聊用适吾适。谋道恣稚言，片词重圭璧。故人有遗札，蠹粉箧衍积。感旧更成怆，慨焉念畴昔！

郭复斋编修尝约予合撰《礼记新疏》。

寓感三首

阴霾蔽六合，白日寒无晶。冬木不避枯，春树岂忘荣。天运苟未至，难与造化争。彼苍非有私，盛衰相代更。百怪衒庸目，妖异夸符祯。丰忧那能遣，薄醑聊复倾。已往伤乱离，岁月何峥嵘。伊谁委顺去，长保旷士贞。恻恻念君子，道阻虚遥情。

我如郑公业，有田食不周。本自冀逃祸，厚亡非远谋。心感折像言，营营将焉求。勇退发书箧，束身抗前修。时艰生计难，淅米忧矛头。丈夫志肮脏，伈俔终可羞。烟霞心所欣，六街犹淹留。物务谢鞅掌，浩然思林邱。

我生非不闲，尘事随年侵。为有悲悯念，未忍疏人群。白云写我意，明月知我心。膈怀信难摅，何必托鸣琴。世岂谅幽素，得不成商参。飘萍厚无根，孰肯同浮沉。遐哉抱瓮叟，长年居汉阴。渔父千载遇，山高湘水深。所以独行士，价重双南金。

题高泳安文学《沅滨幽隐卷》

到眼作寒色，水云上树绿。披君幽隐图，依微枕江曲。回汀绕缭之，但莳松与竹。置此野逸身，未为先德辱。我亦有蜗寄，乃在麓山麓。本自心不乱，何妨见可欲。得便寻君家，望衡已先熟。

寓形二首

寓形混大化，放念总颠倒。徂节随飘风，百岁归一扫。有生况如幻，客养散其宝。谁能断流识，返真得及早。清襟捐寸丝，素质去纤缟。夕死何足云，所贵朝闻道。

逃禅托幽迹，积懒近疏废。浮想一以控，虚灵晃不昧。真境非外求，只在寸心内。古有明德人，至乐谅无对。听超越喧寂，观澄泯净秒。此理诚难言，杜我三尺喙。

初入麓山庄作二首

灵麓称胜区，卜宅恨不豫。一丘虽有限，余景皆可据。我岂论疆界，惟凭眼到处。取固无伤廉，旁人亦当恕。风光逐时换，起灭每嫌遽。相亲惟明月，良宵自来去。

斗室不自囿，即为大九州。跬步心万里，何殊远行游。我怀如虚船，灏魄澄高秋。一理万物贯，独静众骋收。复性得本原，孰是能拘囚。请学无极翁，脱然崇真修。

出　门

氛霾昼四合，出门叹块莽。回心入太古，唐虞结遐想。道逢奔窜者，悲歌
慨以慷。一歌行路难，再歌感无端，三歌那忍闻，使人摧心肝。而我不解歌，
能达歌者意。生灵久垫弱，骨肉坐相弃。寄愁宁有天，理忧况无地。却看路旁
客，潸焉同陨泪。

杂　感

砆砆袭玉貌，世眼夸琥琮。瓦釜作雷响，俗耳疑镛钟。适越用章甫，吾道
嗟已穷。骓骝怅失路，局促泥土中。凤凰出非时，匿采翔高空。驽骀兢阔步，
鹰隼培雄风。骥足纵云倦，宁蹑常马踪。鸾翮虽近锻，不与凡鸟同。事诚有定
分，智力难为功。何怪希世士，瓠落无所容。消长同其理，谁穷复谁通。天道
如张弓，去问青牛翁。

过曹提学蔚庐

故人有芳讯，良晤欣在即。一别逾十秋，须眉耿胸臆。江南路迢递，近更
阻荆棘。趑趄尘驾劳，愿今得少息。叩门见君子，慰我久相忆。执手始悲咤，
身勚癯病逼。謦欬虽不殊，非复旧颜色。大道况沦丧，卮言混孔墨。忧患隙容
先，如月已就蚀。达生乃达道，渊静资默识。但祈名节完，勿用叹衰殖。

经杜太史宅追怀翘老

杜公人伦师，德量如海纳。骏足凌天衢，颇厌软红踏。挂冠谢时辈，门庭
不曾杂。公来我辄往，我谒公必答。娓娓谈古今，促坐傍书榻。萧然舍空寂，
略似僧度腊。亡何过公居，抆泪复三匝。

赠唐蔚芝尚书

夙昔闻公名，今始识公面。显陟早即膺，华要终不恋。岿然鲁灵光，突兀
眼中见。江左数耆旧，何异秋后燕。犹喜卢太翼，摸书老未倦。目霍心眸开，
箸述六经遍。精微究渊旨，弦诵领诸彦。理契神乃冲，道尊体弥健。直绍尼山
传，躬行务实践。三吴兵尘昏，挂席来楚甸。披豁倾肺腑，接谈荷深眷。我生
惭腐儒，自不知时变。居屯故多警，笨遁岂辞贱。尝欲卜德邻，买田伴阳羡。
连宵把公书，灯烛方掩卷。更待寒梅开，洗樽展清宴。

杂兴二首

一水介城郭，结隐湘江西。幽岑得所托，取足瓜芋畦。我庐只数椽，气压华屋低。图史左右陈，百家略已齐。勤苦胜负戴，室对糟糠妻。儿亦如我长，趋庭知奉提。苏过头角好，坡公夸玉犀。阿衮学义山，阿苻师昌黎。若曹将何为，古人当与稽。且读应且耕，随我亲锄犁。

田夫淡世虑，作务在穗莠。岁功宜可观，拓地勤剧垦。胼胝非不劳，茅檐置身稳。四序有春夏，稍稍农事紧。秋风罢亚熟，黄云接陌畛。饱暖无复营，衣食乃其本。隔垄呼与语，出词尽衷悃。而我悔识字，忧患坐相引。同返椎鲁风，为道贵日损。

人　生

人生呼吸间，筬铿亦为天。只此暗醲物，幻躯岂长保？所患在有身，至理贵探讨。遗形罪数减，息心恶源少。循性以为天，冥栖任枯槁。妙灵不自蔽，迥超万象表。一虚去千碍，一静敌群扰。何怪暗聋徒，尹敏称有道。

云盖甑簏峰

山山争自尊，作势屹相向。如蛟思骞腾，蛇蜒走颓浪。虽有强弱殊，各呈巇屃状。余勇若可贾，岩壑迭奔放。绝巘一峰出，隐然餍众望。旷晞散予怀，不待铲群嶂。高步得阔视，至此脱依傍。俯观尽蚁垤，嵦嵝俨列仗。我来值严冬，身与北风抗。振衣飞鸟惊，却立千仞上。

闲　遣

池里莫投珠，投珠殃及鱼。人前莫献玉，献玉祸及足。我爱遗世士，复爱横海鳞。纵心八纮外，得自全其真。羁士常苦囚，辙鳞最怜鲋。瓮中有天地，岂涉章亥步？

山村即事

山容换朝暮，静者领其妙。朝见山如颦，暮见山如笑。省我登陟劳，游目无不到。西爽清心颜，轩窗目凭眺。一卷心所适，倾壶饮辄醽。此乐谁能同，烟霞自舒啸。

偶书座隅

人心有喧寂，喧寂不在境。一为外境移，遂与喧寂迸。吾自寂吾心，庶几躁时静。

寄心畬王孙

霜晨登高邱，飒然来天风。杂秀良已腓，上有松柏桐。偶兹极遐眺，行云带长空。飞鸟狎俦匹，凄音遗远鸿。浩荡千里思，缱绻寸心中。景光一遭回，起灭诚难穷。所思在燕蓟，迹乖烦无悰。何因化黄鹄，刷翮遥相从。迅商传响严，戎葵凋芳丛。泪零复叹息，河水流淙淙。

麓山卜筑

山根展平野，辄复成聚落。卜筑寄一区，十亩细规度。辟谷知无方，农圃幸可托。土膏带泉润，天泽况时若。庶几习筋力，畦垄事劳作。木奴亦生计，数得三百弱。盎中粮稍余，撒米饲饥雀。仲夏淫雨多，潦水穿众壑。谅有流麦士，把卷从研削。如何游惰民，空手弃耕凿。顾乏兼善资，庸敢憎俗薄。通介随人猜，俯仰差不怍。逃世未逃名，直从巢许错。略免造请役，心境自寥廓。

乱未定有感昔游二首

嗟予值多艰，身几非我有。与世不偶偕，狂言戒发口。往事如卷斾，愀然怯回首。朱颜谢晨镜，命宫困箕斗。悠悠世间名，遑计千载后。何以宽我怀，安稳觅农亩。

偶过洞庭野，仍归湘水湄。湘水无还流，暗起徂年悲。昔游怅零落，幽悰胡可追。阪兰尚萧疏，江篱亦纷披。谁能搴孤芳，与我同襟期。且辍泽畔吟，川路循逶迤。

席五鲁思出《明遗老黄梨洲画像》属题

平生仰南雷，颇亦如北斗。况君同日生，躬值易代后。得毋慨赊迟，依然际阳九。当时余姚师，梨洲余姚人吾家蕺山叟。亲炙良已勤，庭闻更恪守。名节克自重，问学奄众有。历世虽邈悠，精爽谅能久。今此贞固姿，描写出妙手。情通志弗隔，运符契逾厚。我怀径寸心，抱独谁共剖。斯道幸不孤，愿君致耆耇。年年素秋至，展对接杯酒。

山寺冬日

冬晴爱晨兴，鸠鸣鸣已歇。懒比弓久弛，习勤愧前哲。宿火存炉熏，温醴资小啜。昽瞳日初上，推窗对松鬣。琳馆静多妙，似为闲者设。客居亦暂适，丘园念离隔。得食不祭先，粢盛荐尝缺。平治知何时，乱机尚更迭。那逢戡难才，使我开笑靥。闵闵农望岁，未抵此情切。偶寻林下缯，茗话舒菀结。

雪中自云盖步还麓山

天寒未成冻，雨雪融作泥。广隰何萧条，但见蒿与藜。褰衭重踟蹰，路泞绝无蹊。健儿扶我行，短筇手自携。越陌复度阡，陉岘疲升跻。造次胡为来，深山无鼓鼙。原田昔膴膴，今乃腓以凄。物运察流变，终始无端倪。玉衡迫穷冬，四野停耕犁。村鸡上树宿，一鸟噤不啼。群类各得所，而我犹羁栖。道逢乡老言，酒价今年低。沽取谋薄醉，班坐茅店西。林密少过客，虎迹留前溪。

岩栖寄成剑农孝廉衡山

我交慎所择，友好皆多闻。君家成公简，其人当似君。默识拟安世，清静如子云。缟纻一为舍，胶漆胡由分。我从避地来，未返湘江濆。踪迹间山岳，于君思尤勤。故旧日以稀，近怀安足云。会面良不易，何自通欢欣。欲往行路艰，乱机今益棼。社鼠各有徒，野鹤将无群。采阑不满把，折麻不盈斤。南衡旷遐眺，徙倚天日曛。

田园偶兴

耕菜欲其密，立苗欲其疏。苗疏因便芸，菜密不须锄。督课敢言劳，端在慎厥初。我苗日以长，我菜日以粗。捪之既凿井，营营复开渠。燥湿相土宜，高下随邱墟。理无垦废壤，隙地还有余。胼胝亦多暇，永谢尘窒拘。荷笠巡垄亩，解衣归田庐。稍缘灌溉勤，岁馑常足蔬。每藉耕耨力，年饥犹得租。租薄方入仓，山禽聚相呼。减粮饲山禽，疑有无母雏。人生各自计，取足供妻孥。西家死饥馑，游手非吾徒。慊慊叹人事，民困何时苏。

春暮郊外

风柳无定姿，落花不生态。鸣禽逐候变，芳草龇以薆。农事一失时，时令岂相贷。已闻叱犊声，茧栗初服耒。连日军牒下，征兵倏至再。谁教狼牧羊，耕凿使多碍。壮者之四方，颁白犹负戴。途遇荷筱翁，款言发深慨。

过亡妹静贞殡所 并序

妹名善璞，字静贞，序居五，绩学能诗文，尤工倚声，适同县张元，遗一女。丁丑春病殁，年四十有四，有《屾蔚室遗稿》。

离离安石榴，结实共条干。垂熟怜分携，不得同一贯。如我姊妹行，聚少复伤散。两妹异存殁，骨肉凋过半。贞也耽竹素，巾笈足文翰。坤德主柔顺，流誉在乡串。愁多诗更工，暗被阴火暵。尚忆夜读初，短檠耿幽幔。前年就我近，移居傍湘岸。山水时方滋，往往接吟案。平生所遭罹，难言付永叹。生子乃不育，膝下乏童丱。孰料以瘵亡，惝恍春再换。人事倏变易，前后乃悬判。已自感零落，况复值离乱。停棺未及窆，权厝碧岑畔。长眠庸或醒，殚我百千唤。白日疑有偏，幽垄无复旦。孤女才四岁，天真颇烂漫。殁者信长杳，存者书久断。阿兄亦衰颓，挈家正穷窜。始羡泉下人，溘然脱绁绊。

孤女延祺依予夫妇。

展心畲居士旧贻手简

油油涧边葵，莑莑畦畔瓠。本自异气味，非类不相附。慨然念友道，择交乃所务。缟纻获缔君，惬予平生素。穷秋风萧萧，易水那可渡。时变轸闲虑，欲行总局步。大难殊未夷，关燧况多怖。始悟师友间，会合听冥数。取君书札看，思君叹远路。一日三摩挲，岂不以君故？纸上寻謦欬，何异谐夙晤。语语励名节，亦或及词赋。相存在道义，谅可金石固。载赓伐木篇，聊兹永予慕。

乱亟将徙鹿苑寺

潜游不识水，巢栖非辨林。以我鳞羽性，所至随飞沉。飞沉安自然，去留俱无心。鳞羡脱罾鱼，羽慕离缴禽。鲂鱼已赪尾，鸱鸮无好音。会须从此辞，一往山泽深。

书感示邻叟

四维一不张，日月失其次。乐崩礼亦坏，冠履悉倒置。举国如沸羹，厉阶孰令致！世岂无君子，而任彼丑恣。民生日峣屼，万事今昔异。可怜山泽儒，区区抱明义。所愿圣人出，拨乱反之治。邻翁有同心，时来话遗事。

寻隐者不遇

山径泥迹湿，躔远认麇兔。霜下木微脱，凋叶不掩路。繄予何所怀，之子美无度。深林人未归，振策负心愫。履綦适相背，神趣如或遇。残芳尚可撷，回头复延伫。秋气森廖中，巢禽语暝树。

山　夕

丛林夕多警，外扉重其关。屋后虎所舍，荒谷深茅菅。剑涩无人淬，弓弛无人弯。侧闻岳阳郡，战血垌野殷。肝脑涂中原，谁为苏茕鳏。函夏乱胡底，兵氛连荆蛮。岳阳道里近，风声愁我颜。明月徐徐来，照见墙头山。灭烛行前楹，举步皆成闲。暂即耳目玩，聊散腰脚顽。岩泉出阶下，籁静闻淙潺。良禽岂无侣，独鸣庭树间。朝飞倏焉去，暮飞翩然还。惟我幽滞身，进退常虞艰。流眄松上云，所之不可攀。

念 故

故书有新知,故絮有新暖。岂不念故人,故人去我远。楚邱感疏索,萝云销虚馆。生别穿壤稀,死别泉路满。泪经离乱还,音问逐年罕。潜恨去日长,苦惜来日短。低徊重低徊,结轸郁中款。

岁 暮

晻晻日将昃,忽忽岁若颓。仍复局楚泽,未及游荆台。拥膝环堵中,起拨寒炉灰。景运有终极,崩波无再回。恨端自不任,悲绪谁能裁?稍兴逝者叹,良蕴生民哀。生民抑何辜,大地流人灾。我思独如痗,藏名书与罍。

庚辰元日寓馆漫书

腊雨及春歇,发岁天始晴。回运随飘飖,已复喧风生。悠悠齿逾艾,世变多所更。邻曲猥相过,杂拜罗阶楹。平时罕晋接,懵不知姓名。客去俄向夕,呼僮掩柴荆。手持一卷书,聊以怡我情。颇思古人言,炳烛愈眯行。

雪中西溪步眺

乱石雪龈腭,涧阿掩荒蹊。层冰结长薄,冻作青玻璃。野禽各拳缩,聚傍深树栖。鸭寒乃下水,拍拍田东西。群生自殊性,物论谁得齐。望见南山梅,欲往愁颠隮。

游桂林七星岩洞

岩险无寸肤,徽然豁穹穴。石疑五丁凿,曜讶七星灭。入瓮如阴房,得门俨宏阅。万马当能容,千军倘可列。幽都想应似,灵窟为谁设。宜作避暑宫,炎夏嫌凛冽。怡儗行复前,束薪又重爇。徐探值堂奥,稳步历凹凸。烛龙不照处,持炬供一瞥。佩剑时吐光,中含老蛟血。眼力失自见,明暗随予夺。魁柯何年化,洞室斯地绝。黑矿悬硬乳,绀壁立顽铁。高压虞直折,危坠悚横裂。神斤出天匠,殊状何诡谲。前后通硈砑,复与尘境接。题名半皴皴,笔画略堪别。

岩居夏日

林密顿忘夏,失此三伏溽。向来日光赤,不敌树阴绿。檐前列松楠,左右带修竹。云坳昼无暑,冷怀结冰玉。几案陈散籍,睡起时一读。家人捧觞至,告予酒醅熟。幸无热客至,清梦聊复续。因慨尘中人,役役恋炎毒。

幼女诚巽索诗与之

汝姊存六人，惟汝生最晚。一女称千金，将及万金产。十龄发鬖然，娇憨日在眼。牵衣索诗句，惯博阿爷莞。

始秋月夕

流火俄西倾，朱炎肃已迈。举觞一为饯，不知行所届。儿女迎新秋，见月出帘拜。问秋从何来，秋来自天外。皓辉夺明烛，身在银色界。阴虫众交唱，未觉我庭隘。予情契窅默，对兹有余快。心脾凉且清，湛露斠沆瀣。

感 秋

触感动多绪，处变持恒心。今晨悴柯地，前日芳树林。秋来林坞疏，春至林坞深。凄凄凛秋律，盎盎怀春阴。当春雨露滋，已秋霜霰零。化机自渺莽，杀气何萧森。常恐运候改，人事同消沉。向日缅幽卉，随阳念微禽。吾意怦然孤，清风开素襟。

夜梦凭母柩恸哭

日徂有返景，海泻无回潮。安得春萱晖，不随寸阴凋。事过哀境深，伤往中情焦。尸饔养已违，衔恤年且辽。适梦凭母柩，凄涕零清宵。推枕悲未央，惊起心慅慅。网丝着我衣，户侧垂蟏蛸。载寝冀冥觌，灵蚴何由交。此身念离属，鞠拊良亦劳。晨闻乌鸦啼，夕闻乌鸦号。惕我明发怀，惙怛连昏朝。

答客问佛旨

尝叹西竺旨，隐合东鲁教。复哉大无外，百氏可笼罩。六度赅万行，本原岂离孝。由孝徐引申，推爱靡不到。法海观其澜，允为百川导。巍巍三界尊，遗经媲训诰。而又垂大戒，淫妄暨杀盗。戒定始生慧，律论匪虚造。超诣何渊深，谁能究窔奥。津逮赖慈筏，勿待迫昏眊。人处大宅中，见火复争蹈。佛说等甘澍，燠遇阴雨膏。四生实同体，相残忍陵暴。瓜豆随所种，于理宜有报。失性迷厥初，肯任情嗜耗。道心如鹄卵，养成在孵抱。下士乃笑之，雌黄逞狂噪。宝珠本无价，请为仁者告。

自勖并勉诸禅侣

人生本危脆，远虑复可补。身心殊未忘，胡由度诸苦。尔发行且凋，尔肠行且腐。六根意为害，去一拔其五。安排三日聋，同听涂毒鼓。

书勉长女寿彤

亲恩何厚薄，世缘分浅深。儿曹好行役，胡为多苦心。长女虽非男，朝暮在亲侧。忧喜亲不言，能察亲颜色。每谓诸弟出，显亲终有时。瓶罄女当理，橐空女当支。父闻女所云，稍得慰衰意；母闻女所云，亦得减潜泪。勉女保至性，且以敦孔怀。遭乱或颠沛，骨肉长无乖。

医闾

医闾地胍壮，形胜出天造。一廛愿为氓，更追辽东帽。回首析木墟，摇落非所料。中壤如阴山，白日不临照。出门独怅望，三光久匿耀。遥遥鹳影低，勿复西向笑。

田间写怀

戴胜初降桑，于时月维寅。农家岁功始，清昼方渐永。耕者不恤牛，驾犁破牛领。乃亦如贼吏，民苦残以逞。我怀良易婴，纷绪遂难整。劝之使少歇，权息桑柘影。

倭机 并序

飞行机之装，创自美国莱特兄弟，其初但作航空之用，今乃为投掷炸弹杀人利器。中倭战祸相持数年，予家岳麓山畔，濒危者屡矣！然小民骸析肉糜，横死于俄顷间者，固已不知凡几，斯则古人处乱世所未见也。魄动情伤，爰志其事。

倭机蓦空来，队分少留碍。风大归驾驭，转侧如有态。震虩晴雷奔，弹掷辄訇磕。彼谓秦无人，顾乃夜郎大。视若弦上箭，发之以为快。斯民诚可矜，每与祸殃会。生命俄粉齑，居庐亦碎坏。即兹麓山隅，猛轰岂翅再。恨无张裴术，作雾相覆盖，危世欲焉往，坐叹八埏隘。惴惴人鬼关，仅争几希界。或言寇难怯，在内不在外。杀运何日终，愿天起疲瘵。

闻布谷

催耕鸟啼急，那复能成眠。起待东方明，繁星犹在天。今年闰长夏，青黄殊相悬，已愁米如珠，菩屋停炊烟。我力难自食，奚暇耘人田，旧谷困早罄，尔鸟徒缠绵。

淫 雨

甘澍成毒淫，损稼如陨霜。赤帝权已夺，盛夏消骄阳。朱火失其令，曔日韬晶光。人事诚多乖，谁能尤彼苍！雨旸一愆时，庶物同凋伤。湿薪积冷灶，悬釜无宿粮。我饥那足恤，所愿斯民康。

忆北友

万里皆烽尘，百川少安流。我欲向江海，限此巴陵邱。洞庭波浪高，湖壖成阻修。伊人邈南朝，远隔燕山幽。列仙怀青童，安得从之游。纵心如弹丸，一发难遽收。八极随逍遥，会乘无倪舟。

忆 远

瑟居感淑候，菊秀兰有芳。翠霭弥旧岑，白云生崇冈。避喧野性逸，忆远清风长。恒恐徂节届，气变殊炎凉。颜鬓且易改，人情何能常。谅君定自佳，贞固期相将。会逢朔雁至，翩翩翱复翔。怀我以好言，报之瑶华章。

江上感忆

夜长雨初收，江峴展朝霁。新造裳衣成，商飙率已厉。缓带信游目，翘思结迢递。郁郁常有怀，茕茕失所诣。天道慨悠昧，吾世阅崇替。回貌南与北，于何合遐契。应念泽畔人，弥年独侘傺。

警 急

我怀常不夷，丧乱迭相迫。亲串走告警，劝作远行客。远行讵非计，何处有安宅？道逢负戴者，惊顾俱失色。炮石风霆交，硡磕未曾隔。惨黪阳无光，乃如旁死魄。四阻欲焉适，始嗟世路窄。衣幞姑且置，所惜弃书策。

避乱蔺家湾秋夕

不知夜何其，灯烬落花碎。启扉若有见，树影疑列队。淡月朦胧中，一犬起群吠。

初冬日夕遣意

穷节昧时序，秋律闻已改。一星睒毛目，届夕发光采。良交日辽绝，处士复谁在？怀悲掩轩卧，浩然梦江海，独居难为心，独弦难为音。梦魂不相接，江海波浪深。

偶　题

残云风扫除，旷宇无留霾。天道良易变，人事何独乖。不逢匡世贤，莫纾平生怀。谁能展明略，夙愿终予谐。侧身一伫眙，但见狼与豺。气结勿复言，林卧蜷空斋。

林间晓坐率尔成兴

身向闲寂安，世味如嚼蜡。孰肯混疲役，腐心困丛杂。税我尘外驾，扫我林间榻。萝轩坐清晓，爽气供吐纳。圆旭未东上，森木绿阴匝，听鹂意所适，好音载相答。

阻乱念北友

駃彼晨风飞，羡尔身有翼。邈哉折木墟，凭高望无极。南北怅修阻，载途莽荆棘。藉使道路通，恐复艰膂力。碧霄骋羲辔，遑遑未遑息。面违书亦睽，愿言结衷臆。我既不能往，子宁能我即。篇短心自长，明我耿相忆。

示所亲

琴瑟苟不调，入耳无好音。夫妇苟不睦，反目无好心。乖气乃致戾，祸机生枕衾。贤贤易其色，先圣垂常箴。性全貌可略，义合情由深。妍华过时衰，令德终古钦。比目观嘉鱼，比翼师良禽。嘉鱼戏前池，良禽翔中林。五伦实造端，毋自成辰参。夫妇和且乐，如鼓瑟与琴。房中一匹段，绣仿灵芸针。上有双凤凰，栖共桐花阴。

幻躯二首

幻躯是神宇，主人果谁某。寓形无百年，障比屋重蔀。返观起内照，虚明破深黝。四大绝郛郭，六根谢纷纠。解脱良非难，恐为积习狃。我相如未忘，焉能空诸有。

向长未悟道，谓死何如生。真空理不达，遗性偏于情。此身等传舍，去住胡重轻。譬彼旅居客，时至当即行。本灵设勿昧，三辰同光精。死生因一致，毋俟相衡平。

寓　怀

芸芸迫劳骛，嗜欲开其端。温饱无止期，而况饥与寒。役役非不苦，知足诚所难。我志甘淡泊，累去胸怀宽。饮食任弗允，衣褐从弗完。身安守常分，乃欲求人安。因之抱凄感，瑟居恒少欢。除此悲悯念，何事婴心肝。

赠虚云大师

众生失其性，情私各自寇。我心宜脱然，不为此身囿。颇观西竺书，会须学无漏。同时有尊宿，愿言一相就。曹溪礼金策，馨香接三嗅。僧腊知已深，形如老鹤瘦。定门得秘钥，岂关法王授。师入定恒三日，或七日。海内仰宗匠，南能愈北秀。何物持赠师，白云携满袖。

园庐宾至

深树鸟昼鸣，浅陂蛙夜喧。云卧养微素，永志跧邱园。僻居罕客遇，亦不延华轩。偶枉亲友驾，接颜欣晤言。时有双逸羽，翩然同飞翻。既来勿遽去，世外人事繁。

赠黄翁眖堂 并序

眖堂姓黄氏，名明发，湘阴人也。与同县吴礼部巨严友善。光宣间，吴官京曹，延君课其子，道谊切劘甚相得。先是君尊人卧沉疴，侍疾九年，孝谨如一日。辛亥后，巨严南归，旋以疾卒。君遂息交游，不入城市，今齿及大耋，能饮酒，精力弥健。余闻之喜而赠诗。

叔度有胜识，超然思不群。吴质平生交，伤逝存殁分。卓行畴得知，送老依白云。乃翁病九年，孝谨能终勤。闻名齿及耋，斗酒常有醺。时或亲蠹简，与我同所欣。我家岳之麓，君家湘之渍。徒见门前水，想接流沄沄。湘水多光辉，云何不思君。思君意无已，共此湘江水。

与黎隐君静斋

井丹行高洁，后人钦慕之。品评有定论，不必当其时。何况我与君，同时心相知。缔交四十载，壮龄阅桑海。君怀高士风，晚节一无改。蛰羽此鸾凤，终期蓄光采。

家居偶兴

长女四十龄，幼女年十四。其余皆比肩，不复尽随侍。姊妹绕膝时，问安辄以次。信知天伦间，本来有乐事。我今迫衰迈，长幼供指使。诸儿多出门，时或无一字。阻乱难遽归，安得各生翅。儿女情虽长，上心且拨寘。我身如老蠧，我孙如羸犊。嘻嘻书案前，童孙又杂厕。眉目各自秀，含饴每分饲。门户妻能持，理我五经笥。

书　感

万物群以分，各自肖其族。如何负轭牛，偏产破犁犊。或谓嘉谷中，稗秕亦同熟。至德若尧舜，生子俱不淑。天心嫌割慈，虎狼乃兼育。

予年六十复得第五孙

我生祖翁殁，不及亲见之。今我亦为祖，渐次繁孙枝。客来摩其顶，谓是麒麟儿。长孙如我长，我衰焉得迟。为人父与祖，何若为子时。此憾宁有穷，欲令诸男知。

甲申仲夏倭寇陷长沙

宇宙本寥旷，忽焉坐成窄。以予尘外栖，乃为寇所迫。有家陷氛祲，亡命走山泽。长物抛已尽，又复弃书册。行囊资用空，事机且莫测。斯民昏垫余，孰不同此厄。儿女多毗离，匪特亲旧隔。仰视天梦梦，素蟾始生魄。

寺居苦雨

穷秋雨不霁，山寺留成淹。以此博岑寂，是予心所忺。瀑流涨菱池，絮溜垂松檐。荒荒毒蜮出，翳翳阳乌潜。连月困湿疥，痛痒恒相兼。徒然念人瘼，我疾难自砭。

彼　美

彼美林壑姿，访之不可迹。竹中自为屋，床头有周易。身入千筼筜，绿云映巾舄。

苦寒书感

坚冰久未泮，冻合宵及晨。冬日藏阳晖，穷谷难回春。以我狐貉厚，坐念无衣民。原知康济事，非属云泉身。村客褐露肘，絮敝如悬鹑。告言遇剽掠，贼不怜家贫。乃叹政教亡，盗贼良有因。岁寒安得暖，俗浇安得淳。对客徒太息，恻恻怀悲辛。

寄示三儿燮安乡

孤生百年内，壮齿怀永伤。自从失怙恃，春露连秋霜。霜露犹往昔，惕然摧中肠。忽焉老且迫，儿女森成行。计我为子日，未及汝辈长。汝辈在家时，乃不知我常。夏间得汝书，远游初无方。云自桂而筑，回辙来安乡。我视将茫茫，我发行苍苍。追念我先人，衰泪盈昏眶。汝毋悖庭诰，汝毋乖礼坊。岁阑胡不归，使我朝暮望。

残腊连日大雪

冻雪积溪谷，鸟兽寒无声。窜身寡宿储，甂盎常不盈。灵蠢同一饥，何以全其生。皲瘃肤欲裂，朔风飕飕鸣。南中尚如此，况乃幽与并。催人岁聿暮，恫焉凄予情。

流寓感述

构患靡安止，厄穷困颠越。事过神犹伤，思之复蹙頞。故宇贼频至，长物供取掇。国破家随倾，苟且耻求活。尝陷豺虎窟，妻子同得脱。屡空非我忧，人多笑迂阔。志节期无渝，余皆等毫末。平生忠义心，固持孰能夺。

惊闻曾星笠教授客腊于辰溪逝世

我少游郡国，周旋群彦林。而君实翘楚，谈艺怡颜襟。文字究苍雅，声韵尤精深。同时有作者，未尽获我心。独抉六书髓，孤诣钩其沉。交亲逾卅年，素发俱已侵。几载阙良觌，暌隔五溪浔。君为劬学癯，枯比焦尾琴。朱弦遽先折，疏越怀遗音。展笺裁兹章，陨涕情难任。

治　宅

我宅背江郭，门前罗群峰。慨自经乱还，颓敝余垣墉。芜秽多宿莽，盘桓无旧松。雇匠稍修葺，资食嫌难供。居处惟苟完，陋室取足容。一壶缩天地，万卷开心胸。基高土垲爽，坞邃烟霞浓。愧非伯通庑，有谁来赁舂？

牖　下

舒膝老牖下，一榻室如茧。嗟予敢损俗，与世动乖舛。未能逃空虚，颇自安劣蹇。燕闲寡所嗜，艺肆搜猕□。贤圣去兹远，诵言赖坟典。已往多古人，相见卷常展。尚友交百欢，微情寄篋衍。载籍胜醇酎，焉得不沉湎？平生著作志，遭乱难告藏。旧稿强半失，坐是阙新撰。昏默道之极，此理知者鲜。穷庐车辙稀，蓬藋为谁翦？

春日偶作

一心究万变，智虑诚难周。人生天地间，孰是知所由。造化有终极，千载良悠悠。春至时始和，游乐嗟无俦。渔唱起西澨，杜若盈芳洲。苍苍楚山暮，滔滔江水流。

偶遣二首

贤愚俱有营，芸芸托覆载。阅世同翳如，只此百年内。苦乐任心造，至亲不相代。譬若宝镜光，尘积乃日晦。我胸鲜留物，庶几乐天派。虚空且销殒，漫为形所碍。

眼见诸幻有，更莫实所无。抱薪赴焚烈，自燎胡为乎？迷者徒狂驰，懵然朝至晡。何如放万念，天地寄一壶。旷览周八纮，骎骎三足乌。取镜照颜鬓，非复当年吾。

过旧冢

冢中当年人，役役殉名利。今日奔竞徒，他时究何异。传闻是显官，身死葬此地。生前颇贪婪，满盈天所忌。造物如樵夫，盛极便芟刈。内既藏志铭，外更表碑记。千金买佳文，多出时手制。谀词溢其量，每为读者詈。崇封俄颓坏，谬谋久远计。石兽三五存，停车一欷歔。

止　诗

陶公昔止酒，我今欲止诗。止诗不恒作，偶然一为之。诗者心之声，心神所专司。耳感兼目触，融会宣诸词。微吟辄自得，未必旁人知。累积夸万篇，古贤莫加斯。居恒寡俗好，笃嗜良在兹。常恐清赏及，兴发难自持。当止而不止，将贻达者嗤。客言诗有魔，止法从何施。料知盖棺日，是君止诗时。

自　儆

无求即是富，不辱乃为贵。以此自儆惕，知足恒惴惴。赵孟未可恃，猗顿徒自累。物极反固宜，器倾满当避。从来贤达人，岂效时俗媚。况彼陋巷子，俯仰鲜怍愧。素王万世师，道高本无位。

卷十九

七 古
（公元一八九八年戊戌至一九二七年丁卯）

别鹤操为邻人作 并序

崔豹《古今注》曰："商陵牧子娶妻五年而无子，父母将为改娶，乃援琴为别鹤操。"古有其事，今见其人，亦姑为拟之云尔。

双鹤飞兮琶瑟，雌夜鸣兮雄悲。嗟不雏兮翼将乖，音影戾兮难重偕。生愿两孤兮死两偶，不羡秦乌兮子八九。

美人词

朝见美人捣银筝，曼声低唱看花行；暮见美人拈玉笛，一曲未终背花立。美人描娥桃花姝，胡为朝暮情顿殊？春韶易衰花易落，美人颜色不如昨。闷听流莺倚香阁。

饲蚕词

吴侬饲蚕忧蚕饥，谁知蚕饱桑叶稀；采桑宁恤桑叶稀，待蚕吐丝绷锦机；织丝成匹为郎衣，郎在天涯归不归？

刺绣词

夏日刺绣添线长，冬日刺绣抽针忙。灿灿十锦段，辉辉五文章。阿嫂花样旧，梧桐枝上栖凤凰；小姑花样新，芙蕖叶底眠鸳鸯。鸳鸯不独宿，凤凰恒高翔。阿嫂欲何为？寄与朝端郎；小姑欲何为？留佐嫁时箱。

梁大同石佛歌 并序

石佛结跏趺坐，高尺有奇，上镌大同四年造像，一区八分书甚古劲，光绪间为湘阴神鼎山常静长老取得，碧湖同社僧海印为予及旧石头陀言之，因与商置社中。考大同为梁武帝第五纪元，自乙卯至丙寅凡十二年，辽太宗虽亦袭用大同元号，仅丁未一年，不容通假。同人属作歌张之。

噫吁戏，混沌七窍凿不死，乾端坤倪竟有此！是石是佛顽非顽，亲见练儿作天子。荒荒汉晋以后唐宋前，六朝至今千余年。我闻大同四载岁戊午，尔时梁武好佛亦如秦皇仙。明年迎佛发于扶南之穷边，此事乃在宪宗元和佛骨先。异哉圣娲补天遗此石一卷，何来神锤与鬼斧，遂令低眉老佛眼耳口鼻手足一一精神全！颇疑身有万毛孔，定可纳入四大海水成云烟。安用丈六黄金庄严而璀璨，灵鹫形模尊释梵。只此寿光无量殊胜躯，沧海岁枯终不烂。白云之蒂苍云根，大轮风火阴阳炭。髻相古黝法王身，土华微绣苔纹皱。而乃不生不灭，非幻非真；跰踟阒寂，磊砢轮囷。近来忽入好事眼，但恐石破天为惊。中有因缘佛不说，石兮佛肤泽，佛兮石魂魄。我今拜石拜佛漫分别，佛与石互严其容，旃檀一龛忘主客。假合不属泥木金，常住礴礐以为宅。灭度众生同入涅槃愿始尽，汝辈色见声求减诃责。因慨当年曼陀法界经筵开，应亦曾受无遮大会天花供养来。萧郎萧郎袈裟七斤布重称身裁，四十八年黄袍或御或否，皇纲垂废禅纲恢，人天小果有漏不足侈功德，千林檐卜七宝璎珞胡为哉？青丝白马之谣使人生疑猜，建康宫殿弹指空尘埃。佛岂预人家国事，兰陵天下诚可哀。世尊拈花辗然哈，笑他铜仙泪雨昆明灰。堪叹龙漦老人语无验，我佛从此不与萧郎见。如何天荒地老年代湮，至今留得金粟本来面。吁嗟乎！人间陵谷几回变，尽多光明勿轻现，妨有健儿磨刀剑。

织布谣

霜降木棉初解苞，取棉织布缝郎袍。女手掺掺不辞瘃，一梭一杼侬亲操。上机时多下机少，授衣时节寒觉早。暮暮朝朝机未停，彼姝者子当窗屏。情之所发礼可止，独何人斯折其齿。

春　词

社燕飞飞翩见影，年光正好当樱笋；香醪频酌带残醒，花气熏人浑未醒。碧梧池馆变阴晴，白板村扉简送迎。浅梦未成仙枕蝶，小眠刚破午窗莺。红嫣绿腻春如醉，管是海棠娇欲睡。书架编芸蠹粉销，琴床倚树虫丝坠。起绕回栏步履迟，故应韶景惜芳时；沉吟多少呕心句，轮与闺中少妇知。

三月三日洗药桥泛舟禊饮

水石喷歕如轧玉，临江春树蘸晴绿。漾漾回复潆盘涡，一棹湾环转深曲。鸣鸠语倦莺语阑，烟中移楫闻潺湲。祓禊赋诗岂泥昔，良辰觞咏聊为欢。东桥延望原隰敞，旖旎芳华及时赏。花风苦展近清明，汀沙岸草萋萋长。江路依山入远村，山山作势随江奔。数叠云鬟翠成嶂，几家菜花黄到门。吾侪胜集兼文宴，投分欢情耐留恋。淡宕微波浮柁牙，时有掠水红襟燕。去年踏青南陌头，今年把盏清瑶流。诗卷酒杯两蒙汜，白日西下同回舟。

潇湘曲

潇湘二水流不断，苦竹寒芦胥江岸。翠崖丹壑暝色深，哀猿呼群狖啸伴。丛祠报赛人踯躅，明神降时一灯绿。村巫传芭祝喃喃，口唱迎神送神曲。九嶷山前云窈冥，黄陵峡上枫林青。客子惆怅三巴路，乞借灵风蓦空度。

菊花石歌 并序

石产浏阳小溪水中，地青而花白，茎叶略具，瓣有疏密，开放宛然，琢之为屏，极离披之致，天生雅品，用入咏歌。

小溪之涯一卷石，皎皎秋丛破坚出。我疑万古骚人魂，精气徐凝浸成质。义熙已还无此花，非草非木攒幽葩。开当雨露不到处，谁索真宰穷萌芽。细玩转比韩圃好，河伯应知守潜宝。玙璠片片纷骈罗，寒姿肯随西灏老。篱披异态常新鲜，温润犹带鱼龙涎。南宋纲船漏隐逸，莫漫雕琢亏天全。秀由灵钟淡如许，彼紫与赤敢并语。只愁楚泽餐英人，取来是石不堪煮。花贞石介相结团，粲然蓓蕾明琅玕；亦如苔岑两契合，各保晚节神俱完。呜呼太洁世所忌，而乃耻共篱下寄。仿佛素画嵌青瑶，长藉佗山助砥砺。良璞未治真巧存，地母织锦同天孙，静对玲珑最绝俗，有时树叶连株根。作诗慵检范村谱，块磊填胸吐奇古，敛衽勇为甲乙评，一一难罄群玉府。云凹水曲容孤芳，尤物解托兰芷乡。把盏且效陶靖节，赏奇定逢米元章。刮目珠玑未曾有，四序摩挲秋在手。天荒地老三千年，日月霜华作重九。

道吾山引路松歌

道吾之松千万株，尽吸灵液收云腴。山间有陵有潕，磊珂离立当路隅。峦回谷转层阴铺，谡谡浩浩风来徐。自然清籁流空虚，石磴中开盘以纾。左右顾盼行趔趄，看松不觉径崎岖。从客欣与髯叟俱，苍皮溜雨皱寒肤。矍髯层出缨曼胡，或挺长干侧睨予，或伛而偻弯厥躯。引人入胜牵我裾，使我一步三踟蹰。遭先生进如奔趋，作拱揖状同酸儒，相迎相送相揶揄，欹者矗者肥兼癯，如幢如盖形各殊。此材非为梁栋储，不中寀桷同散樗。卧壑阅世情不孤，得山林气真吾徒。茯苓可饭茅可诛，高士宜著云林迂。始觉意态能倾输，仙人五粒谁谓无。元鹤来往巢其树，松有本心忘荣枯，肯随时运为隆污。道旁历历堪指呼，三问不对诸大夫。

九溪洞 并序

洞在浏阳县治三十里许之西北隅洞阳山下，九溪俗称九鸡，传是道书三十六洞天之一。

巨灵何年凿石宝，凿破洞阳山根窅而透。坤媪空自拾芦灰，至今不能补地漏。俗传当日蛰九龙，化为九鸡天半斗。一龙堕下未得偕飞升，饮露餐风变成石骨瘦。钟可扣耶，鼓可击耶，枕可借床可息耶，是谁巧置崖之涯？更有龙心凤尾狮子张爪思攫挐。何从办此造物手，骇形殊状森碻砑。钟声锽锽鼓声起，断续铋铮杂悲喜。禅悦顿悟声非声，依然沉寂超诠理。子午滴漏日月长，珠非累累贯石髓。妙境知共鸿蒙开，纯与元气同胚胎。颇闻洞天三十六，究竟林屋视此孰胜胡由猜。云笈七签食尽蠹不化，可惜仙翁一去俱尘埃。玉华宫，水晶殿，委盖垂旆恰历遍。丹房蝠守盘蛇光，千岁老猿解修炼。是中岂无瑶函书，大道未启安得见。莫言深山奇宝多秘藏，圣化神工肯自炫。吁嗟乎！从来异境如异人，漫遗幽仄搜风尘。

同张大蘅溪游眺至猿啼山

晚山苍玉水碧玉，烟树临水夺山绿。两三人渡朝阳船，徐向芳洲展游瞩。我辈孤趣不入时，拍手笑杀城东儿。一春因循病未到，如许景光谁复知？今年忧旱不忧潦，千挂芒深宿麦老。桑阴角角雉子斑，雄飞雌随雏晴昊。村农抱瓮泥浣衣，新秧缺雨牛尾稀。白屋民贫少自给，今日那备明日饥。颇惭腐儒守章句，力弱岂胜畚锸具。仰食徒叹稼穑艰，南皋竟无偶耕处。张侯潇洒意有余，吟诗一字如一珠。莫吝咳唾盈百斛，易粟留作荒年储。境幽句好神易怆，君能出奇我能赏。支筇去倚猿啼山，俯仰乾坤立苍莽。

读毛大可《打虎儿行》漫书其后 并序

《毛西河诗集》有《打虎儿行》，盖纪乾隆时禹州朱姓农家十一岁小儿打虎救父事。

古有杀虎妇，今有打虎儿。儿见父遭噬，把戈着虎颐。骤无白竹弩，急以空拳施。儿身小于斗，虎口大如箕。身无卞庄勇，虎口救父人所疑。虎口救父人所疑，诱述虎状儿犹嬉。西河纪事言非欺，使我读之神为怡。裴家将军太不武，坠矢投弓畏真虎。

秋闺怨

同室不同心，相对邈千里；同心不同室，相思曷能已。恨车有毂马有蹄，关山无尽人东西。自君出门守寂寞，房栊青琐闭珠箔。画屏宵倚愁不眠，蜀琴弹破鹍鸡弦。蟋蟀号寒草露白，啼螀雕栏吊秋月。

发 船

胶胶岸上晨鸡鸣，篙师发船将欲行。残星避晓半隐没，东惟长庚西启明。云未变霞火鸟睡，时早不定天阴晴。烟水溟濛境寥绝，澌汩但闻寒潮声。枯槎无人阁空渡，微霭横江似束素。勿图利涉贪向前，前头闻有上滩路。

古铜镜歌 并序

邑人于土中得铜镜，径可六寸，背有缪篆，文曰"况井生晖"，古物也。左太冲《蜀都赋》云："火井况荧于幽泉"，或况井之义所由取。作歌纪之。

我生好古情弥贪，商盘周罍夙所耽。牺尊虎彝肆幽讨，敦牟卣鬲穷遐探。焦山鼎铭数椎拓，忆昨归自吴江南。斯道侪辈嗜者少，得从商榷无二三。邑子获镜远来告，累我急步趋趑趄。启同青萍炯出匣，寒芒外灿精内含。盘龙婉转信尤物，几时弃置沦荒苫。当前列岫半摄入，映带环插琼瑶参。仿佛中有古人影，相视而笑何妨啽。困极必亨固其理，如饮醴醨应已醰。圜本象天大欠恧，叩之无复音喑喑。嗟尔灵鉴何代制，摩挲得不心怀惭。秦耶汉耶难臆测，不多铭刻胡由谙。刘芬识奇细摸索，有文在背交鬖鬖。况井生晖义有取，四字虫篆鱼鸟蚕。始服镌刻结构妙，运用铁笔殊戈镡。镜也兴亡阅几许，谅能启瞶开愚憨。肝胆照人隐欲见，吐纳万象离胶黏。由来接物忌太察，姤穷妍尽人何堪。世间尘埃了不著，禅宗妙谛从何参？看久反疑翳在眼，空花我更添优昙。此心正妨物欲蔽，颇愿对尔时时搀。悬背定能压老魅，曾闻抱朴仙翁谈。或夸近制迈前古，岂异啖蔗言梢甘。入土年深幸未蚀，泥浆水气犹薄涵。静嗅暗香冉冉发，悠然绝胜飘迦楠。去尔陆离之宿壤，涤尔激滟之澄潭。主人永宝待缇袭，丐我品题倾酒担。妆阁窥金少妇喜，以听为卜当宜男。拟取吉金证文字，收补手鉴增龙龛。

江上待兄归舟不至

雨中春山洗碧玉，一江新水鸭头绿。客船各随风往来，卸帆行迟挂帆速。湿烟不收满地铺，湘天欲暝啼鹧鸪。

题孙师郑《翰林诗史阁图》

近代纷纷主风雅，就中先数丹徒王。迩来孙子亦好事，众制搜采名山藏。辁轩自属史官职，孰言失位谋非臧。生存径破选楼例，代断道咸兼同光。并时流辈入题品，苏门岂必皆秦黄。别裁伪体寄孤撰，手操不聿如挽强。整齐见闻半掌故，珠玑璀璨腾中箱。统取丁签证乙部，本非屑屑矜词章。真赏亦如爱神骏，特置驽骞收轩昂。四朝风谣笔削备，以诗为史诗教彰。史所未及赖诗补，正变况复关兴亡。举凡治乱盛衰迹，尽是诗材相撑搪。吟社即今鞠茂草，绝业欲坠谁扶将。遗山野史待人任，知君气谊不可当。肯令钝蝇附骐骥，诗史收余少作更招凡鸟随凤凰。示我此图眼忽豁，睇观突兀神为狂。缥几湘帘杰阁在，茶烟午榻休风长。姬侍如花助雠校，插架烂若云锦张。太乙杖藜倘见款，或与天禄堪颉颃，韵语阳秋尽实录，讽褒咏贬寒生芒。触事有怀角征杂，构时多故贤豪伤。名篇诵声出金石，字字铿戛清琅琅。少陵诗台留鲁郡，直放远响参宫商。史席骚坛两牛耳，纵横异代遥相望。文献百年得所托，君也卓为吾道倡。

会梦衣冠拜床下，才鬼同跻君子堂。

田间行

溪流活活暇蟆鸣，桑阴亭午春昼晴。陂塘水涨昨宵雨，牵牛横渡牛腰平。草花鲜红秧苗短，布谷声中气初暖。垄头催耕十具犁，牛蹄人迹田间满。乌犍负轭如服箱，忍饥疲喘行且僵。农夫叱牛加鞭扑，一粒不得果牛腹。比年胥吏多诛求，嗟尔农夫曾作牛。

庚戌三月初四日纪事 并序

宣统二年庚戌春，长沙米价少涌，当道不为之计，饥民乘机煽乱，匈匈焚抚署，既而取数人置之法，事始平。

马王城头乌毕逋，饥来迫人人叫呼。救荒岂得漫无策，涸鲋升斗犹能苏。变起萧墙藉粟贵，市虎何止三数夫。黄霾蔽天白日暗，社走黠鼠城跳狐。专阃将军袖手坐，腰间闲杀金仆姑。祝融掷火飞列缺，戟斗牙蠹同摧枯。谁使细民作盗贼，毋乃故为渊驱鱼。奸究发踪伺其便，多时阓阛成崔苻。春秋责备自有在，谓罪在民宁非诬？通达经权弭祸乱，汉庭汲黯今则无。由来履霜匪朝夕，求刍不早牧者辜。庶矣曰富富曰教，有一失此非良图。事惟有备始无患，曲突徙薪谁谓愚。不见满堂坐上客，烂额还与焦头俱。

《葵葛》一章侍疾作

戎戎者葵，根能卫兮；绵绵者葛，本能庇兮。儿身母身兮，不能分疾苦与劳瘁兮。于嗟葵葛，儿尔愧兮！

张大蘅溪约赏菊不果往

九秋鹰隼怒眦裂，鸟雀平芜洒毛血。忽败山人赏花兴，清泪沾衣不可遏。东村西里闻哭声，胥吏催租手持帖。有蜚多糜岁复薄，杼柚早困轮将竭。贫家八口那易赡，饥妇弃子尤惨怛。九衢衮衮车马喧，竞览物华趁佳节。启戟门里豪贵家，丝竹坐间神仙客。金罍玉脍浑等闲，尽吸脂膏析骸骼。一丛花抵十户赋，无数秋丛备新格。安得养花如养人，参求橐驼种树诀。张侯谓我隐逸流，应爱霜花看秋色。瓮中秋酒酿已熟，蟹螯正肥筵待设。折简招邀二三辈，衔杯约我效彭泽。殷勤为谢篱下意，心若有言口难说。吁嗟人事异今昔，但愁黄花科税则。

势家行

势家求田买第宅，高栋连甍亩连陌。尽收邻壤拓广居，嫌与贫民一墙隔。

瑶房璇室姬侍多，楼台无日无笙歌。损志益过古有诫，疏传之对言非讹。世事循环说不定，盛者忽衰衰者盛。美哉轮奂曾几时，转眼门庭属他姓。谁知隔墙旧贫民，即是斯宅新主人。

夏云歌

夏云叆叇无始终，混茫元气浮鸿蒙。白衣苍狗难形容，乍舒乍卷弥高穹。东西南北来相逢，西台助哭思悲翁。倏忽飞度双黑龙，见首失尾丽诸空。有时突兀成奇峰，欹昂骈伏环宠岘，矗立散放千芙蓉，瞻之如岱如华嵩。豁我眼目开心胸，其间有我前游踪。林凹洞曲窈窕通，骤忆二峨怀九嶷。宛然众壑明丹枫，一一衬以霞光红；又似赤壁遭火攻，位夺炎矖分祝融。或更幻为琼瑶宫，绣栭至磶阶三重。仙人十六居当中，容成子偕浮邱公。青鸾绛节翩相从，亭亭车盖纷未穷。若隐若见腾丰隆，造化翻手技何工。一层层掩交蔽蒙，云海翻与黄山同。而乃变灭随飘风，夕阴添暝沉幽惊。昏眸斗起千丈虹，弦月高绷清霄弓。

暑夜清泛

暮登缺瓜船，涉趣径孤往。潮来水面风乍过，影荡江心月初上。月随波动风泠泠，素光徐展琉璃青。泝沿迟回淡容与，后庚三伏失烦暑。促漏方残沙鸰飞，东流之水难西归。斜汉纤阿看将落，移向芦汀浅处泊。

黎大心巨书来

古人不并世，尚友终寂寞。今人不同居，跬步即寥廓。之子多情慰离索，贻书告我山中乐。放眼千山复万山，一笻何处追行脚。书至顿减三尺愁，别来宁止数日恶。雁声堕地霜华薄，寒月欹在天西角。王官商洛今无人，悠悠流俗谁堪亲。君生后千载，高蹈亦等伦。苦忆山中切心愫，驾言从之不知路。飘风拂拂吹我衣，林气江霏生白雾。

送别诗人王彊庵如鄂

王郎磊落万人杰，拂袂停杯戒徒列。箧中一卷阴符书，袖底三尺锟铻铁。才离黔陬过长沙，又从巴邱趋大别。黄鹤楼恐槌可碎，鹦鹉洲疑踢当裂。首下尻高知向谁？斗鸡小儿君岂屑。谈次生悲风，肝胆令人热。我歌送君行，我心宁唔然。鸿洞腥尘十万丈，纤微不到林泉边。矧乃八方尚戎马，山川相望殊邈绵。日暮夔巫渺何许，盲飙那解吹君旋。我载歌，送君去，荆襄西转宜有幽深处。楚云蜀雾留岩扉，华芝茯苓老烟雨。倘逢羡门高誓鹿门庞，招手唤取喁喁语。篙师捩柁催行舟，江波不断仍东流。离绪如蓬乱难整，山青水绿思悠悠。

兄渊默手拓永州石刻见寄

零陵岩洞称朝阳，淡山石室穿其旁。自从元陶有题记，唐元结有朝阳岩铭，宋陶岳有淡山岩记。至今胜迹留吾乡。厥后磨崖尽名手，作者苏黄继颜柳。阿兄毡蜡拓相贻，千金不同珍敝帚。路远昼眠梦见之，冷道祠畔闻寒鸥。起挈奚囊径须往，可谋片石镌吾诗。

饮酒和李佛翼观察

洞庭春色新酿齐，清香缸面澄琉璃。月氏王头有何用，饮器惟重暹罗犀。公孙无事我同调，气粗胆大举辄醨。一物不留胸臆宽，但遇酒人拍肩笑。西邻醉客闻满堂，赵姝荆艳罗前厢。主酢宾酬卜昼夜，明朝出门那得暇。世人有钱难买闲，黄金空使高南山。

姜贞毅遗砚歌 并序

贞毅名采，字如农，事迹具明史本传，魏禧集别有传。砚为紫端石，修五寸，广杀之，背铭"研雕复朴"四字，末署姜采。予丙辰客春申江，得之于逆旅，爰作歌纪之。

炎精销歇明运改，思陵社稷俄瓦解。姜家一砚贞毅遗，至今紫衣发光彩。我生后公三百年，我尝读史思公贤。两字姓名未剥落，犹与铭识同雕镌。忆公登科当未造，赖汝青云致身早。十稔作吏褒廉循，公尝官密云知县改仪真。削牍哦诗伴脱稿。温室召对天语温，九重亲擢官黄门。补衮初膺獬廌重，封章敢犯龙颜尊。谏垣草疏曾几月，崇正黜邪严斧钺。贞毅有崇正黜邪疏。披沥丹心惟汝知，峭鲠批鳞抵面折。光芒腾匣神鬼惊，公直汝介何铮铮。指顾台省更台阁，相随出入趋承明。岂知阊阖多虎豹，短狐含沙么魔笑。鹍鹉有眼泪空垂，汝未及防公不料。诏狱拶荼繁秋荼，呜呼榛莽谁能锄。嘉兴张太守预亦藏有贞毅砚，其铭曰：尔有目，蛟龙之窟不敢瞩；我有锄，榛莽之区不可除。难期瓦全拼玉碎，天教九死魂仍苏。明法殊苛刑太滥，同时况有熊给谏。熊开元同杖。明代廷杖朝臣，刑加大夫，惨酷古所未有。成化中杖王浚等五十六人；正德间杖舒芬等百三十人，死者十一人；嘉靖初在午门拜杖丰熙等百三十四人，死者十七人；万历迄天启朝，大臣亦有毙杖下者；至崇祯又有姜熊二公之事，拷掠楚毒九死一生。砚兮汝盍依圆扉，功罪不居毋乃慢。莱阳之月敬亭秋，又随老兵谪宣州。共结北阙瓠棱梦，为写南冠羁旅愁。国难家忧怛情绪，亡何江山哭禾黍。投老荷戈累臣累，万种伤心呼砚语。杜陵有感空自哀，义山无题凭人猜，贞毅有无题诗三十首，见所著《敬亭集》。彩笔淋漓抒悲壮，紫云蕴藉呈奇瑰。卅篇谏书廿四气，公论千秋付清议。谁怜折槛同朱云，如闻殿前辛庆忌。谓都御史刘宗周。即今字字含风霜，岂但妙墨工文章。当时此砚焚未得，坐使百炼成金刚。石交剩此文翰友，朝野与俱周旋久。忠肝一片留乾坤，墨痕惨淡蛟螭走。

《春梦图》何少仙廉访属题

病来畏醒复畏梦，涉叟示我春梦图。公晚号涉叟。支床展卷快先睹，对此不觉神魂苏。平生历历指堪数，山林廊庙非一途。丈夫读书济时用，功名青镜惊头颅。少壮风云郁奇抱，豪气知比元龙粗。人方谢安企霖雨，公乃张翰思莼鲈。尘劳百年瞬旦夕，懵腾那计妪至荼。醒亦非醒梦非梦，古怀如还天地初。图中惺忪春梦在，世外翕忽春风徂。沕穆乾坤一梦境，我今翻然嫌梦疏。呜呼东周不可见，曲肱空作尼山徒。钧天古乐闻者少，国号华胥谁所都！客窗炊黍且未熟，看我合睫公开眸。

题浩园听香阁

我来天雨花初酿，我去天晴花未放。春事三旬去复来，花开花落供惆怅。可惜有花无主人，春归不归花应瞋。韶华宛晚日沉阁，独抱芳心坐萧索。

送春词

湖南三月草黏天，麝尾香中敞绮筵。风掠花魂低过水，日烘柳絮薄如烟。杜鹃啼遍郊原树，黯碧迷离添几处。共祝东皇缓俶装，稀葩邀勒残红住。记曾消息到梅花，才得君来信物华。九十光阴原是客，三千驿路况无家。蘼芜只为相思老，昼永生憎鸣鸩早。绿浦愁添南浦波，青山梦绕西陵道。风泊鸾飘此数旬，榆钱散尽买无因。龟年忍唱阳关曲，恐到春朝是故人。珠栏豆蔻梢初系，宛转鹂歌知有意。却恨西风一味狂，谁能自误三年计。苦忆迎时出郭游，殷勤青帝肯勾留。已看锦箔蚕成市，又是芳塍麦欲秋。有脚争教回不得，白驹难挽销魂别。清樽都向夕阳开，韶景漫随香径歇。相约勾芒隔岁归，呢喃雏燕语声低。匆匆怕惹离情乱，莫趁征人入马蹄。

将东游古憨长老诸公招集上林寺赋别

珍筵玉馔罗琼浆，琉璃泻酒酏酥香。噫嘻今夕是何夕，灯烛共此禅林光。道合交亲过班尹，谁能踽踽还凉凉。逸气轩腾意披豁，忽然肝膈森开张。珠宫胎寒贝阙闭，夜阑乌啼金井霜。关山修阻复行迈，令我四顾心彷徨。巨龟骨折地脊朽，银汉欲倾天无梁。凤凰忍饥竹不实，东海枯死麻姑桑。待造菰芦访奇士，临分正倚忽忽装。劝我饮，乐未央；和我歌，慨以慷。座中九人一僧在，王袁吴杜程徐黄。樽前聚影饯将别，诘朝江路秋风长。

饮黎司马黔灵山馆

群阴将终日在房，主人款客开东厢。水鬖山胦芦盘酊，酒鳞浮动蒲桃香。

满腹精神各倾豁，座间年少参老苍。黎侯翰林足声价，旧家门第侔金张。黔中作宰列上考，埋羹清誉留鬼方。七星关前数驰驿，文从奎壁分精芒。飞虫黏网比仕宦，独能勇脱笼头缰。当年朝宁盛湘彦，河山带砺存苞桑。侯昔归田未四十，知以何术藏声光。贤者审几早料及，后来时事厹羹蟥。吾侪结交颇投分，为爱野服羞时妆。大抵人生贵适意，放浪莫嗤籍与康。醉乡别自有日月，众宾轰饮如渴羌。主劝客酬入酩酊，傲傲对影酣高阳。即今国势等旒缀，坤痍还复悲乾疮。兼珍之膳岂易得，可作雁户旬日粮。手辍匕箸私叹息，忧来始欲辞壶觞。每逢乐极不自觉，往往境回增感伤。而况节候迫憔悴，池馆九月秋草黄。江天赴暝霞散绮，蟾明老蛰初含浆。物侣相聚各以类，前飞乌鹊后鸱鸧。看梅行践岁晏约，摄齐重跻销寒堂。

夜坐谣

星斗参差欠妥帖，蟾光清冷透云叶。鬼车嘤嘤空中行，穆满八骏萧萧鸣。盗骊折蹄轮脱辐，踏翻西海王母哭。阳炉阴鼎灰未寒，女娲一夜揉作团。霜姝月姊觱蟹语，地踔天跳奈何许！

醉　歌

兄剧孟，弟灌夫，儿文举，妻罗敷。醉醺醺，歌呜呜。一歌终一篇，一醉尽一壶。有酒当饮，无酒当沽。幕天席地，自朝至晡。玉山颓兮沧海枯，今我不乐胡为乎！

长歌行送蒋六皆庵赴日本考察

别肠带酒森槎牙，呜咽矧听城头笳。执手送君四顾望，出门不见东海涯。梦梦者苍天，浩浩者黄沙。浸假混沌凿不死，千古万古元黄无血生龙蛇。而乃一杯坳堂水，隔断东邻成两家。我闻秦时徐市 "市" 音弗求仙六千人同去，汉时张骞凿空不知处。日轮晓烧珊瑚枝，月魄夜莹杪椤树。双丸跳趠一瞬三千年，依旧沧波挽不住。迩来江河无界梯航通，弹指便是蓬莱宫。书生磅礴怪怪奇奇胸，驾驭水火乘长风。直访康延渡弱水，飘然去作扶桑三岛之寓公。嗟君侏离通译为时出，儒化转输是所职。呜呼！彼土卉服结草俗虽殊，百年树人无异术。何况尧封禹甸古宗邦，胡不早从桑榆收放失。州四部，天八荒，衣冠文物向推华夏最，球图琰琬天禄纷琳琅。奈何礼义廉耻国维裂，岿然鲁殿摧灵光。典谟训诰不措意，蔑视尧舜同秕康。尽舍布帛菽粟谋口体，尽舍周姬孔孟求文章。折杨黄荂笑时尚，枳橘岂真迁地良？或言祖龙焚剩百篇皆大典，流传海国至今称秘藏。自来学亡国则亡，愿君更就学术探治本，删略缛节存宏纲。行矣金乌方腾趁未落，莫待到时梧枯竹悴愁凤凰。

秋江词

兼葭浦，芰荷乡，望伊人，水中央。清波淡淡烟苍苍，鹭鸶一双飞夕阳。泛绿萍，采红藕，旖旎愁人江上柳，暂弄轻舟莫回首。萍开有时合，藕断不再连，愿郎如萍莫如莲，惟莲有藕空复怜。空复怜，西风早，秋水寒，芙蓉老。

秋夜吟

姮娥瑟缩头欲白，满地霜华灿凉月。芙蓉院落花影重，虫语闲阶唤秋色。秋色何皎皎，桂树何群群。玉兔息其阴，银蟾承其阳。紫府高寒不归去，金风一拂三千霜。坐拥氍毹露尚袭，夜阑啼雁失群急。我怀幽悄无人知，蜡炬流红相向泣。

秋风上冢行

炊烟藏屋山藏村，孤儿乱后旋里门。松火通红麦饭熟，碎虫如雨喧黄昏。挈榼奔趋拜先垄，宰木萧萧飙已拱。几回寒食人未还，直待秋风始上冢。老乌哑哑雏乌归，纸钱吹起清尘飞。呜呼椎牛礼所戒，鸡豚逮养时则非。男儿七尺惭寸草，迨儿长成亲便老。安得灵风来重泉，一卷儿魂入怀抱。白杨飘飒摇风枝，栗冽凛此穷秋时。白日阴扃闷终古，庐宿已恨三年迟。颇怪古来割裾者，拂衣怳然离膝下。我攀封树心怦怦，何限凄切立中野。忆昨遭乱儿无家，羡人迎养生感嗟。板舆奉不到泉壤，故乡百里犹天涯。怆记杯棬留手泽，寓庐夜照长沙月。长沙月亦照幽宫，骨肉两地成愁绝。霜露初濡木棉枯，此时儿在亲不孤。夜阑欲去未忍去，为问双亲寒也无？载拜陈词泪沾臆，严飙乍厉乌啼急。黑云四压天苍茫，但有哀螿助儿泣。

题赵孟頫画《东坡像》

苏斋昔抚东坡翁，世间千手皆雷同。龙眠画像久亦剥，眉州石刻传长公。器宇峥嵘后人见，尚存吟榭题披风。公曾写真凭何充，黄冠野服山家容。本无尘色染面貌，似有逸气蟠心胸。双瞳黟川墨点漆，目光映带鬓眉浓。得来长康笔最妙，传神正在阿堵中。松雪此帧六百载，玉局仙人俨然在。庆历文章推老成，波澜评家推作海。吾侪生晚拜图像，幅巾竹杖叹潇洒。墨林朱印矜收藏，虞宗题跋兼隶楷。真一酒熟烹花猪，举觞三爵公颜舒，对公不饮将何如。

杞梁妻 并序

郝某以神将死于战阵，其妇阵哭数日殉焉。尝读刘向《烈女传》，齐人杞梁袭莒战而死，其妻乃枕尸于城下哭之，七日而城崩，为赋《杞梁妻》。考杞梁妻哭而崩者，齐之长城，见《竹书纪年》。或以为秦之长城，非也。

征夫战长城，白骨化城土。贞妇哭长城，红泪崩城堵。呜呼征夫忠，贞妇义，白骨斑斑嗽红泪，浩气长存亘天地。至今淄水涟且清，鳒鱼一双比目行。

短歌赠友

邓禹笑人太潦倒，残杯冷炙长安道。天生此才复何用，殷杜无如束阁好。豪门热客群趋风，黄金不尽客不空。世态谬悠隔肺腑，公子唾面亦何苦。君不见窦婴宾从徒纷纷，后来独有灌将军。又不见卫青权势一朝改，门下仅余任安在。

簟

英皇泪竹产湘浦，取之为簟生绿漪。双纹蘸水看成缬，桃笙七尺黄琉璃。骄暑未平苦炙庚，蕑叶照眼凉心脾。似有清风入两袖，日午无烦襟再披。冰肌腻滑未曾有，蕲州竹材非瑰奇。闻道会稽亦产此，元达曾受王恭贻。昌黎用心与吾左，谓愿天日恒炎曦。但得阴阳济寒燠，愿使此簟长不宜。

天上谣

女娲补处石痕裂，骊龙吐珠皎秋洁。流云如水扬银涛，清虚寒气砭毫毛。绛河欲倾风浪恶，月姊孤鸎惨不乐。王母消息人莫知，瑶宫老去无归时。玉晨冷磬亦沉寂，斗杓倒插玻璃池。天上竟无一抔土，古来神仙葬何所。白杨别屋声啾啾，鬼灯似漆照歌舞。惊乌啼曙尘涨天，婵娟化为空蒙烟。

鲤鱼词

三月桃花红，鲤鱼如活东。九月芦花白，鲤鱼大盈尺。江上年年买鲤鱼，盼郎不见一行书。当年妾貌桃花似，今比芦花更不如。

络纬曲

络纬吟，月黄昏。灯光透茅屋，瓜架连篱根。哑轧缫丝彻中夜，欲断欲续声相吞。亦似衔悲茹痛郁难写，尔岂弃妻怨妾寡女相聚之精魂。络纬吟，重唧唧。杼故迟，如叹息。又疑中妇织流黄，忆远愁坐支机石。断匹无因达交河，宵阑忍冻梭频掷。一寸柔丝一寸心，素锦悄共回肠织；野旷涔涔风露多，商声乍干羽声湿。我亦悲秋愁不眠，况更寒雁啼窗前。

中秋对月同徐孝廉实宾

银云潋滟宵有河，流云如水生微波。须臾月破天膜出，镜奁新展铜初磨。吴刚不眠倚玉斧，桂宫茕茕霜娥苦。阅尽兴亡暮复朝，但有圆缺无今古。古已去，今难留，几逢佳节当中秋。我适悲秋莫自遣，斗酒急向荆妻谋。喝月倒行呼月语，月亦与人相尔汝。君不见东城甲第皆朱门，珠歌翠舞开金樽。六街鼓歇宴未罢，主人半醉仍留髡。君不见西里流亡多破屋，蔓草寒烟聚白骨。冰轮照处荣悴殊，灵蟾吞声仙兔哭。月兮月兮汝勿照阴山，阴山万里斗豺虎，婵娟对此凋朱颜。月兮月兮更勿照辽海，辽海三边屯猰貐，毒雾漫空蚀光彩。碧天欲冻霜华深，入帘凉影侵衣襟。有人陈玉案，横瑶琴。请君莫听弦下音，听取弦中心。似言先朝太平日，寰宇澄明喜苏息。气霾自敛阊阖高，天上人间乐何极。今我不乐将焉如，司辔多情停望舒。竦身云马随风车，倏然一笑凌清虚。

乌啼曲

雄乌哑哑雌鸟语，枝上双栖相尔汝。入宵清露沾危巢，故为深闺引愁绪。怅然忆行人，道远生别离。痴鸟虽我聒，我心终不移。独宿空房照斜月，可怜一夜乌头白。

行役叹

鸡唱虫鸣灯火微，行役迢递骖征骓。拂晓严程戒徒御，噫嘻髀肉胡由肥。玉盘倾尽西岭月，东方犹未明朝晖。风定栟榈叶尚战，江横如堑将天围。山市五更报霜柝，牛羊门巷生烟霏。振辔轻盈快晴霁，客行未已何日归。尘埃浣衣叹浩焠，世事与我仍相违。野旷莽苍引遥睇，黯黯云气山欲飞。

冬桃歌

我闻王母蟠桃一实三千年，远在西那之都瑶池边。又闻螃蟥山畔白日不及处，冰桃万岁结子相骈联。异种人间叹罕有，能令得者脱换凡骨成飞仙。是谁播弄造化小儿技，隆冬老树回春妍。生机乍动地脉转，孤根傲兀阳和宣。万物诚有幸不幸，情知雨露恩犹偏。芳园夏熟本常品，齐杀三士吾悲焉。受气火离尽恣取，每岁举食先鸣蝉。尔岂别抱固穷节，要于萧序矜便娟。忆昨八月过齐鲁，已讶秋桃红烂然。南朝馈物有冬李，目所未睹存简编。迄乃同云僵布寒彻天，枯木如荠搀荒烟。江壅不流风折绵，胜六屑玉妆山川。玄冥应候使我惊且诧，闭藏颇怪天无权。艳阳一任彼秾竞，而独松柏齐其坚。试即物性验人性，虽同一类区宵渊。物犹如此挺孤特，呜呼人中安可无圣贤。何况累累弹贲实，枝头丹比朝霞鲜。岁星方朔倘入眼，将毋口角仍流涎？珍果非常自足贵，摘洗宜用珍珠泉。宗庙春樱重时享，近腊更合申寅庋。供荐冰盘美可啖，作赋曾让

鹑觚先。冻鸟不衔蛰虫避，未嫌冷笤吟诗肩。甘脆真如咽琼液，腻腹正须消膏
膻。清沁心脾纵轻举，挥手笑谢区中缘。

巫觋行 并序

四明山古祠相传神为王额，明末黄太冲先生宗羲始以王鄞事告之耆旧正其
祝板。偶感楚俗，作巫觋行。

巫觋卖鬼人不疑，鬼藏山前留古祠。王鄞驱山受秦命，百灵劳役来藏兹。
祝板讹传署王额，赫然塑像尊神祇。龛灯油尽时或灭，饥魑暗出衔其髭。二千
年来袭谬妄，孰为正者黄宗羲。越人机胜楚人鬼，土木兼及赪与龚。无功于民
肯滥享，魑嘲魅笑相瞠盻。夏畦马医俨俎豆，德不称位宁曰宜。国家将亡盛妖
孽，古风丧失成今斯。貌男为女更屈辱，瞽俗争奉陈十姨。声外绘声影外影，
河伯娶妇夫谁欺。谓神贪饕在馎啜，以是降神神福之。蛇虺险宅狐鼠窟，呜呼
鬼也恒调饥。击鼓老巫拜且舞，纸钱窸窣飘灵旗。贿神赂神神果眷，神之流品
盖已卑。淫祀历朝例有禁，廓清韬祭砭浇漓。暴巫备旱乃快事，藏孙刺刺胡勿
思。获罪于天无所祷，奥灶之说宣尼嗤。何如堂前洁孝养，二亲最神人当知。

春游曲

春水拖蓝萦篆文，春山蓄黛堆斜曛。陌上琼蕤绽芳草，游人驰逐金腰袅。
长堤短堤篜垂杨，刺桐吐秀莺弄吭。高楼临道谁家子，幽情无限弹空桑。弹空
桑，泪如注，夫婿迢递不知处，青烟弥望离离树。

春愁曲

七柱么弦不成弄，玉钗半殚金蝉重。旧时绮带留腰间，蕊乱花零绣雌凤。
青琐蔷薇浣露湿，帘波微动燕双入。涎涎作态故轻盈，私语呢喃为谁述？柳丝
绊烟织春愁，乍舒青眼窥妆楼。如比缠绵坐愁绝，独抱梨花咽香雪。

送别梁辟园孝廉赴庐山

桃花红落江水生，扁舟挂席君当行。问君归期一屈指，返棹当俟秋虫鸣。
东下避暑山无数，匡庐近接溢浦渡。浔阳九派风色佳，是我乌篷旧游路。东林
精舍高士空，雁门老衲今难逢。君可不向虎溪过，但寻陶公醉石卧。

乡村晓发

蔚鸡初啼烛见跋，破梦呼僮起膏辖。束装出门山雨来，村东村西泥滑滑。
晓色欲分犹未分，车行满地黎花云。

捕雀词

年丰黄雀肥，年凶黄雀瘦。比岁旱禒青草枯，脂未披绵羽毛皱。风吹寒芦零雨骤，俯啄泥沙怒欲斗。山无宿麦田无禾，有群者雀何其多。豪家挟弓弹，猎户张罻罗，雀兮雀兮将奈何？喷喷哝哝声断续，似言屠骨不盈掬，请俟丰年长肥肉。

郑亿翁画《兰》

亿翁画兰不着地，耻中寻常造物意。赵宋抔土今莫存，何如留得一片养兰根，一花一叶皆托遗民魂。空谷无人思君子，急掩离骚读心史。

赵松雪画《马》

道人画马见马不见画，笔痕脱画留精神。论者谓出韩干上，即看骏逸无等伦。王良造父俱已死，皮相谁能识其真。天骨权奇耳批竹，未离羁挚徒逡巡。黑锊之衔黄金勒，虽有雄气胡由振。安得腾骧谢缪绁，四蹄特特奔绝尘。我闻天上埋没石麒麟，何况世间骁骠骢骝骊。吁嗟龙种今尚尔，不如貌作辽东豕，而我兼惜赵承旨。

任亨泰《古松画障》

虚堂蓬勃郁云雾，耳边依稀雷雨附。出门仍觉天晴和，探讨往往昧其故。忽然静坐得神悟，审是任公墨妙精灵护。毕宏久逝韦偃死，泰也好松颇专务。霜柯拔地思参天，节角觖鳞莽回互。俊鹊怯梢危，病猿怵枝仆。不知孤根碨磊来何从，窃疑移自峨嵋顶上之高峰。鳞鬣森然阅年代，连蜷斑驳残藓对。至今画非画兮松非松，彷佛雪色壁间蟠苍龙。

程孟阳《关山冻雪图》

寒光满眼离合中，画家能事天何功。珠粉细点冷气逼，绢素直与真景同。秘府昔藏右丞作，亦写飞雪埋层峰。名迹试检宣和谱，此图未让前贤工。万里缩收八尺练，骤纲栈道衾窀窿。其人与物尽白色，瀊瀊玉戏翔朔风。上有浮屠插天半，垒以巨石环为宫。七贤关过毋乃是，韵事传说开元冬。冻冱群山莽辽索，岩壑无自窥深业。树介木稼望若齐，况兼绝顶重云封。缟袂蹁跹者谁子，各披鹤氅骑花骢。鹊落兔起出复没，霓旌绛节翩相从。揽辔据鞍累悬缒，危如丸控千钧弓，仆痡马喑可概见，险极人马皆盘空。马口顺衔马尾上，人面迫与人胫逢。旋磨绳绳负垤蚁，饮井蜿蜿垂檐虹。山外多山意先惬，画中有画神已通。破帽疲驴我且办，径须策蹇追山翁，雪尽待看山花红。

仇实父《山水画帧》

吐云还让云，云起山便伏。洸洸疑送潺湲声，一条素练云端瀑。逆折下注成曲溪，画禅皱皴归尺幅，泼墨游戏包万有，巨灵之掌造化手。似闻浮邱仙客向我言，谓我三百年前此间来往为侪偶。芒鞋布袜愿更追仙踪，又恐隔断千朵万朵芙蓉峰。灵矿绿净不可唾，青松架壑攒晴空。不啻匡庐武夷天台雁荡诸胜境，兜罗绵里乍离乍合悬长虹。奔泉流云，崭岩峭壁。高人抱琴，苍茫独立。采幽控寂寻名山，似汝一生当着几纳屐。呜呼浮生溷浊尘垠侵，局促旦暮成古今。何如升高望远遗世屏万虑，就中水石草木鱼鸟一一皆琴心。透天之窍可以召阳而呼阴，披图彷佛无弦有韵闻鸣钦。

王烟客《山水卷》

太常作画想盘礴，山削青霞满寥廓。峭岩危石悬飞泉，白云渤溢生其巅。中有幽人结精舍，迥不可攀阻俗驾。想当纵笔多逸情，横胸丘壑相峥嵘。米南宫米芾董北苑董源，意境直追前贤工，尽写余绡入平远。

金冬心《洗马图》

水光沉碧树阴下，十亩寒塘夺平野。奴子没骭浪生涡，赤手控洗流苏马。我闻西极蒲捎世盖寡，不然亦是难驯者。壮士色舞夸胡旋，但毋狎虎张空拳。

蓝田叔画《风牡丹》

牡丹易画难画风，何况噫气吹万皆不同。自来濠梁崔白擅能事，风耶花耶点缀俱玲珑。蓝瑛后起亦不恶，幻绝妙手原空空。恍闻籦簌轻飔透纸背，有声之画画更工。风格风韵风影一一备，更饶风情无限含芳丛，曾过欧九洛阳旧游地，檀心倒晕天然金粉开晴烘。尺绢缩大块，幽籁若为通。春光离合时人见此梦相似，画史狡狯天无功。听说夜来北风大萧飒，西家屋上卷去茅三重。牡丹牡丹，须防飘褐落溷随飞蓬。

题郑板桥《墨竹》

板桥道人清拔俗，自是胸中有成竹。间写琅玕三五枝，密叶修茎翠可掬。侧闻才士名一艺，得心应手无过熟。影横素壁交扶疏，绝似薰风坐淇澳。萧协律，文湖州。唐宋去已远，诸家真迹知难求。道人之画何所本，用笔疑近柯丹丘。吾欲取来试评品，古今擅场谁最优？

题庄竹坡将军画《马》

将军画马凡马空，骁胜驯伏无一同。或卧或立或跳趭，或俯秫草仰嘶风。曾向天闲貌取得，纵横变化窥神工。运思入微手能达，秃笔醉扫何豪雄。当日骅骝让独步，壮心不已托骄骢。有时权奇生腕底，有时突兀罗胸中。胸中本自无凡马，纸上故尔轩长虹。将军勤劳汗马致，沙场百战与有功。画马深知马情性，将军与马精神通。蛮烟洗尽桃花红，天驷上应王良宫。偶拂东绢按图索，墨痕黯淡晶光融。伯时画马入马腹，将军疑幻高缠鬃。世间驽骀固恒有，慎毋忽视西宛龙。

织锦词

金梭簇簌机声乱，三日五匹手自断。蜘蛛傍檐学缉丝，月移花影夜将半。欲织回文远将寄，倒凤颠鸾新样异。大小茱萸无人看，孔雀蒲桃尽捐弃。为语吴蚕慎作茧，知否旧式难充选。

《带剑牧牛图》

千金买宝剑，百金买健犊。学剑倘不成，饭牛亦自足。颇拟入浙事猿公，且向溪头驾觳觫。乌犍驱向杨柳烟，有时试携双龙泉。君不见牛背舞剑牛不损，世路那如牛背稳。

宝刀歌为李参将味源作

朔方健儿身手猛，怒眦欲裂膊先耸。鞘里抽出霜天虹，闪灿寒芒射毛孔。为言传来自西国，当时海禁犹未撤。一刀价重双南金，三百年来贱似铁。此物宝贵不在此，气冲斗牛光欲死。杀人尚渍人血腥，作作锋焰腾空紫。明河倒影为不高，瘦蛟兀傲翻秋涛。魑魅魆虤魍魉惧，挽住刀柄怕飞去。

古剑歌

古剑出鞘何凛然，髑髅惊起啼秋烟。或疑欧冶旧所作，泥土湮没久寥落。问说黄昏光刺人，血痕斑驳寒芒新。离合照眼无定色，夜半龙吟遏不得。

野狐行

孟门不险太行平，鸱鸮不恶虎狼仁。君不见绥绥野狐翳木叶，煽妖作祟凭城穴。麟徂凤伏天步移，赢介毛鳞尽罹厄。又不见老狐九尾魊九头，海东有国名青丘。野狐部领听驱使，非其族类引为俦。噫嘻训狐夜出称怪鸟，啄屋行怪害犹小。

题九龙山寺 并序

偶返南村故居，里中二三子招游九龙山。予不到兹山七年矣，是晚宿山寺，感家园之变有作。

一山深入万山里，一峰高并四峰起。我曾与山作比邻，相识非自今日始。山昔作宾我作主，我恐再来山不许。山今作主我作宾，笑尔伈伈行路人。世事侵寻几回变，云堂香火鬐拂面。芘刍身曳三条衣，枯槁不似当年见。劫灰夜话禅灯青，殿角丁东风语铃。客魂三更欠安稳，欲眠畏梦还畏醒。故人故山两情结，预愁明朝便离别。松间白云无住心，何当送我向城阙。

春夜曲

春夜花魂荡蟾魄，月光入帘帘不隔。梨云堕地仙露寒，碧桃无言情脈脈。秋月愁人日望春，春月还照倚楼人。翠袖啼红掩双箸，忆是秋闺拜月处。

汉皋曲

春光编绿杨柳陌，游女如云炫娇额。流苏宝马驰香车，绣帷半掩情脈脈。江汉平堤遥复遥，双轮随转旋风飙。美人神珠各成对，不遇交甫不解佩。

西湖清涟寺饭鱼行

清涟古刹清于冰，游人饭鱼不饭僧。大鱼小鱼仰哺出，阶前十丈方池澄。旧传县超说法水始至，当时泉以玉帘称。我今问鱼鱼欲应，脱粟半斛鱼能胜。佛土慈悲得所托，已免筌罟笭箵罾。大鱼拨剌张巨口，小鱼煦沫随其后。看来那辨庚与辛，策策堂堂记谁某。游鳞腹果俱翛然，此乐江湖未曾有。而我知鱼乐，不知鱼知否？嗷嗷喋喋翻空行，不闻水声闻鱼声。香饵虽香难全生，何如余粒咀浅羹。君不见琴高赤鲤去无迹，昨夜枯鱼过河泣。又不见谪仙长鲸饥无粮，王室尚有赪尾鲂。

金山妙高台放歌

噫吁嘻！海门扼海胡为开，崒然水涌山出真奇哉！当初神禹疏凿辟天堑，疑是左股分蓬莱。寺僧导客快登瞩，前行曳杖耆与龆。檐葡香清散花雨，庄语安步辞嘲诙。而我自恃腰脚健，正须磨炼劳筋骸。邂逅古隐者，形如老鹤头毵毵。左睇焦山崞嶙撑穷隈，右闻大江澎湃鱼龙豗。水银布地浩如泻，霜蓬烟棹分往回。明月夜濯琉璃魄，晴岚朝养芙蓉胎。势控三吴矗双塔，层尖半隐云相偎。石簰巧峭，浮玉崔嵬，灵草自滋，恶木不栽。金焦两点宛对立，直等飘萍贴岸黏青苔。仿佛天造地设故有此，千秋万岁骚人韵士供徘徊。密迩蕲王血战处，乐极吊古潜生哀。先圣至德重胞与，普视天下如婴孩。世界无事物自扰，祸由人造能成灾。怆兴亡之递嬗，信运数之难推。腰横掣电嘘虹之宝剑，手挹罄川倒海之深杯。风声猎猎涛灌灌，妙高台当通天台。微雨适初过，石级清尘埃；有表在怀袖，焚罢扬其灰。拈玉笛，吹落梅，我时凭眺胸次包九垓。忽觉周正汉腊只旦暮，奇愁蓦向苍烟白水之间来。愁来那可断，触目处处皆愁媒。在昔羊公岘山料亦同此感，矧乃节物摇落而摧颓。士无贵贱一丘貉，虚荣不值吾曹哈。东坡玉带留遗寺中尚能久，曾见龙眠画像其人美且鬒。前我游者知几许，苏米未获同樽罍。<small>金山寺有东坡玉带。苏集有妙高台记，山上有米芾海岳楼。</small>后我游者又几许，英雄竖子徒悬猜。前后背驰望见，痴欲鞭鸾笞凤相追陪。呜呼一身万毛孔，熟令一毛一孔一情荄。碧霄乌兔去未息，何况双轮辐毂重交催。从古王雄霸雌置勿辨，尘梦谁醒墙根槐。名驱与利走，车马同尫隤。钟鼓讵足发深不，鲸鼍空吼雷门雷。景纯兵解于斯葬顽骨，至今浪打枯草坏。<small>郭璞墓</small>我闻安期生买药东海上，又闻旋张使者泛槎北斗魁。戏弄如意睨物表，逆知是间过客多仙才。麝煤鹅绢莫便遽驱染，丹青憾无濠省梁崔。遂教扶桑大茧织绡三丈不敢裁。铁瓮城头隐约见灯火，须臾中峰月上烂银万顷青鬟堆。

松江舟夜

江空月明寂寥中，鲈鱼跳尾拨剌红。绛河云卷净无迹，睒睒列宿西复东。微闻甫里正密迩，把钓径须招龟蒙。岷山导江至此近连具区三万六千顷，水程上与洞庭鄱阳通。我欲一口吸尽荡胸臆，又恐方寸勃郁生蛟龙。孰能并刀快剪取，直夺神禹疏凿之全功。樯敧柁侧忽作望洋叹，波澜浩瀚隐隐浮苍穹。脯腩潮鸡啼，寒光一片磨青铜。此时诗境良不恶，掇拾上纸惭难工。未知客身在何处，但见天宇复绝，三吴蔑尔浑朦朦。烟苍雾淡曙霄阔，鹓鹭对语芦花风。

喜 雪

闲阶籁籁风扫叶，天作寒威试初雪。颓鸟隐曜羲辔停，冻雀声暗鸟非绝。久晴见此有余快，罢肢欠伸起自折。几日高卧不出门，意境廓然六尘灭。心欲清时口可咽，指当捻处肘先掣。短檐雪重堆兜绵，深院飙回乱碎缬。破寂惊喜涪翁至，急取煮茶助谈屑。奇花带润沁脾甘，细蕊飘空过眼瞥。灯前共赏读君句，欧苏禁体更申说。夜阑客去诗始成，瑟缩布衾冷如铁。

喻庶三方伯挽诗

老鸦引群啼上屋，阴霾作暝俯丛木。忽传凶问江右来，使我感伤向天哭，两家昔近湘赣边，云山百里青攒连。小乱大乱一时起，我离乡井公归田。日居月诸不相待，嗟嗟嗟嗟几人在。精光浩气徒典型，溘焉终古公冥冥。

《碧湖诗社图》

碧湖隐见青山曲，湖上青山浸寒玉。嘉宴堂空雨卉红，会春园废烟莎绿。旧业销沉马霸图，雕梁无复燕将雏。檐前铁索摇铃铎，井上银床冷辘轳。临江带郭留名胜，输与僧伽领清净。严卫曾屯曳落河，故宫早换招提境。芟抱兰襟别有群，同光硕彦盛如云。团茅破屋从僧借，只树香林共佛分。流杯祓禊春波弥，诗社新开刘蜕里。庐阜风流企远公，石门禅悦添齐己。谓寄禅、海印两上人。雪蕉池馆韵幽篁，小屋如舟一壑藏。何处湘灵鼓瑶瑟，有时渔父唱沧浪。两间文藻借摹绘，席草簪蒿人几辈。偶结寒山坛坫盟，闲趋洛水敦般会。选韵拈题各斗妍，自兹裙屐日翩然。不教酒拒陶元亮，剩欲金淘贾阆仙。辛亥以后海印主持风雅尤力。谒来屡印苍苔迹，古木疏峦犹似昔。摘艳争搞屈宋词，写图合倩荆关笔。怀古伤今思不穷，盘肠骚鬼左徒同。他年耆宿凋零尽，更与何人补楚风。

《潜园感旧图》歌 并序

潜园者，昆明何廉访少仙畴昔觞客地也。十年来过从最数诸君子先后太半下世，顷岁主人亦归道山，同人绘感旧图册，慨念存没，怃然作歌。

昆明耆宿文章伯，居卜潇湘三亩宅。芳宴年时作主人，座中每召刘宾客。折简招呼月几回，接肩促膝乐追陪。擘笺古韵霏琼屑，敷衽光风泛玉杯。玉杯琼屑交谈麈，佳日萧闲相尔汝。黄叶秋篝蟋蟀灯，绿䕷春听鹁鸪雨。听雨篝灯结近游，乌移蟾换阅春秋。亡何思旧空成赋，勾起山阳笛裛愁。重来搽藻行觞地，门帖凄凉能省记。东阁犹存水部诗，西州只下羊昙泪。云散风流宿草多，黄公垆畔怯经过。十年踪迹宁堪数，几辈头颅已尽皤。抚图往事难觊述，相对怏怏如有失。我亦潜园画里人，尊前华发参差出。

诗意一首贻清遹太史

诗意如马脱搏控，已逝难追悔少纵。又如灵草蓊自萌，寸田无土问谁种？耳感目触纷吾前，万端起灭迭相贡。冲鲸翻海八溟立，唳鹤叫秋九皋矼。从来喧寂随心生，一闲入手静驱动。偶然兴与情景会，妙悟胸中蓊腾渰。炼锤炉冶砂成丹，纂组丝纶摄变缫。元化满怀皆天机，鱼跃鸢飞惬吟弄。山花自春人境移，宁恃枯槎险凿空。逋翁踔厉吮笔初，月胁天心俨穿洞。造句刚健含婀娜，谋篇参伍兼错综。深纯尔雅蹑汉魏，雄浑清妍备唐宋。精光吐纳万象涵，疑可八九吞云梦。缇袭歌什恒满囊，家承赐书尚充栋。比年唱酬过元白，串成珠琲落纸重。湘山野客尘踪疏，古木风瓢喜君共。每于俚裁百篇出，目击道存评切中。一心庸肯杂鸿鹄，片羽信能辨鸡凤。蚓窍自鸣我则惭，钵肾镂肝不殊众。而况人事多乖违，壮逢烟厄轸余恫。强亲骚雅偎冰壶，径踞糟床发墨瓮。得失暗阶虞芮争，是非私造邹鲁哄。身畏囚拘厌局足，六合遨游神为鞚。南阳抱膝知有人，志与伊吕相伯仲。颇欲暂焚君苗砚，更俟河清作歌颂。

甲子四十生日述哀

哀哀男儿堕地百忧入，有身无母年四十。母今弃我十四年，兹逢生日心怆然。我生之初璋载弄，乳以止饥褓防冻。啼声乍试头峥嵘，三昧火高惊母梦。儿时先姚何太君尝梦头上有火三列。年年寒暑疾病痛，我母劬劳与父共。父兮为儿守家巷，本生先考焕琼公光绪庚子举明经，将以教职就选，为儿女牵率不果出山。母兮为儿辍机缕。予幼患剧病，本生妣姚太君心力交瘁。兄弟三人伯氏殇，伯兄周晬殇。同怀小弱嗟予仲仲兄雨人长予五岁。一姊两妹掌珠重，姊长于予四岁，四妹问秋少予三岁，五妹静贞少予十岁。室无掉磬不相哄。父授诗礼母督之，督存折蒌不儿笞。髫龄膝下侍朝夕，画荻还趁趋庭时。父兮母兮生我迟，宗祧许承季父支。予生时嗣考先府君暨嗣妣邱太继君已殁，惟嗣妣王太君在堂。耳提面命儿心知，天亲安敢心差池。顺亲得亲亲颜喜，自少而壮亲老矣。人生陟岵与陟屺，天地悠悠恸何已。灵椿见背逾十秋，乡园经乱且三徙。女须早亡岁难纪，孝仪又折枝连理。姊先兄亡惟两妹在。幸先朱云鲁郡归，未遑李固汉中起。堂前白发俱不存，人间白日犹晨昏。昊天冈极孤此恩，刻木展拜徒声吞。呜呼中谷有蓷我无母，属毛离里恩终负。

天津孝子行 并序

甲子夏五邸报载：天津大水，南运河有孝子抱母枢顺流而下，遇援获免，因纪以诗，惜不得孝子姓名也。尝读《南史·袁昂传》，昂为豫章内史，丁所生母忧，去职以丧还，江路风潮暴骇，昂乃缚衣着枢，誓同沉溺，及风止，余船皆没，惟昂船获全。咸谓精诚所致，今观此事信然。

咄哉津沽水势何汹汹，压地横卷波涛风。荡析民居不可以数计，欲毁天地还洪蒙。谁家母丧未葬投蛟龙，水骤扑棺棺浮空。孤儿在棺外，阿母在棺中，儿手抱棺手力穷。浪花吞吐相激冲，泅没几堕冯夷宫。撖旋捎溃况未习，徒以纯孝回天聪。不然渤海万派来朝宗，那得幸比瞿塘水退为庚公。儿兮儿兮尔其轩簸无时终。儿罹九死心胆碎，棺若脱手宁可悔。旋落旋回同凫鹥，儿身怗然附棺背。如斧锲木玉连佩，万苦千辛儿不避。矫管巨鳄张口馋欲吞，长鲸磨牙怒相对。人鬼凄惶间，苍凶为之退。此时儿决殉母心，此际儿枯吁天泪。呜呼危如桃梗东西随漂流，阳侯失色天吴愁。母棺复沉兮仍拍浮，棺得安稳儿反忧。我知痛定思痛非无由，有儿如此家之休。君不见廉范船破抱持父枢与俱尽，此儿不死犹天幸。

故宫叹

穷门之酷那忍道，故宫宝物净如扫。卫尉被逐周庐空，大内铜仙泣秋草。盗赃分载千骆驼，十庙重器亡已多。禁闱行劫无人诃，民间庸有安乐窝。呜呼皇天方荐瘥，荐瘥将奈皇天何？

孙师郑诠部六十自京贻书索诗

骚坛跌岩孙长孺，苦恋蓟门不归去。红豆家声海内推，君高祖子潇吉士有双红豆图卷，乾隆诸老题咏数十家。青毡世胄江南着。图画闻传外史贤，慕吴私署后湖田。君慕邑前辈吴竹楼太史之为人，自署后湖田外史。已过坡老留襄岁，恰届温公在洛年。冰衔世重金闺彦，菲枕遗经耽笔砚。绩学高承浙水宗，君为俞曲园黄元同两先生高弟。选诗近作虞山殿。虞山钱蒙叟有《列朝诗集》之诗史刻，君尝辑《道咸同光四朝诗史》。大隐京华隔市尘，南衙玉佩旧词臣。写书脱手三千管，揽揆平头六十人。眉间黄气萦青镜，体貌加丰神愈劲。寿骨嶙峋称硕髦，道心潇洒全真性。湖海编摩擅胜场，居邻蒲褐故山房。君京寓宣武兰泉司寇蒲褐山房坊南，与王故址相去不数武。苑裘送老姝姝暖，鸿业思传矻矻忙。点勘萧楼勤自课，香猊温茗珠生唾。题籖卷帙束牛腰，炳烛光阴争蚁磨。清词闲付雪儿歌，红袖乌丝鬓未皤。长庆才人能作健，贞元朝士已无多。麦秀黍离时代易，柯亭刘井俱非昔。季少曾辞博士征，康成应谢将军辟。日下云间两得知，弧辰深憾造门迟。秋风定有莼鲈思，想见藤床小梦时。君自寿诗有"故乡久别梦中还"之句。

得黎薇生太史山中诗翰

九月秋高天有霜，瓮中酒熟篱菊黄。私将黎侯比陶令，而我却愧刘柴桑。黎侯丰神清如玉，壮岁悬车志蔼轴。一丘一壑耽沉冥，时展床头经卷读。乱来偶作长沙游，招我纵饮城南楼。雨鹃烟蝉换时序，室迩人远增离忧。国变慵夫称遗老，萝月松风写怀抱。已输仕隐同倔图，何曾寒瘦类郊岛。新诗贻我非徒然，寸缣亦足名山传。会须相从事耕稼，分糈东皋三顷田。

鬻书行 并序

予藏书逾十六万卷，一日旅食艰窘，内人李行芳劝少鬻之，持不可，仰屋闷损，拉杂成长歌。

我不学乞食渊明翁，又不学乞米颜鲁公，兀拥书城忍饥坐，谁令闭门觅句疲雕虫。空说搜肠五千字，山妻笑我穷无裤。为言子云好奇成草元，后来徒作逐贫赋。去年金钗典尽拼收储，内人当典钗助予购书。今年逋欠累累还买书。悍然殉所好，性命徒区区。饥不可为食，寒不可为襦。焉用牙签充栋，死守同守株。自惜牛弘述五厄，绛云天一今何如？我闻其言重叹息，心虽踌躇情转急。忽逢洛阳人，辇金请相易。郇侯架富神难离，仓圣台荒鬼亦泣。仿如白氏杨枝将去车在门，又如苏子河梁临别饯当席。伥如鬽恋相，枯如禅面壁。杜陵多事问东家，欲断不断捻书籍。呜呼！男儿磨蝎生不辰，惭愧七尺祖龙坑外身。秦火为炊计太左，古来马卿翁子非长贫。偶忆温公言，志岂在青紫。贾竖宝货贝，儒家惟有此。独不闻谢侨绝粮犹诫子，班史质钱充食宁饿死。

大水行 岁在丙寅

江水入城城作江，城西城北哗千艭。馋蛟鼓水溢蛟背，半徙人家在江内。蜗庐未及先绸缪，氾滥骇与江水会。俄惊灭顶移楼居，水欲欺庐庐凭虚。我生胡为淹此室，夜梦身从蛟吻出。院垣三版看看无，凛凛寒栗砭肌肤。比邻哭声杂翁妪，响近逆知圮墙处。使气如海吞百川，力摄惊魂不教惧。胸中颇切三农忧，烧烛雨窗望天曙。天吴得势冯夷骄，万感增我心怛切。阳消阴惨幽怪作，阘阓何自通呼号。呜呼馋蛟为害嗟已烈，当道豺狼犹未灭。连年灾祲无安鸿，多少饥民眼流血。

杜翘生先生七十初度于天隐庐举觞称祝

曩客京华识公早，相见亡何公且老。辈行肯折心迹亲，使我膺拳益倾倒。公之生平人所知，知心我幸公同时。繄昔绮岁青云客，鹏背风培抟健翮。殿前牙篦点读初，姓名拆视呼传胪。殿试公以第四人及第。榜墨声华满人耳，杏园宴罢留上都。翰林文字薄供奉，祖制储才由侍从。封疆将相称咸同，楚材后劲得公共。轺轩两度持文衡，万里闽海黔山行。事君以人自先训，玉尺皎夺冰壶清。广惢甄微见精允，经桅史榷皆平准。韩门籍湜欧二苏，门下知名玉森笋。论道有作经邦先，拔茅盘渐升同贤。况公读书倍袁豹，当年坐破床头毡。臣心如水信孤狷，海宇斯时尚清晏。淡泊志与功名疏，岂冀微躬际天眷。词曹改秩跻南台，峨峨风宪霜棱开。椒辛梨脆得相济，纵有鹰准宜无猜。台记题名论风节，彭钱而后烧车绝。惟公谔谔真不群，江赵继声面如铁。俄分虎竹岷江游，晚近几见文翁俦。埋羹悬鱼缓宾赋，使君来暮舆人讴。公名书列御屏上，专圻待作西南障。几时白日愁渊沦，先忧有志空惆怅。巴烟燹雾霾狼烽，非特兵气缠衡嵩。北臾审几识倚伏，口为难言心愈恫。成旅中兴不可作，目断舻棱理行橐。绥定老守从北归，复复去声未忘铭剑阁。那计归来锥亦无，腰腿健谢苍头扶。有时杂作涠庸保，俨然识字耕田夫。杜陵长镵言托命，白米黄蔗得毋馨。避客未办楼三层，没人将芜菁一径。借书取适娱形神，英华徐发胸中春。士安风痹不辍卷，掩关遑复忧长贫。因病得闲遂高卧，汐社年时辄入座。残膏剩馥容我沾，陋巷潜庐喜公过。只今七十心无机，康沽人疑大布衣。海内遗民日蕉萃，乱久但愿兵革稀。忆昨仲秋揆初度，谢俗鞠跽完吾素。表圣三休公所同，夜望北辰向谁诉。胎息气母神不凋，沉冥万事皆鸿毛。芝惠芸苗日应长，鷇处鹑援助颐养。寿公以酒兼以诗，诗惭正则秋兰词。酒是义熙黄花脂，公其掀髯引一卮。

汤味梅观察属题《咽雪轩诗集》

咽雪先生有诗癖，吟卷多如束笋积。六十年间三万篇，放翁失色空前贤。巨集觥觥飨我读，尽饶风调追白陆。大音钟镛吼蒲牢，细音琵琶鸣檀槽。音响

洪纤各能妙，心籁吐纳天地窍。江山长供坐卧游，尽与吾人助撼啸。先生学成
宦亦成，诗名早同官声清。久辞桂岭客湘水，些兰颂橘颐其情。即此觞咏堪娱
老，选楼况喜搜古藻。君有《近代名家古体诗钞》行世。达夫毕竟藉诗传，宦味何如
作诗好。

哭徐四实宾

与君结交三十年，芥珀相投君最贤。与君阔别四千里，噩音忽至君不起。
津门旅殡无完衾，道远悲生怆何已。乃公廉吏清如冰，君亦淡泊同野僧。故籍
涪翁共双井，饥驱南北谋斗升。板舆奉母孝养洁，关山难越摧行媵。吾侪契合
谅非偶，富贵浮云不挂口。况君倜傥工摛词，抽秘骋妍妙倾吐。作文力追东汉
前，哦诗耻落盛唐后。隽才世重三语椽，岂特翩翩书记手。晨岁就辟闽瓯游，
未几又舣淮南舟。更从中州向京阙，还自楚尾趋吴头。前度汉皋两为客，莫往
莫来思悠悠。皂囊有帖非干禄，捧檄年年困饘粥。春秋逾艾胡便衰，颇闻齿落
鬓先秃。遽辞萱闱抛妻孥，谁与仰事兼俯蓄。回忆湘滨分袂时，将离花放行觞
迟。于今寒暑瞬六易，我怀惟应鹎蜂知。丁字沽边念流寓，燕豫狼烽蠹云树。
欲造寝门一哭君，待乞君家磨镜具。

吴门感兴

苏州城郭无风沙，苏州女儿晴卖花。女儿腰肢似杨柳，将花比貌矜婥婥。
接蕊瀼瀼带残露，连枝叠叠堆明霞。名品猝难偻指数，别有黛黛酴醾茶。一丛
深色价不贱，小鬟插向双髻丫。记读白翁小乐府，秦中旧俗同豪奢。韶光虽韶
讵能久，何假秾艳相持夸。蔡经当年失轻薄，背痒妄欲麻姑爬。吾少已断冶游
习，日景况迫春暮斜。时过盛衰乃递演，境移苦乐恒交加。两眼不缘绚烂换，
只以平淡观繁华。金谷园空乐圃废，往劫庸问寻巢鸦。真娘但存虎阜冢，燕子
犹入金阊家。青楼垂杨互掩映，痴蜂醉蝶争要遮，自来亡国在声色，未堪遗事
谈夫差。歌台曲终越溪女，罳廊响歇吴宫娃。彼姝于今化黄土，草绿有谁停骝
骖。胥盘胜迹那容觅，井邑屡改思回车。言访梁鸿伯通庑，畴知地迩人则遐。
市头箫声非乞食，时物却爱饧胶牙。林屋可隐去未决，太湖水洞愁乘槎。香山
寂寞采香径，侧身江左潜咨嗟。

留园偶见

二月已过三月残，留园客至春景阑。美人隔廊来姗姗，碧纱窗映如花颜。
玉堂夫婿青云端，天长音断情不欢。人心比水更无定，池塘常自生波澜。蝴蝶
双飞就芳草，其一飞去仍飞还。以指代口诉衷曲，回身抱取银筝弹。弹罢帘前
问鹦鹉，何药能医别离苦？

虎 丘

阖闾瘗骨吴山幽，金精化虎犹存丘。玉雁金凫水银锢，三千古剑今难求。苍矿深牢不可凿，鱼肠终古殉铜樿。剑池谁划荒崖阴，半壁云根受霜锷。千人石在人则无，一代霸主空烟芜。姑苏台上走麋鹿，长洲苑里啼鼪鼯。讲搜训武付凭吊，辇路旗门蚀寒烧。顽石点头池莲开，何似生公说法妙。松顶白云翁欲归，水枯鹤涧凡禽飞。寺钟乍动梵声作，浮图一角明残晖。胜地阅人那知数，回头却望山塘路。当年别墅私王珣，此中疑有仙灵炉。我留狂啸攀樛萝，饮泉如醴颜不酡。清远道士解篇翰，待汝乘兴重来过。

阊门与送者别

离樽半醉辞吴阊，西虹桥畔多垂杨。几日城南得小住，却记城头乌栖处。此时怅与亲友违，暮雨潇潇人独归。

春日客途晓发

残星煜煜西复东，群犬吠应烟萝丛。山环篁密云木合，失足如陷重围中。眼前苆苆郁难辨，路逢转处知何从。我生忧危况多历，胆虚方虑险再蒙。向同盗解怜李涉，直以忠信明其衷。杀人越货事恒有，客途不碍衣囊空。晨飔飘忽众响作，突疑贼骑鸣雕弓。去此冈阜稍平衍，曲崦昀昀菖蒲茸。三旬黄梅雨未过，气候渐暖无寒风。今年节序比常早，造物似欲苏民穷。望杏敦耕待时至，枝头布谷催农功。野燎烧畲觉可厌，为曾数见烽火红。远村雾敛日初出，入田涧水流淙淙。有家得归归亦得，已矣七尺安蒿蓬。

夏江初涨

江上人家夜惊窜，十日江水两登岸。鱼鳖不嫌窟宅宽，势将奄有城郭半。古称卑湿惟长沙，何况临江尤低洼。近来洞庭减潴量，失浚仅能通浮槎。徙陆成湖湖还陆，垦陆为田利争逐。湖淤长使庐舍漂，围决几逢黍潴熟。且莫怨雨伤天和，天灾尚少人灾多。我怀此忧隐难写，止雨祈晴策最下。耳边似闻鹳仰鸣，雨丝忽断天送晴。

卷二十

七 古
（公元一九二八年戊辰至一九四八年戊子）

谢孝子歌 并序

孝子名德懋，浙江奉化人。早孤，母邬氏抚之成立，贷珠宝为业，事母以孝闻。兄弟四，孝子齿居长。其母尝曰："阿大孝予哉！"哉为越音语助恒言。乡里翕然称之，一如其母之所称者。鄞县高云麓太史传其事，属予作歌。

呜呼吾人庸行事亲始，天经地义应如此，孝子之孝何足齿。呜呼生非空桑谁无亲，几人真不惭彝伦。试别枭獍求凤麟，孝子之孝乃可珍。孝子谢姓德懋名，幼孤依母家四明，赖母鞠育方长成。濡笔略述孝子事，愿告浇俗归于淳。孝子服贾，自伤无父。嘻惟无父，母独劳苦。母性好施，孝子出资；母施不穷，孝子是供；孝子是供，母橐常丰。母性好怒，孝子孺慕；母怒不止，孝子长跪；孝子长跪，母心则喜。母言阿大孝予哉！孝子终身如婴孩。人厕天地称三才，予闻其事三徘徊。呜呼世有谢孝子，非徒能奉甘与旨，谁与传者高太史。

戏赠塾师陈松汀

身脂足垢不肯洗，古贤君如阴子春。自云弃物任污浊，废然于世犹陈人。胸中故有锦绣在，发为文章能雅驯。向来作家贵典则，每逢塾课言谆谆。儿曹弄翰赖勤授，谓愁火尽传之薪。我呼中男叩所得，颇知规蹈兼矩循。世已螯苴视经史，绝学一发悬千钧。勿疑腐儒竟无用，妄焚笔砚嫌头巾。

费莫烈妇诗 并序

烈妇费莫氏，字稚华，威勤侯琦公瑶女，其先为马佳氏，瓦尔喀人，后有迁者，遂别为费莫氏。少受诸经《论语》，能通大义，事亲以孝闻，年二十适阿拉善王次子苤都汪喜克。苤字少云，好游侠，喜驰骋，以颠踬伤臂及胸，越两月呕血死，烈妇仰药以殉，距夫死仅一日也，年俱二十有五。昔徐媛伤生，范史失载，刘子元以为讥，今费莫氏之烈，方之徐媛殆又过焉！因赋其事，以诏来者。

呜呼纲常绝，伦纪灭，人禽争几希，乃闻烈妇烈。举世浊如泥，烈妇之心皎如雪；举世柔如苇，烈妇之心刚似铁。彼烈妇者谁耶，费莫其氏字稚华；生长在侯门，及笄归王家。王侯阀阅重诗礼，烈妇作嫔得妇体。未嫁只有父子伦，事父惟知孝其亲。父哀尝寝疾，侍奉忘苦辛；已嫁更有夫妇伦，事夫犹能敬如宾。夫少好游侠，规谏每婉陈。妇言不可听，将毋遭夫嗔。跅弛那肯结交寡，五陵豪贵逐裘马。一朝驰康衢，颠踬马蹄下。奔车泛驾曾未防，空劳细君昔昔戒垂堂。里夫创，拊夫伤，六旬不解衣与裳。料夫无幸鸩先藏，仰药甘偕所天亡。家人疑仰药，喑愕急趋问。妇恐家人知，颜色乃愈定。俄而毒发流血迸，解鸩方多拒不进。阿舅闻仰药，惊忧上霜鬓；阿姑闻仰药，愁怀愁如疢。妇劝舅姑勿复哀，夫死我死心难回。同夫一年生，迟夫一日死，锦瑟之年才半耳。生有涯，死则已，养舅姑，仗娣姒，烈妇殉夫竟如此。呜呼伦纪纲常赖女子！

为蒲凡生贡士题其大父诗境图

城居湫隘涸一廛，容易那有看山缘。吟怀刺鲠郁难吐，自非仗境无由宣。蒲侯示我画数幅，突致丘壑罗眼前。秀色饱餐意良惬，不须更办双行缠。云是先德祖翁笔，纸上淳勃留云烟。翁少肮脏擅能事，三绝宁让荥阳虔。心会神怡领众妙，泼墨陶写胸中天。嘉道盛时士气静，偶涉游艺俱可传。何况阿翁本圣手，积苏累块穷毫巅。如见当时态磅礴，披卷犹想升平年。慨我念乱兴苦索，辍啸苦守书床毡。对此有句道不尽，坐卧持作求鱼筌。少文令孙得家法，绳武固知能象贤。倘复临池展东绢，着我驴背垂吟鞭。不尔松根托息壤，倚石但藉孤云眠。

凡生解绘事。

牵船夫行

大船小船江滩横，百夫浩呼牵不行。水浅滩干气力竭，连樯如荠闻咿嚘。蹴沙趴𬉼喘且汗，野云黏岸堤石倾。仄步蹒跚和邪许，伛偻而俯行难平。鸥地无边长菰荻，中有带梦凫鹥惊。后者莫前前者却，缓如土牛负重索。负重索，腰环环，明日再来江之湾，众船仍在芦苇间。牵夫肠饥船背损，回看客坐船头稳。

心畬王孙以予尝游麓山写图见赠

我昨独游麓山归，凉风飘飘吹我衣，船头一片秋云飞。残霞散绮日脚薄，明朝山灵更有约，此身惟宜置丘壑。谋隐未就情不禁，王孙写我林泉心，苍峦隔江江水深。

哀我生

蓼蓼者莪空复哀，悲凉廿载嗟瓶罍。每思往事一憯怛，迂儒怀抱胡由开。我生河海尚清晏，及壮坎壈丁百变。鱼龙曼衍无尽观，大抵古人所未见。古人未见我见之，今世何世时何时。悄向城隅架板屋，客过怪我旧巾服。告我时世轻章逢，欲答半吐回喉咙。裸国同裸那敢入，书蠹不仙只自蛰。黄昏闭门风穿棂，萧斋展卷灯荧荧。

愁霖行 岁在癸酉

野夫遭乱讫不死，亦知顽劣天所存。海荡岳摇二十载，至今六幕同冥昏。三精塞曜九阳匿，寰中何处寻晴暾。滂沱早兆月离毕，造化失据阴霾屯。由来晷征坐乖戾，近时人事焉足论。频岁水潦亘楚甸，河鱼逆上汹涛奔。矧当农夫播种后，雨脚不断连云根。杞人之忧讵为过，圆穹如盖疑可扪。顷刻迅雷凑掣电，倒泻猛取天瓢掀。陟然平地化泽国，泱漭惊望迷涯垠。松冈气稍压培塿，欲没未没成孤墩。井里垫溺百怪肆，鼋鼍龟鳖从以鲲。鸦噪鸠喧觅墟落，高树余半寒鸱蹲。编户业废供馈缺，颇悯渔弟怜樵昆。自古长沙叹卑湿，汨罗愁杀三闾魂。齐民要术究何补，难用櫌锄开乾坤。炊已无薪煮无米，几家邻曲停饔飧。溜如贯緪四注溢，青蛙上灶蛇当门。群稚未解虑灾祸，伯仲颠倒吹篪埙。莱妻遮谈闷少释，有肴一簋醪一樽。引满顿干鼻喷火，身披短褐犹嫌温。古瓦那禁窜苍鼠，缭垣蛎粉添新痕。儿女移书避屋漏，搀言杂坐忘卑尊。人声适参雨声乱，床头变恼呱呱孙。黑蛟躨跜破蛰起，陵蹷谷徙山为根。远迩居氓互相戒，䑳䑳向人馋欲吞。飞廉怒发助水势，迭伤鸡犬兼羔豚。老翁告变急诣我，执手与语情弥敦。伐蛟有文着月令，先机已昧宁非昏。昔年康阜念旸若，境过庸知天地恩。昨梦东南聚妖孽，伏尸亿万齐昆仑。吁嗟尔蛟患尚浅，扰害仅能横乡村。待谁斩蛟复射虎，寸胶立止黄河浑。祝融峰顶观日出，沧海还作朝阳盆。

题空也法师《楞严经讲义》

上人生长衡山麓，有道可亲诗可读。制论不减肇法师，始信方袍有平叔。楞严十卷迦文心，多闻演唱惟一音。不辞设难就讲席，竭来同住伊蒲林。狻猊昔入悫公口，宗说俱通未曾有。义海诸家无尽观，皆出长水分疏后。即今上人能会归，机灵语妙天花飞。自比模象太谦抑，直抉奥妙穷精微。展罢贝多散清磬，个中三昧期共证。各从苦海乘法航，此会因缘更殊胜。善慧曩遇天竺嵩，今我契合将毋同。大事一着待谁赴，衣钵犹在兜率宫。

大理石歌 并序

石产滇南大理府，山水、人物、花草、禽兽之属皆出天然，好事者取为玩具，惜不能当一器之用也。

石兮，石兮，尔既不能上升天汉去支织女机，肯任世俗轻取携；又不能俯绳就墨磨作砚，大助天下文士奇采光怪发陆离。胡为只似壶中九华无用处，寄人堂庑供玩视。不然尔性凝重尔质方，摩挲亦叹玉同良。我疑女娲补天非妙手，阴炭阳灰炼未久；又疑精禽冤魄来西山，东海难填懒尽衔。至今遗此块然一顽物，真宰诉天天应哭。

春日感怀

三月春气盛，庭前树木疏。梁燕已乳子，檐雀亦将雏。雀雏燕子徐学语，暮暮朝朝母衔黍。他日儿成诚苦辛，嘻儿无母胡有身。不因丝竹伤人意，感此刘殷怆下泪。

天隐居士歌

天隐居士未详姓与名，隐向无人行处行。民俗竞纷诡，独自存淳诚。瘦不如枯木禅师骨戍削，肥不如布袋和尚腹彭亨。长不如曹家交，短不如晏氏婴。盖头但觅茅一把，养体奚藉芝九茎。已落人间数十载，老余逸气排峥嵘。惯学维摩称疾隐丈室，只少文殊临问天女散花飘飞霙。南峰高僧稔知过去宿因相遇厚，谓明印长老。曩曾分啜地炉山芋羹。恍悟庄严迄贤劫，历劫无数仍合并。时或隐宝所，时或隐化城。陵薮及朝市，小大胡劳衡。随缘更任运，浮云万事鸿毛轻。寸地陈根取次拔，物累胥遣消勾萌。六尘缘影本来幻，辄与惑妄交回萦。即今一一使之隐，智海湛寂心源清。有眼隐于色，有耳隐于声；有鼻隐于离香臭，有舌隐于辞割烹；有身隐于众扰扰，有意隐于诸营营。且西窗隐读，南亩隐耕；茅屋隐雨，梧冈隐晴。一隐一切隐，遑羡隐侯徼虚荣；隐儒兼隐释，窃比刘灵桢。惟不隐自性，觌体常相呈。宝珠岂有价，摧魔同铁兵。廓尔无凡亦无望，姑置圣解休凡情。三千世界华藏纳，日月天子藏华精。那管地维胡然裂，天柱胡然倾；蓬莱几清浅，桑海几变更；乌轮几出没，蟾魄几亏盈。阎浮乱未息，修罗拥魔旌；万物等刍狗，呼嚚哀编氓；独居士隐处，吟吻张嘘嚶恒咿嘤。吐造化，含元英；孤往寄旷快，自适非不平。亮如吹铁笛，幽如调玉笙。是诗是偈信口成，已隐庸顾时俗惊。任人听作狮子吼，野干鸣。倦凭局脚榻，饥恃长腰粳，脱身谢鬼伯，挥手嗤仙卿。天之所隐隐乃在天外，洒然上超三十二帝京。真境何与色相涉，寂光炯炯纵复横。谁垢复谁净，谁灭还谁生，六识不入尔便得，四大无我畴能撄。隐矣尚恐如来天眼见，须弥庐顶熠耀萤火明。

闻吴梦兰纂《续诗人征略》成 并序

孙师郑太史书来云：江都吴梦兰用番禺张氏维屏《清朝诗人征略》例，纂《续诗人征略》，采及鄙制。杨子云悔其少作，予与吴无缟素之雅，因抵书太史介请删除，并赋此以塞汗愧。

沈王铁符坛坫虚，风骚近代谁权舆？仪征学士亦宿草，使我追昔心郁纡。太初继起操鲁削，轮扶九眼群英趋。江都吴子互骖靳，才人百辈胸中储。潜心祖构补群雅，比响连辞腾百舻。遍采簪缨逮韦布，犹恐残鲦遗王余。存诗存人备妙用，一一评骘无差殊。何乃无盐累刻画，馨香远嗅增感歔。公然韩非申子传，配入苦县漆园儒。劳将玉尺量线袜，敢帡坐享惭居诸。刘灵闭关难群久，旧雨今两伤羁孤。敦盘之会那得预，不胫而走理则无。少作胡由入萧选，路隔吴楚惊崎岖。多谢先生爱我厚，过宠岂必言非誉。展转便烦削鱼目，勿令终混隋侯珠。

文信国公遗琴歌 并序

琴腹有铭，其词曰："海沉沉，天寂寂。芭蕉雨，声何急。孤臣泪，不敢泣。"末署"咸淳十年宋瑞铭于赣州"。今藏浏阳文庙礼乐局。

赵宋天下如土崩，崖山破后文山尊。南渡砥柱自屹屹，一木焉能支乾坤。国有人兮九鼎重，枯桐四尺今犹存。峄阳栖凤枝，斫成抵瑶琨。蛇蚹龙纹黯古漆，十八字铭是公笔。生祥下瑞诚无双，取义成仁况第一。慷慨赴柴市，抱琴而死万事毕。轸白玉，徽黄金，缒以新弦流古音。想见孤臣当日弹鸣琴，十指不乱琴愔愔。流水高山讵可喻，隐与冥宰通精忱。叩商弦，凉云深，叩角弦，温风临。羽弦乍寒征弦热，宫弦传出孤臣心。同时又同调，文节闻之私沾襟。五弦迸裂剧风雨，切切凄凄惨无绪。感芭蕉，怆禾黍，海天沉寂怀故主。事去那忍说勤王，忠愤只应托琴语。状头更有留梦炎，衣冠扫地首如鼠。迎降稽首二百州，从容惟公知所处。炎午生祭时，齿发得几许？化为朱鸟魂谁招，恸哭可怜谢皋羽。或言玉带生，尝伴七客寮。此琴不并列，铁崖铁笛徒萧骚。蜀王响泉几曾响，中郎焦尾先已焦。神物幸赖鬼呵护，还堪拂拭安檀槽。六百年来精灵寄，不见古贤见古器。晋谱漫惜广陵散，楚歌早碎竹如意。南风穿云沦劫灰，诸陵冬青植何地。奚必雍门哀，潸然始下泪。我今盥手重摩挲，黉宫子弟畴人多，什袭将奈斯琴何？请君一弹文山义士赞，再弹文山正气歌。

陈杏骢祖母姚《松贞竹孝图》

松棨棨，竹娟娟，图中之人犹宛然。阿姥作嫔年十五，椎髻相夫持门户。舅性卞急姑尚存，阿姥事舅如事父。卅龄未届夫遽亡，截发自誓谁敢侮。上念夫有亲，白华为夫补；下念夫有子，黄口为夫抚。贞操不羡鹊填桥，孝应宜感乌衔鼓。噫吁嘻！阿老艰瘁莫言苦，孙能成名受厥祜。

凤珠曲 并序

刘女嘉，年及笄。一日薄暮，见惨绿官人美姿容，冠带入揖，自称范宝。诊述宿生事云："嘉本辽宁李氏女，小名凤珠，同隶汉军旗籍。龆龄时，父母许字宝。已而以范家中落，改字豪右。逮长，以亲迎期且迫，女不愿负范，又慑父命不敢违，遂投缳死。先是范宝随父孟舆远适京雒，与李旷不相闻。既冠掇巍科，膺脁仕，李固未之知也。比归，凤珠已玉瘗。宝伤之，得瘵疾卒。自是沉沦鬼域有年。今凤珠再为刘氏女，特相觅一见。"语次，情词酸楚，久之乃隐。嘉感宝语，历历悟前身，请更字凤苏。为赋《凤珠曲》。时丙子季夏月十有九日也。

无端娇女向爷啼，忽谓前生出陇西。亲舍故乡松杏远，儿家深巷薜萝低。猝闻此语殊难晓，俄又通词称范宝。女是当年李凤珠，从容请为尊翁道。李女盈盈掌上身，范郎楚楚可怜人。百年鹣鲽良缘凤，双牒鸳鸯锦字新。锦字珠联明绛烛，高堂乍许情先属。但循六礼问芳名，未唱小娘相见曲。相见无因夹彀逢，青鸾密意不曾通。韶龄芸阁过三五，客路蓬山隔万重。妇翁那识金闺彦，私詈书淫贫且贱。毁约还凭鸩鸟媒，相攸别选鹓雏掾。秦楼阿凤暗歔欷，泪眼回肠郁不舒。鞭影龙文千里外，灯光鸡卜五更余。龙文鸡卜音尘绝，草绾红心方百结。人说苏秦弃里闾，谁知范冉参朝列。小范翩翩贡玉堂，珥貂徐晋侍中郎。却输妙手调鹦鹉，不复穷愁典鹔鹴。儿郎显贵空消息，名士骞修多似鲫。东床改字信言违，北里纳征亲迎急。阿凤终悭父命严，自思于礼岂无嫌。慵揩秋水临妆镜，怕惹春风揭绣帘。绣帘妆镜牵愁绪，愿化保虫从缲女。四尺冰绫皎练悬，一轮月魄轻飔举。飔轻练皎惜温存，费尽香丸唤返魂。杨柳旧垂行路陌，棠梨新掩殡宫门。殡宫掩值郎归候，衣锦言旋议婚媾。贞质宁疑殉白莲，香词犹拟传红豆。蕙果兰因剧可怜，未成伉俪更缠绵。远还韩重来何暮，紫玉经时已化烟。沈腰消损恹恹病，玉树长埋同毕命。痴冀仙风合影形，惨教鬼箓添名姓。才鬼顽仙故有情，依然再世觅前盟。尘缘可待韦皋绩，须认留环是隔生！

早春曲

玉人身弱秋千转，柳眉欲舒草痕浅。蛾翠韶光晴复佳，茸面游丝倩谁剪。社公雨过芹泥香，蒲芽簕笋三寸长。娇鸟抱枝睡方醒，芳树明灭金鸦影，倦来枕书得馨逸，门外绿苔少綦迹。几回镜听不分明，起凭雕栏远天碧。

清 湘

清湘之山灵气多，清湘之水生微波。我家傍山复傍水，接冈连阜环坡陀。早起绿阴罨行路，矶头溪友争晓渡。浮生劳劳谁解闲，肯共松宾结心素。飞鸟矫翼风帆轻，长天旷望添离情。常恐形容日枯槁，遭时何必同屈平。故旧弥年失求索，或向会稽采蒻若。美人书断期不来，烟树霏微倚江阁。

种 竹

轩无绿筠未免俗，绕屋当栽万竿竹。我今新移三两丛，朝朝护持如惜玉。幽篁笼烟烟霭青，此间添缚篑笃亭。亭边位置一卷石，稚笋又过墙三尺。临风环佩锵琼瑰，帘动疑是湘妃来。金支翠蕤斜复整，月上女垣写交影。

哀遗黎二首 并序

民国二十有六载，中日之战绵历亘岁，浩劫空前，征兵之制复见今日，哀我遗黎，长歌当哭。

江南江北鏖战尘，渡江千里无行人。客来摇手戒勿说，语激为恐惊比邻。野翁山中坐叹息，烽烟亘岁连九域。尺吴寸楚皆战壕，一锹一杵民脂膏。家家抽丁补兵缺，赴役何异投虎穴。骼骼先后相柱撑，乱世民命鸿毛轻。有人泣陈免役状，免役未能吃军棒。东村农户丁壮多，阿姥馁死空山阿。闻从海溆达江浒，纵横开阖炮如雨。三辰不朗遗黎俘，髑髅夜共新鬼语。强敌指挥在阵前，狼奔豕突蛇蜿蜒。虎独畏熊狃畏虎，虎凶熊猛何虓然。鸣呼国中无君子，谬算狂谋乃至此。慄慄周余坐涂炭，有谁扶伤况救死。城郭化为兵间灰，已矣白骨生苍苔，我尚逃亡胡不哀。

春深摧耕恼布谷，蓦听千村万村哭。一征再征丁户稀，日间搜查夜围屋。寇盗不止征不休，农夫那得安天畴。乡正传符下里正，只怕军牒有名姓。按牒驱遣威莫当，点行火急呼爷娘。十步回头或五步，亲识虽多敢相顾。压境轰轰皆兵车，哀者鼙鼓悲者笳。战地十人死八九，谁为猿鹤谁虫沙。逃兵生逃脱身少，尽杀逃兵如刈草。西家一卒侥幸归，冒死还乡念亲老。卒言临阵彼亦曾，巨弹礌如苍崖崩。迷漫毒氛眼前黑，肌骨狼藉尸层层。山花冥冥烟漠漠，我闻其言惨不乐。狂狡滔天民何辜，行见征兵到赢弱。运移当复吾能知，橐鞬洗革终有时，苦憎白日经天迟。

示儿敦 并序

五儿敦，字孝聿。既冠请更字聿孝，予曰可，并示以诗。

黳汝名字予所命，汝今既冠逾成童。饬行贵在能副实，聿追来孝敦儒风。聿、遹古通。《诗·大雅》"文王有声"，"遹追来孝。"《礼记·礼器》注，并作聿《三国志·魏志》追来孝。不妨孝聿作聿孝，亦犹宗国为起宗。征之薛家有往例，今人古人将毋同。自来知子莫若父，何待山简疑家公。桓荣授经我未逮，谯元垂训儿当聪，祖德须述不果述，茹噎如物横心胸。励志读书汝曹事，慎勿潦倒如乃翁。

山 居

前年家住湘江沚，日共江鱼饮江水。去年移家湘山曲，又共山禽咽山渌。

依山葺庐颇有余，新霜两见橙橘熟。屋头山好不出门，看山客至开清樽。阳壑阴岩妙结构，浮岚暖翠相吐吞。宿醒未醒吸沆瀣，似饮良酝醇而温。昨宵急雨洗秋碧，朝来爽气疑可扪。黄浦菱陂水已足，溪涨渐落留沙痕。老我意兴耿犹在，投迹爱此三家村。湫隘因思晏婴市，回首彷如虱处裈。足音跫然响空谷，时逢胜侣相过存。一重一掩领众妙，杜陵肺腑情所敦。倦眠梦延山入户，展易筮得云电屯。

江上书所见

水鹬食鱼鱼鱿空，少年射鹬鸣桑弓。疾风括地鹬翎黑，斜日彻江鱼眼红。去冬水干众网集，饥鹬张口叫飞急。巨鳞跳畧无幸逃，细麟入罟随其曹。呜呼人餐禽饕戕尔命，有生相残岂天性。多谢少年莫瞋鹬捕鱼，彼鹬捕者犹区区。谁能护命江湖忘呴濡，君不闻大鱼御索昆明池，报恩早办双明珠。

田 家

泥灶火冷烧栗跗，溪头汲冻炊雕胡。夜宿田家晏方起，日旰午饭兼朝餔。主人闻客谢鲜腯，临庖得宥鸡鹅凫。老瓦盆干卧墙下，薄醅远向村市沽。病妇佝偻领中馈，盘蔬粗给园将芜。相对亦似有忧者，头如蓬葆形容枯。含意龈龈久乃语，一子冠龄充军俘。去年犷骑迫之去，鞭挞未有完肌肤。近时此事我亲见，出门数里无处无。少壮被驱老弱在，田待耘耨犁谁扶。编氓疾苦不可说，仰视上天空叹呼。太平村落付存想，天乎天乎民何辜。

奈何行

奈何十郡良家子，尽给羽林阵前死。当时送行有六亲，可怜一去如江水。车行百万尘埃黄，搜室征兵且未已。况闻燕赵及吴越，匝地长蛇亘封豕。沙场叠尸乱麻积，饥魂吊骨中夜起。不是纤儿坏家居，谁使社稷今若此。勒舍櫋耘事战斗，会见黍地生荆杞。无数生灵困涂炭，乱离瘼矣伊胡底。呜呼上天非不仁，何日还我耕桑民。

闻长江流域次第失陷

铜山苦凿不为利，金铁尽成杀人器。国如拔薤根本摇，吾民那有逃死地。固知内乱招外侵，河边羖㺊来自东。纸上吹唇侈克复，从此江介生悲风。车骑成群恣所向，试看御敌作何状。闻道羽书宵刺闉，妖姬笙歌方拥帐。倭寇飞弹崩霆雷，名都一失难夺回。郡县随之版籍削，祸从天降何言哉！却望中华圣人出，重见尧天睹舜日。

仲春村舍赏雪

天公乱撒云母粉，春令翻冬积顽冷。倾耳簌簌延希声，眩目霏霏瞥疏影。飞去若断又得续，飘来似散复能整。山川入望皎然洁，诸缘坐息百虑屏。不知梨花犹未开，借作边鸾画中景。人生到此彻骨清，寸田未冻尚生颖。敝裘不暖仍着身，破帻留温试蒙顶。以心转境性始全，惟恐寒消欠深领。东风无力解木稼，落寞炊烟出庐井。玉龙可豢当致之，吾宗故技思一逞。

山中偶兴

山风吹云出山去，人适归山与云遇。云去恰逢人归时，人归不知云去处。山亦出云云出山，云去人归各自闲。风应送云须臾还，山人扫石留半间。

暑中田园居

闲房清昼帘半垂，当暑不耐南风吹。丛篁赖掩一檐日，池馆朝暮凉可追。黛岫安用屏障写，窗中横列诸山眉。茗饮欠伸晷交午，木榻坐久如针锥。跋履徐行出门望，散襟聊复离书帷。蔬圃引泉细流活，野蕨杂厕菘蕹葵。依谷枕丘数畦土，豆棚瓜架高低随。黄蝶力弱过墙缓，罗扇救止儿童麾。张网蛛丝满屋角，时时心虑飞虫危。好生乃生贼物物，嗟嗟天道何由窥。即今东南祸未弭，刁斗夜警笳晓悲。阵地江淮接汉沔，战骨狼藉遗中逵。似我触热岂为苦，拯时无力行将衰。更图作佛有人笑，火宅救焚当俟谁。呜呼！火宅救焚当俟谁？

木屏歌 并序

刘淑字木屏，江右人，父镶，明太仆谥忠烈。适安福王霭，宁夏巡抚振奇之次子也。甲申三月，李自成陷京师，木屏闻而恸哭曰："先子先舅，皆大明世禄，吾恨不为男子，独不能尽忠报国耶？"明年唐王立福州，木屏散家财建义旗，募士卒勒成一旅，助湖广总督何腾蛟援岳州不济，奉母匿深谷以免，流寓湘潭终老云。所著有《个山集》。宗人寅先中翰辑其遗事属为诗。

雄剑为干将，雌剑为莫邪。女子仗剑解报国，岂特中馈能持家。君不见沈云英、秦良玉，戎衣换绮罗，貔貅万众肃。巾帼数英雄，同时有刘淑。刘淑字木屏，比以木兰应不恶。义旗娘子弓在腰，锦伞夫人军中豪。参将詹氏亦难得，身佩虎符娴龙韬。区区成败且勿论，乾坤正气钟汝曹。木屏木屏奇女子，男儿树须当愧死。

自定历年所作诗都为一集漫题 时年五十岁

作诗不解追正始，譬如江沱自为水。斯道何必能悦人，但抒襟怀亦可喜。摇襞纸札母乃冤，小技难免壮夫鄙。丹欠九转功尚亏，猥云三参已得髓。操觚回首四十年，读万卷书行万里。百川终有到海时，丘陵学山恶乎止。温柔敦厚雅颂风，非丝非竹兼非桐。三百五篇刻意诵，音响疏越流高空。宣圣手删得其旨，兴观群怨从折衷。汉魏六朝盛作者，唐宋而还那相下。我诗只供覆瓿用，讵足附庸说风雅。敢言一饭无俗客，屠沽入座或应寡。有谁三复同休文，自古清才岂容假。后来遑计传不传，文苑他时任取舍。即今土室吟寒支，骚鬼填胸待陶写。

老至书感

吾少妄欲古人比，不慕青山慕青史。吾老却胜今人闲，不求青史求青山。怀抱后先自悬切，今轮岂复合古辙。海桑一瞬廿七年，承平掌故向谁说？晚近区夏益腥臊，天轰地裂流人膏。通都大邑少完堵，阴雨但闻新鬼号。往事追思发深喟，势不可支天所坏。负局先生空自奇，紫丸难起九州瘵。

岁晏行三首

我奚适归殊自怜，岁行尽矣风凄然。饥鹰饿虎各叫啸，山头仰视梦梦天。羲和驱日重加鞭，初谓丧乱无十年。身世六张并五角，若故相尝乱斯瘼。纲维瓦裂两纪过，始悔当时料事错。中原芜梗多畏途，隐几空堂意萧索。气结肠回如老翁，谁遣胞与存微衷，我歌激越忧忡忡。

嗟我胡为窜荒谷，岁行尽矣谋果腹。金秋劫火脊脊闻，城里千家万家哭。曹逃偶走群匍匐，萧寺是我流亡屋。迩来时忆灵麓居，孟郊家具惟有书。插架森森万束笋，穷愁一以书祛除。久藏岩扉缺披览，胸中抑塞何由摅。苦趣横身八极隘，赤米白盐只添债，我歌悲凉歌始快。

呜呼青翟何日鸣，岁行尽矣阳无晶。教猱升木谁作俑，养枭恤凤宁谓平。冰炭不言冷热明，簧鼓空欲欺苍生。黄蚁黑蚁尚酣斗，运会疑当剥复候。有妹海堧女岭南，兵戈骚屑阻强寇。此时情如向子期，骨肉萦怀更思旧。麋尾宴设煨骨残，冻醪不温狐白寒，我歌已而心遑安？

哀魏文学骐 并序

襄阳魏骐劬学，不以文采自见，甫冠遽殒。使天假以年，亦褚陶王沈之流也。闻其死而哀之。

襄阳不复见耆旧，岘山依然在宇宙。魏君堂堂生其间，年少风华似裴秀。我闻胜士由来多，君亦一朝飞鸟过。膏明自煎良足惜，玉树长埋三泉柯。眼中之人更谁可，叹君有灵应识我。他日羊公碑下来，清泪一半为君堕。

久居云盖有怀麓山

吾庐至此半日程，在山仍有归山情。此去吾庐卅余里，山外青山相表里。

故山不归畏山讥，旧时猿鸟将谁依。故山若归虑山浅，隐处松云被云剪。何如此间山重重，世氛隔断无兵烽。尘事脱然渐摆落，朝朝暮暮闻鼓钟。每从山上望山下，往来皆是樵牧者。未必麓居犹可怀，门前纷纷尽戎马。意境但同虚空宽，藏身那用铨岩峦。三沐三熏心迹净，一丘一壑神魂安。四万丁壮早离散，我得衽席人涂炭。几时我归人亦归，太平重逢歌复旦。阳和浸盛沉寒消，杂花生树成花朝。且住为佳顾自得，二月春光换山色。

望　晴

稍喜春旦晴，檐前干鹊鸣。又逢春昼雨，屋头蛮鸠语。招鹊辞鸠来耕田，鹊翻在后鸠在前。不愁雨晴天气换，只愁阴阳天心乱。天心转移由人心，安得一阳消群阴。

观　耕

风日暄和天气清，谷雨已过春泥晴。夫耘妻馌各有务，闲行南亩观农耕。龙头交流水决决，幽鸟三两深树鸣。急唤疾催岂无意，后飞鹁鸪前仓庚。天公恐人失温饱，女蚕女桑同时生。四民月令首春夏，芃芃千畦纵复横。古来国本以农立，寓兵于农农皆兵。季世兵农强分判，兵籍偏重农乃轻。且读且耕始曰士，不耕不食非人情。汉法因之贱商贾，胼胝怠弃操奇赢。陶令代耕故有禄，自给亦种秫与粳，我欲力田叹疲暮，但从东作祈西成。

题《南塘馌耕图》并序

淳于叟直存力田起家，妻翁氏，尝并耕，值六十双庆，嗣君罗僧绘《馌耕图》求题。

草花红烂春泥香，芒种鹦鸣清昼长。柳暗桑浓急田鼓，南亩景光俨东户。地力自食忠信存，宠辱不入农家门。冀缺如宾岁相偶，夫耕于前妇馌后。有儿能读豳风篇，绘为此图娱高年。我叹翁媪知所处，世上功名一炊黍。

逃暑吟

蕉衫蒲扇逃熏蒸，古松崖边交乱藤，眠石听泉闲枕肱。谷风回吹喝病失，山客长宜过炎日。

招凉词

招凉留客说咸同，_{咸丰同治}白苎轻含簏簌风，一代楚材扶正朔，百年人物散秋蓬。中兴豪杰生闾巷，申甫联镳维岳降，端合虞廷数稷夔，那容汉室提随绛。羽扇纶巾大有人，紫光图画坿麒麟，不观曾左彭胡出，多少英贤蹑后尘。

即此三湘连九郡，群才当日何兴奋，盛衰今诧判云泥，治乱早闻关气运。国本倾颓忍再论，更无颇牧扫蜂屯。鹰原鸠化三灵陷，触与蛮争两戒昏。漫搜故实增梼杌，怪事眼前呼咄咄。旧典虽宜话水天，今宵只可谈风月。风月相亲慰索居，每逢油尽辍观书。窃疑山薮多奇彦，却愧乾坤有腐儒。箧里穰苴曾记诵，置铅私叹将焉用？夜分憀慄意萧然，虫窍灭喧知露重。医闾企踵万重山，岂曰无车道路艰。愁雾薄侵银汉阙，狂氛遥接玉门关。玉关银阙空翘首，悄持蝇拂瞻北斗。僮眠唤剖绿沉瓜，宾退分贻红脆藕。倦来聊枕树间肱，避暑清于结夏僧。仿佛高齐征学士，壮怀全挫梦难凭。

僧院雨后

八月将半暑气微，桂蠹化为蝴蝶飞。雨止出门看秋碧，石角樵路转冈脊。虎过前岑腥风生，悄归僧舍神凄清。掩扉闲却方竹枝，墙外有山列成嶂，山翠欲滴堆檐向。

兵　祸

山川久绝麟凤游，城郭夷为狐兔丘。兵祸结连迄未解，血肉互啖人相仇。里疮万众驱杀敌，前者火焚后水溺。我家数陷忧危中，鬼护神扶脱锋镝。仓有饥鼠田失收，岁计岂能供妻孥。宾亲笑我气不馁，侈口欲拯苍生苏。同患谁恤心独苦，倚壁愁吟复何补。敢言河朔无英灵，出扶乾坤迈三五。

嫠孤惨别行

家徒四壁穷村嫠，依依膝下惟孤儿。牒至征兵迫如火，点名不得须臾迟。上堂别嫠抱嫠哭，旗卒速催用鞭扑。孤儿前去嫠尾随，悲泪盈眶痛刺腹。听说此儿殊可怜，弱枝五代皆单传。力农三十贫未娶，愿报所生终余年。嫠也追儿远难及，车开望见头簇立。唤儿不闻轮转急，怀刃自刎死道旁，道旁送行人尽泣。兵车辚辚隔坡陀，孤儿心中念阿婆。呜呼世间孤儿知尚多，可奈当事滥征何！

书　警

日未南至天北风，东村告警西村同。东村巨室被搜索，西村富翁遭拷掠。我今家无担石储，乱极徒使怀抱恶。彼食有肉衣有裘，盗贼嫉之如仇雠。

卧　起

百虫已作夜将旦，起步轩墀望河汉。维北有斗南有箕，星光如水浸天烂。家家鼾息犹酣眠，尘事不在鸡鸣前。羲娥更迭自朝暮，我经世难逾卅年。朝会久停劈正斧，遗宫无人踏官鼓。

江 月

江月欲上波荡摇，澄空无滓青天高。大船樯长小船短，水面清光看看满。白沙洲畔沙茫茫，枫树林边枫叶黄。少顷冰轮彻江底，戢戢惊鳞忽飞起。

梁山歌 并序

《琴操》曰："曾子耕泰山之下，天雨雪冻，旬月不得归，思其父母作《梁山歌》。"今亡其辞，拟此以补乐苑。

养我父母，力耕于野。思我父母，泰山之下。一解泰山之下，雨雪凄其。川涂阻绝，儿将何依。二解儿虽无依，饥寒犹可。父母饥寒，何用生我。三解乌能反哺兮，人不如乌。昊天冥冥兮，其听儿之哀呼。四解

鹰

征鸟厉疾鹰最鸷，铁样爪距如钩矛。山泽倏忽变气候，撩风掠草寒飔飔。似倾旋平却翻动，惯取远势陵高秋。尔拳既勇尔翮健，况复畀尔黄金眸。等闲侧脑肆攫击，一瞬捩转天四周。眈视之间杀机伏，俨然背负青冥游。同类相残羽族苦，胎卵那见林薮留。饱掣吐骨不吐肉，燕雀胆落空啁啾。众禽血毛日狼藉，独于彼丑称豪酋。物命为粮亦已酷，口腹只管身自谋。阴阳气贪隼鹞出，肯信再化田间鸠。瑶光星散有何据，纬书异说谁所收。颇忆昔年过襄沔，景升台畔呼声愁。宣和天子写作画，谬许神俊萦以构。女真海青记辽史，森森戴角皆其俦。矧乃郅都世岂少，尔辈大是生灵忧。跂行喙息各有患，不特人比区中囚。闻蛟可断虎可刺，身手今为男儿羞。深林高树枝相樛，一一驱之嗟何由。君不见老鸮成魅早便徙，天降神火巢中起，尔鹰尔鹰时至矣。

东村耋翁行

东村耋翁太孤苦，子孙同时征入伍。尘沙浩浩空望归，几多曝骴战场腐。战场腐骴无人收，青磷夜聚啼骷髅。残民以逞问何事，穷国重贻黔首忧。生男成年备册报，法密那复有遗灶。湘水立加十万兵，三日五日当点行。乡正传令天甫曙，齐集前度点行处。适逢耋翁扶杖观，颜色惨沮怀凄酸。可怜丁壮随部勒，欲留须臾留不得。家家爷娘皆痛心，耋翁在旁尤不禁。呜呼果然为国役人子，男儿也合战场死。

徐六绍周以蔗滓画山水见寄

徐郎善画时罕俦，品重不啻珊瑚钩。置岭标峰起缣素，输丹献翠明双眸。客游远贻山水障，秋气森森迥相向。水车自转溪湍深，牯牛嬉风态闲放。田家

压蔗干蔗浆，取淬作毫毫有芒。谁能使蔗如使笔，徐郎皴点法尤密。画苑壁垒真一新，丹青直欲无古人。我爱林泉本天性，划此丘壑皆蔗境。神工只在挥洒间，请君遍写湘南山，九嶷峥嵘图孱颜。

连夕闻盗警

山田割卖余荒庄，湖田失收无宿粮。涧边有石不忍煮，叱起恐是初平羊。身穷非由读书致，只因粗识廉耻字。频年伏迹蒿莱中，满目萧条叹人事。昨闻盗掠西家村，银缕金屑罄所存。我复张胆高枕卧，夜夜平安竹千个。应知造物遗以安，世人勿厌饥与寒。

蛰居海会院春日偶出

一月两月闭门坐，读骚读赋声喃喃。静中滋味人岂识，我固与俗殊酸咸。晓岩当窗倚远翠，羔裘急换行春衫。泉窦如琴雉登木，盘礴层折皆松杉。松节流脂石结乳，香软时来山鸟衔。猛虎出没藜藿盛，积岁未经樵夫芟。箐密子身惮尝试，先投以石惊麇麚。颇闻阴谷足苓术，行取白柄安长镵。

得张公子子羽蜀中书

公子才华最磊落，终年汗漫游寥廓。昨自蜀中贻我书，劝我西行绕剑阁。剑阁崔嵬崖石青，君家载张载后无人铭。从来江山助文字，蚕丛有路还须经。颇思贾勇坚一往，何地致身得萧爽。教授安敢追先贤，权作成都卖卜想。潜行试步临修衢，出门始觉风景殊。白骨皑皑遍四野，废然独返空长吁。稔交暌携失倾盖，焚雾巴烟万里外。待君暂收飞兔缰，同坐云岩听松籁。

月夜白杜鹃花下小饮

杜鹃花开如积雪，杜鹃鸟来莫啼血。微醺掩映颜不红，缟衣仙子陪春风。玉壶携就素心酌，银台一角明月中。枝上三更灿疑曙，只恐旬日春归去。

桂 林

桂林之山天下奇，岿岿难使愚公移。窃比文章局独创，耻与常格同毫厘。曰碬曰确不戴土，是蜀非崒撑厜㕒。外圆成峤突以兀，中空含洞深而黫。锐如军门列剑戟，矗如营垒排旌旗。肃如庙廊会簪笏，重如堂芜陈鼎彝。或如浮图缺轮相，或如高廪堆崇基。或乃卓立如削铁，或复危悬如累棋。或平如盘仄如匕，或覆如敦张如箕。又如菌蕈蒸气足，百钉坟起思朵颐。似经海水荡摩出，海枯石烂纷累累。蓦地插根拔玉笋，苍龙露骨全无皮。岂昔伏波论形势，聚米指画非儿嬉。客闻斯言谓不尔，纵然能事应愁疲。当是补天炼余屑，息炉停冶皇娲遗。天公旧敕百灵斧，峰峰皆由神工劚。结构始服造化巧，人欤鬼欤吾滋疑。略予画史备皴法，块以矾积麻则披。有谁妙笔入神品，绝艺今时无郭熙。崭然一峰号独秀，位置恰于城中宜。元祐党人姓名在，_{龙隐岩镌蔡京书《元祐党碑》。}访古良慰吾调饥。明季双忠殉难处，英灵仿佛从文螭。老人莞然近前揖，_{老人峰。}直似笑我同襟期。大类逸士出尘表，眉宇高朗头微欹。谒来应接颇不暇，极望斑剥兼陆离。狮子象王各尽态，肖形还指熊虎罴。恨不跳身踞其顶，一一权作灵虬骑。吾昔闻之意飞越，今忽到眼心神怡。虞山舜祠迹湮失，卷石倒影窥沦漪。所见已超所闻上，风生群口原非欺。有客跨马左右顾，且行且止峨接罳。亦知应接颇不暇，未肯疾纵黄金羁。阳朔较此更称最，水源从出江曰漓。颇惜好山落西徼，明珠暗投为吁嘻。李杜当年足未到，胆虽自壮颜忸怩。勇欲磨崖句欠琢，揎袖醉墨先淋漓。

观近世分省舆地图

禹贡九州不难悉，天下八十一分一。邹衍腾说良非诬，近世舆图乃更密。象存两戒纵连衡，准望胥正分率精。郡县东西暨南朔，洞若掌上罗纹明。故国江上惜残剩，漫复表里谈形胜。渤海可待穷归墟，多时金瓯如破甄。周职方，汉司空，幅员广狭初不同。岂意千载后，国势日蹙当我躬。细观此图莫轻忽，眼前寸土销万骨。

白日三首

白日初出天正高，雄心切玉昆吾刀。运移隐璞羞自见，三略无用憎劳忉，七尺活埋凭野蒿。

白日忙忙走苍昊，涉经猎史身已老。古人糟粕拾不穷，未为醇儒何足道，弩末还期穿鲁缟。

白日欲沉山气昏，愁乘病来忘夕飧。杜仲有丝比红藕，取莲和药连莲根，半剂霍然苏诗魂。

悲歌二首

久婴忧患，须求宴安。暂得温饱，当念饥寒。温饱那可恃，忧患诚无端。祸伙不如福鲜，苦深不如乐浅。伤哉离乱民，不如太平犬。我安适兮悲歌，唾壶击缺兮奈何！

鳞鳞者屋，忽化劫灰。蠕蠕者民，忽成残骸。杀机之发天上来，惊心动魄人为灾。妻哭夫，母哭子，不获俱生愿俱死。子哭母，夫哭妻，东里声未断，西里俄复啼。

吊黄籽老

翰林仙人骑鹤去，尘世烽烟那可住。径欲相送行不前，空复出门整巾屦。闻耗难抑后死悲，对酒犹想平生趣。呜呼离合原靡常，海水茫茫倘相遇。

山家观采茶

暖云树树抽新芽，山家女儿歌采茶。碧丛雀舌杂鹰爪，春阴连旬摘来好。直从低谷缘高坡，一枪一旗纤茎多。阿嫂悄向小姑说：过此三朝谷雨节，竹炉烘焙香味清，明日卖茶偿地征。

思江南

旧游十处忘二三，今我不乐思江南。江南景光最韶丽，临流正好张春帆。春树春云几千里，山是山青水绿水。多年湖外人滞淹，身似石头偃难起。行行休说重行行，军麾满地时未平。湘滨有舟复有楫，日暮洞庭岂堪涉。

战后过郡墟

战场匈匈风走沙，头颅掷地如抛瓜。骄虏千群逐北去，往来啄肉飞乌鸦。相逢楚老不暇揖，刀剑输边鬼神泣，夜夜髑髅作人立。

久　晴

久晴旱魃作人立，潭底千年老蛟泣。当空赫曦烧火云，却愁暍死云中君。膏泽首夏待已迫，食为民天仰禾麦。我今怵怵心不夷，艺瓜无水穷深陂。甘澍谁悭一沾洽，乖龙怀雨匿鳞甲。

我所思行怀西山逸士

我所思兮不在东不在南，乃在蓟北之西山。西山迢迢那可以径造，惟有霞幢星仗霓旌羽盖来其间。秋风落叶一尺掩，行路叶叶都染霜华斑。美人美人却立青云端，谁识金枝独秀清且闲。只今欲往途多艰，阻我猢狲藤杖未获相追攀。我思西山思已苦，朝涉中洲夕极浦。年年芳草重萋萋，日远天高望而不见萦肺腑。我思西山思愈深，湘江江上枫树林。关塞崎岖雁飞绝，乱中书断望而不见愁人心。我思西山思更数，学海钩沉待商榷。百圣心血皆干枯，守缺抱残望而不见目空瞥。我思西山思复长，岂言少行扶天常。折麻采兰拟将寄，绿蒇满眼望而不见神惨伤。我所思兮思无益，无益奈何思日积。还期美人为我画西山，挂我东斋雪色之素壁。

示儿辈

铷石颇类金，碔砆亦混玉。自来明眼人，辨别恐不速。古哲心镜无尘霾，
智珠莹莹常在怀。儒者读经并读史，譬如尘镜长磨揩。不然纵使身被麒麟楇，
质劣何殊驴与豭。汝曹入世未深更事少，勿谓小时便聪了。圣贤当向书中求，
方信书中有奇宝。汝曹识之吾已老。

苦雨叹

两间阳索阴有余，易占愁验京房书。鸟无安巢蚬离穴，盲风飒飒驱飞鱼。
今日雨复明日雨，鹬蚌相持作何语。方知杞人同我痴，一向幽忧不独汝。如何
未闻已洗兵，妖藏怪绝时再清，羲轮旷旷生光晶。

贫家行二首

贫家食贫贫如洗，土锉待炊榾无米。百结鹑衣不掩体，老弱冻饿茅檐底。
米价顿高银币低，脱粟一斗双朱提。
野叟吞声呕啜泣，粮空如何续呼吸。两间破屋风习习，门外豺狼作人立。
豪贵丰貂酣春阳，琅糜珠馅宾满堂。

乡　村

夏雨新晴天不枯，太清无滓飞云孤。乡村微岚带小市，乌桕树啼头白乌。
田垄宽平便行羸，稻田剡剡风猎猎。战时民如摘瓜稀，里胥征兵又传牒。或言
世乱由人多，呜呼眼前辍耕将奈何！

暑夜吟

十尺炎尘惊路鬼，赤霞如火烧鱼尾。苍松偃盖作宵凉，袅袅松风吹我裳。
年去年来有寒暑，胸中冰雪谁同语？

饱　暖

我体暖且安，遑知他人寒。我腹饱已过，遑知他人饿。人饿人寒非不知，
只因是我饱暖时。设身处地心悄悄，何由使人同暖饱。

癸未夏日雨雹

四月雨雹阴气凝，节候奇变违其恒。客来话言互惊诧，稍喜坐上无青蝇。

大珠小珠落如霰，孰云夏虫难语冰。适当初暑换秋序，籀人市价何由增。万物恢台待长养，南讹失秩纲纽崩。彼苍示警应亦恨，拨乱反正嗟难能。掩书皱眉倚江阁，身披裋褐危栏凭。鸬鹚塌翼睡篷背，急点乱颭渔家罾。短僮畏炉且猬缩，我自骨冷欺霜棱。三农雨旸望时若，田畴比岁多不登。两间晦雾失交泰，遂致否剥相频仍。申丰之对固常理，惟稽厥古宜可征。汉永和间事特异，天道宁易窥除乘。有不为灾乃盛世，立止还见东日升。旧传蜥蜴颇尝吐，况今妖魅方繁兴。忽然目眩肌起栗，仰首视天天瞢瞢。

赠邹子俊孝廉

尧夫别有安乐窝，六十四卦胸中罗。淮南九师不足学，意得宁在言辞多。先生暮年筮嘉遁，破屋荒江远尘坌。吉凶观兆心自明，未妨括囊存勿论。时事龟策诚难知，况是变化无穷时。

忆旧王孙心畬居士

神仙中人未易得，后惟李洞前王恭。隆准子孙旷世出，即论才地将无同。只今可望不可即，燕云阻乱难相通。曾说项斯不容口，谬谓颇有儒者风。赠画贻诗动盈轴，书法运腕兼能工。襟度想君最闲逸，宝玦映带珊珊红。七载邮筒断烽火，怀远肯放深杯空。木叶山前料无事，秋近尚少南飞鸿。

阁　夜

孤灯挂壁山阁幽，神剑夜化青金虬。攓身骖虬信所向，驰骤四海横九州。猰㺄枭獳一举手，吾民疾苦复何有。即时戡靖还太和，剑在腰间酹以酒。醒来推枕鸡三号，松风撼屋翻惊涛。东方未明难续梦，星斗落落长月冻。

伤乱行

国人思乱独何心？及至今时乱更深。可叹哀猿都失木，可怜穷燕只巢林！千间万井沦榛棘，枭噪狐鸣移社稷。旧俗陵夷礼乐崩，新潮澎湃乾坤息。事去回山转海难，衣冠文武尽凋残。金张世业空存想，王谢门庭早改观。两军相接车连轸，三岛兴戎昏海蜃。阵比伤蛇节节僵，信如唳鹤声声紧。孰为猿鸟孰沙虫，贯日天边亘白虹。魑魅为光欺北斗，髑髅无泪哭西风。

乱中书所闻

连日风声报急警，长沙江头簇人影。自从燹后灾黎归，新换市廛复万井。有船求渡船迟徊，输钱不多船不开。富者获济贫者哭，骤无干土生尘埃。船户需索正犹豫，游兵如狼捉船去。

率家仓卒避难暂止蔺家湾

敌酋纵兵夺民屋，农夫十九受鞭扑。米盐羊豕禁出门，宁独鸡犬充兵腹。居民畏寇如畏仇，孑身奔逃万家哭。殴鱼殴雀空渊丛，钱为兵钱谷兵谷。比户搜掠庸幸遗，我亦妻孥同流离。途逻狼贪脱身走，徒步都忘筋力疲。剥运三元至此极，避难未知何方宜。四顾仰天去路绝，家人莫遽商归期。向前茫茫不敢问，飞炮声声战场近。连壕接垒多危机，且行且止持以慎。修翮频铩鸿在罗，满地纵横虎蛇阵。稍从村僻图苟安，适闻劝阻难思进。是间经今三度来，辛巳秋冬两度避乱于此。曾留宿处皆尘煤。旧识邻叟存一二，猥整衫屡趋相陪。祸乱从头矢口说，胸中无限生民哀。却言桃源世岂有，只与高士开心怀。我起曲躬谢邻叟，陶潜昔尝厄阳九。杜陵野翁天宝年，荒山重跰衣露肘。而我所遭或过之，乾纲坤维早失纽。倘复得全顽蹇驱，请即随君事农亩。

闻麓庄经乱毁去数椽

栗烈穷冬西日微，阵云四合高鸟飞。吾庐半毁穴蛇蝎，始意稳拟今年归。尔鸟有巢在深木，斧声丁丁出樵谷。常恐鹪鹩无一枝，薪之樵之巢随覆。安思物我皆可愁，丈夫何独为身谋！已而已而今其休。腐儒读书穷自鄙，避人逃死万山里，曰归曰归岁暮矣！

旱象将成大雨达旦

肤云作衣旋满天，猛雨欲下雷填填。雷声填填似连鼓，老蛟拔湫怒跳舞。月曾离毕占滂沱，枕上惊喜倾江河。明朝农氓定大悦，高田水深浸龟拆。

陈翁相舫遇倭寇赴水死

陈翁气与湘山平，陈翁心同湘水清。强寇骤至风鹤惊，乃效彭咸全其贞。众人皆醉屈原醒，毅然之性天所秉。鲛宫沉沉昼凄冷，鬓眉爽飒浸孤影，魂兮汪洋透十顷！

屠牛叹

雄鸡尾长恨不秃，驯象齿存焚其族。尔牛皮骨中百器，况复登盘有肥肉。豪家太牢为常馐，鼎夸函牛恣所欲。由来杀牛例有禁，法弛旧律人谁读。屠门日日开牛宫，屠者牵牛牛觳觫。彼诚无罪嗟胡然，以绳贯首兼桎足。有口不能告，有角不能触。一牛饮刃命已促，血力弩张四蹄缩。一牛盱睛眼睩睩，只争须臾泪可掬。一牛对之泪相续，愿邀主恩再养畜。一牛匍匐如乞赎，宛转悲哮势穷蹙。安得一一纵使逃，留付戴嵩入画轴。忍思平时寝讹态，村落嬉风傍烟竹。尝见腰背缠阴虹，头上双筋自尾属。谁肯取放水石间，饭处适当树阴绿。就中牝牛最堪怜，黄犊相随犹舐犊。何殊蜀妇将临刑，乳子不令饥就戮。物性与人岂少异，呼牛且应未为辱。移时膊解无全牛，鼓刀砉然亦何速。悬格肉尽屠更多，非比决囚缓待鞠。呜呼农夫有牛田有谷，粒谷那曾到牛腹。牛领负轭虽欲穿，辛劳总为主人服。耳边似闻牛鬼哭，胾胁也入农夫屋。牛兮牛兮哀尔曹，来从畎亩充君庖。

闻心畬王孙南下又北归

王孙声迹久沉匿，讯问难通道梗塞。契阔经今逾八秋，欲探近状曷由得。茫茫九州将焉如，地覆天翻变莫测。乱中未知生与死，乱后始闻南复北。为有消息情更殷，何若亘岁无消息。腰间宝玦谅非旧，可怜齐民同垫溺。交亲寥落时运移，而我行吟泪沾臆。燕鸿高翔不肯下，仰视朔云尽愁色。

薪尽叹

苍山半童薪不多，偃霜茅葺缘坡陀。劫余残桲远离立，人病斧钝难伐柯。昔年雏松百千本，归当兵后存几何？想见群凶肆斩伐，丁丁坎坎声相摩。只今寇退主人返，时有野樵劳执诃。倾听空檐雨犹滴，午灶炊断无燥荻。

征车别

车班班，班班复辚辚。执手当广路，送我远行人。行人上车去，别肠如车轮。奄忽车轮驰，但见广路尘。乌可白头马生角，不能止郎出门数。

蛙声

小蛙声小群然哗，大蛙声大如鼓挝。自春徂夏暮达旦，野田处处蛙为家。为公为私不必问，摇唇沸舌是天性。若辈溷身泥壤间，安得猛雨一洗尽。

附录一　沅湘遗民咏

（据 1913 年长沙楚益图书社石印本整理）

序

古之造文者，诗，从言从之。志，从心从之。诗与志，特蕴诸心、发诸言之别耳。《虞书》曰："诗言志。"许氏慎博采通人，著《说文解字》，亦曰："诗，志也。"故予谓未遑论诗必先辨志。夫志者，心之所之也。心苟未丧，即椎鲁若农父畦丁，樵吟牧唱其中，无溪壑、无城府，无胶胶扰扰，莫不有诗，但不能言耳。心苟丧矣，即刿肝钵肾，叉手断髭，其美也，要不过烂如锦绣，灿若珠玑，吾无观其余矣。即时有所颂述，亦鹦鹉之能言耳，有所讥刺，亦山膏之善骂耳，又曷足轻重也？同光以降，诗道益衰，赋性愚戆，与时枘凿，伏处山中，不获与海内骚人畅发斯旨，未尝不引以为恨。吾友刘子腴深以诗名，初与解后见予咏史有"谁知打破崖山后，犹有文山与叠山"之句，吟诵不能自已，且挟其稿怀中。吾用是有以窥腴深之志矣。自时厥后，诗筒往复，两家童仆为劳。益叹腴深之天才超轶足以发其志趣，而此中大有人在，又未尝不深以为幸。乃者寓书属述其《沅湘遗民咏》，读之喟然而兴曰："果哉！腴深之志，船山诸先生之志也，腴深勉之。志船山诸先生之志而言之不足，是之谓诗，锦绣珠玑云哉！"功衰之末，未敢论文，聊述曩怀以通腴深之志，于读是作者，为廉顽立懦之一助云。龙游渊献秋七月既望，黎先程题。

王而农先生

名夫之，衡阳人，明季孝廉。自幼即以文章重于时。国变后隐居船山，筑土室曰"观生居"。晨夕杜门著书，累三百余卷。

松乔千尺挺婆娑，盘瓠氛侵潒薜萝。气节允侔衡岳峻，丈澜应比洞庭多。鼎湖髯断孤怀悄，诸夏忧煎两鬓皤。仰止高风敦薄俗，魂兮归来此山河。

王石子先生

名介之，衡阳人，而农先生兄也。崇祯壬午同举于乡，乱后筑室永邵界万山中，鳏居不娶。著有《易本义质》《春秋传质》等书。年八十余。

王蠋羁栖未是归，运移陵谷掩岩扉。国忧有弟哀禾黍，家祭无儿荐蕨薇。大地几经龙战野，终身一曲雉朝飞。旧时乙夜雠书处，手种苍松已十围。

陈耳臣先生

名五鼎，攸县人，明季明经。官广文，性狷介，刻苦自厉。乱后隐居深山不出，有《雨余堂文集》。与船山先生为文字交。

挥戈无力日西斜，风雨寒毡泣暮笳。人事萧条伤寇盗，宦情寥落梦京华。虚闻薄海皆王土，不见芜城是帝家。二祖十宗无处觅，偏逢厄运在龙蛇。

刘若启先生

名象贤，湘乡人，明季孝廉。鼎革后隐居深山，著书以终。与船山先生交好，诗格苍老，惜不多见。

深栖穷谷饫烟岚，说到中原总不堪。垂死光阴争脉望，素交情味契冰蚕。故乡雅慕纫兰佩，晚境空思啖蔗甘。共信台佟汉遗老，著书何似晋人谈。

夏叔直先生

名汝弼，衡阳人，明季诸生。与船山交好，鼎革后弃巾衣服伴狂于涟湄间，后挈家于九嶷山绝粒死。

海桑身世怆难禁，炉鞴风烎铁作心。高蹈鲁连千载恨，独醒屈子九嶷阴。栖栖麟凤踪安放，莽莽山河感易深。奇节首阳先后映，松毛鹤羽那招寻。

唐须竹先生

名端笏，衡阳人，明季诸生。内行敦笃，事亲以孝闻。尝读《白沙》《定山》诸集，嗜之。师事王船山先生，船山授以《周易内外传》。及船山殁，遂筑室山中以绎所学。著有《惭说》《悔说》。

完人忠孝两途兼，邢邵文章律己严。一卷亲承王湛易，十年苦析郕侯签。南陔孺慕心犹悸，东鲁经传道未淹。正是西台晞发候，筮屯莫复问龟占。

郭些庵先生

名都贤，益阳人，前明进士，官中丞。国变，悲愤不食，弃官入庐山，祝发为僧，茹苦无定居。著作等身，与陶密庵交最笃。

湘南遗献两庵同，依样头陀恳乃公。千古风云天易变，三参愿力道弥穷。可堪对客询陈宝，不复逢人问楚弓。想见庐山真面目，泪痕犹渍野花红。

陶密庵先生

名汝鼐，宁乡人，明季官检讨。鼎革后剃发沩山，号忍头陀，吟啸自适。

晚途元亮苦吟生，梦里山川故国情。直以优昙参骨相，耻教官爵玷铭旌。立锥有地聊安道，托钵无心更乞名。堪叹烂羊头几辈，出山争及在山清。

刘子参先生

名惟赞，祁阳人，明季孝廉。性沉毅，癸未之乱与衡州同知郑逢元谋，督义勇歼贼。国变后屡征不就，隐居石门庵。一夕，梦陈忠洁公遗以书，抚髀涕泣曰："淡元其召我矣！"未几卒。

多生积愤恸昭陵，铜狄摩挲感废兴。壮士何人曾射虎，霸才无主祇呼鹰。义旗合有刘琨举，强弩空推李广能。金石死生书一纸，凄惶神鬼唤挑簦。

陈伯五先生

名长瑞，湘潭人，明季诸生。鼎革后自号烟民，又号楚州酒人。著有《石竹园初刻》《浪石近诗》。

心绪无聊剧断蔍，贞元往事漫重提。高歌入市寻屠狗，痛饮支床畏听鸡。小户空衔身价贱，敝庐枯啸海天低。春花秋月浑忘却，日日山翁醉似泥。

郭幼隗先生（即陈鹏年之祖父，国变后依其外祖父姓）

名金台，湘潭人，明季两中副榜。国变后屡荐不起，归隐衡山著书，从之者甚众，绝口不谈天下事，惟论列当时殉难诸人，辄歔欷流涕。及卒，自题其阡曰：遗民郭金台之墓。有诗文集数种。

元规风里起缁尘，争垫林宗一角巾。数典口钳当世事，感时眦裂二心臣。槐安郡县嗤余子，草木平泉寄此身。信美可怜非故土，荒阡何处表贞珉。

邓子与先生

名祥麟，武冈人，官岷藩长史。鼎革后寓居新宁之石田，筑鹅峰山房，日夕吟咏其中。与释一恋为方外交。

入山奚待左司招，为爱鹅峰便结巢。丝竹中年多感慨，诗歌竟日苦推敲。时危楚国余三户，事亟秦师据二崤。禅迹仙踪谁得似，浪游学打衲僧包。

车理中先生

名鼎黄，邵阳人，明季副贡。丧乱以来，凡故家旧族遗文逸事，搜罗粹辑，尝编《邵陵风雅集》。鼎革后隐居不出。

铜柱南邦毒雾霾，纵横群盗满江淮。听从开宝谈遗事，话到天崇怆近怀。稷下高贤人已远，濮阳耆老愿多乖。祗君敬梓恭桑意，一样修名未可埋。

潘章辰、梦白两先生

章辰名映斗，前明进士。梦白，名映星，明季诸生，武冈人。鼎革后兄弟偕隐威溪，累征坚卧不起，名义凛然。

偃蹇威溪二墨侪，顽廉懦立足千秋。孤高解作云中鹤，狡狯羞为棘上猴。甲带乾坤悲战伐，人从草泽想风流。伤今吊古天难问，铸错伊谁聚六州。

陈史占先生

名五聚，攸人，明季副贡，仕至监军。鼎革后归隐，筑室曰"茅窝"。海内冥鸿之士多归之，有老其中不出者，先生资养终身。

小山丛桂醉霜酣，胜地将迎笮盍簪。北海衣冠藏复壁，西园宾客怅深潭。身心郁郁黄东发，姓字悠悠郑所南。后此白头骑马过，从知恸哭有羊昙。

沈陶庵先生

名汝琳，沅陵人，明季明经。性幽洁，嗜游览。遭世乱杜门谢客，独与唐废庵善。晚好陶诗，因字陶庵。有诗集未见。

孤怀高洁郁参云，浊世翩翩有此君。少壮关河牛马走，乱离踪迹鹿麋群。西风洛邑秋先老，残照咸阳日又曛。地下若逢陶靖节，好将心事托殷勤。

唐废庵先生

名正之，沅陵人。崇祯末阖门殁于贼，只身寄寓北溶寺，孤苦之感时发于诗歌。甲申后遂尽去发如僧，所著《枯筇负暄》等集俱毁。乡人哀之，为筑室北溶寺山顶曰"南憩堂"以终。

　　孑身琐尾叹流离，蓼集蜂辛此一时。泣血王裒双泪眼，呕心李贺百篇诗。草堂差定唐天宝，松径犹存晋义熙。想象枯笻南憩日，负暄佗傺老吾累。

邱式籽先生

　　名式籽，黔阳人。鼎革后被执械送武昌，以不屈死。先撰《自祭文》语极沉痛，茶陵谭雅吊以诗云："遗骸应傍祢衡冢，万古同香鹦鹉洲。"

　　苍山不断暮云重，潦倒南冠怒发冲。撰诔何妨生自祭，抽刀惟是死相从。存唐义比罗昭谏，入晋狂如阮嗣宗。鹦鹉洲前一抔土，有人凭吊采芙蓉。

王放叟先生

　　名二南，茶陵人，明季明经。甲申后与邱式籽同被逮，绝粒七日不死。洪经略为疏雪放还。有劝之出山者，辄掩耳不顾。著有《乐府史芳》，皆关系名教之言。

　　忧患深时上鬓丝，琅琊翘首企风姿。怀沙哀郢生非幸，蹈海焚山死不辞。元祐党碑逢小劫，杜陵诗史寓微词。遥知听到江南曲，一笛斜阳有所思。

尹芙山先生

　　名三聘，安化人，明末选拔，官至兵部侍郎。鼎革后为僧，不知所终。其寄里中故人诗，有"愧矣仕君致死，悲哉赖佛逃生"之句。

　　避世行踪俶急装，音尘莫定洒家藏。尽抛簪笏轻名宦，无著天亲礼梵王。玉树歌残黄叶落，铁鞋踏破白云荒。蕉风竹月闻持偈，痛下先朝泪两行。

唐正之、存之两先生

　　正之名谊，武陵人。年十四，父撄珰祸下狱，负锁都门请代，时人称孝子。弟存之，名诚。崇祯间进士，授中书舍人。国变后，同奉遗命。起义再图恢复，不克，死之。

　　黄骢年少郡诸豪，猛为君亲抚宝刀。雏凤九苞霄汉迥，夜乌三匝月轮高。累囚袁粲遗孤泣，恋阙陈东饮恨牢。闻道忠骸戮柴市，平陵一曲不堪操。

文木生先生

　　名煜，华容人。明季孝廉，授四川南部知县。未一月，蜀乱，贼围城急，或诱之降，先生大书"诸葛未亡犹是汉，伯夷虽死不从周"二语于官廨。鼎革后，隐滇黔间，屡荐不出。著有《梅花稿》。

　　京国当年事已非，华亭闻鹤立斜晖。卧龙自许真名士，扣马人尊大布衣。

一霎时间官易弃，数千里外客无归。广平不碍心如铁，枨触梅花赋式微。

李敬公先生

名国相，衡阳人，明季孝廉。鼎革初，自南岳转徙山谷间，岁更其处。晚筑小室，植桃数株，称"桃坞老人"。著《逸斋费词》二卷，今佚。

坎坷李变鬓毛斑，晚种冰桃欲驻颜。早谢尘缘棲物表，不随流水到人间。铜驼废没真容易，石马悲嘶亦等闲。老去忘赍磨镜具，要离冢畔负青山。

车孝思先生

名以遵，邵阳人。因明改步，浩歌远引，年八十三，以布衣终。著有《高霞堂》等集，凡百余卷。

野哭千家不忍听，妖氛濛洞日冥冥。吟余鬓发添新白，物外云山剩旧青。十世炎精仍丧乱，三湘人望况凋零。王符自分潜夫老，牢落江湖处士星。

李百艰先生

名尝之，平江人，明季诸生。负志，略工诗、古文，鼎革后，弃巾服当道，动以功名，力辞径去。遍游名山，居武夷最久，与高僧结方外交。

命薄根因出世难，吴天笠戴雪山攒。公侯久已轻屠贩，郊岛真能耐瘦寒。拼与管城同骨相，肯从优孟滥衣冠。青莲无地容疏放，喜共缁流食马肝。

余诞北先生

名鲲翔，辰溪人，前明进士。历官浙江、山东按察副使，性介特，有治才。甲申后，轶荡滇黔间，以悲愤死。

天地无言白燕双，宦情如月冷秋江。逃身典午羞汾水，茧足零丁去楚邦。杜宇魂飘恩已断，轩辕鼎坠力难扛。报韩心在多幽愤，九死应知气未降。

朱子昭先生

名之宣，湘阴人，前明布衣。鼎革后，隐于樵，自号"砍柴行者"。戊子义师之役，楚人多与其谋事，后因之成大狱。湘中遗老株连系累者三百余人，子昭与马狱数年始解。

英雄末路狎樵渔，衰草斜阳渐不如。水尽山穷忧思切，天荒地老壮图虚。田横五百人何在？琼岛三千事有诸。只恐云深柯烂去，残棋阅劫渺愁予。

杨长苍先生

名山松，武陵人，督师杨嗣昌之冢子。国变后为僧，号"忍古头陀"。善诗，能饮，其弟仲丹名梓，季元名山枞，并以独行著。

督师公子胆轮囷，为对禅灯旨趣真。王烈自称辽处士，谢翱原是宋遗民。永熙人物糟邱老，建业江山战垒陈。两世纵然心未遂，衲衣端不负前身。

黄九烟先生

名周星，湘潭人，明季进士。国变后侨寓湖州，性狷介，诗文奇伟，有句云：借问阿谁堪作伴？美人才子与神仙。平生爱夕阳，尝哀辑古今人诗为《夕阳集》。年七十，沉南浔河而死。

寓公吟啸满头霜，不信严遵有热肠。才子神仙为伴侣，诗人游侠任平章。难从瀚海逃孤独，但倚江天看夕阳。一自汨罗魂逝后，彭咸遗则在潇湘。

陈逸子先生

名五篚，攸人，明诸生。有兄弟皆骂贼死，甚烈，遂终身恸之。国变后痛君亲之难，祝发号"南云行脚"，尝汗漫不归。

难兄难弟并眉山，冰雪川原历阻艰。溅血重泉寒手足，埋头万里瘁心颜。可堪望帝成鹃去，不见苏耽化鹤还。痛绝君亲仇九世，麟经大义未容删。

唐师济先生

名九宫，沅陵人，崇祯中明经。所交多奇人伟士，甲申后弃冠服隐于诗，自号"淡然山人"。

不衫不履断根尘，云水生涯德有邻。即事擘笺题甲子，避名隐九哭庚申。遍交慷慨悲歌士，独表嵚奇磊落人。望里山丘都化冢，松楸回首旧时春。

唐汲庵先生

名访，武陵人，前明庶吉士。知事不可为，乃痛哭祝发，筑食苦庵，号"食苦和尚"。

分明痛哭贾长沙，归傍空门便著家。烽火心悬秦地鹿，觚棱梦绕汉宫鸦。旃檀一室侪弥勒，花雨诸天会释迦。不道老僧真食苦，梵声磬语送年华。

吴见可先生

名道行，善化人，明季诸生。国变憋悯不自得，一日趋吉藩故邸，望阙痛哭，展拜舆归山中，不食，卒。著有《嵝山集》《易说》《读史阙疑》。

叠山南望几徘徊，仲孺嗤人肯再来。目断长安难见日，心寒故国已成灰。凤凰饥绝琅玕实，狐兔眠依锦绣堆。结草似闻新鬼哭，传芭留与后人哀。

吴去慵先生

名恢，善化人，见可先生子。明季以明经荐，未就。鼎革后弃诸生，率妻子躬耕长松里，屡聘不起。

犬卧鸡闲闭竹篱，书生塞耳厌征鼙。饥寒任昉难为子，贫病黔娄尚有妻。五亩耕桑供伏腊，一门茹蘗剩残黎。弓旌退谷招何用？遮莫傍人说荐嵇。

瞿天门先生

名龙跃，武陵人，明季选拔。性嗜游，鼎革后常出亡不归，所至辄有题咏。自镌崖壁，纳稿瓢中，号"一勺行脚道人"。

翛然行脚遍湘皋，黄叶林深挂酒瓢。未靖俗氛终自失，绝怜王气已全凋。新题翠壁镌千首，旧梦青山送六朝。至竟无家缘易了，吴关人去一枝箫。

邓石浪先生

名天锡，湘乡人，明季官广东揭阳典史。国变后纵情诗酒，所居有紫云峰，自号"紫云樵者"。

蚍虱微臣涕泪深，商颜振策数登临。金蟆东逝无朝暮，玉马西归自古今。霜降洞庭催木叶，月明沧海诉冤禽。岁时荆楚诗中记，日饮亡何思满襟。

邓卉生先生

名林材，新化人，明季诸生。精天文、步算，善占验。鼎革后隐于农，为某将军所迹，胁以官，以计得免。

命宫磨蝎惯迍邅，箕斗无光日在躔。幸保余生离虎口，尽担峻节伏鸢肩。乞灵漫卜穷龟策，食力还耕好畤田。愁绝饭牛歌始放，神州真怆革除年。

袁稚圭先生

名伯瑛，郴州人，崇祯时以明经官宿迁令。鼎革后隐居不出。

气运循环事有无，牵丝不作执金吾。花深江左闻鹈鴂，草绿湖南叫鹧鸪。尚忆凤衰周道丧，可怜龙死汉宫芜。苏仙古洞堪栖隐，山鬼泠嫋客梦孤。

张子畤、定远两先生

新化人。子畤名圣型，明季岁贡，官连山令　　远名圣域，拔贡，官万安令。鼎革后弃官归，兄弟结茅岩塘，当道聘，不就　　有诗集，散佚无存。

九五羲爻筮得咸，鹡鸰难急整归帆。愁丝暂缚蚕　　，政网初离马脱衔。道义一家风自远，纲常万古礼难芟。哦松久祕麒麟楦，　　精魂护石函。

米民和先生

名助国，辰溪人，前明进士。为江西龙泉令，旋擢福建道监　　史，出尚书毕自严、给事中章正宸于狱，遂以是落职。甲申　　九东山，灭食　　

悲筇哀角起黄昏，湘草湘花有泪痕。自翦兰　　腐草，怕餐薇　　愁根。知交东冶囚方释，好梦南柯事莫论。世路左骖几　　，流风千载缅夷门　　

萧止庵先生

名士熙，衡山人，明季两中副车。鼎革后隐居　东乌塘，足迹不入城　尝搜录古今节妇事为传赞，藏于家。

东南地缺出苍鹅，鸾鸷无如铩翮何。刻画毛锥　　鬼，商量心史遣愁　天从乌兔行边老，人向红羊劫里过。辛苦松根成野乘　考文征献费搜罗。

刘他山先生

名瑄，澧州人，明季进士，授检讨。甲申之变，啮指　作书与弟，托以　养老父愿，自尽，父泣，谕乃止。父殁，入衡山为僧。著　　集。

男儿肝胆向谁倾，嚼齿穿龈气不平。攀断乌号暂后死，　为蝶化记前生腥风血雨孤臣憾，玉碗金凫上国情。约与世尊参慧业，蒲团坐　木鱼声。

罗耳臣先生

名其鼎，桃源人，明季进士，官行人。鼎革后隐居不出，居乡。值岁荒，募粟施粥，全活甚众。卒后门人私谥"贞易"。

沧海横流祸负刍，疮痍蒿目未全苏。澄清志在澜偏倒，悲悯心多计转粗。游侠待修司马史，难民曾绘郑公图。盖棺两字题金石，长使师门慰故吾。

胡征吉先生

名应台，浏阳人，前明进士，授中书舍人，历官至刑部尚书。性刚直，嗣以亲老乞养，免归。崇祯末再召未赴。国变后以忧愤卒，年七十余。

耿耿乌私愿未酬，老翁七十更何求。自从田里埋轮脚，不再邯郸借枕头。
石烂可禁秦女泣，天倾奚止杞人忧。永嘉南渡斯须事，地下君王识故侯。

贺庸也先生

名奇，武陵人，明季选拔，授中书舍人加兵部职方主事监察御史。鼎革后
祝发峨眉，隐滇黔间二十年，当事强加巾服具，题以原官起用，卒未赴。

京国沦亡早挂冠，匈奴未灭我何安。管宁辽海无家别，杜甫夔州行路难。
天地劳薪双白足，云山卓锡一青峦。漫云斯世为何世，便说簪缨意已阑。

郭季林先生

名履跕，衡阳人，明季孝廉。国变后隐居石狮岭下，足不入城市，吟啸自
乐。所著《涉园草》，船山《南窗漫记》中盛称之，今不传。

难回国步尽堪怜，濮被英雄寄迹偏。漱石放情憔悴日，灌畦投老乱离年。
蛰龙雷雨三冬梦，瘦鹤烟霞一壑眠。莫问涉园灰后草，《南窗漫记》想遗编。

龙简卿先生

名孔然，湘乡人，明末领乡荐。鼎革后鹑衣草食，闭门授徒。洪经略欲延
之幕府，不就。纂有《拯湘录》，今不传。

蓬蒿三径傲幽居，躬淑诸生论石渠。衣破不缝鹑尾结，弓招慵报鹤头书。
春风桃李阴成后，宗国荆榛痛定余。欲拯斯民出涂炭，故应长揖谢簪裾。

江谷尚先生

名有溶，长沙人，崇祯末副贡。乱后绝意仕进，所著有《勿躁斋集》。颠
沛化离之感皆形于诗。陶仲调先生为之序，称其貌短小而才长，性恬柔而文
矫，举动谨愿而意思萧迈云。

凤鸾孤啸托苏门，肝肺雕镌道自存。两界茫茫一尘垢，百年鼎鼎几朝昏。
茂陵遗草名山业，长楚风诗国士魂。月旦艳称才学识，尽留清誉在乾坤。

孙子双先生

名双戬，华容人。乱后潜心著述，采秦汉逸书、汉晋笺疏及古史阙文、经
典谶纬，勒成《古微书》，分《樊微》《线微》《阙微》《删微》四种，今多散
佚，惟《删微》独存。《四库提要》称其"有功经籍不少"云。

万卷萧楼气自豪，阐微评骘九方皋。颉篇斯篆传薪永，孔思周情握椠劳。
品藻最饶名教乐，贞松不改岁寒操。韩陵片石争珍重，希世文章一凤毛。

蒋天植先生

名之茉，湘阴人，有"罗江才子"之目。性豪迈，以澄清天下为己任。甲申后崎岖戎马以卒。

范公忧乐在人先，海内奇书熟计然。投止望门空此日，乘流击楫忆当年。魂销帽影鞭丝里，梦死箛秋角晓天。最是首邱归路远，关山难越为君怜。

刘芝侣先生

名春莱，武冈诸生。有权贵欲物色之，逼见于麟趾阁，跳而避焉，竟跛，人称"跛仙"。

投阁拼同执戟扬，敬容残客太郎当。我心匪石难迁转，天道如弓有弛张。氄氄青衫羞入世，蹁跹翠袖怯登场。纵然却克人贻笑，仄径蹒跚屧痕香。

文台仙先生

名士昂，攸人。天启壬戌进士，负经济才，官至太仆寺卿。其在工科时力陈时弊不用，乞假归，乱后佯狂山谷以终。

生憎裘马累轻肥，未答涓埃夙愿违。京阙陈书空复尔，江湖挂席不如归。兴亡世事供歌哭，今昔人民有是非。披发太荒吾去也，浮萍两点一身微。

陈印水先生

名所闻，茶陵人。崇祯中拔贡，初官崇信知县，有政声。南渡后起知江夏县，行取御史。国变后弃官归隐山居二十年，卒。

川原乱后草萧萧，宦海名心似落潮。不倩腐迁传隐逸，却从蒙叟赋逍遥。山居猿鹤群相聚，社饮鸡豚几见要。曾是宰官人未识，白头无恙话前朝。

黄顺如先生

名致和，湘阴人。明末流寇之乱，何督师腾蛟守湘阴，先生志图恢复，往谒献议，卒不用，未几而湘军溃。晚年逃于佛，易名曰"得雪"。积学能诗文，呈何督师有"蜀得百蛮仍续汉，楚虽三户可亡秦"之句，其忠义可想。年六十二，遗稿散佚，所存诗文十余首，其裔孙藏于家。

奇谋惨淡汉三分，扪虱高谈气不群。经世心难偿国士，守陴腹自负将军。华严钟鼓销雄略，带砺山河障阵云。侈语黄香人第一，词坛未许策诗勋。

米吉人先生

名元偶，辰溪人，明末孝廉。鼎革后以布衣终。有《罗峰诗文集》三十卷。晚年复弃去，以讲学名。人称"罗峰先生"。

几许昆明劫后灰，恒沙流演有余哀。芷沅兰澧悲文藻，苓隰榛山惜异材。赤社荒凉居士老，绛帷潇洒讲堂开。尊攘妙解春秋旨，亲为吾儒取次裁。

笠庵和尚

法名大成，醴陵人。少剃发于南岳，后行脚四方，晚归南岳。诗有奇气，拳拳故国、君父之戚，殆亦有托而逃者也。

雪泥鸿爪总西东，家国销归马耳风。边镐心皈金粟佛，鸠摩身是玉环童。辟支证果华发黑，初地传灯芋火红。布衲七斤诗两卷，早分半席白云中。

残夏选夕，吾友刘子腴深招与朋好淮川泛月，枫浦而怀杜老，药桥而访孙仙，及凭吊蝃山宰相之台，蛙池圭斋之庙，靡弗扣舷下上以开荡心目，谓我辈歌啸必于世道人心相关系，始不妄为抒藻，如衡阳王学，庶几地重骚国，人崇逸轨乎？此明季遗民咏与汪梅村感旧诗皆见重于梅韵楼孙氏者，职是故尔。既而凉生衣袂，满座醉酺，相与一笑而散。越数日过访，袖中出诗凡五十有六，择人凡五十有九，类仍吾楚人杰，嘉乃孤谊，表厥奇节，余读竟，歆歔久之。噫！诸君子湮没于数百年后，今得有心人夷考而永言之，不与草木同腐，何其幸也！辛亥闰六月廿日同里张正蘅溪甫识。

大著酝酿深厚，微显阐幽，所补于世道人心者不少，其与诸老并传矣。近日诗教陵夷，淫靡怪僻，识者相与诟病。此卷有所托而道以尊，西涯《咏史古乐府》外又增一帜，独为吾湘观美耶！琴苔弟黄铭功识。

附录二 刘善泽先生佚诗

岳阳杨烈妇诗[①]

郎姓杨，妾姓李，兔丝女萝两相倚。如花并头木连理，郎苦沉疴将不起。郎病垂膏肓，妾愁入骨髓。病互郎身不能徙，妾愁与俱何时已。郎病难回妾当之，妾心望郎痊。妾病何足怜，妾命愈薄心愈坚，有□可投全所天。妾心随郎生，妾命为郎死。

题陈大天倪近照二首[②]

故人淹洽更无伦，著述觥觥早等身。瞻对慰予离索苦，不因惊座见风神。
论交壮岁各消闲，二十年来鬓未斑。讲席东南都历遍，知君名已落人间。

丁卯壁中藏诗[③]

依梅路劫吴门远，讽杜歌翻蜀道难。

---

① 《湖南大公报》，1919 年 4 月 30 日。此据石琼华《"五四"前湖南知识男性对"节妇烈女"的再现——以湖南〈大公报〉（1915—1919）为中心》（《云梦学刊》2016 年第 2 期）录出。
② 据陈云章《诗才如海纳群川——忆念父执刘腴深丈》（《刘腴深教授纪念集》，第 32 页）录出，题目为编者所加。
③ 据陈云章《诗才如海纳群川——忆念父执刘腴深丈》（《刘腴深教授纪念集》，第 34 页）录出。

附录三 《天隐庐诗集》题跋

《天隐庐遗集》跋①
李肖聃

刘善泽撰。善泽字腴深，晚号天隐，浏阳诸生。少时笃志学诗，取《四唐人集》尽读之，专心殚思，所诣甚邃。武进孙雄纂《道咸同光四朝诗史》，取其诗入选。曾撰《三礼注汉制疏证》若干卷，《毛诗学》若干卷等。四十以后，耽心内典，出为居士林林长，为《楞严经讲义》等若干卷。老为湖南大学教授，有《论语讲义》《说诗述闻》等若干卷。殁年六十有四。友人徐桢立挽以联云："诗卷长留，高风继慧地文心，须溪遗迹；林山未散，胜因在种莲结社，离垢为园。"上章以刘勰、刘辰翁相况，下章举刘遗民、刘慧昊为比。世谓称其为人。其为人以温柔敦厚之情，有悲天悯人之意。其学亦贯儒玄之精，具深沉之思，而与斯世旷不相接。其奄然而化，又若天实为之，而使早离尘世者。今友朋中安得复有斯人也！

何泽翰　辑录

《天隐庐诗集》跋②
雷　敢

天隐诗人刘腴深先生，与先父愣僧公年相若，道相合，谊属同乡，交成莫逆。敢自幼饫闻盛名，深为景仰，后又得随同讲学于湖南大学及一度南迁长沙之清华大学，亲聆謦欬，获益良多。其生平著作等身，尤擅诗名，在同光十子中年最少。自订《天隐庐诗集》二十卷，计诗三千余首。常熟孙师郑选入《道咸同光四朝诗史》，复有《同光十子诗选》之辑。北京溥儒所编《灵光集》、江都吴梦兰《续诗人征略》，均采选其诗。长沙蔡渔春欲醵金将其诗集付梓，先生谦让未遑。故其生前除明季《沅湘遗民咏》有单行印本外，无其他专集流行于世，其亲友门生均以为憾。先生卒后，长女寿彤恐手稿散佚，抄录副本，携带赴京珍藏至今。十五年前回湘，偕弟孚永将抄稿核对，辑为诗集。继志述事之心，殊堪嘉尚。敢参与其事，特略述缘起。若夫先生风格之高，诗律之细，文史界早有定评，兹不赘及。

一九八五年十月

---

①　据《刘腴深教授纪念集》（第72页）录出。
②　据《刘腴深教授纪念集》（第73页）录出。

附录四　刘善泽先生传记

刘天隐先生传[①]

刘先生善泽，字腴深，晚号天隐。先世由江西宜丰迁湖南浏阳，逮先生十有九世。祖台垣公，植品励学，著有《南村素心野人集》。父焕琼公，尝从道州何绍基学，著有《四书章句补义》十九卷。叔子芳公早世，以先生为嗣。

先生性颖慧，十岁能文。越四载，毕诵经史要籍。祁寒盛暑，读书不辍。家人或劝少休，则曰："吾自乐此，不为疲也"。于书无所不观，自经传子史以及稗官小说，博览多识。尤喜诗歌，自汉魏以迄唐宋元明清人所作，手录口吟，撷其精要，自为风体。清光宣之际，常熟孙昭文师郑称东南名宿，纂《道咸同光四朝诗史》，贻书先生征诗，谓先生诗"雄横兀傲，不可一世"。复有《同光十子诗选》之辑。十子者，思施樊增祥、萍乡文廷式、义宁陈三立、嘉应黄遵宪、桐庐袁昶、闽侯郑孝胥、通州范当世、武陵陈锐、封邱何家琪暨先生也，惟先生年最少。辛亥鼎革，先生与方外海印续修碧湖诗社，奉湘潭王闿运湘绮为祭酒，一时诗流如曾重伯、袁绪钦、杜本崇、程颂万、赵启霖、黎承礼等，相与往还，皆推重之。先生欿然若不足，盖不欲徒以文采自见也。既而漫游四方，广交海内方闻之士，学日益进。年登四十，遍览内藏，凡九部三乘，龙宫之所韬秘，此土之所宣译，讽诵受持，夜分忘寝。居恒澄心观想，悟入无生，悲悯之心既切，渡救之愿益弘。

辛亥以后，先生膺选为湖南省议会议员，旋闻有以贿赂获选者，立痛斥之，遂不相闻问。一九二一年，吴佩孚据五省之地，赍书走币，再三以秘书长相界，先生却之，坚不就，世皆服先生之廉介。二三十年代，先生曾主编《湖南公报》，尝任湖南官书局编纂。夙外荣利，淡泊自守。抗日军兴，狂寇内犯，先生避居长沙西乡之云盖寺僧舍中，寇知之，极欲钩致。先生闻讯，仓皇变服，改易姓名，由门人何泽翰、危克安扶持隐匿，始免于厄。光复前夕，先生第七子思济年方弱冠，愤志国仇，为寇所执，威胁利诱，不为所屈，惨遭凌迟，骂不绝口。非幼承父训，而能于生死之际坚贞若此者乎！可谓烈矣。

先生既精通内典，复持荤戒，创立湖南佛教居士林，任林长者二十年，宣导所及，达十余县。先后任中国文学教授于湖南国学馆、湖南大学等校，勤勤迪导，肃而能和，列其门者，历久益亲焉。又任湖南文献委员会委员，主编《文物志》。

夫人李行芳，为同邑雨亭公之季女，佐先生有贤声。雨亭公宦游广东，与

① 据湖南大学出版社 1989 年版《天隐庐诗集》（第 3–5 页）录出。

番禺陈澧兰甫称莫逆，兰甫赠诗有"才华湘上无双士，慷慨天涯更几人"之句，斯亦可见其为人。

遝国是日非，苛政暴行，几无宁宇。先生蒿目时艰，积愤于心，发为吟咏。晚年坐阅涂炭，忧心如焚，凤患高血压遂至加剧，神志偾兴，张脉迸裂，七日无语，竟以不起，时一九四九年农历己丑正月五日也。先生以一八八五年农历乙酉二月二十一日生，春秋六十有四，葬于长沙河西之莲花山。

先生精于经传注疏之学，力除汉宋门户之见，藏书万卷，用志既专，考订周密。常与上虞罗振玉、益阳曾运乾、湘乡谭戒甫及余商量旧学，互为质证。且肆力于诗，与北京溥儒、长沙徐桢立、李肖聃、王啸苏等相唱和，篇什日多。所著书有《毛诗郑笺释例》十六卷、《谷梁稗钞》四卷、《论语郑注疏》十卷、《心经讲义》二卷、《佛遗教经讲义》二卷，未及刊行，于乱离中散失。现存《三礼注汉制疏证》十六卷、《天隐庐诗集》二十卷，先生长女寿彤、五子孝聿、少子孚永将董理保存。余与先生相交二十余年，及余归教长沙，往还日密，交亦益亲。略次先生行事以传于世，亦以塞余之悲云。

长沙杨树达撰

一九五五年秋月

处士刘君墓志铭①

溥　儒

古人有言曰："千里一贤，谓之比肩。"吾于湘中得刘君焉。君讳善泽，字腴深，淮川世界也。光绪辛丑贡生，授训导。淡泊不仕，博学而守约。所居曰"岳麓山庄"，自号"天隐居士"。以经术教授乡里，身无畸行，端敬可度。读书务明道，不踔矫以为异，乐道人之善，循循有儒者风。昔闵贡之食菽饮水，颜阖之凿坯避聘，或砺节而矜行，或辞富而居贫，彼二子者，皆可以仕而不仕者也。若刘君者，其有异于二子之事乎哉！君遭时丧乱，国步既移，赋黍离而瞻周道，乃与湘中硕彦结碧湖诗社以吊屈原、贾谊。其诗近中唐，上溯汉魏，悱恻抑塞，多风雅正始之音。吾初不知君，闻诸沩山僧海印道君之盛德。甲子海印示寂沅江，属君以书告，遂通翰牍，然终未得相见也。君著有《三礼通义》《五经注疏》及诗文多卷，经兵燹部分散佚。初长沙方警，或请梓而藏于山。君曰："道微雅废，灾梨枣何为者？"既而兵溃于三湘，火焚于七泽，湘中耆旧相继谢世。君以己亥正月卒于乡，年六十四，葬于长沙河西莲花山之先人之兆。配李孺人，生丈夫子五人，曰百任，曰宏赞，曰孝聿，曰思济，曰孚永；女子七人，曰寿彤，曰雪芬，曰芷祥，曰希惠，曰璠质，曰怡静，曰（诚）巽②。铭曰：东晋处士，中条司空；式昭峻烈，克绍仁风。楚泚之兰，荆岩之璧；温德清芬，佩之无斁。悠悠淮川，浩浩汨湘；维君令德，源远流长。

癸卯二月甲寅撰文并书

---

① 据《刘腴深教授纪念集》（第75-76页）录出。

② 原文脱"诚"字，据《天隐庐诗集》中记载幼女名"诚巽"补上。

附录五　刘善泽先生遗文三篇

倡立麓山诗社启①

　　长沙岳麓山者，上辉轸宿，远接衡峰，左天马而右凤凰，前沙湖而后㴭港。望泉流之映带，更蔽乔柯；携杖履以跻登，复饶胜迹。碑寻云岫，凤传二寺之名；祠访崇冈，曾洁三间之荐。芳菲靡歇，题咏实繁，自唐以来，章章可纪。其见于《岳麓诗钞》者，则有曲江泛湘、延清晓望、正言精舍、文房禅居，杜陵之傍烟霞，昌黎之吟松桧。池荷秀发，文山夜霁之篇；霜橘新红，齐己谢人之句。并传诗于方外，同擅美夫寰中，卓尔开宗，足张来叶。宋则王（禹偁）米（芾）启先，范（成大）杨（万里）殿后，唱酬之盛，乃在朱张。迄今台陟赫曦，地探兰涧，慕其余韵，缅彼前徽，景企之私，尤为至已。有元一代，传者较希，然虞（集）揭（傒斯）刘（因）仇（远）诸公，咸有所作，诵其高咏，不愧名家。明则夏（元吉）薛（瑄）叶（子奇）杨（基），导其先路。次则王忠敏（伟）之留别，岚气沾衣；李文正（东阳）之纪游，晴云满树。又次则松柏勿翦，阳明心折夫宋师；篆刻可征，升庵神追夫夏后。幽襟古意，胥足称焉。至于逊清，篇什益富。江（有溶）陶（汝鼐）周（圣楷）郭（都贤），处逸增离黍之悲；陈（鹏年）彭（维新）罗（源汉）刘（权之），远宦表维桑之敬。毕（沅）钱（澧）攀陟，乃值政闲；王（文治）袁（枚）游观，允符心契。又若元朗、九溪、鲁之、慎斋诸先生，都讲有年，陶镕甚广，偶成歌咏，诗教系焉。洵足树髦俊之楷模，非仅猎词华之浮艳也。综计所列诸家，咸为一时之彦。残膏可乞，资润溉以何穷；茂制犹存，识依循之有自。兹者鲸涛已静、鹿苑重开，已闻弦诵之扬，更见襟裾之盛，欲招吟侣，籍继芳踪。撷往日之菁华，试披青简；溯隔江之坛坫，犹说碧湖。载企流风，辄增遐想。所冀词场老宿，艺海英贤，共协同音，相将入社。联盍簪之雅，传击钵之声，波并汲夫湘清，灵远延夫楚秀。枫林憩晚，应寄情于山石之间；萝径寻芳，待觅句于岳云以外。

　　发起人

　　熊知白、王啸苏、蒋济轩、曹籽谷、柳敏泉、程鹤轩、李肖聃、方则之、夏国权、杨遇夫、谢弘毅、罗论文、谭戒甫、邱有吾、聂铁珊、刘湘生、王毅、贺立秋、刘腴深

　　公推刘腴深先生为社长

---

① 据湖南大学出版社1989年版《天隐庐诗集》（第7-8页）录出。

麓山诗社发刊词①

猗欤吾湘，旧称骚国。楚人多才，彦和所羡。南金东箭，代有胜流。固宜追微前哲，共耽清尚。孤弦独夐，曷若敬业乐群。集少长于名山，结萧悰于端暇。性情陶写，盖莫善夫诗矣。孟坚有言："哀乐之心感，而歌咏之声发。"乾坤不毁，述造靡穷，斯古今中外所不废也。众手操觚，蛇珠在握。凡诸撰制，悉本灵襟。簪履所盍，同声相应。莘莘学子及一时方雅之彦，契投芥珀，联唱成篇。蹇余插乏其间，撚髭自熹。窃诗以温柔敦厚为教，六艺并存，而兴观群怨，宣尼昭示其旨。综其功能，揭橥实尽。昔表圣论诗，品区廿四。然则别裁伪体，明厥趋向，为尤要已。略摘品目，能者择焉。其言曰："预备万物，横绝太空"，是谓"雄浑"。"犹之惠风，荏苒在衣"，是谓"冲淡"。"采采流水，蓬蓬远春"，是谓"纤秾"。"海风碧云，夜渚月明"，是谓"沉着"。"太华夜碧，人闻清钟"，是谓"高古"。"坐中佳士，左右修竹"，是谓"典雅"。"如矿出金，如铅出银"，是谓"洗炼"。"行神如空，行气如虹"，是谓"劲健"。"月明华屋，画桥碧阴"，是谓"绮丽"。"薄言浅悟，悠悠天钧"，是谓"自然"。"不着一字，尽得风流"，是谓"含蓄"。"晓策六鳌，濯足扶桑"，是谓"豪放"。"明漪艳底，奇花初胎"，是谓"精神"。"意象欲出，造化已奇"，是谓"致密"。"筑室松下，脱帽看诗"，是谓"疏野"。"神出古异，淡不可收"，是谓"清奇"。"登彼太行，翠绕羊肠"，是谓"委曲"。"忽逢幽人，如见道心"，是谓"实境"。"百岁如流，富贵冷灰"，是谓"悲慨"。"如觅水影，如写阳春"，是谓"形容"。"如将白云，清风与归"，是谓"超诣"。"御风蓬莱，泛彼无垠"，是谓"飘逸"。"倒酒既尽，仗藜行歌"，是谓"旷达"。"若纳水輨，如转丸珠"，是谓"流动"。斯皆表圣得于文字之表者。甄其片语，见深见浅，存乎其人。若夫其所未及，泚笔铺赘，更为喤引，其亦可乎。吞纳万派，瀚海涵虚，是谓壮阔。洞庭张乐，幽壑舞蛟，是谓深峭。天外三峰，壁立千仞，是谓秀拔。骏马就衔，步骤轻快，是谓娴熟。羚羊挂角，无迹可求，是谓活脱。太原公子，裼裘而来，是谓跌宕。瑶台月明，凤笙独奏，是谓隽爽。山客处篁，湘灵鼓瑟，是谓幽远。霜晓鲸音，杂以韶濩，是谓浏亮。蜀鹃啼血，峡猿断肠，是谓哀艳。标举鹄的，权作凄皮，力不同科，此其嚆矢。所冀扶轮老宿，主盟坛坫，挖扬馨逸，吾道不孤，握兰斩麻，胥记篇什，雨晦鸡鸣，爰思君子。楚风可补，庶张吾军。或正始之音，得乎永嘉之末。晚唐韩致尧流寓岳麓，有"最多吟兴是潇湘"之句，三湘七泽间，有闻而兴起者乎！把臂入林，执鞭弭以俟之矣。

---

① 据《刘腴深教授纪念集》（第97—99页）录出。

《张楚诗刊》小引①

　　《张楚诗刊》者，岳麓同学之所作也。地当骚国，人聚名山。美伐木以求友，翩负笈以从师。联韵事于课余，续坠欢于劫后。哀乐之情，发为歌咏，振翰摛藻，遂多篇什。斯固大雅所嘉许，艺苑所不废也。择尤甄录，付之月刊。泱泱楚风，可以张矣。

---

① 据《刘腴深教授纪念集》（第99页）录出。